Gail McHugh
Pulse – Unzertrennlich

PIPER

Zu diesem Buch

Wie sollst du wieder lieben, wenn dein Herz gebrochen ist? In tausend Stücke zersprungen. Wie sollst du weiterleben, wenn jeder Atemzug schmerzt? Wie überleben, wenn alles verloren ist?
Auch wenn Emily Cooper sich im letzten Moment von Dillon getrennt hat, hat sie ihre wahre Liebe verloren. Vielleicht für immer. Gavin Blake ist verschwunden. Er ist nach Mexiko geflogen, um möglichst weit von Emily weg zu sein – und um sie zu vergessen, um sich zu vergessen, um alles zu vergessen. Er ist untergetaucht, nicht mehr auffindbar. Doch Emily gibt nicht auf. Sie muss Gavin finden und zurückgewinnen. Dabei riskiert Emily alles, denn sie kann nicht mehr ohne ihn leben. Aber wird er sie zurücknehmen? Wird er sie überhaupt noch lieben können? Nachdem sie ihm das Herz gebrochen hat?

Gail McHugh wuchs in San Antonio (Texas) und Long Island (New York) auf. Sie ist nicht nur Mutter von drei bezaubernden Kindern und seit über fünfzehn Jahren mit ihrem Mann verheiratet, sondern auch die Autorin der »New York Times«-Bestseller »Collide« und »Pulse«.

Gail McHugh

PULSE

Unzertrennlich

Roman

Aus dem Amerikanischen von
Lene Kubis

Piper München Zürich

Mehr über unsere Autoren und Bücher:
www.piper.de

Von Gail McHugh liegen im Piper Verlag vor:
Collide – Unwiderstehlich
Pulse – Unzertrennlich

FSC
www.fsc.org
MIX
Papier aus verantwortungsvollen Quellen
FSC® C083411

Deutsche Erstausgabe
März 2015

Titel der amerikanischen Originalausgabe:
»Pulse«, Atria Paperback, A Division of Simon & Schuster,
New York 2014

Umschlaggestaltung: Zero Werbeagentur GmbH
Umschlagabbildung: Olivier Cadeaux/Corbis
Satz: Greiner & Reichel, Köln
Gesetzt aus Excelsior
Papier: Pamo Super von Arctic Paper Mochenwangen GmbH,
Deutschland
Druck und Bindung: CPI books GmH, Leck
Printed in Germany ISBN 978-3-492-30576-1

Für alle Frauen, die ihre eigene Stimme,
ihre Kraft und ihren Mut erst noch entdecken müssen.
Niemand darf euch nehmen, womit ihr geboren wurdet!
Holt es euch zurück.

1 EINE VERPASSTE LETZTE BEGEGNUNG

Emily lehnte ihren Kopf an das Taxifenster und starrte mit tränenfeuchten Augen hinaus auf die Lichter Manhattans. Je näher sie jetzt Gavins Wohnung kam und je weiter sie sich von ihrer Vergangenheit mit Dillon entfernte, umso deutlicher spürte sie, dass ihr Verstand und ihr seelisches Wohl an einem seidenen Faden hingen. Sie konnte Gavins enttäuschten Gesichtsausdruck, den er bei seinem Aufbruch vor ein paar Stunden gehabt hatte, einfach nicht vergessen. Unruhig rutschte sie auf ihrem Sitz hin und her, und blickte auf die leuchtend grünen Ziffern der Digitaluhr. Beinahe ein Uhr morgens. Eine leise Hoffnung durchflutete sie. Sie kniff ihre Augen zusammen und betete inständig, dass Gavin ihr noch eine letzte Chance geben würde. Als das Taxi vor seinem Hochhaus hielt, griff sie nach ihrer Geldbörse und zog wahllos einen Geldschein heraus, den sie dem Fahrer überreichte. Dann öffnete sie schwungvoll die Tür und trat hinaus in die kalte spätnovemberliche Luft.

»Hey!«, rief der aus dem Nahen Osten stammende Mann ihr nach. »Machen Sie bitte die Tür zu, Lady!«

Sie schenkte sie ihm schon keine Aufmerksamkeit mehr. Unsicheren Schrittes tappte sie vorwärts, immer weiter auf den Neubeginn zu, auf den sie so sehr hoffte. Ein Neubeginn mit dem Mann, ohne den sie nicht mehr leben konnte. Sie zog die Tür auf und durchquerte die Lobby. Zittrig und mit schweißnasser Haut drückte sie auf den Knopf am Aufzug. Angst und Sehnsucht zerrten abwechselnd an ihren Nerven. Sobald die Türen sich öffneten, trat sie eilig in den Lift und lehnte sich an die Wand, sowohl körperlich als auch seelisch vollkommen erschöpft. Es war ihr fast unmöglich, das Zittern und die Tränen in den Griff zu bekommen. Wie würde Gavin wohl gleich reagieren?

Mit aller Kraft verdrängte sie die in ihr umherwirbelnden negativen Gefühle. Die Türen des Aufzugs öffneten sich wieder und vor ihr lag der Weg zu ihrem Neustart … oder ihrem Ende. Einen Augenblick lang blieb sie regungslos stehen und blickte auf die Wand an der anderen Seite des Hausflurs. Wie durch einen dichten Nebel bemerkte sie, dass die Aufzugtüren sich langsam wieder schlossen, und hielt sie mit einer Hand davon ab. Kurz schwindelte ihr, dann trat sie aus dem Aufzug. Ohne nach links oder rechts zu sehen, wandte sie sich seinem Penthouse zu und alle möglichen Szenarien schossen ihr durch den Kopf. So gut sie konnte, konzentrierte sich Emily auf Gavins letzte Worte an sie und versuchte, ihre Panik zu unterdrücken. Mit jedem Schritt, den sie tat, ging sie schneller.

Beklommen klopfte sie an seiner Tür, im selben Rhythmus wie ihr Herz. Von Kopf bis Fuß bebend, wischte sie sich ihre Tränen aus dem Gesicht. Die Minuten verstrichen, und nichts geschah. Emily hämmerte erneut gegen die Tür, diesmal fester.

»Bitte mach auf«, betete sie innerlich, als sie auf die Klingel drückte. Unter Tränen sah sie auf den Türspion und stellte sich vor, dass er ihren Blick erwiderte. Von dem Gedanken wurde ihr ganz schwindlig.

»Bitte«, weinte sie und klingelte wieder. »Oh Gott, Gavin, bitte. Ich liebe dich. Es tut mir so leid.«

Nichts.

Mit zitternden Händen kramte sie in ihrer Tasche nach ihrem Handy und wählte sofort Gavins Nummer. Den Blick starr auf die Tür gerichtet, hörte sie zu, wie es läutete und läutete …

Das ist die Mailbox von Gavin Blake. Sie wissen, was Sie zu tun haben.

Als Emily die geliebte Stimme hörte, sank ihr das Herz in die Kniekehlen. Wenn er sie nicht mehr wollte, würde diese Stimme sie für immer verfolgen. Diese Stimme, die sie angefleht hatte, ihm zu glauben. Emily legte auf, wählte erneut und lauschte noch einmal seiner Mailboxansage. Sie sagte nichts. Es ging nicht. Ihr hektischer Atem war die einzige Botschaft, die sie hinterließ.

Worte … Sie hatte keine mehr.

Gavin war nicht da. Er würde ihr nicht verzeihen. Ein paar schmerzvolle Sekunden lang war sie still. Dann explodierte der Kummer in ihrer Brust, und die Tränen strömten nur so über ihre Wangen, während ihr lautes Schluchzen im ganzen Treppenhaus widerhallte.

Emily wich nach Atem ringend zurück und prallte mit dem Rücken an die Wand. Während sie weiter auf seine Tür starrte, hatte sie nur eines vor Augen: sein wunderschönes Gesicht. Der Schmerz rumorte und tobte in ihrem Magen und sie ging langsam zurück zum Aufzug. Und so wie der Lift schließlich immer weiter nach unten sank, sank auch ihr Herz.

Mit hängenden Schultern und vollkommen niedergeschlagen sperrte Emily ihre Wohnungstür auf. Ein kleines Licht über dem Herd warf einen schwachen Schimmer quer durchs

Wohnzimmer. Um Olivia nicht zu wecken, schlich Emily sich so leise wie möglich ins Bad. Sie betätigte den Lichtschalter und starrte ihr Spiegelbild an. Die grünen Augen, die einst so hoffnungsvoll gestrahlt hatten, waren leblos. Ihre Haut war kreidebleich und ihre Wangen mit Mascara verschmiert. Das Schlimmste aber war der Schmerz des Verlustes in ihrem Herzen. Sie drückte ihre Handteller auf die kühle Marmoroberfläche des Waschbeckens, ließ den Kopf sinken und begann so heftig zu schluchzen, dass sie immer wieder nach Luft schnappen musste, während sich ihre Kehle vor Reue zuschnürte. Um sich zu beruhigen, schüttete sie sich ein wenig heißes Wasser ins Gesicht, trocknete sich ab und knipste das Licht wieder aus. Vollkommen kraftlos schleppte sie sich in ihr Bett und rollte sich zusammen. Sie brauchte dringend ein paar Stunden Schlaf, aber der würde sicher nicht kommen.

Nein.

Die Sekunden, Minuten und Stunden verstrichen, und Emily konnte nicht aufhören, an Gavins todtrauriges Gesicht und seine verwirrten blauen Augen zu denken. Sie wälzte sich auf den Rücken und starrte an die Decke. Die nächsten Stunden über lag sie wach und gab sich ganz ihrem Schmerz hin. Sie hatte Gavin nicht festgehalten, und nun war er ihr entglitten.

Gavin versuchte den ohrenbetäubenden Lärm der warmlaufenden Turbinen des *Blake-Industries*-Privatjets auszublenden und fragte sich, ob Emily sich wohl an die gleichen Dinge erinnern würde, die für immer in sein Gehirn eingebrannt waren. Und ob das hier tatsächlich das Ende war. Er hatte sie verloren, und in sieben Stunden würde sie für immer Dillon gehören.

Er zog sein Gepäck aus dem Kofferraum von Coltons Jeep, und als er in den klaren, kalten Nachthimmel sah, wurde ihm noch schwerer zumute. Colton trat auf die Rollbahn und hatte immer noch den gleichen bekümmerten Gesichtsausdruck wie schon seit Stunden.

»Du musst das nicht tun. Kleiner«, rief sein Bruder ihm zu, während sein Haar im tosenden Wind des Flugzeugmotors flatterte. »Wenn du jetzt mitten in der Nacht die Stadt verlässt, bekommst du sie auch nicht zurück!«

Gavin war sich selbst nicht sicher, ob sein Aufbruch die Wunden, die Emily in seiner Seele hinterlassen hatte, heilen würde. Auch nicht, ob er sie weniger brauchen würde, wenn er fort war. Aber er wusste, dass er weg aus New York musste. Weg von diesem Geist namens Emily, der ihn auf ewig heimsuchen würde. Ja, er musste das Weite suchen, und zwar so schnell wie möglich.

»Ich habe dir doch erklärt, dass ich eine Weile Abstand brauche.« Gavin rieb sich über sein Gesicht. »Hier halte ich es nicht mehr aus. Sorg bitte einfach dafür, dass Dillon keinen Zugriff mehr auf unsere Aktien hat.«

Colton atmete tief aus und nickte.

»Ich kümmere mich darum am Montagmorgen gleich als Allererstes.« Er klopfte Gavin auf die Schulter und sah ihn liebevoll an. »Du musst irgendwie mit der Situation klarkommen, wenn du wieder hier bist. Versprich mir bitte, dass du die Sache mit Emily erst einmal ruhen lässt, während du da unten bist.«

Schon bei der Erwährung ihres Namens begann es in Gavins Brust zu rumoren.

»Ja«, erwiderte er. »Ich gebe mein Bestes.«

Nachdem die zwei Brüder sich noch einmal eindringlich in die Augen gesehen hatten, stieg Gavin die Stufen des Jets hoch. Er drehte sich kurz um und beobachtete, wie sein Bruder von dem Grundstück des kleinen Privatflughafens davonbrauste. So durcheinander und erledigt wie nie zuvor kramte Gavin in der Hosentasche nach seinem Handy und schleuderte es, ohne noch einmal einen Blick darauf zu werfen, auf die Landebahn. Auf dem Asphalt zersprang es in tausend Einzelteile. Gut so. Abstand in jeder Hinsicht. Kein Kontakt zu niemandem. Keiner würde versuchen können, ihn zu trösten, niemand würde ihm sagen können, dass seine Aktionen destruktiv gewesen waren. Nachdem er dem Flugbegleiter sein Gepäck gegeben hatte, erschien der Pilot, um ihn zu begrüßen.

»Guten Abend, Mr Blake.« Der Mann, dem das graue Haar in die Stirn fiel, hieß Gavin mit einem kräftigen Händedruck willkommen. »Wir haben alles, worum Sie gebeten haben, vorbereitet. In etwa vier Stunden dürften wir Playa del Carmen erreichen, Sir.«

Gavin nickte ihm müde zu und ging in seine Privatkabine. Er schloss die Tür hinter sich und entdeckte als Erstes die Bourbonflasche in der Minibar, die regelrecht nach ihm zu schreien schien. Widerstrebend starrte er sie an, schlüpfte aus seinem Mantel und warf ihn aufs Bett. So. Jetzt musste er dringend etwas gegen die finsteren Gedanken unternehmen, die sich schon wieder in seinem Kopf ausbreiteten. Rasch nahm er die Flasche mit der betäubenden bernsteinfarbenen Flüssigkeit in die Hand, schraubte den Deckel ab und setzte sie an seine Lippen. Der Alkohol brannte in seiner Kehle, minderte seinen Schmerz allerdings kein bisschen. In diesem Augenblick begriff Gavin, dass er für den Rest seines Lebens unter Emilys Abwesenheit leiden würde. Besoffen oder stocknüchtern, der Liebeskummer würde bleiben. Für immer. Er liebte sie, atmete sie ein wie Sauerstoff, wenn sie bei ihm war. Und jetzt litt er unter dem Sauerstoffentzug. Er stellte die Flasche ab, fuhr sich erschöpft mit der Hand durchs Haar und versuchte das Bild von Emilys Augen, die ihn ansahen, irgendwie aus seinem Kopf zu verbannen. Durchs Fenster sah er hinunter auf die leuchtende Stadt und wusste, dass es nicht funktionieren würde. Nichts davon. Weder, sich mit Alkohol zu betäuben, noch, vor Emily zu fliehen würde irgendetwas an seinen Gefühlen ändern.

Sie war weg. Je blasser die blinkenden Lichter wurden und je höher das Flugzeug stieg, desto mehr trauerte Gavins Herz um die Frau, die er verloren hatte. Wie lange würde er diese Trauerfeier aushalten müssen?

Die letzten Sterne verblassten am immer heller werdenden Morgenhimmel, und Emily setzte sich im Bett auf, ohne auch nur eine Minute geschlafen zu haben. Langsam tappte sie in die Küche, in ihrem Magen waberte die Übelkeit. Sie holte sich eine Flasche Wasser aus dem Kühlschrank und ließ sich gerade am Küchentisch nieder, als Olivia um den Tresen herum auf sie zukam.

»Na, wie ich sehe, hat Dillgurke dich ziemlich früh hier abgesetzt«, meinte sie knapp und musterte Emily, ehe sie eine Schublade aufzog. »Wie nett, dass er seiner Braut tatsächlich erlaubt hat, sich in ihrer Wohnung für die Hochzeit herzurichten.«

»Olivia, ich …«

»Ehe du das Dillmonster oder deine wahnhaften Gedanken jetzt weiter verteidigst, Emily, möchte ich dir gern sagen, wie fertig Gavin gestern war.« Olivia knallte die Schublade zu. »Noch nie habe ich ihn so verletzt gesehen. Noch nie.«

Emily schloss ihre brennenden Augen und kam fast um bei dem Gedanken an den Schmerz, den sie Gavin zugefügt hatte. Sie schüttelte den Kopf.

»Olivia, bitte. Ich bin nicht …«

»Ich weiß, ich weiß, Em. Du willst jetzt nicht darüber reden«, schnaubte Olivia und riss eine andere Schublade auf. »Oder, lass mich raten: Du bist *nicht* völlig verrückt, zu denken, dass du Dillon heiraten musst, weil du Gavin nicht glaubst?«

»Olivia«, stieß Emily hervor und erhob sich. »Du hörst mir nicht zu. Ich habe nicht vor …«

Olivia fuhr mit zusammengekniffenen Augen herum.

»Ich sage es wirklich nicht gern, Emily, aber ich kann heute nicht dabei sein. Du liebst Gavin, und Gavin liebt dich. Punkt. Ich glaube Gavin, und selbst wenn du das nicht tust, zwingst du mich, mich zu entscheiden.« Sie stützte eine Hand auf ihrer Hüfte ab und fuhr sich mit der anderen durch ihr dichtes blondes Haar. »Es tut mir leid, aber ich werde nicht zu eurer Hochzeit kommen.«

»Gut. Ich nämlich auch nicht«, flüsterte Emily und setzte sich wieder. »Ich werde Dillon nicht heiraten.«

Olivia riss vor Überraschung die Augen auf und strahlte plötzlich bis über beide Ohren.

»Nein?!«, keuchte sie und stürzte auf Emily zu.

Emily schüttelte den Kopf und begann zu weinen.

Olivia kniete sich neben sie und schlang ihre Arme um ihre Taille.

»Oh mein Gott. Ach, du großer Gott! Dann stehst du absolut nicht mehr auf meiner Abschussliste. Stattdessen liebe ich dich jetzt wieder heiß und innig!«

»Ich habe Gavin sehr wehgetan«, würgte Emily hervor. »Ich wollte ihm glauben, und ein Teil von mir hat das auch immer getan, nehme ich an. Aber ich hatte solche Angst. Und jetzt ist es zu spät.«

Olivia sah Emily verwirrt an, stand auf und zog sie mit sich nach oben. »Es ist kein bisschen zu spät.« Sie umschloss

Emilys Gesicht mit beiden Händen. »Sobald du ihn anrufst, wird er sofort alles vergessen haben. Gavin liebt dich. Letzte Nacht war er extrem wütend, aber er würde für dich sterben. Glaub mir. Das hat er immer wieder gesagt.«

Emily holte zitternd Luft. »Nein. Ich bin gestern Nacht noch zu ihm gefahren, und er hat mir nicht aufgemacht.« Sie ließ sich wieder auf den Stuhl plumpsen. »Ich habe ihn ein paarmal angerufen, und er hat nicht abgehoben. Er ist durch mit mir, und ich habe jedes bisschen Schmerz, das jetzt auf mich zukommt, mehr als verdient.« Emily schüttelte den Kopf, und ihre Stimme wurde leiser. »Ich kann nicht fassen, dass ich es dazu habe kommen lassen.«

»Ich habe ihn gestern nicht nach Hause bringen dürfen«, sagte Olivia und ließ sich erneut auf die Knie sinken, um ihre Hände auf Emilys zu legen. »Nach dem Dinner habe ich ihn direkt bei Colton abgesetzt. Die Schläge von Dillon haben ihn bestimmt etwas ausgenüchtert, aber ich bin mir sicher, dass unser Freund immer noch ziemlich hinüber ist. Denk mal dran, wie betrunken der war! Und jetzt ist es erst sieben Uhr morgens, da hat er sein Telefon wahrscheinlich gar nicht gehört. Ich rufe bald mal bei ihm durch, aber du musst dich ein bisschen beruhigen, okay?«

Emily presste die Handballen gegen ihre Augen. Widerstrebend nickte sie und versuchte ihre Sorgen einfach hinunterzuschlucken.

»Okay. Ich werd's versuchen.«

Olivia lächelte sie an. »Ich bin stolz auf dich, Emily.«

»Stolz?«, fragte sie und wischte sich mit ihrem Handrücken die Nase ab. »Weshalb denn? Weil ich Gavin verletzt habe? Sein Gesicht, Olivia, ich kriege sein Gesicht einfach nicht aus meinem Kopf.«

Olivia sah Emily sanft an und streichelte ihr über die Wange.

»Ich bin stolz, weil du endlich begriffen hast, dass du ein besseres Leben verdient hast. Mit einem Mann, der dich wirklich liebt und für dich sorgen möchte. Ich sage es noch einmal: Gavin mag deinetwegen gerade sehr verletzt sein, aber ihr kriegt das hin. Du wirst sehen.«

Emily starrte Olivia an und gestattete sich ein kleines bisschen Hoffnung. Sie nickte und betete, dass ihre beste Freundin recht behalten möge.

»Alles klar.« Olivia stand auf und sah auf ihre Armbanduhr. »Deine Doch-nicht-Hochzeit findet in weniger als vier Stunden statt. Was, außer uns irgendwoher Kaffee zu beschaffen, kann ich für dich tun? Wir haben nämlich keinen mehr, und du siehst aus, als könntest du ein Tässchen vertragen. Ich übrigens auch.« Olivia holte ihren Mantel aus dem Wandschrank im Flur und schlüpfte hinein. »Willst du, dass ich deine Schwester anrufe?« Sie hielt in der Bewegung inne. »Oder noch besser: Kann ich deinen ehemaligen zukünftigen Ehemann anrufen und ihm sagen, dass er sich zum Teufel scheren soll?«

Emily schnäuzte kräftig in ein Taschentuch. Der bloße Gedanke daran, wie Dillon aufwachte und merkte, dass sie nicht da war, jagte ihr kalte Schauer über den Rücken.

»Er hat noch keine Ahnung.«

Verwirrt runzelte Olivia die Stirn. »Was meinst du damit? Ich dachte …«

»Ich bin abgehauen, nachdem er eingeschlafen ist«, unterbrach Emily sie und fuhr sich mit ihren Händen übers Gesicht. »Er hat keinen blassen Schimmer. Du bist die Einzige, die es weiß.«

Olivia klappte der Kiefer herunter, und sie machte große Augen.

»Ähm, okay … Sollte der Nichtzukünftige denn nicht Bescheid wissen?«

Seufzend ging Emily an Olivia vorbei in ihr Zimmer und begann, in ihrer Kleiderkommode zu wühlen. Von Gavin einmal abgesehen, sehnte sie sich nach nichts anderem als einer langen, heißen Dusche.

»Ja, Olivia. Ich muss mich mal ein wenig frisch machen, und danach werde ich ihn anrufen.«

Olivia lehnte sich an den Türrahmen und musterte sie besorgt.

»Kannst du damit wenigstens warten, bis ich aus dem Coffeeshop zurück bin? Ich werde auch rasch Lisa und Michael auf den neuesten Stand bringen, okay?«

Ihre Freundin machte sich wirklich Sorgen. »Jepp. Ich warte auf dich.« Sie schloss die Schublade, ging zu ihr hinüber und sah sie liebevoll an. »Danke.«

»Gerne. Und jetzt ab unter die Dusche, ich bin gleich wieder da.«

Nachdem die Wohnungstür ins Schloss gefallen war, machte sich in ihrem Bauch langsam die Panik breit. Dillon gegenüberzutreten würde nicht leicht werden, egal, ob Gavin dabei war oder nicht. Sie seufzte und versuchte, das unangenehme Gefühl zu verdrängen.

Im Bad drehte sie das Wasser auf, bis sich der heiße Dampf in dem kleinen Raum ausgebreitet hatte, streifte sich die Klamotten der letzten Nacht vom Körper und trat unter den Duschstrahl. Sie griff nach einem Stück Seife und wusch sich damit das brennende Fleisch zwischen ihren Beinen. Plötzlich kehrten die Bilder der vergangenen Nacht zurück; die Erinnerung daran, was sie Dillon gestattet hatte. Beschämt ließ Emily den Kopf sinken, ihr durchnässtes kupferfarbenes Haar hing wie ein schwerer Vorhang um ihr Gesicht. Jeder einzelne Muskel fühlte sich versehrt an. Doch dieser Schmerz war nichts im Vergleich zu dem in ihrem gebrochenen Herzen.

Emily versank noch tiefer in ihren düsteren Gedanken und spulte noch einmal das Geschehen der letzten Nacht ab. Wieder und wieder. Es war ein einziger Albtraum. Erst jetzt wurde ihr das Ausmaß dessen klar, was Dillon ihr im vergangenen Jahr angetan hatte. Sie hatte sich nur selbst eingeredet, dass er sie liebte und sich um sie sorgte. Dieser Moment der Erkenntnis raubte ihr kurz die Luft zum Atmen. Nur ihr überwältigendes und tief sitzendes Verpflichtungsgefühl, das sie ihm gegenüber empfand, weil er ihr früher sehr geholfen hatte, hatte sie an diesen Punkt gebracht. Emily wurde zornig auf sich selbst und rieb immer fester und brutaler über ihre Haut, ihre Arme und Beine. Am liebsten wollte sie Dillons gesamte Existenz aus ihren Poren schrubben. Sie stellte das Wasser heißer und erschrak bei dem Gedanken daran, wie er sie in jeder Hinsicht manipuliert hatte. Ihren gesamten Verstand in Besitz genommen hatte.

Weinend holte sie Luft und riss sich zusammen. Dillon gab es nicht mehr. Und sie beide zusammen erst recht nicht. Er war weg. Benommen spülte Emily den Schaum von ihrem Körper, und hoffte, damit auch das Gift zu entfernen, das Dillon in ihre Seele gespritzt hatte. Sie trat aus der Dusche, griff nach einem Handtuch und wickelte es um ihren nassen Körper. Vor dem Spiegel musterte sie die Frau, von der sie sich hiermit verabschieden würde. Für immer.

»Nie wieder«, flüsterte sie. Sie schüttelte den Kopf, strich mit den Händen über ihre Wangen und presste die Augen zusammen. »Nie, nie wieder.«

Einen Augenblick lang besann sie sich auf den Wahnsinn, den der heutige Tag vermutlich mit sich bringen würde. Emily schlüpfte in ihre Klamotten, trocknete ihr Haar ab und ging zurück in ihr Zimmer. Als ihr Handy brummte, hielt sie kurz inne. Eine Nachricht. Sofort hatte sie Angst, dass sie von Dillon war, aber auch die leise Hoffnung, dass Gavin sich womöglich meldete. Schluckend näherte sie sich ihrem Nachttisch und griff zitternd nach dem Handy.

Ihre Angst und ihre Hoffnung verpufften, als sie sah, dass es eine Mailboxnachricht von Lisa war. Emily gab ihrer Müdigkeit nach und ließ sich aufs Bett sinken. Während sie ihrer besorgten Schwester lauschte, hörte sie, wie die Wohnungstür geöffnet wurde. Sie setzte sich auf, und die letzten Worte der Nachricht erklangen. Lisa und Michael waren bereits auf dem Weg.

»Liv?«, rief Emily, als sie ihr Telefon zuschob. »Ich hoffe, du hast dir was zu essen beschafft, während …«

Sie blieb erschrocken im Durchgang zum Wohnzimmer stehen und verstummte. Dillon lehnte lässig am Küchentresen. Er hatte sich ein Glas Orangensaft genommen und ließ den Blick über sie hinweggleiten.

»Als ich aufgewacht bin, liebe Emily, warst du wie vom Erdboden verschluckt.« Er setzte sein Glas ab und schlenderte mit verschlagenem Grinsen auf sie zu.

»Du bist wohl so aufgeregt, dass du sofort hierhergefahren bist, um dich für unsere Hochzeit aufzuhübschen, was?« Er strich ihr mit den Fingern über ihre Wange. »Ich dachte, ich schau hier kurz vorbei ehe ich weiter zu Trevor fahre, um mich fertig zu machen.«

»Geh weg von mir, Dillon«, flüsterte Emily mit zitternder Stimme. Sie wich zurück und versuchte, ihre Angst zu verbergen.

Dillon blinzelte und räusperte sich lautstark. Mit zusammengekniffenen Augen sah er sie verwirrt an.

»Was?«, fragte er, trat näher und packte ihren Oberarm.

Emily wand sich aus seinem Griff und prallte gegen die Glasvitrine.

»Du hast mich doch gehört. Ich habe gesagt, du sollst von mir weggehen!« Die Worte zischten aus ihrem Mund. »Ich bin fertig mit dir, Dillon. Das hier …«, sie deutete zwischen sich und ihm hin und her, »ist vorbei. Ich bin nicht länger dein williges Opfer.«

Ehe sie es sich versah, hatte er sie an die Wand gepresst, mit der einen Hand ihr Haar gepackt und die andere an ihr Kinn gelegt. Er fuhr sich mit der Zunge über seine Unterlippe und musterte sie gründlich.

»Du hast mit ihm gefickt, stimmt's?«

Obwohl Emily vor Schmerz leise schluchzte, klang ihre Antwort dennoch wie ein Fauchen.

»Ja, wir haben miteinander geschlafen. Ja, ich bin in ihn verliebt, und nein, ich werde dich nicht heiraten. Nicht heute und auch an keinem anderen Tag.« Obwohl Emily schreckliche Angst hatte, spürte sie gleichzeitig eine große Erleichterung und Befreiung. Einen Herzschlag lang schloss sie die Augen und dachte an Gavin. Im selben Moment spürte sie einen festen Schlag auf ihrer Wange. Ihre Haut brannte wie Feuer, weil Dillon sie mit der flachen Hand geschlagen hatte, und sie begann, mit den Fäusten auf seine Brust einzutrommeln.

Ihr Haar immer noch um seine Hand geschlungen, zerrte Dillon sie hinter sich her durchs Zimmer wie ein kleines, abgenutztes Spielzeug. Emily landete auf allen vieren auf dem Fußboden und wollte wieder aufstehen, aber Dillon packte sie erneut am Haar und drückte sie nach unten.

»Du krankes Arschloch!«, schrie sie und umkrallte seine Handgelenke, während er über ihr stand.

Dillon ließ sich auf die Knie fallen, zog ihren Kopf zurück und zwang sie so, ihm in die Augen zu sehen.

»Nach allem, was ich für dich getan habe, wagst du es, mich hängen zu lassen und hinter meinem Rücken in der Gegend herumzuvögeln?«, schnaubte er und packte ihr Haar noch fester.

Mit rasendem Puls kratzte Emily ihre letzte Kraft zusammen und rammte Dillon ihre Nägel in die Haut, um sich aus seinem Griff zu befreien.

»Du hast nichts anderes für mich getan, als mich kaputt zu machen!«, rief sie. Als Dillon seinen Griff nicht lockerte, setzte sie ein höhnisches Grinsen auf, wobei ihr die Tränen über die Wangen liefen. »Ich wünschte, ich hätte vor deinen Augen mit ihm gevögelt.«

Mit eisigem und zugleich leerem Blick verpasste Dillon ihr einen weiteren Hieb. Emily spürte, wie die Haut über ihren Augenbrauen aufplatzte und sich ein stechender Schmerz ausbreitete. Als das Blut dick und warm über ihre Schläfe und dann über ihren Wangenknochen rann, keuchte sie auf.

Dillon zog sie am Haar nach oben und drückte sie an seine Brust. In seinen Augen konnte sie lesen, dass die Folter noch längst nicht vorbei war. Plötzlich wurde sie dermaßen von Wut gepackt und vom Rausch des Adrenalins in ihren Adern angetrieben, dass sie ihm ihre Daumennägel in die Augen rammte. Dünne Blutschlieren liefen über Dillons Augenlider und er brach in wildes Schmerzgeheul aus.

Wie aus weiter Ferne hörte sie, wie eine Tür sich öffnete und ihre Schwester Lisa losschrie. Michael stürzte in den Raum und packte Dillon unter den Armen, um ihn so schnell wie möglich von Emily wegzuzerren. Beide Männer taumelten und stürzten ungebremst zu Boden. Michael landete auf seinem Rücken, Dillon auf ihm. Der dumpfe Aufprall hallte durch den ganzen Raum. Ihr Schwager stieß Dillon von sich, rollte sich auf die Seite und sprang auf.

Lisa hatte ihren Arm um Emily geschlungen, die unkontrolliert zitterte und weinte, während sie zusah, wie auch Dillon sich aufrappelte.

Michael holte tief Luft, schwang seine Faust und erwischte Dillon mitten auf dem Mund, sodass seine Lippe aufplatzte.

»Das hätte ich schon letzte Nacht tun sollen, du Arschloch!«, spie Michael aus.

Dillon sammelte sich kurz und taumelte dann nach vorn, um Michael am Kragen zu packen. Ehe er irgendetwas anrichten konnte, war Michaels Faust auch schon in sein Gesicht gekracht und hatte Dillon zu Boden befördert.

In Emilys Ohren dröhnte ein Stimmengewirr, aus dem sie Olivia heraushören konnte. Wie erstarrt stand sie da, während ihr gleichzeitig immer übler wurde. Ihr Weinen ebbte langsam ab, und sie beobachtete, wie die Wohnung sich nach und nach mit besorgten Nachbarn und schließlich auch mit Polizisten füllte.

Nachdem Michael die Situation kurz erklärt hatte, zogen die Polizisten Dillon auf die Füße und fixierten seine Hände hinter seinem Rücken.

»Du bist eine verfluchte Schlampe!«, röchelte Dillon und spuckte eine Ladung Blut in Emilys Richtung. »Nichts anderes! Ich hoffe, er fickt dich durch und verlässt dich dann wie alle anderen, du Fotze!«

Dillons giftige Worte ließen Emilys Kopf beinahe explodieren. Sie kam sich wie ein kleines Staubpartikel inmitten eines wütenden, wirbelnden Tornados vor. Und obwohl sie beinahe durchdrehte und sich in einem Raum voller Menschen befand, sah sie doch nur eines vor sich ... Gavins Gesicht. Während einer der Cops Dillon drohte, dass dieser seine Nacht in der Untersuchungshaft niemals vergessen würde, hörte sie nichts ... außer dem Hämmern ihres gebrochenen Herzens. Das Einzige, was sie tatsächlich wahrnahm, war die Betäubung, die sich langsam in ihrem ganzen Körper ausbreitete.

Sie löste sich von ihrer Schwester und ging auf Dillon zu, der seine Lippen immer noch zu einem anzüglichen Grinsen verzogen hatte. Kurz starrte Emily dem Mann, den sie so lange geliebt und für den sie sich beinahe aufgegeben hätte, in seine schwarze Seele. Ohne die Miene zu verziehen, gab sie ihm eine schallende Ohrfeige. Vollkommen unfähig, die Wut über all die höllischen Monate zu unterdrücken, die sie seinetwegen durchlebt hatte, trommelte sie mit ihren Fäusten auf seine Brust und sein Gesicht ein, bis der Schmerz erst ihre Hand und schließlich jeden einzelnen ihrer zerbrechlichen Knochen durchzog.

»Du hast mir das angetan«, schrie sie mit vor Wut funkelnden Augen und taumelte gegen einen der Polizisten, der Emily zurückzog. »Ich habe dich geliebt, und du hast mir all das angetan, wovon du behauptet hast, es würde nie passieren! Und weißt du was, Dillon?«, fragte sie schwer und unregelmäßig atmend. Das Grinsen verschwand aus Dillons Gesicht, und er wandte seinen Kopf um, während die Cops ihn aus der Wohnung führten. »Wenn Gavin mich verlässt und nie wieder mit mir spricht, dann verdiene ich jede Sekunde, die ich seinetwegen leide!«

Zitternd sah Emily zu, wie Dillon ihr Leben genauso schnell verließ, wie er es betreten hatte. Sie schlang ihre Arme um den Bauch und fiel auf die Knie, während die Gedanken an Gavin weiterhin durch ihren Kopf rasten.

Völlig kraftlos lehnte Emily sich an den Kaffeetisch, vergrub ihr Gesicht in den Händen und begann, hemmungslos zu weinen. Lisa setzte sich neben sie, zog sie auf ihren Schoß und schmiegte ihren Kopf an ihre Schulter. Während sie sie hin- und herwiegte, wurde Emily klar, dass sie sich eben selbst davor bewahrt hatte, eine Statistin ihres Schicksals zu sein. Eine weitere verstummte Stimme.

Überrascht, dass sie es so weit hatte kommen lassen, schossen ihr Bilder von ihrer Mutter durch den Kopf, die sich von ihrem Vater und vielen weiteren Männern ebenso brutal behandeln lassen hatte. Die düsteren Kindheitserinnerungen jagten einen kalten Schauer über Emilys Rücken.

»Psst, Emily«, flüsterte Lisa und presste sie fester an sich. »Es ist vorbei.«

Olivia kniete sich neben sie. »Alles in Ordnung?«, fragte sie sanft, reichte Emily einen Eisbeutel und öffnete ein Erste-Hilfe-Set. Sie nahm eine Verbandsrolle heraus, riss sie auf und legte Emily eine Hand unters Kinn. Nachdem sie ein Stück Verbandsmull mit ein wenig medizinischem Klebeband auf der frischen Wunde an Emilys Stirn befestigt hatte, sah Olivia sie skeptisch an.

Mit feuchten Augen nickte Emily. »Ja, mir geht's gut.«

Der noch anwesende Polizeioffizier, der mit seiner Körperfülle in der Uniform sehr unförmig wirkte, kam auf sie zu.

»Miss, ich brauche eine Aussage von Ihnen. Die Sanitäter müssten auch bald hier sein und bringen Sie ins Krankenhaus, wenn Sie denken, dass das nötig ist.«

»Nein.« Emily drückte den Eisbeutel an ihren geschwollenen Wangenknochen. Als er ihre Haut berührte, zuckte sie vor Schmerz zusammen. »Ich möchte nicht ins Krankenhaus.«

»Ist in Ordnung«, erwiderte der Offizier und warf einen Blick auf sein Klemmbrett. »Sie können die Behandlung immer noch verweigern, wenn sie hier sind, aber kommen werden sie auf jeden Fall. Schließlich ging ein Anruf wegen häuslicher Gewalt bei ihnen ein.«

Michael ließ sich auf den Polsterhocker fallen und sah Emily fragend an. »Ich finde, du solltest dich untersuchen lassen.«

»Finde ich auch«, sagte Lisa besorgt.

Emily erhob sich und versuchte, irgendwie Ordnung in ihre wirren Gedanken zu bringen. Unsicher tappte sie in ihr Schlafzimmer, um nachzusehen, ob Gavin sich gemeldet hatte. Lisa und Olivia rappelten sich auf und folgten ihr.

»Em«, sagte Olivia, griff nach Emilys Arm und sah sie verwirrt an. »Wieso willst du nicht in die Klinik?«

Emily wandte sich ab und fuhr sich mit der Hand durchs Haar. Sie griff nach dem Handy und sah aufs Display: immer noch keine Nachricht von Gavin.

»Ich habe Nein gesagt, Olivia. Ich muss nicht ins Krankenhaus.« Mit tränennassen Augen warf sie sich aufs Bett. »Mir geht es gut. Ich brauche nur dringend Aspirin und Schlaf.«

Olivia presste ihre Lippen zusammen und schnaufte in Richtung Decke. Dann stemmte sie die Hände in ihre Hüften.

»Weißt du, weshalb ich dich jetzt nicht weiter drängen werde, meine Liebe?«

Emily kniff die Augen zusammen und schüttelte den Kopf. »Warum, Olivia?«

»Weil du Dillon noch ordentlich einen mitgegeben hast, ehe er hier rausgeführt wurde!«

Emily legte sich zurück, rollte sich auf die Seite und zog ihre Knie an ihre Brust. Normalerweise hätte sie sich über Olivias Kommentar kaputtgelacht. Aber nicht jetzt. Sie konnte nicht.

»Alles klar«, murmelte sie, presste den Eisbeutel an ihre Wange und sah Olivia aus schmerzvernebelten Augen an. »Vermutlich habe ich das, ja.« Emily holte tief Luft, griff nach der Decke und zog sie über sich. »Wenn die Sanitäter kommen, schick sie ruhig rein. Aber jetzt muss ich mich einfach ausruhen.«

Mit besorgten Mienen gingen Lisa und Olivia wortlos aus dem Raum. Die nächste halbe Stunde füllte Emily die Papiere des Polizeioffiziers aus und lehnte, als die Sanitäter schließlich eintrafen, eine Behandlung ab. Nachdem in der Wohnung Ruhe eingekehrt war und Emily sich ein wenig gesammelt hatte, fiel ihr Blick wieder auf ihr Handy. Sie starrte es mit leeren Augen an. Gavin hatte sich noch immer nicht gemeldet. Sie musste ihm erklären, weshalb sie ihn so sehr verletzt hatte. Ja, sie musste ihn anrufen. Es läutete. Emily kaute auf ihrer Unterlippe herum. Und wieder antwortete die Mailbox. Emily wollte das Telefon schon zuschieben, doch ihre Sehnsucht und Sorge um ihn quälten sie zu sehr.

»Gavin … Ich … Hier ist Emily«, flüsterte sie und versuchte, sich nicht von den heftigen Emotionen überwältigen zu lassen. »Ich erwarte wirklich nicht, dass du je wieder mit mir redest, aber es gibt ein paar Dinge, die ich loswerden wollte.« Emily holte tief Luft und atmete langsam wieder aus. »Dillon hat dafür gesorgt, dass ich mich wie eine lebende Tote fühle, Gavin. Aber du … du hast mich sozusagen wieder zurück ins Leben geholt. Und als Gina mir an jenem Morgen die Tür geöffnet hat, da habe ich …« Emily verstummte und wischte sich die Tränen aus dem Gesicht. »Ich hatte solche Angst, dass ihr wieder zusammengekommen seid, aber natürlich hätte ich mir deine Erklärung anhören sollen. Es tut mir so leid. Es tut mir so leid, dass du dich von all den Frauen, die auf dieser Welt herumlaufen, ausgerechnet für mich entschieden hast. Verzeih mir, dass ich dir nicht geglaubt und dich dadurch so sehr verletzt habe. Ich liebe dich, Gavin. Ich weiß, wenn ich sage, dass es Liebe auf den ersten Blick war, ist das eigentlich dein Text. Aber mir ging es genauso wie dir. Irgendetwas tief in mir drin wusste sofort, dass wir füreinander bestimmt sind und dennoch habe ich dagegen angekämpft. Erst einmal haben so viele Dinge an dir mir Angst gemacht, aber dann hast du mir gezeigt, wer du wirklich bist.«

Plötzlich konnte Emily sich nicht mehr zurückhalten, und alles brach ungefiltert aus ihr heraus.

»Bitte vergib mir, dass ich gegen uns angekämpft habe, anstatt für uns zu kämpfen, obwohl ich doch wusste, dass wir zusammengehören. Vergib mir, dass ich so ein schwaches Etwas war … Aber mehr als alles andere will ich sagen: danke dafür, dass du mich liebst. Für deine Grübchen und die

Kronkorken. Ich werde nie wieder einen ansehen können, ohne dabei an dich zu denken. Danke für deine bekloppten Yankees und deine schlitzohrigen Kommentare. Dafür, dass du mit mir spätnachts durch die Gegend fahren und Sonnenaufgänge ansehen willst. Dafür, dass du das Gute, das Schlechte und auch das Dazwischen haben willst.« Emily verstummte und schüttelte den Kopf. Ehe sie noch etwas hinzufügen konnte, schnitt ihr die Mailbox das Wort ab. Ein langes Piepen ertönte, und Emilys Zeit war abgelaufen.

»Es tut mir leid, dass du von mir nur das Schlechte abbekommen hast«, flüsterte sie und starrte an die Decke, das Handy an die Brust gedrückt.

2 BETÄUBT

Das Gefühl der Betäubung, das sie ergriffen hatte, war ihr nicht fremd. In den vergangenen vierundzwanzig Jahren ihres Lebens hatte Emily schon öfter diese Betäubung gespürt – immer dann, wenn sie etwas ausblenden wollte, das sie restlos überforderte. In diesen Fällen freute sie sich beinahe darüber, atmete dieses Gefühl ein wie den Duft von Rosen, weil es sie in irgendeiner Weise reinigte und befreite. Jetzt aber saß sie an der Kaffeebar des *Bella Lucina,* rechnete die Zahlen auf ihrem Bestellblock immer wieder nach und spürte, dass die Betäubung dieses Mal ganz anderer Natur war. Nein, so wollte sie sich nicht fühlen.

Seit 216 Stunden ... fühlte sie sich wie eine lebende Tote.

Seit 12 960 Minuten ... fühlte sie sich vollkommen verloren.

777 600 Sekunden ... der absoluten Betäubung.

Tag für Tag schwand ihre Kraft, die nur noch von der immer schwächer werdenden Hoffnung auf ein Wiedersehen mit Gavin genährt wurde, weiter. Selbst im Schlaf gab es kein Entrinnen. Ihre Träume beklemmten sie, weil sie ihr seine Abwesenheit so schmerzhaft vor Augen hielten. Gavin war darin wie ein schöner, nicht greifbarer Nebel, der Emily umhüllte. Der Gedanke daran, dass Gavin sie selbst in einem Moment, in dem sie es nicht verdient hatte, so sehr geliebt hatte, war unerträglich. Nein. Darauf war sie nicht vorbereitet gewesen. Und doch musste sie es jetzt aushalten – Tag für Tag, Stunde für Stunde und Minute für Minute.

»Ich habe Tisch zwölf schon mal für dich die Getränke gebracht«, verkündete Fallon und ließ sich neben ihre Freundin auf einen Stuhl plumpsen.

Emily, die immer noch in ihre Grübeleien über Gavins Verschwinden vertieft war, ließ den Kopf hängen und gab keine Antwort.

»Sie haben außerdem noch Pasta Primavera für den Affen bestellt, der sich zu ihnen gesellt hat.« In diesem Augenblick hob Emily widerstrebend den Kopf und sah Fallon verwirrt an. »Jepp. Sie haben ihn auf der anderen Straßenseite gefunden – anscheinend hat ihn ein Zirkus ausgesetzt«, fügte Fallon hinzu und knotete ihr Haar zu einem losen Dutt zusammen.

»Hast du gerade irgendwas von einem Affen gefaselt?«, fragte Emily verdutzt. »Und wann hast du dein Haar blau gefärbt?«

»Nope. Ich habe kein Wort über einen Affen verloren.« Fallon hob eine Augenbraue, stützte die Ellbogen auf der Bar ab und legte ihr Kinn auf ihre Handflächen. »Meine Haare sind schon seit drei Tagen blau, falls dir das entgangen sein sollte.«

»Oh.« Emily widmete sich erneut den Zahlen auf ihrem Block.

»Was hast du denn da?« Fallon schnappte sich den Bestellblock. »Was sind das für Ziffern?«

»Ach, nix.« Emily riss ihre Liste wieder an sich.

Mit gerunzelter Stirn musterte Fallon besorgt Emilys Gesicht.

»Countrygirl, ich möchte ja nicht übertrieben pessimistisch sein, aber das ist nicht zufällig eine Art Countdown bis zu deinem Selbstmord?«

Entsetzt lehnte Emily sich zurück. »Himmel, Fallon, das glaubst du doch nicht ernsthaft, oder?«

»War nur eine Frage. Also, ist es jetzt ein Countdown oder nicht?«

Emily seufzte und klopfte mit dem Block auf den Granittresen der Bar.

»Er ist seit neun Tagen verschwunden, Fallon. So lange ist es jetzt her, seit ich ihn vollkommen zerstört habe. Ich habe immer wieder erfolglos versucht ihn anzurufen. Keine Chance.«

»Schön und gut, aber da bist du nicht die Einzige. Er hat niemanden zurückgerufen.« Fallon schlang einen Arm um Emilys Schulter. »Colton hat Trevor letztens erzählt, dass nicht einmal er seinen Bruder erreicht.«

»Das ist mir klar, aber Colton ist nun mal nicht der Grund für sein Verschwinden. Sondern ich.« Emily schüttelte den Kopf und kämpfte mit den Tränen. »Er hat mir sein Herz geschenkt, und ich hab es weggeworfen. Meinetwegen hat er seine Familie und seine Freunde verlassen … Sein ganzes Leben.«

»Emily, als Allererstes solltest du mal aufhören, dich selbst fertigzumachen. Wenn man bedenkt, was du an jenem Morgen gesehen hast, kann er sich wirklich freuen, dass du ihm überhaupt glaubst. Ich sage ja gar nicht, dass du das nicht solltest, aber seien wir ehrlich: Das war schon eine harte Nummer. So. Und zweitens ist er abgehauen in dem Wissen, dass du Dillon heiratest. Sobald er weiß, dass du es nicht getan hast, ist er im Nullkommanichts wieder zurück.«

»Er ist schon im Bilde«, flüsterte Emily. »Colton hat mir gesagt, dass er bei seinem Haushälter eine Nachricht hinterlassen hat. Der hat ihn darüber informiert, dass ich das mit der Hochzeit nicht durchgezogen habe.«

»Oh. Das wusste ich nicht«, murmelte Fallon und sah zur Seite. Sie zwirbelte eine Haarsträhne um ihren Finger und konzentrierte sich dann wieder auf Emily. »Vielleicht braucht er ja auch einfach noch etwas Zeit?«

»Ich weiß überhaupt nicht mehr, was ich denken soll.« Emily massierte ihre Schläfen. »Ich weiß nur, dass ich ohne ihn verloren bin.«

Fallon runzelte erneut die Stirn. Bevor sie irgendetwas sagen konnte, schlich Trevor sich von hinten an sie heran und kitzelte sie an den Rippen. Sie riss die Augen auf und wirbelte herum. »Trevor!«, quiekte sie und zog Antonios unerwünschte Aufmerksamkeit auf sich, der sie quer durch das Restaurant streng anfunkelte. Fallon biss sich auf die Unterlippe und formte ein stummes »Sorry«. Antonio schüttelte den Kopf und widmete sich wieder seinem Mittagessen.

»Du kleiner Arsch!«, flüsterte Fallon und schubste Trevor weg.

Er gluckste und drückte einen Kuss auf ihren Scheitel.

»Pardon. Hatte vergessen, dass du so kitzlig bist, Blauschopf.«

»Na logisch, du Esel.« Fallon zog eine Grimasse und erhob sich. »Was machst du denn so früh hier? Du weißt doch, dass ich erst in zwei Stunden Schluss habe.«

»Eigentlich wollte ich mit Emily sprechen«, meinte er und lächelte Emily vorsichtig an. »Hast du schon frei?«

»Noch nicht.« Emily stand ebenfalls auf und griff nach dem Bestellblock auf dem Tresen. Sie holte tief Luft, warf einen Blick darauf und schob ihn in ihre Schürzentasche. »Eine halbe Stunde geht meine Schicht noch.«

»Kein Ding, Countrygirl. Ich kümmere mich um deine Gäste, dann kannst du dich in Ruhe mit meinem schusseligen Freund unterhalten.« Sie warf Trevor einen vielsagenden Blick zu und umarmte Emily. »Meinetwegen sorge ich auch dafür, dass der Affe seinen Nachtisch bekommt.«

Trevor kratzte sich am Kinn und zog die Augenbrauen zusammen. »Affe?«

»Jepp. Ein Affe.« Fallon klopfte Trevor auf die Schulter und zwinkerte Emily zu. »Na los. Sprich mit ihm, ich rufe dich später an.«

»Bist du dir sicher?« Emily löste ihren Pferdeschwanz.

»Ja. Bis später!« Fallon gab Trevor einen flüchtigen Kuss auf die Wange und ging davon.

»Wollen wir uns in eine der Sitznischen verkrümeln?«

»Klar.« Emily knotete ihre Schürze auf und ging hinter die Bar. »Möchtest du was trinken?«

»Nee, ich brauche nichts. Danke.«

Emily machte sich einen doppelten Espresso und führte Trevor dann zu einer Nische im hinteren Teil des Restaurants. Sie glitt auf einen Sitz und nippte an ihrem heißen Getränk. Hoffentlich würde die doppelte Koffeinladung sie zurück ins Reich der Lebenden katapultieren. Sie hatte in den vergangenen Nächten kaum geschlafen.

Trevor sah Emily zerknirscht an. »First of all: Ich fühle mich wegen der Sache mit Dillon wie das letzte Arschloch.«

Emily zuckte zusammen.

»Komm schon, Trevor. Nichts davon ist deine Schuld.«

»Nein, Emily, ehrlich. Lass mich bitte aussprechen, ja?«

Widerstrebend nickte sie.

»Es tut mir wahnsinnig leid, dass ich erst jetzt zu dir komme – nach dem ganzen Mist, der dir passiert ist. Eigentlich wäre ich am liebsten am selben Tag zu dir gefahren, aber ich habe es nicht über mich gebracht. Ich habe das ganze Jahr über tatenlos dabei zugesehen, wie Dillon dich kaputtmacht.« Trevor hielt inne und zupfte nervös an der weißen Tischdecke herum. »Ich erinnere mich noch gut daran, wie energiegeladen du warst, als ihr euch kennengelernt habt. Dann hat er dich Stück für Stück immer kleiner gemacht. Versteh mich nicht falsch – natürlich habe ich gemerkt, dass da was schiefläuft. Aber irgendwie war mir nicht klar, wie schlimm es tatsächlich ist.« Trevor verstummte erneut und schüttelte den Kopf. »Weißt du was? Das ist scheiße! Klar war ich mitverantwortlich. Ich habe es mit angesehen und hätte etwas tun sollen. Ich hätte es stoppen können. Oh Mann. Ich hatte sogar einen handfesten Streit mit Gavin deswegen und habe ihm vorgeworfen, er mache Dillon nur schlecht, weil er in dich verliebt ist.« Trevor fuhr sich mit der Hand durchs Haar und seufzte tief auf. »Verdammt noch mal, Gavin ist seit unserer Kindheit mein bester Freund, und ich habe während dieser ganzen Sache kein einziges Mal für ihn Partei ergriffen. Stattdessen habe ich zugesehen, wie Dillon ihn bei dem Dinner nach der Hochzeitsprobe geschlagen hat, ohne einzugreifen. Nichts habe ich gemacht. Gar nichts.«

»Trevor, bitte. Du bist nicht …«

»Nein, warte. Lass mich ausreden, Em.«

Wieder nickte sie.

»Olivia und ich sind mit einem Vater aufgewachsen, der nie so mit unserer Mutter gesprochen hätte wie Dillon mit dir.« Liebevoll sah er Fallon an, die gerade die Kaffeemaschine auffüllte. »Verdammt, ich liebe diese Frau. Ich könnte niemals so mit ihr umgehen. Trotzdem habe ich den Schwanz eingezogen und basta. Jetzt kann ich nur hoffen, dass du und Gavin mir verzeiht, dass ich so eine Pussy war. Na ja, geschehen ist geschehen. Aber ich kann versuchen, künftig alles richtig zu machen. Bei *Morgan and Buckingham* habe ich gekündigt. Ich habe das Arschloch nicht gesehen, als ich meine Sachen gepackt habe, aber mit dem Typen bin ich durch. Ein für alle Mal. Als ich gesagt habe, dass du für mich wie eine zweite Schwester bist, da hab ich das ernst gemeint.

Und ein Bruder würde nie zulassen, dass jemand so mit seiner Schwester umspringt.« Trevor griff nach Emilys Hand. »Ich will nur, dass du mir verzeihst.«

Weinend und komplett verwirrt drückte Emily seine Hand.

»Ich kann dir nicht vergeben, weil ich dir nie die Schuld für irgendetwas gegeben habe. Ich war diejenige, die ihm erlaubt hat, so mit mir umzugehen. Also fühl dich bitte nicht verantwortlich dafür.«

»Tu ich aber!«

»Nein, Trevor. Ich hätte das einfach nicht zulassen dürfen.« Emily deutete auf ihre Brust. »Ich, nicht du.«

»Nach allem, was du als Kind erlebt hast? Olivia hat mir erzählt, dass deine Mom mit einem Arschloch nach dem anderen zusammen gewesen ist. Bestimmt hat das alles auch was damit zu tun. Für mich aber gibt es keine Entschuldigung.«

Von der Erinnerung an die zerstörerischen Beziehungen ihrer Mutter breitete sich ein saurer Geschmack in Emilys Mund aus, und sie wandte ihre Aufmerksamkeit von Trevor ab. Ihr Blick fiel auf ein Ehepaar, das sich gerade fröhlich lachend von Fallon an einen Tisch geleiten ließ.

»Ja, das stimmt. Meine Mutter hatte kein gutes Händchen, was Männer anging. Aber ich hätte es eigentlich besser wissen müssen …« Emily verstummte und versuchte, die Fassung zu bewahren. Dann richtete sie ihren Blick wieder auf Trevor.

»Den ersten Schritt hast du ja schon gemacht … Ich bin total stolz auf dich, dass du Anklage erhoben und ein gerichtliches Kontaktverbot erwirkt hast. Jetzt, wo Gavin sich aus dem Staub gemacht hat, wendest du dich bitte an mich, wenn Dillon dich nicht in Ruhe lässt, ja?«

Emily strich vorsichtig mit den Fingerkuppen über die langsam verheilende Wunde über ihrer Augenbraue. »Mach ich. Danke, Trevor.« Sie zögerte kurz und räusperte sich. »Darf ich dich was fragen?«

»Klar.«

»Du hast Gavin angerufen und ihm Nachrichten hinterlassen, stimmt's?«

»Jepp.« Trevor nickte.

Emily holte tief Luft und knetete ihre Hände, die in ihrem Schoß lagen.

»Bitte sag, dass du ihm nicht erzählt hast, was Dillon mit mir gemacht hat.«

»Nee, ihn darüber auf der Mailbox zu informieren erschien mir nicht angemessen. Aber ich werde mit ihm darüber reden, wenn er zurück ist.«

»Bitte hör mir zu. Ich will nicht, dass er davon erfährt. Verdammt … Ich weiß auch nicht. Aber sagst du es ihm bitte einfach nicht?«

Trevor legte den Kopf schief. »Du willst, dass ich es ihm verheimliche?«, fragte er verwirrt.

Emily schluckte und spürte, wie sie vor Sorge Bauchschmerzen bekam. »Ja, ganz genau. Die Sache hat ihn schon genug mitgenommen, Trevor. Wenn er Wind davon bekommt, wird er sich Dillon garantiert vorknöpfen wollen.«

»Wieso willst du dieses Arschloch beschützen?« Trevor sah sie schockiert an.

»Gott, Trevor, um Dillon geht es mir doch nicht! Sondern um Gavin. Der ist sowieso schon fix und fertig. Wenn er das rauskriegt, wird er sich nicht zurückhalten können, da bin ich sicher. Das würde ich mir nie verzeihen. Ich habe Gavin schließlich schon genug Ärger gemacht.« Emily sah zu Boden und wischte sich die Tränen aus den Augen. »Bitte«, wisperte sie. »Sag ihm nichts.«

Trevor fuhr sich mit der Hand durchs Haar und dann über seinen Nacken.

»Sieh mal, von mir aus würde ich das Thema vielleicht gar nicht unbedingt anschneiden, aber Gavin kennt Dillon nun mal. Ihm wird vollkommen klar sein, dass er dich nicht ohne Weiteres gehen lassen hat. Ganz ehrlich, Em, wenn er mich direkt danach fragt, werde ich ihn nicht anlügen.«

Emily presste ihre Finger auf ihre Schläfen. »Es tut mir leid. Um so etwas sollte ich dich nicht bitten.«

Trevor atmete tief aus, blinzelte ein paarmal und schob dann seine Brille auf seiner Nase nach oben.

»Bitte entschuldige dich nicht dafür. Das alles ist einfach ein riesiges Schlamassel. Versprich mir nur, dass du ihm davon erzählst, wenn ihr zwei alles klärt.«

»Ja, kein Problem«, schnaubte Emily. »Nur leider beantwortet er nicht einmal meine Anrufe.« Wieder schweifte ihr Blick hinüber zu dem Pärchen. »Für ihn bin ich abgehakt.«

»Na ja, momentan mag er ziemlich durch den Wind sein, aber er ist unsterblich verliebt in dich. Wenn er wiederkommt und dich sieht, wird er dir nicht widerstehen können. Jede Wette.« Trevor erhob sich und legte eine Hand auf ihre Schulter. »Hoffen wir mal, dass er nicht ein halbes Jahr lang weg ist.«

Emily fühlte sich, als hätte Trevor ihr einen Dolch in die Brust gerammt, und versuchte, tief durchzuatmen. »Glaubst du wirklich, dass er so lang fortbleiben würde?«

»So habe ich das nicht gemeint, Em ...«

»Doch, hast du! Wieso solltest du denn sonst so etwas sagen?«

Trevor kaute auf seiner Unterlippe und sah kurz beiseite, ehe er mit den Schultern zuckte. »Gavin kann schon manchmal ziemlich extrem sein. Ich habe keine Ahnung, wie lang er wegbleibt.«

Alles in ihr verkrampfte sich. »Oh mein Gott. Ich kann nicht ... Er kann doch nicht ...«

Kopflos lief sie um die Bar herum und riss ihre Handtasche, den Mantel und Schal unter dem Tresen hervor.

»Das hätte ich nicht sagen sollen.« Mit reuevollem Gesicht kam Trevor auf sie zu. »Vielleicht ist er morgen schon zurück …«

»Oder in sechs Monaten«, stieß Emily bitter hervor und lief an ihm vorbei. Als sie die Tür öffnete und aus dem Restaurant trat, zog sich ihre Brust vor Panik zusammen, und ein Zittern erfasste ihren gesamten Körper.

Die Gedanken wirbelten ihr nur so durch den Kopf. Emily schlüpfte hektisch in ihre Jacke und eilte durch die Menschenmassen auf den Gehwegen. Autos hupten, Sirenen schrillten und Gespräche flirrten durch die Luft, aber Emily nahm von alldem nichts wahr. Sie war vollkommen betäubt. Das Einzige, was sie hören konnte, war Gavins Flüstern in ihrem Ohr, sein Lachen, das durch die Luft schwebte, und sein Herzschlag, der sie langsam in einen sanften Schlummer befördert hatte. Bei dem Gedanken, dass er vielleicht wirklich noch lange Zeit fort sein würde, begann sie heftig zu schluchzen. Neun Tage ohne ihn hatten sie schon beinahe um den Verstand gebracht. Ein halbes Jahr würde sie umbringen.

Als die Fassade des Chrysler Buildings in ihr Blickfeld kam, wurde Emily nervös. Was tat sie da eigentlich?

Aber ganz gleich, wie verunsichert sie jetzt auch war, sie würde sich nicht aufhalten lassen. Kurzerhand trat sie in die Lobby.

Sofort fiel ihr Blick auf den Rücken eines Herren, der am Informationstresen lehnte. Verschwommen nahm sie seinen schwarzen Haarschopf und seine muskulöse Gestalt wahr, die sie sehr an Gavin erinnerte. Er schob in aller Seelenruhe eine Hand in seine Hosentasche und fuhr mit der anderen durch sein Haar – genauso, wie Gavin es immer tat. Emily erstarrte und schnappte nach Luft, ehe sie langsam auf ihn zuging. Einem spontanen Impuls folgend, hob sie zitternd die Hand und tippte auf seine Schulter. Als er sich umdrehte, versuchte sie, seinen Duft in sich aufzunehmen. Wie sehr hatte sie ihn vermisst … Wenige Sekunden später blickte sie in die Augen eines Unbekannten. In ein fremdes Gesicht, ein fremdes Lächeln. Sofort sank ihr das Herz in die Kniekehlen.

»Kann ich Ihnen helfen?«

Außerstande zu antworten, sich zu bewegen oder zu denken, starrte Emily den Fremden an. Von einer plötzlichen Übelkeit erfüllt und leicht benommen öffnete sie den Mund und versuchte, etwas zu erwidern. Sie brachte kein Wort heraus.

»Miss? Ist bei Ihnen alles in Ordnung?« Der Mann legte eine Hand auf Emilys Arm. »Sie wirken, als würden Sie jeden Moment ohnmächtig werden.«

Emily räusperte sich, schüttelte den Kopf und wich zurück. »Es … Es tut mir leid. Ich dachte …« Sie brachte den Satz nicht zu Ende. Sie blinzelte, drehte sich um und quetschte sich in den überfüllten Lift.

Eine Frau in einem roten Hosenanzug reckte den Hals und sah sich um. »In welches Stockwerk möchten Sie?«, fragte sie knapp.

Emily versuchte sich wieder auf das Hier und Jetzt zu konzentrieren. Aber sie merkte, dass es ihr nicht gelingen würde. »Ich bin mir nicht sicher.«

Die Frau lachte und zuckte mit den Schultern.

Ein älterer Herr mit einem liebenswürdigen Lächeln meldete sich zu Wort. »Wie heißt denn die Firma, die Sie suchen?«

»Blake Industries.«

»Ah, die kenne ich. Genau wie ihre zwei sehr charismatischen Besitzer«, erwiderte der Mann. Er nickte mit dem Kopf in Richtung der unfreundlichen Frau im roten Hosenanzug, die über ihre Schulter hinweg zu ihr hinüberspähte. »Die sitzen im zweiundsechzigsten Stock. Seien Sie doch so nett und drücken Sie für die junge Dame auf den Knopf.«

Emily wandte all ihre Kraft auf und schenkte dem Herrn ein schwaches Lächeln. Er nickte und zwinkerte ihr zu. Während die Aufzugtüren sich in jedem Stockwerk öffneten und schlossen, erinnerte Emily sich unweigerlich an ihre erste Begegnung mit Gavin. Obwohl sie in einem Lift voller Menschen stand, gab es in diesem Augenblick doch nur sie beide.

»Das war übrigens nicht meine Freundin, falls Sie sich das gerade gefragt haben sollten.«

»Wer behauptet denn, dass mich das interessiert?«

»Und wer sagt, dass es Ihnen egal ist?«

Mit einem leichten Knuff gab der Herr ihr zu verstehen, dass sie im zweiundsechzigsten Stockwerk angekommen waren, und die Erinnerung verblasste. Emily war so nervös, dass sie das Gebäude am liebsten sofort wieder verlassen hätte. Sie widerstand dem Drang und nickte dem Mann dankend zu, drückte sich an den anderen Leuten vorbei und trat aus dem Aufzug. Sobald sie sich im Empfangsbereich befand, fiel ihr Blick auf die sandgestrahlte Glaswand, auf der der Schriftzug von *Blake Industries* prangte. Sie schluckte noch einmal und ging dann auf die Rezeptionistin zu, die hinter einem hohen halbmondförmigen Mahagonitisch saß.

Die dunkelhaarige Frau sah vom Bildschirm auf und lächelte sie warm und einladend an.

»Kann ich Ihnen behilflich sein?«

Emily nickte und brachte irgendwie ein Lächeln zustande. »Ja. Ich würde gern mit Colton Blake sprechen.«

»Es tut mir leid, aber Mr Blake ist gerade mitten in einem Meeting. Nehmen Sie doch Platz, und warten Sie auf ihn, wenn Sie möchten. Er müsste etwa in zehn Minuten fertig sein.«

Sie deutete auf den Sitzbereich. »Könnten Sie mir bitte ihren Namen sagen?«

»Emily Cooper.«

»Ich gebe ihm Bescheid, dass Sie auf ihn warten, Miss Cooper.« Die Frau strahlte sie noch einmal an.

»Vielen Dank.« Emily wandte sich schon zum Gehen, als ihr Blick auf eine Bürotür fiel, die sich gerade öffnete. Als sie Colton herausschlendern sah und sein tiefes, herzliches Lachen hörte, spielten ihre Nerven einen Moment lang völlig verrückt. Colton schüttelte dem Mann, der zusammen mit ihm den Raum verlassen hatte, die Hand, und sein Blick fixierte Emily, der sofort flau im Magen wurde. Coltons Heiterkeit war wie weggeblasen. Stattdessen starrte er sie finster mit leicht geöffnetem Mund an und ließ seinen Blick dann immer wieder zwischen ihr und seinem Geschäftspartner hin- und herwandern. Angespannt sah Emily zu, wie Colton sich um ein freundliches Lächeln bemühte. Sie zupfte nervös an dem Saum ihres weißen Arbeitshemdes herum und wartete, während Colton den Mann zum Lift brachte und sich von ihm verabschiedete.

»Wir hören uns dann nächste Woche, Tom«, sagte Colton und betätigte den Knopf für den Aufzug. »Grüß doch Ellie von mir, und sag ihr, dass sich meine Mutter bald wegen des Brunchs bei ihr meldet.«

»Wird gemacht«, erwiderte der Mann mit einem knappen Nicken, ehe er im Aufzug verschwand.

»Mr Blake«, flötete die Rezeptionistin, »Miss Cooper ist gekommen, um Sie zu treffen.«

»Ja, das sehe ich. Vielen Dank, Nathalie.« Colton nickte Emily zu. »Emily.«

»Hallo, Colton.«

»Was treibt dich denn hierher?«, fragte er vorsichtig.

Nervös trat Emily von einem Fuß auf den anderen und erwiderte seinen prüfenden Blick. Sie schluckte. »Ich muss mit dir sprechen.«

»Das habe ich mir fast gedacht.«

»Warum fragst du dann?«

Colton zog eine Augenbraue nach oben, und ein leichtes Grinsen erschien auf seinem Gesicht. »Los, lass uns reden.«

Emily folgte ihm und versuchte, die Übelkeit in ihrem Magen zu unterdrücken. Sobald sie in seinem Büro waren, schloss Colton die Tür und schlüpfte aus seinem Jacket. Wortlos deutete er auf einen Stuhl vor seinem Schreibtisch. Emily legte Jacke und Schal ab und setzte sich. Wie gern wäre sie jetzt einfach abgehauen … Nein. Da musste sie jetzt durch. Sie musste sich auf das konzentrieren, weswegen sie hergekommen war. Während Colton sein Jackett in die Garderobe hängte und sich auf seinen Bürostuhl fläzte, musterte sie ihn verstohlen.

Colton räusperte sich und durchbohrte sie förmlich mit seinen Blicken.

»Du hast ihn sehr verletzt, Emily.«

»Das weiß ich. Besser als irgendjemand anderes.« Emily gelang es nur mit Mühe, ihre Stimme im Griff zu behalten. »Aber ich liebe ihn und muss das unbedingt wiedergutmachen. Olivia hat mir erzählt, er sei im Ausland. Du musst mir sagen, wo er ist, Colton. Bitte.«

Er lehnte sich zurück und schnaubte verächtlich.

»Du liebst ihn, ja? Wieso fällt es mir nur so schwer, das zu glauben?« Erschrocken zuckte Emily zurück, aber Colton ließ nicht locker. »Und wie, bitte schön, möchtest du es wiedergutmachen? Selbst wenn ich dir verrate, wo er steckt, heißt das doch noch lange nicht, dass er dir noch eine Chance gibt. Du hast ja keine Ahnung, wie der aussah, als er in jener Nacht bei mir zu Hause aufgetaucht ist. Dieser Ausdruck in seinen Augen. Und dieser Schmerz in seinem Gesicht …«

Er zuckte lässig mit den Schultern und klang plötzlich sehr selbstgefällig. »Ach ja, wie hättest du ihn auch sehen sollen? Du warst ja zu beschäftigt damit, dein Hochzeitsdinner zu genießen.«

Die Spannung im Raum war so deutlich, dass Emily plötzlich Mühe hatte zu atmen. Seine Unterstellung war wie ein Schlag ins Gesicht. Tränen stiegen ihr in die Augen, und sie konnte sich nicht länger zurückhalten.

»Dafür habe ich seit diesem Abend in vielerlei Hinsicht bezahlt, glaub mir. Ich habe mich selbst genug gequält, mehr, als irgendjemand ahnt.«

Während die bittere Wahrheit aus ihrem Mund strömte, erinnerte sie sich an all das, was Dillon ihr angetan hatte. Sie liebte Gavin – und den Vorwurf, dass sie jenen furchtbaren Abend auch noch genossen hatte, musste sie sich wahrlich von niemandem machen lassen. Emily rappelte sich von ihrem Stuhl hoch und drückte ihre Hand auf ihre Brust.

»Du hast keine Ahnung, wie sehr ich deinen Bruder liebe. Ohne ihn kann ich nicht atmen. Ich schlafe nicht mehr. Esse kaum noch etwas. Stimmt, zuerst habe ich ihm nicht geglaubt. Ich konnte einfach nicht. Als an jenem Morgen die Tür aufging, stand da plötzlich seine Vergangenheit vor mir, gerade, als ich dachte, ich wäre seine Zukunft. Das hat mich fast umgebracht. Mein erster Impuls war, einfach zu fliehen – dem habe ich nachgegeben. Und darunter leiden wir jetzt beide. Wie die Hunde.«

Emily hielt sich die Hand vor den Mund und sah mit hämmerndem Herzen zu Boden. Langsam richtete sie ihren flehenden Blick auf Colton.

»Ob er mich zurücknimmt, weiß ich nicht, das erwarte ich auch gar nicht. Falls er mich überhaupt ansehen wird, ich ertrage meinen Anblick gerade selbst nur schlecht. Aber was ich weiß, ist, dass ich ihn sehen muss. Ich muss ihm sagen, wie leid mir das alles tut. Selbst wenn ich mich alldem aussetzen muss ohne die geringste Gewissheit oder Garantie, wenn ich zu ihm fahre, bleibt mir keine andere Wahl.« Emily schnappte nach Luft und kniff ihre Augen zusammen. »Aber behaupte ja nicht, dass ich ihn nicht liebe. Da täuschst du dich nämlich gewaltig.«

Die Selbstgefälligkeit in Coltons Gesicht war verschwunden. Stattdessen sah er Emily jetzt verständnisvoll und mitfühlend an. Er stand auf und griff nach einem Stift und einem Post-it-Zettel, auf den er etwas kritzelte. Dann reichte er ihr das kleine Stück Papier.

»Hier ist die Adresse von seinem Haus und dann noch die einer Strandbar, in der du ihn wahrscheinlich finden wirst.« Colton kramte in seiner Hosentasche und zog seine Geldbörse heraus. Nachdem er ein paar Scheine abgezählt hatte, erschien ein leichtes Grinsen auf seinem Gesicht.

»Ich war zwar vorhin nicht besonders gut auf dich zu sprechen, aber ich werde dich ganz sicher nicht die Kosten für den Ausflug zu unserem kleinen Schlitzohr zahlen lassen.« Colton griff nach Emilys Hand und legte die Scheine hinein. »Das ist einfach nicht mein Stil.«

Schniefend starrte Emily auf das Geld und schüttelte den Kopf. »Das kann ich nicht annehmen. Es reicht völlig, dass du mir gesagt hast, wo ich ihn finde.« Sie versuchte ihm das Geld wieder in die Hand zu drücken.

»Ich bestehe aber darauf.« Sanft stieß er ihre Hand weg. »Außerdem sind es doch nur ein paar Hundert Kröten. Ich werde dir jetzt den Jet chartern und mich um alles kümmern, auch deine Unterkunft.« Colton räusperte sich und schob seine Hände in die Hosentaschen. »Auch wenn ich dir nur das Allerbeste wünsche, kann es natürlich sein … dass er nicht gerade begeistert sein wird, dich zu sehen.«

Emily schluckte hart und nickte. Sie sammelte ihre Habseligkeiten zusammen und versuchte den Gedanken daran weit von sich zu schieben. Ihr war klar, dass sie bei ihrem Überfall mit jeder Reaktion rechnen musste. Nachdem sie in ihren Mantel geschlüpft war, starrte sie Colton einen Moment lang an.

»Hast du denn mal von ihm gehört?«

»Nein.« Colton schüttelte den Kopf. »Noch nicht.«

»Woher willst du denn dann wissen, dass er überhaupt dort unten angekommen ist? Vielleicht ist ihm was zugestoßen«, fragte sie nervös.

»Glaub mir, ich kenne mein Bruderherz. Dem ist nichts passiert«, erwiderte Colton beruhigend, während er Emily zur Tür begleitete. »Der Einzige, der ihm etwas anhaben könnte, ist er selbst.«

»Du denkst doch nicht, dass er …«

»Nein. Nein!«, unterbrach Colton sie schnell. »Das kam jetzt völlig falsch an. Vergiss, was ich gesagt habe.« Erleichtert ließ Emily die Schultern sinken. Das Lächeln verschwand aus seinem Gesicht, und er fuhr mit gesenkter Stimme fort. »Entschuldige meine Taktlosigkeit, bitte. Er ist eben mein kleiner Bruder, und selbst wenn er die Yankees anbetet, was ich als eingefleischter Mets-Fan natürlich schrecklich finde, liebe ich ihn nun mal abgöttisch.«

»Das tu ich auch«, flüsterte Emily und sah Colton in die Augen, die sie so sehr an Gavins erinnerten. »Das tue ich wirklich.«

»Ich weiß, aber ich bin nicht derjenige, den du überzeugen musst. Jetzt düs da runter, und beweis es ihm. Meine Assistentin ruft dich an und gibt dir alle notwendigen Informationen.«

Emily, die vor Dankbarkeit Tränen in den Augen hatte, drückte die Handtasche an ihre Brust. »Danke, Colton.«

Er nickte nur und öffnete die Tür.

Emily trat hinaus und stieg in den Aufzug, in dem alles begonnen hatte. Eine Mischung aus Erleichterung und Angst überkam sie, und ihr Herz hämmerte wie wild. Aber egal, wie groß ihre Bedenken sein mochten: Sie hatte keine Zeit mehr zu verlieren.

Tick … Tack …

3 ABSTAND

Die untergehende karibische Sonne warf lange Schatten auf die Mosaikfliesen, die die kleine Strandbar säumten. Gavin saß hier am südlichsten Zipfel der Fifth Avenue. Er kannte den Ort gut und suchte ihn jedes Mal auf, wenn er in der Gegend unterwegs war. Von einem offenen Grill stieg träge Rauch auf, und der köstliche Duft von Shrimps-Tacos und Tamales, gefüllten Maisteigtaschen, zog durch die Luft. Ein warmer Wind kam auf, und Gavins gebrochenes Herz schlug im selben Rhythmus wie die Wellen, die sich am Sandstrand brachen, während er das Meer still beobachtete. Vom Strand her drang der Klang von Trommeln an sein Ohr, und ein paar Urlauber beendeten gerade ihre Volleyballpartie auf dem glühend heißen Sand. Frauen mit perfekten Körpern schmierten literweise Sonnencreme auf ihre operierten Brüste. Ein Kleinkind stapfte auf das türkisfarbene Wasser zu, und sein Vater stürzte ihm hinterher, um ihn gleich darauf in die Luft zu heben und herumzuwirbeln. Der kleine Junge, dem zweifellos schwindlig sein musste, gluckste vergnügt.

Auch auf Gavins Gesicht erschien ein kleines Lächeln, während er den beiden beim Toben zusah. Schließlich klemmte der Mann seinen Sohn unter den Arm und schwankte mit ihm aus dem Wasser. Zurück am Strand, setzte er den Kleinen bei seiner Mutter ab und beendete so ihre kurze Verschnaufpause. Als der Mann sich lächelnd neben seine hellhäutige Frau hockte, sie umarmte und ihr einen Kuss auf die Lippen drückte, stieg in Gavin eine gewaltige Sehnsucht auf. Die glasklare Erinnerung daran, wie es war, Emily in den Armen zu halten, überfiel ihn hinterrücks. Er griff nach seinem Glas mit Bourbon, in dem die Eiswürfel bereits vor sich hin schmolzen. Nur mit großer Mühe riss Gavin sich von dem Anblick des Paares los.

»Señor Blake.« Gavin hob den Blick und sah, wie der Kellner, den er im Laufe der letzten Jahre kennengelernt hatte, mit einem neuen Bourbon auf ihn zukam. Als er das Getränk vor Gavin abstellte, wackelte er mit den Augenbrauen. »Das hier ist von dieser wunderhübschen Señorita dahinten.« Mit dem Kopf deutete er auf eine Frau, die allein an der Bar saß.

Gavin linste verstohlen in ihre Richtung. Die Frau schlug die langen Beine übereinander, die in ihrem kurzen Sommerkleid aus Seide wunderbar zur Geltung kamen, und warf ihm ein scheues Lächeln zu, ehe sie an ihrer Piña Colada nippte. Mit eindringlichem Blick saugte sie lasziv an dem Strohhalm.

Er nickte ihr dankend zu, zückte seinen Geldbeutel und gab dem jungen mexikanischen Kellner sein Trinkgeld. »Danke, Miguel. Gib ihr doch bitte die nächste Runde in meinem Namen aus, ja?« Er lehnte sich zurück und legte seinen Arm über den Stuhl neben sich. »Wie geht's denn Maria und dem Kleinen?«

»Oh, prächtig, Señor Blake«, erwiderte er mit freudestrahlenden Augen. »Wir versuchen gerade, ihm beibringen Fußballspielen.« Der junge Mann lächelte und griff nach dem leeren Glas. »Ihr Amerikaner nennt es ja *Soccer*. Wir hoffen sehr, dass er in … wie heißt es noch mal? Olympia? Also, dass er dort spielen wird.«

Gavin gluckste leise. »Du meinst die Olympischen Spiele.«

Grinsend warf sich Miguel das Geschirrtuch über die Schulter. »Genau. Bei den Olympischen Spielen. Dann er wird dafür sorgen, dass unsere Familie irgendwann viel Dineros haben. Dann Glück kommt. Si?«

Gavin griff nach dem vollen Glas und ließ die Flüssigkeit kreisen, wobei die Eiswürfel ans Glas schlugen. Er warf Miguel ein schwaches Lächeln zu und sagte ausdruckslos, während ihm Bilder von Emily durch den Kopf schossen: »Ganz genau, Miguel. Geld macht glücklich.«

Miguel grinste und widmete sich wieder seiner Arbeit, womit er Gavin seinen Dämonen überließ. Plötzlich sah er Emilys kastanienbraunes Haar vor sich, das sein Gesicht kitzelte … Gavin musste tief ein- und ausatmen. Das Gefühlschaos verebbte mit jedem Atemzug, den er tat, ein wenig mehr, und der Schmerz verwandelte sich langsam in … Zorn. Die Erinnerungen an ihre gemeinsame Zeit stürzten auf ihn ein, und in seinem Körper spannte sich jeder Muskel an. Bedrückt hob Gavin den Kopf und sah in Richtung der Frau, die ihm den Drink spendiert hatte. Ziemlich hübsch. Ihr dichtes, lockiges Haar fiel lose auf die Träger ihres Sommerkleids herab. Während sie ihm in die Augen sah und ihn schüchtern anlächelte, ließ Gavin seinen Blick über ihren schlanken Körper wandern. Sie war vielleicht nicht die Art Frau, die alle Blicke auf sich zog, doch sie hatte etwas Bestechendes. Ihre Augen und ihr Lächeln strahlten um die Wette. Schließlich erhob sie sich elegant von dem Barhocker und kam mit ihrer Clutch und ihrem Glas in den Händen langsam auf ihn zu. Gavin schluckte und lauschte dem leisen Klackern ihrer Absätze auf dem Holzboden, während sie den Blick auf ihn gerichtet hielt. Einige Meter entfernt blieb sie stehen, legte den Kopf schief und sah ihn fragend an. Dieses Zögern war irgendwie anziehend. Mit einem genauso zaghaften Kopfnicken bedeutete er ihr, neben ihm Platz zu nehmen. Lächelnd trat sie von der oberen Veranda hinunter auf die Strandterrasse. Sie zog einen Stuhl unter dem Tisch hervor und stellte ihren Drink ab, wobei der warme Wind ihr das Haar ins Gesicht wehte. Als sie es sich hinters Ohr strich, konnte Gavin einen Blick auf ihre grünen Augen erhaschen, deren Farbe ihm unangenehm vertraut war. Mit aller Macht versuchte er die Gedanken an Emily zu unterdrücken.

»Einen Mann mit gebrochenem Herzen erkenne ich auf hundert Meter Entfernung«, gurrte sie. Sie schlug die Beine übereinander und nahm einen großen Schluck von ihrem Drink, ehe sie sich leicht über den Tisch neigte. Ein verführerisches Lächeln breitete sich auf ihren glänzenden Lippen aus. Ihr Blick wanderte von Gavins Gesicht hinab zu seiner Brust.

»Kann ich Ihnen bei der Lösung Ihres Problems irgendwie behilflich sein, Mr …?«

Gavin lehnte sich zurück und schüttelte den Kopf. »Sie sind wohl doch nicht so schüchtern, wie Sie aussehen«, murmelte er und griff nach seinem Drink. »Es heißt ja immer, dass der Schein trügen kann. Aber das ist ja nicht verkehrt – schüchtern bin ich auch nicht, selbst wenn ich so aussehen sollte.«

Gavin stürzte den Rest seines Getränks hinunter, stellte das Glas ab und schnippte mit Daumen und Mittelfinger dagegen. Nass beschlagen glitt es geschmeidig über die Glasplatte, bis es gegen den Aschenbecher schlug. Er stützte die Ellbogen auf dem Tisch ab, grinste und verschränkte die Finger unter seinem Kinn. »Sie wollen mein Problem lösen? Ich bin fasziniert, Mrs …?«

Die namenlose Frau biss sich auf die Unterlippe und ahmte seine Haltung nach.

»Erstens bin ich hocherfreut, dass Sie fasziniert von mir sind. Nur aus diesem Grund bin ich hier rübergekommen – ich genieße es sehr, einen Mann zu faszinieren. Und zweitens: Nein, schüchtern bin ich keineswegs, Süßer. Davon bin ich weiß Gott weit entfernt! Und drittens: Dass Sie schüchtern aussehen, habe ich nie behauptet. So wirken Sie wahrhaftig nicht, und das gefällt mir.« Sie beugte sich hinunter, schlüpfte aus ihrer rechten Sandale und massierte ihren Fuß. Interessiert beobachtete Gavin, wie sie ihre blutroten Fingernägel langsam von ihrer Fußsohle hinauf zu ihren Waden wandern ließ. Schließlich brachte sie sich auf dem Stuhl wieder in Position und zog lächelnd ihren nackten Fuß unter ihren Po.

»Viertens: Ja, ich würde Ihnen gern helfen. Auf jede Art und Weise, nach der Ihnen der Sinn steht. Ich mache auch schwere Zeiten durch, wir würden also beide davon profitieren. Und fünftens: Sie haben mir Ihren Namen noch nicht verraten, weshalb sollte ich das also anders machen? Ganz offensichtlich bin ich ein wenig älter als Sie, also sollten Sie mir einen gewissen Respekt erweisen, nicht wahr, Mr …«

Gavin rührte sich nicht, begann aber breit zu grinsen.

»Gavin Blake.«

»Aha, alles klar, Mr Blake mit dem gebrochenen Herzen, also. Freut mich sehr, Sie kennenzulernen. Ich bin Miss Layton, aber nennen Sie mich doch einfach Jessica. Von mir aus können wir uns gern duzen.«

Sie blickte ihn an und reichte ihm über den Tisch hinweg ihre Hand. Als er danach griff, spürte er, wie sie mit ihrem Zeigefinger kleine Kreise auf seinen Handteller malte. Zögerlich zog sie ihren Arm zurück und presste ihre Brüste mit den Oberarmen zusammen. »Also, wer war sie? Und wie konnte sie so dumm sein, einer Augenweide wie dir das Herz zu brechen?«

Da hatte sie seinen wunden Punkt getroffen. Gavin räusperte sich und sah an Jessica vorbei ins Leere, um dann Miguel zu bedeuten, dass sie eine weitere Runde Drinks benötigten. Er ließ den Kopf kreisen, lehnte sich zurück und vergrub seine Hände in den Taschen seiner Kakishorts. Mit teilnahmslosem Gesichtsausdruck sah er sie an.

»Lass mich ein paar Dinge klarstellen – Jessica? So heißt du doch?«

Irritiert von seiner Frage und seinem Tonfall nickte sie.

»Nun, Jessica«, fuhr Gavin fort. »Erstens: Mein Leben und die Personen, mit denen ich es geteilt habe, gehen dich nichts an. Frag mich nicht noch mal danach. Zweitens: Auch wenn du vielleicht denkst, du könntest mein Problem lösen, bin ich mir verdammt sicher, dass dem nicht so ist. Nichtsdestotrotz könnte ich dich in die absolute Besinnungslosigkeit vögeln und dich von deinen schlimmen Sorgen wunderbar ablenken. Auch wenn ich jünger als du sein mag, bin ich doch nicht mehr ganz grün hinter den Ohren. Du ahnst, worauf ich hinauswill?«

Mit großen Augen öffnete Jessica den Mund, sagte aber nichts und nickte schließlich nur.

»Gut. Es freut mich sehr, dass wir da ähnlich ticken.« Gavin reichte Miguel, der die Getränke brachte, die Kreditkarte.

»Drittens: Ich begegne andauernd faszinierenden Frauen, also bilde dir auf mein Kompliment lieber nicht zu viel ein. Mir fiele schon etwas Originelleres ein, als einer Frau zu sagen, dass ich ihren notgeilen, leicht irren Annäherungsversuch *faszinierend* finde. Viertens: Wenn du vögeln möchtest, lass uns vögeln. Mein Haus ist gerade mal zwei Minuten von der Bar entfernt. Aber ich muss dich warnen: Weiter wird nichts passieren. Kein Kuscheln, keine Übernachtung. Ich werde dich vögeln, und das sehr gut, aber sobald der Spaß vorbei ist, haust du bitte ab. Und ich werde dir weder meine

Nummer geben noch auch nur einen einzigen weiteren Gedanken an dich verschwenden. Also, Jessica …« Gavin legte die Hand um sein Kinn und tat so, als überlegte er, wie ihr Nachname war.

»Layton«, antwortete Jessica mit brüchiger Stimme. »Ich heiße Jessica Layton.«

»Ah, richtig. Also, Miss Jessica Layton, jetzt ist der Ball wieder bei Ihnen.« Gavin fuhr sich mit der Hand durchs Haar und zwinkerte ihr zu. Miguel kam mit seiner Kreditkarte zurück an den Tisch. Nachdem Gavin sie zurück in seine Geldbörse gesteckt hatte, sah er über den Tisch hinweg die sprachlose Jessica an, die mit ihren Fingern am Hals auf- und abstrich.

»Entscheid dich mal, Jessica«, meinte er mit einem leichten Achselzucken. »Wenn wir uns nicht miteinander vergnügen, werde ich mich einfach wieder einem Joint widmen und selbst Hand anlegen.«

Mit schockiertem Gesichtsausdruck erhob sich Jessica, schlüpfte wieder in ihre Sandale und griff nach ihrer Clutch.

Damit hatte er sie vermutlich vergrault. Gavin zuckte erneut mit den Achseln und bewunderte wieder die Familie, die gerade Hand in Hand auf eine kleine zweitürige Hütte zuging. Ihm war schmerzlich bewusst, dass sein Reichtum gegen ihr Glück nicht ankam. Und dieses Glück wollte er. Er wollte diese kleine Hütte.

»Und, bist du bereit?«, fragte Jessica mit einer Stimme, die vor Lust nur so troff.

Gavin riss seine Aufmerksamkeit von der Familie los und registrierte, wie Jessica ihm den Bourbon aus der Hand nahm und ihn in einem langen Zug hinunterstürzte. Nachdem sie das leere Glas auf dem Tisch abgestellt hatte, streichelte sie Gavin über die Wange. Kurz versteifte er sich bei dieser Berührung. Dann sprang er auf und griff nach Jessicas Hand, um sie hinter sich her zu seinem Apartment zu ziehen.

»Bist du denn nicht wenigstens ein bisschen neugierig, was ich hier ganz allein in Mexiko treibe?«, fragte Jessica, während sie einen schmalen Holzweg entlangliefen.

Gavin sah auf die brechenden Wellen und die untergehende Sonne und schüttelte den Kopf. »Ehrlich gesagt nein.«

»Besonders nett bist du jedenfalls nicht.« Jessica zog ihre Hand weg, was Gavin nicht im Geringsten kümmerte. Trotzdem blieb sie hinter ihm.

»Nein, das würde ich auch nicht behaupten«, murmelte Gavin und fragte sich, wo Emily wohl gerade sein mochte. Vor Einsamkeit wurde ihm die Brust ganz eng, aber irgendwie war er froh darüber Immerhin war ihm dieses Gefühl wohlvertraut. Fast schon wie ein alter Kumpel.

»Alles klar«, schnaubte Jessica skeptisch. »Aber könntest du nicht in Anbetracht dessen, was wir gleich miteinander vorhaben, ein bisschen ... netter sein?«

Gavin sah sie mit hochgezogener Augenbraue an. »Schau mal, ich spiele mit offenen Karten. Wir können gerne Sex haben, aber ohne irgendwelche Extras. Take it or leave it.« Einen kurzen Augenblick wurde Gavin flau im Magen. Eigentlich war er dazu erzogen worden, Frauen respektvoll zu behandeln, und er konnte sich gut vorstellen, wie entsetzt sein Vater von diesem Verhalten wäre. Trotzdem löste sich der Gedanke bald in Luft auf, und sein altes Verhaltensmuster gewann wieder die Oberhand.

Augen zu und durch.

Jessica zog einen Schmollmund. »Na schön. Aber nur, weil ich es wohl noch nötiger habe als du.«

Auf seiner Veranda angekommen, warf Jessica ihr kupferfarbenes Haar zur Seite, und Gavin stieg ihr Duft in die Nase. Der zarte Jasmingeruch rief Erinnerungen wach, die er nur zu gern vergessen hätte. Das erschütterte ihn kurz so heftig, dass er nur mit Mühe das Gleichgewicht halten konnte. Mit einem tiefen Atemzug beruhigte er sich ein wenig. Während er in ihre lüsternen grünen Augen sah, packte er sie am Nacken und presste ihren Mund brutal auf seinen. Jessica drückte sich an ihn und stieß einen leisen Seufzer aus. Obwohl dieser Seufzer verführerisch und sehr weiblich klang, war es nicht der, den er ersehnte. Und ihre Lippen, die auf ihre eigene Weise sehr verlockend waren, wollten einfach nicht mit seinen verschmelzen. Passten nicht auf seine wie das richtige Puzzleteil.

Es machte Gavin wütend. So wütend, dass er Jessica regelrecht zu verschlingen begann. Er presste sie gegen die Wand und legte eines ihrer Beine um seine Hüfte. Als er stürmisch eine Hand unter ihr Sommerkleid und unter ihren Slip schob, keuchte sie auf. Im Handumdrehen hatte er drei Finger in sie geschoben, und Jessica hing – sich an den Kragen seines weißen Leinenhemdes klammernd – an ihm, wobei sie sich jedem seiner harten Stöße entgegenbog. Auch wenn ihre Möse so feucht und bereit war, wie man es sich nur wünschen konnte, fühlte sie sich doch fremd an. Diese Tatsache brachte Gavin allerdings nur dazu, sie noch heftiger und tiefer zu fingern.

»Warte«, stöhnte sie und versuchte zu Atem zu kommen. Sie legte den Kopf nach hinten und starrte ihn an. »Was soll das werden? Willst du mich gleich hier draußen durchnehmen?«

Mit einem schiefen Grinsen wich Gavin zurück und ließ die keuchende Jessica allein an der Wand zurück. »Du scheinst ja doch nicht so wild zu sein, wie ich dachte«, murmelte er und zog seine Schlüssel aus der Hosentasche, öffnete die Tür und hielt sie auf, während Jessica ihre Kleidung zurechtrückte.

Seufzend hob sie ihre Clutch vom Boden auf und verdrehte die Augen, als sie an ihm vorbeiging. Achtlos ließ sie ihre Handtasche auf den antiken Tisch mit den Krallenfüßen fallen, der im Foyer stand, und ließ den Blick durch sein geräumiges Strandhaus wandern. »Nette Hütte.« Sie lächelte und sah ihn beeindruckt an. »Also, wo waren wir stehen geblieben?«

»Du wolltest gerade für mich strippen.« Gavin pfefferte seinen Schlüsselbund auf den Tisch und knöpfte sein Hemd auf, um es sofort auszuziehen. Dann lehnte er sich mit verschränkten Armen an den Türrahmen und beobachtete, wie sie sich entkleidete. Nachdem Jessica alles abgelegt hatte, kam sie auf ihn zu, nahm sein Gesicht in die Hände und zog ihren Mund an seinen. Gavin sperrte alle Gedanken an Emily in die hinterste Kammer seines Herzens, schloss ab und warf den Schlüssel weg. Während er seinen Gürtel öffnete, schoss ihm ein Gedanke durch den Kopf: Emily wäre sicherlich stolz, dass er sich heute Nacht eine Lückenbüßerin gesucht hatte.

4 GEBROCHEN

Emily reichte dem Flugbegleiter ihr Gepäck und stieg in den Privatjet von *Blake Industries*. Egal, wie sehr sie sich vor dem nächsten Schritt fürchtete: Ihre Sehnsucht nach Gavin war größer als ihre Angst.

Olivia hob neckend die Augenbraue. »Hm, vielleicht sollte ich auch mal ein paar Herzen brechen, wenn ich dann ebenfalls so eine Sonderbehandlung bekomme … Jepp. Beschlossene Sache. Während du weg bist, reiße ich mir einen reichen Kerl auf, verdrehe ihm ein wenig den Kopf und bringe dann seinen Bruder dazu, mich in sein luxuriöses Feriendomizil einfliegen zu lassen, damit ich sein Herz zurückgewinnen kann.«

Emily starrte Olivia vollkommen baff an.

»Du weißt, dass ich nur Spaß mache, Emily.« Olivia lachte, griff nach Emilys Hand und zog sie mit sich in den hinteren Teil des Jets.

Emily stolperte ihr nach und schüttelte seufzend den Kopf. »Was hast du eigentlich vor, du Irre? Du kommst doch nicht mit mir mit? Oder hast du das gerade auch aus einer Laune heraus so entschieden?«

»He, das ist der neue Jet von *Blake Industries*. Wenn du denkst, dass ich hier rausgehe, ehe ich jeden Zentimeter davon gesehen habe, dann hast du ja wohl den Kopf in den

Wolken!« Olivia hielt inne und schnaubte. »Hab nur einen Witz gemacht. Kopf in den Wolken, so wie es auch gleich dieser Jet sein wird. Verstehst du?«

»Ja, ist angekommen, Liv. Weißt du, was *ich* eben beschlossen habe?«

Olivia sah sie schief an. »Du wirst doch deine Meinung nicht ändern, oder? Du weißt, wie stolz ich auf dich bin. Klar ist das alles ganz schön unheimlich für dich – der Flug und die Möglichkeit, dass Gavin dich nicht zurückwill –, aber da musst du jetzt durch. Betrunken scheint der Pilot nicht zu sein, zumindest nicht sehr – schätze mal, du bist in guten Händen. Und wenn du jetzt nicht zu ihm fliegst, wirst du nie herausfinden, was aus dir und Gavin hätte werden können. Das würdest du den Rest deines Lebens bereuen.«

Emily legte ihre Hände auf Olivias Schultern. »Ich mache jetzt keinen Rückzieher, liebe Olivia. Aber ich habe beschlossen, dass du aufhören musst, Cappuccino zu trinken.« Emily ließ die Arme sinken und lächelte. »Auf jemanden, der schon nach einer Tasse völlig am Rad dreht, haben zwei wahrscheinlich eine ähnliche Wirkung wie Crack.«

»Dasselbe hat mir meine Mutter auch schon gesagt. Nur die Sache mit dem Crack hat sie weggelassen.« Olivia machte Anstalten, die Tür zur hinteren Kabine zu öffnen. »Sie sagt immer, ich sähe aus, als hätte ich eben einen Mord begangen.«

»Was machst du denn da?! Wir können da nicht rein!«

»Warum denn nicht?«

»Weil das die Privatkabine von Gavin und Colton ist!«

»Na und?« Olivia zuckte mit den Schultern und stieß die Tür auf. »Wie schon gesagt: Ehe ich den Abflug mache, will ich alles sehen!«

Emily schüttelte den Kopf und sah Olivia in der Kabine verschwinden. Als die Motoren zum Leben erwachten, kniff sie die Augen zusammen und krallte die Fingernägel in die

Lehnen der cremefarbenen Ledersitze, die sich rechts und links von ihr befanden. Der vibrierende Klang löste fast augenblicklich die altvertraute Flugangst in ihr aus. Emily zitterte. Unregelmäßig atmend und mit hämmerndem Herzen konzentrierte sie sich ganz auf den Grund für ihre Reise.

Gavin …

Mit aller Kraft ignorierte sie den Drang, einfach aus dem Jet zu stürzen, wischte sich den Schweiß aus dem Nacken und ging zwei zögerliche Schritte nach vorn. Beim nächsten Schritt versuchte sie, tief und ruhig zu atmen. Um ein Haar hätte sie mit ihren Fingernägeln das Leder der Sitze durchbohrt. Emily hielt sich an dem glatten Mahagonitürrahmen zur Privatkabine fest und lugte hinein. Olivia lag quer auf dem Kingsizebett und schien sich pudelwohl zu fühlen.

»Steh auf!«, verlangte Emily und ging auf wackligen Beinen durch den Raum.

Olivias Lächeln verschwand, und sie setzte sich schmollend auf. »Alte Spielverderberin!«

»Ich weiß, ich weiß.« Emily runzelte die Stirn und fuhr sich durchs Haar, während ihr Blick durch den Raum wanderte und schließlich an einer blauen Yankees-Cap hängen blieb, die neben der Minibar an einem Haken baumelte. Emily erstarrte kurz und ging darauf zu. Sanft strich sie mit den Fingerspitzen über die Kappe, und die Erinnerung an Gavins strahlendes Lächeln während des Yankees-Spiels vor einigen Monaten machte sie auf einen Schlag todunglücklich.

Als hätte sie sich am Stoff die Hand verbrannt, zog Emily sie blitzschnell wieder zurück, und heiße Tränen stiegen ihr in die Augen. Sie wich zurück, und wieder wollte sie nichts lieber, als einfach zu fliehen … wegzurennen. Beinahe hätte sie der alten Gewohnheit nachgegeben, schloss aber schnell die Augen und spürte mit einem leisen Lächeln auf den Lippen, wie eine Träne langsam über ihre Wange rann, als sie sich ganz der Erinnerung an Gavins grübchengeschmücktes Lächeln hingab. Ob sie dieses Lächeln je wiedersehen würde? Hatten sie noch eine Zukunft?

Plötzlich lag eine Hand auf ihrer Schulter, und sie wischte schnell die Träne weg. Eilig drehte sie sich um und ließ Olivia stehen.

»Alles okay bei dir?«, fragte ihre Freundin und folgte ihr hinaus in den Gang. Emily ließ sich auf einen der Sitze sinken und lehnte ihren Kopf an die Fensterscheibe. »Jepp. Mir geht's gut.«

Olivia verschränkte die Arme und zog skeptisch eine Augenbraue nach oben. »Du bist keine gute Lügnerin, Emily.«

»Ja. Hat meine Mutter auch immer gesagt«, flüsterte Emily und wandte Olivia ihr Gesicht zu.

Mit einem Lächeln lehnte ihre beste Freundin sich über den Sitz und legte ihre Hand an Emilys Kinn.

»Du tust genau das Richtige, alles wird gut. Ich weiß, dass du mir nicht glaubst, aber ich habe da eine Art sechsten Sinn. Irgendwann werden du und tonnenweise Babys in einem schrecklichen grünen Minivan mit Mr Gavin Atemberaubend-Blake durch die Gegend brausen. Du wirst schon sehen!« Olivia drückte ihr einen Kuss auf die Stirn und machte sich bereit zum Aufbruch. »Schreib mir sofort, wenn du wieder festen Boden unter den Füßen hast!«, rief sie, während sie aus dem Jet ausstieg.

Nachdem Emily die Frage des Flugbegleiters nach einem Snack und einem Getränk verneint hatte, schloss sie die Augen und versuchte sich ganz auf den Minivan voller Kinder zu konzentrieren. Gavins Gesicht erschien vor ihrem inneren Auge, was sie nervös und hoffnungsvoll zugleich machte. Der Jet rollte an. Die kreischenden Motoren übertönten das Hämmern ihres Herzens, und Emily dachte daran, dass nach den vier Stunden und fünfzehn Minuten Flug ihr Leben für immer ein anderes sein würde. Mit verschwitzten Handflächen klammerte sie sich an die Lehnen ihres Sitzes. Sie befand sich dieses Mal in einer ganz anderen Situation als vor ein paar Monaten mit Dillon im Flieger nach New York. Dieser Neubeginn sollte anders sein … Wehmütig sah sie zu, wie die Stahlriesen New Yorks langsam unter der Wolkendecke verschwanden. Innerlich betete sie inständig, dass ihr Entschluss ihr Leben dieses Mal tatsächlich ändern würde.

Dieses Mal zum Besseren hin …

Dieses Mal ohne Angst …

Dieses Mal mit dem Kampfgeist, den Mann, für den sie bestimmt war, tatsächlich zurückzugewinnen …

Nachdem sie eine Stunde lang bei der Zollabfertigung angestanden hatte, bahnte Emily sich, ihren schwarzen Rollkoffer hinter sich herziehend, ihren Weg durch den überfüllten Flughafen. Sie schlängelte sich durch Unmengen von Touristen verschiedenster Herkunft und spürte, wie sie sich mit jedem Schritt stärker fühlte. Es war so weit. Jetzt war sie hier, und es gab kein Zurück mehr. Nun konnte sie nur hoffen, dass bei der Abreise Gavin an ihrer Seite wäre. Leider rechnete sie nicht wirklich damit.

Sobald sie aus dem rappelvollen Gebäude trat, schlug ihr eine unglaubliche Hitze entgegen, und Emily kniff, geblendet von dem strahlenden Sonnenschein, die Augen zusammen. Wo wohl der Fahrer steckte, der sie laut Coltons Sekretärin abholen sollte? Emily ließ den Blick über die unzähligen Straßenverkäufer schweifen, die handgemachte Decken, Puppen und T-Shirts feilboten, und entdeckte schließlich einen Mann mit kurzem schwarzem Haar, der ein Schild mit ihrem Nachnamen in die Luft hob.

Lächelnd ging sie auf ihn zu und zückte ihren Ausweis.

»Hallo, ich bin Emily Cooper.«

»Ja. Ja. Hallo, Señorita Cooper.« Der Mann erwiderte ihr Lächeln, griff nach ihrem Gepäck und führte sie zu einer schwarzen Limousine, die neben einigen anderen *colectivos* in der belebten Straße stand.

»Sind Sie zum ersten Mal in Playa del Carmen?« Er öffnete ihr die Tür.

Emily glitt ins Auto und freute sich über die wohltuende Wirkung der Klimaanlage. »Danke! Ja, ist mein erster Besuch hier.«

Nachdem der Fahrer die Tür geschlossen hatte, verstaute er ihr Gepäck im Kofferraum und nahm hinter dem Lenkrad Platz. Er justierte kurz den Rückspiegel und sah hinein, während er mit Emily sprach.

»Nun, herzlich willkommen! Ich bin Javier. Unsere Stadt ist wunderschön, wir machen auf dem Weg ins Hotel gleich eine nette Rundfahrt. *Si*?«

»Oh. Eigentlich hatte ich nicht vor, direkt ins Hotel zu fahren.« Emily kramte in ihrer Handtasche und zog den Zettel mit Gavins Adresse heraus. Nein, sie konnte nicht länger warten. Sie rutschte über die Bank zu Javier und zeigte ihm die Adresse. »Ich würde gern zuerst hier einen Stopp machen, wenn das in Ordnung ist?«

Javier nickte, und seine braunen Augen funkelten im Rückspiegel.

»Selbstverständlich, Señorita Cooper. Wohin auch immer Sie wollen. Ich bringe Sie an Ihr Ziel.«

»Vielen Dank, Javier.«

Emily lehnte sich zurück und versuchte all die Emotionen zu kontrollieren, die auf sie einstürzten. Die Sehnsucht nach Gavin war mittlerweile so stark, wie sie es noch nie erlebt hatte. Gleichzeitig war sie wahnsinnig nervös. Ruhelos rutschte sie hin und her; jeder Atemzug bereitete ihr Mühe, während sie hinaus auf die vorbeirauschenden Tourbusse, Mopeds und mexikanischen Polizeifahrzeuge sah. Auch wenn die Fahrt ins Herz von Playa del Carmen nicht länger als zwanzig Minuten dauerte, hielt sie das Warten kaum aus. Als die Limousine in eine marode, schmale, von Villen gesäumte Straße bog und sie schließlich vor Gavins Haus anhielten, war sie mit den Nerven vollkommen am Ende.

Emily holte tief Luft und versuchte jeden Gedanken an eine mögliche Zurückweisung zu unterdrücken. Ehe Javier auch nur die Chance hatte, ihr behilflich zu sein, hatte Emily bereits die Tür aufgerissen. Sie sprang aus dem Auto und starrte auf das riesige Gebäude. Klassische mexikanische Terrakottaschindeln bedeckten das weiße stuckverzierte Juwel von einem Haus. Man hatte von dem Hügel aus Blick auf das makellose karibische Meer. Emily strich sich ihr windzerzaustes kupferfarbenes Haar aus dem Gesicht und spürte, wie es ihren Körper wie magisch zu Gavin zog – so, wie es von ihrer ersten Begegnung an gewesen war. Ohne sich darüber klar zu sein, ging sie auch schon langsam auf sein Haus zu. Javier rief ihr etwas zu, aber sie hob nur die Hand, um ihm zu bedeuten, dass er warten solle.

Als sie vor der dunklen Mahagonitür mit den geschliffenen Glasmosaikfenstern stand, kämpfte Emily gegen die Tränen an und hob zitternd die Hand, um zu läuten. Ihr rasender Herzschlag dröhnte in ihren Ohren, und sie sah hinter der Tür eine verschwommene Gestalt auf sie zukommen. Sie schloss die Augen und hoffte inständig, dass das Desaster, das sie sich bereits ausgemalt hatte, nicht tatsächlich eintraf. Ehe die Tür aufschwang, musste sie noch einmal an Gavins Augen denken – doch leider waren es nicht seine, in die sie gleich darauf blickte.

Eine schlaksige Frau in Dienstmädchenuniform, die ihr rabenschwarzes Haar zu einem festen Knoten gebunden hatte, lächelte sie an. »Puedo ayudarle?«

»Ähm, ja. Ist Gavin hier?«, fragte Emily und versuchte, das Zittern in ihrer Stimme zu verbergen.

»No. El Señior Blake no está aqui. Se fue a beber a Akumal.«

Emily schüttelte den Kopf. »Es tut mir leid. Ich spreche nur Englisch.«

»No entiendo lo que está diciendo. El Señor Blake no está aqui.«

Emily drehte sich um und winkte Javier zu, der in der Einfahrt mit ihrem Gepäck wartete.

»Si, Señorita Cooper«, sagte er und stieg die Stufen zu der überdachten Veranda hinauf. »Ich bringe Ihre Taschen hinein, in Ordnung?«

»Nein, vielen Dank, Javier. Das ist nicht nötig! Ich vermute, dass Mr Blake nicht zu Hause ist und dass die Dame hier mir gerade zu erklären versucht, wo er sich befindet. Könnten Sie vielleicht für mich übersetzen?«

»Ah, natürlich.« Lächelnd wandte Javier sich an die Frau. »Juanita, buenas tardes.«

Die Frau nickte. »Buenas tardes.«

»Colton me envió al aeropuerto a recoger a esta joven y traerla de vuelta a ver a Gavin. Está en casa?«

Während die beiden sich unterhielten, wartete Emily voller Ungeduld. Schließlich nickte die Frau und schloss die Tür.

Javier sah Emily an. »Señor Blake ist in einer Bar in Akumal, etwa zwanzig Minuten von hier. Kommen Sie, ich bringe Sie hin.«

Javier ging zurück zur Limousine, legte ihr Gepäck wieder in den Kofferraum und öffnete Emily die Tür. Emily blieb zögernd auf der Veranda zurück. Ihr fielen tausend Gründe ein, warum sie Gavin nicht an einem öffentlichen Ort wiedertreffen wollte. Nein, das konnte sie nicht. Das wäre nicht richtig. Sie mussten in Ruhe reden können. Auch wenn sie das Warten kaum mehr aushielt, beschloss sie, sich erst einmal in ihrem Hotelzimmer einzurichten und später am Abend wiederzukommen.

Plötzlich hörte sie das Knirschen von Kies unter Autoreifen. Mit der Hand schirmte sie ihre Augen vor dem Sonnenlicht ab und sah blinzelnd zu, wie ein dunkelgrauer Sportwagen mit einer so harten Linkskurve in die Einfahrt bog, dass der Kies aufspritzte. Die tiefschwarz getönten Scheiben ließen nicht erkennen, wer am Steuer saß. Trotzdem blieb ihr das Herz einen Moment lang stehen. Dann sprang Gavin grinsend aus dem Auto. Unsicher beobachtete Emily ihn. Er hatte sie anscheinend noch nicht bemerkt …

Wie durch eine Art Nebel und ohne zu verstehen, wovon sie da gerade Zeugin wurde, sah sie nicht nur einen, sondern gleich zwei Gründe für Gavins blendende Laune aus dem Wagen klettern. Panisch trat Emily einen wackligen Schritt zurück. Als Gavin sie bemerkte, verschwand sein Lächeln augenblicklich. Oh Gott. Sie würde garantiert jeden Moment ohnmächtig werden.

Gavin legte verwirrt den Kopf schief und blieb mitten im Schritt stehen. Die letzten Tage mussten sowohl körperlich als auch seelisch ihre Spuren bei ihm hinterlassen haben, und er war auch nicht gerade stocknüchtern – aber sollte er deswegen tatsächlich Halluzinationen haben?

»Was, zum Teufel?«, flüsterte er. Er nahm seine Sonnenbrille herunter und rieb sich die Augen.

»Was ist denn los?«, fragte die brünette Schönheit und küsste ihn auf die Wange. »Du siehst ja aus, als hättest du ein Gespenst gesehen!«

Gavin rollte die Schultern, als wollte er die Frau abschütteln. »Habe ich auch«, schnaubte er und warf Emily aus seinen zusammengekniffenen Augen einen vernichtenden Blick zu.

Die blonde Sexbombe ließ ihre riesige Kaugummiblase platzen. »Scheiße, das klingt schwer nach einer gespaltenen Persönlichkeit! Was geht ab?«

Gavins ganze Aufmerksamkeit war bei Emily, die sich gerade abwandte, um in die Limousine zu steigen. Ohne ein weiteres Wort ließ er die zwei Lückenbüßerinnen stehen, rannte zu ihr und packte sie verwirrt am Ellbogen. »Was machst du hier, Emily?« Ihre weiche Haut fühlte sich genauso gut an wie in seiner Erinnerung …

Emily blieb wie erstarrt stehen, drehte sich aber nicht zu ihm um. Sie war unfähig, sich zu bewegen. Allein von dieser leichten Berührung ging ihr Atem schwer. Nervös suchte sie nach den richtigen Worten.

»Ich bin hier, um mit dir zu sprechen«, flüsterte sie.

Gavin lockerte seinen Griff und trat zurück.

»Sieh mich an«, befahl er leise.

Mit rasendem Puls drehte Emily sich um. Um irgendwie Balance zu halten, klammerte sie sich an die obere Kante der Autotür.

Der Anblick ihres wunderschönen Gesichts raubte Gavin beinah die Luft zum Atmen. Sein Blick versank in ihrem und wanderte dann automatisch hinab zu ihren bebenden Lippen. Lippen, die Gott nur für seine erschaffen haben musste. Die ihn in jedem Traum heimsuchten, seit er verschwunden war. Ihr seidiges Haar wehte in der lauen Brise auf und ab. Haar, das nur dazu erschaffen worden war, sein Gesicht zu kitzeln, während sie miteinander schliefen. Gavin versuchte ruhig zu atmen, während sich das Verlangen nach ihr in seinem ganzen Körper ausbreitete und sich schließlich zu einem quälenden Brennen steigerte. Doch selbst wenn seine

Brust sich vor Liebe zusammenzog, war er doch unglaublich wütend auf sie. Auf seinen Lippen erschien ein leises Lächeln.

»Ist es deinem Ehemann denn recht, dass du mich besuchen kommst? Hätte Dillon nicht für jemanden gehalten, der für eine offene Ehe ist.«

Emilys Knie fühlten sich an wie Wackelpudding.

»Ich habe ihn nicht geheiratet, Gavin. Das weißt du doch. Ich habe … angerufen. Und dir Nachrichten hinterlassen.« Obwohl sie es versuchte, konnte sie die Tränen nicht unterdrücken, als sie seinen geschockten Gesichtsausdruck sah. Jetzt sprudelten die Worte nur so aus ihrem Mund.

»Ich habe Dillon noch in derselben Nacht verlassen und bin zu deinem Penthouse gefahren. Die letzten Wochen über habe ich jeden Tag versucht dich anzurufen. Colton genauso, er hat Nachrichten bei deinem Haushälter hinterlassen. Und Trevor und Olivia auch. Wir alle haben angerufen.« Emilys Blick fiel auf Gavins Begleiterinnen. An seinen Jaguar gelehnt, spähten sie zu Emily hinüber, die kopfschüttelnd ihren Blick wieder auf Gavin richtete.

»Ich erwarte wirklich nicht, dass du mich zurücknimmst. Aber ich musste einfach herkommen und dir sagen, wie leid mir das alles tut. Dir sagen, wie sehr ich dich liebe und wie sehr ich dich brauche, Gavin …«

Gavin starrte zu Boden und fasste sich an den Nacken. Dann hob er den Kopf und sah den Fahrer an.

»Javier, dame sus cosas.«

Javier nickte. »Por supuesto, Señor Blake.«

Verblüfft sah Emily zu, wie Javier erneut ihr Gepäck aus dem Laderaum holte und es Gavin reichte. Der nahm es dankend entgegen und packte Emilys Hand mit eisernem Griff, um sie zu seinem Auto zu zerren. Emily lief ihm mit weichen Knien und klackernden Absätzen hinterher.

Die Brünette stemmte eine Hand auf ihre Hüfte und zog eine Augenbraue hoch.

»Ähm, wir haben ja nichts dagegen, aus dem Dreier einen Vierer zu machen, aber du hättest uns vorher wenigstens fragen können.«

Die Blondine nickte und zog ihr pinkfarbenes Tanktop zurecht. Emily biss sich auf die Unterlippe und sah Gavin mit großen Augen an.

Er stieß einen schweren Seufzer aus, zog Emily zur Beifahrerseite und warf ihr Gepäck auf den Rücksitz. Dann öffnete er die Vordertür.

»Steig ein!«

»Wie bitte?«, fragte sie schockiert.

»Du hast mich schon verstanden, Emily. Rein mit dir«, erwiderte er, während er um das Auto herumging.

Die Blondine legte den Kopf schief. »Wo fahren wir denn hin?«

»Ihr zwei Hübschen fahrt nach Hause«, gab Gavin knapp zurück. Javier sah ebenfalls sehr verwirrt aus.

»Necesito que lleves a estas dos a su casa, de acuerdo?«

»Si, Señor Blake.« Javier winkte die zwei Frauen zu sich.

Dieses Mal empörte sich die Brünette. »Du schickst uns weg? Das kannst du nicht bringen!«

»Habe ich schon. Hasta la vista, Ladys«, sagte Gavin und sah Emily über das Autodach hinweg an. Mit einem Achselzucken überging er das schockierte Aufjapsen der beiden.

»Ab ins Auto mit dir, Puppe.«

Emily schloss den Mund und gab nach. Gavin stieg ein und startete den Motor. Ein paarmal trat er aufs Gaspedal und ließ den Motor ordentlich aufheulen. Die zwei Damen, die immer noch hinter dem Auto standen, traten alarmiert einen Schritt zurück aufs Gras und verschränkten wütend die Arme. Sobald die Bahn frei war, schoss Gavin rückwärts die

Einfahrt hinunter. Er hielt noch einmal an und ließ die Fensterscheibe hinunter.

»Sabes en que hotel se está quedando?«, rief er Javier zu, der gerade in die Limousine steigen wollte.

»Si, en El Real, Señor Blake.«

»Gracias«, antwortete Gavin. Eine Hand fest ums Steuerrad geklammert, die andere auf der Gangschaltung, blickte er zu Emily. »Schnall dich an.«

»Was hast du Javier gerade gefragt?«

»In welchem Hotel du wohnst. Jetzt schnall dich an.«

Emily spürte seine Anspannung und legte schnell den Gurt an. Der Staub der Schotterstraße wirbelte hinter ihnen auf, als Gavin den ersten Gang einlegte und Gas gab. Emily beobachtete ihn aus den Augenwinkeln. Sein Blick war auf die Straße geheftet, und sein Gesichtsausdruck war quälend gleichgültig. Die Stille im Auto wurde immer drückender. Gavin bog auf den Highway ab und schaltete mühelos in die höheren Gänge. Während er an den anderen Fahrzeugen vorbeiraste, näherte sich sein Tachometer schnell einhundertvierzig Stundenkilometern.

Nervös klammerte Emily sich an den Griff über ihrem Kopf. »Du bringst uns noch um!«

»Ich bin schon tot«, erwiderte er mit angespanntem Unterkiefer. Er umkrallte das Lenkrad noch fester und drückte erneut aufs Gas.

Der plötzliche Ruck drückte Emily in den Sitz. »Gavin! Hast du vollkommen den Verstand verloren?«

Ohne sie anzusehen, riss er das Lenkrad brutal herum, sodass das Auto schlingernd und kreischend auf dem Seitenstreifen zum Stehen kam. Hupend rasten die anderen Wagen an ihnen vorbei, während der Staub um sie herum langsam zu Boden sank. Beide rangen um Atem und sahen sich an.

»Ich bin schon tot«, wiederholte Gavin leise und mit zornigem Unterton. Doch ganz gleich, ob er wütend auf sie war: Sobald er ihre Lippen sah, klickte ein Schalter in seinem Kopf um. In einer geschmeidigen Bewegung packte er sie, und Emily ließ sich von ihm willenlos über die Gangschaltung hinweg auf seinen Schoß ziehen, sodass sie rittlings auf ihm saß.

Ohne nachzudenken, drückte sie stürmisch ihren Mund auf seinen. Es war so schön, ihn wieder zu schmecken …

»Es tut mir so leid, Gavin. Ich weiß, ich kann das, was ich dir angetan habe, nicht rückgängig machen. Das ist mir wirklich klar, aber ich liebe dich, Gavin. Gott, ich liebe dich so wahnsinnig.«

Gavin drückte ihre Oberschenkel zusammen und schob eine Hand unter ihr Sommerkleid. Als er Emilys Taille umklammerte und sie ihre Brust an seine drückte, entfuhr ihm ein lautes Stöhnen. Durch den dünnen Baumwollstoff konnte er ihre harten Nippel spüren und war sich sicher, dass es jeden Augenblick mit ihm durchgehen würde. Wie ein Besessener kreiste er mit der Zunge in ihrem Mund und versuchte jedes einzelne Stöhnen zu genießen, das ihren Lippen entwich. Dennoch musste er mit aller Macht gegen den Zweifel ankämpfen, der da an ihm nagte. Während er mit der Hand immer noch ihre Hüfte liebkoste, packte er mit der anderen ihren Haarschopf und zog sie noch fester an seine Lippen. Emily keuchte auf und ließ ihre Hüften kreisen, sodass sich ihr Schritt fest an seinem immer härter werdenden Schwanz rieb. Ihr lautes Keuchen hallte in seinen Ohren und vermischte sich in seinen Gedanken mit ihren verletzenden Worten beim Hochzeitsdinner.

»Fuck!«, schnaubte er und riss seinen Mund von ihrem los. Die Hand immer noch in ihren welligen Locken vergraben, sah er sie mit zusammengekniffenen Augen an.

Ehe Emily zu Atem kam, hatte er auch schon die Tür aufgestoßen, war aus dem Auto gerutscht und hatte sie kniend auf dem Fahrersitz zurückgelassen. Sie legte die Hände auf die Kopfstütze und beobachtete, wie er am Straßenrand auf- und abtigerte, den Kopf mit beiden Händen umklammernd.

»Fuck!«, schrie er noch einmal, hob einen Stein auf und schleuderte ihn gegen die Rückscheibe, sodass das Glas zersprang und von einer Art Spinnennetz überzogen wurde. Ohne Pause griff er nach dem nächsten und donnerte ihn gegen eines der Rücklichter. Emily keuchte laut auf, zerrte schnell ihren Koffer zu sich auf den Vordersitz und sprang zornig aus dem Wagen. Mit tränenüberströmtem Gesicht zog sie den Rollkoffer über das Geröll hinweg hinter sich her, nur fort von Gavin.

»Wo willst du hin, Emily?«, rief Gavin und lief ihr nach. Sie zeigte ihm ihren ausgestreckten Mittelfinger und setzte ihre Flucht ins Niemandsland fort.

Gavin holte sie ein, packte ihren Ellbogen und drehte sie mit einem schiefen Grinsen auf den Lippen zu sich herum.

»Du bist mitten in Mexiko, Puppe.«

»Und du bist ein Arschloch!«, fauchte sie und sah ihn mit trotzig schimmernden Augen an, ehe sie sich eine Träne aus dem Gesicht wischte.

»Du bist immer noch wunderschön, wenn du wütend bist!« Er legte eine Hand um ihr Kinn und strich mit der Daumenkuppe unter ihrem Auge entlang. Nachdem er die verschmierte Wimperntusche weggewischt hatte, trat er zurück und verschränkte die Arme. »Und es gefällt dir immer noch, mich als Arschloch zu bezeichnen, stimmt's?«

Emily streckte ihren Arm weit aus und reckte das Kinn nach oben.

»Was erwartest du, Gavin? Ich bin hier, um mich zu entschuldigen. Du wusstest genau, dass ich ihn nicht geheiratet habe. Trotzdem hast du nie auf meine Anrufe reagiert und behauptest jetzt, *du* seist tot? Das bin ich auch!«

»Es ist aber so, verdammt noch mal!« Er trat näher, schlang einen Arm um ihre Taille und zog sie an seine Brust.

»Du hast mich umgebracht, Emily«, flüsterte er und strich ihr eine Haarsträhne aus dem Gesicht, ehe er nach ihrem Koffer griff. »Ich hatte keine Ahnung, dass du es nicht durchgezogen hast«, flüsterte er ihr erhitzt ins Ohr. »In der Nacht, in der ich hergeflogen bin, habe ich mein Telefon weggeworfen. Und von den Nachrichten, die mir mein Haushälter hinterlassen hat, habe ich nicht eine einzige gelesen. Sondern sie alle weggeworfen.« Er wirbelte herum und lief auf sein Auto zu.

»Gavin, warte!«, rief Emily. Er blieb mit dem Rücken zu ihr stehen und schüttelte den Kopf. Langsam ging sie auf ihn zu und schluckte. Unglaublicherweise war sie jetzt noch nervöser als vorhin ...

»Was versuchst du mir zu sagen?«, fragte sie und trat zögernd einen weiteren Schritt nach vorn. »Spuck es aus, wenn es nötig ist, Gavin, aber ich muss es wissen. Was sollen wir nur tun?«

Gavin drehte sich um und fuhr sich mit der Hand durchs Haar.

»Ich habe keine Ahnung, Emily.« Er verstummte, und sein Blick wanderte zwischen ihr und dem Highway hin und her. Dann schüttelte er wieder den Kopf. »Ich weiß gerade nicht, was ich will.«

»Ich habe uns zerstört«, flüsterte sie und legte langsam ihre Hand auf ihre Wange, während sie zu Boden starrte. »Ja, ich habe uns beide kaputtgemacht.«

Gavin legte eine Hand in seinen Nacken und starrte sie an, während sich sein Verstand mit seinem Herzen einen erbitterten Kampf lieferte.

»Ja. Wahrscheinlich schon«, antwortete er leise. »Komm schon. Ich bring dich ins Hotel.«

Emily spürte, wie das Blut aus ihrem Gesicht wich. Natürlich war sie auf eine Zurückweisung gefasst gewesen. Aber mit diesem Gefühl der absoluten Einsamkeit, das jetzt über sie einstürzte, hatte sie nicht gerechnet. Benommen schwankte sie zum Auto und ließ sich auf den Beifahrersitz fallen. Langsam wusste sie selbst nicht mehr, was sie fühlte. Sie lehnte sich zurück und starrte ausdruckslos aus dem Fenster, als Gavin sich wieder in den Verkehr auf dem Highway einordnete. Auf keinen Fall durfte sie jetzt die Nerven verlieren.

»Woher soll ich denn wissen, dass du nicht zu ihm zurückgehst?« Gavins zaghafte Stimme durchbrach die Stille. »Und wieso denkst du, dass ich dir in dieser Hinsicht vertrauen könnte?«

Emily wandte sich zu ihm, und ihre Lippen öffneten sich, als sie in seine schmerzerfüllten Augen sah. Wie sehr hatte sie ihn verletzt… Sie musste es riskieren. Sanft fuhr sie mit ihrer Hand über die dunklen Stoppeln auf seinem Kiefer. Als er sich versteifte, ließ sie die Hand mutlos wieder sinken.

»Ich gehe nicht zu ihm zurück. Ich liebe dich.« Emily wischte eine frische Träne von ihrer Wange.

»Das sagst du jetzt.« Er konzentrierte sich wieder auf die Straße. »Jetzt, wo du hier bist, liebst du mich. Was ist, wenn wir wieder in New York sind? Was ist, wenn du ihn wiedersiehst?«

Emily schlug sich die Hand vor den Mund und spürte einen Schluchzer in ihrer Kehle aufsteigen. »Ich weiß nicht, wie ich dein Vertrauen wiedergewinnen soll, wenn du mir nicht wenigstens eine Chance gibst, Gavin. Ich will dir beweisen, dass du mir vertrauen kannst.«

Gavin atmete tief aus, umklammerte das Lenkrad und sagte für den Rest der Fahrt kein Wort mehr.

Als sie beim Hotel ankamen, war Emily sich nicht sicher, ob ihr Herz noch schlug. Ob sie sich noch bewegen … oder atmen konnte. Sie wusste nur, dass es ihr Herz in tausend kleine Teilchen zerrissen hatte, die nun überall auf dem Highway verstreut lagen. Draußen färbte sich der Himmel rosa, purpurrot und orange, während die Sonne langsam versank. Gavin glitt aus dem Auto, nahm Emilys Gepäck und reichte es dem Hotelpagen. Sie wechselten einige Worte auf Spanisch, dann gab Gavin ihm sein Trinkgeld.

Emily stieg ebenfalls aus und ging auf Gavin zu. »Weißt du eigentlich, wie beängstigend es ist, wenn man etwas so sehr will, dass man sein ganzes Leben dafür ändern würde?«

»Meinst du so, wie ich das für dich tun wollte?«

»Ja. Ich glaube, wir waren beide bereit dazu, Gavin. Ich hätte den Sprung ins kalte Wasser gewagt und nie wieder zurückgesehen. Nie. Ich hätte für dich alles riskiert und auch meine Heidenangst überwunden. Weil ich sicher war, dass du und ich es wert sind. Es war Liebe auf den ersten Blick. Es brauchte nur einen Augenblick, und schon hattest du meine Welt auf den Kopf gestellt. Ich habe sogar befürchtet, du könntest nicht … echt sein. So stark ist deine Anziehungskraft auf mich. Und das macht mir Angst. *Du* machst mir immer noch Angst.« Emily verstummte kurz und schüttelte den Kopf. »Dann habe ich Gina gesehen, und meine alten Ängste waren wieder da. Mein Herz wollte dir so gern glauben, aber mein Verstand hat es nicht zugelassen. Es tut mir so leid, Gavin. Ich weiß nicht, was ich anderes sagen soll, als dass ich dich liebe und dich brauche. So sehr.«

Gavin räusperte sich, schwieg aber.

Wieder konnte Emily ihrem Bedürfnis, ihn zu berühren, nicht widerstehen. Sie trat auf ihn zu, stellte sich auf die

Zehenspitzen und drückte einen flüchtigen Kuss auf Gavins Wange. Als sie seine Hitze an ihren Lippen spürte, schloss sie die Augen.

Gavin hielt Emilys Taille fest, küsste sie auf den Scheitel und atmete ihren Duft ein. Bevor sie die Augen wieder öffnete, hatte er seine Hände schon zurückgezogen. Mit hämmerndem Herzen sah sie zu, wie er in seinen Wagen stieg und mit quietschenden Reifen vom Parkplatz fuhr.

Es schien, als konnte er nicht schnell genug von ihr wegkommen. Der Gedanke an das, was sie ihnen angetan hatte, machte Emily krank. Benommen schlang sie die Arme um ihren Bauch und sah hoffnungslos den Hotelpagen an, der mit dem Gepäck auf sie wartete. Er schenkte ihr ein warmes Lächeln, nickte ihr zu und führte sie in die Hotellobby. Sie folgte ihm und brachte gerade genug Konzentration auf, um der Frau hinter dem Empfangstresen den richtigen Ausweis zu zeigen.

Die junge dunkelhaarige Frau strahlte sie an.

»Vielen Dank, dass Sie sich für das *Royal Playa del Carmen* entschieden haben, Señorita Cooper. Rafael wird Ihnen Ihr Zimmer zeigen. Die Präsidentensuiten befinden sich in einem anderen Gebäude, sind aber fußläufig erreichbar.« Sie schob eine Broschüre und eine Zimmerkarte über den braunen Marmortresen. »Hier finden Sie alle wichtigen Informationen zu Ihrer Suite und den Annehmlichkeiten, die dieses Resort Ihnen bietet. Bei weiteren Fragen können Sie jederzeit hier beim Empfang anrufen. Ich wünsche Ihnen einen angenehmen Aufenthalt!«

»Ich danke Ihnen.« Emily drehte sich zu Rafael um und schüttelte den Kopf. »Ich kann mein Gepäck selbst ins Zimmer bringen, vielen Dank!«

»Sind Sie sich sicher, Señorita? Es wäre mir ein Vergnügen.«

»Ja, ich bin mir sicher.«

Er nickte, und Emily trat aus der schicken Lobby hinaus in die feuchte Nachtluft. Sie warf einen Blick auf die Broschüre, auf der auch ihre Suite eingezeichnet war, bog um die Ecke und folgte einem Weg aus Kopfsteinpflaster in den hinteren Teil des Resorts. Aus der Ferne drangen die Klänge einer Mariachi-Band und das Gelächter einiger Urlauber an ihre Ohren. Emily zerrte den Koffer hinter sich her und versuchte, nicht auf die Paare zu achten, die unter dem funkelnden Sternenhimmel tanzten. Sie beneidete diese Menschen. Wie gern sie jetzt hier mit Gavin getanzt hätte! Bei ihrem Gebäude angekommen, schob sie ihre Zimmerkarte in den Spalt in der Glastür, schlurfte in den kleinen Empfangsbereich und trat in den Lift. Ihr Herz schmerzte vor Sehnsucht, und sie fragte sich, wozu sie die Nacht überhaupt hierbleiben sollte. Sie gehörte nicht hierher. Der Grund für ihren Aufenthalt in dieser Stadt war fort, für immer verloren. Und sie konnte nichts daran ändern.

Als die Türen des Lifts sich öffneten, trat sie in einen Flur, von dem sechs Suiten abgingen. Sie hielt die Karte vor den Scanner an ihrer Zimmertür, stieß sie auf und schaltete das Licht an. Während sie durch die geräumige Suite schritt, rumorte der Schmerz immer weiter in ihr. Erschöpft und psychisch vollkommen ausgebrannt, umklammerte sie einen der vier Bambuspfosten des Kingsizebetts. Sie schlüpfte aus ihren Stöckelschuhen, die auf den kalten Marmorboden fielen. Schließlich ließ sie sich auf das Bett sinken und presste ihr Gesicht in das Kissen, als die Tränen wieder zu strömen begannen. Er war weg. Ihre Yankees verehrende, Kronkorken verschenkende andere Hälfte mit den wunderschönen Grübchen war fort, und sie hätte alles darum gegeben, die Zeit zurückdrehen zu können.

Doch ihre Zeit war abgelaufen.

5 KOLLIDIERT

Emily schlug mit flatternden Lidern die Augen auf, rollte sich auf die Seite und gähnte. Einen Moment lang hatte sie keine Ahnung, wo sie sich befand. Ihr Blick fiel auf den Wecker, der auf dem Nachttisch stand. Es war gerade einmal kurz nach zwei Uhr morgens. Plötzlich traf sie die Erkenntnis wie ein Faustschlag. Verzweifelt setzte sie sich auf die Bettkante, sah sich in der Suite um und dachte an Gavin. Nein, er würde definitiv nicht zu ihr zurückkommen. Emily sah erneut auf die Uhr, warf ihren Koffer aufs Bett und wühlte darin herum.

Kraftlos schleppte sie sich ins Bad und trat unter die Dusche. Während die heißen Tropfen auf sie herabprasselten, fasste sie ihren Entschluss. Hier konnte sie nicht bleiben, sie musste abreisen, notfalls nähme sie sogar eine Nacht im Flughafen in Kauf. Auch wenn ein Teil von ihr am liebsten ins nächste Taxi gesprungen, zu ihm gefahren und ihn angefleht hätte – noch mehr Verletzungen konnte sie dennoch nicht verkraften.

Sie stieß einen erschöpften Seufzer aus, griff nach einem Handtuch und wickelte es um ihren Körper. Nachdem sie ihr Haar geföhnt hatte, schlüpfte sie in eine Jeansshorts und ein T-Shirt. Dann zog sie den Koffer vom Bett, warf einen letzten Blick in das Zimmer und ging.

Als sie sich in Richtung Aufzug wandte, gaben ihre Knie nach. Gavin. Ihre Blicke trafen sich, Emily versuchte zu schlucken, aber ihre Kehle war zu trocken. Sie holte zitternd Luft, als er langsam auf sie zukam. Ihr Herzschlag stolperte, setzte kurz aus und begann dann umso schneller zu rasen. Er blieb vor ihr stehen, und sein berauschend männlicher Duft stieg ihr in die Nase.

»Ich habe die halbe Nacht an die Decke gestarrt und mich gefragt, ob ich wirklich den Rest meines Lebens überstehen werde, ohne jemals wieder diese Lippen zu küssen.« Gavin legte seinen Daumen an Emilys Mund. Kurz ließ er die Daumenkuppe verweilen, dann strich er nacheinander über ihre Ober- und Unterlippe. Atemlos öffnete sie den Mund und sah ihm in die Augen. Gavin trat näher. »Schlaflos bin ich durch das Haus getigert und habe mir vorgestellt, wie schrecklich es wäre, noch einen weiteren Tag ohne deinen Körper neben meinem aushalten zu müssen. Deinen Körper, der wie gemacht ist für meinen.«

Gavins Fingerspitzen glitten über ihre Wange, dann über ihre Halsbeuge. Als seine Hand weiter über ihre Schulter, an der Seite ihres Oberkörpers entlang und schließlich über ihre Taille strich, breitete sich eine immense Hitze in Emilys Magen aus.

Bebend schlug sie den Blick zu Boden, aber Gavin griff nach ihrem Kinn und wandte langsam ihr Gesicht nach oben. Emily schluckte die Tränen hinunter und sah ihn an.

»Die Vorstellung, beim Aufwachen nicht mehr in deine Augen sehen oder nicht mehr deinen Herzschlag hören zu können, wenn du neben mir liegst, hat mich völlig krank gemacht. Und schließlich dachte ich: Nein, ohne dich halte ich es keinen Tag länger aus. Und ich *will* es auch gar nicht mehr aushalten!« Gavin trat näher, und Emily spürte plötzlich die Tür zur Suite in ihrem Rücken.

»Du gehörst mir«, fügte er hinzu. »In dem Augenblick, in dem du heute Abend bei mir aufgetaucht bist, hast du dein Schicksal besiegelt.« Emilys Herz hämmerte wie ein Presslufthammer. Gavin umschloss ihren Kopf mit seinen Händen. »Liebst du mich, Emily?«

In ihrem Magen krampfte sich alles zusammen. Ihr Atem ging schwer. »Ja. Ich liebe dich.«

Er leckte sich über die Lippen, presste eine Hand an die Tür und sprach dicht an ihrem Ohr. »Und weißt du, dass du mir gehörst?«

Sie hörte, wie das Türschloss aufsprang.

»Ja«, flüsterte sie.

»Sag es«, knurrte er, die Lippen dicht vor ihren.

Ihre Nippel wurden hart. »Ich gehöre dir.«

»Noch mal, Emily. Sag es noch mal.« Er schlang einen Arm um ihre Taille, riss ihr die Tasche aus der Hand und zog sie fest an seine Brust.

Die Hitze, die von ihm ausging, trieb Emily beinahe in den Wahnsinn. »Gott, Gavin, ich gehöre nur dir. Für immer und ewig. Niemandem sonst.«

In dieser Sekunde begann Gavin, sie stürmisch und gierig zu küssen. Heftig atmend versenkten beide so tief wie möglich ihre Zungen im Mund des anderen, um sich gegenseitig zu schmecken. Gavin drückte die Tür auf, ließ ihre Tasche fallen und schob Emily rückwärts ins Zimmer. Keuchend schlang Emily ihre Arme um seinen Hals und vergrub ihre Hände in seinem Haar, während er sich an den Knöpfen ihrer Jeansshorts zu schaffen machte. Grob zog er die Shorts und ihr Höschen hinunter bis auf ihre Oberschenkel. Emily wand sich heraus, riss ihren Mund von seinem los und zerrte sich ihr T-Shirt über den Kopf, ehe sie, ohne zu zögern, seine Hose aufknöpfte. Ihr Haar um seine Hände geschlungen, zog Gavin ihren Kopf zurück und bedeckte ihren Hals mit heißen Küssen. Emilys BH fiel zu Boden, Gavins Hemd und seine Hose ebenfalls, und plötzlich fand Emily sich auf dem Rücken liegend auf der Samtchaiselongue wieder, die in der Mitte des Wohnzimmers thronte.

Gavin stand neben ihr und sah die Frau an, die er liebte und die da auf ihn wartete. Langsam glitt sein Blick über ihren Körper und blieb kurz an ihren steifen rosa Nippeln hängen. So. Unglaublich. Verführerisch. Sie fuhr mit ihrer Zunge über ihren schön geschwungenen Mund, der ganz geschwollen von seinen Küssen war. Allein sie anzusehen konnte schon sein Verderben sein. So war es seit ihrer ersten Begegnung. Jetzt wollte er nur noch eines: in ihr sein und ihre süße kleine Pussy um seinen Schwanz spüren. Emily fuhr sich mit den Händen über die weit gespreizten Oberschenkel und stieß einen Seufzer aus. Das war der Moment. Der Moment, in dem Gavin jeden einzelnen Zentimeter von ihr wieder für sich beanspruchen wollte, auf eine rohe, fast schon ursprüngliche Art und Weise. Irgendwie musste er Dillon ein für alle Mal aus ihrem Kopf verbannen.

Als Emily sich ihm zum ersten Mal hingegeben hatte, hatte er ihr versprochen, dass jeder noch so kleine Teil ihres Körpers ihn fühlen würde. Jeder.

Und heute würde er Dillon auch aus dem letzten Winkel vertreiben.

Schwer atmend ließ Gavin sich auf die Knie sinken und legte ihr Bein über seine Schulter. Um zu testen, wie bereit sie war, berührte Gavin mit zwei Fingern Emilys Klitoris. Sie war feucht. Sehr feucht. Noch ehe Emily aufkeuchen konnte, hatte Gavin seinen Mund auf ihre weiche Pussy gedrückt.

Emily drückte den Rücken durch und spürte, wie ihre Nippel immer härter wurden, als seine Zunge in sie hinein- und wieder hinausfuhr. Oh Gott. Sie konnte nicht mehr atmen und wollte es auch nicht. Vollkommen versunken in seiner

Berührung, wollte sie sich einfach nur der Vertrautheit hingeben, die zwischen ihnen herrschte. Als er langsam seine Finger ganz tief in sie hineinschob, konnte sie seine Hitze spüren. Mit einem langen Stöhnen krümmte er seine Finger ein wenig und presste sie an die Innenwand ihrer Vagina, während seine Zunge gegen ihren überempfindlichen Kitzler schlug, um ihn herumwirbelte und ihn umkreiste.

»Bitte hör nicht auf, Gavin«, stöhnte Emily und presste ihre Hüfte rhythmisch gegen seinen Mund. »Ich bin kurz davor.« Das war sie tatsächlich. Ihr Körper lechzte nur so nach ihm, und in diesem Moment brauchte es nicht viel, um sie zum Kommen zu bringen. Nicht, dass ihr das mit Gavin je anders ergangen war. Er musste sie ja nur ansehen, und schon schmolz sie dahin. Als hätten ihn ihre Worte noch mehr angefeuert, stieß Gavin seine Finger immer fester und tiefer in sie hinein – in gleichmäßigem, unnachgiebigem Takt. Emily lehnte sich nach oben und zog sein Gesicht an ihre feuchte Spalte. Gavins tiefes und erotisches Stöhnen vibrierte an ihrem zarten Fleisch. Und Emily kam. Stürzte und raste einem Orgasmus entgegen. Sie warf ihren Kopf zurück, stöhnte und grub ihre Finger in sein Haar und gab sich ganz der Lust hin, die durch ihren Körper peitschte.

Gavin, dessen Zunge jetzt frisch mit ihrem süchtig machenden Geschmack bedeckt war, hob sie hoch und trug sie ins Schlafzimmer, während er seinen Mund auf ihren presste. Er atmete ihren Duft tief ein und stellte sie dann auf den Boden. Hingerissen sah Emily zu, wie er seine Unterhose auszog und sein Schwanz hinaussprang. Sofort umschloss er ihn mit einer Hand und fuhr langsam an ihm auf und ab.

Gavin richtete seinen lusterfüllten Blick auf sie, kam näher und drückte sie an seine Brust. »Ich werde dich jetzt durchnehmen, Emily. Und ich werde dir solche Sinnesfreuden verschaffen, dass du nie wieder auf die Idee kommst, von mir wegzulaufen.« Was für ein Selbstbewusstsein. Und was für eine Ansage … Emilys Pussy begann langsam regelrecht zu triefen.

Gavin schloss die Augen und legte den Kopf in den Nacken, als ein tiefes Knurren in seiner Kehle aufstieg. Abermals richtete er den Blick auf sie, benetzte zwei Finger mit ihrer Feuchtigkeit und fuhr ihr damit über den Mund. Emily öffnete ihn und stöhnte leise auf, als er seine Finger zwischen ihre Lippen schob. Sie packte ihn am Handgelenk und sah ihn anzüglich an, während sie ihre eigenen Körpersäfte von seinen Fingern lutschte, so heftig, dass ihre Zähne leicht über seine Haut kratzten.

»Nachdem ich dich so richtig durchgenommen habe, werden wir Liebe machen. Von dem Moment an, in dem mein Körper deinen zum ersten Mal berührt hat, hätte es kein anderer mehr tun dürfen. Ich bin verliebt in dich, und ich will dir meine Liebe auf jede Art zeigen, aber jetzt muss ich dich erst einmal richtig durchficken. Verstehst du mich?«, fragte er.

»Ja«, hauchte sie und griff nach seinem Schwanz.

»Sag es, Baby«, verlangte er mit brüchiger Stimme. Er vergrub eine Hand in ihrem Haar und fuhr sanft durch die weichen Wellen. Mit der anderen half er ihr, an seinem langen, harten Ständer auf- und abzufahren. »Ich muss es von dir hören, ehe ich so richtig loslege.«

Zwischen Emilys Beinen zog und glühte es. Wimmernd fuhr sie mit ihrer Zunge über seine Wange. »Bitte, Gavin … Ich will, dass du mich fickst … Dass du mich richtig hart rannimmst …«

Ein wildes Lächeln erschien auf seinem Gesicht, und seine Stimme war unheimlich ruhig, als er flüsterte: »Dreh dich um.«

Atemlos starrte Emily ihn an und fuhr mit der Zungenspitze über seine Lippen, während ihre harten Nippel sich an seine Brust drückten. Langsam drehte sie sich um und spürte, wie Gavins Hände an ihrer Hüfte hinabwanderten. Als er ihren Oberschenkel packte und ihr Knie auf dem Bett absetzte, durchfuhr sie ein lustvoller Schauer.

Er presste seine Hüften an ihren Po und bog sie vor sich hinunter aufs Bett. Langsam fuhr er mit seinen Fingerknöcheln über die grazile Krümmung ihrer Wirbelsäule und beugte sich über ihren Rücken. Sanft ließ er seine Zunge gegen ihr Ohr schlagen und genoss ihr Aufkeuchen in allen Zügen, ehe er mit seiner Spitze in ihr nasses Loch stieß. Eine Handfläche legte er auf ihren Bauch, die andere um ihren Hals. Als er sich tiefer in ihr versenkte, engte ihre Muskulatur ihn ein, als wollte sie ihn noch weiter hineinziehen. Ihre schnellen kleinen Atemzüge und ihr hungriges Stöhnen ließen seine Haut kribbeln und jagten glühend heiße Lava durch seine Adern. Gott, sie war so heiß und eng …

»Sag mir, wie sehr du mich liebst, Emily«, stöhnte er und stieß immer heftiger in sie hinein, ehe er seine Hände auf ihre Oberschenkel legte und sie fest umklammerte.

Er versenkte sich noch tiefer in ihr und dehnte sie weit auseinander, was Emily nur umso größere Lust bereitete. Plötzlich zog er seinen Schwanz komplett heraus und ließ Emily mit einer schmerzenden Pussy zurück auf ihren Knien.

Flehend und keuchend schrie sie auf.

»Ich liebe dich mehr als alles andere auf der Welt, Gavin.« Sie krallte sich an den Bettlaken fest und drückte verlangend ihren Po an ihn. »Bitte hör nicht auf. Bitte.«

Er schob seinen Schwanz etwa zwei Zentimeter in sie hinein, nur um sich ihr gleich darauf wieder komplett zu entziehen.

Das Verlangen ballte sich in Emilys Bauch zusammen, und ihre Lungen waren plötzlich randvoll mit Luft.

»Was machst du da?«, fragte sie mit zitternder Stimme. »Oh Gott, Gavin. Bitte.«

Er vergrub seinen Kopf in ihrer Nackenbeuge und fuhr sanft über ihren Nippel, während er mit der anderen Hand ihre Klitoris umkreiste. »Sag, dass du mir gehörst«, flüsterte er erhitzt in ihr Ohr.

Emily warf ihren Kopf gegen seine Brust und stöhnte.

»Ich gehöre dir, nur dir! Jetzt fick mich, bitte!«

Gavin zwickte sie mit den Zähnen in die Schulter, presste seine Handfläche auf ihren Bauch und schob jeden stählernen Zentimeter seines Schwanzes wieder in sie hinein.

Emily keuchte und spannte ihren Körper an, sodass ihre Pussy ihn noch enger umschloss und sie spüren konnte, wie sein Penis pulsierte. Gavin drang immer tiefer in sie ein und dehnte sie noch weiter, bis er das Gefühl hatte, ihr Fleisch setze seine Haut regelrecht in Brand. Emily schrie seinen Namen, und jedes Mal, wenn er Luft holte, nahm er mehr von ihrer Hitze auf. Das alles fühlte sich unglaublich gut an … Immer weiter und weiter stieß er in sie hinein, aber dennoch genügte es ihm nicht. Er brauchte mehr. Musste dafür sorgen, dass es nur noch ihn für sie gab. Jetzt hob er auch ihr anderes Bein aufs Bett, wobei er nicht aufhörte, immer weiter in sie hineinzupumpen. Er strich das Haar aus ihrem verschwitzten Nacken, schlang es um sein Handgelenk und zerrte ihren Kopf nach hinten. Emily wimmerte und verschmolz mehr und mehr mit ihm. Ihr Atem ging stoßweise, und sie genoss es, auf so köstliche Weise in zwei Hälften geteilt zu werden, während er sie fest im Griff behielt.

Gavin machte sich über ihren Hals her und leckte gierig daran. »Fuck. Sag es mir noch mal. Sag mir, wie sehr du mich liebst, Emily.«

Emily packte ihn am Haar und sah ihn über ihre Schulter hinweg an. Erst jetzt wurde ihr klar, dass er Angst hatte.

Angst, dass sie plötzlich verschwinden würde. Sofort packte sie das schlechte Gewissen, und sie hörte auf sich zu bewegen.

Besorgt hielt auch Gavin inne. »Hab ich dir wehgetan?« Sanft fuhr er mit seiner Daumenkuppe über ihre Unterlippe. »Gott, Baby, das täte mir so leid! Ich würde dir nie Schmerzen zufügen wollen, Emily. Niemals.«

Sie schüttelte den Kopf, richtete sich auf und drehte sich um. »Nein, das hast du nicht. Und ich weiß auch, dass du das nie tun würdest.« Sie legte die Arme um seinen Hals, und er sah sie erleichtert an, ehe er sie leidenschaftlich küsste.

»Gavin, hör bitte auf«, sagte sie leise.

Mit verwirrtem Gesichtsausdruck trat Gavin zurück. »Was ist denn los?«

»Ich werde nicht mehr verschwinden«, flüsterte sie und zog ihn zärtlich zu sich aufs Bett. »Leg dich hin.«

Gavin zog eine seiner dunklen Augenbrauen nach oben und sah ihr tief in die Augen, während er tat, was sie wollte. Auf seine Ellbogen gestützt, beobachtete er, wie Emily auf ihn zukroch.

Als sie sich auf ihn niedersenkte, schnappten beide nach Luft. Emily lehnte sich nach vorn und strich sanft mit ihren Lippen über Gavins. Er schloss die Augen und packte ihre Taille.

»Nein«, wisperte sie und ließ langsam die Hüften kreisen. »Sieh mich an, Gavin. Ich will, dass du mich ansiehst, während ich Liebe mit dir mache.«

Seine Lider öffneten sich, und Emily griff nach seinen Händen, um sie auf ihre Brüste zu legen. Gavin umschloss sie und begann sie zu kneten. Unter Emily festgeklemmt, stöhnte er auf und stieß von unten in sie hinein. Er spürte, wie Emily sich erneut anspannte und ihre Scheidenwände seinen Schwanz umkrampften.

Sie setzte sich gerade auf und legte ihre Hände auf seine, während er ihre Brüste weitermassierte.

»Die hier gehören dir, Gavin. Nur dir.« Emily bog ihren Rücken durch und glitt mit der Hand über ihren Bauch bis zwischen ihre Beine. Mit dem Blick fest auf Gavin gerichtet rieb sie ihre Klitoris und bewegte ihre Hüften wieder ein wenig schneller. Ihr Atem ging gepresst.

»Und auch die hier ist dein. Kein anderer Mann wird sie jemals berühren.« Ihre Stimme erbebte bei jedem der lustvollen Schmerzschübe, die sie durchfuhren. Gavin sog seine Unterlippe zwischen die Zähne, und sein Körper wurde ganz steif. Emily griff hinter ihren Po und schob ihre Fingernägel unter seinen Hoden.

»Du fühlst dich so verdammt gut an, Em.« Gavin holte tief Luft und packte ihre Oberschenkel, um ihre Bewegungen auf seinem Penis dirigieren zu können. Ihre enge, feuchte Pussy war so heiß … »Ich liebe dich Emily. Du gehörst mir. Das hast du schon immer getan.« Er stemmte seine Hüften nach oben und riss sie zu sich nach unten. »Sag, dass du mich liebst.«

Sie begann ihn heftiger und heftiger zu reiten. Vielleicht begriff er ja so, wie sehr sie ihn liebte. Gleichzeitig war sie selbst kurz davor, vor Lust durchzudrehen. Das Gefühl, das sein Schwanz in ihr auslöste, ließ sich nicht in Worte fassen.

»Verdammt noch mal, Gavin, ja, ich liebe dich! So so sehr. Und es tut mir leid. Ich wollte uns das nicht antun! Verstehst du mich? Es tut mir leid!«

Die Tränen rannen ihr über die Wangen, und sie packte ihn an den Schultern, um ihn an ihre schweißnasse Brust zu ziehen. Gavin vergrub das Gesicht zwischen ihren Brüsten und leckte und saugte an ihren harten Nippeln. Als sie sein Haar packte, hatte sie das Gefühl, in Flammen zu stehen. Angespannt wie ein Bogen starrte er sie an. »Du bist alles, was ich sehe. Alles, was ich höre. Alles, wovon ich träume«, sagte sie. »Ich bin deinetwegen hergekommen. Und ich verschwinde nicht. Nirgendwohin. Du bist es, Gavin. Nur du.«

Ihre Herzen schlugen synchron, ihr kurzer, keuchender Atem kam und ging in perfektem Einklang. Gavin legte ihr die Hand in den Nacken und packte ihr Haar genauso fest wie sie seines. Als ihr Orgasmus schließlich explodierte, hallte das Aufeinanderklatschen nasser Körper durch den Raum. Ihre Sinne waren perfekt aufeinander eingespielt. In beiden tobte eine wahre Explosion der Lust, und jeder verpasste Moment, jedes schmerzhafte Wort und jeder Vorwurf lösten sich in Luft auf, als ihre Körper sich anspannten, um dann ineinander zu versinken.

Ihre Zeit begann von Neuem, und sie wussten es. Labten sich an dieser Erkenntnis. Emily spürte Gavins starke Arme, die um ihre Taille geschlungen waren, genauso wie seinen Atem, der über ihre Brust strich. Als ihr Orgasmus langsam verebbte, sah Gavin ihr tief in die Augen, strich ihr das feuchte Haar aus dem Gesicht und küsste sie langsam und innig. Eine wunderbare Wärme breitete sich in Emilys Bauch aus.

Gavin legte sich zurück, zog Emily auf seine Brust und streichelte zärtlich über ihre Wirbelsäule. Vor Erleichterung seufzte er tief auf. Zum ersten Mal seit sie sich wieder begegnet waren, war er entspannt. Fühlte sich wohl. Endlich gehörte Emily wirklich ihm.

Bis auf ihre leisen Atemzüge hörte man nur das Rauschen der Wellen, das durch die Balkontüren drang. Das Zimmer war in Mondlicht getaucht, und Emily lauschte andächtig Gavins gleichmäßigem Herzschlag. Beinahe hätte sie das Herz, das da klopfte, zerstört. War sie seiner überhaupt wert? Emily bedeckte seine Brust mit Küssen und sah ihn an. »Es tut mir so leid«, flüsterte sie. »Ich kann nicht fassen, dass ich uns beinahe ruiniert hätte.«

Er streichelte ihre Wange, und seine blauen Augen funkelten. »Ich weiß, dass es dir leidtut. Du musst mir das nicht mehr sagen. Aber das hat uns nicht zerstört. Wir sind nur noch besser geworden. Verstanden?«

Emily nickte, legte ihren Kopf wieder auf seine Brust und krampfte die Hände um seine Schultern.

»Ich habe nicht damit gerechnet, dass du zurückkommst«, murmelte sie.

»Aber mir war das schon in dem Moment klar, als ich losgefahren bin.«

Emily hob den Kopf.

»Ach, tatsächlich, Mr Blake?«

»Allerdings!«, sagte er verschmitzt lächelnd. »Ich wollte dich trotzdem ein wenig ins Schwitzen bringen.« Langsam breitete sich ein Grinsen auf seinem Gesicht aus. »Ins Schwitzen und ins Stöhnen, könnte man sagen.«

Emily schmollte und gab seinem Arm einen spielerischen Klaps. »Schlitzohr.«

»Das macht meinen Charme doch erst aus!« Er lachte und fuhr mit den Fingern über ihren Rücken, zog sie näher an sich und küsste sie. Emilys Lippen wurden weich, und auf ihrem Körper breitete sich Gänsehaut aus.

»Gewöhn dich lieber dran. Dieses Schlitzohr wirst du jetzt nämlich nicht mehr los.«

Emily knabberte an seiner Lippe und lächelte. »Jede Seite von dir will ich.« Sie küssten sich ausgiebig, ehe Emily ihren Kopf wieder auf seine Brust legte. Ihr Körper fühlte sich angenehm wund an.

Stille senkte sich über den Raum, und Gavin genoss es, wie Emily mit dem Finger sein Tattoo nachfuhr. Dabei quälten ihn die Gedanken an die Frau aus der Strandbar, mit der er geschlafen hatte. Eigentlich hatte er Emily von ihr erzählen wollen, aber er hatte es nicht gleich über sich gebracht. Als er Emily mit ihrem Gepäck ihm Flur hatte stehen sehen, drauf und dran, für immer zu verschwinden, hatten sich seine guten Vorsätze aus dem Staub gemacht. Verdammt. Er war sich absolut im Klaren darüber, dass niemand ihm dieses Vergnügen hätte vorhalten können, trotzdem lastete das Schuldgefühl schwer auf seiner Brust. Gavin räusperte sich und fuhr Emily durchs Haar. Dann umschloss er ihr Gesicht, sodass sie sich in die Augen sahen. »Ich muss dir was sagen.«

Emily blinzelte, sah ihn kurz an und schmiegte ihren Kopf wieder an seine Brust. »Wie alt warst du, als du dir das stechen lassen hast? Und warum gerade hier auf den Rippen?« Vorsichtig fuhr sie über die Flügel des Drachen.

Gavin strich ihr über den Rücken. »Das war direkt nach dem College, so mit zweiundzwanzig, dreiundzwanzig.« Er atmete tief aus. »Und es musste an dieser Stelle sein, weil ich nicht wollte, dass jeder es sehen kann. Und dass nur ganz bestimmte Finger es nachfahren.«

Sie sah zu ihm auf und lächelte. »Diese Finger hier, meinst du?«

»Ja«, flüsterte Gavin. »Diese Finger.« Er konnte es nicht länger für sich behalten. »Ich muss mit dir über etwas sprechen.«

»Hat es denn wehgetan?« Emily sah nicht auf, während sie das Kunstwerk weiter nachzeichnete.

Mit zusammengezogenen Augenbrauen hob Gavin Emilys Kopf. »Emily. Es gibt etwas, das ich dir sagen muss.«

Emily schluckte und nickte. »Ich weiß, dass du mit diesen zwei Mädchen geschlafen hast.« Mit der Rückseite ihrer Hand strich sie über seine Wange und sah in seine wunderschönen blauen, mit dichten Wimpern umkränzten Augen, die ihre Zukunft bedeuteten. »Und es ist mir egal. Ich meine, immerhin dachtest du, ich hätte Dillon geheiratet. Ich weiß, dass du das sonst nicht getan hättest.« Sie küsste ihn leicht auf den Mund und schmiegte ihr Gesicht an seinen Hals.

»Ich habe nicht mit ihnen geschlafen.«

»Nein?«, fragte sie überrascht und legte den Kopf zurück.

»Nein. Von der dummen Idee hast du mich glücklicherweise abgehalten, als du aufgetaucht bist.«

Emily seufzte erleichtert. »Es werden also nicht irgendwelche Kinder von dir durch Mexiko rennen. Gott sei Dank.«

Bei dem Anblick der Erleichterung in ihrem Gesicht zerriss es Gavin beinahe das Herz. Er zog ihr Gesicht noch näher an seines und strich mit dem Daumen über ihre Unterlippe.

»Nein, es werden keine Kinder von mir durch Mexiko rennen, weil ich bei einer anderen Frau, die dir nicht begegnet ist, auf die Verhütung geachtet habe.« Er verstummte und suchte ihren Blick. Emily biss sich auf die Unterlippe und nickte. »Es tut mir leid«, flüsterte er schuldbewusst.

Emily musterte sein Gesicht, das voller Reue war. Und auch sie hatte sofort ein schlechtes Gewissen, weil sie der Grund für diesen Vorfall war. Wie konnte sie ihm am besten zeigen, dass sie ihm die Sache nicht krummnahm? Emily lächelte, setzte sich rittlings auf seinen Schoß und zog seinen Mund an ihren.

»Gavin Blake. Ich liebe dich so sehr, dass es schon fast gefährlich ist. Ist dir das klar?«

Ungläubig hob er eine Augenbraue. »Ach ja?«

»Sehr sogar«, gurrte sie und übersäte sein Gesicht mit Küssen.

Gavin befreite sich aus ihrer Umklammerung und vergrub seine Hände in ihrem Haar. Plötzlich grinste er. »Hm, diese versaute Emily gefällt mir irgendwie. Für mich kannst du gar nicht gefährlich genug sein.«

Während Gavin Emily küsste, der davon schon wieder ganz heiß wurde, knurrte plötzlich sein Magen. Sie lachte. »Hast du Hunger?«

»Wie bitte?«, fragte er unschuldig und strahlte sie an.

»Okay, ich bin nicht taub, Blake!« Sie lehnte sich zur Seite und schaltete eine Lampe an. »Entweder hast du dir durch das Essen irgendeinen Infekt eingefangen, oder du hast riesigen Kohldampf.« Sie zog eine Speisekarte aus der Nachttischschublade und reichte sie ihm. »Ich bete inständig, dass es Letzteres ist.«

Gavin brach in Gelächter aus, verstummte aber auf einmal. »Was ist das?«, fragte er, fuhr mit dem Daumen über ihre Augenbraue und legte die Speisekarte beiseite.

Emily wurde auf einen Schlag übel. Sie packte Gavins Hand und nahm sie von der abgeheilten Wunde weg, die Dillon ihr verpasst hatte. Mit einem Lächeln überspielte sie ihre plötzliche Panik.

»Ach, das? Nichts weiter. Ich war bei der Arbeit, wollte irgendwas unter der Bar hervorholen und hab mich am Tresen gestoßen.«

Einen Moment lang musterte er sie. Irgendetwas an Emilys Ton hatte ihn stutzig gemacht.

»Bei der Arbeit, ja?«

»Ja, Gavin«, erwiderte sie, so überzeugend sie konnte. »Ich bin eben ein kleiner Tollpatsch. Zum Glück war gerade niemand da, sonst wäre es ganz schön peinlich gewesen.«

Sie griff wieder nach der Speisekarte und überflog sie.

»Worauf hast du Lust? Die haben hier alles vom Burger bis hin zum Filet mignon.« Sie rutschte von ihm herunter, wickelte das Bettlaken um sich und ging zum Bad. »Ich nehme einfach einen Caesar's Chicken Salad.«

Emily zog die Tür hinter sich zu, lehnte sich dagegen und holte tief Luft. Hoffentlich war ihre Notlüge überzeugend gewesen! So wollte sie das neue Kapitel mit Gavin eigentlich nicht beginnen. Überhaupt nicht. Jede noch so kleine Schwindelei machte ihr ein schlechtes Gewissen. Aber die Vorstellung, dass Gavin sich an Dillon rächen würde, war einfach furchtbar. Dillons Drohungen ihr gegenüber in der Nacht nach der Hochzeitsprobe dröhnten in ihrem Kopf und setzten dem inneren Kampf ein Ende. Sie wollte Gavin beschützen und würde kein Wort darüber verlieren, was an jenem Morgen geschehen war. Und in jener Nacht.

Als Emily aus dem Bad trat, wartete Gavin mit verschränkten Armen im Türrahmen. Sein prüfender Blick ließ ihr das Herz sofort in die Kniekehlen rutschen. Auch wenn sie ein nervliches Wrack war, konnte sie doch nicht anders, als seinen nackten, unglaublich männlichen Körper von Kopf bis Fuß zu mustern. Sofort ging ihr Atem schneller, und sie begann unbewusst auf ihrer Unterlippe zu kauen.

»Du hast mich erschreckt.« Sie stellte sich auf die Zehenspitzen und drückte einen Kuss auf seine Wange. »Aber ich wusste ja schon immer, dass du ein kleiner Stalker bist.«

Gavin starrte sie immer weiter an, als warte er auf die Wahrheit von ihr. Aber so gern sie ihm alles erzählt hätte – sie konnte nicht.

»Apropos Stalking, wie bist du eigentlich an die Zimmerkarte meiner Suite gekommen?« Es war ein ziemlich schwacher Versuch, das Thema zu wechseln. Aber gerade war ihr alles recht, um Gavin von Dillon abzulenken.

»Ich habe Colton angerufen und ihn gebeten, meinen Namen der Reservierung hinzuzufügen.« Gavin neigte sich nach vorn und strich mit seinen Lippen über ihre Stirn. »Also. Was ist in der Nacht, in der du ihn verlassen hast, passiert?«

Emily schluckte den Kloß in ihrer Kehle hinunter und raffte das Bettlaken vor ihrer Brust zusammen. Sie sah ihn unter ihren Wimpern hervor an.

»Nichts weiter.«

»Nichts weiter? Er hat dich ohne ein weiteres Wort gemütlich zur Tür hinausspazieren lassen?«, fragte Gavin skeptisch.

Emily ging durch das Zimmer und rang um eine Antwort. Schließlich ließ sie sich aufs Bett sinken, sah ihn an und zuckte mit den Schultern. »Jepp. Nachdem er eingeschlafen ist, habe ich mich aus der Wohnung geschlichen, bin erst zu dir und schließlich zu mir gefahren. Am nächsten Morgen kam er in meine Wohnung, und wir haben uns ziemlich gestritten. Mittendrin sind meine Schwester und Michael hereingeplatzt, und der hat ihn weggeschickt. Das ist alles.«

Mit gerunzelter Stirn legte Gavin sich eine Hand in den Nacken und trat näher. »Und er hat dich seitdem überhaupt nicht mehr belästigt?«

»Nein, hat er nicht.« Immerhin hier konnte sie die Wahrheit sagen. Im Gegensatz zu Joan, die sie am Telefon zur Schnecke gemacht und Dillon dank einer Kaution wieder aus dem Knast geholt hatte, hatte Emily von ihm nichts mehr gesehen oder gehört, seit er von den Polizisten aus der Wohnung geführt worden war.

Gavin ließ sich vor Emily auf die Knie nieder. Mühelos glitten seine Hände unter das Bettlaken und umfassten ihre Hüfte. »Du würdest mir doch sagen, wenn etwas passiert wäre, oder?«

Von ihrer eigenen Lüge wie gelähmt, kämpfte Emily mit den Tränen. Sie hob die Hand, legte sie zärtlich auf seine Wange und nickte.

»Natürlich«, flüsterte sie.

Langsam malte er mit seiner Daumenkuppe Kreise auf ihre Haut und schloss die Augen. »Es tut mir so leid, dass ich nicht da war, als du es ihm gesagt hast. Du hättest das nicht allein tun müssen.«

»Gavin, nein«, würgte sie hervor und stand auf. Sie zog sein Gesicht an ihren Bauch. Als er ihre Haut küsste, verging sie fast vor schlechtem Gewissen. Er umklammerte ihre Taille fester und küsste sie immer gieriger.

»Bitte, Gavin, alles ist gut. Du hast doch gedacht, ich heirate ihn. Bitte tu dir das selbst nicht an.« Emily ließ sich auf seinen Schoß sinken und wickelte ihre Beine um seine Hüfte.

»Es tut mir so verdammt leid, Baby.« Gavin küsste sie, tiefer und tiefer. »Ich hätte nicht einfach abhauen dürfen. Wir hatten doch abgemacht, dass wir es ihm zusammen sagen.«

Emily riss ihren Mund von seinem los und nahm sein Gesicht in beide Hände. Als sie ihm in die Augen sah, brach sie in Tränen aus. »Bitte hör auf damit!«, flehte sie.

Als sie seinen mit dicken Adern überzogenen Schwanz zwischen ihre feuchten Schamlippen schob, wurde ihr sofort glühend heiß. Dieser Genuss stürzte sie in ein schreckliches Paradox. In diesem Moment besaß Gavin sie und sie ihn. Und dennoch waren sie beide Gefangene einer Schuld, deren Ketten schwer auf ihnen lasteten.

Gavins Augen flackerten hungrig auf. Wieder und wieder ließ er seine Zunge durch ihren Mund gleiten und küsste sie immer wilder, bis er schließlich die absolute Kontrolle über ihren Körper hatte. Jeder Muskel seines Körpers spannte sich an, und seine Arme umschlossen Emilys Taille immer fester.

Dann machte er sich über jeden einzelnen Zentimeter ihres Körpers her und füllte sie mit seinem Schwanz vollkommen aus, während ihre unbändige Lust sich mit ihrer tiefen Liebe zueinander vermischte.

Emily gab sich ihm ganz und gar hin und genoss ihr Zusammensein in vollen Zügen. In diesem Augenblick wurde ihr klar, dass sie Gavin auch den letzten Rest seines Schuldgefühls nehmen musste. Sie konnte nur beten, dass ihr das auch gelingen würde.

6 WIEDERGUTMACHUNG

Die Sonne stieg über den Horizont und ihr warmes Licht durchflutete das Hotelzimmer. Gavin war bereits wach und lauschte dem Atem der schlafenden Emily. Sie hatte sich auf der Seite zusammengerollt und beide Hände unter dem Kissen vergraben. Andächtig sah Gavin sie an. Gott, sie war so süß. Schön wie ein Engel. Am liebsten hätte er sie sofort berührt – aber nein, er wollte sie schlafen lassen. Während er sie fasziniert betrachtete, ließ er die letzten Wochen in Gedanken Revue passieren. Die ganze Anspannung, die er in letzter Zeit in sich aufgebaut hatte, löste sich plötzlich in Luft auf. Seine Mundwinkel hoben sich zu einem Lächeln, als Emily sich an ihn schmiegte. Sie stieß einen schläfrigen Seufzer aus und kuschelte sich noch dichter an ihn, indem sie ein Bein über seinen Oberschenkel legte. Verdammt. Jetzt waren all seine guten Absichten, sie weiterschlafen zu lassen, dahin. Gavin umschlang die nackte Emily mit seinen Armen, zog sie eng an seine Brust und drückte seinen Mund auf ihren.

»Ich habe es versucht. Ehrlich.«

Emily schnurrte genüsslich und schlug die Augen auf. Lächelnd sah sie ihn an. »Darauf würde ich meinen Hintern nicht verwetten.«

»Den Hintern, den jetzt offiziell ich besitze?« Gavin streichelte den besagten Po. »Diesen hier? Ah, ja. Dieser. Ich liebe diesen Hintern.«

»Den du besitzt?«, stichelte Emily.

»Ja … genau. Und vermietet wird er niemals! Ich bin der königliche Besitzer, Süße.« Er knabberte an ihrer Lippe und Emily lachte. »Schecks nehme ich nicht an, aber ich akzeptiere die meisten Formen von Geschlechtsverkehr und Vorspiel als Bezahlung.«

Emily schüttelte den Kopf und wackelte mit ihrem Po, den Gavin mit beiden Händen umschlossen hielt. »Bei mir gibt es aber nur wilden Sex, der Kronleuchter zum Erzittern bringt.«

»Hm, ganz schön hart.« Gavin biss sich auf die Lippe und sah sie mit unverhohlener Begierde an. »Ich akzeptiere dein Angebot, solange ich dich an den Kronleuchter binden und mit dir anstellen darf, worauf immer ich Lust habe.«

Kichernd legte den Emily den Kopf schief.

»Wer bist du? Christian Grey?«

Gavin ließ seine Hände über ihren Rücken gleiten, und eine Falte erschien zwischen seinen Augenbrauen. »Wer ist das?«

Mit großen Augen setzte Emily sich auf und fixierte Gavins Hände über seinem Kopf, während sie ihre Nase an seiner rieb.

»Du weißt wirklich nicht, wer Christian Grey ist?«

»Ich habe keinen blassen Schimmer.« Gavin hob seinen Kopf und küsste sie zärtlich. »Ist es vielleicht jemand, mit dem du zur Schule gegangen bist?« Er sog ihre Unterlippe zwischen seine Zähne. »Warte mal. Es hat dich doch noch nie jemand festgebunden, oder?«

»Nein, noch nicht!« Emily lachte und verflocht ihre Finger mit seinen. »Und er ist auch kein Schulkamerad von mir. Aber ich bin mir sicher, dass es auf dieser Welt kaum eine Frau gibt, die noch nicht von ihm gehört hat.« Gavin sah Emily verwirrt an. »Ach, ist auch nicht so wichtig.« Emily setzte sich auf, wickelte die Satindecke um sich und glitt aus dem Bett. »Ich werde es dir irgendwann erklären.«

»Warte! Was hast du vor? Du denkst doch hoffentlich nicht, dass ich dich allein duschen lasse?« Grinsend stützte Gavin sich auf seine Ellbogen. »Denk dran, dein Körper ist in meinem Besitz! Du brauchst für alles, was du tust, meine Erlaubnis.«

Belustigt sah Emily zu, wie Gavin seine Beine aus dem Bett schwang und mit einem Satz auf sie zukam.

»Sind wir Höhlenmenschen?«

Gavin gab keine Antwort. Stattdessen hob er sie in die Luft, küsste sie und atmete dabei so tief ein, als wolle er Emily in sich aufsaugen. Dann trug er sie ins Bad und setzte sie auf dem Waschtisch ab.

Sofort jagte ein warmer Schauer über ihren Rücken, sodass sie den kalten Granit unter ihrem Po kaum spürte.

Ihr Körper war im Freudenrausch, und eine leichte Röte breitete sich auf ihrem Gesicht aus, als er ihr das Satinlaken wegzog. Langsam ließ er seinen Blick über ihren Körper wandern und blieb schließlich an ihren Lippen hängen.

»Gott, du bist absolut anbetungswürdig.« Gavin positionierte sich zwischen ihren Oberschenkeln, die er weit spreizte und um seine Hüfte legte. »Bei diesem Anblick muss man ja sofort hellwach sein.«

In erregter Vorfreude auf das, was kommen würde, beobachtete Emily, wie Gavin sich zwei Finger in den Mund schob. Er blickte ihr tief in die Augen, zog sie quälend langsam wieder heraus und fuhr damit ihren Bauch hinab. Augenblicklich war Emilys gesamter Körper mit einer Gänsehaut überzogen. Als er mit seiner Hand ihre Pussy umschloss und zwei Finger tief in sie hineinsteckte, stockte ihr der Atem. Er legte eine Hand seitlich an ihren Hals und drückte sie so an den Spiegel. Emily wimmerte.

»Ich will, dass du dich vor mir fingerst«, sagte er rau und mit stockendem Atem.

»Was?«, stöhnte Emily. Ihre Stimme zitterte. »Aber ich mache es nie …«

»… selbst mit der Hand?« Mit seinem Daumen umkreiste er ihre Klitoris. Emily bog ihren Rücken gegen den Spiegel und begann zu keuchen.

»Nein, bis jetzt habe ich nur einen Vibrator benutzt.«

Gavin biss sich auf die Unterlippe und schloss die Augen, ehe er laut aufstöhnte und mit seinen Fingern langsam und gleichmäßig in sie hineinzustoßen begann. Er öffnete die Augen wieder, packte Emilys Hand und platzierte ihre Finger auf ihrem Kitzler. »Heute gibt es keinen Vibrator. Los. Reib dich für mich.«

Schüchtern schlug Emily die Augen nieder, tat dann aber, was er verlangte. Sie ließ zwei Finger über ihr geschwollenes Fleisch gleiten und sog die Luft ein. Als die Erregung sich in ihr ausbreitete, öffnete sie die Lippen, starrte Gavin an und umkrampfte seine Finger. All ihre Nerven waren jetzt aktiviert, und Emily sehnte den Höhepunkt so sehr herbei, dass sie stöhnend die Hüften um seine Hand kreisen ließ. »Oh mein Gott, Gavin«, flüsterte sie und rieb noch fester.

Gavin hatte begonnen mit seiner freien Hand an seinem Penis auf- und abzufahren. Seine Pupillen flackerten vor Gier. »So ist es richtig, Baby«, knurrte er. »Und jetzt steck deine Finger mit meinen hinein.«

Ohne zu zögern, schob Emily zwei ihrer Finger zu seinen zwischen ihre Beine und begann sofort zu zucken. Mit der Kraft eines Güterzugs rauschte das Blut in ihren Adern und legte all ihre Gedanken lahm. Je schneller Gavin an sich selbst rieb, umso schneller stieß er auch in Emily hinein. Die Blicke ineinander versenkt und heftig keuchend verzerrten sich ihre Gesichter vor Ekstase.

»Himmel, deine Pussy ist perfekt.« Gavins Kopf fiel zurück, und er stöhnte laut auf, als Emily sich immer weiter zurücklehnte und gegen den Spiegel sinken ließ. Sie löste ihre Beine von seiner Hüfte und setzte die Füße auf dem Waschtisch ab. Gavins Blicken vollkommen preisgegeben, schob sie ihre Finger immer wieder hinein und hinaus, hinein und hinaus … Ihre Augenlider flatterten, und Gavins harter Schwanz begann in seiner Hand zu pulsieren. »Fuck. Ich muss dich schmecken«, presste Gavin mit bebenden Nasenflügeln hervor. »Zieh deine Finger raus, und reib deine heiße Klitoris für mich.«

Emily, die sich nach Erlösung verzehrte, keuchte auf und begann ihren Kitzler zu reiben. Gavin kniete sich auf den Boden, packte sie an der Hüfte und zog ihren Po bis an die Kante des Tischs, um seinen Mund auf ihre Pussy zu drücken und sie gierig zu lecken. Emilys Körper krampfte sich zusammen, und sie verlor sich vollkommen in der Leidenschaft dieses intimen Akts. Nie zuvor hatte sie irgendjemandem so viel von sich gezeigt – aber mit Gavin fühlte es sich so natürlich an … Emily rieb so wild und fest an ihrer Klitoris, bis ihr Atem immer abgehackter wurde und schließlich ganz aussetzte. Gavin schob ihre Finger aus dem Weg und fuhr mit seiner Zunge über ihre empfindlichste Stelle, sog ihren Kitzler zwischen die Lippen und begann daran zu lecken und zu saugen. Emily schmolz dahin. Sie war am Ziel.

Beinahe erschrocken schnappte sie nach Luft. »Oh mein Gott, Gavin … Ich … Ich … komme!« Sie konnte nicht mehr atmen. Nicht mehr denken. Zitternd gab sich Emily all den köstlichen Empfindungen hin, die ihren Körper durchströmten. Dann packte sie Gavin am Haar und zog ihn an sich, während die letzten Wellen des Orgasmus durch ihren Körper schlugen.

Im Stehen bearbeitete Gavin seinen Schwanz immer weiter und packte Emily dann am Genick, um sie leidenschaftlich zu küssen. Der Geschmack ihrer sich vermischenden Körpersäfte trieb ihn beinahe in den Wahnsinn. Emily stöhnte in seinen Mund, und es war verdammt noch mal das Heißeste, was Gavin jemals gehört hatte. Schnell legte sie ihre Finger an seine und begann ihn ebenfalls zu reiben, sodass ihre Hände unisono an seinem Schwanz auf- und abfuhren. Gavin vergrub seine Zunge noch tiefer in Emilys Mund und stöhnte auf, als sein ganzer Körper sich anspannte und er sich endlich seinem ersehnten Orgasmus hingeben konnte.

Mit einem lauten Knurren packte er Emilys Haar und überließ es ihr, den Handjob zu Ende bringen. Und das tat sie. Alles, was Gavin zu geben hatte, floss über ihre Finger. Gavin vergrub seinen Kopf in ihrem Nacken und lehnte sich zurück, um sie dann zärtlich zu küssen. Leise, sanft und vollkommen entspannt verliebten sich beide noch mehr ineinander, kaum in der Lage zu begreifen, dass die Zeit … von nun an auf ihrer Seite war.

Sie hatten endlich alle Zeit.

Eine Stunde und eine lange heiße Dusche später traten Gavin und Emily aus dem Hotel heraus in die Wärme des Nachmittags. Während sie darauf warteten, dass der Parkwächter das Auto brachte, lächelte Emily Gavin strahlend an. Ihre Augen leuchteten vor Glück, und dieser Anblick löste in Gavin Gefühle aus, die er so noch nicht kannte. Er legte seine starken Arme von hinten um sie herum.

»Danke«, flüsterte er in ihren Nacken.

Emily legte den Kopf zurück, stellte sich auf die Zehenspitzen und liebkoste mit ihren Lippen seinen Kiefer. »Nein. Ich habe zu danken.«

Lächelnd beugte Gavin sich nach vorn, um sie zu küssen, und beide versanken in einem rauschähnlichen Zustand, bis der Mann vom Parkservice mit dem Auto vorfuhr. Er stieg aus und kam auf die beiden zu.

»Muy bonito carro.«

Gavin griff nach Emilys Gepäck, sah sie kurz an und dann wieder den Fahrer. »Muchas gracias. Además de esta hermosa mujer que tengo a mi lado, los carros son mi segunda pasión.«

Der Mann linste hinüber zu Emily und nickte begeistert. »Claro que si, los dos son muy hermosos.«

Emily sah Gavin fragend an. »Worum geht's?«

»Um Autos und dich. Meine zwei größten Leidenschaften.« Gavin zwinkerte und hievte ihr Gepäck in den Kofferraum. Lächelnd schüttelte Emily den Kopf.

»Gracias de nuevo.« Gavin überreichte dem Fahrer ein Trinkgeld.

Der Fahrer nickte dankend und wollte Gavin die Schlüssel überreichen, aber Emily griff schneller danach.

Ebenfalls zwinkernd sah sie Gavin an. »Du hast doch sicher nichts dagegen, wenn deine eine Leidenschaft die andere steuert, oder?«

Gavin grinste breit. »Das Auto hat eine Gangschaltung, meine Süße.«

»Du denkst wohl, ich könnte keinen Schaltknüppel bedienen?«

Gavin schlang seine Arme um ihre Taille. »Na ja, dass du mit einem gewissen Knüppel ganz gut umgehen kannst, weiß ich zufällig«, flüsterte er ihr ins Ohr. Emily hob tadelnd eine Augenbraue, Gavin gluckste und drückte einen Kuss auf ihren Scheitel. »Aber ehrlich gesagt dachte ich wirklich, dass du mit einer Gangschaltung nicht klarkommst.«

»Nun«, gurrte Emily und legte ihre Hände auf seine Schultern, »eine deiner zwei größten Leidenschaften kann tatsächlich mit einem Knüppel im Auto umgehen, und noch dazu ziemlich gut.« Sie zog seinen Mund an ihren. »Ich fahre im Übrigen gerne schnell.«

»Wow. Das finde ich ziemlich heiß.« Gavin strich mit seinen Lippen über ihre Ohrmuschel. »Auf jeden Fall hast du jederzeit freien Zugang zu jedem Knüppel, den ich besitze.«

Aufgeregt wirbelte Emily herum, ließ sich auf dem Fahrersitz nieder und schnallte sich an. Als auch Gavin Platz genommen hatte, sah Emily ihn grinsend an. »So. Jetzt kann *ich dir* mal sagen, dass du den Gurt anlegen sollst.«

»Eine dominante Frau. Das gefällt mir.« Gavin griff nach dem Gurt. »Aber bitte töte uns nicht, ja?«

Emily gab ihm einen Klaps auf den Arm und blickte sich dann, die Schlüssel in der Hand, verwirrt um. Es gab kein Zündschloss.

»Wie starte ich denn den Motor?«

Gavin konnte ein Lächeln nicht unterdrücken. »Miss Indy 500, der Motor ist bereits an. Und er startet auf Knopfdruck.«

Emily verdrehte die Augen, trat auf die Kupplung und fuhr vom Parkplatz. »Veräppel mich nicht, Schlitzohr.«

Gavin fand ihre Verärgerung sehr süß.

»Ich bin es eben nicht gewöhnt, so teure Schlitten zu fahren. Die, die ich kenne, brüllen mich an, wenn ich den Motor starte.«

Gavin riss gespielt schockiert seine blauen Augen auf. »Sie brüllen dich an? Diese Schweine!«

Emily linste in den Rückspiegel und nickte.

»Ja, sie verfluchen mich geradezu. Wie konntest du das Fenster eigentlich so schnell reparieren lassen?«

»Es hat eben seine Vorteile, reich zu sein, Süße.« Er grinste und legte eine Hand in ihr Genick. »So, jetzt mach deinen Besitzer mal ein bisschen heiß, und zeig ihm, was du kannst, du Adrenalinjunkie.«

Emily grinste wie ein Honigkuchenpferd und fuhr auf den Highway.

Zufrieden betrachtete Gavin die Bewegungen ihrer wohlgeformten Beine unter dem Seidenkleid. Der Beine, die jetzt ihm gehörten. Während sie sich durch die Gänge schaltete, umschlangen ihre zarten Finger den Steuerknüppel und ihre kupferfarbenen Locken hingen ihr lose über den Rücken. Gavin rutschte auf seinem Sitz hin und her. Verdammt. Er war schon wieder erregt … Aber warum fuhr sie wie seine Großmutter?

Er räusperte sich und drückte auf dem Touchscreen herum, um das Satellitenradio einzuschalten. »Du kannst schon ein bisschen schneller fahren.«

Emily sah ihn verdutzt an. »Ich halte mich doch nur ans Tempolimit.«

»Und ich dachte, du gibst gern ein bisschen Gas?«

»Das habe ich doch nur behauptet, damit du mich ans Steuer lässt. Schließlich bist du gestern wie ein Irrer gerast.« Sie zuckte mit den Schultern. »Ich rase nie.«

Auf Gavins Gesicht erschien ein listiges Grinsen. Er lehnte sich hinüber, legte eine Hand auf ihren rechten Oberschenkel. Um die Situation noch ein wenig anzuheizen, liebkoste er ihr Bein mit langsamen, kreisenden Bewegungen. Jetzt hatte er sie so weit. Das Auto beschleunigte. Jagte die Straße entlang und überholte andere Fahrzeuge.

»Ich fühle mich wie in *Miss Daisy und ihr Chauffeur*. Eigentlich wolltest du doch zeigen, was du draufhast – und bis jetzt war das eine ziemlich lahme Nummer, muss ich sagen.«

»Gavin«, keuchte Emily mit großen Augen und versuchte, das gute Gefühl zu ignorieren, das seine Hand auf ihrem Oberschenkel auslöste. »Vorhin hast du noch gesagt, dass ich uns nicht töten soll, und jetzt willst du, dass ich Gas gebe?«

Als müsste sie Gavin irgendetwas beweisen, drückte sie das Gaspedal noch fester durch. »Schön. Dann lass uns gemeinsam in den Tod rasen.«

Die Lumineers ho-heyten aus den Lautsprechern, und Gavin beobachtete mit Genugtuung, wie der Tachozeiger weiter nach oben kletterte. Die Hand immer noch auf Emilys Oberschenkel, legte er seine Füße auf der Ablage ab und ließ das Fenster herunter, durch das ein Schwall warmer Luft ins Auto drang. Er stellte das Radio lauter, trommelte mit der anderen Hand auf sein Knie und warf Emily das strahlendste sexy Lächeln zu, das sie je gesehen hatte.

Emily kicherte und begann im selben Rhythmus aufs Lenkrad zu klopfen.

»Warte! Fahr hier mal rechts ran!« Gavin nahm seine Füße wieder herunter, legte seine Hand auf Emilys und schaltete auf Leerlauf. Dann griff er nach dem Steuer und riss es nach rechts an den Straßenrand. Knirschend kam das Auto auf dem Kies zum Stehen.

»Was machen wir?«, fragte Emily verdutzt.

Gavin sah sie ernst an, lehnte sich über den Schaltknüppel und strich sanft mit seinen Lippen über ihre. Emily schloss die Augen und versuchte zu atmen.

»Steig aus«, sagte Gavin.

Emily hielt die Augen immer noch geschlossen und seufzte leise auf, als seine Hand und seine Lippen sich von ihrem Gesicht lösten. Aus den Boxen sang jetzt Etta James, und Emily sah atemlos zu, wie Gavin sich von seinem Sitz erhob. Sie musste sich dringend sammeln … Als auch sie ausgestiegen war, kam Gavin langsam auf sie zu und zog sie an sich. Trotz der nachmittäglichen Hitze begann Emily plötzlich zu frösteln.

»Was machen wir hier?«, wiederholte Emily leise.

Statt einer Antwort neigte Gavin sich nach unten. Ihre

Lippen berührten sich flüchtig, was Emilys Verlangen nur weiter steigerte. Ihre Nerven waren wie elektrisiert.

»Das hier ist eine Wiedergutmachung«, erklärte er und wiegte sie sanft hin und her. »Hier hatten wir gestern unseren Streit. Aber ich will einen zweiten Anlauf, damit du in Zukunft diese Straße wieder mit etwas Positivem verbindest. Damit, wie ich dich halte. Dir in die Augen sehe. Und wie wir uns küssen.«

Wieder berührten seine Lippen ihre. Nein, das genügte nicht. Langsam fuhr er mit seiner Zunge tief in ihren Mund hinein. Emily stöhnte auf und genoss das Gefühl, das seine warme Hand hinterließ, als sie über ihre Hüfte strich.

»Kennst du das Lied?«, fragte er und sah ihr tief in die Augen, während sie sich im Takt der Musik wiegten, die aus den geöffneten Autotüren drang. »Oder sagen wir so: Weißt du, wer es singt?«

Trotz des rauschenden Blutes in ihren Adern und der vorbeibrausenden Autos erkannte Emily den sinnlichen Klang dieser Stimme.

»Das ist *At Last* von Etta James.«

»Sehr gut, Miss Cooper«, summte er in ihr Ohr. »Studieren Sie neuerdings Jazzmusik?«

Emily schluckte und schüttelte den Kopf. »Meine … Meine Großmutter hat früher …«

Ehe sie weiterreden konnte, hatte Gavin auch schon seinen Mund auf ihren gepresst. Er drängte seine Zunge zwischen ihre Lippen und seufzte leise auf, als er seine Hände auf ihre Wangen legte.

Emilys Atem stockte, und sie spürte, wie es zwischen ihren Beinen zog. Einer zarten Blume gleich sank sie an seiner Brust in sich zusammen, verschmolz mit Gavin.

»Ich liebe dich«, flüsterte Gavin und hörte langsam auf sie zu küssen. Die Hände immer noch auf ihre Wangen gelegt, neigte er den Kopf nach unten und drückte seine Stirn an ihre. »Mit dir will ich die Regeln brechen. Ich will dich jeden Tag leidenschaftlich küssen. Dich zum Lächeln bringen, wenn du kurz vorm Weinen bist. Will nichts bereuen. Sondern mich so lang mit dir kaputtlachen, bis wir nicht mehr können. Kein Mann wird dich je so lieben wie ich, Emily. Du bist es. Die Frau meines Lebens. Für immer.«

In ihrem Hals formte sich ein dicker Kloß.

»Ich weiß nicht, was ich sagen soll«, flüsterte sie mit Tränen in den Augen. »Du hast mir neues Leben eingehaucht, und ich liebe dich mehr, als ich es je für mich möglich gehalten hätte. Und ich habe das Gefühl, dass ich dich nicht verdient habe.«

»Oh doch. Ich bin exakt das, was du verdient hast.« Gavin küsste sie wieder. »Du hast einen Mann verdient, der sich daran erinnert, dass deine Großmutter beim Kochen immer Jazz gehört hat.«

Emilys Herz machte einen doppelten Salto. »Daran kannst du dich erinnern?«

Gavin grinste an ihrem Mund. »Ich kann mich an absolut alles erinnern, was du mir je erzählt hast.« Langsam strich er ihr mit der Hand durchs Haar. »Und ich werde dir Stück für Stück klarmachen, dass du die Richtige bist. Dass du es wert bist, dass ich dir alles gebe. Und wenn ich dafür täglich ein Wörterbuch aufschlagen und dich zwingen muss, die Bedeutung des Wortes 'wert' zu lesen, damit du es begreifst, dann werde ich das tun.«

Gavin zog sie an sich und gluckste. »Ich könnte sogar ein Bild von mir danebenkleben.«

»Ein Bild von dir?« Emily kicherte.

Gavin verstärkte seinen Griff und lehnte sich hinunter, um mit den Lippen an ihrem Ohr zu knabbern. »Wenn du magst, kann es auch ein Nacktfoto sein.«

Emily drückte ihre Wange an seine Brust und lächelte. »Was soll ich nur mit dir machen?«

Er sah ihr in die Augen, sein Gesichtsausdruck war weich. »Zieh mit mir zusammen.«

Emily schnappte nach Luft. Auf einen Schlag war sie wahnsinnig nervös, und ihr Puls raste.

»Was?«

Er legte seine Hand auf ihre. »Du hast mich schon verstanden. Ich will, dass du bei mir einziehst. Ich weiß, es ist …«

»Verrückt«, unterbrach sie ihn.

»Ja, es ist verrückt und völlig überstürzt. Gefährlich, waghalsig und berauschend. Na und?« Gavin verstummte kurz und zog ihr Gesicht näher an seines. »Aber genau das macht uns doch aus. Seit unserer ersten Begegnung schon. Zieh bei mir ein, Emily. Bleib verrückt, gefährlich und waghalsig. Mach es einfach. Und dann können wir jeden Morgen nebeneinander aufwachen.«

Emily senkte den Blick und kaute an ihrem Daumennagel herum. Die Idee war extrem verlockend. Gavin schaffte es immer wieder, dass all ihre negativen Gedanken einfach verpufften. Dennoch konnte sie nicht aufhören sich zu fragen, ob sie ihn wirklich glücklich machen konnte. Gut, er hatte sie zurückgenommen und vertraute ihr – aber irgendetwas in ihr hatte Angst, dass sie seine Bedürfnisse niemals ganz befriedigen können würde.

»Ich weiß nicht«, sagte Emily und sah ihn an. »Lass uns weitersehen, wenn wir wieder in New York sind. Vielleicht sollten wir uns noch etwas Zeit lassen.«

Ein Lächeln huschte über Gavins Gesicht, und plötzlich packte er Emily ohne Vorwarnung und warf sie über seinen Rücken wie einen Sack Kartoffeln. »Emily Cooper, verlangst du tatsächlich von mir, noch länger zu warten, als ich das ohnehin schon getan habe?«

»Gavin Blake, hast du den Verstand verloren?«, keuchte sie und krallte sich an seinem T-Shirt fest.

»Hier stelle ich die Fragen.« Lachend schlenderte Gavin zum Auto und setzte Emily auf der Kühlerhaube ab. Sie ächzte laut auf und sprang hinunter. »Was ist los?«, fragte er.

»Das heiße Blech hat meinen Hintern verbrannt!«

Gavin grinste schief und zog sich das T-Shirt über seinen Kopf, breitete es auf der Kühlerhaube aus und setzte Emily darauf ab. »Eigentlich dachte ich, dein Hintern könnte gar nicht heißer werden, als er ohnehin schon ist.« Obwohl Emily ihn ansah, als hätte er zehn Köpfe, grinste er sie weiter schief an und schob sich dann zwischen ihre Beine, um sie zärtlich zu küssen.

»Ist das besser? Wenn nicht, kann ich gern meine Shorts ausziehen, damit du ein Kissen hast.« Gavin machte Anstalten, seinen Gürtel zu öffnen.

»Du bist wirklich völlig durchgeknallt.« Emily griff nach seinen Händen und ließ ihren Blick andächtig über jede Wölbung seines sonnengeküssten Sixpacks wandern. »Absolut verrückt.«

»Verrückt nach dir.« Gavin schlang einen Arm um ihre Taille und zog sie näher an sich. »Schling dich um mich.«

»Was?«, flüsterte Emily und legte wie von selbst den Kopf nach hinten, als Gavin über ihren Kiefer leckte.

»Deine Beine. Schling sie um meine Hüfte.«

Emily lief puterrot an. »Wir sind auf dem Highway, Gavin!«

»Ich weiß. Ganz schön verdorben, oder?« Ohne ihre Reaktion abzuwarten, packte er ihre Waden und wickelte ihre Beine um seinen Oberkörper. »Aaaah, na also.«

Peinlich berührt biss Emily sich auf die Unterlippe und sah auf die dahinflitzenden Autos auf dem Highway. Als ein Auto hupte, aus dessen Fenster der Beifahrer hinauspfiff, amüsierte Gavin sich prächtig über Emilys verstörten Blick.

Er legte einen Finger unter ihr Kinn, um ihre Aufmerksamkeit zurückzugewinnen. Als er auf ihre verführerischen, beerenfarbenen Lippen blickte, beschleunigte sich sein Puls automatisch.

»Zieh bei mir ein, Emily. Verdammt, wir haben uns doch auch Hals über Kopf ineinander verliebt – lass uns zusammen mitten ins Leben stürzen.«

Emily sah in seine meerfarbenen blauen Augen, schluckte und klammerte sich an seinen nackten Schultern fest.

»Ich kann dir nicht versprechen, dass es immer nur nett und harmonisch zugehen wird bei uns – schließlich sind wir beide echte Kämpfernaturen. Aber ich bin mir auch ziemlich sicher, dass es kein Horrortrip wird, dafür lieben wir uns zu sehr. Ich kanns dir versprechen, dass du mir stets mehr bedeuten wirst als mein nächster Atemzug. Und dass es immer nur dich für mich geben wird. Niemanden sonst.«

In diesem Augenblick fiel jegliche Angst von Emily ab, verpuffte und verstummte zusammen mit allen Hintergrundgeräuschen, bis Emily nur noch ihren und Gavins Atem hören konnte. Und ihr Herz, das die letzten Tage so leer gewesen war, schien plötzlich so übervoll zu sein, dass es beinahe platzte. Sie zog ihn näher an sich und nickte lachend und weinend zugleich. »Okay, Mr Blake. Stürzen wir uns ins Leben.«

Gavin erwiderte ihr Lächeln, konnte aber seine Überraschung nicht verbergen.

»Ehrlich?«, fragte er und küsste Emily.

»Ehrlich.« Emily kicherte. »Lass uns so richtig in die Vollen gehen!«

Mit einem anzüglichen Lächeln hob Gavin Emily von der Kühlerhaube. Ihre Füße baumelten über seinen Armen, und sie quiekte.

»Das war ja ganz schön einfach! Ich hatte definitiv damit

gerechnet, dass ich ein bisschen mehr dafür kämpfen muss. Es lag an meinem Striptease, stimmt's?«

»Ganz genau, Gavin«, erwiderte sie schlicht. Ihre Augen funkelten belustigt. »Der hat es rausgerissen. Absolut.«

Die beiden versanken in einem innigen Kuss. Und in diesem Moment war Gavin unendlich dankbar, dass ihnen hier, auf dem Seitenstreifen eines Highways in Mexiko, die Wiedergutmachung geglückt war.

7 GESTÄNDNISSE UND GEBROCHENE VERSPRECHEN

Emily sah von ihrem Schreibtisch aus auf die Uhr an der Wand.

»Noch eine Minute.«

Hastig sprangen fünfzehn Erstklässler von ihren Stühlen auf, warfen sich die Rucksäcke über die Schultern und bildeten vor der Tür eine chaotische Schlange. Alle trippelten aufgeregt hin und her, um als Erstes durch die Tür zu gehen.

»Miss Cooper, sind Sie morgen auch hier?«

Emily ging hinüber zu dem Mädchen mit den Lachgrübchen, das geduldig auf ihre Antwort wartete, und kniete sich vor sie. »Na klar. Mrs Nelson kommt erst nächste Woche zurück.«

Das Mädchen strahlte sie an und strich sich ein paar verirrte blonde Strähnen aus der Stirn, die sich aus ihrem geflochtenen Zopf gelöst hatten. Da ertönte der Schulgong, und das Wettrennen begann. »Hey! Vergesst nicht, den Zettel mit der Erlaubnis für unseren Ausflug nächsten Monat mitzubringen!«

Ein Kanon von *Okays* klang aus dem fröhlichen Geschnatter der Kinder hervor, während sie mit aufgeregten Gesichtern aus dem Raum stürmten.

Seufzend sah Emily ihnen nach und ging zu ihrem Schreibtisch. Sie stopfte einen Stapel zu korrigierender Arbeiten in ihre Tasche aus Segeltuch und griff nach dem Roman, den sie in der Mittagspause zu lesen begonnen hatte. In der Tür stehend warf sie einen letzten Blick auf das Klassenzimmer und trat dann in den Flur. Kaum war sie um die Ecke gebogen, lief sie auch schon in Laura Fitzgerald hinein, eine andere Aushilfslehrerin, die seit ein paar Wochen unterrichtete. Sie war gebürtige New Yorkerin, und man konnte sie als Clubaholic bezeichnen. Emily ahnte, was sie gleich sagen würde.

»Ha, dich habe ich gerade gesucht. Wir gehen heute Abend aus.« Die große, langbeinige Brünette lächelte. Ihre Augen strahlten vor Aufregung. »In der Webster Hall ist heute Ladies' Night! Magst du mitkommen? Brooke, Cary, Stephanie, Angie und Melinda sind auch am Start. Ich weiß schon, heute ist Donnerstag, aber schließlich lebt man nur einmal, oder? Wir machen morgen einfach alle ein Nickerchen, während die kleinen Racker in der Bibliothek sind.«

Emily hatte mit ihrer Vermutung ins Schwarze getroffen.

»Ich kann leider nicht. Bin zum Dinner verabredet.« Emily schlüpfte in ihren Mantel, als sie am Sekretariat vorbeiliefen. »Nächste Woche?«

Laura runzelte kurz die Stirn. Dann zog sie eine Augenbraue nach oben und grinste neugierig, als wäre ihr ein Licht aufgegangen. »Mit deinem neuen Freund?«

Emily nickte lächelnd und warf einen Blick auf die Armbanduhr. Sie wollte noch in einer kleinen Boutique vorbeischauen, die Olivia ihr gezeigt hatte, um für den heutigen Abend etwas Schönes zum Anziehen zu kaufen. Außerdem war noch ein Gang ins Postamt fällig, um ihre Adressänderung zu melden. Sie musste dringend los.

»Aber vielleicht stößt du ja nach dem Dinner noch zu uns?«, fragte Laura hoffnungsvoll und versuchte mit Emily Schritt zu halten, die gerade die Eingangstür aufstieß.

»Jepp. Vielleicht. Ich schreibe dir später eine Nachricht.«

Als sie hinaus in die kalte Dezemberluft traten, wickelte Emily sich ihren Schal um den Hals. »Ich muss noch ein paar Arbeiten korrigieren. Wenn ich damit früh genug fertig werde, kann ich noch zu euch kommen.«

»Scheiße«, rief Laura und wandte sich wieder Richtung Schulgebäude. »Hab meine Schlüssel vergessen. Aber klar, klingt nach einem Plan. Wir sind so ab zweiundzwanzig Uhr da.«

Emily winkte, und Laura verschwand wieder in der Schule. Sie streifte ihre Handschuhe über und lief die Treppe hinunter auf den mittlerweile beinahe leeren Parkplatz. Die Schulbusse waren bereits abgefahren. Ein winterlicher Windzug hob den Saum ihres Bleistiftrocks, während Emily in ihrer Handtasche nach den Formularen fürs Postamt kramte. Als ihr Blick auf Gavins Adresse fiel, begann ihr Herz zu flattern. Die Angst, alles zu überstürzen, war immer noch da, aber allein der Gedanke an den Blick, mit dem Gavin sie anzusehen pflegte, tröstete Emily sofort: Er musste jede Linie ihres Gesichts auswendig kennen. Scheinbar mühelos und stets wild entschlossen hatte er sie durch das Labyrinth aus Konflikten geführt, in dem sie sich allein verlaufen hätte. Bei zahlreichen Gesprächen, während denen sie sich immer wieder rechtfertigen mussten, hatte er im Geiste ihre Hand gehalten und sie so vor einem Sturz von den Klippen bewahrt. Er tröstete und liebte sie und mochte jede Macke an ihr. Aber das Wichtigste war, dass er sie nie aufgegeben hatte. Auch wenn sie wie Magneten waren, die sich von Anfang an angezogen hatten, war es doch immer Gavin gewesen, der sie zusammengehalten hatte. Selbst in dem Moment, als sie sich beinahe verloren hätten. Mit ihrer Reise nach Mexiko hatte sie ihr Schicksal besiegelt. Und diesen Schritt hatte sie nie bereut. Vor lauter Vorfreude auf eine ungewisse Zukunft, die es sicher gut mit ihr und Gavin meinen würde, seufzte Emily auf.

Plötzlich rief jemand ihren Namen. Dillon. Ihr Herz begann so laut zu klopfen, dass es in ihren Ohren dröhnte. Sie keuchte leise auf, und ihre Augen weiteten sich. Trotz der strahlenden Nachmittagssonne verfinsterte sich alles in ihrem Blickfeld. Zitternd drehte sie sich zu ihm um. Auf der anderen Straßenseite lehnte er mit verschränkten Armen an seinem Auto und bohrte seinen Blick in ihren. Ohne zu zögern, riss Emily ihr Handy aus ihrer Handtasche.

»Was soll das denn werden, Em? Willst du etwa die Cops anrufen?«, rief er mit einer Stimme so zornig wie ein Schwarm aufgescheuchter Bienen. »Ich bin mehr als dreißig Meter von dir entfernt und befinde mich auch nicht auf dem Schulgelände.«

Emily sah ihn weder an, noch antwortete sie ihm. Stattdessen schob sie ihr Telefon auf und wählte mit zitternden Fingern die 911. Gerade als die Zentrale antwortete, hörte sie Dillon hell auflachen.

»911. Um welche Art von Notfall handelt es sich?«, fragte eine weibliche Stimme.

»Ich brauche einen Polizisten an der Hamilton Ecke Stone Avenue«, stammelte Emily. Hektisch wanderte ihr Blick zwischen Dillon und der Parkplatzumgrenzung hin und her. Der schlenderte höhnisch lächelnd über die Straße, beide Hände in den Hosentaschen vergraben. Wie erstarrt und vollkommen panisch sah Emily zu, wie er auf den Bürgersteig trat. »Ich stehe auf dem Parkplatz der Brody-Grundschule. Gegen meinen Exfreund liegt ein Kontaktverbot vor, und er ist jetzt hier.«

»Wie lautet Ihr Name?«, fragte die Dame am anderen Ende. Ihre Stimme klang so absurd ruhig, dass es Emily Angst machte. Sie starrte zu Dillon, schluckte und brachte kein Wort heraus.

»Miss? Sind Sie noch dran? Ich brauche Ihren Namen.«

Mit jedem unregelmäßigen Atemzug schoss Emily die Drohung, die Dillon ausgestoßen hatte, durch den Kopf.

»Dann zwingst du mich, euch beiden wehzutun.«

Beiden …

Auch wenn ihr natürlicher Instinkt ihr riet, einfach wegzurennen, verwandelte sich ihre Angst plötzlich in etwas anderes. Wut. Emily schob ihr Telefon zu und versuchte, ihre Furcht zu unterdrücken. Jetzt, wo sie mit ihrer neuen Beziehung etwas so Reines, Ehrliches und Gutes verband, wurde ihr immer klarer, wie böse Dillon war. Durch das Glück mit Gavin begriff sie, wie schlecht Dillon sie behandelt hatte, und sie hatte es ihm viel zu lang erlaubt. Der Schmerz von früher war neuer Lebensfreude gewichen. Nein. Sie würde nicht länger Dillons Gefangene sein. Und sie würde nicht zulassen, dass er Gavin wehtat. Mit zittrigen Schritten ging sie auf ihren ehemaligen Verlobten zu, der direkt hinter dem Maschendrahtzaun stand.

Er legte den Kopf schief und warf ihr ein kaltes zähnezeigendes Lächeln zu.

»Ich wiederhole es jetzt noch mal, damit du es kapierst: Ich befinde mich nicht auf dem Schulgrundstück, sondern auf dem Gehweg. Auch wenn ich jetzt kein Maßband dabeihabe, war ich doch immer recht gut in Mathe. Ich bin definitiv weiter als dreißig Meter von dir entfernt.«

»Die Polizei ist schon unterwegs, Dillon.« Emily bemühte sich, mit möglichst fester Stimme zu sprechen.

»Ich habe dich mal sehr geliebt, aber du hast dafür gesorgt, dass ich dich jetzt hasse«, knurrte er mit giftigem Blick. »Wie konntest du mir das antun? Ich habe mich um dich gekümmert, und du blamierst mich vor aller Welt …«

»Du findest ernsthaft, dass du dich um mich gekümmert hast?« Emily starrte ihn schockiert an, ihr Ton wurde schärfer. »Weißt du was? Das würde ich bestreiten. Eine Zeit lang hast du mich tatsächlich davon überzeugt, dass dem so wäre, aber da hast du mir einen ziemlich großen Bären aufgebunden! Du wusstest genau, was ich als Kind erlebt habe. Was ich gesehen habe. Und du hast mir versprochen, dass aus dir niemals so ein Mann werden würde wie die, mit denen meine Mom zusammen war. Aber genau das ist passiert. Ich habe es nur viel zu spät bemerkt. Außerdem hast du den Tod meiner Mutter für deine Zwecke benutzt. Du wusstest genau, wie verletzlich ich war, und das hast du gnadenlos ausgenutzt! Das ist keine Liebe. Das ist einfach nur krank und hinterhältig! Und nur, dass du es weißt: Unsere Liebe wurde nicht durch Gavin und mich ad absurdum geführt. Sondern dadurch, dass du ihr ein so schreckliches Ende bereitet hast.«

»Ist dir denn nicht klar, dass ich total verletzt bin?« Er trat einen Schritt nach vorn, blieb dann aber stehen.

»Nein«, antwortete Emily. »Ich glaube nicht, dass du verletzt bist. Ich glaube einfach nur, dass dein Ego einige Schrammen abbekommen hat. Du hast mich nie geliebt. Nie!«

Dillon ballte seine Fäuste und presste die Zähne zusammen.

»Natürlich habe ich dich geliebt! Aber du hast es mit meinem Freund getrieben!«

Emily spürte, wie sich die altvertraute Angst wieder in ihr ausbreitete. So gut sie konnte, kämpfte sie dagegen an und starrte auf den Mann, der ihr einmal alles bedeutet hatte. Ehe er begonnen hatte, sie zu zerstören.

»Und jetzt mal was zu *deine*r Information: Ich habe den Tod deiner Mom nicht benutzt. Du bist völlig zusammengebrochen, und ich wusste nicht, wie ich damit umgehen soll. Aber ich habe mein Bestes gegeben.«

»Wie hätte mich das denn nicht umwerfen sollen?« Emily unterdrückte einen Schluchzer. »Sie war meine Mutter, Dillon. Meine Mutter!«

Dillon zuckte mit den Achseln, und ein gemeines Lächeln huschte über seine Lippen. »Eure Beziehung war allerdings ein wenig belastet. Also mach mal halblang, ja?«

Emilys Augen weiteten sich, und ihr Puls begann zu rasen.

»Was hat das eine mit dem anderen zu tun? Belastet hin oder her, sie war alles, was ich hatte.« Emily verstummte und konnte kaum fassen, dass sich hinter der glänzenden Fassade so lange dieses Monster versteckt hatte. »Du bist ein einziger Schwindel. Ein Chamäleon. Wie hast du es damals überhaupt geschafft, meine Mutter zu umsorgen? Erklär es mir. Denn ich kann und kann es nicht verstehen.«

»Ich auch nicht.« Er zuckte mit den Achseln und sah sie aus dunklen Augen an. »So kaputt, wie sie war, hatte sie meine Hilfe eigentlich gar nicht verdient. Kein Wunder, dass du sie schon vor ihrem Tod aufgegeben hattest. Selbst dir war klar, dass sie nur Ärger macht, und du konntest ihr nicht mal helfen. Oder vielleicht sollte ich sagen, du wolltest es gar nicht.«

Auch wenn sie wusste, dass Dillon all diese hässlichen Dinge nur sagte, um sie zu verletzen, machte es sie doch fuchsteufelswild. Einen Moment lang schien die Welt stehen geblieben zu sein.

»Fahr zur Hölle!«, fauchte sie. »Deine Mutter ist doch genauso verdorben wie du. Es wundert mich nicht, dass es dir im Gefängnis sogar gefallen hat. Und da wirst du wieder landen. Dieses Mal für länger als nur für ein paar Tage. Ich wünschte nur, ich könnte deine Mutter gleich mit in den Knast stecken – einfach dafür, dass sie dich auf die Welt gebracht hat.«

»Fick dich, du Schlampe!«, brüllte er. »Ich gehe nicht ins Kittchen. Ich kenne meine Rechte und meine Grenzen.« Er wippte lässig auf seinen Absätzen. »Noch mal: Ich befinde mich auf dem Gehweg, und dagegen kannst du nichts machen, kapiert? Dagegen kannst du, verdammte Scheiße noch mal, rein gar nichts tun.« Sein Blick wanderte zu der Gruppe von Teenagern, die eben die Straße überquerten und sah sie dann wieder an wie ein Raubtier seine Beute. »Außer natürlich … du möchtest Gavin anrufen und ihm sagen, dass ich hier bin.« Er schüttelte den Kopf und lachte. »Das wäre ein Spaß! Ich würde zurück in den Knast gehen – und jede Sekunde dort genießen –, weil du dabei zusehen musst, wie ich ihn windelweich schlage. Gleich hier vor der Schule. Ha, das wäre mir schon ein paar Nächte Freiheitsentzug wert!«

Plötzlich war es, als hätte jemand in Emily einen Schalter umgelegt. Sie umkrallte ihre Segeltuchtasche und bohrte die Fingernägel in ihre Handflächen. Obwohl das Gegenteil der Fall war, bemühte sie sich, möglichst gelassen zu klingen.

»Ja, ja, das haben wir gern, Dillon. Leere Drohungen. Darin warst du immer schon der Meister.« Sie hob eine Augenbraue und sah ihn so gelangweilt wie möglich an. »Du schaffst es doch noch nicht einmal, dass wirklich Blut fließt. Ich muss es schließlich wissen. Oder?« Sie hob die Hand und rieb über die Stelle an ihrer Lippe, auf die er sie geschlagen hatte. »Falls es dich interessiert: Es hat kaum wehgetan. Da können ja meine Erstklässler besser die Fäuste schwingen als du.«

»Du verfluchte Fotze!«, spie er aus. Widerwillig darum bemüht, auf dem Gehweg zu bleiben, legte er den Kopf zurück und spuckte sie an.

Er traf sie nicht, obwohl Emily sich nicht gerührt hatte. Der Atem rasselte in ihrer Kehle, und ihr Herz hämmerte. Da erregte die Stimme eines Mannes ihre Aufmerksamkeit. Sie trat zurück und sah einen Polizisten aus dem Streifenwagen steigen und so lässig auf sie zuschlendern, dass es Emily beinahe auf die Nerven ging.

Er stemmte die Hände in die Hüften, tiefe Falten durchzogen sein Gesicht. »Was ist hier los?«

Emily zog ihre Gerichtsdokumente aus der Handtasche. »Gegen meinen Exfreund liegt ein gerichtliches Kontaktverbot vor …«

»Nichts«, sagte Dillon. »Reine Zeitverschwendung.« Er warf Emily einen kalten Blick zu und zog seine Geldbörse aus der Gesäßtasche. »Hier ist meine PBA-Card.« Er reichte dem Officer die Karte für Freunde und Familienmitglieder von Polizisten durch den Zaun hindurch, die eine gewisse Vorzugsbehandlung … wahrscheinlich machte. »Mein Onkel war zwanzig Jahre lang Detective bei den Brooklyn North Narcotics in Bed-Stuy.«

Der Polizist überflog das Dokument und nickte dann lächelnd. »Da schau mal einer an.« Er schob den Ausweis zurück durch den Zaun. »Ich wette, er kennt Anthony Armenio.«

»Ich bin mit Anthony Jr. und Anna quasi groß geworden.« Dillon warf Emily erneut einen eisigen Blick zu, während er das Dokument zurück in seinen Geldbeutel schob. »Mein Onkel hat mich immer zu …«

»Entschuldigung«, sagte Emily und drückte dem Polizisten ihre Dokumente in die Hand. »Ich unterbreche Ihre nette Plauderei ja nur ungern, aber er hat gegen eine Schutzanordnung des Gerichts verstoßen.«

»Ich habe gegen *gar nichts* verstoßen«, wehrte sich Dillon schelmisch grinsend.

Emilys Geduld war am Ende. »Natürlich hast du das! Du darfst überhaupt nicht hier sein, verdammt noch mal!«

»Hey, hey«, warnte der Cop und funkelte Emily an. »Beruhigen Sie sich.«

»Nein, das werde ich nicht«, tobte sie weiter. »Es ist Ihre Aufgabe, den Kerl von mir fernzuhalten, *Officer McManus*.« Sie trat einen Schritt zurück und verschränkte die Arme. »Also bitte erledigen Sie den Job, für den ich immerhin Steuern bezahle, und sehen Sie sich den Schutzbefehl an.«

Der Polizist hob leicht verärgert die Augenbrauen und rieb sich das Kinn. Dennoch riss er seinen Blick von Emily los und sah sich in aller Seelenruhe die Papiere durch.

»Er hat nicht gegen die Anordnung verstoßen, Miss Cooper.« Er reichte ihr die Dokumente zurück. »Wenn ich recht verstehe, haben Sie das aber sehr wohl.«

»Wie bitte?«, fragte Emily entsetzt. »Wie denn das? Er ist doch zu meinem Arbeitsplatz gekommen!«

»Nein, ist er nicht«, korrigierte der Polizist sie, zog einen kleinen Block hervor und notierte etwas darauf. Dillon sah Emily feixend an. »Die Anordnung besagt, dass Mr Parker das Grundstück der Brody-Grundschule nicht betreten darf«, fuhr der Polizist fort, dessen weißes Haar in der kalten Luft hin- und herwehte. Er riss einen Zettel aus dem Block und reichte ihn ihr. »Ich würde mal sagen, das hat er auch nicht getan. Er befindet sich außerhalb des Geländes auf einem Bürgersteig, der der Stadt gehört. Aber wissen Sie, was ich mich frage? Wieso stehen Sie eigentlich so nah am Zaun? Solange Mr Parker nicht über irgendwelche magischen Kräfte verfügt, müssen Sie sich ihm freiwillig genähert haben.« Emily öffnete den Mund, aber der Polizist ließ sie nicht zu Wort kommen. »Dieser Schein ist eine Verwarnung. Wenn Sie davon einen zweiten bekommen, dann wird das Kontaktverbot zurückgenommen.« Hiermit machte der Polzist auf dem Absatz kehrt und marschierte auf den Streifenwagen zu. Nachdem er eingestiegen war, ließ er lächelnd das Fenster hinunter.

»Mr Parker, ich werde hier sitzen bleiben, bis Sie weg sind. Allerdings habe ich einen Riesenkohldampf, es wäre also großartig, wenn Sie schnell machen würden.«

Dillon nickte grinsend und wandte sich Emily zu, vergrub seine Hände in den Hosentaschen und entfernte sich rückwärts.

»Ich mache nie leere Drohungen, Emily«, sagte er leise. »Vergiss das nicht.«

Während Dillon sich umdrehte, die Straße überquerte und schließlich wieder in seinen Mercedes stieg, bemächtigte sich die so lange unterdrückte Angst wieder ihres ganzen Körpers. Emily umkrampfte die Dokumente, von denen sie sich bisher immer Sicherheit versprochen hatte, und sah dem Streifenwagen und Dillons Mercedes hinterher. Der Kokon, in dem sie ihre Vergangenheit verschlossen hatte, begann sich vor ihren Augen wieder zu öffnen. Leider entstieg ihm kein wunderschöner Schmetterling. Stattdessen hinterließ er eine psychisch labile Frau auf einem Parkplatz, die die Hoffnung auf ihren Frieden davonfliegen sah. Dillon würde sie ewig verfolgen. In seiner Brust schien sich statt eines Herzens eine Maschine zu befinden, und Emily begriff in diesem Moment, dass sie nie sicher vor ihm sein würde.

»Hey, du kannst hier nicht mehr einfach reinplatzen.« Olivia erhob sich von der Couch, stemmte die Hände in die Hüften und grinste neckisch. »Schließlich wohnst du nicht mehr hier. Außerdem hatte ich gerade Sex mitten im Wohnzimmer.«

»Ich bin doch erst vor drei Tagen ausgezogen«, murrte Emily und sah sie erstaunt an. »Hattest du Sex mit dir selbst? Vollständig bekleidet?«

Olivia zuckte mit den Achseln. »Ich kenne da Mittel und Wege.«

Emily ließ ihre Taschen auf den Tisch im Eingangsbereich plumpsen, schlüpfte aus dem Mantel und ging in die Küche, um sich eine Dose mit Limonade aus dem Kühlschrank zu holen.

»Du kannst dir nicht vorstellen, was passiert ist«, sagte sie und ließ sich am Tisch nieder.

Olivia blinzelte und musterte sie einen Moment lang gründlich. »Okay, diesen Gesichtsausdruck kenne ich doch. Bitte sag mir nicht, dass es zwischen dir und Gavin schon jetzt Probleme gibt.« Sie setzte sich gegenüber von Emily auf einen Stuhl. »Wenn dem so sein sollte, dann schwöre ich, dass ich euch beide für immer abschreibe. Ihr seid doch schon zu Weihnachten bei deiner Schwester eingeladen. Und ihr wollt ihr ja sicher nicht die Feiertage versauen, oder?«

»Bei Gavin und mir ist alles in bester Ordnung.« Emily schüttelte den Kopf und spürte abermals die Nervosität in sich aufsteigen. »Dillon ist heute bei der Schule aufgetaucht.«

»Du hast die Polizei gerufen, oder?«, fragte Olivia ungeduldig. »Und er ist im Gefängnis.«

»Nein, ist er nicht. Ich habe zwar die Cops gerufen, aber dieses Arschloch von Polizist hat gesagt, *ich* hätte Unrecht, nicht Dillon.«

Einen Moment lang wirkte Olivia beinahe sprachlos. Beinahe.

»Was?! Das verstehe ich nicht. Wieso das denn? Das macht doch überhaupt keinen Sinn! Diese Anordnung soll doch dich beschützen, nicht ihn.«

Emily seufzte. »Ich habe mich dem Zaun genähert, hinter dem er stand.«

Olivia machte große Augen. »Wieso hast du das getan? Du weißt doch genau, wozu er fähig ist. Wer weiß, was Dillgurke vorhatte, als er zur Schule gekommen ist!«

»Vielleicht ist das ja genau der Punkt, Olivia. Vielleicht wollte ich eine Sekunde lang mal das Gefühl haben, dass er mir keine Angst machen kann.«

Olivia atmete tief aus und verschränkte die Arme. Dann lehnte sie sich zurück, spähte aus dem Küchenfenster und schob sich eine blonde Haarsträhne hinters Ohr. »Du musst Gavin davon erzählen.«

»Ich weiß.« Von dem Gedanken wurde Emily flau im Magen, aber die Wahrheit vor Gavin geheim zu halten war nicht länger eine Option. »Eigentlich wollten wir heute Abend essen gehen, aber ich habe ihm schon geschrieben, dass ich heute nicht so fit bin. Ich erzähle es ihm, wenn ich zu Hause bin.«

Mit einem resignierten Lächeln griff Olivia nach Emilys Hand. »Wahrscheinlich solltest du auf dem Heimweg vorsichtshalber ein paar Flaschen Wein kaufen. Vielleicht macht das die Sache ein bisschen entspannter.«

Emily schnaubte. »Klar. Bestimmt ist es super, wenn Gavin total betrunken ist, wenn ich ihm davon erzähle!«

»Ich habe ja auch nicht ihn gemeint, sondern dich.« Olivia stand auf und zuckte mit den Schultern. »Du bist diejenige, die ein paar Gläschen nötig haben wird. Er wird durchdrehen, aber das ist dir sicher klar.«

Und wie ihr das klar war. Noch ehe Emily sich weiter mit diesem Gedanken beschäftigen konnte, sah sie eine Gestalt durch den Flur huschen.

»Ist Tina da?«

Olivia biss sich auf die Unterlippe und schüttelte den Kopf.

»Trevor?«

Stumm schüttelte Olivia erneut den Kopf und lächelte. Emily runzelte die Stirn, und im selben Moment kam ein großer schlanker Mann ins Wohnzimmer geschlendert, der nichts weiter anhatte als Olivias feinstes rosafarbenes Handtuch.

»Oh, Scheiße! Ich wusste nicht, dass jemand da ist«, sagte der namenlose Gast und fuhr sich mit der Hand durch sein feuchtes sandfarbenes Haar. Er wollte sich schnell wieder verdrücken, aber Olivia sprang zu ihm, stellte sich auf die Zehenspitzen und drückte einen langen, saftigen Kuss auf seine Lippen. Lächelnd zog sie Mr Rosa-Flauschhandtuch in die Küche.

»Emily, das ist Jude. Jude, das ist meine beste Freundin Emily.«

Nachdem Emily ihren Mund wieder zugeklappt hatte, schüttelte sie Judes ausgestreckte Hand. »Äh ... hi. Schön, dich kennenzulernen.«, sagte sie und bemühte sich, in der Begrüßung nicht ihre Fragen durchklingen zu lassen.

Jude setzte ein strahlendes Lächeln auf, das seine makellosen weißen Zähne und seine leuchtend grünen Augen noch mehr zur Geltung brachte. Er hakte seinen Daumen in das Handtuch und zog es enger um seine Hüfte.

»Ja, freut mich auch. Sorry. Ich dachte eigentlich, ich hätte was an, wenn wir uns zum ersten Mal begegnen.«

»Warum denn?«, fragte Olivia und schmiegte sich unter seinem Arm an ihn, um dann über sein Sixpack zu fahren. »Ist doch schön, wenn man das hier zu sehen bekommt!«

Jude grinste und begann Olivia leidenschaftlich zu küssen.

»Ich habe noch ein paar Dinge zu erledigen«, sagte Emily, die von Minute zu Minute dringender verschwinden wollte. »Hat mich gefreut, Jude. Und bis bald, vermute ich mal.«

»Cool. Ja, ganz bestimmt«, erwiderte er, nachdem die beiden den Kuss beendet hatten. Dann trollte er sich, und Emily und Olivia waren wieder unter sich.

»Na, was sagst du?«, sagte Olivia gedehnt. »Jetzt habe ich meinen eigenen Augenschmaus, stimmt's?«

Emily schlüpfte in ihre Jacke, warf ihre Handtasche über die Schulter und grinste. »Wo habt ihr euch denn kennengelernt? Und was ist aus Tina geworden?«

»Ach, irgendwie war sie mir etwas zu ruhig. Außerdem war ihre Familie nicht besonders begeistert von der ganzen Bi-Sache.« Olivia brachte Emily zur Tür, und ihre Augen leuchteten auf, während sie erzählte. »Jude kam in die Galerie und hat sich nach einem Kunstwerk umgesehen. Und irgendwie konnte ich ihn davon überzeugen, mein Aktmodell zu sein.«

Emily lachte hell auf und schlug sich schnell die Hand vor den Mund. »Du hast ein Nacktbild von ihm gemalt, ja?«

»Nee, meine Liebe.« Olivia schlang mit einem teuflischen Lächeln auf dem Gesicht einen Arm um Emilys Schulter. »Ich habe einfach direkt auf seinen nackten Körper gemalt.«

»Du machst mich völlig fertig. Ist dir das klar?« Emily zog sie an sich und umarmte sie. »Und dafür liebe ich dich.«

»Ach, ich treibe mich ja selbst in den Wahnsinn, aber es ist toll, dass Jude das sogar noch besser kann!« Olivia ließ Emily los und verpasste ihr eine Knuff in die Rippen. »Klar, was ich damit meine?«

»Ja, vielen Dank, du Irre.«

Olivia lächelte zufrieden. Als sie ihr die Tür öffnete, sah sie etwas ernster aus. »Ruf heute Abend mal an, und erzähl, wie es gelaufen ist, okay?«

Emily nickte und war plötzlich wieder sehr nüchtern. »Mache ich.« Sie sah Olivia einen Moment lang an und ließ dann den Blick über ihr erstes Zuhause in New York schweifen. »Ich hab dich lieb, Liv.«

»Ich dich auch.«

Als Emily in den Flur trat und ihre Vergangenheit hinter sich ließ, fühlte sie sich bei dem Gedanken an die Zukunft plötzlich unwohl. Dennoch musste sie sich den Dingen stellen. Durfte sich nicht länger verstecken. Wer sollte die Dinge in die Hand nehmen, wenn nicht sie selbst?

Als Emily die Tür zum Penthouse öffnete, stieg ihr der Duft von geröstetem Knoblauchbrot in die Nase. Sie sah Gavin an und wurde einen Moment lang nervös. Dieses Gefühl löste sich aber in Luft auf, sobald er mit einem sexy Lächeln auf sie zukam und sie in den Arm nahm.

»Geht es dir besser, oder muss ich später noch Doktor spielen?« Langsam strich er mit der Hand über ihre Taille. »Auch wenn das ziemlich verlockend klingt, fände ich es natürlich schöner, wenn du gesund wärst.«

Ein Schwarm Schmetterlinge flog in Emilys Bauch auf.

»Das klingt in der Tat sehr verlockend«, erwiderte sie und betrachtete seinen Mund, den sie unbedingt küssen wollte. Kurzerhand gab sie dem Verlangen nach, stellte sich auf die Zehenspitzen und drückte ihre Lippen auf seine.

»Hm, anscheinend geht es dir tatsächlich besser«, sagte er und schob sie rückwärts aus dem Eingangsbereich ins Wohnzimmer. Ohne von ihrem Mund abzulassen, nahm er ihr die Handtasche ab und legte sie auf einen der Umzugskartons. »Aber glaube ja nicht, dass ich dich so leicht davonkommen lasse. Ich habe ein ganzes Arztset in meinem Schrank. Vom Stethoskop bis zu weißen Overknees für diese hübschen Beine ist alles dabei.«

Emily sah ihn neugierig an. »Ernsthaft?«

»Nein, aber ich kann jederzeit zu *Kiki de Montparnasse* auf der Greene Street flitzen und dort ein paar versaute Dinge kaufen, wenn du darauf bestehst.«

Emily kicherte. »War das etwa gerade Französisch?«

Gavin grinste, und auf seinen Wangen erschienen die Grübchen.

»Ja … Ich spreche sogar fließend Französisch. Du musst wissen, dass ich eine sehr talentierte Zunge habe.«

Neckend berührte er mit seinen Lippen ihre. »Aber das weißt du ja selbst. Der Gedanke an dich in weißen Strümpfen gefällt mir zwar sehr, aber eigentlich finde ich dich in Schwarz noch heißer.«

»Ach, und ich dachte, du magst mich am liebsten nackt!« Als Gavin leise knurrte, kicherte Emily erneut. Gavin begann an ihrem Hals zu saugen, und Emily bemerkte einen Topf auf dem Herd, in dem das Wasser jeden Moment überkochen würde.

»Es kocht«, hauchte sie heiser.

»Ich weiß. Ich konnte dein Blut schon immer leicht zum Kochen bringen.« Gavin knöpfte ihre Bluse auf. »Ich stelle Dinge mit deinem Körper an, die kein anderer zustande bringt.«

Obowhl Emily wahnsinnig angeturnt war, brach sie in schallendes Gelächter aus. Gavin sah sie verwirrt an. Es war ihre Nervosität, die die Oberhand gewonnen hatte, und sie konnte mit dem Lachen nicht mehr aufhören.

Gavin ließ mit zusammengezogenen Augenbrauen die Hände sinken, während Emily hysterisch vor sich hin kicherte.

»Was ist? Ich mag kein Profi sein, aber ich fand das schon ziemlich gut, was ich eben zu dir gesagt habe.«

Emily legte eine Hand auf seine Brust. »Ich habe von dem Wasser auf dem Herd gesprochen. Denkst du wirklich, ich würde von kochen sprechen, wenn es um meinen Körper geht?«

Gavin blinzelte. »Versuchst du mich zu trösten? Falls ja, dann geht das gerade ordentlich schief, meine Liebe.«

Emily zog einen verspielten Schmollmund und fuhr mit den Fingern durch sein Haar. »Oh, habe ich etwa deinem Ego einen Kratzer verpasst?«

»Auf mehr als eine Weise, ja«, gab er zu und sah sie verlangend an, ehe er sich zu ihrem Ohr hinunterbeugte. »Aber mach dir keine Sorgen. Meine Rache wird herrlich sein.«

Sein Versprechen glitt an Emily hinab wie Seide, und ein leises Prickeln breitete sich auf ihr aus, als er zarte Küsse entlang ihres Kiefers verteilte, sie am Nacken packte und seine Lippen auf ihre drückte. Einen Moment später ließ er von ihr ab. Atemlos versuchte Emily sich von seinem geschickten Angriff zu erholen und hörte, wie er leise auflachte. Gavin ging zum Herd, und Emily ließ sich auf die Couch plumpsen, wo sie aus ihren Schuhen schlüpfte.

»Emily!«, rief Gavin.

Immer noch benommen, schluckte sie und holte tief Luft. »Gavin.«

»Jetzt habe ich dein Blut ja wohl doch zum Kochen gebracht, oder?«, fragte er grinsend und hob eine Augenbraue. »Willst du das später noch mal fühlen, wenn du nackt bist?«

Emily brachte nichts als ein Nicken zustande. Er machte sie einfach sprachlos.

Gavin öffnete eine Packung Nudeln und schüttete sie in das kochende Wasser, sodass Dampf aufstieg und ihn einhüllte. Er drehte eine weitere Gasflamme auf, gab ein wenig Öl in eine Pfanne und legte eine mit Mehl bestäubte Hühnerbrust hinein.

Emily sah vom Sofa aus zu und bewunderte, wie geschickt er sich in der Küche bewegte. Ein echter Profikoch – und noch dazu rasend heiß und durchtrainiert. Wow. Und das, obwohl er den ganzen Tag am Schreibtisch saß! Ihr Blick fiel auf seine ausgewaschene Jeans, die perfekt unter seiner muskulösen Taille saß. Bei jeder seiner Bewegungen zogen sich unter seinem schwarzen T-Shirt die Muskeln zusammen. Wie konnte jemand nur gleichzeitig so lässig und mächtig aussehen? Sie fragte sich, ob er das selbst wusste.

Da sie selbst nicht viel mehr als Ramen-Nudeln und Makkaroni mit Käse kochen konnte, ahnte sie, dass sie auf dem kulinarischen Gebiet einiges würde nachholen müssen.

Wenn man bedachte, dass Gavins persönlicher Koch den Großteil seiner Mahlzeiten zubereitete, fand sie es äußerst erstaunlich, dass er sich in der Küche so souverän bewegte.

Nun, es war ja nicht das erste Mal, dass Gavin sie überraschte. Emily wurde warm vor Freude. Dillon hatte nie für sie gekocht, sie waren zum Essen immer ausgegangen. Nicht, dass sie es nicht auch genossen hatte, so verwöhnt zu werden – aber sie liebte diese kleinen Dinge, die Gavin für sie tat.

Gerade füllte er zwei Gläser mit Weißwein, und ihr wurde bewusst, dass er ihr Leben immer wieder mit diesen kleinen Aufmerksamkeiten versüßen würde. Auf eine Weise, wie kein anderer Mann es könnte. Eine Sekunde lang lächelte sie, doch dann erinnerte sie sich wieder daran, wie dieser Abend verlaufen würde. Emily zuckte zusammen und bereute es bitter, dass sie ihn angelogen hatte. Sie schluckte, holte tief Luft und stand auf. An der Kücheninsel stellte sie sich hinter Gavin, schlang die Arme um seine Taille und legte ihren Kopf auf seine Schulter.

»Ich wusste gar nicht, dass du kochen kannst! Irgendwie wirst du dadurch noch sexyer.«

Gavin gluckste. »Moment mal. Ich dachte, ich wäre schmexy!« Er spießte eine Nudel auf und fütterte Emily damit.

»Schmexy?«, fragte sie und kaute mit verwirrter Miene. »Sprichst du das Wort so aus?«

Gavin hob belustigt eine Augenbraue. »Nein, Kleines. So sprichst du es aus, wenn du zu viel getrunken hast!« Er küsste sie auf den Scheitel. »Und das wiederum finde ich sehr schmexy.«

Lächelnd sah sie ihn an. »Ich habe zwar keine Ahnung, wovon du redest, aber ich will es mal so stehen lassen.«

»Kluge Frau. Komm, setz dich, Schmexy. In einer Minute müsste das Essen fertig sein.«

»Schmexy, ts.« Emily lachte. »Kann ich dir noch irgendwie zur Hand gehen, Mr Schmexy?«

»Ja, stell das doch bitte auf den Tisch.« Gavin griff nach dem Korb mit dem Knoblauchbrot.

»Ist das alles?«, fragte sie. »Sonst gibt es nichts, was ich für dich tun kann?«

Gavin lehnte sich grinsend an den Tresen und verschränkte die Arme. »Wie schaffst du es nur, eine so simple und unschuldige Frage so sexuell klingen zu lassen?«

Ebenfalls grinsend stemmte Emily die Hände auf ihre Hüften.

»Vielleicht ist es ja mein Geschenk?«

Gavin biss sich auf die Unterlippe und kam näher. »Darf ich es denn auspacken?«, flüsterte er ihr ins Ohr.

Emily erschauerte. »Wir müssen erst essen …«

»Sehen Sie? Jetzt haben Sie es schon wieder getan, Miss Cooper.« Er legte seine Hand auf ihren Hals und fuhr mit den Fingern durch ihr Haar. Seine Augen leuchteten voll unverhohlener Lust. »Sie wissen doch, wie furchtbar gern ich *Nachtisch* esse.«

Hitze waberte durch Emilys Bauch. Gott, er war einfach unwiderstehlich. Sie atmete tief aus und schüttelte den Kopf. »Und Sie, Sir, sollten sich besser im Griff haben.«

Auch wenn sie sich selbst nur mit großer Mühe zusammenreißen konnte, galt ihre Sorge doch eher der dramatischen Wendung, die das Gespräch noch nehmen würde. Emily wich zurück und ließ sich auf einen Stuhl sinken.

Ein wenig erschrocken sah Gavin sie kurz an und wandte sich dann wieder dem Herd zu.

»Du raubst mir jede Selbstkontrolle, Fräulein.« Er seihte die Nudeln ab und gab die Tomatensoße darauf. »Aber das weißt du ja.«

Die Wahrheit. Da knallte sie ihr frontal ins Gesicht. In ihrer Gegenwart hatte er sich tatsächlich nicht im Griff, und obwohl es ihr in vielerlei Hinsicht genauso ging, konnte sie es in diesem Moment nicht ertragen, dass er sie wollte. Sie konnte *sich* nicht ertragen.

»Warum, Gavin?«, brach es aus ihr heraus, noch ehe sie darüber hatte nachdenken können. Sie sah vom Tisch auf. »Warum ich? Du könntest jede haben. Wieso hast du dir ausgerechnet mich ausgesucht?«

Gavin drehte sich um und zog die Augenbrauen zusammen. »Warum sollte ich dich nicht wollen, Emily?«

Sie zuckte mit den Achseln. »Weil ich nichts Besonderes bin. Ich bin in vielerlei Hinsicht schwach, und du … du bist stark.« Emily verstummte und rutschte auf ihrem Stuhl hin und her. »Ich habe dir nichts zu bieten.«

Gavin hielt vollkommen still und sah ihr fest in die Augen. »Warum sagst du das?«

»Ich kann auch noch mehr Gründe aufzählen, weshalb du mich nicht wollen solltest.« Emily zuckte erneut mit den Achseln und starrte ihn an.

»Ich will aber nicht, dass du noch mehr bescheuerte Gründe lieferst, weshalb ich dich nicht wollen sollte.« Er hatte wirklich keine Ahnung, wie sie plötzlich auf so etwas kam. Gavin griff nach ihrer Hand und zog sie sanft vom Stuhl hoch. Sein Blick wanderte über ihr Gesicht.

»Soll ich jetzt eine Liste mit all den Gründen schreiben, weshalb ich dich brauche, Emily? Denn so ist es. Du bist ein Bedürfnis. Nicht einfach nur ein Wunsch.« Mit Tränen in den Augen und zitternden Lippen schüttelte Emily den Kopf und wollte etwas erwidern, aber Gavin schnitt ihr das Wort ab. »Ich weiß ja nicht, ob du das verstehst, aber ich habe dir schon gesagt, dass ich dich mehr brauche als den nächsten Atemzug. Seit ich dich kennengelernt habe, ist mir nicht eine Frau begegnet, die auch nur einen Kubikmillimeter Raum in meinem Hirn hätte beanspruchen können.« Er fuhr mit dem Daumen über ihre Unterlippe und presste seine Stirn an ihre. »Gott hat mich erschaffen, um dich zu lieben. Lass mich die Wunden in deinem Herzen heilen. Ich weiß, dass du vor Dillon keine gebrochene Frau warst. Zumindest weigere ich mich, das zu glauben.«

Liebe stach Lügen. Vertrauen besiegte Misstrauen. Emily holte tief Luft.

»Ich habe dich angelogen«, krächzte sie und wischte sich die Tränen aus den Augen.

Gavin schluckte und ließ seine Hand sinken. »Warte mal ... wie bitte? Inwiefern?«

Sein Blick bohrte sich in Emily, sodass sie automatisch einen Schritt zurücktrat. Auf einen Schlag wurde ihr speiübel. Sie schlug sich die Hand vor den Mund, beugte sich nach vorn und stürzte ins Bad, wobei sie beinahe über eine der Umzugskisten gestolpert wäre.

»Emily«, rief Gavin und folgte ihr. Aber sie schlug die Tür hinter sich zu und sperrte ab. Über die Toilette gebeugt, würgte sie ein paarmal trocken. Da sie die letzten Stunden über nichts gegessen hatte, war ihr Magen völlig leer. Gavin hämmerte an die Tür.

»Emily, lass mich rein!« Er klang besorgt. Ein weiterer heimtückischer Ruck ging durch Emilys Magen. Sie schüttelte den Kopf und starrte in die Toilette. »Ich brauche noch einen Moment, Gavin.«

»Nein, Emily«, erwiderte er und rüttelte an der Klinke. »Mach auf! Jetzt!«

Neben seiner Besorgnis schwang in seiner Stimme auch Autorität mit. Sie traute ihm durchaus zu, dass er die Tür aufbrach, wenn sie nicht tat, was er sagte. Emily richtete sich auf, holte tief Luft und tappte zur Tür. Sie war vollkommen benommen. Mit glasigen Augen stieß sie die Tür auf. Die

Worte purzelten aus ihr heraus, noch ehe Gavin etwas sagen konnte.

»Wusstest du, dass eine von drei Frauen psychischen oder körperlichen Missbrauch in ihrer Beziehung erlebt?«

Obwohl sich seine Muskeln sofort anspannten und das Blut in seinen Adern wild rauschte, sah Gavin sie nur wortlos an.

Emily schniefte. »Das Lustige ist nur, dass man das am Anfang nicht ahnt. Nein, erst mal ist alles wunderschön, eigentlich genau so, wie du dir eine stabile Beziehung erträumt hast. Aber dann verändert sich Stückchen für Stückchen alles, und du fragst dich, ob du langsam durchdrehst. Ja, du stellst deinen eigenen Verstand infrage. Im einen Moment ist der Mensch, den du liebst, liebevoll und kümmert sich um dich, im nächsten rastet er aus. Am Anfang nimmst du es hin, erklärst es dir damit, dass er einen schlechten Tag hatte oder so. Aber dann wiederholt es sich. Immer und immer wieder. Und du erlebst diese Wutausbrüche mit, beginnst dir die Schuld daran zu geben, weil du das Muster nicht durchschaust.«

Gavins gesamter Körper war in Alarmbereitschaft. Er presste die Zähne aufeinander und bemühte sich um einen beherrschten Ton, während er ihr sanft über die Wange strich und ihr in die Augen sah. »Hat Dillon dich angefasst?«

Emily schluckte zitternd. »Wusstest du, dass psychischer Missbrauch dazu führen kann, dass das Opfer Depressionen bekommt, Angstzustände hat, sich vollkommen hilflos, wertlos und verzweifelt fühlt? Aber das ist ganz egal, weil diese Gefühle ohnehin keine Rolle spielen und man sich nicht einmal bewusst ist, dass sie das nie tun werden. Irgendwann denkt das Opfer dann, dass es selbst in die Klapse gehört, nicht der andere. Denn normalerweise werden deine Bedürfnisse und Gefühle – wenn du überhaupt den Mumm hast, die zu äußern – ignoriert, lächerlich oder kleingemacht und abgelehnt. Dir wird gesagt, du wärst zu fordernd oder nicht ganz dicht. Im Grunde wird dir jedes Recht abgesprochen … irgendetwas zu fühlen.«

Hysterisch schluchzend ging Emily ins Wohnzimmer, sank aufs Sofa und sah Gavin an, der ihr gefolgt war und sie aus großen Augen anstarrte.

»Manchmal distanzierst du dich von deinen Freunden und den Menschen, die du liebst. Manchmal darfst du nicht mal Freunde haben. Und obwohl du dem anderen dein Herz und deine Seele anvertraut hast, wird sein Verhalten irgendwann so willkürlich, dass du dich fühlst, als liefst du über ein Minenfeld. Aber du liebst ihn weiter. Weil er am Anfang ja anders war und du dir deshalb sicher bist, dass es deine Schuld ist. Dann – und jetzt wird es wirklich total verdreht und absurd – suchst du nach Entschuldigungen für sein Verhalten, um dir selbst weiszumachen, alles wäre normal. Du versuchst verdammt noch mal dich davon zu überzeugen, dass du schuld daran bist, dass aus dem anderen ein Monster geworden ist.«

Mit wild klopfendem Herzen kniete Gavin sich vor sie. Zornig griff er nach ihren Händen und verflocht seine Finger mit ihren. »Um Himmels willen, Emily, sag mir, was er getan hat!«

Emily brach in Gelächter aus, während ihr die Tränen nur so über die Wangen strömten.

»Warte mal, Gavin. Jetzt kommt der Clou. Die Frauen einer Organisation, die Opfer häuslicher Gewalt unterstützt, haben mir erklärt, dass das alles daher kommt, dass ich ein *Produkt meiner Lebensumstände* bin. Mal im Ernst, was für ein Klischee! Habe ich dir je von meinen Eltern erzählt? Habe ich dir je erzählt, mit was für Arschlöchern meine Mutter nach der Trennung von meinem Vater zusammen war?«

Obwohl er endlich Antwort haben wollte, schüttelte Gavin nur den Kopf. Emily hatte sich ihm nie zuvor so geöffnet, deswegen ließ er sie jetzt erzählen. Bei jedem ihrer unregelmäßigen Atemzüge zog sich seine Brust zusammen. Er drückte ihre Hand.

»Nun, so war es jedenfalls. Sie hat sich so an die Beziehungen geklammert, als würde am nächsten Tag die Welt untergehen. Ich verstehe, dass es hart ist, alleinerziehend zu sein. Ehrlich. Aber sie hatte schon ein großes Talent dafür, sich den versoffensten Kerl aus der nächsten Bar zu angeln, um die nächste Monatsmiete irgendwie bezahlen zu können. Eine Zeit lang haben sie ihr auch immer geholfen, ehe sie sich genauso mir nichts, dir nichts aus dem Staub gemacht haben wie mein Vater. Aber ihre Hilfe hatte auch immer ihren Preis. Sie hat sich Ohrfeigen dafür verpassen lassen, wenn das Abendessen nicht fertig auf dem Tisch stand, wenn der Mann nach Hause kam. Oder wenn nicht alles spiegelblank geputzt war, wenn sie ihre miefigen Stiefel ausgezogen haben. Die Typen sahen vielleicht unterschiedlich aus, waren aber alle vom selben Schlag. Jeder einzelne von ihnen.« Emily schüttelte den Kopf und drückte Gavins Hand. »Jedenfalls haben mir die Frauen dieser Organisation gesagt, dass das Miterleben der Schwäche meiner Mutter meine eigene ausgelöst hat. Und dass sie zusehen musste, wie mein Großvater meine Großmutter geschlagen hat, hatte denselben Effekt auf sie. Dadurch wurde mir vermittelt, dass es okay ist, wenn ein Mann so mit einer Frau umgeht. Dass der Selbstwert einer Frau nur davon abhängt, wie gut man die Bedürfnisse eines Mannes befriedigt, koste es, was es wolle. Auch wenn ich mich dafür wieder und wieder selbst entwürdige.

Natürlich kann der Apfel auch *weit* vom Stamm fallen. Fünfzig Prozent aller Kinder, die so etwas miterleben, schlagen nicht denselben Weg ein. Egal, ob es ein Junge ist, der sieht, wie sein Vater die Mutter verdrischt, oder ein Mädchen, das von so etwas Zeugin werden muss. Aber in meinem Fall ist der Apfel direkt beim Stamm gelandet, Gavin. Ich habe mich genauso verhalten, wie meine Mutter es ihr Leben lang getan hat.«

Emily verstummte und sah auf ihre Hände, die Gavins umkrampften. Sie sah ihm in die schmerzerfüllten Augen und hatte Mühe, die letzten Sätze hervorzubringen.

»Sie haben mich dafür gelobt, dass ich mich am Tag unserer Hochzeit körperlich gegen Dillon gewehrt habe. Ich habe den Teufelskreis durchbrochen.«

Rums. Seine Frage war beantwortet. Die Frage, deren Antwort er längst gekannt hatte. Ihm wurde flau im Magen. Kreidebleich erhob er sich, und der Zorn tobte in ihm. Blut. Er wollte Dillon bluten sehen. Jetzt.

Mit wackligen Knien sprang Emily auf.

»Nicht. Bitte nicht«, flüsterte sie und sah in seine hasserfüllten Augen. Als sie ihre Hände an seine Wangen legte, spürte sie, dass er bebte. »Ich bin hier bei dir, Gavin, und es geht mir gut.« Eine bedrückende Stille legte sich über den Raum, und sie beobachtete, wie Gavin seine Mimik in den Griff zu bekommen versuchte. Es würde nicht funktionieren. Er war kurz davor zu explodieren.

»Ich habe dir nichts davon erzählt, weil ich nicht wollte, dass dir was passiert. Dass du in Schwierigkeiten gerätst und noch mehr ertragen musst, als das ohnehin schon der Fall war. Bitte hass mich nicht dafür, dass ich gelogen habe. Bitte, bitte nicht.«

Gavin hatte geahnt, dass sie in jener Nach nicht ehrlich zu ihm gewesen war. Er hatte es gespürt, tief in seinem Inneren. Dennoch hatte er sich selbst ausgetrickst, weil er ihr glauben wollte. Gavin sah sie verwirrt und finster an. »Ich könnte dich niemals hassen, Emily. Glaubst du mir das?«

Emily nickte, während Tränen über ihr Gesicht rannen.

»Und du machst dir Sorgen um *mich*?«

»Ja«, gestand sie leise. »Ich muss dich vor alldem beschützen. Ich habe uns diese Suppe doch eingebrockt.«

»*Mich* beschützen nach dem, was er dir angetan hat?«, fragte er verzweifelt. Er hob die Hände an ihr Gesicht und sah sie bohrend an. »Meine Güte, Emily, das ist doch alles nicht deine Schuld! Und nein, du kannst mich nicht darum bitten, ihn ungestraft davonkommen zu lassen.«

»Bitte«, schluchzte sie.

Mit den Zähnen knirschend, wandte Gavin sich ab. »Nein.«

Angsterfüllt sah Emily zu, wie er nach den Schlüsseln auf dem Bord griff. Sie ging zu ihm und malte sich tausend schreckliche Varianten dessen aus, was er gleich tun würde. Und in diesem Augenblick hatte Emily einen Nervenzusammenbruch der Sorte, die sie nie für möglich gehalten hätte. Sie hatte in ihrem Leben schon oft geweint. Aber das war nichts im Vergleich zu dem, was jetzt aus ihr herausbrach. Sie konnte nicht mehr atmen. Nicht mehr denken. Es fühlte sich an, als wate sie durch knietiefen Schlamm. Gavin wollte gerade die Wohnungstür öffnen, da packte sie ihn am Oberarm. Er ließ seinen verbitterten Blick über sie wandern.

»Du verlangst von mir, mich nicht wie ein Mann zu verhalten, Emily. Und das geht nicht. Das kann ich nicht, verdammt noch mal. Du gehörst mir, und wenn ich nicht einfach abgehauen wäre, dann wäre das alles nicht passiert. Also bitte halt mich nicht davon ab, die Dinge wieder in Ordnung zu bringen. Auf meine Weise.«

Emily zögerte einen Augenblick, ehe sie ihre Hand an sein Gesicht hob. Es war furchtbar, dass er sich selbst die Schuld an irgendetwas gab. Zärtlich streichelte sie über seinen Kiefer und schüttelte den Kopf.

»Gavin Blake«, flüsterte sie. »Du bist männlicher als jeder Mann, den ich kenne. Du bist sanft. Du bist lieb. Du bist stark und klug. Sympathisch und warmherzig. Und du bringst Frauen in Sekundenschnelle zum Sabbern.« Langsam fuhr sie mit den Fingern seinen Hals hinunter und über seine Brust. »Du stehst zu deinen Gefühlen, und du könntest nichts tun, was meine Liebe zu dir noch vergrößert. Nichts.« Nervös stellte sie sich auf die Zehenspitzen, schlang ihre Arme um seinen Hals und drückte ihr Gesicht an seines. »Und du kannst nichts dafür.«

Gavin kämpfte mit aller Macht gegen die überwältigende Wut an, die in seinem Bauch brodelte, und drückte seine Stirn an ihre.

»Nein, Emily. Wenn ich nicht weggegangen wäre …«

»Und wenn ich nicht zu ihm zurückgegangen wäre …«

»Er hätte dich nicht anfassen sollen!«, keuchte er. »Das kannst du nicht gleichsetzen!«

»Das weiß ich doch. Aber soll ich dir was sagen?«

Gavin legte seine Hand auf ihre Hüfte und sah zur Seite. Emily berührte ihn an der Wange und zwang ihn, ihr wieder in die Augen zu schauen. »Wenn du jetzt aus der Tür gehst und dich an ihm rächst, bist du wie all die anderen Männer, mit denen ich schlechte Erfahrungen gemacht habe. Bitte, nimm mir nicht den Gavin weg, den ich liebe. Bitte.«

Verdammt. Der Ausdruck ihrer verquollenen grünen Augen in Kombination mit der sanften Bitte, die da über ihre Lippen kam, sorgte dafür, dass Gavin sich in die Ecke gedrängt fühlte. Ihre Worte hatten seinen Verstand vollkommen schachmatt gesetzt. Hin- und hergerissen zwischen dem Wunsch, Dillon windelweich zu schlagen und Emily nicht noch mehr zuzumuten, wuchs die Anspannung in ihm. Sie hatte sich vor ihm völlig entblößt, ihn an ihren Sorgen und schmerzhaften Erinnerungen teilhaben lassen. So unzugänglich sie ihm vorher auch oft erschienen war, so sehr hatte sie ihm heute ihr Vertrauen bewiesen. Aber verdammt, er konnte Dillon nicht einfach so davonkommen lassen. Die Sache würde ihn ewig quälen … Alles in ihm schrie nach Rache an dem Mann, der die Frau verletzt hatte, die er liebte. Seine Frau.

Vollkommen in diesen Gedanken verloren, presste Gavin seinen Kiefer so fest zusammen, dass es schmerzte. Dann sah er der Frau, ohne die er nicht mehr leben konnte, tief in die Augen. Hoffentlich würde ihn seine Entscheidung nicht bis an sein Lebensende heimsuchen.

»Okay. Ich lasse ihn in Ruhe.« Als er die Worte laut aussprach, zuckte er zusammen. »Versprochen. Aber du musst mir sagen, wo er dich geschlagen hat. Verstehst du das? Ich muss das einfach wissen.«

Emily sah ihm an, dass sein Versprechen ernst gemeint war. Obwohl es ihn große Überwindung kostete. Sie atmete tief aus und nickte verhalten. »Ja.«

Es schmerzte Gavin, wie unglücklich sie klang. Sanft nahm er ihre Hand, führte sie in die Küche und stellte die Gasflamme aus. Das Hühnchen war mittlerweile zu einem Stück Kohle zusammengeschrumpft. Als sie ins Schlafzimmer gingen, spürte er, wie Emilys Griff um seine Hand immer fester wurde. Stumm standen sie voreinander und sahen sich an. Keiner von beiden wusste, was er sagen sollte.

Gavin bemühte sich, seine Wut zurückzudrängen, schlang die Arme um ihre Taille und zog sie an sich. Innerhalb weniger Sekunden sackte sie in seinen Armen zusammen, ihre Tränen flossen schnell und heftig. Gavin vergrub seine Nase in ihrem Haar, sog den süßen Duft ihres Shampoos ein und bereitete sich mental auf das vor, was sie ihm gleich erzählen würde. Er konnte nicht ansatzweise begreifen, wie irgendjemand es übers Herz bringen konnte, ihr wehzutun.

Sie war zerbrechlich. Liebevoll. Verletzbar. Sie war das Einzige in Gavins Leben, das wahrhaftig und rein war. Dillon hatte ihre Schutzschichten stückchenweise abgezogen und sie bis in Tiefen entblößt, die keine Frau preiszugeben gezwungen werden sollte. In diesem Moment befürchtete Gavin, dass er sein Versprechen doch brechen und sich die miese kleine Ratte vorknöpfen würde. Mit jeder Sekunde, die sie in seinen Armen völlig außer Kontrolle schluchzte, verlor er mehr an Selbstbeherrschung.

Als Emilys Weinen langsam verstummte und ihr Atem sich beruhigte, zog Gavin sanft ihr Kinn nach oben und sah sie mitfühlend an. »Alles okay bei dir?«

Emily putzte sich die Nase. »Ja. Und bei dir?«

Nein. Kein bisschen. Er war völlig verstört. Aber da er sie nicht durcheinanderbringen wollte, nickte er einfach.

»Gott, du hast ja noch nicht mal gegessen.« Er seufzte erschöpft und strich über Emilys Haar. »Hast du Hunger?«

»Nein«, flüsterte sie. Im Gegenteil, allein vom Gedanken an Essen wurde ihr immer noch übel.

»Okay. Ich muss mir mal kurz ein bisschen kaltes Wasser ins Gesicht spritzen.« Gavin drückte einen sanften Kuss auf ihre Lippen. »Bin gleich wieder da.«

Emily nickte und sah ihn im Bad verschwinden. Sobald er die Tür hinter sich zugezogen hatte, atmete sie tief ein, um sich ein wenig zu entspannen. Keine Chance. Auf keinen Fall wollte sie Gavin irgendwelche Details von jenem Morgen erzählen. Das würde ihn nur noch mehr in Rage bringen. Es war offensichtlich, wie sehr er mit sich kämpfen musste, um nicht sofort zu Dillon zu fahren. Die Details preiszugeben würde das Fass definitiv zum Überlaufen bringen.

Sie riss sich aus ihren finsteren Gedanken und kramte in einer der Umzugskisten nach ihrem Pyjama. Plötzlich stieß sie auf ein Foto ihrer Mutter und ihrer Schwester auf ihrem Trip nach Santa Cruz. Das Ganze lag schon Jahre zurück. Auf dem Foto strahlten beide angestrengt in die Kamera. Diese kurzen Atempausen waren die guten Momente in ihrem Leben, das ansonsten ein riesiges Chaos gewesen war. Aber eben nicht mehr als Augenblicke, nichts, was ihnen Stabilität geboten hätte. Emily starrte das Foto an und schluckte die Tränen hinunter. Heute Abend wurde schon genug geweint. Das Bild schob sie tief unter einen Stapel von Sweatshirts.

Kaum war sie aus ihren Arbeitsklamotten geschlüpft und hatte sich eine Jogginghose und ein T-Shirt angezogen, kam Gavin aus dem Bad. Er trug nichts als Boxershorts und sah noch wütender aus als zuvor, als er sich aufs Bett warf. Irgendetwas war da an seiner Körpersprache, das sie in Alarmbereitschaft versetzte. Als hätten die paar Minuten allein ihn in ein zorniges männliches Alphatier verwandelt. Emily schluckte nervös und krabbelte aufs Bett. Wenn sie ihn doch nur von dem inneren Kampf erlösen könnte, den er gerade ausfechten musste! Kurzerhand kniete sie sich hinter ihn und begann seine Schultern zu massieren, um ihn von seiner Anspannung zu befreien. Sie wählte ihre Worte sorgfältig.

»Gavin«, begann sie leise. »Wieso gehen wir nicht einfach schlafen? Wir sind doch beide psychisch total erledigt. Wir können morgen drüber reden.«

Gavin schüttelte wortlos den Kopf. Nachdem er seinen Nacken gedehnt hatte, lehnte er sich gegen die Kissenreihen am Kopfende des Betts. Emily sah ihn an. Er starrte feindselig zurück und sie bekam sofort ein schlechtes Gewissen, weil sie ihn von etwas abhielt, das für ihn so nötig war. Nein, diesen Schmerz in seinem Gesicht konnte sie nicht ertragen. Emily wandte den Blick ab.

»Sieh mich an«, flüsterte er gequält, und Emily kam seinem Wunsch nach. Gavin konnte ihre Nervosität und Unsicherheit spüren, was ihn nur noch mehr durcheinanderbrachte. »Komm her.«

Emily griff nach seiner Hand, und er zog sie zu sich, woraufhin sie sich an seine Brust schmiegte. Trotz ihrer Anspannung trösteten sie der verführerische Duft seines Parfüms und sein gleichmäßiger Herzschlag sofort. Seine Hand strich an ihrem Rücken auf und ab, und Emily fühlte sich sicher und sogar ein klein wenig glücklich.

»Wohin hat er dich geschlagen?«

Sie hatte gewusst, dass diese Frage kommen würde; dennoch riss sie Emily brutal aus ihrer kurzen Glückseligkeit. Sofort zitterte sie wie Espenlaub. Zu einer Kugel zusammengerollt und dicht an ihn gekuschelt, hob Emily den Kopf und sah in seine fragenden blauen Augen. Sie hob die Hand und deutete auf die Stelle über ihrer Augenbraue, nach der er sich schon vor ein paar Tagen bei ihr erkundigt hatte. Wegen der sie den Mann, den sie liebte, angelogen hatte. Den Mann, dessen unbedingtes Vertrauen sie brauchte. Sie konnte spüren, wie sein Körper sich abermals anspannte. Seine Augen leuchteten auf, und die Muskeln an seinem Kiefer zitterten. Nichts war zu hören – bis auf Gavins schnellen Atem.

»Es geht mir gut, Gavin«, gab sie vor, um ihn zu beruhigen. In Gavin aber brodelte es, und er verspürte den übermächtigen Wunsch, Dillon ganz einfach von der Erdoberfläche verschwinden zu lassen. Trotzdem. Wenn er Emily Trost spenden wollte, musste er sich jetzt im Griff behalten. Sanft hob er sie hoch und setzte sie rittlings auf sich. Er spürte, wie sie bebte. Und das machte ihn völlig krank.

Er starrte auf die schmale Narbe und fuhr mit dem Zeigefinger darüber. Wie konnte ein richtiger Mann einer Frau das nur antun? Gavin konnte und wollte es nicht verstehen. Er setzte sich auf, legte seine Hand in ihren Nacken und zog ihr Gesicht an seines. Einen Moment lang sah er sie an, dann küsste er die Narbe, die ihr hübsches Gesicht für immer brandmarken würde. Schuld daran war ein Arschloch, das sie nie verdient hatte.

»Wo hat er dich noch getroffen, Emily?« Gavin sah ihr in die Augen und wusste, dass er sich mit all diesen Fragen nur selbst quälte. Aber aus irgendeinem inneren Drang heraus musste er das tun. Emily hatte viel schlimmere Qualen erlitten. Oder auch nicht. Diese Frage würde er sich definitiv nie beantworten können, weil er so etwas noch nie hatte durchmachen müssen.

»An meiner Lippe«, antwortete sie leise und sah, wie Gavins Blick eiskalt wurde.

Gavin erschauderte und wäre am liebsten sofort aus dem Haus gestürzt.

»Deine Lippe also«, stellte er so ruhig wie möglich fest. »Er hat dich an deiner verdammten Lippe getroffen, ja?« Emily nickte zögernd. Gavin musterte ihre bebende Unterlippe, und ein Hauch ihres Parfüms stieg ihm in die Nase. In diesem Augenblick hatte er nur noch einen Wunsch: Er musste ihre Lippen von Neuem markieren. Als ihre heißen, feuchten Zungen sich trafen, wimmerte Emily leise auf. Sein Kuss war verzweifelt, drängend und gierig. Und obwohl sein Besitzanspruch sie in diesem Augenblick überraschte, verstand sie, dass er sie auf diese Art wieder für sich beanspruchen musste. Sie verflocht ihre Finger mit seinem Haar und zog fest daran, während ihr Herz aussetzte.

»Ich kann nicht fassen, dass er dir wehgetan hat, Baby«, flüsterte Gavin. Ich werde diese Lippen immer nur anbeten. Und diesen Körper genauso.« Gavin verstärkte den Griff um ihren Nacken und küsste sie noch inniger. »Wenn ich dich ansehe, ist es, als hätte ich meine andere Hälfte vor mir. Du hast die Leere in meiner Seele gefüllt, und deswegen bist du wie eine Göttin für mich. Und so werde ich dich immer behandeln. Für den Rest meines Lebens. Das verspreche ich dir, verdammt noch mal.«

Emily küsste ihn noch stürmischer und wusste, dass sie diese Worte niemals vergessen würde. Der Kuss raubte ihr langsam, aber sicher die Luft zum Atmen. Das war gut so, weil sie nichts anderes mehr einatmen wollte als Gavin.

Er zog Emily das T-Shirt über den Kopf. An dieses Versprechen würde er sich immer uneingeschränkt halten. Denn sie *war* seine Göttin. Seine Geliebte. Seine Freundin. Die Frau seines Lebens.

Aber verdammt noch mal: Während er seine Geliebte erneut zurückeroberte, wusste er, dass er ein anderes Versprechen brechen musste. Schließlich wollte er sie bis an sein Lebensende beschützen.

Er konnte es kaum erwarten.

8 DRAUF GEPFIFFEN

»Gavin, könntest du dich bitte beteiligen und Mr Rosendales Frage zu unserer Herangehensweise beantworten?«

Ohne Vorwarnung drang Coltons Stimme in Gavins quälende Gedankenwelt ein, die ihn seit sechzehn Stunden ziemlich in Beschlag nahm. Und zwar genau von dem Moment an, in dem er erfahren hatte, was Dillon Emily angetan hatte. Gerade saß er in einem Meeting mit einem Haufen von Vertretern eines Pharmagiganten, der eine führende Stellung im Land hatte – und der dringend eine riesige Werbekampagne brauchte. Gavin wusste, dass er sich dringend konzentrieren sollte. Aber er konnte nicht. Seine Welt stand kopf.

Während Emily ihm alles erzählt hatte, hatte Gavin sie im Arm gehalten, ihren leisen Atemzügen gelauscht und im Dunklen an die Decke gestarrt. Das Adrenalin pumpte durch seine Adern. Er hatte versucht, die Bilder von Dillon, der Emily schlug, irgendwie loszuwerden. Aber egal, wie sehr er es versuchte, es gelang ihm nicht. Sein Gehirn spielte ihm die bösesten Streiche. Immer wieder sah er Blut. Dillons Blut an seinen Händen. Bis zum Sonnenaufgang hörte es nicht auf, in ihm zu rumoren. Niemals hätte Gavin gedacht, dass Emilys weicher Körper an seinem nicht ausreichen könnte, um ihn zu beruhigen und ihn von seinen zerstörerischen Überlegungen abzuhalten. Die letzte Nacht hatte es gezeigt.

Colton wiederholte seine Bitte und holte Gavin so zurück in die Gegenwart. Er hob seinen schweren Kopf und sah seinen Bruder an, der seinen Blick verwirrt erwiderte. Eilig wühlte Gavin in den Dokumenten, die vor ihm auf dem Tisch lagen. Als einer der Herren auf dem Stuhl ihm gegenüber sich räusperte, brach Gavin die Stille. Er schüttelte den Kopf und spähte wieder hinüber zu Colton.

»Nein, diese Frage kann ich leider nicht beantworten.« Er knallte einen Stapel Papier auf den Konferenztisch. »Warum machst du das nicht stattdessen, Colton?« Seine Bitte klang nicht sonderlich höflich. Eher nach einem *Komm mir jetzt bloß nicht mit diesem Mist*. Das Gesicht des ältesten Herren am Tisch färbte sich genauso grau wie sein Haar. Erneut senkte sich eine drückende Stille über den Raum.

Mit gerunzelter Stirn räusperte sich Colton ebenfalls. Er war sauer, das merkte Gavin ihm an. Sein Bruder riss seinen Blick von ihm los und konzentrierte sich auf die Führungskräfte.

»Ich muss mich entschuldigen, werte Herren. Anscheinend ist mein Bruder heute Morgen mit dem linken Fuß zuerst aufgestanden.« Colton zuckte lässig mit den Schultern, und auf seinen Lippen erschien ein schiefes Grinsen. Er warf Gavin einen Seitenblick zu, jetzt nicht mehr zornig, sondern eher amüsiert. »Scheint so, als hätte er letzte Nacht keinen ordentlichen Stich mehr machen können.«

Innerhalb weniger Sekunden brachen alle Versammelten in fröhliches Glucksen aus – Gavin ausgeschlossen. Obwohl er seinem Bruder für diesen frechen Kommentar am liebsten eine Backpfeife verpasst hätte, war er von dessen Geistesgegenwärtigkeit doch beeindruckt. Colton hatte dafür immer schon ein großes Talent gehabt, und Gavin musste zugeben, dass sein Spruch die Stimmung im Raum deutlich aufgelockert hatte. Gavin ahmte den dümmlichen Gesichtsausdruck seines Bruders nach, lehnte sich zurück und rieb sich das Kinn. Er ließ den Blick zu der Wanduhr wandern und hörte dem endlosen Sermon, den Colton gerade vortrug, um einen der fettesten Vertragsabschlüsse aller Zeiten für *Blake Industries* an Land zu ziehen, gar nicht zu. Geld war das Letzte, was Gavin gerade interessierte. Elf Uhr fünfzehn. In einer guten Stunde würde er Emily treffen. Ehe sie gestern Nacht eingeschlafen war, hatte sie ihm ein entspanntes Lunch in einem kleinen Café im Battery Park vorgeschlagen, da sie früher Schluss hatte. Süß von ihr, dass sie versuchte, ihn zu beruhigen. Das war eines von vielen Dingen, die er an ihr liebte – sie wusste, wie sie ihn runterbringen konnte. Gott, er liebte sie so wahnsinnig. Er würde alles für sie aufgeben. Alles. Sie müsste nur mit dem Finger schnipsen, und er würde ihretwegen um die halbe Welt reisen. Es gab nichts, was er nicht für sie tun würde. Da gab es für ihn keine Grenze, solange sie glücklich war. Jetzt musste er sie nur noch davon überzeugen, dass sie all das wert war.

Schon einen Moment später wurde Gavin erneut aus seinen Grübeleien gerissen. Die Herren erhoben sich von ihren Stühlen und lächelten einander zufrieden an. Gavin stand auf und musterte Colton amüsiert, der Gavin wiederum mit einem schiefen Grinsen bedachte. Er hatte den Vertragsabschluss ganz ohne seine Hilfe in trockene Tücher gebracht. Und bestimmt würde er ihm, sobald die anderen verschwunden waren, ordentlich die Leviten lesen. Aber das war Gavin scheißegal.

»Klingt nach einem guten Schlachtplan«, sagte der grauhaarige Herr und schüttelte Coltons Hand. »Wir schicken Ihnen die Verträge Montagabend zu.«

Colton setzte sein strahlendstes Siegerlächeln auf. »Wunderbar. Wir können es kaum erwarten, Sie in dieser Sache zu unterstützen. Sie haben die richtige Entscheidung getroffen, definitiv.«

»Dann wollen wir mal schwer hoffen, dass Ihr Bruder noch ordentlich flachgelegt wird, während Sie die Kampagne organisieren«, erwiderte der Mann trocken und reichte auch Gavin die Hand. »Ich habe gute Kontakte in der Stadt, falls Sie in dieser Hinsicht ein wenig Hilfe brauchen. Billig sind sie nicht, aber dafür jeden Penny wert.«

Gavin nahm seine Hand und drückte fester zu, als er es eigentlich wollte. Drauf gepfiffen. Gavin wusste, wie man mit solchen Typen umging, ohne *zu* beleidigend zu werden. Oder auch nicht. Es war ihm herzlich egal. Er verzog seinen Mund zu einem schmallippigen Lächeln.

»Das sind sie ganz bestimmt, vielen lieben Dank für das Angebot! Es ist nur so, dass ich für Handlungen dieser Art noch nie bezahlen musste. Bei mir passiert so etwas normalerweise wie von selbst. Aber hey, tun Sie, was Sie tun müssen.«

Das Lächeln des Mannes erlosch. Stattdessen zog er die Augenbrauen zusammen, aber Gavin ließ ihn gar nicht erst zu Wort kommen.

»Wir freuen uns sehr auf den Erhalt der Verträge, Mr Rosendale.« Gavin ging zur Bürotür, um sie ihm und den anderen geschniegelten Snobs aufzuhalten. »Mein Bruder hat völlig recht, Sie haben sich absolut richtig entschieden! *Blake Industries* wird dafür sorgen, dass die Kampagne einschlägt wie eine Bombe. Und dass bei Ihnen der Rubel auch weiterhin rollt. Dry Martini und Girls Galore!«

Die Runzeln auf der Stirn von Mr Rosedale glätteten sich, auf seinem Gesicht erschien ein gerissenes Lächeln.

»Ich bin mir sicher, dass wir bei Ihnen und Ihrem Bruder in den besten Händen sind, Mr Blake. Aber nur damit Sie es wissen, junger Mann: Mir ist Scotch lieber. Ein *Dalmore 1962 Single Highland Malt Scotch*, um genau zu sein.«

»Hervorragende Wahl«, sagte Gavin und knöpfte seinen 22000-Dollar-Anzug von *Ermenegildo Zegna* auf. Der Kerl spielte den großen Macker, indem er ihm einen 58000-Dollar-Scotch als Lieblingsgetränk vor den Latz knallte. Gavin lächelte ihn mit dem festen Vorsatz an, nicht weniger aufschneiderisch zu sein.

»Ich werde meine Sekretärin bitten, Ihnen zwei Kisten davon zu schicken, damit Sie ordentlich versorgt sind. Wie klingt das?«

Der Mann zögerte einen Moment lang und sah ihn prüfend an. »Das klingt sehr gut. Wir sehen uns dann kommenden März.« Ohne ein weiteres Wort nickte er Colton zu und verließ, gefolgt von einer Truppe arroganter Idioten, das Büro.

Gavin schlenderte durch das Zimmer und gluckste in sich hinein, als Colton die Tür zuknallte.

»Was sollte das denn, verdammt noch mal?«, bellte Colton.

»Nicht genug, dass du während des gesamten Meetings in einer Art Dämmerzustand warst. Noch dazu hast du in typischer Gavin-Manier in letzter Sekunde beinahe den Vertrag platzen lassen!«

Gavin drehte sich um und sah ihn aus schmalen Augen an. »Was, zur Hölle, soll das denn heißen?«

»Soll ich es für dich buchstabieren, Kleiner?«

»Ja. Wäre vielleicht ganz gut«, antwortete Gavin trocken. Er verschränkte die Arme, setzte sich auf die Tischkante und wartete auf die Antwort seines Bruders.

Colton legte den Kopf schief und schob die Hände in die Hosentaschen. »Jetzt mal im Ernst, wir haben monatelang an diesem Angebot gearbeitet. Wo, zum Teufel, warst du?«

Seine Stimme klang so scharf, dass Gavin befürchtete, Colton könnte jeden Moment die Geduld verlieren. Obwohl Gavin wirklich einen miesen Tag gehabt hatte, bekam er doch ein schlechtes Gewissen. Verdammt. Colton hatte recht.

Sie hatten zahllose Stunden darum gekämpft, diesen Kunden zu gewinnen. Er war so ein Idiot. Immerhin hatte Colton Abend für Abend ohne Melanie und seine Kinder verbracht, damit dieses Treffen heute glatt über die Bühne ging.

»Tut mir leid, ja?«, sagte Gavin versöhnlich.

Colton seufzte. »Was ist denn los mit dir? Hab mir schon heute Morgen gedacht, dass dich irgendwas beschäftigt«, sagte er in ruhigerem Ton.

Gavin lugte auf seine Armbanduhr. Ihm blieb nicht allzu viel Zeit, um sich zu erklären.

»Dillon hat Emily am Morgen ihres Hochzeitstags geschlagen«, sagte er und spürte, wie das Blut in seinen Adern rauschte.

Colton starrte ihn mit offenem Mund an. »Wie bitte?«

»Ja. Er hat sie geschlagen und ist gestern bei ihrer Schule aufgetaucht.« Gavin erhob sich, fuhr sich mit der Hand durchs Haar und dachte an seine lange Unterhaltung mit Emily, nachdem sie gestern Nacht miteinander geschlafen hatten. Seitdem er wusste, dass Dillon ihr bei der Schule aufgelauert hatte, stand seine Welt noch mehr kopf, als es ohnehin schon der Fall gewesen war. Am liebsten hätte er sie sofort überredet, dort zu kündigen. Leider konnte er das nicht verlangen. Die Arbeit bedeutete ihr so viel, und sie liebte ihre Schüler. Aber jetzt war für alles gesorgt. Ohne Emily etwas davon zu sagen, hatte Gavin heute Morgen einen kleinen Anruf getätigt und einen Begleitschutz für sie organisiert. Ein wenig Cash, und schon würde sich ein alter Kumpel, der eben seine siebenjährige Haftstrafe im Hinterland abgesessen hatte, für den Rest seines verdammten Lebens an Dillons Fersen heften.

»Hast du davon gewusst?«

Coltons Augen weiteten sich. »Himmel, Gavin. Wie kommst du denn auf die Idee? Natürlich nicht!«

»Ach, ich wollte nur fragen, weil Trevor ganz offensichtlich Bescheid wusste und mir kein Sterbenswörtchen davon gesagt hat.« Gavin stampfte durch das Büro, um sich seine Schlüssel zu schnappen, während in seinem Kopf die Gesprächsfetzen der letzten Nacht umherflogen. Gavin hatte versucht, nach Emilys Geständnis wieder Ordnung in seine Gedanken zu bringen. Obwohl Trevor ihr das Versprechen abgenommen hatte, dass sie Gavin alles erzählen würde, sobald sie wieder zusammen waren, stieß ihm irgendetwas daran sauer auf. Am Tag ihres Umzugs in sein Penthouse hatte er Trevor gesehen, und der hatte so getan, als wäre alles in bester Ordnung. Gavins Leben hingegen war komplizierter denn je.

»Er wusste es und hat dir nichts gesagt?«, fragte Colton und ließ sich am Tisch nieder. »Lass mich mal eines klarstellen. Ich bin dein Bruder und würde niemals irgendetwas vor dir verheimlichen, okay?«

»Okay. Aber Trevor ist doch auch wie ein Bruder für mich«, murmelte Gavin und warf erneut einen Blick auf seine Uhr. Bestimmt hatte sein Fahrer sie schon in der Schule abgeholt. Der Treffpunkt lag am anderen Ende der Stadt. Wenn er pünktlich sein wollte, musste er jetzt dringend los.

»Ich habe noch nicht mit ihm gesprochen, aber das werde ich bald mal tun. Dann klären wir das.«

»Alles klar.« Colton nickte. »Ein klärendes Gespräch mit Dillon steht wohl ebenfalls ganz oben auf deiner Prioritätenliste.« Colton ließ seinen Kopf im Nacken kreisen und seine Knöchel knacken. Auf seinem Gesicht erschien ein fieses Grinsen. »Ich bin vielleicht ein wenig älter als du und auch nicht ganz so muskulös, aber wenn du Hilfe brauchst: Ich bin jederzeit bereit, dem Arschloch einen Denkzettel zu verpassen.«

Gavin zögerte einen Moment lang und wandte sich dann in Richtung Tür.

»Du, ich muss los. Ich treffe Emily in einer Dreiviertelstunde zum Mittagessen.«

»Warte«, platzte Colton heraus. »Was sollte dieser Blick heißen? Du willst das Arschloch doch wohl nicht völlig ungeschoren davonkommen lassen? Ich kenne dich besser, als du vielleicht denkst. Was ist los?«

Gavin seufzte, blieb kurz stehen und drehte sich noch einmal um.

»Ich habe Emily versprochen, dass ich ihn in Ruhe lasse.«

Colton gluckste.

»Gavin, du sprichst hier von einer Frau, der du auch versprechen musstest, ihr kein Auto zu schenken, weil sie das hier in Manhattan für unnötig hält.«

Gavin musste grinsen. »Ich weiß. Manhattan hin oder her. Ich habe ihr schon eins bestellt. Sie hat noch keine Ahnung.«

»Genau.« Colton lachte und setzte sich auf einen Stuhl. Dann blickte er wieder ernst und stützte das Kinn auf seinen Händen ab. »Und jetzt würde ich an deiner Stelle eine nette Schlägertruppe anheuern, die Dillon so richtig die Leviten liest. Was Emily nicht weiß, macht sie nicht heiß.« Colton verstummte und sah Gavin unbewegt an. »Aber du weißt etwas, das dich verdammt heißmacht. Du weißt etwas, das dich irgendwann umbringen wird.«

Auch wenn Colton das leichthin sagte, traf es Gavin doch schwer. Was er da sagte, war richtig. Er musste es trotzdem schaffen, sein Versprechen Emily gegenüber nicht zu brechen, egal wie sehr er Dillons Blut fließen sehen wollte. Mit diesen Gedanken ging Gavin wortlos aus dem Büro.

Ganz egal, ob man in den morgendlichen Berufsverkehr, den Mittagsverkehr oder die Rushhour zur Feierabendzeit geriet: Der Verkehr in Manhattan konnte einen in den absoluten Wahnsinn treiben. So dumm war Emilys Idee, sich kein Auto anzuschaffen, eigentlich gar nicht. Aber er war nun einmal fahrsüchtig. Klar, sein Fahrer würde ihn in der Limousine überall hinchauffieren wie den kleinen verzogenen Snob, für den ihn die meisten hielten, aber Gavin wollte nicht auf das Gefühl von Kontrolle verzichten, das er am Steuer hatte. Er liebte es. Mit geschlossenen Fenstern und dröhnenden Boxen kam es auch schon nicht mehr darauf an, ob auf den Straßen Manhattans die Hölle los war. Diese kurzen Momente sorgten dafür, dass er sich beruhigte und wieder einen klaren Kopf bekam. Als Gavin seinen Wagen jetzt durch die Flut von Autos manövrierte, die die Straßen verstopfte, funktionierte das allerdings kein bisschen. Nicht mal ansatzweise. Er war vollkommen durcheinander, und mit jeder Sekunde wurde es schlimmer. Obwohl Chevelles *The Red* aus den Boxen klang, konnte Gavin nichts anderes hören als Coltons Worte, die immer weiter in seinem Kopf dröhnten.

Du weißt etwas, das dich irgendwann umbringen wird.

Colton hatte recht. Gavin war das völlig klar. Aus ihm würde irgendwann ein verbitterter Mann werden, wenn er nichts tat. Und vielleicht würde er es Emily nach einigen Jahren übel nehmen, dass er sich ihretwegen zurückgehalten hatte. Als Gavin das Café sah, in dem sie sich treffen wollten, stellte er sich vor, wie sie schon am Tisch saß. Nicht einmal mehr fünfzig Meter, und er wäre da. Noch ein paar Minuten, und er hätte sein Versprechen gehalten. Zumindest für heute.

Du weißt etwas, das dich umbringen wird.

Umbringen …

Umbringen …

Das dich umbringen wird …

»Verdammt!«, stieß Gavin hervor. Noch ehe er begriff, was er da tat, hatte er das Steuer nach rechts gerissen, obwohl er sich auf der linken Spur befand.

Die Ampel sprang auf Grün, um ihn herum ertönte ein wildes Hupkonzert, und zahlreiche Mittelfinger von wütenden New Yorker Autofahrern wurden ihm entgegengestreckt. All das nahm er kaum wahr. Sein neues Ziel? Dillons Büro im Financial District. Gavin schaltete sich wild durch die Gänge und schaffte es irgendwie, sich durch den Verkehr zu schlagen, ohne irgendjemanden umzubringen. Was nicht hieß, dass er nicht oft nah dran war. Als er über eine rote Ampel an der Church Street schoss, rauschte das Blut in seinen Adern. Um ein Haar hätte er den hinteren Teil eines Doppeldeckerbusses mit offenem Verdeck gestreift, der mit Touristen vollgestopft war. Erneut ertönte lautes Hupen. Und wieder nahm Gavin es nicht wahr. Auch nicht, wie die Fußgänger panisch auf den Bordstein sprangen, als sein Ferrari FF an ihnen vorbeischoss. Er sah nur Rot. Blutrot.

Mit der einen Hand umkrampfte er das Lenkrad, mit der anderen riss er sich die Krawatte vom Hals. Als er in die Garage in Dillons Gebäude bog, wand er sich aus seinem Jackett, zahlte die Parkgebühr und schoss in eine Parklücke. Schon war er aus dem Auto gesprungen, warf die Tür hinter sich zu und stürmte zum Fahrstuhl.

Gavin trug nicht länger einen Kampf in seinem Inneren aus. Er krempelte die Ärmel hoch und wurde mit einem Mal ganz ruhig. Er würde seinem Körper jetzt geben, was er brauchte, und fühlte sich deswegen geradezu high. Wie auf Drogen. Während der Aufzug hinauf in den fünfzehnten Stock schoss, wirbelten Bilder von Emily durch seinen Kopf. Als er einen Blick auf die Uhr warf, wurde ihm kurz ein wenig mulmig. Der Gedanke daran, wie sie im Café auf ihn wartete, ohne eine Ahnung dessen, was er gerade vorhatte, machte ihm ziemlich zu schaffen. Trotzdem: Jetzt gab es kein Zurück mehr.

Als die Türen aufglitten, sprang Gavin aus dem Aufzug und trat mitten in das gigantische Gewusel. An diesen Anblick war er gewöhnt. Junge, geldgeile Flegel in billigen Anzügen von Ebay und Krawatten, die ihnen wahrscheinlich ihre Großmütter zum einundzwanzigsten Geburtstag geschenkt hatten, tigerten vor ihren Zellen im Großraumbüro auf und ab. Mit Bluetooth-Receivern im Ohr und einem reichen Kunden am anderen Ende der Leitung führten sie hastige Gespräche, um ebenfalls ein Stück von dem Kuchen abzubekommen, den ein Portfolio versprach. Ein Portfolio, in dem mehr Geld steckte, als sie in ihrem ganzen Leben verdienen würden. Grüßend hoben einige, die Gavin wiedererkannten, das Kinn, als er sich einen Weg durch das Chaos bahnte. Er nickte knapp zurück. Keiner von ihnen würde seinetwegen das Telefonat mit dem potenziellen Goldesel beenden, um den er sich gerade bemühte. Da er mit ihnen ohnehin höchstens ein oder zwei Bier zusammen getrunken hatte, wenn Dillon ihn mit in eine Bar geschleppt hatte, scherte Gavin sich einen Dreck um sie. Sein Fokus richtete sich ganz klar auf die Tür in der linken Ecke des gigantischen Büros. Dahinter befand sich der Drecksack, über den Gavin sich hermachen würde. Je näher er der Tür kam, desto mehr schwand seine Ruhe dahin. Er war jetzt durstig. Blutdurstig.

»Hey, Gavin«, gurrte eine ihm wohlvertraute Stimme.

»Hey, Kimberly«, sagte er, ohne stehen zu bleiben. »Ist er im Büro?«

Die dralle Bonde nickte. »Bestimmt.«

»Gut«, erwiderte er knapp und umrundete die Ecke ihres Schreibtischs. Als er sich Dillons Tür näherte, beugte Gavin seine Ein-Meter-neunzig-Gestalt, um unter den zur Hälfte hinuntergelassenen Rollläden durchzulinsen. Ha! Dort war Dillon, mit dem Rücken zu ihm. Er stand mit verschränkten Armen vor seinem Schreibtisch. In einer schnellen Bewegung riss Gavin die Tür auf, schloss sie hinter sich und sperrte ab.

So. Jetzt konnten die Spiele beginnen.

Ohne zur Tür aufzusehen, schnaubte Dillon wütend. »Kimberly, wie oft habe ich dir in den letzten Monaten gesagt, dass wir hier drin nicht mehr ficken werden, hm? Geh zurück zu deinem Schreibtisch. Ich ruf dich später an, wenn du willst.«

»Ich bin nicht Kimberly, du Wichser«, knurrte Gavin. Sein Blick war fest auf Dillon gerichtet, der sich jetzt umdrehte. »Ich habe dir gesagt, dass ich dich eigenhändig umbringen werde, wenn du Emily noch mal anfasst.«

Dillons Augen verengten sich zu schmalen Schlitzen. Er öffnete den Mund, aber ehe er etwas sagen konnte, stürzte Gavin auf ihn zu und warf ihn auf den Schreibtisch. Das massive Teil aus Kirschholz ächzte unter dem vollen Gewicht der zwei Männer. Dillon unter sich festgeklemmt, legte Gavin seine Hände um dessen Hals und merkte kaum, wie dieser ihm einen Fausthieb auf den Mund verpasste. Aus seiner aufgeplatzten Lippe troff Blut auf Dillons Wange und sein Kinn. Gavin sah in die seelenlosen Augen des Mannes, den er mal für seinen Freund gehalten hatte. Als ihm wieder Bilder davon durch den Kopf schossen, wie brutal Dillon Emily behandelt hatte, jagte eine Flut von Adrenalin durch seinen Körper. In ihm brodelte es vor Zorn, und er hatte nicht vor, einen Ausbruch zu verhindern.

Gavin hob Dillons Kopf an und schlug ihn mit voller Wucht auf die Schreibtischplatte. Er knallte mit einem dumpfen Geräusch auf das Holz. Das hatte ihm sicher den Schädel gespalten.

»Du Pussy!«, spie Gavin aus, der jetzt am ganzen Körper zitterte. »Ich hab dir gesagt, dass ich dich kille, wenn du ihr wehtust!«

»Ihr könnt mich mal! Alle beide!«, keuchte Dillon und wand sich unter Gavins Gewicht.

Der begann ihn noch fester zu würgen. So fest, bis er das Hämmern von Dillons Puls an seinen Daumenkuppen spürte. In diesem Augenblick startete Dillon den schwachen Versuch, seinen Arm zu befreien und Gavin an den Oberarmen zu packen, um den Griff um seinen Hals zu lösen. Es funktionierte nicht, machte Gavin aber noch wütender. Er knallte Dillons Kopf erneut auf den Schreibtisch. Dillon sog scharf die Luft ein, hatte Mühe zu atmen. Er holte erneut aus, um Gavin einen Hieb zu verpassen, dem dieser aber problemlos ausweichen konnte. Dann erschlaffte Dillons Körper unter ihm. Als er ihm in die Augen sah, merkte Gavin, wie Dillon langsam das Bewusstsein verlor. Er konnte zusehen, wie seine Blutkapillaren hervortraten und sein Gesicht sich langsam bläulich verfärbte.

Und da traf es ihn plötzlich mit voller Wucht.

»Gavin Blake, du bist männlicher als jeder, den ich kenne. Du stehst zu deinen Gefühlen, und du könntest nichts tun, was meine Liebe zu dir noch vergrößert. Nichts.«

Emilys Worte lösten in Gavin plötzlich einen völlig anderen Kampf aus. Sollte er aufhören? Weitermachen? Hier ging es nicht um den miesen Wichser, der da vor ihm auf dem Tisch lag – viel wichtiger war ihm doch, wie es der Frau ging, an die er für alle Zeiten sein Herz verloren hatte … Gavin entschied sich gegen das Böse. Und für die Liebe. Er holte tief Luft, lockerte den Griff um Dillons Hals und taumelte zurück.

Er vergrub seine Hand in seinen Haaren, tigerte auf und ab und sah, wie Dillons nahezu lebloser Körper vom Tisch rutschte und eine Menge Zettel, Stifte und sein Telefon mit sich riss. Würgend rollte Dillon sich auf die Seite und stützte sich auf alle viere. Seine Brust hob und senkte sich hektisch, als er nach Atem rang. Gavin, der tatenlos zusah, wie Dillon aufzustehen versuchte, überkam ein heftiges Frösteln. Sinnlos. Dillon schaffte es nicht. Gavin hatte ihm jegliche Energie geraubt.

Aufgeregte Stimmen erklangen vor dem Büro und Hämmern an der Tür. Gavin hätte nicht sagen können, ob der Tumult eben erst ausgebrochen war oder ob sie schon die ganze Zeit versuchten hereinzukommen. Und so wie Dillons Leben dahinzuschwinden schien, schwand auch die Zeit, die ihm blieb. Gavin schluckte einmal fest, ging dann mit großen Schritten hinüber zu Dillon und packte ihn am Schopf.

»So. Du hörst dir jetzt jedes verdammte Wort an, das ich dir zu sagen habe«, flüsterte Gavin zitternd, als er sich neben ihn kniete und sein Gesicht an seines zog.

»Du kannst mich mal, Arschloch«, stieß Dillon hervor und starrte Gavin in die Augen. Das Atmen fiel ihm immer noch schwer. »Dafür wanderst du in den Knast, du Wichser.«

Gavin rammte sofort seinen Ellbogen in Dillons Mund. Dillon versuchte auszuweichen und wimmerte auf. Jetzt war Gavin nicht mehr der Einzige mit einer aufgeplatzten Lippe. Er packte Dillon noch fester am Haar und lächelte ihn kalt an.

»Klar. Falls du die Sache ausplaudern solltest, buchten die mich ein. Du kannst froh sein, dass ich dich nicht gleich umgebracht habe … Aber eins solltest du wissen.« Gavin hielt inne und unterdrückte den Wunsch, Dillon erneut an die Grenzen seines Bewusstseins zu würgen. »Irgendwann bin ich wieder in Freiheit. Darauf kannst du deinen verdammten Arsch verwetten. Und dann … wird mich nichts und niemand davon abhalten können, dich zu töten. Nicht einmal die Frau, die ich mehr liebe als alles auf der Welt und die du einfach weggeworfen hast Denk also lieber noch mal drüber nach, ehe du zu den Cops rennst und petzen gehst. Du müsstest mich gut genug kennen, um zu wissen, dass das keine leere Drohung von einer Pussy ist, die sich an Frauen vergeht. Sondern um Worte von einem echten Kerl. Einem Kerl, der sich auf dem Weg zur Gaskammer kaputtlachen wird, weil sich deine Mutter an deinem Grab die Augen aus dem Kopf heult. Hast du mich verstanden?«

Schweigend und schwer atmend starrte Dillon ihn an. Gavin verpasste ihm erneut einen Hieb mit dem Ellbogen.

»Ob du mich verstanden hast, verdammt!«, fauchte er mit vor Wut verzogenem Gesicht.

»Ja«, presste Dillon zwischen zusammengebissenen, blutigen Zähnen hervor.

»Gut«, erwiderte Gavin mild und erhob sich. Er wollte schon die Tür aufsperren, drehte sich aber noch einmal um und funkelte Dillon an. »Und wenn ich noch einmal höre, dass du ihr bei der Schule auflauerst, dann sorge ich dafür, dass bei deiner Totenfeier der Sarg geschlossen bleiben muss.«

Mit diesen Worten öffnete Gavin die Tür und stürzte hinaus. Er drehte sich nicht um und ignorierte das Geschrei der vor der Tür wartenden Meute. Hinter sich hörte er, wie Dillon alle anbrüllte, dass sie sein Büro verlassen sollten. Er klang, als schämte er sich.

Gavin trat in den Aufzug, fuhr nach unten und sah auf seine Armbanduhr. Ihm blieben noch fünf Minuten, um rechtzeitig bei Emily zu sein. Das würde er nicht schaffen. Schnell schrieb er Emily eine Nachricht, um sie wissen zu lassen, dass er zu spät kommen würde. Als er bei seinem Auto ankam, hatte sie ihm bereits geantwortet.

Emily: *Ich warte hier auf dich. Pass auf dich auf, und fahr nicht zu schnell! Ich liebe dich!*

Gavin bog aus der Garage. Während sein Auto durch die verstopften Straßen kroch, las er wieder und wieder Emilys Nachricht. Irgendwie musste es ihm gelingen, vor ihr den Anschein zu erwecken, dass alles in bester Ordnung und völlig normal war. Er wusste nur nicht, ob er dazu in der Lage war.

Nachdem er eine halbe Stunde später einen Parkplatz gefunden hatte, stieg er aus dem Auto, ordnete kurz sein Haar und trat dann ins Café. Er entdeckte Emily sofort. Sie saß an einem Tisch und war in die Lektüre eines Buchs versunken. Wie jedes Mal, wenn er sie sah, stockte ihm kurz der Atem. Ja, er war wirklich für immer unzertrennlich an sie gebunden. Es gab nichts, was er nicht für sie aufgeben würde. Solange er die Luft um sie herum einatmen durfte, war jeder seiner Tage vollkommen. Heute war ihm klar geworden, dass er für sie seine Freiheit aufgeben würde. Sein Leben. Ihm war egal, ob er für das, was er mit Dillon getan hatte, die nächsten zwanzig Jahre hinter Gitter verbringen würde. Wenn sie nur selbst ihr Herz aus dem Gefängnis befreien konnte, in das es gesperrt war. Egal, wie oft er dem Wichser den Hintern versohlte – die Wunden, die Dillon ihr zugefügt hatte, würden dadurch auch nicht heilen. Ihre Tränen konnte er wegwischen. Wenn er es doch genauso mit ihren schrecklichen Erfahrungen tun könnte …

Als hätte sie ihn gespürt, hob Emily den Kopf, und auf ihren Lippen erschien ihr wunderschönes Lächeln. Auch wenn es ein übles Klischee sein mochte: Ihr Strahlen erhellte tatsächlich den ganzen Raum. Klischees waren nun mal wie gemacht für Emily. Basta.

Erneut hatte Gavin das Gefühl, man hätte ihm die Luft aus den Lungen gesaugt. Er konnte sehen, wie das Lächeln aus ihrem Gesicht wich und Besorgnis Platz machte. Verdammt. Gavin sah an sich hinab. Er war so sehr in Gedanken gewesen, dass er gar nicht darauf geachtet hatte. Er sah reichlich ramponiert aus … trug keine Anzugjacke und sein Hemd hing ihm lose über die Hose. Von der fehlenden Krawatte und den Blutspritzern ganz zu schweigen.

Gavin ging auf sie zu. Emily spürte die rohe Macht, die von ihm ausging, und hatte plötzlich ein ungutes Gefühl. Als sie mitten in dem Café nur wenige Zentimeter voneinander entfernt stehen blieben, wurden die Stimmen um sie herum leiser, und die Menschen verschwammen zu einer undeutlichen Masse. Jedes Mal, wenn sie sein Gesicht sah, wurde sie allem anderen gegenüber blind. Sein Atem war alles, was sie hören konnte.

Obwohl er einen betont coolen Gesichtsausdruck aufgesetzt hatte, verrieten seine blauen Augen mehr, als ihm lieb war. Ja, sie sprachen Bände. Sofort wurde es Emily schwer ums Herz. Sie wusste, was er getan hatte. Fragen waren unnötig.

Emily ließ den Blick von seiner blutverkrusteten, geschwollenen Unterlippe hinab auf sein Hemd wandern. Der Ausdruck in seinen Augen zeigte, dass er auf irgendetwas von ihr wartete. Einverständnis vielleicht, Worte, die ihm sagten, dass es in Ordnung war. Emily hatte keine Ahnung, wie sie anfangen sollte. Also schlang sie ihre Arme um seinen Hals und drückte ihren Mund auf seinen.

Gavin zog sie an sich. »Ich musste es tun, Emily«, flüsterte er und küsste sie sanft. »Ich hätte es nicht mehr ausgehalten, wenn ich es nicht getan hätte.«

Emily fuhr ihm durchs Haar und schluckte einen Schluchzer hinunter. »Ich weiß. Es tut mir leid, dass ich erwartet habe, dass du das irgendwie unterdrückst.«

Gavin wollte etwas erwidern, aber Emily küsste ihn noch heftiger und schmeckte Blut auf Gavins Zunge. Auf einmal hatte der Geschmack eine berauschende Wirkung auf sie. Er war verwundet worden, als er sie verteidigt hatte. Sie hatte falschgelegen. Sie hatte gedacht, dass sie Gavin nicht mehr lieben könnte, als sie es bereits tat. Als sie hier in diesem Café in Manhattan den Mann küsste, der ihre Welt für immer verändert hatte, erkannte sie es. Sie liebte ihn in diesem Moment noch Millionen Mal heftiger als vorher. Blind für das Böse, das die Zukunft bereithalten mochte, verliebte sich Emily mehr in Gavin, als sie es je für möglich gehalten hätte.

9 MÖGEN DIE STEINZEIT-KÄMPFE BEGINNEN

»Wenn du meine Hand noch fester drückst, verliere ich wahrscheinlich das Bewusstsein.« Gavin blickte auf Emilys schweißfeuchte Hand, die seine so verzweifelt umkrampfte, als säßen sie in der Achterbahn. Okay, dass sie unter Flugangst litt, hatte er gewusst. Aber wie konnte eine Person, die nur halb so groß war wie er, einen dermaßen festen Griff haben? »Und wozu wäre ich noch gut, wenn meine Hand abstirbt? Ich bin zwar in dem Bereich sehr talentiert, aber beim Vorspiel hätten wir dann trotzdem ein Problem.«

Emily schluckte und versuchte, sich auf Gavins grübchengeschmücktes Lächeln zu konzentrieren.

»Stimmt. Eine Hand reicht nicht.« Sie holte tief Luft, lockerte ihren Griff und kniff die Augen zusammen. »Wie lange noch bis zur Landung?«

Gavin hob die rechte Hand und streichelte mit seinen Fingerknöcheln über ihren Kiefer.

»Zehn Minuten.«

»Zehn Minuten«, wiederholte sie mit wackliger Stimme. »Okay. Das halte ich aus.«

Gavin gluckste. »Ich habe vollstes Vertrauen in dich. Aber mal ehrlich, ich habe dir angeboten, dich abzulenken – und du hast abgelehnt. Du weißt doch, dass ich das locker vier Stunden und mehr geschafft hätte.«

Lächelnd öffnete Emily die Augen und hob eine Augenbraue. »Gavin Blake.«

»Emily Cooper«, neckte er sie, und sein Grinsen wurde breiter. »Ich habe einfach nur versucht, dich zu beruhigen, indem ich dich in den *Mile-High-Club* einführe. In den gelangt man, indem man es an Bord eines Flugzeugs treibt. Die einzige Sorge, die du hättest haben müssen, wäre die, dass ich nicht fertig bin, wenn wir landen. Dann hätte der Jet auf der Landebahn ziemlich gewackelt.« Er lehnte sich zu ihr und drückte seine Nase an ihre. »Oh … ja.«

»Du bist bekloppt.« Emily lachte und knabberte an seiner Lippe.

»Bekloppt vor Liebe, Baby.«

Als das Flugzeug durch die Wolken brach und zur Landung ansetzte, drückte Emily seine Hand wieder fester und wurde ganz steif vor Angst. Sie lehnte sich zurück und atmete tief aus. Vor der Landung fürchtete sie sich generell am meisten. »Oh … mein … Gott.«

»Das klang ganz schön heiß«, stichelte Gavin. Und es war die Wahrheit. »Ich habe es schon mal gesagt: Aus deinem Mund klingt der simpelste Satz sexy. Ich musste mir gerade vorstellen, wie du in einem Beichtstuhl sitzt und mit einem Priester sprichst. Gefällt mir irgendwie ziemlich gut.«

»Gavin!«

Er lehnte sich zu ihr und sog die Unterlippe zwischen seine Zähne, als er in ihre großen grünen Augen sah.

»Zöpfe. Minirock. Beine leicht geöffnet. Schwarzes Spitzenhöschen. Hm, der Mistkerl hat vielleicht ein Glück!«

Während Gavin seine Hand über ihr nacktes Bein wandern ließ, konnte Emily kaum atmen. Über ihren Rücken jagte ein warmer Schauer nach dem anderen. »Und diesem Priester gestehst du, was für versaute Dinge ich immer mit dir anstelle. Und dass du nicht genug davon bekommen kannst.«

Er fuhr unter ihren Rock und drückte sanft ihre Beine auseinander. »Du erklärst ihm, wie du stöhnst, wenn ich an deinen hübschen kleinen Nippeln sauge. Und kurz bevor du kommst, halte ich dich zurück und lecke an deiner süßen Pussy … Dein Höschen ist schon ganz feucht, wenn du nur davon erzählst. Dein Atem schwer. Und dein Körper verzehrt sich nach mir … So wie jetzt.«

Als Gavin seine weichen Lippen auf ihre drückte, konnte Emily keinen klaren Gedanken mehr fassen. Gavin sog ihre Unterlippe zwischen seine Zähne und fuhr mit seinem Zeigefinger an dem Saum ihres Slips entlang.

»Weißt du was?«, flüsterte er leise und sah ihr tief in die Augen. Emily brachte kaum ein Wort heraus. Verdammt, sie konnte ja nicht einmal *denken*.

»Was?«, keuchte sie und konnte sich nur auf seine andere Hand konzentrieren, die seitlich an ihrer Brust hinaufwanderte.

»Wir sind gelandet, Süße.« Eine Millisekunde lang küsste er sie leidenschaftlich und stand dann strahlend wie ein Honigkuchenpferd auf.

Emily hing schlaff in ihrem Sitz. Ihr Höschen war feucht, und sie sah zu, wie er mit einem vollkommen entspannten Gesichtsausdruck ihr Handgepäck aus dem Fach über den Sitzen holte.

»Du bist böse.« Emily stand auf und zog einen Flunsch. »Einfach bösartig.«

Glucksend griff Gavin nach ihrer Hand. »Ich bin bösartig?!«

Emily nickte und warf ihre Handtasche über ihre Schulter. »Ja.«

Als sie in den Vorderteil des Jets gingen, griff sie nach seiner Hand. »Versuch jetzt ja nicht, das Unschuldslamm zu spielen, Gavin. Du bist der Teufel in Person, und du weißt es.«

»Ich? Ich war früher ein süßer katholischer Messdiener, und du allein bist schuld daran, dass ich so verwerfliche Gedanken habe. Meine Mutter wäre entsetzt.«

Kichernd lief Emily ihm hinterher. Sie traten aus dem Jet hinaus in die klare Luft von San Diego. Die Sonne strahlte vom Himmel, Emily atmete tief ein und genoss die Wärme.

Gavin legte schief grinsend den Kopf zurück. »Miss Cooper, es ist völlig offensichtlich, dass ich hier das Opfer bin. Und Sie sollten diamantbesetzte Hörner auf dem Kopf tragen, kleiner Drache.«

Emily schnaubte. »Das fändest du dann wohl auch noch sexy!«

»Zweifellos«, erwiderte Gavin und reichte dem Chauffeur ihr Gepäck. Dann umarmte er Emily mit einem breiten Grinsen. »Hätte nichts dagegen, wenn das morgen mein Weihnachtsgeschenk wäre. Du in einer roten Schachtel. Nackt. Und mit diesen Hörnen auf dem Kopf.«

Emily hob die Augenbrauen. »Du hast die roten Stilettos, mein hochgestecktes Haar und den Champagner vergessen, den du aus meinem Bauchnabel schlürfen dürftest«, flüsterte sie mit rauer Stimme.

Gavins Augen leuchteten lüstern auf. »Steig in die Limousine.« Er öffnete ihr die Wagentür.

»Ist das eine Drohung?«, fragte Emily betont lässig, um ihn ein wenig zu piesacken, und stieg ein. Sie rutschte über den kühlen Ledersitz, und Gavin kletterte ihr nach. »Wenn dem nämlich so sein sollte, klang sie ziemlich … schwach.«

Ohne zu zögern, zog Gavin sie auf seinen Schoß und drückte auf den Knopf für den Sichtschutz, der sie vor den Blicken des Chauffeurs abschirmen sollte. Als Gavin ihr durchs Haar fuhr, seine Lippen auf ihre drückte und gierig mit der Zunge durch ihren Mund fuhr, wurde ihr ganz warm vor Lust. Gott, er schmeckte so gut … Nach einer Mischung aus dem Bourbon, den er während des Flugs getrunken hatte, und Pfefferminzkaugummi. Der Geschmack machte sie high. Gavin machte sie high. Sein Duft, seine Berührungen, sein Geschmack – all das hatte eine Wirkung auf ihren Körper, die sie so nicht gekannt hatte. Sie konnte nicht anders, als in seinen Mund zu stöhnen, als er seine Hand von ihrem Nacken ihre Wirbelsäule hinabgleiten und schließlich auf ihrer Taille liegen ließ. Er zog fester an ihrem Haar und küsste sie immer gieriger. Emilys Herz sackte in ihren Magen.

»Gavin«, flüsterte sie. »In fünf Minuten sind wir bei meiner Schwester!«

Ohne den Kuss zu unterbrechen, fuhr er mit der Hand unter ihr T-Shirt.

»Ich werde dem Chauffeur sagen, dass er weiterfahren soll, bis wir fertig sind.«

Sie lehnte sich zurück und sah ihn streng an, nachdem sie einen Blick auf ihre Armbanduhr geworfen hatte.

»Das können wir nicht machen, es ist schon sechzehn Uhr! Um Viertel nach ist das Essen angerichtet. Meine Schwester erträgt Unpünktlichkeit nicht, das ist wie eine Zwangsstörung. Wenn wir sie warten lassen, dreht sie durch.«

Seufzend rieb Gavin sich das Gesicht. »Dir ist aber schon klar, dass ich mich über jeden einzelnen Zentimeter deines Körpers hermachen werde, wenn die anderen schlafen gegangen sind?«

Emily lächelte. »Das hoffe ich sehr.«

»Und ich habe es fest vor!« Gavin ließ die Hände auf ihren Hüften ruhen und musterte sie. »Okay. Lass uns das 20-Fragen-Spiel spielen.«

Emily sah ihn verwirrt an. »Ähm, okay?«

»Emily, ich habe einen ordentlichen Ständer, von dem ich befürchte, dass er nicht einfach so verschwinden wird. Ich nehme an, dass das bei deiner werten Schwester und deinem

Schwager keinen allzu guten Eindruck machen würde. Ich muss mich dringend ablenken. Verstehst du?«

Emily schlug sich die Hand vor den Mund und erstickte ihr Kichern.

»Jepp, verstehe ich. Okay. Zwanzig Fragen. Du fängst an.«

Gavin rutschte unruhig unter Emily hin und her und versuchte den Wunsch zu unterdrücken, ihr sämtliche Kleider vom Leib zu reißen.

»Mein Fahrer kennt den Weg zwar, aber ich habe vergessen, wie die Stadt heißt, in der deine Schwester wohnt.«

»La Jolla.«

»Am Meer?«, fragte Gavin und fuhr sich hektisch mit der Hand durchs Haar.

Emily nickte und merkte deutlich, dass er immer noch litt.

»Direkt am Strand«, erwiderte sie rasch.

Gavin räusperte sich. »Nett. Und welchen Beruf hat dein Schwager?«

»Er ist Computerfachmann.«

»Ein Technikfreak also. Cool.«

Emily grinste. »Oh ja, das kannst du laut sagen!«

»Und deine Schwester?«

»Die ist Computerfachfrau.«

Gavin hob eine Augenbraue und lächelte wissend.

»Zwei Computerfreaks auf einmal? Der Sex dürfte ziemlich öde sein.«

Emily runzelte die Stirn. »Was hat das denn damit zu tun? Ich bin Lehrerin! Das ist doch auch ziemlich fad.«

»Hm, nee, das ist sexy. Sogar David Lee Roth würde mir in dieser Hinsicht zustimmen.«

Emily lachte laut auf. Sie konnte nicht widerstehen, also lehnte sie sich nach vorn und drückte einen sanften Kuss auf seine Lippen. »Langsam glaube ich wirklich, dass du eine Therapie brauchst.«

Gavin streichelte ihre Taille und sah auf ihre Lippen. »Wenn du das noch mal machst, brauche ich gleich eine eiskalte Dusche. Oder ich lasse den Fahrer eben doch weiterfahren, während ich dir hier hinten ein verfrühtes Weihnachtsgeschenk mache. Sag nicht, ich hätte dich nicht gewarnt.«

»Das ist ein Deal.« Emily lächelte. »Danke, Gavin.«

Verdutzt starrte er sie an. »Wofür denn?«

»Dass du mit hergekommen bist, um mit uns Weihnachten zu feiern. Ich weiß, dass du jetzt auch gern bei deiner Familie wärst. Vor allem deiner Nichte und deines Neffen wegen.«

Emily hatte recht. Es war das erste Mal, dass er zu Weihnachten nicht bei seiner Familie war. Gleichzeitig war es ihr erstes Weihnachtsfest ohne ihre Mutter. Da war es wichtig, dass die Schwestern zusammen waren. Sanft strich er über ihre Arme. Hoffentlich linderte es den Kummer, den das Weihnachtsfest mit sich bringen musste, ein wenig.

»Du musst dich nicht bedanken. Ich weiß, dass du deine Familie jetzt brauchst. Ich finde es wichtig, dass du bei Lisa bist.«

Von seinen Worten wurde Emilys Herz ganz weit. Nie hatte ihr jemand so zur Seite gestanden wie Gavin. Noch nie. Emily betrachtete diesen Menschen, der sowohl innerlich als auch äußerlich vollkommen war, und küsste ihn. Und in diesen Kuss legte sie all ihre Liebe. In diesem Augenblick fühlte Emily sich so lebendig und vollständig wie nie zuvor. Gleichzeitig wurde sie schrecklich traurig, wenn sie daran dachte, dass sie diesen Mann beinahe verloren hätte. Das Schicksal ging manchmal schon seltsame Wege. Emily hatte immer daran geglaubt. Nichts Geringeres als das Schicksal hatte Gavin und sie zusammengeführt. Es gab nichts, was sie nicht dafür tun würde, dass sie ihren restlichen Lebensweg gemeinsam gehen konnten.

»Dieser Kuss hat mir gefallen«, flüsterte Gavin, als Emily sich zurücklehnte. »Aber du weißt schon, wofür er gesorgt hat, oder?«

Emily kicherte. »Ja. Da ich nun mal auf dir sitze, kann ich das sogar ziemlich deutlich *fühlen*.«

»Okay. Solange du an unser kleines Schäferstündchen heute Nacht denkst, ist ja alles in bester Ordnung.« Gavin rutschte herum, um eine bequeme Position zu finden, während sein Körper nach Erlösung schrie. »Und es ist mir völlig egal, ob Lisa und Michael uns dabei hören können.«

Lächelnd schüttelte Emily den Kopf. Ihr Blick wanderte über die Sandstrände und felsigen Küsten, die von der hügeligen Gegend aus zu sehen waren. La Jolla war eine absolute Oase und ein großartiger Ausgleich zum quirligen und überdrehten New Yorker Großstadtleben. Da die Sonne langsam unterging, leuchteten und funkelten schon überall die üppigen Weihnachtsdekorationen an den Häusern. Emily seufzte. Sie liebte diese Jahreszeit über alles.

Wie vermutet erwartete Lisa die beiden bereits sehnlichst, als die Limousine vor ihrem Haus hielt. Emily erkannte sofort, dass sie genauso aufgeregt war wie sie selbst. Lisas Freudenquietschen brachte sie zum Lachen. Sie küsste Gavin flüchtig auf die Wange, hüpfte von seinem Schoß, riss die Autotür auf und stürzte sich in die Arme ihrer Schwester. Sie drückte Lisa fest an sich und fühlte sich von ihrer Nähe sofort getröstet. Obwohl es gerade mal einen Monat her war, dass sie sich zum letzten Mal gesehen hatten, fühlte es sich an wie eine Ewigkeit. Es war schrecklich viel geschehen.

»Oh, eine Limousine!«, sagte Lisa gedehnt und musterte Gavin, der aus dem Wagen stieg. »Nicht übel.«

Emily sah zu ihrem Freund und grinste. »Jepp. Der Mann hat Stil.« Sie riss ihren Blick von dem Menschen los, der keine Ahnung hatte, um wie viel erträglicher er ihr Weihnachtsfest jetzt schon machte, und legte die Hände auf Lisas Schultern.

»Ich sterbe vor Hunger! Ist das Abendessen schon fertig? Oh, bitte sag, dass du Moms Auflauf gemacht hast!«

»Es ist fertig, und ja, habe ich. Aber ehe wir reingehen, muss ich dir noch was sagen.«

Lisa machte plötzlich einen sehr gestressten Eindruck.

»Was ist los?«

»Phil ist da«, flüsterte sie.

»Was?«, wisperte Emily verärgert und trat näher. »Lisa, warum hast du mir nicht gesagt, dass er kommt?«

»Ich hatte doch keine Ahnung! Er ist auf dem Weg zu seinen Eltern nach Laguna Beach und hat hier einen kleinen Zwischenstopp eingelegt. Er hat buchstäblich in letzter Minute Bescheid gegeben, dass er herkommt.«

Emily schüttelte seufzend den Kopf.

»Ich weiß. Ganz schön unangenehm.« Lisa runzelte die Stirn. »Aber er übernachtet nicht hier.«

»Gott sei Dank.«

»Gott sei Dank was?«, fragte Gavin, der mit ihrem Gepäck in der Hand auf sie zukam.

Emily biss sich auf die Unterlippe und überlegte, ob sie ihm von der Sache mit Phil erzählen sollte – geheim halten konnte sie es ohnehin nicht. Die Frage aber war, wie sehr sie ins Detail gehen sollte. Emily räusperte sich und beschloss, es mit der nackten Wahrheit zu halten.

»Ähm, jemand, mit dem ich mal ausgegangen bin, ist hier.«

»Oh«, erwiderte Gavin schlicht. Er ließ seinen Blick zwischen den zwei Frauen hin- und herwandern und grinste schief. »Dürfen wir denn auch Dillon zum Abendessen erwarten?«

Emily klappte der Kiefer herunter, und Lisa brach in schallendes Gelächter aus.

»Nein, Gavin.« Sie umarmte ihn. »Schön, dich wiederzusehen, und nein, Dillon kommt natürlich nicht.«

»Ja, freut mich auch sehr! Und es ist gut zu wissen, dass ich nicht das Brot mit dem – entschuldige bitte meine Ausdrucksweise – größten Arschloch aller Zeiten teilen muss.« Lisa nickte zustimmend, und Gavin schlang seinen Arm um Emilys Taille. Er lehnte sich zu ihr und flüsterte: »Also, wie ernst war die Sache zwischen dir und Mr X? Hast du mit ihm geschlafen?«

Mit großen Augen stieß Emily die Luft aus. »Nein, mein kleiner Neandertaler. Er war nur ein bisschen … besessen, von der Idee mit mir auszugehen.«

»Besessen?«

»Phil ist ein netter Kerl, Gavin«, mischte Lisa sich eilig ein. »Ein wenig verschroben vielleicht, aber anständig. Doch, doch. Ich bin mit ihm aufs College gegangen, und wir sind beste Freunde geworden. Und er hatte eben ein paar Dates mit meiner Schwester. Das ist alles. Aber sagen wir so: Nachdem ihr Interesse an ihm nachgelassen hat, hat er nicht so schnell lockergelassen.«

Gavin lächelte sein sexy Killerlächeln, bei dem die meisten Frauen sich sofort die Kleider vom Leib reißen wollten.

»Also, das kann man ihm ja auch nicht vorwerfen. Deine Schwester löst nun mal in jedem menschlichen Wesen sofort einen gewissen Kampfgeist aus. Solange er sich nicht wie ein Stalker verhalten hat – ich bin nämlich der Einzige, der das bei Emily darf! –, wird seine Anwesenheit unseren entspannten Abend bestimmt nicht trüben.«

Wieder lachte Lisa laut auf. Gavin zwinkerte Emily zu und berührte sie mit seinen Lippen leicht am Ohr, als sie Lisa nach drinnen folgten.

»Du weißt, dass ich mir einen kleinen Spaß mit dem Typen erlauben werde, wenn er sich nicht benimmt?«

»Du?«, fragte Emily neckend, als sie in den Eingangsbereich traten. Sie schloss die Tür und legte ihre Hände um Gavins Gesicht. »Du bist nun einmal nicht nur für deinen Hang zum Stalken bekannt. Sondern auch das größte Schlitzohr, das ich je lieben durfte. Sei bitte nicht zu hart zu ihm, okay?«

Nachdem er das Gepäck abgesetzt hatte, neigte Gavin den Kopf nach unten, um Emily zu küssen. »Ich versuch's. Aber ich kann nichts versprechen.«

Sie verdrehte die Augen, hakte sich bei ihm unter und führte ihn in die Küche, wo Phil am Tresen lehnte, während Lisa und Michael den Tisch deckten. Als Phil Emily erblickte, leuchteten seine Augen auf. Emily sah Gavin grinsen und wusste, dass er sich garantiert einige Scherze mit ihrem ehemaligen Verehrer erlauben würde.

Der steuerte gerade auf sie zu und strahlte.

»Da bist du ja, mein kleiner Backfisch! Ich wusste gar nicht, dass du kommst, bis Lisa mir davon erzählt hat!«

»Kleiner Backfisch?! Wie alt bist du, zwölf? Ich habe jetzt schon Lust, ihm eine zu schmieren! Bitte gib Bescheid, wenn ich deine Erlaubnis habe. Ich mach auch ganz schnell, Ehrenwort!«, wisperte Gavin.

»Er ist neun Jahre älter als ich«, flüsterte sie rasch und verpasste ihm einen heftigen Knuff in die Rippen. Als Gavin hörbar aufstöhnte, musste sie grinsen. »Benimm dich!«

Gavin rieb sich die Rippenbogen und tat einen Augenblick lang so, als litte er unter schrecklichen Schmerzen. »Wie du meinst … Backfischchen.«

»Hi, Phil«, sagte Emily, als er näher kam. »Ja, war so eine Art Last-Minute-Trip.«

Phil lächelte. »Da ist die Frau, die mich verschmäht hat. Ach, es ist schon viel zu lang her! Du siehst wunderschön aus. Was sage ich: a-tem-beraubend.« Er riss den Blick widerstrebend von Emily los und musterte Gavin. »Und wen haben wir da?«

»Den Freund dieser großartigen Frau.« Gavin streckte ihm die Hand hin, und Phil ergriff sie. Ziemlich lascher Händedruck. Wunderbar. Im Falle einer Prügelei hätte er ein leichtes Spiel. »Ich bin Gavin. Schön, dich kennenzulernen, Phil. Emily hat mir eine Menge von dir erzählt. Ist immer gut, ein Gesicht zu den Männern zu haben, die sie sitzen gelassen hat.«

Sich das Kinn reibend, trat Phil einen Schritt zurück und musterte Gavin gründlich

»Komisch. Als ich letztes Mal mit ihr geredet habe, hat sie dich gar nicht erwähnt.«

»Das ist ja auch über eineinhalb Jahre her«, blaffte Emily und sah zu Gavin, der Phil aus zusammengekniffenen Augen anstarrte. »Zu der Zeit hatte ich keinen Freund.«

»Richtig, richtig«, stimmte Phil ihr zu, den Blick weiter auf Gavin geheftet. »Klingt logisch.«

Anscheinend war der Typ auf Krawall aus. Schön. Konnte er haben.

»Hab ich mir doch gedacht, dass du ein kluges Kerlchen bist, Phil«, sagte Gavin ruhig und schlang einen Arm um Emilys Taille. »Die erkenn ich auf einen Kilometer Entfernung.«

»Ist das dein besonderes Talent?«, fragte Phil.

Gavin hob eine Augenbraue und grinste ihn an. »Eins von vielen, frag mal Emily … Die machen meine Talente ziemlich … glücklich. Damit kann ich sicher verhindern, dass sie mich sitzen lässt!«

Himmel. Die Luft zwischen den beiden Alphatieren war schon jetzt so dick, dass Emily sie mit einem Messer hätte schneiden können.

»Hey, hey, hey«, sagte Michael im Näherkommen. Seine heitere Stimme war Musik in Emilys Ohren.

Die Spannung wich aus dem Raum wie die Luft aus einem Ballon. Emily drückte ihren Schwager fest an sich und hoffte, dass er die Situation auch weiterhin ein wenig auflockern konnte. Sie atmete schwer aus. »Hey, großer Bruder.«

»Hey, kleine Schwester.« Michael lachte und gab Emily aus seiner Bärenumarmung frei. »Gut siehst du aus.«

»Du aber auch!«

Michael tätschelte seinen Bauch. »Wie gefällt dir denn meine zusätzliche Polsterung?«

Emily kicherte. »Supergut!«

Mit einem stolzen Grinsen wandte er sich an Gavin. »Hey, Kumpel. Schön, dich wiederzusehen!«

Die beiden schüttelten sich die Hände. »Finde ich auch! Wie geht's denn so?«

»Ach, du weißt schon. Wir teilen ja dasselbe Schicksal mit den Cooper-Frauen, nur dass meine eine Spur älter ist. Pass bloß auf«, sagte er und deutete mit seinem Kinn auf Emily, »wenn du länger mit ihr zusammenbleibst und sie irgendwann kochen lernt, verwandelt sie dich noch in einen ebenso dicken Klops wie ihre Schwester mich.«

Gavin gluckste. »Ach, Emily kann alles mit mir machen. Selbst wenn ich davon verstopfte Arterien bekomme.«

»Guter Junge.« Michael klopfte Gavin auf die Schulter. »So, jetzt geht's los. Seid ihr bereit für das Wahnsinnsessen?«

Emily hörte ihren Magen knurren und zerrte Gavin hinter sich her in Richtung Esszimmer.

»Also, ich ja!«, sagte sie. Sie griff nach einem Korb mit Brötchen, der auf dem Tresen stand, und sah Gavin an. »Du hast auch Hunger, oder?«

»Kommt ganz darauf an, was es gibt«, flüsterte er ihr in verführerischem Ton ins Ohr. Er legte eine Hand auf ihre Hüfte und presste sein Becken an ihren Po. »Solange ich mit meiner Vermutung über meine Talente nicht falschlag und du mich nicht plötzlich sitzen lässt, würde ich mein Dessert nach dem Dinner gern irgendwo auf deinem Körper genießen.«

Emily holte tief Luft und spürte überall ein leichtes Kribbeln. Michael und Phil gingen gerade ins Esszimmer. Ehe Phil um die Ecke bog, warf er Emily noch einen bedeutungsvollen Blick zu.

Emily wirbelte herum.

»Gavin Blake, du hörst mir jetzt mal zu, ja?« Wie von selbst wanderte ihr Blick auf seine vollen Lippen, die sich gerade zu einem verschmitzten Lächeln verzogen. Um sich irgendwie abzulenken, biss sie sich so fest wie möglich auf die eigene Unterlippe. Es funktionierte nicht. Gavin trat näher, und sobald sie sein Parfüm riechen konnte, waren alle guten Vorsätze dahin. Oh Gott, sie wollte ihn. So sehr. Als er seine Nase in ihrem Haar vergrub, schlug ihr das Herz bis zum Hals. »Du hörst mir nicht zu!«

»Doch, ich bin ganz Ohr, Süße«, sagte er leise. »Sprich mit mir.«

»Du machst es mir verdammt schwer«, flüsterte sie. Das tat er wirklich. Besonders jetzt, als er ihren Nacken streichelte und sie mit bohrendem Blick ansah.

»Ja? Tue ich das?«, fragte er.

»Ja, du Arsch. Tust du.«

Gavin gluckste. »Gott, ich liebe es, wenn du frech wirst. Du hast ja überhaupt keine Ahnung, wie sehr mich das anturnt.«

Am liebsten wäre Emily hier und jetzt mit ihm verschmolzen. Sie lugte kurz um die Ecke ins Esszimmer, wo schon alle Platz genommen hatten und auf sie warteten. Dann drehte sie sich wieder um und sagte hitzig: »Gavin, muss ich dich etwa anbetteln aufzuhören?«

Gavin blinzelte. »Und willst du mich dazu bringen, dich gleich hier in der Küche zu nehmen?«

Emily schüttelte den Kopf, obwohl sie kurz davor war, genau das zuzulassen. Dann lachte sie auf und zog ihn hinter sich her, woraufhin Gavin einen entmutigten Seufzer ausstieß. Klar, das war fies von ihr gewesen. Aber in Anbetracht der Tatsache, dass er meist schon durch seine reine Anwesenheit in einem Raum alles unter Kontrolle hatte, war es schön, auch mal die Macht über ihn zu haben.

»Also, wie hat Emily den Flug gemeistert?«, erkundigte sich Michael. »Musstest du sie unter Drogen setzen?«

Emily verdrehte die Augen, während Gavin einen Stuhl für sie am Tisch zurückzog.

»Nein, musste er nicht«, sagte sie.

Gavin machte es sich auf dem Stuhl neben ihr bequem und legte Emily unter dem Tisch eine Hand auf ihren Oberschenkel. Als sie unruhig hin und her rutschte, während er mit dem Finger kleine Kreise auf ihren Seidenrock malte, lächelte er.

»Ich habe es geschafft, ihr gut zuzureden. War leichter, als ich gedacht hätte.«

»Gut«, sagte Michael und häufte grüne Bohnen auf seinen Teller.

»Bestimmt hat es auch geholfen, dass es euer Privatjet war«, meinte Lisa und griff nach der Schale mit dem Kartoffelbrei. Sie löffelte sich eine Portion auf ihren Teller und reichte die Schale weiter an Emily. »Diese riesigen Luftschiffe machen mir eine Heidenangst.«

»Privatjet?«, echote Phil und sah entsetzt über den Tisch. »Hast du etwa im Lotto gewonnen?«

Mit einem entspannten Lächeln sah Gavin Emily an. Sie lehnte sich hinüber und gab ihm einen Kuss auf die Wange.

»Auf mehr als eine Weise, ja«, flüsterte sie. Breit grinsend drückte Gavin ihren Oberschenkel, während Emily sich Kartoffelbrei nahm. Mit fragendem Blick hielt sie den

Löffel über Gavins Teller und gab ihm dann ebenfalls davon.

»Nein, Phil, der Jet gehört Gavin. Und ja, Lisa, es ist wirklich angenehmer als in einer normalen Passagiermaschine. Trotzdem befindet man sich eben in der Luft, wo Menschen meiner Meinung nach nicht hingehören. Ich hasse es.«

Gavin und Michael gluckisten.

»Verdammt«, rief Lisa und sprang auf. »Was wollt ihr zwei denn trinken?«

»Ich nehme einen Rotwein«, sagte Emily.

»Und ich ein Bier, wenn ihr welches dahabt«, meinte Gavin. Lisa nickte und huschte in die Küche.

Phil lehnte sich mit verschränkten Armen zurück.

»Ein Mann, der einen Privatjet besitzt, trinkt ein banales Bier? Ich hätte gedacht, dass jemand, der so sehr im Luxus schwelgt, eine kultiviertere Wahl trifft. Na, so kann man sich täuschen.«

Emily sah eilig von Gavin, der die Zähne zusammenbiss, hinüber zu Michael, dem die Hand mit der Gabel auf halbem Weg zum Mund eingefroren war. Sie schluckte nervös und legte ihre Hand auf Gavins, die immer noch auf ihrem Oberschenkel ruhte.

Amüsiert grinsend lehnte Gavin sich zurück und verschränkte ebenfalls die Arme. »Mir war gar nicht bewusst, dass es Regeln gibt, welche Einkommensklasse welches Getränk zu trinken hat, Phil. Wär trotzdem spannend zu hören, wie du darauf kommst.«

Lisa kam aus der Küche zurück und reichte den beiden ihre Getränke.

Gavin öffnete seine Flasche, lehnte sich hinüber zu Emily und küsste sie innig, während er den Kronkorken in ihre Hand gleiten ließ. Er ließ Emily atemlos zurück und wandte sich dann wieder an Phil, betont einfältig sprechend.

»Was ist denn deine Informationsquelle? *Reader's Digest*? *Newsday*? Oder vielleicht irgendein Frauenmagazin?« Dann wandte er sich leise an Emily. »Ich habe dir noch einen Kronkorken geschuldet. Die letzten Male, als ich Bier getrunken habe, hab ich es immer vergessen. Sorry.«

Emily legte ihre Hand auf seine Wange und sah ihm tief in die Augen. »Ich liebe dich. Und auch deine Kronkorken liebe ich mehr, als du ahnst.«

Gavin hob erstaunt eine Augenbraue. »Ehrlich? Obwohl ich tonnenweise Geld habe, magst du meine Kronkorken? Sind die nicht etwas … unkultiviert?«

»Nein«, keuchte Emily. »Sie sind perfekt.«

»Bist du dir sicher?«, flüsterte er. »Phil und sein halb kahler Kopf dürften da anderer Meinung sein.«

»Phil ist ein Arschloch, und du bist großartig«, hauchte sie und küsste ihn erneut. Ohne sich um die Blicke der anderen zu scheren, gaben sie sich ein paar Sekunden lang ganz diesem Kuss hin.

Gavin sah ihr in die Augen und formte beinah lautlos die Worte *heute Nacht*, ehe er wieder Phil ins Visier nahm.

»Tut mir leid. Was Emily angeht, fehlt mir wirklich jede Selbstkontrolle. Das verstehst du doch sicher. Ach, Moment. Kannst du ja gar nicht. Schließlich hat sie dich sitzen gelassen.« Gavin zwinkerte ihm fröhlich zu und griff nach seiner Gabel. »Aber zurück zum Thema. Auf welche Quelle beziehst du dich bei dieser haarsträubenden These?«

Phil rutschte unruhig hin und her und räusperte sich.

»Es gibt keine Quelle. Es war einfach eine Vermutung.«

Lisa machte große Augen und war sichtlich verwirrt ob der Wendung, die das Gespräch genommen hatte, während sie in der Küche gewesen war.

Emily lächelte ihre Schwester an, schüttelte den Kopf und versuchte ein Kichern zu unterdrücken.

»Hab ich mir schon gedacht«, meinte Gavin und hob die unkultivierte Bierflasche an seine Lippen. »Also, womit verdienst du dein Geld, Phil?«

Der rückte seine Krawatte zurecht. Man merkte deutlich, dass er sich sehr unwohl fühlte.

»Ich besitze eine Immobilienentwicklungsfirma.«

Michael, der am Kopfende direkt zu Emilys Rechter saß, lehnte sich zu ihr. »Phil ist ein Schwachkopf. War er immer und wird er immer sein. Aber ich versuche mit ihm auszukommen, weil ich deine Schwester liebe«, flüsterte er. Emily nickte und bewunderte Michael einmal mehr dafür, dass er Lisas Gefühle stets über seine eigenen stellte. »Und Gavin ist eine coole Sau. Ich mag ihn.«

Strahlend sah Emily zu ihrem Liebsten, der gerade so tat, als würde er Phils Ausführungen über die Gründung seiner Firma interessiert lauschen. Sie wusste genau, dass das Gespräch ihn zu Tode langweilte.

»Ja, das ist er«, sagte sie. »Es freut mich, dass du ihn magst.«

»Wie könnte man ihn nicht mögen?« Michael gab ihr einen leichten Knuff. »Mal abgesehen davon, was Lisa mir von seinem Besuch bei Dillon erzählt hat … Jedenfalls leuchtest du geradezu. Es ist toll, dass er dich glücklich macht. Ich wünsche euch beiden nur das Allerbeste.«

»Danke, Michael.« Emily drückte einen Kuss auf seine Wange. »Ich weiß das zu schätzen.«

»Kein Problem.«

Im weiteren Verlauf der Mahlzeit benahm Phil sich glücklicherweise nicht mehr daneben. Vielleicht hatte Gavin ihn eingeschüchtert, oder Phil verkniff es sich ausnahmsweise einmal. Die Spannung, mit der der Abend begonnen hatte, löste sich irgendwann in Gelächter auf. Aus den Boxen plätscherte Weihnachtsmusik, ihre Bäuche waren mit dem guten, selbst gemachten Essen gefüllt, und alle plauderten miteinander. Nachdem sie den Tisch abgedeckt und sich erleichtert von Phil verabschiedet hatten, half Emily Lisa in der Küche, und die Männer unterhielten sich darüber, welches Team wohl das morgige Basketballspiel gewinnen würde. Gavin blieb seinen New Yorker Wurzeln treu und neckte Michael in bester Draufgängermanier damit, dass die New York Knicks nach dem Spiel den Boden mit den Lakers wischen würden. Natürlich waren sich die beiden in diesem Punkt höchst uneinig.

Emily gähnte und beschloss noch zu duschen, ehe sie sich bettfertig machte. Sie überließ die zwei Männer sich selbst und lachte kurz in sich hinein, als sie hörte, dass Gavin darüber herzog, wie seine geliebten Yankees ihre Birds in die Pfanne hauten. Dann hievte sie ihr Gepäck ins Gästezimmer und schloss kopfschüttelnd die Tür. Damit würde er sie sicher ihr Leben lang aufziehen. Sie legte ihren Koffer aufs Bett und fragte sich, wie oft er sehr sie wohl während der kommenden Baseballsaison deswegen piesacken würde. Unzählige Male, da war sie sich sicher. Hoffentlich legten die Birds einen guten Start hin. Ihre Rache würde umso süßer sein.

Nachdem sie eine ausgiebige, heiße Dusche genossen hatte, rubbelte sie ihr Haar mit einem Handtuch trocken und schlüpfte in Baumwollshorts und ein Tanktop. Im Zimmer lagen Gavins Klamotten überall verstreut, und die Balkontür war weit geöffnet. Eine leichte Brise ging durch den Raum, und Emily fröstelte. Obwohl sie hier in Südkalifornien waren, wurde es abends doch manchmal ziemlich kühl. Sie zog die Chenilledecke von dem Doppelbett, schlang sie um sich und trat hinaus auf den Balkon.

Gavin saß auf einem Adirondack-Stuhl, die nackten Füße auf dem Geländer abgelegt, und trug kurze Hosen und ein

T-Shirt. Während er in der Ferne die brechenden Wellen beobachtete, nippte er an seinem Bier. Als er sich zu ihr umdrehte und sie verlangend ansah, überlief sie erneut ein Schauer – dieses Mal allerdings nicht vor Kälte.

Komisch. Plötzlich fror sie überhaupt nicht mehr.

Gavin stellte klirrend sein Glas auf dem Betonboden ab, nahm die Füße vom Geländer und warf ihr ein sexy Lächeln zu. Emily trat zwischen seine Beine und setzte sich auf seinen Schoß. Behaglich schmiegte sie ihren Rücken an seine Brust und breitete die Decke über ihn und sich aus. Sofort spürte sie die intensive Wärme, die Gavin ausströmte.

Er strich ihr das Haar über die Schulter und begann leicht an ihrem Nacken zu saugen, sodass sie seinen heißen Atem spüren konnte.

»Ich habe dich erwartet«, flüsterte er rau. Als hätte Emily das nicht ohnehin gewusst. Gavin schob seine Hände unter ihr Top, strich erst über ihren Bauch und umschloss dann beide Brüste mit seinen Händen. »Du lässt mich gern schmoren, was?«

Die Schmetterlinge tanzten unruhig in Emilys Bauch, und sie erschauerte unter seiner Berührung.

»Es ist die einzige Art von Kontrolle, die ich über dich habe«, flüsterte sie. Beinahe konnte sie das Lächeln auf seinem Gesicht *hören*. Was sie definitiv spürte, war seine Erektion unter ihrem Po.

Langsam streichelte er mit seinen Daumenkuppen über die Schwellung ihrer Brüste. »Willst du, dass ich dich anfasse?«

Mit Nippeln so hart wie Perlen bog Emily sich gegen seine Brust. Als er sie in die Schulter kniff, biss sie sich auf die Unterlippe.

»Bleiben wir hier draußen?«, fragte sie. Sie sah hinab auf den Strand, auf dem ein paar ausgelassene, ganz offensichtlich betrunkene Teenager gerade ein Lagerfeuer anzündeten. »Sie könnten uns sehen, Gavin.«

»Es ist doch viel zu dunkel hier oben. Die können nichts erkennen«, wisperte er rau. Er drückte an ihren Nippeln, leckte an der zarten Stelle hinter ihrem Ohr und zog ihr das Tanktop über den Kopf, um es achtlos zu Boden fallen zu lassen. Die kühle Nachtluft strich über Emilys nackte Brust. Sie versuchte zu atmen. Zu denken. Ihr Gehirn war wie leer gefegt.

»Beantworte meine Frage«, flüsterte er und leckte an ihrem Hals entlang. »Willst du, dass ich dich anfasse?

Sie wollte ihn. Und wie sie ihn wollte. Mit jeder seiner federleichten Berührungen spürte sie mehr, wie sich ihr Innerstes zusammenzog, wie es in ihr zu pochen begann und sich alles an und in ihr danach sehnte, ihn in sich zu spüren.

Gavin quetschte ihre Nippel noch einmal zusammen, und Emily stöhnte leise auf. Das Verlangen siegte über die Angst, möglicherweise gesehen zu werden.

»Ja«, flüsterte sie. »Ich will, dass du mich weiter berührst.«

»Sag mir, wo, Emily. Wo soll ich dich anfassen?«

»An meiner Pussy«, brachte sie irgendwie heraus.

»Es tut mir leid, ich konnte dich nicht hören. Kannst du es wiederholen?«, knurrte er leise und strich leicht an ihrem Brustkorb auf und ab.

Großer Gott. Seine Fingerspitzen hinterließen eine zarte Feuerspur auf ihrer Haut und sorgten dafür, dass ihr Magen vor Hitze nur so brodelte.

»An meiner Pussy«, wiederholte sie und versuchte, nicht zu flehend zu klingen.

»Du willst, dass ich diese hübsche Pussy anfasse, ja?«, sagte er und hakte seine Daumen in den Bund ihrer kurzen Hose ein. »Das ist es, was du willst?«

»Ja«, stöhnte sie und hob ihren Po leicht an, damit er ihr Shorts und Höschen hinunterziehen konnte. Mit ihren Zehen sorgte sie dafür, dass sie zu Boden fielen, gefolgt von der Decke. Verdammt, dann würde sie eben betteln. Ab jetzt würde sie alles tun, was er wollte. »Gott, Gavin, bitte. Bitte fass sie an.« Die Worte schmeckten wie in Schokolade getunkte Erdbeeren. Süß und köstlich.

Eine Hand hatte Gavin auf ihren Bauch gelegt, mit der anderen drückte er ihre Beine auseinander. Als Emily aufstöhnte, noch ehe er sie berührt hatte, keuchte auch er laut auf. Fuck. Diese Frau machte ihn wirklich völlig verrückt. Er wollte ihre Beine so weit wie möglich öffnen.

»Stell deine Füße auf die Stuhlkante.«

Mit rasendem Puls und voller Vorfreude tat Emily, was er gesagt hatte. Sanft steckte er zwei Finger in sie hinein, und Emily legte Kopf und Arme zurück. Hoffentlich erwischte sie niemand … Leise seufzend vergrub sie ihre Hände in seinem Haar und verstärkte den Griff, während sie sich synchron zu seinen Berührungen hin- und herbewegte. Im Hintergrund rauschte die Brandung, die kühle Nachtluft streichelte ihre nackte Haut, und beide atmeten immer schneller, während Emily sich völlig ungehemmt fester und fester gegen seine Finger stemmte. Ihre Muskeln zogen sich zusammen und sogen seine Finger immer tiefer in sich hinein. Gavin strich mit seinen Lippen über ihre Schulter und ließ seine Hand ihren Bauch hinauf über die köstliche Schwellung ihrer Brüste wandern, um sie dann um ihren Hals zu legen. Gleichzeitig stieß er seine Finger immer tiefer in ihre Wärme. Als er seinen Daumen über ihre feuchte Klitoris wirbeln ließ, stockte Emily der Atem. Sein leises Knurren und sein gieriger Mund, der sie regelrecht verschlang, erregten sie immer mehr.

Gavin zog ihr Gesicht an seines, pumpte mit seiner Hand langsam weiter in sie hinein und presste seinen Mund auf ihren.

»Nimm die Hände aus meinem Haar, und massier deine hübschen Titten für mich«, stöhnte er und leckte durch ihren Mund.

Seine Stimme war so voller Lust, dass Emily erschauerte. Willig ließ Emily sein Haar los, umschloss ihre Brüste mit ihren Händen und zupfte leicht an ihren Nippeln. Zwischen ihren Beinen zog es. Und sie gab sich jeder Welle der Lust, die seine Finger in ihr auslösten, hin. Sie war kurz davor. So verdammt kurz davor. Und sie musste ihn jetzt in sich spüren. Sie konnte keine Sekunde länger warten.

Als hätte er gespürt, was sie wollte, zog Gavin seine Finger heraus und ließ ihre Pussy heiß und nass zurück. Sie wollte protestieren, aber er schob seine Hand schon unter ihren Po und hob sie hoch. Mit der anderen zog er seine Shorts und seine Unterhose gerade weit genug nach unten, dass sein Schwanz heraussprang. Im Bruchteil einer Sekunde hatte er Emily wieder auf seinen Schoß heruntergezogen. Sie sog scharf die Luft ein, als seine Eichel ihr geschwollenes Fleisch auseinanderspreizte und ihr so beinahe schon einen Orgasmus bescherte. Ihre Augen weiteten sich, und obwohl ihr immer noch bewusst war, wo sie sich befanden, war es ihr jetzt egal, ob jemand sie in flagranti erwischte. Es war die Sache wert. Er war so heiß und hart, nahm sie mit seiner ursprünglichen und wilden Männlichkeit vollständig ein.

»Fuck«, stieß Gavin hervor und vergrub seine Finger tief in Emilys Hüften. Die sexuelle Anspannung, die sich den ganzen Tag in ihm aufgebaut hatte, ließ ihn fast explodieren, als Emily jetzt auf seinem schmerzenden Schwanz hinabglitt. Seine Muskeln bebten und zogen sich immer wieder zusammen. Dann legte er seine Finger, die eben noch in ihr gesteckt hatten, an ihren Mund. »Los, probier, wie du schmeckst. Ich will, dass du deine Süße von meinen Fingern leckst!«

Und das tat sie. Saugte an jedem einzelnen seiner Finger mit einer Leidenschaft, die sie noch nie vor ihm gezeigt hatte. Gavin wurde beinahe schwindlig, als sie ihn schließlich am Handgelenk packte und an seinen Fingern entlangleckte.

»Sag mir, wie gut meine Pussy sich anfühlt, Gavin.« Die Bitte brach regelrecht aus Emily hervor, und sie stützte sich auf seinen Knien ab. Sie bewegte sich auf und ab, schneller und schneller. »Sag es mir.«

Verdammte Scheiße. Gavin wusste, dass er jeden Moment durchdrehen würde. Mit einer Hand packte er sie am Haar, mit der anderen an der Hüfte, um sie unerbittlich hinauf- und hinabzubewegen. »Du fühlst dich himmlisch an. Absolut himmlisch!« Das tat sie wirklich. Wie weicher Samt auf hartem Stahl. Ihre glitschige warme Spalte, die noch dazu so verdammt eng war, sorgte dafür, dass Gavins Hoden förmlich zu explodieren schienen. Am liebsten hätte er sich auf der Stelle vollständig in sie ergossen. Aber er würde sich noch zusammenreißen …

Erst sollte sie kommen. Er legte seine Hand auf ihre Klitoris und begann, sie hart und fest zu reiben. Emily keuchte auf, und ihre Muskeln zogen sich so eng um ihn zusammen, dass Gavin ahnte, dass er das nicht schaffen würde. Emily rettete sie beide, indem sie sich gegen seinen Rücken bog und sich weiter in einem sinnlichen, sexy Rhythmus bewegte. Doch jetzt konnte Gavin ihr Innerstes in seiner Gänze fühlen. Spürte jedes unerträglich schöne Kreisen ihrer Hüfte überdeutlich.

»Herr im Himmel!«, stöhnte er und fuhr mit seiner Hand von ihrer Taille hinauf zu ihrer Brust, um sie zusammenzuquetschen. Mit der anderen bearbeitete er immer weiter ihre geschwollene Knospe. »So ist es gut, Baby. Fick mich langsam weiter. Schön langsam. Lass mich jeden Zentimeter von dir spüren.«

Derart angeturnt, atmete Emily scharf ein. Sie war von ihren Empfindungen völlig überwältigt.

»Bitte hör nicht auf, mich zu reiben«, flüsterte sie flehend, hob ihre Arme und vergrub die Finger in seinem Haar. Gott. Sie war jeden Augenblick so weit. Emily leckte sich über die Lippe. »Bitte, Gavin … Bitte!«, wimmerte sie.

Unnachgiebig hob Gavin die Hüften und füllte Emily so komplett mit seinem Schwanz aus. Sie atmete nicht mehr. Sie dachte nicht mehr. Sie machte sich keine Sorgen mehr darum, ob jemand sie sehen konnte. Und dann kam sie so heftig, dass sie sicher war, jeden Moment den Verstand zu verlieren. Lauter als erwartet schrie sie seinen Namen, aber sie konnte nicht anders. Das hier war das reine, pure Glück. *Er* war das pure Glück.

Jeder einzelne ihrer Muskeln zuckte, als Gavin ihr die Hand auf den Mund presste und sie auch dort ließ, während er ebenfalls kam. Emily spürte, wie sich sein heißes, seidiges Sperma in sie ergoss. Sein Körper spannte sich an und erschauerte, während er stoßweise an ihr Ohr atmete. Obwohl ihr Körper zusammenfiel wie ein nasses Handtuch, hörte sie nicht auf zu zucken. Langsam wurde ihr Atem ruhiger. Sie drehte ihren Kopf zur Seite und küsste Gavin. Er erwiderte ihren Kuss gierig und umschloss stöhnend ihre Brüste mit seinen Händen.

Vollkommen verausgabt und befriedigt griff Gavin nach der Decke und bedeckte Emilys nackten Körper. Er strich ihr das lange feuchte Haar über die Schulter und bedeckte ihren Hals mit zarten Küssen.

»Ich liebe dich, Emily. Und es gibt keinen Ort auf dieser Welt, an dem ich jetzt lieber wäre als hier mit dir.«

Emily drehte sich um und sah ihm in die Augen, die vor Leidenschaft und Hingabe förmlich strahlten. Sie küsste ihn so stürmisch, dass es schon fast an Besessenheit grenzte.

Wie dankbar sie war, dass ihre Wege sich doch wieder vereint hatten! Gavin verlieh ihr eine Stärke, von der sie nicht einmal geahnt hatte, dass sie in ihr schlummerte. Jetzt, da ihr Leben in seinen Händen lag, blühte sie auf. Langsam löste sie ihre Lippen von seinen und gab sich ganz der beruhigenden Wärme seiner Umarmung hin. Ihr Blick wanderte von dem leuchtenden Sternenhimmel zu den rauschenden Wellen, die im Mondschein silbern glänzten. Emily stieß einen zufriedenen Seufzer aus. Sie würde niemals wieder jemanden so sehr lieben wie Gavin, das stand fest. Der bevorstehende Tag würde hart werden – aber gleichzeitig eines der schönsten Weihnachtsfeste, das sie je erlebt hatte. Davon war sie absolut überzeugt, als Gavin sie noch fester in seine Umarmung zog.

10 EIN UNERWARTETER UMWEG

Die Sonnenstrahlen, die durch die Jalousie ins Zimmer fielen, weckten Emily. Richtig willkommen waren sie ihr noch nicht – Gavin und sie waren erst sehr spät ins Bett gekommen. An seine Brust gedrückt und seinen warmen Atem im Ohr, fühlte Emily sich ruhig und geborgen. Leider war dieser Frieden nur von kurzer Dauer. Bilder vom letzten Weihnachten schossen ihr durch den Kopf. Ihre Mutter lag sterbend im Krankenhausbett, und die Erinnerung raubte Emily beinahe die Luft zum Atmen. Und sie sah Dillon vor sich. Bei dem Gedanken an ihn wurde ihr sofort ein wenig schlecht.

Emily hob den Kopf und sah in Gavins wunderschönes Gesicht. Ihre Dankbarkeit ihm gegenüber ließ sich nicht in Worte fassen. Obwohl sie eigentlich so glücklich war wie nie zuvor, war ihre Stimmung doch kurz davor zu kippen. Da war diese Leere, in die sie immer wieder abzustürzen drohte. Sie wollte nicht zurückblicken, und doch ließen die Gespenster ihrer Vergangenheit sie nicht los. Erlaubten ihr nicht, weiterzugehen. Sie vermisste ihre Mutter so sehr, dass es sich anfühlte, als hinge eine schwarze Wolke über ihr.

Um der Verzweiflung irgendwie zu entkommen, glitt Emily aus dem Bett. Doch die Sehnsucht nach ihrer Mutter folgte ihr auf Schritt und Tritt. Emily tappte zitternd über den kalten Holzboden und öffnete so leise wie möglich die Tür, um Gavin nicht zu wecken. Es war erst knapp Viertel vor acht. Kein Geräusch und keine Bewegung lenkten Emily von ihren trüben Gedanken ab, während sie durch das Haus lief, das noch in tiefem Schlummer lag.

Seufzend betrachtete sie den Weihnachtsbaum. Ihr Blick huschte über die Dekorationen, die sie und Lisa als Kinder für ihre Mutter gebastelt hatten – Papierengel, die sie auf Wäscheklammern geklebt hatten, und silberne, rote und gold glitzernde Rentiere. Sanft fuhr Emily mit ihrer Fingerspitze über die allmählich verblassenden Erinnerungen, während ihr die Tränen in die Augen stiegen. Sie schluckte und Schauer liefen durch ihren Körper. War es wirklich schon ein ganzes Jahr, das sie ohne ihre Mutter verbrachte? Ohne die Mutter, die ihr Leben mit Liebe und Wahnsinn zugleich erfüllt hatte?

Gavin machte kein Geräusch, als er den Raum betrat, aber das war auch nicht nötig. Emily spürte seine tröstliche Anwesenheit auch so. Er schlang seine Arme von hinten um sie, und Emily wischte sich eine Träne von der Wange. Weiter den Weihnachtsschmuck betrachtend, schüttelte sie den Kopf und holte tief Luft.

»Wie soll ich sie nur gehen lassen?«

Gavin küsste sie sanft auf den Scheitel, griff nach ihrer Hand und führte sie ohne ein Wort zurück nach oben in ihr Zimmer. Verwirrt sah sie zu, wie er seine Tasche aufs Bett warf, den Reißverschluss öffnete und eine kleine schwarze Samtbox herausholte. Er nahm auf dem Bett Platz und bedeutete ihr, sich zu ihm zu setzen. Dann zog er sie auf seinen Schoß, drückte sie fest an seine nackte Brust und strich ihr das Haar über die Schultern.

»Du lässt sie nicht los, Baby«, wisperte er und legte ihr

eine Kette um den Hals, an dem ein diamantbesetztes Platinmedaillon hing. »Du hältst an ihr fest. Du trägst sie in deinem Herzen, sodass sie in jedem Glücksmoment, den du erleben darfst, bei dir ist. Bei jedem Erfolg, den du erringst. Wenn du zum ersten Mal in die Augen deiner Kinder blickst. Sie wird da sein und dir zusehen. Du verzeihst ihr die Fehler, die sie in deiner Kindheit und Jugend gemacht hat. Und in schlechten Zeiten denkst du an die Ratschläge, die sie dir mit auf den Weg gegeben hat. Aber los lässt du sie nicht. Niemals. Das würde sie nicht wollen.«

Als Gavin das Medaillon aufklappte, stockte Emily der Atem. Darin war ein Foto ihrer Mutter aus Teenagerzeiten, auf dem ihr dunkles Haar im Sonnenlicht schimmerte und ein warmes, sorgloses Lächeln ihre Lippen umspielte. Emily hatte ihre Mutter nie so fröhlich gesehen. Sie schniefte und begann abermals zu weinen. Dieses Mal aber waren es Tränen der Rührung.

Emily setzte sich rittlings auf Gavins Schoß, um ihm tief in die Augen sehen zu können. Kaum zu fassen, dass das hier tatsächlich ihr Freund war.

»Gott, bist du wirklich echt?«, flüsterte sie.

Gavin hielt ihrem Blick stand und lächelte sie traurig an.

»Denke schon, ja.«

»Deinetwegen kommt mir das alles hier vor wie ein Traum«, gab Emily zu und schlang ihre Arme um seinen Hals. »Als würde ich schlafwandeln und es nicht einmal mitbekommen.« Sie musterte dieses Prachtexemplar von einem Mann vor sich noch eine Weile und konzentrierte sich ganz auf den Gedanken, dass er real war. »Ich kann die Augen schließen und … dir einfach vertrauen. Du bist die Farbe auf meiner leeren Leinwand, das Licht im Dunkel, die Luft in meinen Lungen, und ich hätte dich fast gehen lassen. Hätte beinahe so getan, als wäre das mit uns nie geschehen. Und jetzt kann ich mir überhaupt nicht vorstellen, ohne dich hier zu sein. Bitte sag, dass du weißt, wie sehr ich dich liebe, Gavin. Ich muss das jetzt hören. Bitte.«

Gavin schluckte. Er gehörte ihr. Sein Geist, sein Körper und seine Seele. Worte. Wie sollte er das in Worte fassen? Und selbst wenn er das irgendwie hätte ausdrücken können, wie könnte er ihr auch nur ansatzweise dafür danken, dass sie diesen riskanten Weg gegangen war, nur um mit ihm zusammen zu sein? In diesem Augenblick konnte Sprache nichts ausrichten. Er drückte seine Lippen auf ihre und küsste sie so sanft, wie der erste Mann, der sie je hatte berühren dürfen, es hätte tun sollen. Vielleicht konnte er so den ganzen Kummer in ihrem Herzen einfach wegküssen? Jeden schrecklichen Moment, jede schreckliche Erinnerung. Gavin drückte sie fest an sich und hoffte, sie vor all den Dämonen schützen zu können, die sie heimsuchten.

Es war so leise, dass nur ihr Herzschlag zu hören war. Vorsichtig löste Emily sich von Gavin. Die Schwere war aus ihrer Brust gewichen und schnürte ihr nicht länger die Luft ab. Gavin lächelte sie liebevoll an und fuhr mit der Hand durch ihr welliges Haar.

»Frohe erste Weihnachten.«

»Frohe erste Weihnachten«, erwiderte Emily und hauchte ihm einen zarten Kuss auf den Mund. Dann sprang sie auf und wühlte in ihrer Tasche. Als sie eine weiße Tüte herauszog, hob sie verschmitzt eine Augenbraue. »So, jetzt bist du dran mit den Geschenken! Aber ich warne dich vor: Du musst gleich heute anfangen, sie zu benutzen!«

Gavin sah sie neugierig an, fuhr sich mit der Hand durch sein zerzaustes Haar und lehnte sich breit grinsend an das Kopfteil des Betts.

»Diese Geschenke beinhalten aber nicht zufällig ein schwarzes Lackunterwäscheset, zwei Batterien und deine schmexy

Beine, die unkontrolliert neben meinem Kopf wackeln, oder?«

Mit großen Augen brach Emily in lautes Gelächter aus. Wenn er doch nur nicht so heiß aussehen würde, wie er da halb nackt saß und auf die Geschenke wartete … Zwischen ihren Beinen spürte sie schon wieder ein Pochen. Langsam krabbelte sie aufs Bett, und in ihrem Gesicht war plötzlich keine Spur mehr von Belustigung. Mit der Geschenktüte in der einen Hand zog sie mit der anderen seine Jogginghose hinunter, um seine Hüfte mit Küssen zu bedecken und dann mit der Zunge an seinem Tattoo bis hinauf zu seinem linken Rippenbogen zu lecken. Sie seufzte zufrieden und fuhr dann mit ihren Lippen über jede einzelne der köstlichen Wölbungen seines Waschbrettbauchs. Sie spürte deutlich, wie Gavins Muskeln sich anspannten. Als sie sich über ihn stemmte und leicht mit der Zungenspitze über die Enden der Drachenflügel fuhr, vergrub er die Hände in ihrem Haar. Seltsam. So böse der Drache auch aussah, so süß schmeckte er. Wie Zuckerwatte.

Emily hob den Kopf und sah in seine eisblauen Augen, die vor Lust nur so strahlten. Sie musste lächeln. »Du hast mir nie erzählt, warum du dich ausgerechnet für dieses Motiv entschieden hast!«

Gavin blinzelte und stieß einen Schwall Luft aus. »Willst du mir diese Frage ernsthaft ausgerechnet jetzt stellen?«

Sie sah mit gerunzelter Stirn auf ihn herab. »Ja, ich will das jetzt wissen! Du hast mir hast zwar gesagt, weshalb du dich für diese Stelle entschieden hast, aber nicht, wieso es ein Drache geworden ist.«

Gavin fixierte ihre Lippen und grinste. »Weil ich wusste, dass Frauen niemals … niemals widerstehen könnten, an ihm zu lecken.«

Emily gab ihm einen Klaps auf den Arm.

»Du Mistkerl! Willst du etwa damit sagen, dass ich nicht die Erste bin, die es leckt?« In einer schnellen Bewegung schlang Gavin seinen Arm um ihre Taille und drehte sie auf den Rücken. Als er plötzlich über ihr schwebte und mit seinen Lippen über ihre strich, keuchte Emily auf. »Oh mein Gott«, flüsterte sie. »Ich habe ins Schwarze getroffen, stimmt's? Du bist verrückt.«

»Und du hast anscheinend vor, mich mit deinen Fragen umzubringen«, konterte Gavin und begann an ihrer Unterlippe zu knabbern. Was er offensichtlich sehr gern tat, musste Emily feststellen. »Es ist Ihnen ab heute untersagt, das Wort *lecken* in meiner Gegenwart zu benutzen. Ist das klar, Miss Cooper?« Sein Befehl klang wie eine Liebkosung, aber sie würde ihn noch ein wenig testen. Emily hob eine Augenbraue und grinste.

»Le…cken.«

Mit großen Augen fuhr Gavin mit seiner Hand unter ihr Tanktop. Emily quietschte auf und wand sich unter seiner Umarmung. Dann riss sie seine Hand von ihrer Brust.

»Gavin! Nein! Ich will, dass du jetzt deine Geschenke aufmachst!«

»Eins steht jedenfalls fest«, erwiderte er verzweifelt stöhnend. »Ich bin wirklich davon überzeugt, dass du mich umbringen willst. Ich dachte, mein Trick geht immer auf. Was ist nur schiefgegangen?«

Emily kicherte erneut. »Bei dir geht nie etwas schief, und ich schwöre dir auch, dass ich es nachher wiedergutmachen werde.«

Grinsend schüttelte Gavin den Kopf und seufzte dann. Emily küsste ihn, erhob sich und setzte sich auf seinen Schoß. Dann suchte sie eilig die Geschenktüte, die irgendwo unter die Laken gerutscht war, lächelte und zog einen schmalen Umschlag hervor.

»Hier. Das ist etwas, was du den Rest deines Lebens benutzen musst.«

Gavin nahm den Umschlag. Emily hatte einen Satz quer darauf geschrieben:

Verfolge deine Träume, solange du die Zeit dazu hast.

Mit einem leisen Lächeln zog Gavin die schmale Karte heraus. Es war ein lebenslanges Abo für die *Architectural Digest*! Emily merkte sich also auch, was er ihr erzählte … Er schlang seine Arme um ihre Taille, senkte den Kopf und küsste sie sanft.

»Wärst du denn auch glücklich mit mir, wenn ich ein Architekt wäre?«

»Auch dann, wenn du den Müll auf der Straße aufsammeln würdest. Wenn es das ist, was du tun willst.«

»Ehrlich?« Er wusste zwar, dass Emily nicht wegen des Geldes mit ihm zusammen war, aber dennoch schockierte ihn ihre Antwort ein wenig. Die meisten, wenn nicht sogar alle Frauen, mit denen er je zusammen gewesen war, hätten ihm gesagt, er solle sich seine Träume sonst wohin stecken, wenn er nicht weiter Millionen machen würde wie mit *Blake Industries*. Die Müllabfuhr war nicht gerade sein Traumarbeitsplatz, dennoch wurde ihm von Emilys Worten warm ums Herz. Er hatte wirklich eine Frau gefunden, die ihn unter allen Umständen akzeptierte.

»Na klar«, antwortete Emily und legte ihre Arme um seinen Hals. Sie lächelte ihn neckisch an. »Außerdem glaube ich, dass du in so einer Uniform verdammt scharf aussiehst.«

»So, so, du hast also doch egoistische Motive! Das sieht dir ähnlich.«

Gavin drückte einen Kuss auf ihre Stirn, dann wurde er wieder ernst. »Danke, Emily. Das freut mich sehr.«

»Nein. Ich danke *dir*«, flüsterte sie. Sie griff in die Tüte und zog eine kleine Schachtel heraus.

»Ich hab noch mehr Geschenke für dich. Das hier passt auf gewisse Weise zu dem Abo.«

Lächelnd begann Gavin es auszupacken. Sobald er das rote Papier entfernt hatte, sah er eine schwarze Schachtel, auf der der Name *Patek Philippe Calatrava* eingestanzt war. Mit Uhren kannte sich Gavin mindestens genauso gut aus wie mit Autos, und er erschrak kurz. Armbanduhren dieser Marke waren verdammt teuer. Als er die Box öffnete, sah er, dass er mit seiner Vermutung ganz richtiggelegen hatte. Es war eine sehr schöne in Gold eingefasste Uhr, von der er sich sofort vorstellen konnte, sie zu tragen. Gavin fuhr mit den Fingern über das weiche schwarze Lederband und studierte das feine Schweizer Design. Obwohl das Exemplar von *Breguet,* das er gerade trug, ihn satte 260 000 Dollar gekostet hatte, kam ihm Emilys Geschenk doch unverhältnismäßig teuer vor. Bestimmt hatte sie für diese spezielle *Patek Philippe Calatrava* um die 25 000 Dollar hinlegen müssen.

Emily lächelte und reichte ihm eine weitere handbeschriebene Karte.

Lass die Zeit nicht verstreichen, ohne das zu tun, was du wirklich tun willst.

Das erklärte, wie die zwei Geschenke zusammenpassten! Gavin legte eine Hand auf ihre Wange und küsste sie zärtlich.

»Danke«, flüsterte er und streichelte ihren Kopf. Emily lächelte, aber Gavin konnte nicht aufhören sich zu fragen, wie sie sich diese Uhr hatte leisten können.

»Hast du das Geld, das ich dir überwiesen habe, für dieses Geschenk benutzt?« Gavin studierte ihr Gesicht. Sie hatten ohnehin wegen dieser Summe gestritten, und das Geld war auf keinen Fall dafür gedacht, dass sie es sofort wieder für ihn ausgab.

Emily verdrehte die Augen. »Gefällt es dir denn nun?«

»Natürlich! Sehr! Aber ich will nicht, dass du für mich so viel Geld zum Fenster rausschmeißt, Emily.«

Seufzend rollte Emily erneut mit den Augen. Dann zog sie sein Gesicht an ihres und sah ihn todernst an.

»Gavin. Zum einen habe ich nicht *dein* Geld für diese Uhr verwendet. Ich habe mein eigenes, und das habe ich benutzt.«

»Emily. Selbst wenn du dir durch das Kellnern was dazuverdienst, bezweifle ich doch stark, dass das Gehalt einer Aushilfslehrerin für solche Einkäufe ausreicht.«

Emily lehnte sich zurück und sah ihn entrüstet an. »Vielen Dank für das Kompliment.«

Gavin zog sie an sich und strich ihr das Haar hinters Ohr.

»So habe ich das doch nicht gemeint, Baby. Aber komm schon! Ich kann mir ziemlich gut vorstellen, was das hier gekostet hat. Wenn du nicht das Geld von mir genommen hast, wie konntest du dir das dann leisten?«

»Dillon …«

Entsetzt wich Gavin zurück. »Wie bitte?!«

»Lässt du mich bitte ausreden, du Neandertaler?«

Gavin bohrte seinen Blick in ihren und nickte. »Ja. Ich höre«, sagte er langsam.

»Besten Dank.« Emily strich beruhigend über sein Haar. »Dillon hat damals das Geld, das ich von der Lebensversicherung meiner Mutter ausgezahlt bekommen habe, in irgendwelchen privaten Rentenversicherungen, Investmentfonds und verschiedenen Einlagenzertifikaten angelegt. Nachdem ich die Hochzeit abgeblasen habe, bin ich mal meine Finanzen durchgegangen, habe meinen Namen von diversen gemeinsamen Kreditkarten entfernen lassen und seinen

Zugang zu meinen Konten gesperrt. Dann habe ich das alles einem Börsenmakler anvertraut, den Trevor mir empfohlen hat. Eins muss man Dillon lassen: Er weiß, wie man ein Konto wachsen lässt, Mannomann. Im Laufe des Jahres hat sich mein Vermögen beinahe verdreifacht. Und von diesem Geld habe ich die Uhr bezahlt. Zufrieden?«

»Zufrieden?«, wiederholte Gavin und zog sie an sich. »Ich bin total begeistert, dass die Frau, die ich liebe, schlau genug war, ihrem Ex ihre Konten wieder aus der Hand zu reißen.«

Emily lachte auf. »Ach, auf einmal wirst du ja wieder unglaublich charmant!«

»Na logisch.« Gavin zwinkerte ihr lächelnd zu. Nachdem er seine Armbanduhr gegen die von Emily ausgetauscht hatte, wurde sein Gesicht weich. »Aber ehrlich, Emily, das war das letzte Mal, dass du mir zuliebe so viel Geld verprasst. Alles, was ich brauche, sitzt hier auf meinem Schoß.«

Emily seufzte und zog dann das letzte Geschenk aus der Tasche.

»Das werden wir noch sehen. So, hier. Das ist das Teil, bei dem ich darauf bestehe, dass du es schon heute sofort benutzt.«

Gavin sah sie misstrauisch an und öffnete die rote Schleife der Schachtel.

»Dein Gesichtsausdruck legt den Verdacht nahe, dass das hier eine Art Rache ist.«

»Nicht übel, Mr Blake. Sie haben mich durchschaut«, gurrte Emily und schlang einen Arm um seinen Hals.

Gavin schüttelte erneut den Kopf und entfernte langsam und zögernd das grüne Geschenkpapier. Emily wurde ungeduldig und riss einfach selbst die Verpackung ab. Amüsiert sah er zu, wie sie den Deckel wild entschlossen abnahm. Noch ehe er die Möglichkeit hatte hineinzusehen, zerrte Emily auch schon ein gelbes Kleidungsstück aus der

Schachtel und hielt es auf ihrem Schoß fest, während sie sich vor Lachen bog.

»Was ist das?«, fragte Gavin ebenfalls lachend.

Emily räusperte sich und bemühte sich um einen ernsthaften Gesichtsausdruck. »Ich hoffe echt, dass es dir gefällt.« Dann schlug sie die Augen nieder und hielt einen Kapuzenpullover der Los Angeles Lakers vor ihre Brust. »Michael wird sich rasend freuen, wenn du das heute beim Spiel trägst!«

Gavin schüttelte den Kopf. »Nein. Keine Chance.«

»Doch!«

»Auf keinen Fall!«

»Büüüütte.«

»Nope. Ich liebe dich, aber ich werde dieses Ding hier nicht vor Michael anziehen. Ich bin eingefleischter New-York-Knicks-Fan und habe auch das entsprechende Sweatshirt dabei!«

Seufzend runzelte Emily die Stirn. Möglicherweise konnte sie ihn doch noch überreden. »Weißt du, ich hatte viele gute Gründe, dieses Sweatshirt zu kaufen.«

»Davon bin ich überzeugt. Zum Beispiel wolltest du mich in eine schlimme Misere bringen!« Gavin schlang seine Arme um ihre Taille.

Emily lachte hell auf. »Nein – zumindest war das nicht der einzige Grund. Hätte aber durchaus sein können, nachdem du mich auch schon gezwungen hast, in diesem abscheulichen Yankees-Sweatshirt herumzuspringen.«

»Die Yankees sind ja wohl kaum abscheulich«, erwiderte er leichthin und lächelte. »Und wir wollen ja mal nicht vergessen, dass du das nur in meinen Privatgemächern tragen musstest und nicht in der Öffentlichkeit.«

»Ja, das ist wahr. Aber es ist halt so ... dass ich ziemlich auf Typen stehe, die Gelb tragen.« Emily rutschte auf seinem

Schoß hin und her, schlang ihre Arme um seinen Hals und ließ ihre Hüften über seinen kreisen. Ah, sehr gut. Er wurde hart. »Irgendwas hat diese Farbe an sich, das mich sofort … feucht macht.«

Gavin biss sich auf die Unterlippe und musterte Emilys Gesicht. »Was für einen Quatsch du manchmal erzählst!«

»Aber nein, Mr Blake, wirklich nicht! Auch wenn du beim Tragen dieses Pullovers schrecklich leiden solltest, werde ich dir auf jeden Fall Gesellschaft dabei leisten!«

Gavin strich mit seiner Hand über ihren Rücken und zog dann ganz leicht an ihrem Haar, sodass er freie Sicht auf ihren wunderschönen Hals hatte. Er drückte seine Lippen auf ihr Schlüsselbein und verstärkte seinen Griff um ihren Schopf. »Ich habe dich tatsächlich zu einer Frau gemacht, die denkt, dass sie mich mit Sex zu allem überreden kann.«

Als er zart in ihre Schulter biss und an ihrem Hals saugte, schloss Emily genießerisch die Augen. Eigentlich war sie sich gar nicht mehr sicher, wer hier mit wem spielte. Sie stand mit dem Rücken zur Wand und hatte nicht das geringste Bedürfnis zu fliehen.

»Funktioniert es denn?«, stöhnte sie.

»Wahrscheinlich schon«, erwiderte er und zog ihr langsam das Tanktop über den Kopf. Dann warf er sie auf den Rücken, vergrub eine Hand in ihrem weichen Haar und umschloss mit der anderen ihre Brust. Während er heftig an ihrem Nippel saugte, sah er ihr tief in die Augen, und Emily stöhnte erneut auf. Verdammt. Er hatte sie mit ihren eigenen Mitteln geschlagen. »Sind Sie bereit, mit vollem Körpereinsatz dafür zu sorgen, dass ich diesen Pullover heute trage, Miss Cooper?«

Ja. Rücken zur Wand. Emily verlor den Kampf definitiv.

Oder doch nicht? Als die frühen Morgenstunden vergangen waren, war sie von ihrem Freund nicht nur mit zahlreichen Weihnachtsgeschenken beglückt worden, sie durfte sich auch darauf freuen, dass er den Rest des Tages den abscheulichen gelben Pullover tragen würde.

Aus den Lautsprechern klang Brenda Lees *Rocking around the Christmas Tree*, und Michael und Gavin machten es sich schon einmal bequem, um sich das Basketballspiel anzusehen. Lisa stieß im Takt der Musik ihre Hüfte gegen die kichernde Emily, während sie den letzten Plätzchenteig zu einer kleinen Kugel rollten. Emily setzte das mit Schokochips gespickte Bällchen auf ein Stück Backpapier und schob das Blech in den vorgeheizten Ofen.

»Weißt du noch, wie gerne Mom dieses Lied mochte?«, fragte Lisa sie fröhlich und holte die Schüssel mit der selbst gemachten Apfelfüllung aus dem Kühlschrank. »Gott, es hat so Spaß gemacht, ihr beim Herumtanzen zuzusehen. Sie hat Weihnachten wirklich geliebt.«

Bei dem bittersüßen Gedanken daran musste Emily lächeln. Sie drehte den Hahn auf und hielt ihre Hände unter das warme Wasser. »Jepp. Weihnachten war echt ihr Ding.«

Lisa setzte die Kuchenform auf dem Tresen ab und schubste Emily noch einmal mit ihrer Hüfte. Die seufzte und genoss die übermütige Stimmung ihrer Schwester. In gewisser Weise war Lisa schon lang vor dem Tod ihrer Mom eine Art Muttterersatz gewesen und hatte sich immer um sie gekümmert. Hatte ihr bei den ersten Hausaufgaben geholfen und ihr später gezeigt, wie man sich richtig schminkte. Ja, sie hatte die Rolle, die ihr nach dem Verschwinden ihres Vaters quasi zugefallen war, immer perfekt ausgefüllt. Kein einziges Mal hatte sie Emily deswegen ein schlechtes Gewissen gemacht. Während die langen Tage und Nächte ohne ihre Mutter vergingen, weil diese Spätschichten in einer Bar schob, um sie ernähren zu können, oder mit einem ihrer neuen Freunde unterwegs war, schaffte Lisa es immer, eine gewisse Stabilität in Emilys Leben aufrechtzuerhalten. Ruhe. Ein wenig Frieden.

Mit dem Geschirrhandtuch in der Hand stand Emily da und spürte, wie sich eine leichte Feindseligkeit ihrer Mutter gegenüber in ihr breitmachte. Wieso hatten ihre Worte sie nur so lange davon abgehalten, Dillon zu verlassen? Natürlich hatte ihre Mom gar nicht mehr mitbekommen, in was für ein Monster er sich verwandelt hatte. Patricia Cooper war in dem festen Glauben gestorben, dass ihre Tochter ihren Ritter in glänzender Rüstung gefunden hatte. Bestimmt hätte sie ihr dazu geraten, sich von ihm zu trennen, wenn sie von seiner Veränderung etwas mitbekommen hätte. Dennoch war es Lisa gewesen, die ihr in langen Gesprächen immer wieder klargemacht hatte, dass sie sich von Dillon verabschieden musste, wenn er sie nicht gut behandelte.

Es hatte Zeichen gegeben. Die meisten Leute in ihrer Umgebung hatten sie vor ihm gewarnt, aber sie hatte es geschafft, alle Hinweise in den Wind zu schlagen. In einer Beratung, bei der sie nach der Trennung ein paarmal gewesen war, wurde ihr gesagt, dass sie nach dem Tod ihrer Mutter vielleicht deswegen an Dillon festhielt, weil mit ihm noch etwas weiterexistierte, was es nicht mehr gab. Er hatte ihre Mutter noch gekannt – was bei einem neuen Freund nicht der Fall gewesen wäre. Sie konnte ihn vielleicht auch deswegen nicht gehen lassen, weil sie noch an ihrer Mutter hing. An ihrer Vergangenheit. Denn so finster die auch manchmal gewesen war, so vertraut und selbstverständlich war sie ihr. War kalt und warm, hell und dunkel zugleich gewesen. Und dieser Abschnitt ihres Lebens … war für immer vorbei.

Während Emily ihre Hände abtrocknete, schossen ihr Gavins Worte durch den Kopf. Sie musste nicht nur ihrer Mutter die Fehler verzeihen, sondern auch sich selbst. Und genau das tat sie, hier und jetzt, in der Küche ihrer Schwester an jenem ganz besonderen Weihnachtsnachmittag.

Auch wenn sie vielleicht nie verstehen würde, weshalb ihre Mutter gewesen war, wie sie war, oder weshalb sie in ihre Fußstapfen getreten war, tilgte Emily hiermit die letzten Schuldgefühle sich selbst und ihrer Mutter gegenüber aus ihrem Herzen.

»Hey, ist da jemand?« Lisas sanfte Stimme riss Emily aus ihren Gedanken. Ihre Schwester legte eine Hand auf ihre Wange und lächelte sie zaghaft an. »Ist alles okay bei dir?«

Statt einer Antwort zog Emily Lisa an sich und umarmte sie. Als könnte Lisa spüren, was in Emily vorging, drückte sie sie fest an sich.

»Oh, oh. Wir haben einen Moment schwesterlicher Liebe unterbrochen.« Michael kam grinsend mit Gavin in die Küche geschlendert. »Wir haben es echt drauf, Kumpel.«

Sie war ein Juwel. Lächelnd sah Gavin Emily an und lehnte sich an den bogenförmigen Türrahmen. Als Emilys Blick auf seinen traf, merkte er einmal mehr, wie sehr er sie liebte. Selbst in Jogginghose und Sweatshirt war sie atemberaubend schön. Strahlend kam sie auf ihn zu und schlang ihre Arme um seinen Hals. Sie wirkte vollkommen glücklich.

»Hab ich dir schon gesagt, dass du in diesem gelben Pulli zum Anbeißen aussiehst?«, fragte sie lachend und schmiegte sich an seine Brust.

Michael schnaubte und schnappte sich eine Olive von einer Platte mit Käse und kaltem Aufschnitt.

»Ja, richtig. Er sieht aus wie Bibo aus der Sesamstraße auf Crack.« Lisa gab ihm einen Klaps auf den Arm und zog die Plätzchen aus dem Ofen.

»Aua, das hat wehgetan, Baby!« Michael rieb sich in gespieltem Schmerz den Arm.

Gavin schüttelte den Kopf. »Du magst ja recht haben, Michael, aber wenn du im Gegenzug für das Tragen dieses Pullis so … beschenkt worden wärst wie ich, dann hättest du wahrscheinlich auch nicht Nein gesagt.«

Emily lief rot an und lachte.

»Keine Chance, Kumpel«, erwiderte Michael und warf eine Olive in seinen Mund. »Ganz egal, was meine Schwägerin dir geschenkt hat, ich finde trotzdem, du solltest *mir* das Geschenk geben, das du für deine Süße gekauft hast. Verdammt, dafür wäre ich liebend gern dein Mäuschen und würde obendrauf einen Knicks-Pullover tragen. Für alle Zeit würde ich dich lieben, Gavin.«

»Michael!«, keuchte Lisa und verpasste ihm einen weiteren Klaps.

Michael lachte, und Emily sah Gavin verwirrt an. »Noch ein Geschenk? Ich dachte, wir hätten uns schon alle überreicht?«

Gavin hob listig eine Augenbraue und grinste. »Tja, das habe ich dir zumindest weisgemacht, Süße. Um ehrlich zu sein, habe ich noch viele weitere Überraschungen auf Lager, die dich immer und immer wieder umhauen werden.« Er senkte seinen Kopf und fuhr mit den Lippen über ihre Ohrmuschel. »Und ich rede jetzt nicht nur von der Art Überraschung, die deine Beine zum Zittern und dich zum Stöhnen bringt.«

Emily drehte sich hektisch zu Michael und Lisa um, die sie zum Glück nicht beachteten. Rasch gab sie ihm einen sanften Kuss.

»Vielen Dank, dass du meine Beine immer so zum Zittern bringst«, flüsterte sie ihm ins Ohr.

Gavin grinste stolz. »Das Vergnügen ist ganz auf meiner

Seite.« Emily lächelte, und Gavin sah hinüber zu Michael. »He, Lakers-Loser.«

Michael, der seinen Kopf gerade über das Sammelsurium an Leckereien auf dem Küchentresen gesenkt hatte, riss den Kopf nach oben.

»Was gibt es, Mister Meine-Knicks-haben-nicht-mal-in-meinen-wildesten-Träumen-eine-Chance-Nobody?«

Lachend warf Gavin den Kopf zurück. »Wie du meinst.«

»Yeah. Wir werden schon sehen.« Michael holte sich ein Bier aus dem Kühlschrank. »Was kann ich für dich tun?«

»Ich habe gestern Abend vergessen, von dir die, äh« – Gavin sah hinab zu Emily und dann wieder zu Michael – »Dinger zu holen.«

Michael lehnte am Küchentresen, nahm einen tiefen Schluck Bier und zuckte mit den Achseln. »Keine Ahnung, was du meinst!«

Zum nunmehr dritten Mal innerhalb von fünf Minuten gab Lisa ihm einen Knuff. »Michael! Du weißt doch genau, was er meint. Sei nicht so fies.«

»Verdammt, Baby. Es ist doch Weihnachten!« Lisa verdrehte die Augen, und Michael kramte schnaubend in seiner Hosentasche.

Gavin schnaubte, drehte Emily herum und schlang von hinten seine Arme um ihre Taille, um sie auf Michael zuzudirigieren und ihm etwas aus der Hand zu ziehen, ohne dass sie es sehen konnte.

»Ihr führt doch was im Schilde!« Emily warf einen Blick auf ihre Schwester, die vor Freude fast zu platzen schien.

»Hat sie Turnschuhe an?«, fragte Lisa und klatschte in die Hände, als Gavin und Emily sich in den Flur am Hintereingang bewegten.

»Nee«, rief Gavin. »Was für eine Schuhgröße hast du, Lisa?«

»Achtunddreißig!«

»Setz dich«, befahl Gavin und deutete auf eine Bank.

Emily tat, wie ihr geheißen, und sah ihn neugierig an. »Was denkst du denn, was ich bin? Ein Hund?«

»Hm, wenn du einer wärst, hättest du ein verdammt sexy Bellen.«

Emily schüttelte lächelnd den Kopf, und Gavin kniete sich vor sie, um unter der Bank nach Schuhen zu suchen. Schließlich zog er ein Paar Frauenlaufschuhe von *Nike* heraus und stellte Emilys Füße auf seinem Oberschenkel ab.

Er zog sie ihr an. »Na, passen sie?«

Emily verschränkte die Arme. »Was machst du da?«

»Du hast meine Frage nicht beantwortet. Sind sie bequem?«

»Ja, sind sie.«

»Fein«, sagte Gavin und zog sie hoch. »Bist du bereit?«

Emily streifte sich ihren Kapuzenpullover über. »Um laufen zu gehen? Na klar. Muss sowieso noch ein paar Kalorien verbrennen, die ich mir heute angefuttert habe.«

»Erstens: Dabei helfe ich dir später. Bei mir kriegst du das beste Work-out, das du dir vorstellen kannst.« Kichernd verdrehte Emily die Augen. »Zweitens: Wir werden schnell sein. Allerdings nicht mit unseren Füßen.« Gavin blieb kurz vor der Tür zur Garage stehen.

»Okay. Jetzt machst du mir Angst.«

»Emily, das Einzige, was du zu befürchten hast, ist, dass ich dich wie verrückt bis an dein Lebensende lieben werde. Und … wie oft ich deine Beine noch zum Zittern bringen werde. Aber das tut jetzt nichts zur Sache. Hab niemals Angst vor mir, Süße. Verstanden?«

Mit einem kessen Lächeln hob Emily salutierend die Hand. »Sehr wohl, Sir, Mr Blake. Ich habe es verstanden, Sir.«

Amüsiert und auch ein wenig angeturnt, öffnete Gavin die Tür zu der im Dunklen liegenden Garage.

Auch ohne Licht konnte Emily das breite Grinsen sehen, das sich auf seinem Gesicht ausbreitete. Gott, sie liebte die charismatische Energie, die er verströmte. Schon als sie ihn zum ersten Mal getroffen hatte, war sie ihr restlos verfallen.

Ein Klicken …

Voilà!

Licht …

Als ihre Augen sich an die Helligkeit gewöhnt hatten, beschleunigte sich Emilys Puls, und ihr Atem stockte. Vor ihr stand das eleganteste Fahrzeug, das sie jemals gesehen hatte. Weiß, schlank und verpackt in eine übergroße rote Schleife wirkte es wie ihre Vorstellung von einem Auto, mit dem normalerweise Hollywoodstars die Straßen entlangbrausten.

»Oh mein Gott, Gavin! Das ist nicht dein Ernst!«, flüsterte sie und trat wie benommen die Stufen hinunter. Immer wieder wanderte ihr Blick zwischen ihm und dem Wagen hin und her.

Gavin legte sein Kinn auf ihre Schulter. »Doch. Magst du es denn?«

»Ob ich es mag? Ich finde es total fantastisch!« Sie ließ die Hand über die Motorhaube gleiten und ging dann um dieses beeindruckende Gefährt herum, während ihr Herz hämmerte wie verrückt. »Was ist das?«

»Ein Auto, würde ich sagen.«

Sie lachte schallend. »Ha, ha, du Scherzkeks. Ich meine natürlich, was es für ein Modell ist! So was habe ich noch nie gesehen.«

Glucksend schob Gavin ihr die Kapuze vom Kopf und drückte einen Kuss auf ihren Scheitel. »Schon klar.« Er zwinkerte ihr zu. »Es ist ein *Maserati GranTurismo S*, und wir werden damit wie zwei liebestolle Irre durch die Straßen flitzen. Ich bestehe darauf, dass du ordentlich aufs Gaspedal trittst. Verstanden?« Er machte einen Schritt zurück und warf ihr die Schlüssel zu, die Emily strahlend auffing.

Sie stellte sich auf die Zehenspitzen und zog Gavins Gesicht heran, um ihm einen dicken Kuss zu geben.

»Ja, verstanden«, murmelte sie und zog ihn noch näher an sich. »Aber das hättest du nicht tun müssen. Ich hab dir doch gesagt, dass ich kein Auto brauche! Fahren wir damit zurück nach New York?«

»Nein, ich habe eine Transportfirma beauftragt, es auf einem Anhänger für uns quer durchs Land zu fahren. Und was die andere Sache betrifft: Zu spät. Das Auto ist gekauft. Komm!« Gavin griff nach ihrer Hand, führte sie zur Fahrerseite und öffnete ihr die Tür. »Das Auto hat Automatik. Hab mir gedacht, dass das besser ist, wenn meine Zuckerschnecke durch New York City kurvt. Aber die Karre hat immerhin 400 PS unter der Kühlerhaube. Wenn ich sage, dass du sie so richtig rannehmen sollst, dann meine ich das ernst. Lass uns mal sehen, was sie draufhat!«

Emily quiekte und glitt hinter das Steuer. Andächtig fuhr sie über das rote Leder der Innenausstattung, und Gavin betätigte den Garagentoröffner an der Wand. Dann entfernte er die Schleife und stieg ein.

Sobald er es sich auf dem Beifahrersitz bequem gemacht hatte, sah sie ihn an. »Ich drücke also auf den Knopf hier, ja?«

Breit grinsend nickte Gavin. »Wirst langsam ein richtiger Profi!«

»Schlaumeier.« Emily kicherte und bewarf ihn mit dem Schlüssel. »Okay. Lassen wir es krachen. Tempo. Los geht's!«

Emily drückte auf den Startknopf, und der Motor startete leise. Nein, das war wirklich nichts gegen die lauten Würgegeräusche, die ihre früheren Autos gemacht hatten. Rückwärts fuhr sie aus der Garage hinaus in einen strahlend hellen Spätnachmittag. Gavin stöpselte sein Handy an den dafür vorgesehenen Anschluss und drehte die Boxen auf volle Lautstärke.

»Wer ist das denn?«, brüllte Emily über die samtige, gefühlvolle Stimme eines Mannes hinweg, der über ein Mädchen, seinen Engel, sang. Der langsame Beat war unheimlich dunkel und sexy. Ehe sie auf die Straße bog, kontrollierte sie ihre Spiegel. »Gefällt mir.«

»Das ist *Massive Attack*, und der Song heißt *Angel*«, erwiderte Gavin und starrte auf Emilys nasse Lippen. »Als du nicht bei mir warst, habe ich oft … an dich gedacht, während ich das Lied gehört habe. Und vielleicht noch ein paar andere Dinge getan.«

Emily, der von seinem sexuell aufgeladenen Tonfall ganz heiß geworden war, spähte zum ihm hinüber.

»Oh, hast du das, ja?« Sie räusperte sich und riss den Blick von ihm los, während sie fester als beabsichtigt aufs Gaspedal drückte. Das Auto machte einen Satz nach vorn und schoss vom Grundstück. »Und was sind das für andere Dinge, die du da machst?«

Ohne den Blick von ihr abzuwenden, erschien ein schiefes Grinsen auf seinen Lippen, und er begann, ihren Nacken zu massieren.

»Normalerweise stehe ich dann gerade unter der Dusche, und auf meinen nackten Körper spritzt heißes Wasser.«

Emilys Atem stockte und blieb ihr ganz hinten in der Kehle hängen, als er seine Hand von ihrem Nacken nahm, über ihre Schulter und dann weiter über die Schwellung ihrer Brust strich.

»Und dann?«, flüsterte sie und versuchte, sich auf die Auffahrt zum San-Diego-Freeway zu konzentrieren. Hektisch fuhr sie das Fenster herunter, um ein wenig frische Luft ins

Auto zu lassen. Irgendwie war es plötzlich sehr stickig im Wagen geworden. »Bitte sag mir, was du dann mit dir anstellst.«

Oh ja. Gavin hatte ein kleines Sexmonster erschaffen, und er liebte jedes. Einzelne. Bisschen. Er richtete den Blick auf die Geschwindigkeitsanzeige. Auch wenn sein Sexengel es selbst gar nicht bemerkte, näherte sie sich doch tatsächlich einhundertdreißig Stundenkilometern und überholte die anderen Fahrzeuge. Das glänzende Haar wippte um ihr herzförmiges Gesicht, während Gavins Hand ihre Wanderung fortsetzte. Als er am Saum ihrer Jogginghose angekommen war, verschob er seinen Sitz ein wenig. Schön, dass dieses Kleidungsstück so einen einfachen Zugang ermöglichte …

Er fuhr aufreizend mit einem Finger über ihren Bauch, ehe er die Hand unter den Stoff schob. Emily spannte sich an, und das Auto raste weiter, wurde immer schneller, je tiefer er seine Hand in ihre Hose schob. Oh, fuck. Emily trug kein Höschen. Mit einem Schwanz so hart wie ein Kanonenrohr konnte Gavin ein Aufstöhnen nicht unterdrücken. Als jetzt die *Nine Inch Niles* in ohrenbetäubender Lautstärke von animalischem Sex sangen, war Gavin mit der Playlist mehr als zufrieden. Emily öffnete ihre Beine, und Gavin fuhr mit der Hand über die weiche Haut ihrer Pussy. Als er seine Finger in sie hineinsteckte, waren sie sofort nass. Ein Seufzer entwich Emilys Lippen, und sie umklammerte das Steuer fester. Im pulsierenden Rhythmus der Musik schob er seinen Finger immer wieder hinaus und hinein, hinaus und hinein … Gleichzeitig zog das Tempo immer weiter an und näherte sich einhundertachtzig Stundenkilometern, als Emily einen Fuß anhob und auf dem Sitz abstellte. Sie legte den Kopf zurück, schloss die flatternden Augenlider und genoss, wie er immer tiefer und fester in sie hineinstieß.

»Augen auf die Straße, Emily, oder ich höre sofort auf«, befahl Gavin keuchend, als sie sich immer weiter gegen seine Finger stemmte.

Emilys Kopf zuckte nach vorn, und sie stöhnte erneut auf. Gavin blickte auf ihr wunderschönes lustverzerrtes Gesicht und neigte sich zu ihr. »Ich packe meinen Schwanz, reibe ihn und denke dabei an dich.«

»Bitte mach weiter«, bettelte sie und merkte, wie ihre Konzentration nachließ. Ihr war klar, dass es gefährlich war, was sie da gerade tat. Nur konnte sie nicht damit aufhören. Sie war absolut high und kurz davor, in eine berauschende Ekstase zu stürzen – nichts wollte sie jetzt lieber als das. »Woran denkst du noch?«

»Ich denke daran, wie wir miteinander vögeln, bis unsere Körper schweißverklebt sind und wir es nicht mehr länger aushalten.« Stöhnend gab Gavin sich ganz dem Gefühl von Emilys feuchter Pussy an seiner Hand hin.

»Ich denke an dein heißes Loch und wie deine Pussy sich an mich schmiegt, wenn ich dich richtig hart rannehme. Und daran, wie dein Körper zittert wie verrückt, wenn du für mich kommst.«

»Oh mein Gott«, stöhnte Emily. Ihr Bedürfnis, einfach rechts ranzufahren und über Gavin herzufallen, wurde mit jedem Stoß seiner Finger größer. Als er auch noch mit seinem Daumen ihre Klitoris umkreiste, hatte sie das Gefühl, jeden Augenblick durchzudrehen.

Wild entschlossen ging Emily vom Gas, aber noch ehe sie eine geeignete Stelle entdeckt hatte, sah sie im Rückspiegel die roten und blauen Lichter einer Polizeistreife aufleuchten, die ihr hinterherraste.

»Gavin«, jammerte sie und begann zu zittern. »Sie wollen, dass ich rechts ranfahre!«

Gavin lachte hell auf und zog seine Hand aus ihrer Jogginghose. »Adrenalinjunkie«, sagte er, als ginge ihn die Situation nicht im Geringsten an. Er leckte sich die Finger ab, stellte seinen Sitz gerade und lächelte. »Keine Sorge. Ich erkläre ihnen einfach, wie ich dich gerade abgelenkt habe. Dafür werden sie bestimmt Verständnis haben.«

Mit offenem Mund schüttelte Emily den Kopf und versuchte mit aller Macht, ihren erhitzten Körper zu beruhigen. Sie musste sich irgendwie entspannen – unmöglich. Stattdessen zitterte sie weiter unkontrolliert. Zum einen, weil zwei Streifenwagen ihr Auto flankierten. Zum anderen kam es aber auch daher, dass sie sich nach Erlösung sehnte. Nervös tastete sie nach ihrer Handtasche.

»Verdammt! Ich hab meinen Führerschein nicht dabei!«

»Emily, beruhig dich.« Gavin hob seinen Hintern an und zog seinen Geldbeutel aus der Gesäßtasche. »Entspann dich, Baby. Wirklich.«

»Du sagst, ich soll mich entspannen?!«, fragte sie scharf. »Ich bin hier mit einhundertsechzig entlanggerast, und das, ohne meinen Führerschein dabeizuhaben! Die sperren mich doch ein!«

Gavin grinste schief und zog seinen Personalausweis hervor.

»Erstens waren es fast einhundertachtzig km/h, wenn man es genau nimmt. Zweitens werden sie dich nirgendwo einsperren. Drittens hatte ich gerade eine unglaublich schöne Vorstellung davon, wie du wohl in einem schwarz-weißen Knastanzug aussehen würdest. Du hattest sogar ein kleines Käppchen auf dem Kopf. Hm, ganz bezaubernd!«

»Du brauchst wirklich professionelle Hilfe«, wisperte Emily und sah die Polizisten auf ihr Auto zukommen, die Hände auf den Pistolen, die in ihren Halterungen an ihren Gürteln hingen. Emily schluckte, setzte ihr künstlichstes Lächeln auf und lugte zu dem Cop, der an ihrer Seite des Wagens stand. »Hallo, Sir.«

Der ältere der beiden, dessen Augen von einer dunklen Sonnenbrille verdeckt wurden, presste den Mund zu einer harten Linie zusammen, ehe er sprach. »Führerschein, Fahrzeugschein und Versicherung.«

Mit dem schlitzohrigsten Grinsen, das Emily je an Gavin gesehen hatte, griff er ins Handschuhfach und zog die Dokumente heraus, reichte sie Emily und zwinkerte ihr zu.

Sie verdrehte die Augen und sah den Polizisten an, der auf sie herabblickte.

»Ich, ähm, habe meinen Führerschein nicht bei mir. Ich bin zu Besuch aus New York hier, und wir sind völlig übereilt aus dem Haus meiner Schwester aufgebrochen. Deshalb habe ich dummerweise meine Handtasche vergessen.«

Der Polizist überprüfte ihre Informationen und nahm dann die Sonnenbrille ab. »Gibt es irgendeinen Grund dafür, dass Sie dachten, Sie könnten mit einhundertachtundsiebzig Sachen diese Straße entlangbrettern?«

»Das ist meine Schuld, Officer«, meldete sich Gavin zu Wort und lehnte sich zum Fenster hinüber. »Ich habe ihr gesagt, dass es mir furchtbar schlecht ginge, ich unter schrecklichen Schmerzen litte und dringend eine Krankenschwester bräuchte.« Gavin räusperte sich. »Ähm, ich meine, einen Arzt. Aber glücklicherweise geht es mir schon besser.«

Der Autobahnpolizist sah ihn misstrauisch an. »Geben Sie mir doch bitte Ihre Sozialversicherungsnummer. Ich möchte überprüfen, ob Sie tatsächlich im Besitz eines Führerscheins sind«, sagte er und blickte zurück zu Emily.

Sie gab ihm ihre Ausweisnummer und beobachtete nervös im Rückspiegel, wie er zurück zum Streifenwagen ging.

Der jüngere der beiden Cops lehnte sich hinunter zum Fenster. »Sie sind also Yankees-Fan, ja? Ich komme aus der Bronx. Es geht doch nichts über ein Yankees-Spiel in der Heimat.«

»Ich selbst bin kein Fan, aber mein Freund«, erwiderte sie und rutschte auf dem Sitz herum. Gott sei Dank beruhigte der Small Talk sie ein wenig.

Der Polizist zog die Augenbrauen zusammen. »Nein? Da sagt Ihr Kennzeichen aber was anderes.«

Jetzt war es an Emily die Stirn zu runzeln und ihren Beifahrer anzusehen. »Ach, und was sagt mein Kennzeichen aus, lieber Gavin?«

Er bleckte die Zähne und grinste sie breit an, ehe er seine Hand um ihren Nacken legte. »Ah, das ist dir in der Garage wohl entgangen!« Glucksend fuhr er ihr mit der Hand durchs Haar. »Ich habe die Abkürzung von *New York Yankees Lover* für dein Nummernschild ausgewählt. Sieht ziemlich cool aus, muss ich sagen.«

Emily lachte. »Meine Güte. Ein wandelndes Schlitzohr.«

»Ein *schmexy* wandelndes Schlitzohr, meinst du wohl«, konterte Gavin.

Der andere Polizist kam zurück zum Auto. »Alles klar. Ich habe Ihre Fahrerlaubnis für New York überprüft. Trotzdem muss ich eine vorläufige Anzeige wegen Fahrens ohne Führerschein erstatten. Bringen Sie einfach diesen Schein und Ihre Fahrerlaubnis in irgendein Polizeiamt im Verwaltungsgebiet von San Diego, und sie wird zurückgezogen. Unterschreiben Sie bitte hier bei dem Kreuz.« Emily nickte, und er überreichte ihr einen weißen Zettel. Sie kritzelte ihre Unterschrift darauf, erhielt von ihm den gelben Durchschlag, und der Cop erläuterte noch einmal das Prozedere.

»Weil Sie wie ein liebes Mädchen aussehen und ich mir den ganzen Papierkram ersparen will, nehme ich Sie jetzt nicht fest. Was ich bei Ihrem Fahrstil allerdings durchaus tun könnte! So kriegen Sie jetzt einen Strafzettel dafür, dass Sie achtundsiebzig Stundenkilometer über dem Tempolimit lagen. Das könnte eine Geldbuße bis zu tausend Dollar und einen etwa dreißig Tage langen Entzug Ihrer Fahrerlaubnis bedeuten.« Der Autobahnpolizist beugte sich nach vorn und sah ins Auto. Auch wenn er Gavin anstarrte, galten seine Worte weiter Emily. »Wenn der werte Herr das nächste Mal meint, es ginge ihm schlecht, dann behalten Sie doch bitte trotzdem die Geschwindigkeitsanzeige im Blick.«

Emily nickte und unterdrückte einen erleichterten Seufzer. »Mache ich. Vielen Dank, Officer.«

Er nickte ihr kurz zu, dann entfernten sich die beiden Polizisten. Sobald sie weg waren, brach Gavin in lautes Gelächter aus und schlug sich auf die Knie.

Emily bog wieder auf den Highway und achtete peinlich genau darauf, nicht zu schnell zu fahren.

»Ich kann nicht fassen, dass du das lustig findest«, sagte sie und musste selbst aufpassen, dass sie nicht laut herausplatzte.

»Dein Gesichtsausdruck war einfach unbezahlbar.«

»Hättest bestimmt gern ein Foto gemacht!«

»Süße, du hast keine Ahnung, was ich für eine Kamera gegeben hätte!«

Emily verdrehte erneut die Augen. Obwohl die Rückfahrt doppelt so lang dauerte, weil Emily, wie Gavin es ausdrückte, *wie seine Oma fuhr*, kamen sie wohlbehalten an. Ein bisschen … weniger erhitzt als auf der Hinfahrt. Nachdem sie aus dem Auto gesprungen war, nahm Emily ihr Kennzeichen genauer unter die Lupe. Gavin hatte tatsächlich die Buchstaben NYYLVR auf das Nummernschild stanzen lassen.

Als sie in den Eingangsbereich traten und Emily ihren Yankees-Fan mit ein paar Küssen bedachte, hörten sie Michael johlen, dass die Lakers die Knicks ordentlich abgezogen hätten. Jetzt war es an Emily, Gavin auszulachen. Der gab ihr einen Klaps auf den Po und verzog sich ins Wohnzimmer. Kopfschüttelnd ging Emily in die Küche, wo Lisa gerade einen honigglasierten Schinken aus dem Ofen zog. In dem Moment, in dem der sonst köstliche Geruch ihr in die Nase stieg, wurde ihr plötzlich unglaublich schlecht. Die Übelkeit waberte in ihrem Bauch und setzte sie schachmatt. Mit glasigen Augen schlug sie eine Hand vor ihren Mund.

»Ist alles okay bei dir?«, erkundigte sich Lisa und stellte den Schinken zum Abkühlen auf ein Gitter. »Du siehst gar nicht gut aus.«

Der nächste Schwall von Schinkengeruch gab Emily den Rest. Sie stürzte aus der Küche, wobei sie um ein Haar über einen Stuhl stolperte, der neben der Kücheninsel stand. Sie schaffte es nur knapp ins Badezimmer im unteren Stockwerk. Um die Tür zu schließen, blieb ihr keine Zeit. Sofort sank sie vor der Toilette auf die Knie, und beim nächsten Ruck, der durch ihren Magen ging, erbrach Emily das deftige Frühstück und Mittagessen. Von dem sauren Geschmack brannte ihr die Kehle, und sie schnappte würgend nach Luft.

»Meine Güte, Emily!« Lisa kam ins Bad und half ihr dabei, ihr Haar zurückzuhalten.

»Die Tür«, krächzte Emily. »Mach die Tür zu!«

Nervlich völlig von der heftigen Reaktion ihres Körpers überfordert, rappelte Emily sich mit viel Mühe auf. Sie beugte sich über das Waschbecken, drehte den Hahn auf und hielt ihre Hände unter das kalte Wasser.

»Was, zum Teufel, war das denn?«, fragte Lisa mit großen Augen.

Emily schüttelte nur den Kopf und trank einen Schluck Wasser. Es linderte das Brennen in ihrem Hals immerhin ein bisschen.

»Ich habe keine Ahnung«, flüsterte sie. »Ich kam rein, und mir wurde sofort schlecht von dem Schinkengeruch.«

Lisa lehnte sich mit verschränkten Armen an die Wand. »Es ist nicht das erste Mal, dass dir in letzter Zeit schlecht ist.«

Emily griff nach einem Handtuch und trocknete ihr Gesicht ab. »Stimmt. Ich hatte einfach eine Menge um die Ohren, Lisa.« Sie pfefferte das Handtuch auf den Frisiertisch und öffnete das Medizinschränkchen. »Hast du noch eine frische Zahnbürste?«

»Nicht da. Unter dem Waschbecken.«

Emily wühlte in dem Schränkchen und fand eine Packung mit Zahnbürsten. Rasch zog sie eine heraus, drückte Zahnpasta darauf und begann wie verrückt in ihrem Mund herumzuschrubben, um den ekelhaften Geschmack möglichst schnell loszuwerden.

»Ich weiß, dass du viel Stress hattest, Emily, aber bist du je auf den Gedanken gekommen …«, Lisa hielt inne und legte ihrer Schwester eine Hand auf die Schulter, »dass du vielleicht schwanger sein könntest?«

Emily starrte ihre Schwester im Spiegel an und zog die Zahnbürste aus dem Mund. »Nein. Wieso sollte ich? Ich nehme doch die Pille.«

»Hast du sie jeden Tag genommen?«

Emily seufzte, spülte ihren Mund aus und spuckte das Wasser ins Becken.

»Na, ich glaube schon.«

»Du glaubst?«, schnaubte Lisa. »Emily, du weißt schon, dass sie nur wirkt, wenn man sie regelmäßig einnimmt? Wann hattest du zum letzten Mal deine Tage?«

»Himmel.« Emily atmete tief aus. »Es sind einfach nur meine Nerven, mehr nicht. Alles, was mit Dillon passiert ist, während wir verlobt waren. Ganz zu schweigen von dem, was dann mit Gavin los war. Ich bin nicht schwanger.«

Lisas grüne Augen glänzten besorgt. »Beantworte meine Frage, Emily. Wann hattest du zum letzten Mal deine Tage?«

Emily versuchte angestrengt, sich daran zu erinnern.

»Keine Ahnung. Vielleicht Mitte Oktober?«

»Mitte Oktober. Schon klar.« Lisa langte an Emily vorbei und öffnete den Medizinschrank, um eine Schachtel herauszuholen. »Michael und ich versuchen ja immer noch, ein Kind zu bekommen. Da sind zwei Tests drin. Los, geh pinkeln!«

Emily öffnete die Schachtel und zog die zwei Tests heraus. »Ich kann das nicht glauben.«

»Geht mir genauso. Was kannst du nicht glauben?« Lisa stemmte die Hände auf ihre Hüften und gaffte sie an. »Seit Oktober hattest du deine Periode nicht mehr. Okay. Und jedes Mal, wenn wir telefoniert haben, seit ich aus New York abgereist bin, hast du mir gesagt, dass du mit Übelkeit zu kämpfen hast. Hast es immer auf deine schwachen Nerven geschoben. Das war verständlich. Aber jetzt ist alles okay, und es gibt keinen Grund, gestresst zu sein. Also los, setz dich und mach den Test. Ist doch keine große Sache.«

Seufzend hockte Emily sich auf die Toilette. Während sie darauf wartete, dass Mutter Natur in Gang kam, riss sie die Verpackungen beider Tests auf.

»Könntest du bitte aufhören, mich anzuglotzen? Ich fühle mich wie ein Kind, das lernt, aufs Töpfchen zu gehen.«

»Stell dich nicht so an.« Lisa verdrehte die Augen und sah abwesend in den Spiegel. Sie band ihre dunklen Locken zu einem wilden Knoten zusammen und warf Emily mit einem leisen Lächeln einen Seitenblick zu. »Komm schon, ich habe dir tatsächlich beigebracht, wie man das Töpfchen benutzt. Vergiss mal nicht, dass ich zehn Jahre älter bin. Ich habe dir deinen Hintern mehr als einmal abgewischt.«

So genau hatte Emily das gar nicht wissen wollen. Dieses Thema setzte sie lieber nicht fort … Glücklicherweise hatte ihre Blase sich endlich dazu entschieden, sich zu leeren. Sobald sie fertig war, legte sie die Tests auf dem Toilettenpapier ab, das Lisa ordentlich auf dem Frisiertisch ausgebreitet hatte.

Emily wusch sich die Hände und spürte, dass ihr ein wenig schwindlig wurde, als sie und ihre Schwester sich über die Tests beugten. Verdammt, sie hatte eine Heidenangst. Die Erklärungen, die sie sich die letzten Wochen über selbst für ihre Übelkeit gegeben hatte, erschienen ihr nicht länger plausibel. Durch ihren Kopf schossen Worte wie *Verdrängen, Angst* und *Dummheit*. Schweiß stand ihr auf der Oberlippe, sie schnappte sich die leere Schachtel und überflog die Gebrauchsanweisung. Okay. Eine rosafarbene Linie bedeutete eine Zukunft ohne Windeln. Zwei das volle Programm. Nervös begann Emily auf ihrem Daumennagel zu kauen.

»Wie lange brauchen diese Tests?«

Kaum hatte sie die Frage laut ausgesprochen, färbte sich die erste Linie langsam rosa. Emily wollte schon erleichtert aufseufzen. Das ließ sie aber schnell bleiben, als die zweite Linie ebenfalls rosa erschien. Panisch starrte Emily auf den zweiten Test, auf dem ihr bereits zwei strahlend pinkfarbene Linien entgegenschrien.

Wie erstarrt stand sie vor den zwei Plastikstäbchen, die ihr soeben mitgeteilt hatten, dass sich ihr Leben für immer verändern würde – auf eine Weise, die ihr noch nicht einmal selbst wirklich klar war. Plötzlich bekam sie keine Luft mehr.

Tief einatmen …

Monate.

Tage.

Stunden.

Rechnungen aller Art wirbelten durch ihren Kopf, und sie sah einen heimtückischen Kalender vor ihrem inneren Auge aufleuchten. Nach der Benefizveranstaltung seiner Mutter hatte sie zum ersten Mal mit Gavin geschlafen. Das war wenige Tage nach ihrer Trennung von Dillon gewesen. Und wenige Tage nachdem sie mit Dillon geschlafen hatte.

Und noch mal tief einatmen …

Tage.

Stunden.

Minuten.

Erinnerungen schossen durch ihren Kopf. Jeder Augenblick, den sie und Gavin in den letzten Wochen miteinander verbracht hatten. Wie sie versucht hatten, das, was kaputtgegangen war, zu kitten. All das konnte ihr wieder weggenommen werden und für immer verschwinden. Es ließ sich nicht bestreiten. Die Möglichkeit bestand, dass das Kind nicht von Gavin war. Es war sogar sehr unwahrscheinlich, dass er der Vater war. In den zwei phantastischen Nächten, die sie miteinander verbracht hatten, hatten sie ein paarmal miteinander geschlafen. Aber in den folgenden Wochen war sie viel mit Dillon zusammen gewesen … Gut, Gavin hatte sie mit offenen Armen zurückgenommen und ihr sämtliche Fehlentscheidungen verziehen, aber er hatte nun mal keinen Vertrag unterschrieben. Hatte nie versprochen, dass er den Ersatzvater für das Kind eines Mannes spielen würde, den er aus tiefstem Herzen hasste. Das hier konnte ihre Beziehung zerstören. Das Versprechen auf das, was sie hätten sein können, würde nie eingelöst werden. Sie waren nichts als eine Fata Morgana gewesen.

Die Vorstellung, Gavin zu verlieren, fühlte sich an, als hätte ihr jemand ein Messer in die Brust gerammt. Emily beugte sich nach vorn und schlang die Arme um den Bauch, in dem bald ein neues Leben heranwachsen würde. Ein wunderschönes Leben, durch das ihr Blut floss. Aber nicht das des Mannes, ohne den sie nicht leben wollte.

Tief einatmen …

»Emily.« Lisas leise Stimme riss sie aus ihren Gedanken. Aus ihrem Albtraum. Emily spürte, wie Lisa ihren Nacken leicht berührte. »Schau mich an.«

Emily hielt sich die Hand vor den Mund. Tränen stiegen ihr in die Augen, und sie schüttelte den Kopf. »Vielleicht ist es nicht von Gavin, Lisa«, flüsterte sie. »Oh Gott. Vielleicht ist es von Dillon.«

Lisa lehnte sich an Emily und wiegte sie, wie ihre Mutter es früher getan hatte, wenn sie sich verletzt hatte. »Ich weiß, meine Süße. Ich weiß.«

Vollkommen außer sich drückte Emily sich zitternd an Lisa und schluchzte gegen ihre Brust.

»Hör zu, ja?«, sagte ihre große Schwester. »Ich will, dass du dich jetzt hinlegst. Ich sage Gavin, dass du müde bist und ein Nickerchen machst. Das wird ihn erst mal von dir fernhalten, bis wir zu Abend gegessen haben. Und du hast ein bisschen Zeit, um dir zu überlegen, was du zu ihm sagen willst. Okay?«

Emily nickte mit zitternden Lippen. Sie zog ein Taschentuch aus dem Behälter und sah sich im Spiegel an. Ihre Augen waren verquollen, mit Wimperntusche verschmiert und würden bald dem Mann in die Augen sehen müssen, den sie über alles liebte. Und den sie vielleicht für immer verlieren würde … Emily wusch sich ihr Gesicht, umarmte Lisa und ging ins Gästezimmer. Als sie Gavins fröhliches Lachen hörte, wurde ihr noch schwerer ums Herz. Anscheinend hatte er noch ein paar weitere hämische Kommentare von Michael über die Niederlage der Knicks einstecken müssen.

Sobald die Tür hinter ihr ins Schloss gefallen war, verlor sie jede Kontrolle über ihre Gedanken. Es würde ihn umbringen. Wie sollte sie ihm nur sagen, dass ab jetzt alles anders war? Sie hatte keinen blassen Schimmer. Dafür gab es keine Worte … Würde er sie verlassen? Sofort aus Kalifornien abreisen? Emily stellte sich sein Gesicht vor, wenn er davon erfuhr, und die Galle stieg brennend ihre Kehle nach oben. Sie ließ sich aufs Bett sinken, zog die Knie an die Brust und wurde sofort von einem Nebel aus Trauer und einem unerträglichen Gefühl der Einsamkeit umhüllt. Während sie so dalag, ging sie in Gedanken durch, was sie zu Gavin sagen würde. Ihr fiel nichts Überzeugendes ein, es gelang ihr einfach nicht. Ihr Leben würde sich nun einmal ändern.

Plötzlich ging die Tür auf, und der Mann, ohne den sie nicht leben konnte, stand vor ihr. Emily schluckte und setzte sich auf. Hoffentlich konnte sie die Verzweiflung in ihrer Stimme unterdrücken.

»Habt ihr schon fertig gegessen?«

Er zog sich das abscheuliche Lakers-Sweatshirt aus und stand nur in weißem T-Shirt und Dolce&Gabbana-Jeans vor ihr, die knapp unter dem V hing, in das sein herrliches Sixpack mündete. Er fuhr sich mit der Hand durch sein zerstrubbeltes schwarzes Haar und streckte sich. Als er auf sie zukam und sie auf diese einnehmende Art und Weise anlächelte, musste sie erneut schlucken. Wie sollte sie ohne diesen Mann leben?

Gavin ließ sich neben ihr aufs Bett fallen, nahm sie in den Arm und zog sie, ans Kopfende gelehnt, an seine Brust.

»Michael hatte recht. Zum Glück reisen wir in zwei Tagen wieder ab, denn ein längerer Aufenthalt hier würde mich wahrscheinlich in einen Fettklops verwandeln.« Lachend küsste er sie auf die Stirn. »Ich war noch pappsatt von den zehn Pfund Pommes frites mit Dip, die ich in mich hineingeschlungen habe, deswegen habe ich dieses Essen ausgelassen. Außerdem, da du allein hier im Zimmer bist, konnte ich nicht widerstehen.«

Emily lächelte ihn schwach an und gab sich ganz dem Anblick seiner wunderschönen Grübchen und seiner Bartstoppeln hin. Ihr Blick wanderte weiter über sein Gesicht, an dem sie so hing. Bald würde es nichts weiter als eine Erinnerung sein.

»Hey«, sagte Gavin und sah ihr forschend in die Augen. »Was ist denn los mit dir?«

Da war sie. Die Frage, die sie auseinanderreißen würde. Sie hatten so viel Hoffnung gehabt. Sich so geliebt. Hatten sich so viel voneinander versprochen …

Tief einatmen …

»Ich muss dir was sagen«, flüsterte Emily und fühlte sich genauso betäubt wie vorher, als Gavin nicht da war.

Plötzlich besorgt richtete er sich auf, nahm Emily rittlings auf seinen Schoß und sah ihr tief in die Augen. »Sprich mit mir, Kleines. Was ist los?«

»Ich … Ich bin …« Die Worte, ob falsch oder richtig, blieben ihr in der Kehle stecken, als sie versuchte, Luft zu holen. Irgendwie musste sie sie herauskriegen. Der Moment war gekommen. Sie musste es ihm sagen. *Tief einatmen …*

»Gavin, ich bin schwanger.«

Eine Woge der Erleichterung brach über ihn herein. Die Frau seines Lebens, von der er immer gewusst hatte, dass er eines Tages eine Familie mit ihr haben wollte, machte ihn zum Vater. *Vater.* Das Wort hämmerte in Gavins Kopf und erinnerte ihn an seinen eigenen Dad, was ihn mit Stolz erfüllte. Nein, das waren wahrhaftig keine schlechten Neuigkeiten. Natürlich machte die Situation Emily Angst, ihm würde es vielleicht noch genauso ergehen. Aber es gab keinen Grund. Er würde alles in seiner Macht Stehende tun, um dafür zu sorgen, dass ihr und dem Kind nichts als unendliche Liebe widerfuhr. Aufgeregt wie nie zuvor drückte er seinen Mund auf Emilys, um sie stürmisch zu küssen. Gleichzeitig war er erfüllt von den Gedanken an all die Momente, die auf sie zukamen.

Als Emily jedoch zurückwich, verschwand seine Aufregung. Der leere Ausdruck in ihren Augen verriet ihm etwas, was ihm im ersten Moment nicht in den Sinn gekommen war. Mit einem starken Würgereiz im Hals wartete er darauf, dass sie etwas sagte. Irgendetwas. Er hoffte nur, dass es nicht das sein würde, was er befürchtete. Denn egal, wie sehr er sie liebte, mit einer Abtreibung könnte er nicht umgehen.

»Gavin«, flüsterte Emily und fühlte sich, als würde es ihr jeden Moment das Herz zerreißen. Sein Kuss hatte ihr zwei Dinge gezeigt: einerseits, wie sehr er sie liebte. Und dass er keine Ahnung hatte, was sie ihm gleich sagen würde. »Es kann sein, dass es nicht von dir ist.«

Heftig zitternd sah sie in seine Augen, die plötzlich völlig ausdruckslos waren und nicht mehr das Funkeln hatten, in das sie sich so verliebt hatte. Sie hörte, wie er schluckte und schneller atmete.

»Meine Periode hatte ich zum letzten Mal, ein paar Tage ehe du und ich zum ersten Mal miteinander geschlafen haben. Ich habe keine Ahnung, in der wievielten Woche ich bin, aber …«

»Es ist höchstwahrscheinlich Dillons Kind, das du da im Bauch trägst.« Gavin klang vollkommen niedergeschmettert. Er konnte sich nichts mehr dazu anhören. Stattdessen sprang er auf und begann im Raum auf und ab zu tigern, während in ihm ein Sturm der Gefühle losbrach, derer er nicht Herr werden konnte. Nicht einmal annähernd. Er griff nach seinem Sweatshirt, streifte es sich über und sah Emily an. Ihr trauriger Blick zerriss ihm beinahe das Herz. »Ich muss gehen.«

»Was?«, flüsterte Emily und sprang ebenfalls auf. »Wohin denn?«

Als er die Panik in ihren Augen sah, fühlte er sich wie das letzte Arschloch, aber er konnte nicht bleiben. Er versuchte seine Verwirrung zurückzudrängen, ging auf sie zu und legte ihr die Hand auf die wunderschön geschwungenen Wangen. Mit bebenden Lippen sah sie ihn an, und ihre teichgrünen Augen flehten ihn an zu bleiben. Fuck. Es bereitete ihm nahezu körperliche Schmerzen, nicht genau das zu tun. Zu bleiben. Mit ihr zu reden. Eine Lösung zu finden.

Emily sah hilflos zu, wie er sich ohne ein weiteres Wort umdrehte und aus dem Zimmer ging. Ihr verängstigtes Herz hatte er gleich mitgenommen. Wie ein Bulldozer fuhr ihr der Gedanke durch den Kopf, dass er dem Druck der Situation vielleicht tatsächlich nicht standhalten würde.

Zitternd holte sie Luft und spürte, wie ihr eine einzelne Träne über die Wange glitt. Jetzt war sie mit ihren Gedanken wieder allein. Emily versuchte sich zusammenzureißen und knipste das Licht aus. Im Dunkeln ließ sie sich auf die Matratze sinken und sah den Schatten zu, die über die Zimmerdecke tanzten. Sie legte die Hand auf ihren Bauch und realisierte, was für eine Qual die Zukunft für sie bereithielt. Tag für Tag nicht zu wissen, wer der Vater des Kindes war, würde wahnsinnig an ihren Nerven zehren. Sie hatte nicht damit gerechnet, schon so jung in eine solche Situation zu geraten. Jedenfalls nicht unter diesen Umständen … Es musste doch irgendeinen Grund für all das geben? Weinend stellte Emily fest, dass sie keinen finden konnte. Keinen einzigen. Aus Sekunden wurden Minuten, aus Minuten Stunden.

Plötzlich fuhr sie auf. Sie musste Gavin suchen. Sofort. Mit einer Jacke in der Hand stürzte sie in den Flur, lief um die Ecke und prallte gegen ihre Schwester.

Lisa packte sie an den Schultern. »Um Gottes willen, bist du okay? Ich wollte gerade zu dir, um nach dir zu sehen … Vorhin wollte ich dir ein bisschen Zeit für dich allein lassen.«

Emily atmete hektisch, schüttelte den Kopf und eilte dicht gefolgt von Lisa in die Küche. Gavin musste mit ihrem Auto weggefahren sein, also schnappte sie sich die Schlüssel von Lisas Wagen, die an der Wand neben dem Kühlschrank hingen.

»Wo willst du hin?«, fragte Lisa.

»Ich muss ihn finden«, erwiderte Emily atemlos und lief Richtung Garage.

»Aber er ist nicht weg.«

Lisas Worte ließen Emily mitten im Schritt innehalten. »Was?«

»Er ist nicht losgefahren, meine ich. Wollte einen Spaziergang am Pier machen, soweit ich weiß.«

Emily hängte den Schlüssel zurück an den Haken, und einen Moment blieb ihr das Herz stehen. Nur eine Sekunde lang. Dann setzte ihr Herzschlag mit voller Wucht wieder ein, und sie ging auf die Balkontüren des Wohnzimmers zu, stieß die Türen auf und trat hinaus in die kühle Nachtluft. Vom Ozean her wehte eine leichte Brise, und Emily erschauerte kurz. Sie warf ihre Jacke über und lief den Hügel hinter dem Haus entlang, von dem aus eine verwitterte Holztreppe nach unten führte.

Es dauerte nicht lang, bis sie Gavin entdeckt hatte. Wie Lisa vermutet hatte, saß er auf einer Bank unten am Pier im Schein einer Laterne. Er sah wie ein Engel aus, aber sie wusste, dass er sich in seiner ganz privaten Hölle befand. Auf ihrer Stirn bildeten sich kleine Schweißperlen. Emily schlug sich die Hand vor den Mund und kratzte all ihren Mut zusammen, um zu ihm zu gehen. Sie erinnerte sich an die vergangenen Wochen und an das, was sie miteinander verband. Das gab ihr plötzlich genug Kraft, um mit ihm zu sprechen. Auch wenn ihre gemeinsame Vergangenheit noch nicht lang sein mochte, so wollte sie doch unbedingt die Zukunft mit Gavin verbringen – jede Sekunde, jede Minute, jede Stunde davon. Sie würde ihn nicht hergeben. Sie weigerte sich schlicht und ergreifend, das zu tun.

Emily umklammerte das rostige Metallgeländer und ging langsam und mit rasendem Puls die Stufen hinab. Als sie unten angelangt war, erhob Gavin sich von der Bank und sah ihr in die Augen. Emily erstarrte, und ihr stockte der Atem. Die Wellen schlugen an den Kai, und Gavin kam auf sie zu, die Hände in die Hosentaschen geschoben. Einen Meter entfernt blieb er stehen, ohne den Blick von ihr abzuwenden. Emily spürte deutlich die Verbindung, die zwischen ihnen bestand, obwohl er Abstand hielt.

»Ich liebe dich, Emily Cooper.« Er verstummte, sah zu Boden und dann wieder zu ihr hoch. »Ich glaube, das habe ich schon getan, ehe ich überhaupt wusste, dass du existierst.« Seine Stimme war so leise, dass Emily ihn kaum hörte. Er trat näher und legte dann eine Hand genauso sanft auf ihre Wange, wie sein Blick auf ihr ruhte. »Ich bin mir ziemlich sicher, dass du schon immer in meinen Träumen vorgekommen bist. Das habe ich gespürt, als ich dich zum ersten Mal gesehen habe. Wie magisch hast du mich angezogen … Hast mein Herz gestohlen und nie wieder hergegeben. Selbst wenn du es mir hättest wiedergeben wollen, hätte ich das gar nicht zugelassen. Das hätte ich gar nicht gekonnt. Irgendetwas an dir war mir … wahnsinnig vertraut. Das hat mit eine Heidenangst gemacht, aber irgendwie wusste ich auch, dass wir einander brauchen. An Schicksal habe ich eigentlich nie geglaubt. Hab immer gedacht, dass das irgendein oberflächlicher Scheiß ist, der in Kitschromanen vorkommt. Aber während ich hier die letzten Stunden über saß, habe ich über uns nachgedacht. Über unsere Liebesgeschichte. Unseren Roman.« Er machte wieder eine Pause und wischte zärtlich eine Träne von ihrer Wange. »Weißt du eigentlich, dass ich euch damals mit Trevor im College hätte besuchen sollen?«

»Ja«, flüsterte sie. Auch wenn ihre Nerven sich langsam beruhigten, war sie sich nicht sicher, ob das hier sein Abschied war. »Olivia hat es mir erzählt.«

»Richtig.« Er trat näher, schlang einen Arm um ihre Taille und strich mit seinen Lippen über ihre. »Du hättest nie mit Dillon zusammenkommen sollen. Sondern mit mir, von Anfang an. Trotzdem hat das Schicksal uns eine Zeit lang voneinander ferngehalten. Das Kind in deinem Bauch mag vielleicht nicht von mir sein, aber es ist dennoch Teil einer Frau, ohne die ich nicht leben kann. Etwas, das ich hegen und pflegen werde. Es war mir ernst, als ich damals gesagt habe, dass ich im Guten wie im Schlechten mit dir zusammen sein will. Und in dem, was dazwischenliegt, genauso. Das hier ist eben gerade … so ein Zwischending.« Emily entfuhr ein leises, herzzerreißendes Schluchzen. »Wenn ich also hier und jetzt vor dir stehe, als ein Mann, ein Freund und als dein Liebhaber, will ich dir Folgendes versprechen: Selbst wenn das Baby nicht von mir ist, werde ich es kein bisschen weniger lieben als den Engel, der es auf die Welt bringen wird. Ich kann nicht behaupten, dass ich keine Angst habe. Das wäre eine Lüge, und ich habe dir ja versprochen, dass ich dich nie anlügen werde. Ich habe eine beschissene Riesenangst und weiß, dass es dir genauso geht. Also, Miss Cooper, wenn Sie mir verzeihen, dass ich Sie vorhin einfach stehen lassen habe wie das letzte Arschloch, das den Kopf freikriegen muss, dann schlage ich Ihnen vor, dass wir die nächsten Monate gemeinsam diese beschissene Angst haben werden. Ganz egal, was kommt, wir kriegen das hin. Klingt das nach einem guten Deal?«

Emily wurde ganz warm. Atemlos nickte sie und zog sein Gesicht ganz dicht heran. Als sie aus dem Haus getreten war, hatte sie mit Verwirrung und Schmerz gekämpft. Jetzt aber, als sie in dieser wunderschönen Weihnachtsnacht den Mann küsste, der ihr immer zur Seite stehen würde, wurde sie durchflutet von Erleichterung. Unendlicher Erleichterung.

11 VERÄNDERUNGEN

Das neue Jahr kam und brachte chaotische emotionale Zustände mit sich. Emily saß im Wartezimmer der Arztpraxis, hielt Gavins Hand und kam nicht umhin, sich zu fragen, wie es für ihre Mutter gewesen sein mochte, als sie mit ihr schwanger war. Ihr Vater hatte schon vor ihrer Geburt Züge missbräuchlichen Verhaltens an den Tag gelegt, und so hatte ihre Mom nie ein Geheimnis daraus gemacht, dass Emily ihr Leben einer ungewollten Schwangerschaft zu verdanken hatte. Bevor ihre Mom herausgefunden hatte, dass sie ein zweites Kind von ihm erwartete, war sie bereits entschlossen gewesen, diesen Mann zu verlassen. Dennoch hatte sie Emily unermüdlich versichert, dass sie die schönste Überraschung ihres Lebens war. Diese schlichte Aussage hallte in Emilys Kopf wider, als die Sprechstundenhilfe durch das Fenster nach ihr rief, damit sie die Unterlagen ausfüllte.

»Soll ich mitkommen?«, fragte Gavin, als Emily sich erhob.

Sie schüttelte den Kopf und versuchte ihre volle Blase zu ignorieren, die schon schmerzte.

»Nein, nein, schon okay. Bin gleich wieder da.«

Emily griff nach ihrer Handtasche und ging zur Rezeption. Während sie darauf wartete, dass das Mädchen mit dem blonden Pagenkopf ihr Telefonat beendete, sah sie sich im Wartezimmer um. Ob irgendeines der anderen Paare in derselben Situation war wie Gavin und sie? Wahrscheinlich nicht, so glücklich, wie sie lächelten. Niedergeschlagen kramte sie in ihrer Tasche und förderte schließlich ihre Versicherungskarte und ihren Ausweis zutage.

»Sorry, dass Sie warten mussten«, quiekte die Sprechstundenhilfe und schob ein Klemmbrett durch das Fenster. »'tschuldigung. Das war mein Freund am Telefon. Wenn sich nichts geändert hat, müssen Sie einfach nur unten unterschreiben, und Dr. Richards ist dann gleich für sie da.«

»Ich habe einen neuen Versicherungsträger, und meine Adresse hat sich verändert.« Emily reichte ihr die Dokumente. Das Mädchen ließ ihre Kaugummiblase platzen, verdrehte die Augen und ging die Ausweise kopieren. Über diese Arbeitsmoral konnte Emily nur den Kopf schütteln. Als sie schließlich fertig war und Emily sich wieder setzen durfte, fürchtete sie, dass auch *ihre* Blase bald platzen würde.

»Du wirkst nicht gerade entspannt«, merkte Gavin leise an und zog einen Flunsch. »Soll ich eine Szene machen, wenn sie dich nicht innerhalb von zwei Minuten pinkeln lassen? Du weißt ja, dass ich das draufhabe.«

Emily unterdrückte ein Kichern, weil ihre Blase das nicht aushalten würde, und verflocht ihre Finger mit seinen.

»Oh ja, das weiß ich in der Tat.« Sie drückte einen Kuss auf seine Wange. »Aber ein paar Minuten geht es schon noch.«

Gavin lächelte und streichelte ihren Handrücken mit seinem Daumen. »Ich glaube, du solltest dringend eine Runde *Zwanzig Fragen* mit mir spielen.«

Emily sah ihn an, als wäre ihm ein zweiter Kopf gewachsen.

»Ernsthaft«, verteidigte sich Gavin. »Das wird dich von der Urinsache ablenken. Ich bin zuerst dran.«

Emily runzelte die Stirn und gab ihm einen kleinen Knuff. »Du darfst immer zuerst!«

»Das ist so, weil ich das Spiel erfunden habe, Süße.« Grinsend sah Gavin sie an. »Seide oder Spitze?«

Emily hob amüsiert eine Augenbraue. »Diese Frage sollte ich eigentlich dir stellen.«

»Nein.« Gavin lehnte sich zu ihr und strich mit seinen Lippen über ihr Ohr. »Mein Spiel. Meine Regeln. Und jetzt antworte. Seide … oder … Spitze?«

Emily, die beim Klang seiner heiseren Stimme ihre drückende Blase sofort vergaß, holte tief Luft.

»Ich mag Seide …«

Gavin grinste schief. »Schöne Antwort. Emily Cooper in Seide, das bleibt wirklich unübertroffen.« Er lehnte sich zurück und legte einen Arm um ihre Schulter. »Stein oder Ziegel?«

»Hey.« Emily verpasste ihm einen weiteren Knuff. »Jetzt bin doch ich dran. Und wie kommst du von Seide oder Spitze auf Stein oder Ziegel, hm?«

»Mein Spiel. Meine Regeln. Ich habe eben beschlossen, sie dahingehend zu ändern, dass ich noch mal dran bin.« Er musste über ihren Schmollmund lachen und knabberte so lange sanft an ihrem Ohr, bis sie erschauerte. Er liebte es … »Mach dir keine Gedanken darüber, wie ich vom einen Thema zum nächsten komme. Antworte einfach. Stein … oder … Ziegel?«

Emily atmete tief aus und war sich plötzlich sicher, dass Gavin jahrelang dafür trainiert hatte, Frauen in aller Öffentlichkeit die Kontrolle verlieren zu lassen. Ihre volle Blase war jedenfalls nichts weiter als eine ferne Erinnerung. Emily sah ihm in die Augen und vermisste jetzt schon die Liebkosungen an ihrem Ohr.

»Stein«, sagte sie langsam. Ab jetzt würde auch sie mit ihm spielen – schließlich konnte sie ihn körperlich ebenso verrückt machen wie er sie. »Ich mag alles, was … *hart* ist.«

Ja, damit kriegte sie ihn. »Nicht, dass Ziegelsteine nicht *hart* wären … Aber wenn ich mich jetzt nicht täusche, ist Stein doch *härter* … viel *härter* als Ziegel, nicht wahr?«

»Ich weiß genau, was du vorhast«, sagte Gavin breit grinsend.

»Ach ja, tatsächlich?« Emily starrte betont gleichgültig auf ihre Fingernägel. »Und gelingt es mir?«

»Sehr gut«, flüsterte Gavin und neigte sich zu ihr. »Und wenn du das weiter so gut hinkriegst, dann müssen wir leider bald hier verschwinden. Damit ich dir wiederum zeigen kann, was ich so draufhabe. Aber ich werde mich nicht zurückhalten, Miss Cooper. Ich werde gnadenlos und unerbittlich sein und nur dann aufhören, wenn du darum bettelst.«

Emily lächelte und kräuselte erneut den Mund. »Magst du es denn, wenn ich bettle?«

»Ist diese Frage Teil des Spiels?« Verdammt. Langsam wurde sie darin richtig gut. »Du solltest sie mit Bedacht wählen, schließlich darfst du nur eine stellen.«

»Ja, das ist meine Frage.« Emily schlug seufzend die Beine übereinander. »Und jetzt antworten Sie, Mr Blake. Mögen. Sie. Es. Wenn. Ich. Sie Anbettle?«

Die Antwort lag ihm bereits auf der Zunge, mit der er am liebsten über ihren ganzen Körper geleckt hätte. Im selben Moment aber öffnete die Sprechstundenhilfe auch schon die Tür und rief Emilys Namen.

Kichernd sah Emily zu, wie Gavin mit ihr aufstand und seine Hose zurechtrückte. Sie lachte den ganzen Weg bis in das Untersuchungszimmer.

Nachdem sie das Ultraschallgerät eingeschaltet, das Licht ausgeknipst und ein weißes Laken über einen höchst unbequem aussehenden Tisch gebreitet hatte, wandte sich die Kaugummi kauende Sprechstundenhilfe an Emily.

»Bitte öffnen Sie Ihre Jeans, ziehen Sie sie bis zu Ihrem Schambein hinunter, und legen sich hierhin.«

Gavin nahm neben dem Tisch Platz und sah verschmitzt grinsend zu, wie Emily der Aufforderung nachkam.

»Oha. Das hier dürfte weitaus spannender werden als vermutet. Mein Stein ist jetzt jedenfalls sehr hart.«

Emilys Blick wanderte zu dem Mädchen, dessen Gesicht tiefrot angelaufen war. Dann kletterte sie auf den Tisch, suchte eine halbwegs bequeme Position und musste wieder über Gavin lachen.

»Das sieht dir ähnlich, sexuelle Anspielungen im Untersuchungszimmer fallen zu lassen, nachdem du dein eigenes Spiel verloren hast …«

Gavin zuckte mit den Achseln. »Wir werden einfach später weiterspielen. Ich kenne nun mal keine Grenzen, was Frauen betrifft, die Stein lieber mögen als Ziegel.«

Mit großen Augen starrte die Blondine Gavin an und räusperte sich. »Dr. Richards kommt sofort.« Mit diesen Worten eilte sie aus dem dunklen Raum.

Emily schüttelte amüsiert den Kopf. »Du hast sie verjagt!«

Gavin lehnte sich auf seinem Stuhl nach vorn und stützte die Ellbogen auf die Knie. »Ich habe sie angeturnt!«

»Oh mein Gott. Könntest du mal etwas weniger arrogant sein?«

»Ich würde es eher *selbstbewusst* nennen.«

Emily verdrehte die Augen. »Du hast auch mal behauptet, du wärst kein Stalker. Und jetzt sieh uns an!«

»Du machst mich wirklich sprachlos, und das passiert nicht oft.«

Emily grinste, und einen Moment später betrat der hoch aufgeschossene Doktor mit einem Klemmbrett in der Hand den Raum. Er schob seine Brille auf seinem Nasenrücken hoch und lächelte freundlich, wobei viele kleine Fältchen um seine Augen erschienen. »Schön, Sie wiederzusehen, Miss Cooper.«

»Hallo, Dr. Richards.«

»Okay … Wie ich hier sehe, haben Sie zwei Schwangerschaftstests gemacht, die beide positiv waren. Aber Sie sind sich nicht sicher, wann Sie zum letzten Mal Ihre Periode hatten, richtig?«

Emily nickte, und er legte sein Klemmbrett auf einem Tischchen ab, wusch sich die Hände und zog sich ein Paar Gummihandschuhe an. Dann griff er nach einer kleinen Flasche und schüttelte sie kräftig.

»Ist ein bisschen kalt«, warnte er sie und quetschte einen Haufen Gel auf Emilys Bauch, die kurz zusammenfuhr. Der Doktor begann mit einem mikrofonähnlichen kleinen Gerät das Gel zu verteilen.

»Sind Sie der Vater?«

Schwach lächelnd warf Gavin Emily einen Blick zu. Sie rutschte unbehaglich hin und her, und ihm wurde schwer ums Herz. Rasch griff er nach ihrer Hand und rückte näher an den Untersuchungstisch.

»Könnte sein, dass er der Vater ist. Darüber wollten wir auch mit Ihnen sprechen«, erklärte Emily. Wieder zuckte sie, nicht nur, weil der Arzt sehr fest auf ihren Bauch drückte. »Ich bin … nicht sicher, wer der Vater ist. Ich habe mich online ein wenig über die Möglichkeit einer Fruchtwasseruntersuchung informiert, habe aber gelesen, dass da gewisse Risiken bestehen.«

Wusch …

Der Arzt räusperte sich. »Ich verstehe. Ja, ein paar Risiken gibt es schon, aber wenn die Untersuchung korrekt durchgeführt wird …«

Wusch … Wusch …

»… überwiegen die Vorteile die Nachteile häufig.«

Wusch ... Wusch .... Wusch ...

»Besonders in einer Situation wie Ihrer.«

Wusch ... Wusch ... Wusch ... Wusch ...

»Was ist das für ein Geräusch?«, fragte Gavin und sah zwischen dem Arzt und dem Bildschirm hin und her.

»Das ist der Herzschlag Ihres ... des Kindes.« Der Arzt verstellte ein paar Schalter an dem Gerät. Dann deutete er auf den Bildschirm. »Und der kleine Punkt dort ist das Baby.«

Gavin schluckte, und sein Herz schlug so schnell gegen seine Rippenbögen wie das des kleinen Wesens, das vielleicht ... Sein Kind war. *Mein Kind* ... Emily drückte seine Hand, und Schweiß trat ihm auf die Stirn. Während er auf den Bildschirm starrte, vergaß er beinahe zu atmen. Sah nur das winzige Leben, das sich in seinem Kokon wand und räkelte.

Verdammt noch mal, es war so klein, dass es ihm garantiert schon wehtun musste, wenn Emily nur nieste. Wie oft hatte er in den letzten Wochen immer wieder gebetet, dass das Kind von ihm war. Aber jetzt und hier in diesem Untersuchungsraum musste er einfach daran glauben. Durch seinen Kopf schossen Bilder eines kleinen blauäugigen Jungen, dem er im Garten das Baseballspielen beibrachte. Oder eines Mädchens, das im rosa Tutu singend vor ihm und Emily herumtanzte.

Gavin zog seinen Stuhl näher heran, ließ Emilys Hand los und streichelte ihr Haar. Als er ihr in die Augen sah, musste er von Neuem schlucken.

»Kannst du denn ... spüren, wenn es sich bewegt?«

Emily schüttelte den Kopf. »Nein«, flüsterte sie.

»Dafür ist es noch zu früh. Das passiert erst ungefähr in der fünfzehnten Woche.« Nachdem er noch ein wenig an Emilys Bauch herumgestupst und an den Knöpfen des Geräts gedreht hatte, um weitere Herztöne hörbar zu machen, schaltete der Arzt den Bildschirm aus. Er knipste das Licht an, griff nach einer Pappscheibe und musterte sie einen Moment lang.

»Wenn ich mir die Größe des Kindes so ansehe, müssten Sie etwa in der zehnten Woche sein. Sie müssten also etwa in der letzten Oktoberwoche schwanger geworden sein. Was den Geburtstermin betrifft, so schätze ich, dass es der einundzwanzigste Juli werden dürfte. Ich habe hier in der Praxis nicht die neuesten Geräte, also werde ich von der Sprechstundenhilfe einen transvaginalen Ultraschall für Sie vereinbaren lassen. Ich stehe kurz vor der Rente und mag nicht immer auf dem neusten technischen Stand sein, aber mit dem Datum liege ich mit Sicherheit richtig. Ich mache diese Arbeit ja schon, seit Sie noch in Adams Wurstkessel geschwommen sind.« Er reichte Emily ein Papiertaschentuch. »Wischen Sie sich damit das Gel ab, und benutzen Sie auch gern unsere Toilette. Wenn Sie fertig sind, treffen wir uns in meinem Sprechzimmer. Zweite Tür links, wenn Sie hier rausgehen. Dann sprechen wir noch mal über die Vor- und Nachteile einer Fruchtwasseruntersuchung.«

Der Doktor verließ den Raum, und Emily entfernete das Gel von ihrem Bauch. Sie konnte nur daran denken, wann dem Doktor zufolge die Befruchtung stattgefunden hatte. Die letzte Oktoberwoche.

Auch wenn sie in dieser Woche nur ein paarmal mit Gavin zusammengewesen war, blieb er also im Spiel, und das schenkte Emily zumindest ein kleines bisschen Hoffnung … Seufzend rutschte sie vom Tisch und verschwand rasch in den Toilettenräumen. Nachdem sie ihrer Blase endlich Erleichterung verschafft hatte, trat sie wieder in den Flur zu Gavin. Er schien ebenso tief in Gedanken versunken wie sie.

»Alles klar bei dir?«, flüsterte sie und knöpfte ihre Jeans zu, die langsam etwas eng wurde.

Gavin legte seinen Arm um ihre Taille. »Ja. Und bei dir?«

Emily nickte und schmiegte sich an seine Brust. Dabei war ganz und gar nicht alles klar bei ihr. Es brachte sie schier um, dass Gavin dermaßen litt. Sie atmete seinen Duft tief ein und lauschte seinem regelmäßigen Herzschlag, während sie mit den Tränen kämpfte.

Gavin küsste ihren Scheitel. »Ich wusste gar nicht, dass du dich über diese Fruchtwasseruntersuchung informiert hast.«

»Ja. Letztens in der Arbeit.«

»Du hast was von Risiken gesagt.« Er griff nach ihrer Handtasche und reichte sie ihr. »Was sind das denn für Risiken? Und wie genau sieht so eine Untersuchung aus?«

Emily hängte sich die Handtasche über die Schulter und überlegte einen Moment, wie die Prozedur im Internet beschrieben worden war. Sofort überlief sie ein Schauer.

»Sie würden eine Nadel in meinen Bauch stecken und ...«

Entsetzt unterbrach Gavin sie. »Eine Nadel? In deinen Bauch?«

»Ja.«

Er stieß die Luft aus. »Emily, mir wäre es ja lieber, wenn sie keine Nadel in dich hineinrammen würden.«

»Ähm, Gavin, da geht es mir ähnlich! Ich meine, immerhin kann das zu einer Infektion führen.«

Gavins Augen wurden groß. »Was für eine Art von Infektion?«

Seine Verwirrung und Sorge brachte Emily zum Lächeln. »Eine amniotische, also eine Infektion der Fruchtblase.«

»Und was kann passieren?«, fragte er, fuhr sich mit der Hand durchs Haar und klang noch besorgter.

Emily atmete tief ein. »Eine Infektion kann zu einer Fehlgeburt führen.«

Gavin schluckte. »Ist das dein Ernst?«, fragte er langsam. Emily nickte.

»Auf keinen Fall. Das machst du nicht.« Er verschränkte seine Finger mit ihren und ging zur Tür. »Himmel, Emily, wie kannst du auch nur darüber nachdenken, dein Baby oder dich einer solchen Gefahr auszusetzen?«

Sie bogen um die Ecke und schlugen die zum Sprechzimmer entgegengesetzte Richtung ein. Emily blieb stehen.

»Ich habe es nachgelesen, weil ich gemerkt habe, wie sehr du leidest. Das ist der einzige Test, den ich gefunden habe, der jetzt schon zeigen könnte, wer der Vater ist.« Sie sah zur Seite und verstummte. »Es ist ja schon genug, dass du mich überhaupt zurückgenommen hast. Und jetzt sollst du mit dieser Ungewissheit leben?«

Gavin umschloss ihr Gesicht mit beiden Händen und zog es an seines. »Es ist genug, dass ich dich zurückgenommen habe?« Emily nickte mit glasigen Augen, und Gavin wischte ihr mit seinen Daumenkuppen sanft die Tränen aus dem Gesicht.

»Obwohl es verflucht wehgetan hat, dich zwischenzeitlich zu verlieren, Emily, würde ich nichts ändern. Gar nichts. Ich würde ich dich Millionen von Malen wieder zurücknehmen. Schmerz inklusive.« Er küsste sie zärtlich. »*Wir* leben damit. Nicht nur ich. Wir. Die Ungewissheit ist mir lieber, als dich oder das Baby in irgendeiner Weise in Gefahr zu bringen. Wenn einem von euch etwas passiert, nur weil du denkst, ich müsste Bescheid wissen, könnte ich mir das niemals verzeihen.«

Emily genoss seine betörende Hitze und legte ihren Kopf an seine Brust. »Bist du dir sicher?«

Er fuhr ihr mit der Hand durchs Haar und zog sie näher an sich

»So sicher, wie ich weiß, dass wir gemeinsam alt werden. Ich sehe es vor mir. Zwei Schaukelstühle auf einer Veranda. Wir zwei, die unseren Enkeln dabei zusehen, wie sie im Garten ein riesiges Chaos veranstalten. Macht nichts. Wir werden sie als Rache für ihre Eltern mit Süßigkeiten vollstopfen und sie dann nach Hause schicken.« Emily kicherte. »Auch wenn du mich mit Apfelmus füttern musst, weil meine hübschen kleinen Beißerchen ausgefallen sind. Mich wirst du nicht los.«

Emily sah ihn an. »Apfelmus, ja?«

Gavin zuckte mit den Achseln und grinste. »Eh. Ich mag auch Pudding.«

Emily stellte sich auf die Zehenspitzen und drückte ihm einen Kuss auf die Nase.

»Abgemacht. Apfelmus, Pudding, und die Enkel rennen mit Zuckerschock durch den Garten.« Gavin lächelte, und Emily griff nach seiner Hand. »Okay. Aber ehe wir gehen, muss ich noch einen Termin für den transvaginalen Ultraschall machen.«

Als sie sich dem Empfangstresen näherte, hinter dem die Blondine am Telefon hing und fröhlich plauderte, räusperte sich Gavin. »Richtig. Also, was dieses Transvaginalding angeht. Mir gefällt dieser Name überhaupt nicht.«

Emily verdrehte die Augen. »Was denn nun?«

»Na ja, ich bin ja kein Doktor, also kann ich hier nur Vermutungen anstellen … Aber die Vorstellung, wie ein alter ekelhafter Sack freien Blick auf deine …«

Mit Augen groß wie Untertassen hielt Emily ihm hastig die Hand vor den Mund. »Gavin!« Unter ihrer Hand verzogen sich seine Lippen zu einem Lächeln, und seine Augen funkelten vor Vergnügen. »Daran, Sir, müssen Sie sich schon gewöhnen.«

»Auf keinen Fall«, murmelte er hinter ihrer Hand. Er wand sich aus ihrer Knebelung und drückte auf die Klingel, um die Sprechstundenhilfe aus ihrem Plausch zu reißen. Erschrocken legte sie auf.

»Wir müssen einen transvaginalen Fruchtwassertesttermin für meine Freundin ausmachen, bitten aber darum, dass eine Frau die Untersuchung durchführt.« Emily lachte hell auf.

Mit einem breiten Lächeln sah Gavin Emily an. »Was ist?«

Sie schüttelte den Kopf. »Es heißt nicht transvaginaler Fruchtwassertest, du Psycho-Neandertaler.«

Sein Lächeln verschwand, und er sah fast ein wenig beschämt aus. Trotzdem war er immer noch zum Anbeißen.

»Es heißt transvaginaler Ultraschall«, sagte die Blondine sichtbar verwirrt. »Dr. Richards hat mir die Unterlagen schon zukommen lassen. Passt Ihnen der kommende Dienstag um 14.30 Uhr im Freeman-Gebäude?«

»Macht denn nun eine Frau die Untersuchung?«, fragte Gavin, der nicht mehr beschämt oder verwirrt, sondern fast ängstlich aussah, was Emily erneut zum Lachen brachte.

»Ich kann Ihren Wunsch gern weitergeben, aber garantieren kann ich Ihnen nicht, dass es eine Frau sein wird.«

»Das ist schon in Ordnung.« Emily packte Gavins Hand zerrte ihn Richtung Ausgang. »14.30 Uhr nächsten Dienstag im Freeman-Gebäude. Ich werde da sein. Vielen Dank!«

»Eine Frau!«, rief Gavin, während Emily ihn energisch aus der Praxis zog. »Wir wollen eine Frau!«

Emily trat hinaus in die schneidend kalte Nacht, in der der eisige Januarwind ihr wie Nadeln übers Gesicht fuhr, und wartete auf Gavin, der jeden Moment mit dem Auto um die Ecke biegen musste. Trotz der warmen Handschuhe vergrub sie ihre Hände tief in den Taschen ihres zweireihigen Schurmantels und beobachtete zitternd die vorbeifahrenden Autos. Kurz darauf bog auch schon Gavins Ferrari links aus der

Tiefgarage. Erleichtert lief Emily dem Auto entgegen, riss die Tür auf und kletterte eilig ins Wageninnere. Die wenigen Sekunden auf der Straße hatten ausgereicht, um beinahe zu einem menschlichen Eiszapfen zu gefrieren.

Gavin runzelte die Stirn. »Ich hätte dir auch die Tür geöffnet!«

Emily drückte hektisch auf den Knöpfen auf dem Armaturenbrett herum, um die Heizung anzustellen.

»Z-zu f-freundlich«, stotterte sie und schnallte sich an. »Aber ich konnte nicht mehr warten. Es ist höllisch da draußen.«

»Die Hölle ist nicht kalt, meine Süße.« Er fuhr mit den Knöcheln seiner Hand über ihren Hals. »Aber du schon. Wieso hast du denn nicht in der Lobby gewartet?«

»Anscheinend ziehe ich den Ärger gerade regelrecht an.« Sie kramte ihr Handy aus der Handtasche und versuchte, Olivia anzurufen. Als niemand abhob, schrieb sie stattdessen eine Nachricht.

Gavin hielt an einer Ampel, legte den Arm um sie und hob eine Augenbraue. »Immerhin entgeht dir heute ein romantischer Abend mit deinem Mann, mit dem du sämtliche Wiederholungen von *Honeymooners* hättest ansehen können. Vielleicht hast du dafür wirklich eine Strafe verdient.«

Emily sah ihn an und schob ihr Telefon zu. »Das sagst du nur, weil wir die anderen im *Pacha* treffen.«

»Richtig. Ein völlig verrückter Klub. Und ein Ort, an den eine Schwangere eigentlich nicht gehört.«

Amüsiert über seinen Kommentar, mit dem sie schon gerechnet hatte, seufzte Emily auf. Sie hatte zwar den Kampf um den Abend gewonnen, aber er war von der Idee alles andere als begeistert. »Gavin Blake?«

»Miss Emily Cooper.«

»Hören Sie auf, sich wie ein Idiot zu benehmen.«

Gavin gluckste. »Ein Idiot?« Die Ampel schaltete auf Grün, und er legte den ersten Gang ein.

»Ja. Ein Idiot. Wir haben das doch schon besprochen … Es ist ein Klub, keine Lasterhöhle. Wir sind so lange nicht mehr mit all den anderen ausgegangen, und in ein paar Monaten werde ich das auch nicht mehr können.« Sie küsste ihn auf die Wange und legte ihre Hand auf seine, während er durch die Gänge schaltete. »Ich schlage also vor, dass du das Thema abhakst, Neandertaler, und lieber noch ein bisschen mit deiner heißen Freundin prahlst, ehe es zu spät ist.«

Grinsend schüttelte er den Kopf. »Das ist heute schon das zweite Mal!«

»Das zweite Mal was?«, erkundigte sich Emily und zog die Sonnenblende hinunter. »Dass ich dich Neandertaler nenne?«

»Ja. Aber auch, dass du mich sprachlos machst.« Gavin versuchte den Blick auf die Straße zu richten, aber es war beinahe unmöglich. Der leichte Vanilleduft von Emilys Parfüm machte ihn regelrecht high. Er rutschte unruhig auf seinem Sitz hin und her und starrte auf ihren süßen Schmollmund. »Und das fängt langsam an mir besser zu gefallen, als es sollte.«

Emily lächelte, während sie ihr Make-up im Spiegel überprüfte.

»So oder so wird der Neandertaler seiner heißen Freundin nicht von der Seite weichen, solange wir da drin sind.« Gavin riss den Blick von ihrem wunderschönen Lächeln los und konzentrierte sich wieder auf die Straße. »Um die Vergeltung kümmere ich mich später, Neandertalerin.«

Bis sie einen Parkplatz gefunden hatten, hatte Gavin ihr die unterschiedlichen Arten der Bestrafung bereits genauestens vor Augen geführt – sodass Emily es beinahe bereute, dass sie auf den Klubabend bestanden hatte. Seine prickelnde Folter klang einfach zu verlockend …

Nach einem kurzen, aber bitterkalten Spaziergang um den Block betraten sie durch den VIP-Eingang den Klub. Gavin legte ihr die Hand ins Kreuz und dirigierte sie in das Zwischengeschoss, wo Olivia gerade ihre Hüften gegen die von Mr Flauschhandtuch kreisen ließ. Obwohl die Musik in ihren Ohren nur so dröhnte, konnte Emily doch Olivias lautes Freudenkreischen hören, als sie auf sie zuschoss.

»Meine Liebe!« Nachdem Olivia durch den Zusammenstoß mit einer Stange und einem Tisch beinahe eine brutale Bruchlandung hingelegt hätte, umarmte sie Emily übermütig. »Du hast dich gegen deinen Mann durchgesetzt, sehr gut! Bin ich froh, dass du keine Widerrede hast gelten lassen. Und total betrunken bin ich auch. Yeah! Das wird eine Wahnsinnsnacht!«

Emily kicherte und schlüpfte aus ihrem Mantel. »Ja, ich habe den Kampf gewonnen.« Sie lächelte Gavin an, der ihr grinsend den Mantel abnahm. »Und du siehst tatsächlich schon ziemlich angeduselt aus.«

»Ich möchte heute Abend konstant auf nette Weise angetrunken bleiben.« Olivia lächelte und griff nach Emilys Hand, um sie zum Balkon zu ziehen, von dem aus man auf die Tanzfläche sehen konnte.

»Schau mal, Emily!«, rief sie und breitete die Arme aus. »Die Welt gehört mir!«

»Verdammt noch mal, Olivia!«, stieß Emily entsetzt hervor, weil Olivia sich über die Balkonbrüstung lehnte. Rasch legte sie ihrer betrunkenen Freundin die Arme um die Taille, damit sie sich nicht in den Tod stürzen konnte, und brachte sie zurück zu Jude und Gavin.

Olivia runzelte zwar die Stirn, ließ sich aber nicht davon abhalten, sich von einer vorbeilaufenden Kellnerin einen feuerroten Schnaps reichen zu lassen. Jude zückte die Geldbörse und zahlte bereitwillig. Olivia kippte den Drink hinunter und stellte das leere Glas wieder auf das Tablett, ehe sie Jude einen feuchten Schmatzer verpasste. »Du erinnerst dich doch an meine menschliche Leinwand, oder?«

Emily lächelte. »Wie könnte ich sie vergessen?«

»Schön, dich wiederzusehen«, rief Jude über die wummernde Musik hinweg. »Immerhin habe ich dieses Mal was an!«

Emily, der auf die Schnelle keine passende Antwort einfiel, lächelte einfach. Jepp. Diese Aussage hatte Gavins Neugier natürlich geweckt! Zumindest ein bisschen. Er legte Emilys Mantel auf der Wildledercouch ab und richtete dann den Blick auf Jude.

»Ich bin Gavin, und es freut mich wahnsinnig, dass du Klamotten trägst! Und wer bist du?«

»Was geht, Bro?«, fragte Jude mit einem alkoholseligen Lächeln. Er und Gavin schüttelten sich die Hände. »Ich heiße Jude, kannst mich aber auch menschliche Leinwand nennen, wenn du magst. Geht beides. Ich finde den Spitznamen cool!«

Gavin nickte und lehnte sich zu Emily. »Okay, er stellt es als etwas Besonderes dar, dass er dieses Mal Klamotten anhat – und er bezeichnet sich als menschliche Leinwand.« Er schlang seinen Arm um ihre Taille. »Deshalb muss ich davon ausgehen, dass du ihn bereits nackt gesehen hast und vielleicht Paintbrush mit im Spiel war. Du hättest mich jederzeit bemalen können, wenn du das Bedürfnis hast!«

Emily legte einen Arm um seinen Hals und grinste ihn mit hochgezogenen Augenbrauen an. »Echt? Ich dürfte dir einen hübschen Regenbogen auf deinen Bauch malen?«

»Mhm. Du darfst alles malen, was du willst. Auf jede Stelle.« Er knabberte an ihrer Unterlippe und zog sie näher an sich. »Denk dran, es gibt zwischen mir und dir in sexueller Hinsicht keine Grenzen … Aber wenn du fremde nackte Männer bemalst, komme ich damit nicht so gut klar.«

Emily brach in schallendes Gelächter aus und zog ihn dicht an ihre Lippen. »Ich habe noch nie einen nackten Mann mit Farbe bemalt, aber ich habe fest vor, das mit dir zu tun, sobald wir zu Hause sind. Ach so, ich habe ihn übrigens nur zum Teil nackt gesehen. Netter Body, aber nichts im Vergleich zu deinem! Mach dir also keine Sorgen, ja?«

»Das beruhigt mich jetzt nicht unbedingt, aber ich will es mal gut sein lassen.« Er starrte sie an und fuhr sich mit der Zunge über die Unterlippe. »Meinst du denn, Geschäfte mit Malbedarf haben so spät noch offen?«

»Hey!«, zwitscherte Olivia und zog Emily von Gavin weg. Dann torkelte sie auf ihn zu und fuhr sich lächelnd mit der Hand durch ihr blondes Haar. »Hast mich noch gar nicht umarmt, Blake. Und Emily haste doch schon geschwängert. Mehr als schwanger geht nicht! Halt dich zurück, Bruder! Ihr seht beide schon wieder ziemlich aufgegeilt aus!«

Nachdem Olivia ihn fest an sich gedrückt hatte, schüttelte Gavin den Kopf. »Ich bin heute von Frauen umgeben, die mich sprachlos machen.«

Olivia grinste vergnügt und legte ihren Arm um Emily.

»Gewöhn dich dran, Kumpel. Wir bleiben hier noch ’ne Weile.« Rülpsend sah sie auf ihre Armbanduhr. »Verdammt, was ist eigentlich mit meinem Bruder und Fallon los? Hoffentlich arbeitet er nicht auch gerade daran, sie zu schwängern! Eigentlich wollten sie um Mitternacht hier sein und jetzt ist es schon Viertel nach.«

Emily zog die Nase kraus und trat einen Schritt zurück. »Himmel, Olivia!«

»Was?« Olivia versuchte das Gleichgewicht zu halten, indem sie sich an Jude klammerte. Der taumelte aber ebenfalls zurück. Olivia zog eine finstere Miene. »Ich hab’s ein wenig übertrieben mit dem ganzen Schwängerungsding, stimmt’s? Sorry! Aber mein Gott, Emily, du kriegst eben wirklich ein

Kind! Wir werden für den kleinen Racker Kinderklamotten kaufen gehen … Na ja, nicht wirklich Kinderklamotten, schließlich ist es ja noch kein Kind, wenn es aus dir herauskommt, sondern ein kleiner Säugling. Winzig wie ein Radiergummi, hach!« Olivia hob den Zeigefinger und tippte damit an ihre Stirn. »Wir brauchen einen Manen. Einen Namen, meine ich. Einen Manen. Einen Manen. Oh! Ich hab's! Olivia! Ob Junge oder Mädchen, schenk dem Kind mir zu Ehren den Manen Olivia.«

Komplett perplex von Olivias betrunkener Show, hatte Emily auf einmal das Bedürfnis, ebenfalls ein paar Shots in sich hineinzuschütten.

»Olivia, ich habe gar nicht von dem Baby gesprochen. Sondern davon, dass du mir ins Gesicht gerülpst hast.«

Sie schlug sich die Hand vor den Mund. »Ich habe gerülpst? Oje!«

In diesem Moment kamen Trevor und Fallon zu ihnen. Vor Freude quietschend, umarmte Olivia auch dieses Pärchen übermütig. Nachdem er ein paar Fragen dazu über sich ergehen lassen musste, ob er denn Fallon nun geschwängert habe oder nicht, schickte Trevor Olivia und Jude auf die Tanzfläche. Ein wenig Alkohol verbrennen, wie er meinte.

Auch wenn er ein ungutes Gefühl dabei hatte, ließ Gavin es zu, dass Emily sich ihnen anschloss. Immerhin war Fallon an ihrer Seite, die heute nichts trinken wollte, weil sie am nächsten Morgen auf eine frühe Kommunionsfeier musste. Das beruhigte ihn ein wenig. Mit verschränkten Händen stützte Gavin sich auf das Balkongeländer und verfolgte Emilys Weg auf die überfüllte Tanzfläche mit Argusaugen.

»Ich habe mitbekommen, was zwischen Dillon und dir passiert ist«, sagte Trevor, der die Frauen ebenfalls beobachtete. Er klang besorgt. »Ein paar Jungs aus dem Büro haben mich angerufen und mir davon erzählt.«

Gavin war so damit beschäftigt, nach Emily zu sehen, dass er Trevor keines Blickes würdigen konnte.

»Du hast vor mir geheim gehalten, was er ihr angetan hat.«

»Ich habe überhaupt nichts geheim gehalten«, erwiderte Trevor und rückte seine Brille zurecht. »Ich habe mit Emily gesprochen, und sie hat mir geschworen, dass sie dir alles erzählt, wenn ihr euch wiederseht.« Er schlug Gavin auf die Schulter. »Ich dachte, du wüsstest schon davon.«

Gavin wich zurück. Er riss seinen Blick von Emily los und starrte Trevor so bohrend an, als wolle er ihn im nächsten Moment über das Geländer werfen. »Ach, das hast du also vermutet, ja? Wie bescheuert kann man denn bitte sein? Du warst bei mir, als sie bei mir eingezogen ist. Da haben wir uns zum ersten Mal wiedergesehen, seit ich in Mexiko war. Glaubst du nicht, dass ich mit dir darüber gesprochen hätte, wenn ich Bescheid gewusst hätte?«

»Komm schon, Kumpel, was erwartest du denn von mir? Sie hat mir versprochen, es dir zu erzählen! Davon bin ich ausgegangen, und das war wohl ein Fehler. Das ist alles.«

Je mehr Trevor versuchte sich herauszureden, desto größer wurde Gavins Lust, ihn über das Geländer zu stoßen.

»Ja. Es war ein Fehler. Was ich erwarte? Kann ich dir sagen. Ich hätte erwartet, dass du noch am selben Tag nach La Playa fliegst. Das würde der Freund tun, den ich schon mein halbes Leben lang kenne. Jemand, der für mich wie ein Bruder ist.« Gavin funkelte ihn wütend an und konzentrierte sich dann wieder auf Emily. Die Frau, die er vor einem Leben voller Schmerz und Kummer bewahrt hatte. Von diesem Gedanken wurde er noch wütender, und er biss die Zähne zusammen.

»Ich liebe sie mehr als alles auf der Welt. Ich wäre sofort zurück nach New York gekommen, wenn ich das gewusst hätte. Du hättest was tun müssen. Basta.«

Über die ohrenbetäubende, hämmernde Musik hinweg konnte Gavin Trevors resigniertes Aufstöhnen hören. So oder so war er sich nicht sicher, ob ihre Freundschaft das überstehen würde. Er wusste nicht einmal, ob sie es überhaupt wert war, sie zu retten. Im Moment wollte er Trevor am liebsten an die Gurgel gehen, er fühlte sich hintergegangen. Statt sich noch weiter über ihre Freundschaft den Kopf zerbrechen, widmete sich Gavin wieder dem Beobachten von Emily und ihren Freundinnen, die gerade mit der menschlichen Leinwand im Schlepptau die Tanzfläche verließen und die Treppe nach oben kamen. Gavin sah kurz zu Trevor, der eine betont gelassene Miene aufgesetzt hatte, die er ihm nicht recht abkaufen konnte. Er konnte förmlich hören, wie es in seinem Kopf ratterte, aber es kümmerte ihn nicht die Bohne. Emily schlang die Arme um seine Taille und rettete ihn so aus der verfahrenen Situation.

Er drehte sich um und fuhr mit den Fingern durch Emilys verschwitztes Haar. Sie lächelte ihn an, und sofort schmolz er dahin. Gott, die Hormone jagten ohnehin schon durch seinen Körper – dass ihre Haut jetzt auch noch von einem glänzenden Schweißfilm überzogen war, machte die Sache nicht besser. Am liebsten hätte er sie mit Haut und Haar verschlungen … Gavin zog sie an sich und küsste sie stürmisch, wollte ganz in ihr versinken. Er konnte das Vibrieren ihres Stöhnens auf seiner Zunge spüren und wurde immer erregter.

»Hattest du Spaß?«

»Oh ja, hatte ich«, keuchte Emily und fühlte, wie ihr ganzer Körper kribbelte. Ihre Haut. Ihr Puls raste. Jedes einzelne Härchen schien sich aufgerichtet zu haben. Und zwischen ihren Beinen prickelte und zog es verheißungsvoll, als sie seinen sinnlichen Adamsapfel hinter dem Kragen seines weißen Hemdes auf- und abwandern sah. Seufzend fuhr sie über sein maßgeschneidertes graues Sweatshirt mit dem

V-Kragen. Wie gerne hätte sie seine nackte Brust gefühlt … Sie schluckte.

»Ich muss mal kurz auf die Toilette. Bin gleich zurück.« Sie sah zu Gavin auf, der sie weiter festhielt. Mitten im Klub. Emily schluckte wieder.

Gavin deutete mit dem Kinn Richtung Ausgang. »Ich würde hier gern raus, wenn du fertig bist.«

Sein Tonfall sprach Bände. Mit weichen Knien nickte Emily. »Da müssen Sie nicht zweimal fragen, Mr Blake.«

»Braves Mädchen.«

Emily wirbelte auf ihren Absätzen herum und machte sich auf den Weg, nur um sofort von Olivia abgefangen zu werden, die noch mehr schwankte als zuvor und Emily sofort zum Kichern brachte. Sie schnappte nach ihrer Hand und zog sie hinter sich her zu den Toiletten. Nachdem auch Fallon sich zu ihnen gesellte, hakte Emily sich bei beiden unter.

»Hey, Country!«, zirpte Fallon, als sie nebeneinander vor dem Spiegel standen. Sie zog die Wimperntusche aus ihrer Handtasche, beäugte sich kritisch im Spiegel und begann sich zu schminken.

»Hat Gavin dir von dem Streit erzählt, den er eben mit Trevor hatte?«

Emily, die gerade nach ihrem Lippenstift kramte, sah verwirrt auf.

»Nein«, sagte sie und legte den Kopf schief. »Was ist denn passiert?«

»Na, Gavin ist sauer auf ihn, weil Trevor ihm nicht gesagt hat, was Dillon mit dir gemacht hat.«

Emily seufzte. »Ich habe ihm doch gesagt, dass ich das so gewollt hab. Ich werde noch mal mit ihm sprechen.«

»Das hoffe ich.« Fallon pfefferte die Wimperntusche zurück in ihre Tasche und plusterte ihr Haar auf, das unter den eingelassenen Deckenlichtern kupferrot aufleuchtete. »Ich finde, Trevor sollte keinen Ärger für etwas kriegen, was du vermasselt hast. Du musst das klarstellen.«

»Das weiß ich doch, Fallon. Wie gesagt, ich habe Gavin im Prinzip alles erklärt. Auch dass Trevor mir das Versprechen abgenommen hat, dass ich Gavin alles selbst erzähle, gleich, wenn wir uns wiedersehen. Ich hab es aber eben nicht sofort getan. Was soll ich noch dazu sagen? Ich spreche noch mal mit ihm, ja?«

Fallon schnaubte und nickte dann. »Geht klar. Tut mir leid, dass ich dich so angeschnauzt habe, aber ich liebe Trevor nun mal, und die Sache hat ihn ziemlich aufgeregt.«

»Trevor regt sich doch ständig über alles Mögliche auf«, platzte es aus Olivia heraus, die gerade aus der Kabine trat. Sie öffnete ihre Halskette, die sich in ihrem Haar verheddert hatte, verdrehte die Augen und legte den Schmuck ab. Einen Augenblick lang verzerrte sie ihr Gesicht vor Schmerz, dann lächelte sie.

»Puh, Gott sei Dank. Das blöde Ding hat mich fast umgebracht. Fragt mich nicht, wie das passiert ist. Vielleicht, während ich mich abgewischt habe. Garantiert hab ich auf meine Schuhe gepinkelt!«

Fallon lehnte sich mit verschränkten Armen ans Waschbecken.

»Trevor regt sich gar nicht über alles auf, Liv!«

»Pff. Na klar.« Olivia schnaubte und wusch sich die Hände. »Er ist die absolute Oberzicke. Sogar mein Vater findet, dass ich da viel harmloser bin als er. Wenn er keinen Schwanz hätte, würde ich ihn Pussy nennen.«

Emily schlug sich die Hand vors Gesicht, um ein Kichern zu unterdrücken.

Ein leises Lächeln erschien auf Fallons Lippen. »Na, dass er einen Schwanz hat, kann ich dir garantieren. Auch, dass er weiß, wie man ihn einsetzt.«

Olivia knüllte das Papiertuch, mit dem sie sich die Hände abgetrocknet hatte, zusammen und warf es Fallon an die Stirn. »Und ich kann dir versichern, dass er dir im Nu einen Braten in den Ofen schieben wird, wenn ihr nicht verdammt gut verhütet! Dann geht es dir wie unserer Freundin hier, nur dass euer Kind nicht so süß werden wird wie ihres – sondern genauso eine Zicke wie sein Vater! Ha!«

Emily verdrehte die Augen. »Genug mit den Schwangerschaftswitzen, okay, Liv?«

Olivia zuckte mit den Achseln. »Na, ist doch wahr. Euer Kind wird hundertprozentig niedlicher.« Oliva presste die Lippen aufeinander und kniff die Augen zusammen. »Warte, das nehme ich zurück. Wenn es Dillgurkes Balg ist, dann gibt's ein Problem. Dann wird es ein richtiges hässliches Kind.«

Fallon klappte der Kiefer herunter, und Emily keuchte auf. »Wie kannst du so was nur sagen?«

»Emily, wenn ich einen sitzen habe, sage ich immer die Wahrheit. Wenn es Gavins Kind ist, hast du einen Volltreffer gelandet – ansonsten würde ich schwer darüber nachdenken, es zur Adoption freizugeben. Im Ernst, ihr steuert doch jetzt schon auf ein riesiges Drama zu. Ich liebe dich, Emily. Aber wenn ich mir vorstelle, wie das Kind wohl aussehen mag, kommt mir das kalte Grausen.«

Emily schnappte sich ihre Handtasche von der Ablage und schoss an Olivia vorbei, die ihren Arm packte.

»Emily, warte! Es tut mir leid. Aber um kurz ein Wort für Dilldo einzulegen, was ich ja sonst nie tun würde: Ich glaube, dass es falsch ist, ihm nichts von der Schwangerschaft zu erzählen, bis ihr wisst, wer der Vater ist. Du weißt, dass ich kein Fan von ihm bin, aber es ist nun einmal möglich, dass das Kind von ihm ist. Auf lange Sicht gesehen kann es große Probleme geben, wenn du ihm nichts sagst.«

Emily holte tief Luft und versuchte sich zu sammeln. »Weißt du was, liebe Olivia? Du bist sturzbesoffen. Gerade noch hast du mein Kind als Balg bezeichnet, mir prophezeit, dass es furchtbar hässlich sein wird, und hast mir zur Adoption geraten. Und dann erklärst mir, was du von Gavins und meiner Entscheidung hältst, ohne dass ich dich darum gebeten hätte. Wenn du nicht völlig fertig wärst, könntest du dich an Gavins Beweggründe erinnern. Und auch daran, weshalb ich seiner Meinung bin. Und jetzt entschuldige mich bitte, liebe Freundin. Ich mache die Biege. Du kannst mich gern morgen anrufen, wenn du mit deinem ekelhaften Kater aufgewacht bist.«

Verwirrt, traurig und maßlos enttäuscht über den Verlauf dieses Abends, den sie sich ganz anders vorgestellt hatte, verließ Emily die Toilettenräume. Veränderung, in all ihren heimtückischen Formen, wurde langsam zur Normalität. Hoffentlich würde sie sie nicht von den Menschen entfernen, die ihr und Gavin wichtig waren. Und hoffentlich waren sie diesen Menschen umgekehrt noch genauso wichtig.

12 GERAUBTER ATEM

Gavin hatte es sich eben mit der neuen *New York Times* und einer Flasche Wasser auf der Couch bequem gemacht, als es an der Tür läutete. Verwundert warf er einen Blick auf die Uhr. Eigentlich erwartete er niemanden, und auch Emily hatte nichts erwähnt. Er öffnete die Tür, und Trevor stand vor ihm.

»Hey, Kumpel.« Trevor fuhr sich mit der Hand durchs Haar. »Hast du eine Minute für mich?«

Gavin zuckte halbherzig mit den Achseln und ging Richtung Küche. Er hörte, wie Trevor die Tür hinter sich schloss, und ließ sich an der Kücheninsel nieder.

Trevor rieb sich mit der Hand den Nacken und räusperte sich. »Passt es dir gerade nicht? Sieht aus, als wolltest du gleich los.«

»Emily und ich sind heute Abend bei meinen Eltern zum Essen eingeladen«, antwortete Gavin mit unverhohlener Kälte.

»Oh.« Trevor ließ den Blick schweifen, atmete dann tief aus und sah wieder zu Gavin. Es war offensichtlich, dass er sich unwohl fühlte. »Na, dann grüß sie mal lieb von mir.«

Gavin verschränkte die Arme und nickte. Ob Trevor wohl mal zum Punkt kommen würde?

Der starrte Gavin jetzt aus großen Augen an und schüttelte den Kopf.

»Es tut mir echt leid, Kumpel. Du hast recht. Ich hätte dir sofort hinterherfliegen sollen. Ich hab eine Menge verbockt in der Angelegenheit … Dass ich dir nicht gleich davon erzählt habe, ist nur der letzte Punkt auf einer langen Liste von Versäumnissen.« Trevor klang heiser und erschöpft. »Ich hätte von Anfang an auf deiner Seite sein sollen. Seit du mir gesagt hast, dass du Emily brauchst, und natürlich auch in dem Moment, als Dillon dir eine verpasst hat. Ich könnte verstehen, wenn du nie wieder mit mir sprichst.«

Gavin sah, wie sehr Trevor der Wiedergutmachungsversuch ins Schwitzen brachte, und dachte an das Gespräch, das er und Emily gestern vor dem Schlafengehen geführt hatten. Sie hatte ihn ziemlich in die Ecke gedrängt, indem sie ihn an seine eigenen Worte erinnert hatte. Wenn er Emily dazu geraten hatte, dass sie ihrer Mutter verzeihen solle, solle er selbst in diesem Fall mit Trevor genauso umgehen.

»Vergeben und vergessen, besser heute als morgen«, so hatte sie es ausgedrückt. Trevor hatte eine ohnehin schwierige Situation noch schlimmer gemacht, und er wurde das Gefühl, von ihm hintergangen worden zu sein, einfach nicht los, doch es brachte niemandem etwas, wenn Gavin weiter seinen Groll gegen ihn hegte. Sein Freund schwenkte die weiße Fahne, und er durfte das nicht einfach übergehen. Emilys Drohung, ihm gehörig den Hintern zu versohlen, wenn sie sich nicht versöhnten, gab ihm einen weiteren Schubs. Gavin versuchte die Feindseligkeit aus seinem Kopf zu tilgen und musterte Trevor noch einen Moment lang, ehe er ihm die Hand entgegenstreckte.

Trevor holte zittrig Luft und atmete wieder aus, als er und Gavin sich kräftig die Hände schüttelten.

»Danke, Kumpel.« Er schluckte. »Ich weiß es sehr zu schätzen, dass du unsere Freundschaft nicht aufgibst. Bedeutet mir 'ne Menge, ehrlich.«

Gavin legte den Arm auf der Stuhllehne neben sich ab und verdrehte lächelnd die Augen. »Jetzt ist aber Schluss mit dem sentimentalen Mist. Noch mehr davon, und wir kriegen beide einen Heulkrampf.«

Lachend schüttelte Trevor den Kopf. Einen Moment später wurde sein Gesichtsausdruck ernst.

»Also, wie geht es euch denn jetzt mit der Sache? Ist ja schon eine recht heftige Angelegenheit für beide von euch.«

»Jepp. Ein bisschen überfordert uns die Sache schon, aber wir kriegen das hin.« Gavin stand auf und holte eine Flasche Scotch aus der Bar, die er mit Blick zu Trevor hochhielt. Trevor war sofort dabei, und Gavin ließ ein paar Eiswürfel in zwei Gläser klirren, bevor er einen Schuss Scotch daraufgab. »Ich liebe sie, nur darauf kommt es an.«

Trevor nickte. »Und was sagen deine Eltern dazu?«

»Bis jetzt weiß nur mein Dad Bescheid«, erwiderte Gavin und leerte sein Glas in einem Zug. Er ließ die Eiswürfel im leeren Glas kreisen und sah Trevor einen Moment lang wortlos an. »Darum soll es heute bei dem Abendessen gehen.«

Trevor gelang es nicht, seinen Schock zu verbergen. »Was glaubst du, was deine Mutter sagen wird?«, fragte er.

Gavin zuckte mit den Achseln. Nicht, dass es ihm egal war, was seine Mutter dachte; sie bedeutete ihm alles. Aber am wichtigsten war immer noch Emily, die sich nicht die ganzen kommenden Monate den Kopf über diese Frage zerbrechen sollte – die Situation war auch so schon belastend genug. Das Letzte, was er wollte war, dass ihr der Stress auch in körperlicher Hinsicht zusetzte. Hoffentlich würde seine Mutter die Sache nicht schlimmer machen, indem sie Emilys Schwangerschaft verurteilte.

»Keine Ahnung. Man wird sehen.«

»Gavin, hast du meine schwarzen Pumps gesehen?«, tönte Emilys Stimme aus dem Flur. Nur mit einem Handtuch bekleidet, kam sie um die Ecke und versuchte gerade ein Armband an ihrem Handgelenk zu befestigen.

Gavin räusperte sich lautstark.

Emilys Kopf fuhr nach oben, und sie raffte keuchend das Handtuch zusammen.

»Mist! Habe gar nicht mitgekriegt, dass wir einen Gast haben!« Gavin und Trevor gluckstεn, während Emily auf dem Absatz kehrtmachte und ihre nackten Füße auf den Marmorboden klatschten. »Hi, Trevor! Tschüs, Trevor!«, rief sie.

Trevor trank den letzten Schluck seines Drinks und lächelte. »Hallo und tschüs, liebe Emily.« Er stellte sein Glas in der Spüle ab und ging zurück zu Gavin, um ihm abermals die Hand zu geben. »Du bist ein guter Kerl, Kumpel. Sie hätte schon früher jemanden wie dich an ihrer Seite verdient. Ihr beide kriegt das hoffentlich hin! Und dann haben wir 'ne Menge zu feiern.«

Gavin nickte nur und brachte Trevor zur Tür. Er versuchte den Teufel in seinem Kopf zurückzudrängen, der ihm sagte, dass die Sache ein übles Ende nehmen würde …

Dann beschloss er nach seinem Mädchen zu sehen, von dem er hoffte, dass sie *sein* Kind im Bauch hatte. Leise klopfte er an die Schlafzimmertür und streckte zögerlich seinen Kopf hinein. Als er den Raum betrat, stieg ihm der zarte Vanilleduft von Emilys Parfüm in die Nase, der ihm sofort sämtliche Sinne vernebelte.

Dennoch kämpfte er mit einem Problem, mit dem er nie gerechnet hätte. Als sie gestern vom Klub zurück nach Hause gekommen waren, war er sofort über Emily hergefallen – nur um mittendrin plötzlich zu erstarren. Er hing über ihr und wurde von ihrem Keuchen immer härter, konnte aber nicht aufhören darüber nachzudenken, ob er dem Baby vielleicht wehtun könnte. Die Vorstellung war ihm so unerträglich, dass er sich urplötzlich nicht mehr in der Lage dazu sah, weiter mit der Frau zu schlafen, die er liebte. Zuckend legte er sich neben sie und sagte, dass es ihm nicht gut ginge. Als Emily versuchte, ihm mit einer zärtlichen Massage das Einschlafen zu erleichtern, fühlte er sich wie das letzte Arschloch.

Jetzt saß Emily auf dem Bett und schlüpfte in die Pumps, die sie eben noch gesucht hatte. Als sie ihn ansah, hob sie die Augenbrauen, und da war dieses Lächeln, in dem er wie immer am liebsten versunken wäre. Er biss sich auf die Unterlippe und gab sich ganz diesem wunderbaren Anblick hin.

»Hey, du«, gurrte sie, ehe sie aufstand und auf ihn zuging. Ihre sanften Kurven kamen in der schwarzen Seidenbluse mit dem u-förmigen Ausschnitt wunderbar zur Geltung, und Gavin genoss es, wie ihre Hüften selbstbewusst unter dem knielangen Rock aus Drillich hin- und herschwangen. Mit einem verführerischen Glanz in den Augen schlang sie ihren Arm um seinen Hals.

»Du siehst zum Anbeißen aus.«

»Du aber auch«, konterte Gavin und versuchte irgendwie, seiner wachsenden Erektion Herr zu werden.

»Nun«, flüsterte sie scheu und strich mit den Lippen über sein Ohr, »wir können ja schon ein bisschen früher unseren Nachtisch genießen und da weitermachen, wo wir gestern Nacht aufgehört haben. Wenn ich mich nicht täusche, haben wir noch Schlagsahne im Kühlschrank. Mein Make-up ist schon fertig. Ich stecke einfach mein Haar auf und dusche notfalls noch mal, falls du es nicht schaffst … die ganze Sahne von meinem Körper zu *lecken*.«

Auf in den Kampf. Gavin räusperte sich und wich zurück… »Wir müssen doch bald los«, krächzte er nervös und öffnete die Schranktür. Die Lüge schmeckte bitter.

Emily seufzte ein wenig bestürzt. Hatte er sie nicht eben noch angesehen, als würde er ihr am liebsten sofort sämtliche Kleider vom Leib reißen? Sie warf einen Blick auf ihre Armbanduhr und zog einen Flunsch.

»Wir müssen erst in zweieinhalb Stunden da sein, Gavin. Da bleibt doch noch massenhaft Zeit! Wir können die Schlagsahne auch gern weglassen und direkt zur Sache kommen. Ich muss dringend noch ein bisschen von dieser kribbeligen, nervösen Energie loswerden, die ich wegen heute Abend in mir habe.«

Fuck. Schlagsahne auf den schönsten Stellen ihres Körpers, er liebte dieses Spiel. Allein der Gedanke daran ließ seinen Penis schon steif werden. Aber die Vorstellung, wie eine tobende Emily auf ihm saß und versuchte, die überschüssige Energie wegzuvögeln, machte ihn absolut fertig. Ein Stripklubbesuch mit zwanzig wunderschönen nackten Frauen um ihn herum war nichts dagegen.

Denk nach, du Idiot . . Denk nach.

»Ähm ... Meine Mutter hat aber angerufen und gesagt, dass es das Abendessen schon früher gibt. Wir müssen ... jetzt los. Zieh deinen Mantel an Wir treffen uns an der Tür!«

Gavin zog ein Paar Anzugschuhe von *Zelli Mario* aus der Schuhablage und ließ sich beschämt auf der Bettkante nieder, während Emilys Flunsch immer größer wurde. Dann verdrehte sie ihre wunderschönen grünen Augen, verschränkte die Arme unter ihren verführerischen Brüsten und stakste aus dem Zimmer. Verdammt ... Schließlich schlüpfte er in die Schuhe und tappte vor den Spiegel, um seine Krawatte gerade zu ziehen. Von seinem Spiegelbild wurde ihm übel.

»Du bist ein Arschloch«, murmelte er leise. Seufzend zog er die Schlüssel aus seiner Hosentasche und hoffte, dass die Fahrt nicht ganz so unangenehm werden würde wie der Abend selbst.

Eine Stunde und eine doch ziemlich entspannte Fahrt später bog Gavin in die Einfahrt zur Oase seiner Kindheit ein. Sein Elternhaus, ein großes Anwesen im Tudorstil, lag außerhalb der City am Ufer des Sheldrakesees in den üppigen Hügeln von Croton-on-Hudson, New York. Dies war einer der Orte, an denen Gavin immer Erholung fand. An diesem Abend, an dem das satte Kupferrot des Himmel bereits in ein nächtliches Schwarz überging, war er sich jedoch nicht sicher, ob ihm das gelingen würde. Emily glitt aus dem Auto und packte seine Hand. Sofort bemerkte Gavin, dass ihre Stimmung sich gewandelt hatte. Er schloss sie in seine Arme und drückte sie fest an seine Brust. Emily zitterte vor Angst – eine Angst, die Gavin mittlerweile leider nur allzu vertraut war.

»Alles wird gut, Baby. Ich schwöre es dir«, wisperte er und drückte einen Kuss auf ihren Scheitel.

»Das hoffe ich«, erwiderte sie kleinlaut und sah ihn aus tränenfeuchten Augen an. »Ich fände es wirklich furchtbar, wenn meine Beziehung zu deiner Mutter darunter leiden würde.«

»Ich will nicht, dass du dir darum Sorgen machst«, gab er zurück und ließ seine Finger nervöse Achten auf ihren Rücken malen. »Das wird schon werden. Mein Vater weiß, wie man in solchen Fällen mit ihr umgehen muss, schließlich hat er fünfunddreißig Jahre Übung darin.«

Emily nickte schwach und versuchte ihm zu glauben. Dann holte sie tief Luft und verflocht ihre Finger mit Gavins, als sie die kopfsteingepflasterten Stufen hinauf zur Eingangstür gingen.

Gavin spürte, dass sie sich trotzdem noch unwohl fühlte, und blieb stehen. »Zwanzig Fragen.«

»Jetzt?«, fragte Emily verdutzt.

»Ja. Du brauchst das dringend.« Gavin schlang seine Arme um ihre Taille und zog sie an sich. »Ich verspreche dir, dass du dir nicht mehr den Kopf um meine Mutter zerbrechen wirst, wenn ich fertig mit dir bin.

Emily schüttelte den Kopf und kicherte leise. »Oh, daran zweifle ich keine Sekunde! Los, ich weiß ja, dass du als Erstes an der Reihe bist.«

Ein Grinsen glitt langsam über Gavins Lippen. Die erste Frage wusste er schon.

»Bücher oder Filme?«

Emily verdrehte die Augen. »Was denkst du denn?«

»Ich habe keine Ahnung.« Gavin zuckte mit den Achseln, um seinen sexy Bücherwurm ein wenig zu reizen. »Deswegen frage ich doch schließlich.«

»Bücher«, seufzte Emily. »Scheinst ja doch nicht so ein guter Beobachter zu sein, wie ich dachte!«

Gavin lachte. »Kommt ganz drauf an, *was* ich observiere.« Er drückte Emily fester an sich und freute sich, dass sie leicht verärgert aussah. Das hatte sie vielleicht schon abgelenkt.

»Du bist dran.«

»Bond oder Bourne?«

Gavin grinste schief. »James oder Jason also?«

»Du bist ja ein ganz Fixer!«

»Das kannst du laut sagen. Und natürlich bin ich ein James-Bond-Typ. Erinnerst du dich? Mein Balkon?«

»Ich habe keinen blassen Schimmer, wovon du sprichst«, erwiderte Emily mit zusammengezogenen Augenbrauen.

»Ha, dann bist du aber auch nicht sonderlich aufmerksam.« Emily starrte ihn verblüfft an, und Gavin ergriff die Chance, dramatisch die Augen zu verdrehen. »Die Nacht, in der wir zum ersten Mal Kronkorkenwerfen auf meinem Balkon gespielt haben – du kamst raus, und ich hab dich erschreckt. Und gesagt: ›Nein, ich bin's nur, Gavin. Gavin Blake.‹«

»Oh mein Gott, du bist so ein Freak.« Emily umarmte ihn lachend. »James Bond sagt es außerdem andersherum.« Sie sprach mit tiefer Stimme und imitierte sogar einen britischen Akzent. »My name is Bond. James Bond.«

»Okay, Punkt für dich. Aber es war trotzdem ziemlich 007-mäßig.«

»Ja, war es. Irgendwie zumindest. Mach schon, Blake, Gavin Blake. Jetzt bist du dran.«

Yeah. Durch Emily fühlte er sich langsam wirklich wie ein Freak. Lächelnd schüttelte er den Kopf.

»Granit oder Marmor?«

»Ähm … Granit.«

»Wieso klang deine Antwort wie eine Frage?«

»Ich weiß auch nicht.« Emily zuckte mit den Schultern. In letzter Zeit dachte er sich oft solche merkwürdigen Fragen aus. Wahrscheinlich freute er sich einfach so sehr auf seine Architekturmagazine. »Normalerweise unterhalte ich mich nicht über so was.«

Gavin küsste Emily und spürte, dass sie zitterte. Leider nicht wegen ihm, sondern weil sie anfing zu frieren.

»Hätte mich auch gewundert«, sagte er. »Komm schon. Lass uns reingehen.« Emily nickte.

Froh, dass er es geschafft hatte, sie von seiner Mutter abzulenken, griff Gavin nach der Türklinke. Die Tür war abgesperrt, und er drückte auf die Klingel.

Gavins Vater öffnete ihnen mit einem warmen, aufrichtigen Lächeln. Er schüttelte seinem Sohm die Hand und umarmte Emily. Chad schloss die Tür und warf einen Blick auf seine Armbanduhr. »Ihr seid ziemlich früh dran! Deine Mutter kauft gerade noch für heute Abend ein.«

Gavin sah Emilys verwirrten Gesichtsausdruck und befürchtete, dass sie ihn durchschaut hatte. Sie musterte ihn und suchte in seinem Gesicht nach Antworten, die er ihr noch nicht zu geben bereit war. Wie ein Idiot hatte er sich in seinem eigenen Lügennetz verheddert. Er räusperte sich und half Emily aus dem Mantel.

»Komisch. Könnte schwören, dass sie was von fünf Uhr gesagt hat, als wir vorhin miteinander gesprochen haben.«

»Nee. Viertel nach sieben.« Chad hängte ihre Mäntel in den Garderobenschrank. »Schlechtes Hörvermögen ist ein Zeichen für Überarbeitung. Du und dein Bruder solltet mal eine Pause einlegen!«

Gavin verschränkte grinsend die Arme. »Pop, ich habe doch eben eine gemacht! Mir geht es gut, ehrlich.«

Sein Vater zuckte lässig mit den Schultern. »Na und, eine weitere würde dir doch auch nicht schaden. Du bist noch jung. Genieß es.« Er gab Gavin einen Klaps auf die Schulter und führte sie vergnügt in den kleinen Salon. »Aber erzähl ja nicht deiner Mutter, dass ich das gesagt habe!«

Gavin grinste und ließ sich mit Emily auf dem Chenillesofa nieder. »Wahrscheinlich bekämst du ein CSI-Fernsehverbot, wenn sie wüsste, dass du mich zum Schwänzen animieren willst.«

»Sie würde noch viel schlimmere Maßnahmen ergreifen, aber ich will da nicht ins Detail gehen.« Lächelnd klatschte Chad einmal in die Hände und sah Emily an. »Ich weiß, dass du keinen Alkohol trinken darfst, aber kann ich dir vielleicht was anderes anbieten? Wir haben Himbeereistee, Wasser und ein paar Säfte.«

»Ich hätte gern ein Wasser, Mr Blake. Vielen Dank.«

Mit einem liebevollen Lächeln sah er sie an. »Du gehörst jetzt zur Familie, Emily, ich bestehe also darauf, dass du mich nicht mehr Mr Blake nennst. Bei meinen Kindern heiße ich Pop, und auch meine Schwiegertochter nennt mich so. Da machst du keine Ausnahme. Gut?«

Dass er sie und die ganze Situation so akzeptierte, wie

sie war, machte Emily sehr glücklich. In diesem Augenblick verstand sie, woher Gavin seinen Charme und seine Ausstrahlung hatte, mit der er anscheinend schon auf die Welt gekommen war. »Gut. Ich nehme ein Wasser, Pop.« Es auszusprechen fühlte sich fremd an. Noch.

Chad zwinkerte ihr zu und verschwand in die Küche. »Sehr gut. Ich bereite schon mal die Vorspeisen vor … Für dich eine Flasche kaltes *Sam Adams*, Sohnemann?«

»Jepp, klingt gut«, erwiderte Gavin, als sein Vater um die Ecke verschwand. Er zog Emily auf seinen Schoß, strich ihr das Haar aus dem Nacken und flüsterte: »Du siehst wunderschön aus.«

Sie drehte sich zu ihm um und hob misstrauisch die Augenbrauen.

»Ach ja, wirklich? Hätte ich gar nicht gedacht, nachdem du mich vorhin einfach stehen lassen hast.« Sie sah zu, wie er auf seiner Unterlippe kaute und ihr dann einen Blick zuwarf, der mehr verriet, als er sollte. Ihr Herz legte eine Art Sturzflug hin, und die Worte purzelten ihr nur so aus dem Mund. »Ich habe schon einen Termin im Fitnessstudio mit einem Trainer vereinbart, der schwangeren Frauen hilft, in Form zu bleiben. Ich werde nicht allzu viel zunehmen.«

Gavin zuckte zusammen. »Du denkst, es hat was mit deinem Gewicht zu tun?«

»Na, ein paar Pfund habe ich schon zugelegt. Was soll ich denn sonst denken? Du hast noch nie Sex mit mir ausgeschlagen, Gavin. Meine Hormone spielen völlig verrückt und deine … sind normalerweise ein bisschen so wie die eines Teenagers. Letzte Nacht meintest du, du würdest dich unwohl fühlen, und vorhin … wolltest du einfach nicht. Gib zu, dass du abgeturnt bist.« Emily sah zu Boden und verstummte. »Netter Versuch übrigens, deine Wir-müssen-früher-da-sein-Ausrede.«

Gavin nahm ihr Gesicht in beide Hände und sah ihr in die besorgten Augen. »Mein Gott, Emily, ich könnte niemals abgeturnt von dir sein. Ich muss mich wahnsinnig zusammenreißen, um nicht deinen Rock hochzuschieben, deinen hübschen Körper über diese Couch zu beugen und mich so tief in dir zu versenken, dass keiner von uns mehr weiß, wo der eine beginnt und der andere aufhört. Sex mit dir ist wie eine Droge, nach der ich absolut süchtig bin. Gott sei Dank bist du die süßeste Abhängigkeit, die man nur haben kann.«

»Was ist es denn dann?«, fragte sie und versuchte die Vorstellung davon, wie er sie über die Couch legte, zu verdrängen. Am liebsten hätte sie sofort ihren Rock hochgeschoben und alles Mögliche mit sich anstellen lassen. Emily kniff die Augen zusammen. Sein Gesicht so dicht vor ihrem war nicht gerade hilfreich. Im Gegenteil.

»Ich habe Angst … das Baby zu verletzen«, sagte Gavin leise und zögernd.

Emily riss die Augen auf. »Wie bitte? Wir hatten doch die ganzen letzten Wochen über Sex. Da hast du dir doch auch keine Sorgen gemacht.«

»Ich weiß. Aber als ich gestern das Baby auf dem Bildschirm gesehen habe, wurde es plötzlich so … real.« Seufzend lehnte er sich zurück. »Am Ende tue ich dir noch weh. Wäre doch möglich, so, wie wir es miteinander treiben … Wir sind Tiere, Emily!«

Emily hob sein Kinn mit ihrem Zeigefinger nach oben und sah ihm in die Augen.

»Erstens mag ich es, wenn du mir ein bisschen wehtust«, flüsterte sie. »Und jetzt mal im Ernst: Denkst du ernsthaft, dass ich einem Mann mit deinem Bildungshintergrund diese Naivität bezüglich des weiblichen Körpers abnehme? Schwanger hin oder her? Du kannst mir oder dem Baby nicht wehtun. Paare haben seit Billionen von Jahren Sex, während die Frau schwanger ist.«

Gavin setzte ein schiefes Grinsen auf und fuhr sich mit der Hand durchs Haar.

»Mit deiner Erlaubnis tue ich dir natürlich gern ein bisschen weh … Auf angenehme Weise. Und ja, was schwangere weibliche Körper betrifft, ist der Begriff Naivität bei mir durchaus zutreffend. Das Stichwort lautet *schwanger.* Um diese Diskussion zu beenden, Miss Cooper, muss ich hinzufügen« – er grinste und lehnte sich zu ihr – »dass in all den Billionen von Jahren bestimmt nie jemand so Sex hatte wie wir. Wir brechen Rekorde. Also versteh bitte meine Angst, dir wehzutun.«

Erhitzt seufzte Emily tief auf und befeuchtete dann ihre Lippen. Von der Vorstellung, wie sie über Gavins Sixpack leckte, begann ihre Zunge heftig zu kribbeln.

»Gavin …«

Ehe er noch etwas sagen konnte, schwang auch schon die Haustür auf. Drei vollgepackte Papiertüten jonglierend, trat Lillian Blake ins Haus und schloss geschickt die Haustür mit dem Fuß. Dann schüttelte sie den Kopf, um die dicken Schneeflocken loszuwerden, die sich auf ihr kastanienfarbenes Haar gelegt hatten.

Gavin stürzte auf seine Mutter zu, der die Papiertüten jeden Moment aus den Händen zu fallen drohten, und wäre in seinem Überschwang beinahe über das Sofatischchen gestolpert. Eilig nahm er Lillian die Einkäufe ab und drückte einen Kuss auf ihre Wange. »Hey, Mom. Schneit es jetzt etwa?«

Strahlend fuhr sie sich mit der Hand durchs Haar.

»Ja. Und wie.« Voller Liebe sah sie Gavin an.

»Mein Kleiner, ich habe dich sehr vermisst. Wenn du das nächste Mal zwei Wochen Urlaub einschiebst, dann sei doch so nett und gib der Frau, die dir das Leben geschenkt hat, Bescheid, ja?«

Lachend schüttelte Gavin den Kopf. »Mom, ich bin achtundzwanzig! Ich habe ein Unternehmen, das ziemlich gut läuft, und da hinten auf dem Sofa sitzt meine Freundin. Also komm mir jetzt nicht mit emotionaler Erpressung!«

Emily erhob sich und kam zu ihnen herüber, eine Augenbraue neckisch nach oben gezogen. »Ach, ich finde, dafür musst du dich doch nicht schämen.«

»Ja?«, fragte Gavin ungläubig. Seine Augen glommen raubtierartig. »Warum denn das?«

»Weil doch sonnenklar ist, dass ein Mann, der seine Mutter liebt, an Niedlichkeitspunkten gewinnt«, erwiderte Lillian mit einem strahlenden Lächeln. »Stimmt's, Emily?«

»Genau meine Meinung«, pflichtete Emily ihr bei.

Gavin legte den Kopf schief und grinste.

»Okay, wenn das so ist, liebe Emily, solltest du eines wissen: Ich habe meiner Mutter mal einen Heiratsantrag gemacht.«

»Ja, als er drei war«, zwitscherte Lillian und nahm ihre Handtasche von der Schulter, um sie auf dem Glastisch im Eingangsbereich abzulegen. Sie lächelte Gavin zärtlich an und legte eine Hand auf seine Wange. »Ich kann mich daran erinnern, als wäre es gestern gewesen. Er hat in einem dieser Kaugummiautomaten einen Plastikring gewonnen und ist dann direkt im Supermarkt vor mir auf die Knie gefallen, um um meine Hand anzuhalten.«

Kichernd beobachtete Emily, dass Gavin rot anlief wie eine Tomate.

»Jepp. Der Niedlichkeitsfaktor ist gerade auf jeden Fall um einige Stufen gestiegen«, bestätigte er mit schelmischem, schulbubenhaftem Lächeln. »Ich mache mal die Biege, Ladys.«

Lillian brach in schallendes Gelächter aus und drückte Emily fest an sich.

»Also, wie geht es dir?« Sie wickelte einen cremefarbenen Schal von ihrem Hals, ehe sie auch aus ihrem schweren Pelzmantel schlüpfte. »Wir haben uns lange nicht gesehen, und es ist eine Menge passiert. Ich hoffe, es geht dir gut!«

Da sie sich unsicher war, inwieweit Lillian über sie und Gavin im Bilde war, nickte sie einfach nur. »Es geht mir mittlerweile viel besser, danke. Und dir?«

»Ach, gut. Ich habe ziemlich viel damit zu tun, die Organisation aufzubauen. Wir versuchen, auch in New Jersey ein Standbein zu etablieren, und es sieht ganz so aus, als würde es klappen«, sagte Lillian glücklich, hakte sich bei Emily unter und zog sie hinter sich her in die Küche. »Lass uns mal sehen, ob die Männer gerade das Haus abfackeln.«

Ein warmes Gefühl durchströmte Emily, und ihr wurde wieder einmal klar, wie unterschiedlich sie und Gavin aufgewachsen waren. Während sie nie wirklich einen Vater gehabt hatte, war Gavin von einem starken Mann aufgezogen worden, der einen unerschütterlichen Glauben an das Gute hatte. Auch Emilys Mutter war für ihre Kinder da gewesen, so gut es ihr möglich war, aber Lillian war zu Hause bei ihren Söhnen geblieben, bis sie in die Schule kamen. Natürlich war Lillians Situation eine andere gewesen, schließlich hatte sie einen ehrlichen, liebevollen Mann. Dennoch war es ihren eigenen Bemühungen zu verdanken, dass selbst während ihrer Brustkrebserkrankung zu Hause eine gewisse Normalität gewahrt wurde. Ja, ihre Kindheit und Jugend war sehr unterschiedlich verlaufen. Emily musste fest daran glauben, dass es einen Grund dafür gab, dass sie und Gavin zusammengekommen waren. Hoffentlich würde es bei dem Abendessen hauptsächlich darum gehen.

Als sie in die Küche traten, stellten beide Frauen erfreut

fest, dass keiner der Männer das Haus in Brand gesteckt hatte. Vater und Sohn hatten die Einkäufe verstaut und begannen jetzt wie die Weltmeister zu mixen, zu braten und zu backen. Es roch absolut köstlich.

»Lass Männer niemals in dem Glauben, dass man sie nicht trainieren kann«, flüsterte Lillian mit einem Lächeln, das ebenso ansteckend war wie Gavins. »Ist eigentlich ein Kinderspiel.«

»Werde ich mir merken«, erwiderte Emily und konnte ein leises Kichern nicht unterdrücken.

Eine Bratpfanne in der Hand, drehte Gavin sich um und fing Emilys Blick auf. Er grinste und schleuderte mit einer geschickten Handbewegung etwas in die Höhe, das wie Pasta aussah. Ein Profikoch hätte es nicht besser hinbekommen …

»Naturtalent oder?«, fragte er stolz, griff nach einer Flasche Bier und wollte den Trick wiederholen. Die Hälfte der Nudeln klatschte auf den Fußboden, sodass die Küche über und über mit Spritzern der Marinarasoße bedeckt war.

Halb lachend, halb knurrend sah Gavin von dem Nudelmassaker auf und verdrehte die Augen, als alle in schallendes Gelächter ausbrachen. Ein paar feuchte Tücher, ein wenig Reinigungsmittel und schnelles Bodenwischen später war alles vergessen, und Lillian hatte wieder die Kontrolle übernommen.

Schließlich ließen sie sich im Esszimmer zu einem herzhaften Dinner nieder, das aus frischem Salat nach Art des Hauses, überbackenem Auberginenauflauf, italienischem Brot und der übrig gebliebenen Pasta bestand. Emily entspannte sich etwas und versuchte die Unterhaltung so gut wie möglich zu genießen. Ihre Neuigkeiten würden der Leichtigkeit des Gesprächs bald ein Ende bereiten.

Zunächst erfuhr sie, wie Chad und Lillian sich an der *Harvard Law School* kennengelernt hatten. Es war keine klassische Geschichte über die Liebe auf den ersten Blick, aber sie erklärte, von wem Gavin die Eigenart hatte, nicht lockerzulassen, bis er das hatte, was er wollte. Chad hatte Lillian zwei Semester lang umworben und darauf beharrt, dass er der Richtige für sie war, bis sie schließlich einem Date zustimmte. In dieser Hinsicht war der Apfel jedenfalls nicht weit vom Stamm gefallen. Im Jahr darauf wurde Lillian überraschend schwanger, und beide einigten sich darauf, dass sie erst einmal zu Hause bleiben und das Studium unterbrechen würde. Es folgte eine überstürzte Hochzeit, ein weiteres Baby und eine Hypothek, dazu ein Hund und das Training ihrer Söhne in der Baseballjugendliga. Lillian kehrte nie an die Law School zurück. Dennoch schien keiner von beiden irgendetwas zu bereuen – nicht im Geringsten. Das konnte jeder erkennen, wenn sie einander ansahen. Stattdessen bezeugte jedes Wort, jedes Lächeln und jedes Lachen, dass sie ein Leben voller Liebe und schöner Erlebnisse miteinander verbrachten.

Nachdem sie den Tisch abgedeckt hatten und darauf warteten, dass Gavins Eltern den Nachtisch brachten, konnte Gavin das nervöse Geklacker von Emilys Absätzen auf dem Holzboden nicht länger überhören. Das Geräusch hallte laut durch den Raum wie Regentropfen, die an eine Fensterscheibe prasseln. Gott, es war schrecklich, dass sie so nervös war.

Noch ehe er ihr versichern konnte, dass alles gut werden würde, schwebten auch schon seine Eltern in den Raum. Sein Vater hatte eine Kanne frisch gebrühten Kaffees in der Hand, seine Mutter einen selbst gemachten Apfelkuchen. Lillian legte jedem ein Stück des ofenfrischen Nachtischs auf den Teller. Anscheinend war auch Chad jetzt nervös. Sein kreidebleiches Gesicht sprach Bände. Gavin kippte den letzten Rest Bier hinunter und konnte nicht einmal mehr ein Lächeln vortäuschen. Verdammt. Egal, wie blank seine

Nerven jetzt lagen – er musste es schaffen, das Gespräch in Gang zu bringen. Dummerweise brachte er kein Wort heraus.

Sein Vater nickte ihm zu und räusperte sich. »Lillian, Gavin und Emily haben ein paar … Neuigkeiten.« Sein Blick heftete sich an Gavins und wirkte so ernst, dass Gavin am liebsten sofort mit Emily Reißaus genommen und ein sicheres Versteck gesucht hätte. »Auf geht es, Sohn. Setz deine Mutter ins Bild.«

Gavin griff nach Emilys Hand, drehte sich zu ihr und küsste sie zärtlich auf ihre bebenden Lippen. »Ich liebe dich.«

»Ich liebe dich auch«, erwiderte sie leise.

»Was ist los, Gavin?«, fragte Lillian skeptisch.

Einen Moment zögerte er.

»Mom, Emilys ist schwanger, und … das Kind ist eventuell nicht von mir.«

Auf Lillians Gesicht breitete sich erst Fassungslosigkeit aus, dann Entsetzen. Sie war totenbleich, und ihr Mund stand sperrangelweit offen. Befremdet sah sie Emily an.

»Du bist mit meinem Sohn zusammen und bist gleichzeitig schwanger von einem anderen?« Sie stieß ihren Teller von sich, lehnte sich zurück und legte eine Hand auf ihre Brust. »Offensichtlich habe ich mich in dir getäuscht, Emily. Ich habe dich für eine Frau gehalten, die meinem Sohn treu ist.«

Emily öffnete den Mund, brachte aber kein Wort heraus, weil die Gedanken wie wild durch ihren Kopf wirbelten.

»Moment mal, Lillian. Sie war ihm treu, aber du kennst nicht die ganze Geschichte. Hör ihnen erst einmal zu, ja?«, bat Chad sie kopfschüttelnd.

Lillian sog scharf die Luft ein und warf ihrem Ehemann einen vernichtenden Blick zu. »Du wusstest davon und hast mir nichts erzählt?« Sie richtete sich an Gavin. »Gibt es einen Grund dafür, dass ihr mich außen vor gelassen habt?«

»Ja, Mom, den gibt es.« Gavin stützte die Ellbogen auf den Tisch. »Ich habe mit einer solchen Reaktion deinerseits gerechnet. Lässt du uns bitte erst einmal alles erklären? Wenn nicht, dann brechen wir sofort auf.«

Zentnerschwere Stille senkte sich über den Raum, bis Lillian mit ihren dick mit Mascara bedeckten Wimpern blinzelte und nickte. Als wäre Emily giftig, vermied sie jeden Augenkontakt mit ihr und konzentrierte sich ganz auf Gavin.

»Was ist passiert?«, fragte sie etwas leiser und sah ihn mit erhobenen Augenbrauen an.

Emily war erschrocken über den Ärger und die tiefe Trauer, die sich auf Lillians Gesicht abzeichnete. Ihr wurde plötzlich so übel, dass sie nicht sicher war, ob sie das Gespräch überstehen würde, ohne sich zu übergeben. Mit geöffneten Lippen und Tränen in den Augen sah sie Gavin an.

»Emily und ich waren zusammen, nachdem sie und Dillon sich zum ersten Mal getrennt haben.«

»Dieser Dillon, mit dem du befreundet bist?«, unterbrach ihn Lillian. »Dein Börsenmakler?«

»Ich *war* mal mit ihm befreundet, ja. Und er arbeitet auch nicht mehr für mich.«

»Nun, wie kann das sein, Gavin? Es klingt nicht so, als wäre die Sache gut zu Ende gegangen.« Gekränkt sah sie Chad an. »Haben wir unseren Sohn etwa dazu erzogen, seinen Freunden die Partnerin auszuspannen?«

Chad hob eine Augenbraue. »Nein, haben wir nicht. Aber eben auch nicht dazu, schnell aufzugeben«, erwiderte er resolut.

»Zu welchem Preis, Chad?«, fragte sie und wirkte erstaunt über seine Antwort. »Seit wann ist es denn Mode, dem Freund die Freundin zu stehlen?«

»Er hat mich nicht gestohlen«, meldete Emily sich leise zu

Wort. Sie sah erst zu Lillian und dann auf ihre Hände, die mit Gavins verschlungen in ihrem Schoß lagen. Als sie sich daran erinnerte, wie sie Gavin zum ersten Mal gesehen hatte, erschien nun doch ein zaghaftes Lächeln auf ihren Lippen. Liebevoll sah sie ihn an. »Nun, er hat tatsächlich mein Herz gestohlen. Aber … nicht absichtlich.«

Mit einem leisen Lächeln, das exakt zu ihrem passte, legte Gavin eine Hand auf Emilys Wange. Einen Moment später ließ er die Hand sinken, holte tief Luft und sah seiner Mutter in die Augen, die noch verwirrter aussah als zuvor.

»Fakt ist, dass es für unsere Liebe kein Zurück gibt. Das ist schon fast unheimlich. Und so ist es schon seit einer Weile, wir mussten nur noch ein paar Dinge klären. Vielleicht mag der Beginn unserer Beziehung nicht optimal gelaufen und so manchem nicht recht gewesen sein – drauf gepfiffen. Das sieht die Frau an meiner Seite bestimmt ähnlich. Wir lieben uns. Auf eine Weise, wie man sie eigentlich nur aus Filmen kennt. Wir schauen der Angst zusammen ins Auge und sagen ihr, dass sie sich zum Teufel scheren soll. Dieses Kind ist vielleicht nicht meines, aber selbst wenn dem so sein sollte … bin ich doch irgendwie der Vater. So oder so ist es ein Teil von Emily – und es gibt keinen Teil an oder von ihr, den ich nicht liebe.«

Emily bemerkte, dass auch Gavins Mutter gerührt war. Eine Träne rann ihr über die Wange und tropfte auf die weiße Leinentischdecke. Doch dann stand Lillian auf und sah Emily und Gavin aus ihren mandelförmigen Augen heraus an.

»Ich glaube nicht, dass ich diese Beziehung unterstützen kann«, würgte sie hervor. »Es ist einfach …« Sie schlug die Hand vor den Mund und strich sich mit ihren langen, eleganten Fingern übers Gesicht. Dann sah sie zu Chad, der einen ergebenen Seufzer ausstieß, nach ihrer Hand griff und sie drückte. Einen Moment später hatte Lillian den Raum auch schon verlassen. Man konnte ihr Schluchzen hören, bis schließlich die Tür ins Schloss fiel.

Nein, den Kummer, den sie über diese einst stabile Familie gebracht hatte, ertrug Emily nicht länger. Sie erhob sich von ihrem Stuhl und spürte, wie ihr Herz zerbrach. In mindestens eine Million Teile. Sie schluckte einen Schluchzer hinunter.

Gavin sprang ebenfalls auf und packte Emily am Arm, ehe sie genau wie seine Mutter aus dem Haus stürmen konnte. Unbeholfen strich er ihr das Haar aus dem Gesicht.

»Warte … Emily, hör mir zu!«

»Nein, jetzt hörst *du mir* zu, Gavin.« Sie streichelte seine Wange und schnappte nach Luft. »Erinnerst du dich, dass du mich einmal fast angerufen hättest, als ich dich verlassen habe, und du es dann doch nicht getan hast?«

Verwirrt und besorgt zugleich sah Gavin sie an. »Ja. Was hat das damit zu tun?«

»Ich jedenfalls habe mich dafür gehasst, dass ich dich jedes Mal anrufen wollte, wenn ich auf mein Telefon gesehen habe. Ich wollte dich unbedingt anrufen und dir sagen, dass es mir leidtut, dass ich dir nicht geglaubt habe – aber ich konnte einfach nicht. Irgendwas hat mich zurückgehalten. Und du hast auch gesagt, dass du kurz davor warst, zu meiner Wohnung zu fahren. Ich hab dasselbe getan. Bin in ein Taxi gesprungen und habe mich zu dir bringen lassen. Dann stand ich vor deinem Haus, habe nach oben gesehen und mich gefragt, was du wohl tust. Oder mit wem. Ich wollte dich so gern sehen. Während wir getrennt waren, war ich vollkommen am Ende, es hat buchstäblich körperlich geschmerzt. Nie hätte ich gedacht, dass so etwas tatsächlich möglich ist … Es hat sich ganz anders angefühlt als damals, als meine Mutter gestorben ist. Der Schmerz saß viel tiefer. Und trotzdem habe ich es nicht über mich gebracht, in den

Aufzug zu steigen und zu dir zu gehen. Ich wollte nicht Dillon. Sondern dich.«

»Emily, hör auf.« Gavin packte sie an der Taille und zog sie an seine Brust.

»Es heißt doch für gewöhnlich, dass einem ein leidenschaftlicher Kuss den Atem raubt. Das stimmt nicht, Gavin, denn ich bekomme schon keine Luft mehr, noch ehe deine Lippen meine berühren. Und wenn du mich ansiehst, kann ich nicht denken. Dann ist mein Gehirn wie leer gefegt. So war es von Anfang an, und es ist wunderschön und anstrengend zugleich. Magisch und all das, was ein Mädchen fühlen sollte. Und man sagt, dass die Haut zu prickeln beginnt, wenn dich jemand berührt, den du wirklich liebst. Meine prickelt schon, wenn ich nur deine Stimme höre, dafür musst du mich gar nicht anfassen. Ich fühle dich auch, wenn du nicht bei mir bist. In meinen Träumen. Selbst wenn du Tausende von Kilometern entfernt bist.

Als ich dich zum ersten Mal gesehen habe, hast du mir Angst gemacht. Ich glaube, das liegt daran, dass ich irgendwie schon geahnt habe, dass ich mich unweigerlich in dich verlieben würde. Auch wenn ich da noch nicht wusste, dass unsere Leben schon längst miteinander verbunden waren, wusste mein Herz bereits auf irgendeine Art, dass es zu dir gehört. Weder wusste ich, dass eine so große Liebe existiert, noch, dass eine Trennung so wehtun kann. Du hast es mir bewiesen. Hast das Glück in mein miserables Leben gebracht. Hast mir Freude bereitet, als ich voller Schmerz war. Und hast mich, die ich eine lebende Tote war, wieder zum Leben erweckt.«

Emily verstummte, die Tränen rannen in Strömen über ihre Wangen. »Und dann heißt es noch, dass man jemanden, den man liebt, gehen lassen muss, wenn ihm die Liebe Schmerz zufügt. Und das ist das Einzige, was ich dir gebracht habe,

Gavin. Schmerz. Seit wir uns kennen, steht deine Welt kopf. Und jetzt auch noch das! Ich kann nicht zulassen, dass deine Mutter meinetwegen nicht mehr mit dir spricht. Ich liebe dich so sehr, dass ich bereit bin, dich gehen zu lassen, damit sie dich weiter lieben kann.«

Gavin fuhr zusammen und fühlte sich vollkommen aus dem Gleichgewicht gebracht.

»Du kannst mich nicht verlassen!«, sagte er und hörte selbst, wie verzweifelt und zittrig seine Stimme klang.

»Mir bleibt nichts anderes übrig«, krächzte sie. Die Angst in seinem Gesicht zu sehen brachte sie fast um. »Ich darf nicht der Grund dafür sein, dass diese Familie zerbricht.«

»Das wirst du auch nicht«, erklang Lillians sanfte Stimme hinter ihnen, plötzlich beruhigend und entschieden. Emily sah sie verwirrt an und blinzelte. Während ihr die wildesten Gedanken durch den Kopf schossen, strich sie sich zitternd über die Wange.

»Ich würde niemals zulassen, dass eine Frau, die meinen Sohn so liebt, wie du es tust, aus seinem Leben tritt.« Lillian kam näher und legte Emily zögernd eine Hand auf die Schulter. Auch in ihren Augen standen Tränen. »Und ich würde genauso wenig zulassen, dass du aus unseren Leben verschwindest. Sosehr es meinen Sohn geschockt haben mag, was du eben gesagt hast, so selbstlos war es doch von dir. Ich kannte mal ein Mädchen, das ebenfalls einen Mann so geliebt hat, dass es ihr Angst gemacht hat.« Lillian verstummte und ließ ihren Blick auf Chad ruhen. Ein leises, trauriges Lächeln erschien auf ihrem Gesicht, als er auf sie zukam. Lillian sah wieder zu Emily und schüttelte den Kopf. »Nie im Leben hätte ich darauf verzichten wollen, dass er mir den Atem raubt, ehe er mich küsst. Ob das Kind, das du da in dir trägst, mein Enkel ist oder nicht – herzlich willkommen in unserer Familie, Emily.«

Als sie von Lillian umarmt wurde, stockte Emily der Atem, und sie warf sich schluchzend an Lillians Schulter. Sie war nicht nur dankbar, weil sie nicht darauf verzichten musste, dass Gavins Küsse ihr den Atem raubten. Sondern auch, weil ihr an diesem kalten, verschneiten Abend und in dem Jahr, das eine so bedeutende Veränderung in ihr Leben bringen würde, eine neue Mutter geschenkt worden war.

13 DAS BÖSE KOMMT AUF LEISEN SOHLEN

Emily warf die Tür des Penthouses ins Schloss und lächelte, als Gavin sich mit einer Packung Valentinsschokolade in der Hand vom Sofa erhob. Sie legte Mantel und Schal ab und pfefferte sie auf die Couch.

»Dir ist schon klar, dass die Schokolade vom letzten Jahr ist, oder?« Lächelnd schlang sie die Arme um seinen Hals. »Und isst du eigentlich jemals was Gesundes?«

Mit einem schokoladenverschmierten Mund küsste er sie.

»Ja, mir ist klar, dass die schon etwas älter ist. Und nein. Je ungesünder, desto besser.«

Emily ließ die Zunge über ihre Lippen gleiten und leckte den Schokoladenfilm ab, den er auf ihnen hinterlassen hatte. Es war ein Wunder, dass er so gute Zähne hatte … Schließlich lebte er tatsächlich nur von Naschereien. Je süßer, desto besser. Im Lauf der letzten Monate hatte sie noch ganz andere Kleinigkeiten über Gavin erfahren, die ihn zu dem Mann machten, der er war. In den sie sich verliebt hatte. Er duschte tatsächlich zweimal pro Tag und verbrachte mindestens dreißig Minuten unter der Dusche – wenn nicht länger. Das ganze Bad war dann von heißem Dampf erfüllt, und aus dem eingebauten Surround-Sound-System dröhnte *Breaking Benjamin*. Wenn er besonders guter Dinge war, sang er sogar mit.

Sie hatte seine wunderbare Angewohnheit entdeckt, nackt zu schlafen. Was war sie für ein Glückspilz, jeden Morgen neben einem stählernen, nackten Alphamännchen erwachen zu dürfen.

Nicht, dass er nicht auch seltsame Angewohnheiten gehabt hätte. Emily hielt ihn für hochgradig neurotisch, vielleicht sogar für einen Fall für den Therapeuten. Zum Beispiel hatte er definitiv einen Putztick. Sobald sie auch nur einen Krümel fallen ließ, wenn sie ein Sandwich aß, war er sofort mit feuchten Tüchern und Putzmittel zur Stelle, um hektisch alles sauber zu wischen. Was sie daran verwirrte und gleichzeitig zum Lachen brachte, war die Tatsache, dass eigentlich seine Haushälterin viermal pro Woche zum Putzen in sein Penthouse kam. Es war ihm anscheinend immens wichtig, die Wohnung zum Glänzen zu bringen, noch ehe die Frau überhaupt da war.

Natürlich versuchte Emily ihn in dieser Hinsicht zu bekehren und ihm beizubringen, dass es kein Weltuntergang war, wenn sich mal die Wäsche in einer Ecke stapelte. Es war zwecklos. Trotzdem fand sie jede seiner Eigenarten und Macken wahnsinnig süß. Sie liebte seine verschiedenen Schichten einfach. Lächelnd ließ sie ihre Handtasche und einen riesigen Haufen Post auf die Arbeitsfläche der Kücheninsel fallen. Gavin folgte ihr, setzte sich auf einen Stuhl und beobachtete, wie sie den Kühlschrank öffnete. Er blätterte sich durch den üppigen Stapel von Einladungen zu örtlichen Charityveranstaltungen und entdeckte schließlich die erste Ausgabe von *Architectural Digest*.

»Du hast Post«, teilte er ihr mit und schob einen Brief über die glänzende Granitplatte hinüber. Er schlug sein Magazin auf und ließ seinen Blick auf dem Foto einer italienischen Luxusvilla ruhen, die in Agropoli an der tyrrhenischen Meeresküste lag. »Ich habe auch deine Visa-Abrechnung bezahlt.

Wenn du mich in Zukunft davon abhalten willst, deine Kreditkartenabrechnungen zu bezahlen, schlage ich dir vor, dass du dich um ein besseres Versteck bemühst.« Er warf ihr ein spitzbübisches Grinsen zu und zuckte mit den Schultern. »Im Gegenzug habe ich jetzt eine Überraschung für dich im Schlafzimmer versteckt. Was du kannst, kann ich auch!«

Emily hob schuldbewusst die Augenbrauen. Sonderlich originell war ihr Versteck tatsächlich nicht gewesen! Sie nahm die Herausforderung an, griff nach dem Umschlag und küsste Gavin flüchtig auf seinen gewieften Kopf.

»Was hast du denn für mich besorgt?«

Den Blick auf das Magazin geheftet, antwortete er lässig:

»Sag ich nicht.« Er deutete mit dem Kopf Richtung Schlafzimmer und lächelte. »Los.«

Seufzend und ebenfalls grinsend machte Emily sich auf den Weg ins Schlafzimmer. Dabei öffnete sie den Umschlag und schnitt sich an der scharfen Papierkante. Sie keuchte leise auf, steckte sich den blutenden Finger in den Mund und drehte den Umschlag um. Ihr blieb beinahe das Herz stehen. Auch wenn kein Absender auf dem Brief stand, identifizierte sie die Handschrift sofort als Dillons. Emily schluckte, riss das Blatt aus dem Umschlag und faltete es hektisch auf. Ihr Herz klopfte wie wild, als sie eine Kopie der Abrechnung ihrer alten Krankenversicherung entdeckte. Sie enthielt eine exakte Übersicht über ihren Arztbesuch vor ein paar Wochen. Hatte sie nicht der Sprechstundenhilfe extra die Daten ihrer neuen Versicherung mitgeteilt? Und ihre neue Adresse? Sie hatte keine Ahnung, wie Dillon diese Dokumente in die Finger bekommen hatte. Mit einem blutroten Marker hatte er die Worte »Fetale Sonographie / Erstes Trimester« eingekreist. Am unteren Rand hatte er folgende Nachricht hinterlassen:

Wenn ich richtig rechne, waren wir beide beim Empfängnistermin noch … glücklich verlobt. Ich glaube, es gibt da was, was du mir sagen solltest??! Ruf mich sofort an, sobald du das hier liest, sonst schalte ich einen verdammten Anwalt ein!

Zitternd fuhr Emily sich durchs Haar und ging langsam zurück in die Küche. Gavin hatte darauf bestanden, Dillon nicht davon zu unterrichten. Er war überzeugt, dass Dillon diese Information nicht verdient hatte, solange sie nicht sicher waren, wer der Vater war. Auch wenn Emily Bedenken hatte, hatte sie schließlich widerstrebend zugestimmt, um keinen Streit deswegen zu provozieren. Und was jetzt?

Plötzlich schoss ihr durch den Kopf, was Olivia vor ein paar Wochen im Klub zu ihr gesagt hatte. Ja, die Sache konnte möglicherweise schlecht für sie ausgehen. Dillon würde ihr Schweigen zweifellos vor Gericht gegen sie verwenden, wenn er tatsächlich der Vater sein sollte. Von dem Gedanken standen ihr die Haare zu Berge.

Stumm legte Emily den Brief vor Gavin auf den Tisch, holte tief Luft und wartete auf seine Reaktion. Erst las er vollkommen gleichgültig, doch dann sah er verwirrt und schließlich rasend wütend aus. Seine Augen funkelten wie zwei heiße Kohlen. Als er aufsprang und sein Architekturmagazin auf den Tresen knallte, lief Emily ein kalter Schauer über den Rücken.

»Wie, zur Hölle, ist er da rangekommen?«

»Ich habe keine Ahnung«, flüsterte Emily unter Schock.

»Warst du über ihn versichert?«

Emily nickte. »Als ich hergezogen bin, hat er mir eine Privatversicherung bezahlt. Ich konnte nicht bei ihm mitversichert sein, weil das über seine Firma lief und wir nicht verheiratet waren. Er wusste, dass ich nicht sofort an eine

Versicherung käme, wenn ich anfange zu unterrichten. Aber eigentlich habe ich die Daten bei der Sprechstundenhilfe damals beim Frauenarzt korrigiert … Ich verstehe nicht, was da passiert ist!« Nervös spielte sie an dem Medaillon herum, das Gavin ihr zu Weihnachten geschenkt hatte, und fühlte sich, als würde sie jeden Moment anfangen zu hyperventilieren. »Der zerrt mich vor Gericht und nimmt mir als Rache dafür, dass ich ihm nichts gesagt habe, das Baby weg.« Vornübergekrümmt unterdrückte sie einen Schluchzer. Als sie sich auf der kühlen Granitoberfläche abstützte, fühlte sie Gavins Hand in ihrem Nacken.

»Ich würde nie zulassen, dass er dir das Baby wegnimmt«, sagte Gavin entschieden. Emily schnappte nach Luft und schüttelte den Kopf.

»Sieh mich an, Emily«, befahl er flüsternd. »Wenn es nötig ist, jeden verfügbaren Anwalt in dieser Stadt anzuheuern, dann tue ich das. Ich würde ihm nie erlauben, dir so wehzutun. Hast du das verstanden?«

Sie hätte Gavin so gern geglaubt, aber sie konnte nicht. Auch wenn Dillon nicht hier war, hatte er doch seinen Einfluss auf ihre Gedanken nicht verloren. Ja, das hier würde seine Rache sein. Mehr als das. Sie konnte es spüren. Wenn sie vor Gericht erst einmal gegeneinander kämpften, würde seine manipulative und hinterhältige Seite erst richtig zutage treten. Wo auch immer er gerade sein mochte: Er wartete garantiert auf ihren Anruf.

»Ich muss ihn anrufen«, stieß sie hervor und wollte ins Arbeitszimmer gehen.

Gavin packte sie am Ellbogen. »Wir rufen ihn nicht an, Emily.«

Mit großen Augen riss sie sich los. »Wenn du wirklich denkst, dass ich Dillon weiter aus dem Spiel lasse, täuschst du dich. Unser glorreicher Plan, ihm nichts zu sagen, ist ordentlich nach hinten losgegangen. Und ich will nicht riskieren, das Sorgerecht an ihn zu verlieren.«

Eine dunkle Ahnung stieg in Gavin auf. »Wenn man dich so reden hört, kriegt man den Eindruck, du gehst davon aus, dass das Kind von ihm ist. Merkst du das nicht?«

»Ich gehe von gar nichts aus!«, erwiderte sie heftig und ging den Flur weiter hinunter Richtung Arbeitszimmer. Dort griff sie nach dem Telefon und wollte schon Dillons Nummer wählen, als Gavin ihr den Hörer aus der Hand riss.

»Was tust du da?«, keuchte sie. »Ich werde ihn jetzt anrufen!«

Mit wutverzerrtem Gesicht strich Gavin vorsichtig mit dem Daumen über ihre Unterlippe und schüttelte den Kopf. »Emily Cooper, du beruhigst dich jetzt erst mal«, sagte er sanft. »Ich liebe es ja, mit dir zu kämpfen, Süße, es turnt mich einfach wahnsinnig an. Aber wegen diesem Arschloch will ich mich nie wieder mit dir streiten.«

»Aber ...«

»Setz dich.«

Emily stemmte die Hand auf ihre Hüfte. »Du kannst mir nicht sagen, was ich zu tun habe.«

»Weiter. Los, weiter!« Mit einem verschmitzten Grinsen verschränkte Gavin die Arme. »Mit jedem Wort, das du mir entgegenschreist, wird mein Schwanz größer.« Jepp. Das wurde er wirklich. Er drückte schon gegen seine Jogginghose ... Es war ganz offensichtlich, dass Emilys Verhalten ihn anturnte.

Die kaute an ihrer Unterlippe und ließ sich auf den Ledersessel vor seinem Schreibtisch plumpsen. Sie legte den Kopf schief und kniff die Augen zu zwei schmalen Schlitzen zusammen. »Das wundert mich überhaupt nicht. Wir hatten doch schon seit Wochen keinen Sex mehr ... Anscheinend habe nicht nur ich darunter gelitten.«

Ihre Bemerkung brachte Gavin zum Lachen. Oh ja. Er hatte die Raubkatze in Emily herausgekitzelt, von der er immer gewusst hatte, dass sie in ihr steckte.

»Wir sollten jetzt nicht über Sex diskutieren.«

»Oder den Mangel daran.« Emily verdrehte die Augen.

Gavin beugte sich zu ihr hinunter und legte seine Hände auf die Stuhllehnen, sodass seine Nase ihre fast berührte. »Jetzt, wo du dich ein wenig beruhigt hast: Bist du bereit, mit mir zu reden?«

Das tiefe, sexy Timbre seiner Stimme kitzelte auf ihrer Haut. Verdammt. Sie fühlte sich wie eine Schülerin, die von ihrem Lehrer zurechtgewiesen wird – und einfach nur von ihm flachgelegt werden will.

»Schön. Dann mal los«, sagte sie betont gleichgültig.

»Danke«, flüsterte Gavin und wich langsam zurück, ging dann um den Tisch herum und ließ sich auf seinen Schreibtischstuhl sinken. Er stützte sein Kinn auf die Hand, starrte Emily an und suchte nach den richtigen Worten.

»Erstens. Liebe Frau, die ich mehr liebe als Valentinsschokolade und für die ich mich vor einen heranrasenden Zug werfen würde: Du musst begreifen, dass die Wahrscheinlichkeit, dass er dir das Baby wegnehmen kann, gegen null geht. Er hat dich geschlagen, und die Richter haben das auf dem Schirm.« Emily wollte etwas einwerfen, aber Gavin bedeutete ihr mit erhobenem Zeigefinger, dass sie schweigen sollte. »Zweitens: Was du eben gesagt hast … hat mir einen Stich gegeben. Ich habe da eine eindeutige Vermutung herausgehört. Wir sind doch beide nicht blöd. Natürlich hast du in jener Zeit viel öfter mit Dillon« – bei dem Gedanken daran zuckte Gavin zusammen – »geschlafen als mit mir. Aber ich setze einfach mal darauf, dass mein Sperma sehr viel stärker und durchsetzungsfähiger ist als das von diesem Schlappschwanz. Das lässt mich doch in dem Vaterschaftswettrennen wieder ordentlich aufholen, oder? Wenn es nach mir geht, schwimmt da jedenfalls gerade ein blauäugiges und schwarzhaariges Baby in deinem Bauch.« Gavin zwinkerte Emily zu und freute sich insgeheim darüber, dass ihr der Mund offen stand.

»Drittens« – er griff nach dem Telefon – »nein, natürlich will ich dir nicht sagen, was du zu tun hast. Aber wenn du ihn jetzt anrufst, wird er sich genauso rücksichtslos und mies verhalten, wie er das immer getan hat. Er wird Forderungen stellen, die wir nicht erfüllen wollen. Ich werde natürlich bei jeder Entscheidung hinter dir stehen, weil ich dich nun einmal wahnsinnig liebe. Aber ich will nicht, dass du vollkommen durchdrehst, wenn uns das alte Arschloch seine wahnsinnigen Vorstellungen mitteilt.«

Emily ging zu Gavin und setzte sich auf seinen Schoß. Als sie sich an seine Schulter schmiegte, lächelte er und ließ es sich gefallen, dass sie mit dem Finger kleine Kreise auf sein schwarzes, ausgewaschenes *Linkin-Park*-T-Shirt malte. Dieses Oberteil hatte definitiv seine besten Zeiten hinter sich …

»So, darf ich jetzt auch mal was sagen, Mr Blake?« Sie spürte, wie sein Brustkorb vor Lachen vibrierte.

Das Sonnenlicht ließ die dunklen und roten Strähnchen in ihrem Haar schimmern, und Gavin bekam große Lust, sie zu berühren. Schließlich vergrub er seine Hand in ihrer Mähne und streichelte ihren Hals.

»Bitte schön. Wenn du wieder ruhig reden kannst, dann los!«

»Vielen Dank.« Sie schmiegte sich enger an ihn und genoss seine Berührungen. »Okay. Erstens: Ein paar Tage nachdem Dillon mich … geschlagen hat.« Sie verstummte kurz, und Gavins Körper versteifte sich. »Ein paar Tage später war ich bei der Frauenberatungsstelle, die mir das Krisenzentrum empfohlen hat. Also bin ich hingegangen, um mich mit

Frauen auszutauschen, die etwas Ähnliches erlebt haben. Ein paar von ihnen hatten auch Kinder. Und diese Frauen waren nicht nur absolut verängstigt, sondern auch ziemlich niedergeschlagen, weil die Richter sie hängen lassen haben und ihren brutalen Exfreunden und Männern gestattet haben, die Kinder zu sehen. Sie haben das Recht auf beaufsichtigte Treffen. Völlig egal, wie viel Geld die Frauen hatten, es hat nichts gebracht. Glaub mir, es waren die unterschiedlichsten Frauen dabei – reich, arm, jung, alt, schwarz, weiß und so weiter. Und ein paar haben die bestbezahlten Anwälte der Stadt engagiert … Zwecklos.

Wenn nicht das Kind selbst misshandelt wurde, gestehen die meisten, wenn nicht alle Richter den Vätern dieses Besuchsrecht zu.«

Emily machte eine erneute Pause und sah Gavin tief in die Augen. »Und davor habe ich riesige Angst. Du bist in vielerlei Hinsicht der mächtigste Mann, den ich kenne. Aber in diesem Fall kann uns auch dein Geld nicht helfen.« Gavin wollte etwas erwidern, aber dieses Mal hob Emily mahnend ihren Zeigefinger. Sie setzte sich rittlings auf seinen Schoß und küsste ihn leidenschaftlich. Damit heilte sie hoffentlich die Wunde in seinem Herzen.

»Zweitens: Sorry, wenn du da herausgehört hast, dass ich Dillon für den Vater halte. Klar habe ich Angst davor, aber dein Argument finde ich doch auch sehr überzeugend! Ich sage so was nie wieder, versprochen. Wenn da wirklich ein kleines schwarzhaariges Wesen mit strahlend blauen Augen in meinem unansehnlichen Bauch wäre, würde mich das sehr glücklich machen. Mädchen oder Junge, in meiner Vorstellung ist es jetzt schon ein eingefleischter Yankees-Fan.«

Gavin hob grinsend und ein wenig skeptisch eine Augenbraue. »Dein Bauch ist absolut perfekt, also streich doch bitte auch den Kommentar zu seiner Unansehnlichkeit von deiner Liste. Und du würdest das Kind ehrlich den Yankees überlassen? Ja?«

»Für dich würde ich alles tun.«

Wenn sie wüsste, wie sehr sie ihm schon geholfen hatte. Gavin zog sie an sich und küsste sie stürmisch, während er mit der Hand über die herrliche Kurve ihrer Hüfte fuhr. Als er mit dem Daumen über ihren wunderschönen Bauch strich, stellte er sich den kleinen Yankees-Fan vor, der sich dahinter verbarg. Oh Gott, er wünschte sich so, dass es sein Kind war. So sehr.

Emily zog sich langsam zurück. Ihre Lippen waren von dem Kuss gerötet. Sie sah Gavin sanft an und legte den Kopf zur Seite. »Drittens: Ja, ich finde, wir sollten ihn anrufen, Gavin. Jetzt wo er Bescheid weiß, verkompliziert es die Dinge doch nur, wenn wir es nicht tun. Ich bin mir zwar nicht sicher, ob ich für seine abstrusen Forderungen bereit bin, aber ich verspreche, dass ich nicht durchdrehen werde.«

Gavin zögerte einen Augenblick und nickte dann. Mit dem Gefühl, dass sich sein ganzer Magen verknotet hatte, griff er nach dem Telefon.

Emily setzte sich auf Gavins Schoß zurecht und schluckte nervös, als er Dillons Nummer wählte und auf die Lautsprechertaste drückte. Ein paar Male ertönte das Freizeichen, und dann erklang die Stimme, von der Emily gehofft hatte, dass sie sie nie wieder hören müsste.

»Ah. Habe ich's mir doch gedacht, dass ich heute einen Anruf bekomme«, ertönte Dillons arrogante Stimme, so laut, als stünde er mit ihnen im Zimmer. »Ich habe gehört, unser nettes Trio erwartet Nachwuchs? Wie eng verwoben doch …«

»Was, zur Hölle, willst du, du Wichser?«, stieß Gavin wutentbrannt hervor.

Stille legte sich über den Raum, und Emily fühlte sich, als säße ein Elefant auf ihrer Brust.

»Lass mich mal was klarstellen, Gavin«, sagte Dillon bedrohlich leise. »Der Wind hat sich gedreht, Arschloch. Jetzt spielen wir nach meinen Regeln! Nummer eins: Du und meine wunderhübsche Ex setzt euch jetzt ins Auto und trefft mich im *Big Daddy's Dinner* auf der Park Avenue South zwischen der neunzehnten und der zwanzigsten Straße. Zweite Regel: Wenn du dich in irgendeiner Weise danebenbenimmst, rufe ich augenblicklich die Cops an und erzähle ihnen von unserer netten Begegnung vor ein paar Monaten. Ich bin in einer halben Stunde da. Wenn ihr in vierzig Minuten nicht ebenfalls vor Ort seid, kannst du dich von deiner Freiheit schon mal verabschieden.«

Und schon war nur noch das Freizeichen zu hören und flüsterte Emily Todesdrohungen ins Ohr.

Tief einatmen …

»Denk an das, was ich dir gesagt habe«, beschwor Gavin sie und legte seinen Arm um ihre Hüfte. Mit seiner hoch aufragenden Gestalt schirmte er sie vor dem scharfen Februarwind ab, der durch die Straßen New Yorks pfiff. »Du sagst kein Wort zu ihm, siehst ihn noch nicht einmal an.«

Emily nickte zitternd und sah hinauf zu dem leuchtenden rot-gelben Neonschild über dem Eingang des Restaurants.

Gavin öffnete die Tür und verstärkte instinktiv seinen Griff um Emilys Taille, während er den Blick durch das im Sechzigerjahre-Retro-Stil eingerichtete Restaurant schweifen ließ. In einer der pastellfarbenen Sitznischen entdeckte er Dillon. Der Anblick versetzte ihn sofort in Alarmbereitschaft. Sein Puls raste, das Blut schoss durch seine Adern. All das, was Dillon Emily angetan hatte, sah er so klar vor Augen wie an dem Tag, an dem sie ihm davon erzählt hatte.

»Zwei Personen?«, erkundigte sich die junge Kellnerin in Jeans und einem T-Shirt mit dem Logo des Restaurants. Ihre muntere Stimme stand in seltsamem Kontrast zu der gereizten Stimmung.

»Nein. Wir treffen uns mit dem Herren dahinten.« Gavin deutete mit einem Kopfnicken auf Dillon. »Vielen Dank.«

Strahlend huschte die Kellnerin davon und nahm hinter dem verchromten Empfangstresen Platz.

Gavin griff nach Emilys Hand und zog sie hinter sich her.

»Vergiss nicht, du sagst am besten gar nichts. Überlass die Sache mir.« Er spürte den kalten Schweiß in ihren Handtellern und blieb stehen, um ihr in die nervösen Augen zu sehen. Kurz verlangsamte sich sein Herzschlag, als ihn ein heftiger Schmerz durchfuhr. Er neigte sich nach unten und küsste ihre weichen Lippen. »Ich liebe dich.«

Emily schluckte. »Ich dich auch.«

Innerlich krümmte sich Gavin zusammen und bedachte Dillon mit allen nur möglichen Flüchen, während er auf die Sitznische zuging und ihn mit dem Blick fixierte.

Mit einem schmierigen Grinsen saß er lässig da und hatte die langen Beine auf einem der gepolsterten Sitze abgelegt. Gavin ließ sich als Erstes auf die Bank gleiten, sodass er Dillon frontal gegenübersaß.

Ohne aufzublicken, sah Dillon weiter Richtung Eingangstür. »Geile Location, oder?« Seine Stimme klang vollkommen monoton. »Kinder lieben doch so einen Scheiß. Schaut euch mal die Cartoons überall an.« Er stellte die Füße auf den Holzboden und wandte sich Gavin und Emily zu. »Diese Müslipackungen, die hier überall stehen, sind Vintage, wisst ihr? Und es gibt hier mit das beste Essen der Stadt. Vielleicht machen wir ja mit dem Kind mal einen netten Familienausflug hierher, wenn es alt genug ist. Was hältst du davon, Em?«

In diesem Moment ließ Gavin seine Faust auf den Tisch krachen, sodass das Silberbesteck und die Gewürzstreuer klirrten und Emily erschrocken zusammenfuhr. Gavin presste seinen Ellbogen auf die Tischplatte und richtete den Finger auf Dillon. Emily konnte seine dick angeschwollene Halsschlagader sehen.

»Du hörst mir jetzt zu, du Arschloch«, knurrte Gavin mit blutdurstigem Funkeln in den Augen. »Deine verfickten Regeln interessieren mich nicht die Bohne. Und wenn du noch einmal mit Emily sprichst, dann reiß ich dich in Stücke, von mir aus mit meinen Zähnen.«

Vollkommen unbeeindruckt von Gavins Drohung setzte Dillon ein schiefes Grinsen auf, ohne Emily aus den Augen zu lassen. Er verschränkte gelassen die Arme. Seine Antwort war beinahe ein Flüstern.

»Oh nein, mein Freund. Wir werden sehr wohl nach meinen Regeln spielen und ich verrate dir auch, warum.« Er sah die beiden an wie ein hungriger Wolf. »Ich stamme aus einer Familie, deren Mitglieder seit vielen Generationen der New Yorker Polizei dienen. Denen sind die New Yorker Richter, sagen wir … sehr freundschaftlich verbunden. Die maximale Haftstrafe für Körperverletzung dritten Grades durch Würgen beträgt sieben Jahre. Ich könnte dich auch für versuchten Mord drankriegen. Ich weiß ja nicht, wie oft du … mit meiner Exfreundin gevögelt hast, aber da immerhin eine kleine Chance besteht, dass du der Vater des kleinen Bastards bist, hast du bestimmt keine Lust, ein Jahrzehnt oder auch länger im Gefängnis zu verbringen, während er heranwächst. Orange steht dir im Übrigen überhaupt nicht.«

Panik schrillte in Emilys Ohren. Ihr Mund hatte sich zu einem stummen Keuchen geöffnet. Ihre Nerven lagen blank, als sie Gavins verkniffene Miene sah. Die scharfen Linien in seinem Gesicht waren zu tiefen Furchen geworden. Seine

Lippen kräuselten sich, als kämpfte er gegen einen giftigen Geschmack an. Seine sonst so faszinierenden, schönen Augen hatten einen dunklen und rachsüchtigen Ausdruck angenommen, der Emily beinahe Angst machte. Innerlich bereitete sie sich auf seinen Wutausbruch vor.

Gavin sprang auf, packte Dillon am Kragen seines roten Poloshirts und zerrte ihn von seinem Sitz. Die Gesichter der beiden Männer waren sich über dem Tisch so nah, dass sie beinahe aussahen wie zwei Liebende kurz vor einem leidenschaftlichen Kuss. Gavins Fingerknöchel traten weiß hervor.

»Wag es ja nicht, mir hier mit deinen Drohungen zu kommen, du Pussy«, fauchte er. »Notfalls bringe ich dich direkt hier im Restaurant um!«

Die Hände auf den Tisch gepresst, loderten Dillons Augen auf. Er antwortete mit einem lauten, bellenden Lachen. »Habt ihr das auch alle gehört? Dieser Mann hier möchte mich vor euren Augen töten! Wer will zusehen?«

Emily wirbelte hektisch herum. Sämtliche Augen im Restaurant waren auf ihre Ecke gerichtet. Eine Mutter mit zwei kleinen Kindern japste panisch auf. In wenigen Sekunden wäre der Restaurantleiter an ihrem Tisch. Emily packte Gavin schnell am Ellbogen, um die Situation ein wenig zu beruhigen.

»Gavin«, krächzte sie nervös. »Setz dich. Der Geschäftsführer kommt.«

»Ja, Gavin«, fauchte Dillon leise. Sein Gesicht war nur wenige Zentimeter von Gavins entfernt. »Du solltest lieber ein bisschen aufpassen. Vielleicht hat er schon die Cops gerufen? Und deine Haft beginnt gleich heute Nacht?«

»Entschuldigung«, sagte der Geschäftsführer, ein Mann in den mittleren Jahren. Sichtbar verwirrt von der Szene stemmte er die Hände auf seine Hüften. »Könnten die Herren sich bitte beruhigen? Ansonsten muss ich Sie leider hinauswerfen.«

Mit wutentbranntem Gesichtsausdruck ließ Gavin langsam von Dillon ab. In seinem Kopf tobte es, und sein Körper zitterte vor Blutlust, als er tief Luft holte und sich räusperte.

»Wir sind nur Schauspieler.« Gavin starrte Dillon an und klang so gefasst, dass es Emily einen kalten Schauer über den Rücken jagte. »Wir proben gerade eine Szene.« Gavin nahm wieder Platz und sah den Geschäftsführer an. »Bitte entschuldigen Sie uns vielmals. Wir werden für den Rest unseres Besuchs vollkommen unauffällig sein.«

»Schauspieler?«, fragte der Mann skeptisch.

»Ganz genau«, erwiderte Gavin ruhig und sah zu, wie auch Dillon sich wieder setzte.

Der Mann nickte. »Okay, die Herren Schauspieler, so etwas kommt aber heute bitte nicht mehr vor. Ansonsten müssen Sie sich wirklich ein anderes Restaurant suchen.« Mit diesen Worten drehte er sich um und ging.

»Also, was willst du?«, fragte Gavin und sah Dillon mordlustig an, während seine Stimme vollkommen gelassen klang. Dillon zuckte mit den Schulten und grinste hinterhältig.

»Ich will Teil der Partie sein. Ich will bei jedem kleinen Arztbesuch mitgehen.« Er fuhr sich mit der Hand durch sein dichtes, straßenköterblondes Haar und richtete den Blick auf Emily. »Ich habe mich schon immer gefragt, wie die Schreie einer Frau klingen, deren Körper fast entzweigerissen wird, während sie ein anderes Lebewesen aus ihrem Körper herauspresst. Besonders, wenn diese Frau jede Millisekunde dieses Schmerzes verdient hat.«

Gavin schoss nach vorn, aber Emily legte schnell ihre Hand an seine Brust. Geschockt verzog sie ihr Gesicht.

»Du hast doch vollkommen den Verstand verloren!«, flüsterte sie und wischte sich eine Träne aus dem Gesicht. »Du willst dieses Baby überhaupt nicht, das weißt du selbst, du Bastard. Außerdem darfst du nicht einmal in meiner Nähe sein!«

Dillon lehnte sich mit verschränkten Armen zurück. »In einem Punkt muss ich dir zustimmen, Emily. Nein, ich darf mich dir nicht nähern. Aber lass uns nicht vergessen, was der Cop an der Schule gesagt hat … Du warst wieder mal ein böses, böses Mädchen und hast dich nicht an die Regeln gehalten.« Er hob tadelnd den Zeigefinger. »Ich habe ein paar Nachforschungen angestellt. In einer solchen Situation kann das Kontaktverbot aufgehoben werden, sodass ich all den freudigen Ereignissen, die auf uns zukommen, beiwohnen kann. Ich gebe zu, dass ich tatsächlich nicht in irgendeiner Art von Beziehung zu dem kleinen Balg stehen will. Dennoch bin ich …«

»Wie viel?«, fragte Gavin. Eine Haftstrafe erschien ihm mit jedem Wort, das aus Dillons Mund strömte, weniger schlimm. »Wie viel willst du, damit du uns endlich in Ruhe lässt?«

Dillon warf diabolisch lachend den Kopf zurück und legte die Hand um sein Kinn. »Weißt du, Gavin, ich bin leider nicht so blöd, wie du vielleicht denkst. Vergiss das bitte nie. Mir war völlig klar, dass du mit dieser Masche kommen würdest. Logisch, ihr reichen Wichser denkt eben, dass sich mit Geld alles richten lässt. Ich brauche deine dreckigen Kröten aber nicht, ich habe meine eigenen. Denk bloß nicht, dass du mir mit dem Entziehen deiner Konten zusetzen konntest. Klar, sogar Donald Trump fiele es vermutlich nicht leicht, dein Angebot auszuschlagen. Aber keine noch so hohe Geldsumme könnte mir die Befriedigung beschaffen, die es mir geben wird, eure Gesichter zu sehen, wenn ihr meine Anwesenheit bei alldem ertragen müsst. Mir wird schon ganz warm vor Freude, wenn ich nur daran denke. Eine Million, ach, nicht einmal zehn Millionen deines Vermögens könnten mir dieses

Glücksgefühl verschaffen. Ich würde es in Flaschen abfüllen, wenn ich könnte! Ich treffe dich da, wo es am meisten wehtut, und das ist eben nicht dein Geldbeutel. Nein, nein, deine Achillesferse sitzt neben dir in einem ziemlich hübschen Outfit.«

Gavin presste die Zähne aufeinander. Dillon, der sich jetzt erhob, hatte ihn in die Ecke gedrängt.

»Ich muss mal kurz für kleine Königstiger. In der Zwischenzeit gibt es sicher einiges, worüber ihr nachdenken müsst. Weil ich ein netter Kerl bin, werde ich noch mal alles zusammenfassen, bevor ich euch zwei Turteltäubchen allein lasse. Also, wollen wir mal sehen.« Mit zusammengezogenen Augenbrauen und verschränkten Armen strich Dillon sich in gespielter Konzentration übers Kinn. »Ich habe nicht nur Aufzeichnungen der Überwachungskamera von jeder Sekunde, die du mich auf meinem Schreibtisch gewürgt hast, sondern auch Zeugen. Heute haben genug Leute gesehen, wie du mich angegriffen hast. Und ich habe eine Menge Familienmitglieder, die mit den bedeutendsten Strafrichtern New Yorks Golf spielen, trinken und nette Barbecues veranstalten. Was für ein kleiner Glückspilz ich doch bin! Also, überlegt euch genau, wie ihr euch entscheiden wollt. Das hier kann ganz enstpannt über die Bühne gehen, oder auch verdammt ungemütlich.«

Mit diesen Worten drehte Dillon sich um und verschwand Richtung Toiletten.

Emily kniff die Augen zusammen, stützte die Ellbogen auf den Tisch und stieß einen zittrigen Seufzer aus. Der hämmernde Kopfschmerz fühlte sich an, als würde er ihren Schädel spalten, und sie begann, ihre Schläfen zu massieren.

»Wir müssen ihm seinen Willen lassen, Gavin. Ich gehe gleich am Montag zum Staatsanwalt und lasse das Kontaktverbot aufheben.«

»Kommt gar nicht in die Tüte! Mein Vater ist schließlich Anwalt. Wir kommen diesem Arschloch auf keinen Fall entgegen, ehe wir nicht mit ihm gesprochen haben.«

Emily hob den Kopf und blickte Gavin an. Er sah genauso erschöpft aus, wie sie sich fühlte.

»Ich werde nicht warten«, sagte sie leise, aber scharf. »Ich werde nicht riskieren, dass sie dich ins Gefängnis stecken. Vielleicht bist du der Vater, und da brauche ich dich! Bitte. Wir sind doch beide völlig am Ende wegen dieser Sache. Ich kann nicht mehr.«

»Himmel, Emily«, flüsterte Gavin und sah ihr in die Augen. »Er will im Kreißsaal dabei sein. Weißt du, wie hart das für mich wäre? Das würde mich umbringen, ehrlich! Denk mal darüber nach, was du da sagst. Es ist schon schlimm genug, dass ich damit klarkommen muss, was er dir angetan hat. Und jetzt soll ich auch noch die Geburt eines Kindes, dessen Vater ich vielleicht bin, mit ihm teilen?!«

»Was denkst du denn, wie das für mich ist?«, stieß sie hervor und hatte Mühe, nicht zu laut zu werden. »Von der bloßen Vorstellung bleibt mir das Herz stehen, aber die Alternative ist, dass du gar nicht erst dabei bist. Wie soll ich denn ohne dich ein Kind auf die Welt bringen? Und was ist danach? Es kann sein, dass du jahrelang im Gefängnis sitzt!« Tränen strömten über ihre Wangen, während sie ihm übers Haar strich. »Du könntest das Baby *nicht,* wenige Minuten nachdem es auf diese kranke und zugleich wunderschöne Welt gekommen ist, im Arm halten. Würdest nicht sein erstes Weinen oder sein erstes Wort hören. Sein erstes Lächeln, die ersten Schritte sehen. Würdest Geburtstage, Aufführungen und den ersten Schultag verpassen. Bitte denk darüber nach, was du da sagst. Und vor allem, denk an all diese ersten Male, die du nicht zurückholen könntest.«

Gavin fühlte sich zerrissen. Komplett, brutal zerrissen.

Emily sprach die Wahrheit. Er wusste, wie traurig es ihn machen würde, all diese Dinge zu versäumen. Es würde ihn in den Wahnsinn treiben. Er freute sich so sehr auf all das … Lebte dafür. Andererseits drehte es ihm bei dem Gedanken daran, all diese Momente mit Dillon teilen zu müssen, den Magen um. Die ganze Situation war ohnehin schon Gift für ihre Beziehung, aber jetzt hatte Dillon noch eine gute Portion Arsen hinzugefügt. In dem Augenblick, in dem Gavin seinen Widersacher zurückkommen sah, schoss ihm etwas durch den Kopf, was sein Vater vor ein paar Jahren einmal gesagt hatte.

»Sohn, manchmal bedeutet Mannsein auch, dass man erkennt, wenn man in einem Kampf das Schwert fallen lassen muss. Wenn das, worum du kämpfst, bereits Schaden genommen hat, solltest du dem sinnlosen Treiben ein Ende bereiten. Auch wenn dir die Niederlage vielleicht zu schaffen macht, bist du letztlich trotzdem der Gewinner. Es geht nicht unbedingt darum, zu gewinnen. Sondern darum, das zu beschützen, wofür du kämpfst.«

Dillon war der Gegner …

Emily bereits verwundet …

Und jetzt und hier musste er ihr zuliebe aufgeben. Er betete, dass die Sache dennoch gut für ihn ausgehen würde. Gavin lehnte sich zu seiner Freundin, schloss die Augen und atmete ihren Vanilleduft ein. »Vertrau mir jetzt. Du musst mir glauben, dass ich dir oder dem Baby niemals schaden würde. Kannst du das?«

»Ja«, schluchzte sie leise. Ihr warmer Atem strich über sein Gesicht.

»Gut. Du musst jetzt mitspielen. Steh auf.«

Emily nickte, als Dillon gerade Platz nahm. Sie stand auf, und Gavin glitt aus der Sitznische. Dann griff er nach ihrer Hand. Dillon war sichtlich verwirrt. Gavin beugte sich nach vorn, stützte seine Hand auf die Tischplatte und zog die Augenbrauen zusammen.

»Du magst denken, dass du gewonnen hast, aber das hast du nicht, Flachzange. Zum einen scheinst du mich für ziemlich dämlich zu halten, wenn du ernsthaft denkst, dass ich mich deinen aberwitzigen Forderungen beuge, ehe ich mir Rechtsbeistand gesucht habe. Obendrein hast du auch noch die Frau beleidigt, die ich liebe. Und das hat mich wirklich … *wütend* … gemacht! Glaubst du ernsthaft, ich lasse dich in den Kreißsaal, nur damit du dich an Emilys Schmerzen aufgeilen kannst? Oh, da täuschst du dich gewaltig. Eher gehe ich in den Knast, als dir dein krankes Vergnügen zu gestatten.«

Gavin ließ Emilys Hand los und lehnte sich noch weiter vor, sodass Dillon zurückwich und mit dem Rücken an die Wand stieß.

»Während du dich auf der Toilette vergnügt hast, habe ich meine Familie angerufen. Sie sind bereit, sich um Emily und das Baby zu kümmern, sollte ich zwischendurch weg sein. Und noch mal: Mein Vater ist Anwalt. Was denkst du, mit wem *er* sich an seinen Wochenenden Drinks genehmigt, Minigolf spielt und Steaks isst? Na? Richtig, mit Manhattans einflussreichsten Richtern. Aber das ist noch nicht einmal die beste Neuigkeit, die ich für dich habe, Dillon. Die Verwirrung und das Chaos der letzten halben Stunde haben mein Gehirn ein wenig … verknotet. In solchen Fällen werde ich manchmal etwas vergesslich. Aber gerade fiel mir wieder ein, dass ich ja auch ein paar Informationen über dich habe, die deine Welt zum Einstürzen bringen könnten.«

Dillon hob neugierig die Augenbraue und fixierte Gavin.

»Ah ja, mein Freund«, fuhr Gavin fort. Über sein Gesicht huschte ein siegessicheres Grinsen. »Ich weiß von dieser ganz großen Nummer. Du stößt deine transaktionsbasierten Konten ab, um dann bei der Kaufabwicklung mit deinen Kunden mehr Cash zu machen. Dabei springt für dich mehr raus, als die mächtigsten Drogenbosse in Kolumbien verdienen. Kein Wunder, dass du mein Geld nicht nötig hast. Ich frage mich nur, wo du all das Geld hortest. Da du ja nicht gerade lebst wie die oberen Zehntausend, vermute ich mal, dass du es vergraben hast. Wenn man in illegale Aktivitäten verstrickt ist, muss man sich vermutlich … bedeckt halten.«

»Du kannst mich mal!«, schnaubte Dillon. »Ich mache nur für meine Kundschaft Geld.«

»Na klar«, sagte Gavin gedehnt. »Wirst du diese Entschuldigung auch benutzen, wenn die Börsenaufsichtsbehörde deine Akten auseinandernimmt, hm? Die Ermittlungen sind nur einen Anruf entfernt.« Gavin setzte sich neben Dillon. Wenn es überhaupt möglich war, drückte Dillon sich noch fester an die Rückwand. Gavin musste über dessen Versuch, neben dem Foto von Magic Johnson mit der Vertäfelung zu verschmelzen, herzlich lachen.

»Süße«, sagte Gavin ruhig und sah Dillon tief in die Augen. »Frag doch die Kellnerin bitte nach einem Stift und Papier, ja?«

»Okay«, erwiderte Emily und ging los.

Dillons Nasenflügel bebten, und sein Atem ging schneller, als er sich schließlich räusperte. »Was, zum Teufel, soll das werden?«

Gavin grinste und stützte sein Kinn auf der Hand ab, während er Dillon weiter anstarrte. »Ich versuche, das Gift loszuwerden und einen Waffenstillstand zu erlangen, vielleicht sogar einen Kompromiss. Du unterschreibst in feinster Schönschrift ein Dokument, das besagt, dass du Emily und mich in Ruhe lässt. Ich bin kein Idiot. Mir ist bewusst, dass du versuchen kannst, gerichtlich den Zugang zu den Arztbesuchen und dem Kreißsaal zu erzwingen. Weil ich ein netter Kerl bin, kannst du gern mit zu den Arztbesuchen kommen. Schließlich bin ich auch dabei und achte darauf, dass du dich vor meiner Freundin von deiner besten Seite zeigen wirst. Hier aber ziehe ich die Grenze.

Du wirst bei der Geburt definitiv nicht dabei sein, dazu hast du kein Recht. Dieser Moment gehört ihr und mir, ganz egal, wer der Vater ist. Und du wirst mich nicht vor Gericht schleifen, weil ich dich nur verprügelt habe, als du eigentlich einen langsamen, grausamen Tod verdient hättest. Fordere mich gern heraus, indem du nicht unterschreibst. Dann rufe ich gleich morgens meinen Anwalt an, der dich vor Gericht in tausend Stücke reißen wird. Und dazu noch die Börsenaufsicht.« Gavin machte eine Pause und grinste schief. »Sieht ganz so aus, als würden wir es uns gemeinsam im Gefängnis gemütlich machen, was? Orange steht dir jedenfalls viel besser als mir.«

Ehe Dillon auch nur eine Silbe erwidern konnte, kam Emily mit einem Blatt Papier und einem Stift zurück. Gavin notierte sofort alles Nötige, damit sie auf der sicheren Seite waren. Sobald er fertig war, schob er Papier und Stift zu Dillon und lächelte ihn so strahlend an, dass seine Grübchen hervortraten.

»Deine Untschrift macht es für alle Beteiligten ziemlich einfach. Unterzeichnest du nicht, wird durch meinen kleinen Anruf morgen alles verdammt kompliziert. Und das wäre doch schade, oder?«

Gavin erinnerte sich an den einen Moment in seinem Leben, als er die Zeit hatte anhalten wollen: bei seiner ersten Begegnung mit Emily. Und hier war zum zweiten Mal so ein Moment. Als er auf den Mann wartete, den er mehr hasste, als er in Worte fassen konnte. Gavin beobachtete genau, wie Dillon den Blick auf die schriftliche Beendigung dieses Kampfes senkte. Seine Schultern hingen schlaff herunter, und sein Gesicht zeigte keine Spur von Siegesfreude. Nach einem Augenblick des Zögerns unterschrieb Dillon tatsächlich. Dann sprang er wortlos auf und verließ das Restaurant wie ein geölter Blitz.

Vollkommen verdutzt starrte Emily ihren Freund an. »Was ist passiert?!«

Gavin nahm ihre Hand und führte sie durchs Restaurant. »Ich habe uns nur dank einer Versicherungspolice vor noch mehr Arsen bewahrt.«

Emily schüttelte den Kopf. »Ich verstehe das nicht. Was bedeutete denn das ganze Gerede von der Börsenaufsicht? Woher wusstest du, dass Dillon Dreck am Stecken hat?«

»Wusste ich nicht. Es war nur eine Vermutung.«

»Eine Vermutung.« Emily konnte es kaum fassen.

Als sie hinaus in die kalte Luft traten, zog Gavin sie an sich. »Na ja, nicht ganz.«

»Kannst du mich mal bitte aufklären?«

Gavin gluckste. »Hm, lass mich mal nachdenken.« Er senkte den Kopf und legte seine Lippen auf ihr Haar, während er sprach. »Letzten Sommer kam Trevor vorbei, und wir haben eine richtig fiese Runde Poker gespielt. Ich muss dazusagen, dass ich ihn ziemlich abgezockt habe.« Gavin hörte Emily seufzen und lächelte. »Jedenfalls war er nach einer Weile total betrunken und fing an, über irgendwelche illegalen Deals mit Dillon zu sprechen, bei denen er einsteigen könnte. Weil ich genauso voll war, habe ich nicht weiter drüber nachgedacht. Trotzdem habe ich seitdem die Konten von *Blake Industries*, die er betreut hat, genauer im Auge behalten. Da ich aber nie irgendwelche Ungereimtheiten entdeckt habe, habe ich ihm den Zugang nicht entzogen. Und das hier gerade? Erstens habe ich mir gedacht, dass Trevor mich schon nicht angelogen haben wird, selbst wenn er ziemlich viel Jägermeister intus hatte. Zweitens habe ich einfach spekuliert, dass dein Ex darauf anspringt. Ich glaube, wir haben Glück gehabt.«

»Das glaube ich auch«, erwiderte Emily und sah ihn an. »Wieso hast du es nicht schon vorher so versucht?«

»Weil mir wirklich erst auf der Hälfte meiner kleinen Rede wieder eingefallen ist, was Trevor damals erzählt hat. Eigentlich hatte ich gehofft, dass allein die Erwähnung meines Vaters den Arsch dazu bringt, einen Rückzieher zu machen. Damit ich ihn nicht gleich hier auf dem Tisch umbringen müsste.«

»Du würdest für mich töten?«, fragte Emily leise.

»Es gibt nichts, was ich nicht für dich tun würde, Emily.«

Sie schlang ihre Arme um seinen Nacken und stellte sich auf die Zehenspitzen, um ihn zu küssen. Obwohl es ziemlich kalt war, wärmten Gavins Lippen Emily durch und durch. Seine Körperwärme umhüllte sie wie ein dichter Daunenmantel. Langsam zog sie sich zurück und biss sich auf die Unterlippe.

»Auch wenn er unterschrieben hat: Woher wissen wir, dass er nicht doch zur Polizei geht?«

Gavin griff nach ihrer Hand und führte sie zum Auto. Er öffnete die Tür. Statt einzusteigen, starrte sie ihn an und wartete nervös auf eine Antwort. Er legte seine Hand auf ihre kalte Wange und schüttelte den Kopf. »Ich will nicht, dass du dich darum sorgst, was er tun wird.«

Das war, als würde er von ihr verlangen, ihn nicht zu lieben. Oder nicht zu atmen. Sie hatte riesige Angst davor, dass Dillon in diesem handschriftlichen Vertrag irgendwelche Schlupflöcher finden würde. Was auch immer auf diesem Zettel stand … Das Herz schlug ihr bis zum Hals bei der Vorstellung, dass Gavin ins Gefängnis kommen könnte, doch da war plötzlich noch etwas anderes. Ein Flattern … in ihrem Bauch. Ein kleiner Hüpfer, der sie beinahe zum Lachen brachte. Schnell legte sie die Hand auf ihren leicht vorstehenden Bauch und grinste, als ein weiterer Schwarm von Schmetterlingen durch sie hindurchjagte.

»Oh mein Gott, Gavin«, flüsterte sie strahlend und packte seine Hand, um sie unter ihre zu legen. »Das Baby bewegt sich. Es bewegt sich!«

Gavin schluckte und küsste Emily zärtlich. Seine Hand zitterte, aber das lag nicht an der Kälte. Er hatte plötzlich Angst und war gleichzeitig wahnsinnig aufgeregt.

»Kannst du es fühlen?«, fragte sie und presste ihre Hand fester auf seine. Kichernd lehnte sie sich an sein Auto. »Ja?«

Gavin schüttelte den Kopf. »Nein«, flüsterte er und war wie hypnotisiert von der unübersehbaren Freude in Emilys Augen. Gott, sie war schöner denn je. Sein Herz hämmerte vor Bewunderung. Wie gern wollte er die Bewegungen des Kindes ebenfalls spüren! Gavin wusste, dass er sich heute Abend richtig entschieden hatte. Während Dillon gern seine Genugtuung in Flaschen abgefüllt hätte, die er empfand, wenn er ihn und Emily leiden sah, wollte Gavin für immer abspeichern, was er in diesem Moment mit Emily empfand. Zum dritten Mal in seinem Leben wollte er den Zeiger auf der Uhr einfach anhalten.

14 TU ES EINFACH

»Habe ich das richtig verstanden?« Olivias braune Augen schimmerten wie Pennys. Ihre Hand mit der Tüte Pommes frites blieb in der Luft hängen, und sie legte den Kopf schief. »Er kommt zu allen Arztbesuchen mit?!«

Emily spülte einen Bissen ihres Burgers mit etwas Wasser hinunter und nickte. »Ja, das stimmt wirklich. Wieso schaust du so entsetzt? Du denkst doch ohnehin, er hätte von Anfang an Bescheid wissen sollen.«

Olivia stieß einen tiefen Seufzer aus und stopfte ein paar Pommes frites in ihren Mund.

»Ja, das finde ich«, sagte sie mit vollem Mund. »Aber ich habe doch nie gesagt, dass Dilldo bei den Terminen dabei sein sollte! Du weißt doch genau, weshalb ich das so sehe, also fang nicht schon wieder damit an. Ich habe dich viel zu lieb, Süße.«

Emily verdrehte die Augen.

Fallon rammte ihre Gabel in ihren Salat, der vor Ranch-Dressing nur so triefte.

»Na, immerhin hat Gavin ihn aus dem Kreißsaal verbannt.« Sie fuhr mit der Zunge über ihr Lippenpiercing. »Jeder hat gewonnen, keiner geht ins Gefängnis, und es gibt keine üblen Schlachten vor Gericht.«

»Stimmt«, zwitscherte Olivia und schlürfte den restlichen

Vanilleshake in sich hinein. »Wäre aber schon cool gewesen, wenn Gavin ein bisschen Street Credits gewonnen hätte.«

»Street Credits?«, fragte Emily.

Olivia nickte. »Logisch. Die kriegst du, wenn du im Kittchen landest. Jeder Tag, den du im Knast verbracht hast, steigert dein Ansehen. Macht dich tough und cool, verstehst du?«

Emily zuckte verwirrt mit dem Kopf zurück. »Wieso sollte das bitte cool sein, Olivia?«

Olivia versuchte ihr Grinsen zu verbergen und zog eine Augenbraue nach oben.

»Na, immerhin hat er schon dieses heiße Tattoo. Jetzt noch ein bisschen Knasterfahrung, und er wäre noch schärfer! Ich sage es dir, der Sex, den ihr nach seiner Haftstrafe hättet, wäre der Hammer. Der Knast macht die Kerle zu richtigen Sexteufeln.«

»Als wären die zwei das nicht ohnehin schon! Obendrein sind Schwangere doch sowieso wandelnde Hormonbomben.« Fallon nickte Emily mit einem wissenden Lächeln zu. »Ich wette, dass du ihn in dieser Hinsicht ziemlich schwitzen lässt.«

Autsch. Ganz heikles Thema. Um jeden Augenkontakt mit ihren Freundinnen zu vermeiden, griff Emily nach einer Pommes frites von ihrem Teller, ließ den Blick durch das Café schweifen und beobachtete ein Paar, das gerade ein kleines Kind in einen Hochstuhl setzte. Ganz offensichtlich empört über diese Einschränkung seiner Bewegungsfreiheit, begann der kleine Blondschopf laut zu quieken und gegen den Tisch zu treten. Der Vater lachte, die Mutter hob tadelnd den Zeigefinger und gab dem Kleinen ein Saftpäckchen. Schnell war das Kind in einen Zustand stummer Glückseligkeit versunken.

Emily seufzte, wischte sich den Mund ab und griff nach ihrer Handtasche.

»Wollen wir gehen?«

Olivia sah Emily aus zusammengekniffenen Augen an und runzelte die Stirn. Emily bereitete sich auf den neunmalklugen Spruch vor, der garantiert gleich kommen würde.

»Verdammte Scheiße, Em. Du verweigerst dich ihm, stimmt's?«

Jepp. Da war er schon. Sie verdrehte die Augen und seufzte.

»Nein, Liv. Ich verweigere mich ihm nicht, sondern er sich mir.« Wütend winkte Emily die Kellnerin heran.

»Braucht ihr noch was, Mädels?«, fragte der fröhliche Teenager mit den zwei Rattenschwänzchen.

»Nein danke, wir hätten gern die Rechnung«, erwiderte Emily und zog die Geldbörse aus ihrer Handtasche, während sie aufstand.

»Ach, eigentlich würde ich gern noch euren Karamelleisbecher bestellen. Mit extraviel Soße«, warf Olivia ein.

Die Kellnerin notierte ihre Bestellung. »Kommt sofort!«

»Ach Mann, Emily«, maulte Olivia und klopfte auf den leeren Stuhl. »Du kannst doch nicht einfach so eine Bombe platzen lassen, ohne uns dann zu erklären, was exakt in eurem Bett *nicht* passiert.« Olivia sah Fallon nach Unterstützung suchend an. »Stimmt doch, oder?«

Fallon nickte und patschte ebenfalls mit ihrer Hand auf den Stuhl. »Absolut. Los, setz dich und spuck's aus, Countrygirl.«

»Ihr seid doch bescheuert«, flüsterte Emily, als sie wieder Platz nahm. »Was?«

»Was?«, wiederholte Olivia und blinzelte. »Wie Fallon schon gesagt hat: Spuck es aus.«

»Habe ich doch schon. Seit wir den ersten Ultraschall gemacht haben, hat er nicht mehr mit mir geschlafen.« Sie sah zur Seite und zuckte mit den Achseln, nur um gleich darauf einen tiefen, frustrierten Seufzer auszustoßen. »Er hat Angst, dass er mir oder dem Baby wehtun könnte.«

»Was? Hat er ein Schwert als Penis?«, erkundigte sich Fallon. »Es ist Ende Februar, und ihr hattet seit Anfang Januar keinen Sex mehr?«

Mit erhobenem Kinn verschränkte Olivia die Arme, was ihr Dekolleté, das oben aus ihrem strahlend pinken Kaschmirpullover hervorquoll, nur noch mehr betonte. »Echt? Ist das dein Ernst?«

Emily seufzte erneut. »Nein, war eine Lüge. Heute habe ich einfach wahnsinnige Lust, mir lächerliche Geschichten auszudenken.« Sie löste ihren Haarknoten, sodass ihre welligen Haare auf ihren Rücken fielen. »Doch, es ist mein Ernst. Leider. Er ist einfach ziemlich nervös.«

»Er ist ein Arschloch«, stellte Oivia entschlossen fest und nahm von der Kellnerin ihren Eisbecher entgegen.

»Finde ich auch.« Fallon steckte ihren Löffel in Olivias Nachtisch. »Irgendwas ist doch da im Busch. Meinst du, er betrügt dich? Ich habe mal gelesen, dass manche Kerle total darauf abfahren fremdzugehen, wenn ihre Freundin schwanger ist. Vielleicht verschießt er sein Sperma ja woanders.«

Emilys Augen wurden groß, und Olivia warf Fallon einen vernichtenden Blick zu.

»Das ist jetzt schon das zweite Mal, dass du uns irgendeinen Quatsch über Schwangerschaft erzählst, den du angeblich irgendwo gelesen hast. Du und mein Bruder kommt hoffentlich nicht so schnell auf die Idee, es auch mit dem Kinderkriegen zu versuchen.«

»Ich bleibe eben gern auf dem neusten Stand«, erwiderte Fallon und genehmigte sich einen zweiten Löffel Eiscreme.

»Und ich möchte gern auf deine Frage antworten«, erwiderte Emily nachdrücklich. »Nein, ich glaube nicht, dass er mich betrügt.« Nun, zumindest war Emily vorher noch nie auf die Idee gekommen. Blöde Fallon. Emily versuchte den Gedanken genauso schnell wieder loszuwerden, wie er gekommen war.

»Er will beim nächsten Termin mit dem Arzt sprechen, um über die Fakten Bescheid zu wissen.«

Fallon lutschte an ihrem Löffel und hob erwartungsvoll die Augenbrauen.

»Willst du mir sagen, dass Gavin Blake – Multimillionär und ziemlich schlaues Kerlchen – sich solche Infos nicht längst aus dem Internet besorgt hat?«

»Er vertraut dem Netz in der Hinsicht nicht«, erwiderte Emily seufzend. Sie schnappte sich einen Löffel und nahm sich etwas von dem, was von dem Eisbecher noch übrig war. »Er sagt, dass die Informationen viel zu widersprüchlich sind und er das lieber persönlich mit einem Arzt abklären will.«

Fallon zuckte mit den Schultern. »Das kaufe ich ihm nicht ab. Entweder ist er abgeturnt, oder er tobt sich woanders aus.« Emily klappte der Kiefer herunter, und Fallon brach in lautes Gelächter aus. »War nur ein Scherz, Countrygirl. So halb zumindest. Mal ehrlich, sei lieber wachsam. Es wirkt schon ein bisschen … komisch. Wie sollte ein so kluger Kopf plötzlich so dumm sein? Und wenn es ihn wirklich interessiert, wieso sollte er dann warten? Anstatt einfach beim Arzt vorbeizuschauen und sich zu erkundigen?«

Emily schloss den Mund wieder und dachte über Fallons Argument nach. Es war ihr tatsächlich nicht in den Sinn gekommen, weshalb Gavin nie versucht hatte, es selbst herauszufinden. Ihr Bauch hatte sich zwar noch nicht in einen riesigen Ballon verwandelt, aber er war jetzt nahe der sechzehnten Woche auch nicht mehr ganz flach. Sie glaubte nicht, dass er sie betrog, aber ihr Selbstbewusstsein hatte unter den Veränderungen ihres Körpers schon gelitten. Vermutlich fand er sie momentan nicht mehr so begehrenswert.

Olivia sah Fallon stirnrunzelnd an. »Was setzt du ihr denn für Flöhe ins Ohr?«

»Das tue ich doch gar nicht.« Fallon wischte sich den Mund ab und warf die zusammengeknüllte Serviette auf den Tisch. »Man kann nur einfach nie wissen. Das ist alles.«

Olivia schüttelte den Kopf und verdrehte die Augen. »Hör nicht auf sie, Emily. Gavin würde dich niemals betrügen, egal, was für einen schlimmen Tag er hat. Du musst ihm einfach mal sagen, was Sache ist. Hol doch ein paar Prospekte vom Arzt, und klär den Mann über die Besonderheiten eines Stelldicheins mit einer Schwangeren auf. Solange ihr kein Spielzeug benutzt, das eine Steckdose benötigt, ist doch alles sicher. Soll sich ja beim Sex niemand einen Stromschlag holen …«

Emily erhob sich, um abermals die Kellnerin heranzuwinken. Nachdem sie dem Mädchen ihre Kreditkarte gereicht hatte, seufzte sie laut auf.

»Okay, ihr zwei. Ich will nicht mehr drüber reden. Beim nächsten Termin informiert er sich bei meinem Arzt und basta.«

Die beiden nickten, und damit war das Thema beendet. Fallon schlüpfte in ihren Mantel und drückte Emily an sich.

»Ich muss mich jetzt für die Arbeit fertig machen. Ich liebe dich, Schätzchen. Sei mir nicht böse, ich habe grade PMS und bin deswegen komisch drauf. Ich bin mir ganz sicher, dass alles in Ordnung ist.«

Emily schenkte ihr ein schwaches Lächeln und half Fallon, den Schal um ihren Hals zu schlingen. »Schau bald mal wieder im Restaurant vorbei, Antonio vermisst dich schon. Scheiße, wir alle vermissen dich!«

»Mache ich!« Emily ging es genauso. Sie hatte vor ein paar Wochen gekündigt, weil sie beschlossen hatte, dass ihre Halbzeitstelle als Lehrerin für Erstklässler derzeit mehr als genügte.

Nachdem sie sich verabschiedet hatten, gingen Olivia und Emily an ihr Vorhaben, Schwangerschaftskleidung für Emily zu kaufen. Langsam begann sich ihre Figur zu verändern und verlangte nach neuen Klamotten. Zwanzig Minuten später kamen sie bei *Rosie Pope* an, einer schicken Boutique in der Madison Avenue. Hinter ihnen lag eine der gruseligsten Fahrten, die Emily je erlebt hatte und die sie dem hitzköpfigen Fahrer zu verdanken hatten.

Olivia knallte die Autotür hinter sich zu. »Psycho!«, rief sie und zeigte dem Taxifahrer, der sich schon wieder in den Verkehr einfädelte, den Mittelfinger. »Nicht zu fassen. Die Stadt sollte den Typen echt ein paar Beruhigungspillen verschreiben, ehe sie ihre Schicht antreten.« Sie fasste ihr dichtes blondes Haar zu einem Knoten zusammen, seufzte und hielt Emily die Tür zu der Boutique auf. »Wieso sind wir nicht mit deinem Auto gefahren? Jetzt hast du schon diesen brandneuen heißen Schlitten, und dann benutzt du ihn kaum!«

»Du fährst doch selbst kaum Auto.« Emily ließ ihren Blick durch die Boutique schweifen und war von der Auswahl ziemlich beeindruckt. »Immerhin wohnst du schon viel länger in Manhattan als ich und siehst, wie es da draußen zugeht. Zum Fürchten! Nicht nur die Taxifahrer fahren wie die Irren.«

»Stimmt. Ich bin schon manhattanisiert und nehme lieber Taxi oder U-Bahn. Aber allein von der Vorstellung, in deinem Schlitten zu sitzen, bekomme ich beinahe einen Orgasmus. Ich hätte auch überhaupt kein Problem damit, das Auto zu fahren. Diese Maschine ist geradezu für Tempo und Sex geschaffen. Megaheiß, das Teil.«

Seufzend erinnerte sich Emily an ihre glorreichen Erlebnisse auf dem Freeway in Kalifornien. Ja, mit dem Auto hatte man tatsächlich … Spaß.

Olivia nahm eine rote Tunika aus dem Regal und hielt sie Emily vor die Brust. Dann legte sie den Kopf schief und musterte sie einen Moment lang, ehe sie die Nase krauszog und sie zurück an die Stange hängte.

»Hm, das ist nicht deine Farbe. Ich finde es übrigens schade, dass du keine Babyparty machst.«

»Auf gar keinen Fall, Liv. Das passt überhaupt nicht zur Situation … Lass es gut sein.« Emily zog drei Paar Jeans aus einem sorgfältig gefalteten Stapel. Als sie den astronomischen Preis sah, ließ sie die Hosen fast wieder fallen. Heute Morgen hatte Gavin ihr seine Kreditkarte mit der Notiz auf den Küchentresen gelegt, dass sie sich doch in besagter Boutique mit Kleidung eindecken solle. Nachdem er, ohne mit der Wimper zu zucken, dreißigtausend Dollar für handgearbeitete Mahagoni-Kindermöbel ausgegeben hatte, die extra aus Italien eingeflogen worden waren, sollte sie der Preis der Hosen eigentlich nicht mehr schockieren.

»Na ja, von der Kleidung und der ein oder anderen Kleinigkeit mal abgesehen, haben wir eigentlich schon alles für das Baby. Da brauchen wir gar keine Party mehr.«

»Klar, ihr *braucht* keine, aber es geht doch ums Ritual!«. Olivia folgte Emily zur Umkleidekabine und zog unterwegs noch ein paar Tops aus dem Regal. »Außerdem hätte ich als deine beste Freundin auf jeden Fall den Spaß verdient, diesen flotten Hut auf deinem Kopf zu sehen.«

Kichernd griff Emily nach den Tops. »Diese Hüte sind wirklich das Letzte!« Sie zog den Vorhang auf und trat in die Kabine. »Und du bist böse genug, mich so ein Ding tragen zu lassen.«

»Klar bin ich böse, daran besteht kein Zweifel!« Olivia zog

einen Lippenstift und einen Spiegel aus der Handtasche und malte sich die gespitzten Lippen rot an. »Komm schon, Em, ich meine es ernst. Lass mich doch was für dich organisieren, hm? Sonst rufe ich bei Maury Povich und Jerry Springer an und sorge dafür, dass Gavin, du und Dillon Duck in ihre TV-Show eingeladen werdet!«

Emily brach in schallendes Gelächter aus. »Manchmal sind deine Spitznamen wirklich nicht schlecht!« Sie zog den Vorhang beiseite und trat in einer dunklen Schwangerschaftsjeans und einem schwarzen Top mit V-Ausschnitt, das ihr locker über die Schultern hing, aus der Kabine. »Aber ich bringe dich um, wenn du dir …« Emilys Blick fiel auf den Spiegel, und sie verstummte. Früher hatte sie oft die Schönheit schwangerer Frauen bewundert; wie ihr Körper sich ausdehnte und zu einem Tempel des ungeborenen Lebens wurde. Als sie sich selbst betrachtete, entdeckte sie keine Spur von Schönheit. Sie legte die Hände auf ihren Bauch und fuhr dann über ihre breiten Hüften. Es war gerade einmal die Hälfte der Schwangerschaft vorbei. Wie würde sie erst kurz vor der Geburt aussehen?

Emily suchte im Spiegel Olivias Blick. »Ich sehe schrecklich aus«, flüsterte sie, überzeugt, dass Gavin deshalb nicht mehr mit ihr schlief. »Bis zum neunten Monat sehe ich aus wie Samson aus der Sesamstraße!«

Olivia legte Emily die Hand auf die Schulter. »Du siehst wunderschön aus, Süße. Und wenn Samson je so gut aussähe wie du, würde er vor lauter Freude ein Tänzchen mit Tiffy aufführen.«

Ein leises Lächeln erschien auf Emilys Lippen. »Du weißt, dass das nicht so richtig komisch war, oder?«

Olivia zuckte mit den Achseln. »Ja, ich war schon mal origineller. Samson-Witze zu erfinden ist aber auch nicht so leicht.«

Während Emily weiter auf ihr Spiegelbild starrte, verschwand ihr Lächeln. Sie erinnerte sich an ein Gespräch mit ihrer Mutter, das sie einen Monat vor der Krebsdiagnose geführt hatten. Emily war über die Semesterferien nach Hause gefahren, und sie frühstückten gemeinsam. Im Nachhinein schien es ihr, als hätte ihre Mutter gespürt, dass Unheil drohte. Ihre Mom fing an, mit ihr über ihre Beziehung zu Emilys Großmutter zu sprechen, die wenige Monate zuvor gestorben war. Was sie erzählte, gab Emily einen Stich ins Herz. Sie lachten dabei ein wenig und weinten viel. Dann sah ihre Mom sie abwesend an. Wenn sie eines Tages nicht mehr bei ihr sein könne, hatte ihre Mutter gesagt, wäre sie in einem gewissen Sinne trotzdem immer da. Heute kam es Emily vor, als hätte sie durch ihre mütterliche Intuition gespürt, dass sie bald nicht mehr sein würde.

An jenem warmen Julimorgen war ihr die Bedeutung des Gesprächs in diesem Haus, das voller schöner und schlimmer Erinnerungen zugleich steckte, nicht klar gewesen. Jetzt, da Emily die volle Tragweite bewusst wurde, wuchs in ihr die Angst. Bald würde sie selbst ihr erstes Kind haben, und selbst wenn ihre Mutter von irgendwoher zusah, konnte sie ihr doch nicht in Fleisch und Blut zur Seite stehen. Nie ihrem Kind in die Augen sehen oder ihm die Liebe schenken, die nur eine Großmutter zu geben vermochte. Sie würde Emily nicht zur Hand gehen und bei jedem Schritt, den ihre Rolle als Mutter mit sich brachte, Ratschläge geben können. Eine Träne quoll aus Emilys Augenwinkel. Sie fuhr sich durchs Haar und betrachtete noch einmal die Frau im Spiegel, die im Begriff war, Mutter zu werden. Egal, wie glücklich sie sein mochte – die Sehnsucht nach ihrer Mom würde wahrscheinlich nie vergehen.

Das heftige Prasseln von Graupelkörnern an der Scheibe ihres Schlafzimmerfensters weckte Emily aus einem tiefen Schlaf. Als sie die Augen öffnete, sah sie, wie Gavin sich am Bauch kratzte und seine Zunge seine wunderschönen Lippen befeuchtete, während er weiter friedlich schlummerte. Emily stockte kurz der Atem, und zwischen ihren Beinen begann es schmerzhaft zu ziehen. Ihr Körper reagierte wie immer stark auf seinen. Er brauchte ihn.

Sie brauchte ihn. Musste ihn berühren, schmecken und spüren. In sich. Über sich. Unter sich. Egal, wie die Dinge auch standen, sie wollte ihn. Konnte nicht länger warten. Sein leichter Parfümgeruch berauschte sie. Ihr Inneres zog sich zusammen, als sie seinem leisen, gleichmäßigen Atem lauschte, und ihr Verlangen wurde noch größer. Sie versuchte sich zusammenzureißen, als aber auch die Decke von ihm herunterrutschte und den Blick auf seine Hüftknochen freigab, hielt Emily es nicht mehr aus.

Sie biss sich auf die Unterlippe, setzte sich auf ihn und zog ihr schwarzes Seidenhemdchen aus. Ihr schwarzes Spitzenhösche folgte. Wie eine Motte, die magisch von einer Lichtquelle angezogen wird, schob sie vorsichtig die Decke von seinem Körper. Er bewegte sich leicht und stieß ein tiefes Grummeln aus, wachte aber nicht auf. Emily schluckte. Diese straffe zartgoldene Haut löste in ihr ein solches Begehren aus, dass sie sich beinahe wie besessen fühlte. Als sie auf dem Bett hinunterrutschte, beschleunigte sich ihr Puls. Schließlich kniete sie sich über seine Füße, spreizte seine Beine und startete ihren Überraschungsangriff. Entschlossen packte sie seinen halb harten Schwanz und nahm ihn gierig in den Mund. Gavin stöhnte und spannte seine Muskeln an, was ihr Verlangen nur noch verstärkte. Um ihren Durst nach ihm zu stillen, saugte sie heftig und leckte jeden Zentimeter seines mit dicken Adern bedeckten Schwanzes.

Gott, er schmeckte unglaublich. Die Kombination aus dem salzigen Geschmack seines Lusttropfens und dem seiner Haut ... Emilys Kopf fuhr rhythmisch auf und ab, während ihre Hand im gleichen Takt an seinem Schaft hinauf- und hinunterfuhr.

Dann wachte er auf. Er schob sich ans Kopfende des Bettes, aber auch das konnte Emily nicht stoppen. Ohne von ihm abzulassen, rückte sie einfach mit.

»Emily«, flüsterte er stockend. »Was machst du denn da?«

Emily sah ihm lüstern in die Augen, während sie langsam an der Eichel seines mittlerweile stahlharten Schwanzes leckte und saugte.

»Wonach sieht es denn aus, Mr Blake?« Wieder nahm sie seinen Penis in sich auf, bis sie ihn tief hinten in ihrer Kehle spürte. Gavin stöhnte auf und packte ihr Haar, sodass sie seine Finger an ihrem Schädel spüren konnte. Emily wurde schwindlig. Wieder strich sie mit ihren Lippen über seine pulsierende Erektion und grub ihre Finger in seine Hüften. Gavin versteifte und wand sich und sie wusste, dass sie ihn jetzt hatte. Oh ja. Er stieß tiefer in ihren Mund und packte ihr Haar noch fester, während er sie hinauf- und hinunterzog und ihr gestattete, ihn zum Höhepunkt zu bringen.

»Fuck«, stieß er hervor. »Du liebst es, wie ich schmecke. Stimmt's?«

Ja. Und. Wie.

Sein scharfer Geschmack, der auch eine süße Note hatte, war vollkommen berauschend.

»Hmm«, stöhnte sie und leckte einen Tropfen Sperma ab, ehe sie mit der Hand über seinen nackten Bauch kratzte und tiefe rote Spuren auf ihm hinterließ. Während sie seinen Schwanz weiter mit ihrer Zunge umkreiste und er ihre harten Nippel zusammendrückte, stieg ein betörendes Wimmern in ihrer Kehle auf. Weiter und immer fester pumpte Gavin in ihren Mund, während er die Hand immer noch in ihrem Haar vergrub.

Er war kurz davor zu explodieren. Als Emily noch heftiger an ihm saugte, musste er hart schlucken. Schnell zog er sie nach oben an seine Brust und hatte sie wenige Sekunden später unter sich liegen.

Atemlos stemmte Emily sich ihm entgegen. Sie wollte ihn in sich haben. Sofort. Sonst würde sie durchdrehen. Sie packte seine Schultern und spürte, wie ihre Pussy sich vor Erwartung zusammenzog und brannte. Gavin stützte sich schwer atmend über ihr ab und sah sie an, als überlege er, was er tun sollte.

Um Himmels willen. Nein.

»Du vögelst jetzt mit mir, Gavin, und ich werde jede Sekunde davon genießen. Du vögelst mich und wirst dem Baby dabei nicht wehtun. Aber eins schwöre ich dir: Wenn du das jetzt nicht tust, dann werde *ich dir* wehtun.«

Verdammt. Was sie sagte, machte ihn noch härter. Wie gelang es dieser Frau nur immer wieder, ihn in jeglicher Hinsicht durcheinanderzubringen? Nicht nur, dass er sie begehrte wie nie zuvor – sie gab seinem Leben eine völlig neue Richtung. Auch wenn ihre Direktheit ihn gerade verblüffte, musste er doch grinsen.

»Du willst es sehr, oder?«

»Ja«, stöhnte sie schwer atmend.

»Wie sehr?« Er drückte sein Kinn auf die weiche Wölbung ihrer Brüste. Gott, er hatte es vermisst, sie zu spüren. Emily zu spüren. Langsam umkreiste er einen ihrer Nippel mit seiner Zunge. »Ich will, dass du mir ganz genau beschreibst, wie sehr du mich willst.«

Emily holte zittrig Luft. »Ist es nicht schlimm genug, dass du mich nicht mehr attraktiv findest? Jetzt willst du auch noch, dass ich mich völlig zum Affen mache?« Sie wandte ihr Gesicht ab und sprach leiser weiter. »Willst du mich quälen, Gavin?«

Gavin riss die Augen auf, und sein Herz hämmerte in seiner Brust. Klar, die letzten Wochen waren frustrierend für sie gewesen, aber er hätte nicht gedacht, dass sie so tief getroffen war. Das musste er dringend in Ordnung bringen. Dafür sorgen, dass sie sich wieder gut fühlte.

»Sieh mich an, Baby«, flüsterte er. Emily sah ihn aus tränenschimmernden Augen an, und Gavin wurde noch schwerer ums Herz. Er packte ihren Oberschenkel, legte ihn um seine Taille und strich sanft mit seinen Lippen über ihren Kiefer. »Ich fand deinen Körper schon schön, ehe du schwanger warst«, sagte er leise. Emilys Lippen zitterten. »Aber jetzt ist er mehr als delikat. Die reine Perfektion.«

Er griff zärtlich nach ihrem anderen Oberschenkel und legte ihn ebenfalls um sich. Ihre Beine bebten vor Erwartung und waren weit für ihn gespreizt. Einen Moment lang sah er sie an, ehe er sich in ihr versenkte. Heiß und feucht umschloss ihn ihre Pussy und machte ihn völlig wild. Wie konnte sich etwas nur so gut anfühlen? Als er tiefer in sie eindrang, bekam er doch kurz Angst, versuchte aber sofort, dieses Gefühl beiseitezuschieben. Er drückte seine Lippen auf ihre und kreiste mit seiner Zunge durch ihre Mundhöhle, um möglichst viel von ihrer Süße zu schmecken. Mit einer Hand kraulte er ihren Hinterkopf, die andere legte er auf ihre wunderschöne Hüfte.

»Muss ich dir erklären, wie sehr ich mich nach dir gesehnt habe?« Als er mit Zunge und Mund ihren Hals liebkoste, stöhnte er auf. »Gott, ich brauche dich mehr als meinen nächsten Herzschlag.«

Wogen der Lust wallten in Emily auf, und sie krümmte sich unter ihm. Seine Stimme, in der ein entschuldigender

Unterton mitschwang, drang leise in ihr Ohr. Sein Bizeps zog sich bei jedem seiner perfekt kalkulierten Stöße zusammen. Sie löste sich förmlich auf, schmolz unter seiner Hitze dahin wie Schnee. Emily fuhr mit ihren Nägeln über seinen muskulösen Rücken und gab sich ganz seinen verführerischen Worten hin. Mit jeder Berührung und jedem Ausschlagen seiner Zunge spürte sie, wie sehr er sie begehrte und anbetete. Emily bog den Rücken durch und bewegte ihre Hüften immer schneller, aber Gavin hielt plötzlich inne.

»Gavin, bitte hör nicht auf!«, bettelte sie und umklammerte seine Taille mit ihren Oberschenkeln, so fest sie konnte. »Bitte.«

»Nein«, sagte er erstickt. Er strich ihr das Haar aus der verschwitzten Stirn und neckte mit seiner Zunge ihre. Dann sprach er keuchend weiter, immer wieder unterbrochen von seinem erhitzten Atem. »Ich werde dich heute Nacht nicht einfach nur vögeln, Emily Cooper. Bring mich meinetwegen um dafür, wenn du das möchtest. Aber ich werde dich Stück für Stück einnehmen, bis du es nicht mehr aushältst. Meine Finger werden jede wunderschöne Linie deines Körpers nachfahren. Und meine Lippen werden jeden hungrigen Zentimeter deines Körpers liebkosen und sättigen. Ist das in Ordnung?«

»Ja«, stöhnte Emily.

Gavin küsste sie weiter und genoss jedes noch so leise Aufstöhnen, während er in ihre feuchte, weiche und köstliche Wärme hineinstieß.

Nie zuvor hatte jemand Emily in einer solchen Weise seine Liebe spüren lassen. Nie. Nie hatte jemand sie so leidenschaftlich geküsst oder mit ihr geschlafen. Es übertraf alles, was sie je erfahren hatte. Gavin gab ihrem Körper, was er brauchte, und spülte jeden Gedanken daran, dass er sie nicht wollen könnte, fort.

Merzte jede Unsicherheit aus …

Nahm ihr jeden Zweifel …

Seine Liebe, die sie nicht länger hinterfragen musste, trug sie fort wie ein tosender Sturm.

15 FEHLER

Emily biss sich nervös auf die Unterlippe und blätterte durch ein Schwangerschaftsmagazin. Tapfer darum bemüht, Dillons Blicke von der anderen Seite der Arztpraxis zu ignorieren, schlug sie die Beine übereinander und sah auf ihre Armbanduhr. Viertel nach vier. Gavin war bereits fünfzehn Minuten zu spät. Nervös zog sie ihr Handy aus der Handtasche und hoffte, dass er ihr zumindest eine Nachricht geschickt hatte. Nichts. Auch kein Anruf in Abwesenheit. Sie ließ das Telefon in ihren Schoß fallen und fragte sich, wo er steckte.

»Ziemlich mies von deinem *liebevollen* Freund, dass er zu spät kommt.« Dillon kicherte. »Ob er das wohl bei der Geburt genauso macht? Ruf mich einfach an, wenn du dann meine Unterstützung brauchst.«

Emily überging seinen Kommentar, und ihre Augen flogen wieder zu ihrem Magazin auf eine Anzeige, die Rote-Bete-Saft als gute Vorbeugungsmaßnahme gegen Schädigungen bei der Entwicklung des zentralen Nervensystems eines Fötus empfahl. Emily beschloss, es sich zu merken und kontrollierte erneut die Uhr. Langsam machte sie sich Sorgen – es sah Gavin gar nicht ähnlich, sich nicht zu melden, wenn er zu spät war. Noch ehe Emily weiter darüber nachdenken konnte, rief die blonde Sprechstundenhilfe ihren Namen. Eilig legte Emily das Magazin zurück auf den Beistelltisch und schrieb Gavin eine Nachricht. Dann steckte sie das Handy zurück in ihre Handtasche und erhob sich, um in den Untersuchungsraum zu gehen. Plötzlich bemerkte sie, dass Dillon ihr folgte. Emily wirbelte herum und spürte, wie ihr ein Schauer über den Rücken lief. »Was hast du vor?«

Er kniff die Augen zusammen. »Wonach sieht es denn aus? Ich will wissen, ob es ein Junge oder ein Mädchen ist.«

»Du gehst da nicht mit mir rein, bevor Gavin auch da ist.«

Mit einem höhnischen Grinsen auf den Lippen zog Dillon einen Zettel aus der Hosentasche und überreichte ihn Emily. »Das ist eine Kopie der Aufhebung des Kontaktverbots, für die du gesorgt hast. Da steht in keinster Weise geschrieben, dass ich auf den hübschen Gavin warten muss.« Er nahm Emily das Blatt wieder weg. »Sieht ganz so aus, als hättest du da eine Kleinigkeit vergessen.« Er schob den Zettel in seine Hosentasche und öffnete die Tür. »Ladys first.«

Emily schloss schuldbewusst die Augen. Mist. Sie war so durch den Wind gewesen, dass sie tatsächlich vergessen hatte, dieses Detail hinzuzufügen. Gavin ging ohnehin schon seit Wochen auf dem Zahnfleisch und hatte ihren Fehler ebenfalls übersehen. Sie schickte ein Stoßgebet zum Himmel, dass Gavin bald hier wäre, und folgte der Sprechstundenhilfe in einen leeren Untersuchungsraum.

Während die Arzthelferin alle Geräte vorbereitete, war ihr Unmut Emily gegenüber deutlich spürbar. Sobald Gavin und sie herausgefunden hatten, dass die Blondine schuld an dem Kuddelmuddel mit den Versicherungen gewesen war, hatte Gavin in der Praxis angerufen und sich heftig beschwert. Nachdem er kurz davor war, seine Anwälte einzuschalten, um ein Gerichtsverfahren einzuleiten, wollte Gavin eigentlich, dass Emily die Praxis wechselte. Da Doktor Richards aber immerhin schon mit ihrer Situation vertraut war, hielt

Emily es für das Beste, es gut sein zu lassen. Ihr genügte es, dass die Arzthelferin Ärger bekommen hatte.

»Sie kennen das Prozedere ja schon. Hose runter bis zum Schambein.« Die Blondine schaltete das Ultraschallgerät ein, knipste das Licht aus und ging zur Tür. »Doktor Richards kümmert sich gerade noch um eine andere Patientin. Er ist gleich da. Sie können in der Zwischenzeit die Toilette benutzen.« Mit diesen Worten verschwand sie.

Emily saß mit dem Rücken zu Dillon auf der Kante des Untersuchungstischs. Mit zitternden Händen schob sie den weichen Stretchbaumwollstoff nach unten, der ihren Bauch bedeckte. Ungeduldig sah sie zur Tür. Im Zimmer war es so leise, dass sie nur Dillons Schnaufen hörte, das wie ein Tornado in ihren Ohren dröhnte. Emily hielt inne und beschloss zu warten, bis entweder der Arzt oder Gavin anwesend waren.

»Du hast ein Jahr lang mit mir gevögelt. Da brauchst du jetzt nicht plötzlich schamhaft zu werden.« Emily hörte das Lächeln in seiner Stimme, als er diese hässlichen Dinge sagte. »Mach dir keine Sorgen. So wie du aussiehst, könntest du mich sowieso niemals anturnen.«

»Du bist ein Arschloch«, murmelte sie mit pochendem Herzen.

Dillon gluckste. »Und du bist die Schlampe, wegen der wir jetzt alle in der Scheiße stecken. Was ist schlimmer, Emily? Eine Nutte, die mit dem besten Kumpel ihres Freundes vögelt, oder das Arschloch, das sie dafür büßen lässt?«

In diesem Moment sprang die Tür auf, und Gavin und der Doktor traten ein. Gavin schoss sofort mit besorgtem Gesichtsausdruck zu ihr.

»Es tut mir leid«, flüsterte er, während Emily aufstand und ihre Arme um seinen Hals schlang.

»Was war los?«, fragte sie und genoss die beruhigende Wirkung, die er auf sie hatte. Auf keinen Fall wollte sie anfangen zu weinen. »Ich habe dir eine Nachricht geschickt, und du hast dich nicht gemeldet.«

»Ja, ich weiß ... Ich habe mein Telefon im Büro vergessen und es erst gemerkt, als ich schon durch die halbe Stadt gefahren war. Und dann stand ich auch noch im Stau. Das totale Chaos.« Er sah Emily in die Augen und sah darin nicht nur Ärger über seine Verspätung. Da war noch was. Zornig musterte Gavin erst Dillon und dann wieder Emily. »Ist denn alles in Ordnung?«

In Emilys Kehle wuchs ein dicker Kloß. Nein, sie wollte ihm nicht erzählen, was passiert war. Gavin war ohnehin kurz davor durchzudrehen. Wenn er auf die Idee kam, dass Dillon ihr auch nur den kleinsten anzüglichen Blick zugeworfen hatte, würde hier in dieser Praxis zweifellos Blut vergossen werden. Also nickte sie nur.

»Es ist wirklich nichts vorgefallen?«, insistierte er und ließ den Blick immer wieder zwischen ihr und Dillon hin- und herwandern, der sie von der anderen Seite des Raums aus anstarrte.

Emily nickte wieder und küsste Gavin auf den Mund. Sobald ihre Lippen seine trafen, seufzte er. Mit aller Macht versuchte er, das nagende Gefühl zu unterdrücken, dass sie etwas vor ihm verheimlichte. Einen Herzschlag später half er ihr auf den Tisch und streichelte ihren Bauch. Langsam beschlich ihn der Gedanke, dass es ein riesiger Fehler gewesen war, Dillon die Anwesenheit bei den Arztbesuchen zuzugestehen. Verdammt. Vielleicht war das hier wirklich sein Kind. Und in diesem Fall hatte das Arschloch wirklich nicht das geringste Recht, an solchen schönen, wichtigen Momenten teilzunehmen.

»Also, wie geht es Ihnen denn, Miss Cooper?«, erkundigte sich der Doktor und blätterte durch ihre Patientenakte.

Dann legte er das Klemmbrett auf seinem Tisch ab und ging zum Waschbecken. »Ihnen wird immer noch schlecht?«

»Ja, das stimmt. Mittlerweile aber nur noch abends.«

»Versuchen Sie es mal mit heißem Kamillen- oder Ingwertee«, erwiderte Doktor Richards und wusch sich die Hände, ehe er die Handschuhe überstreifte. »Meine Frau hat ja während jeder ihrer drei Schwangerschaften mit unseren Jungs auf Salzgebäck geschworen.«

»Drei Jungs?« Dillon lehnte sich nach vorn, die Ellbogen auf die Knie gestützt. Sein Mund verzog sich zu einem kleinen Lächeln. »Ich hoffe so, dass wir auch einen Jungen bekommen werden.«

Auf einen Schlag war die Spannung im Raum beinahe greifbar. Gavins Griff um Emilys Hand wurde fester. Mit zusammengekniffenen Lippen fixierte er Dillon, und seine Augen funkelten so wütend, dass Emily der Atem stockte. Sie drückte seine Hand, um seine Aufmerksamkeit wieder auf sich zu lenken, aber es funktionierte nicht. Gavin knisterte förmlich vor Zorn, und er sah aus, als würde er jeden Moment über den Tisch auf Dillon zuhechten.

»Ich liebe dich«, flüsterte sie.

Diese drei Worte rissen ihn aus seiner Trance. Schäumend vor Wut riss Gavin den Blick von Dillon los und konzentrierte sich auf die Person, um die es hier eigentlich gerade ging. Er konnte das. Er würde das schaffen. Hoffentlich würde er die Sache überleben, ohne Dillon umzubringen.

Der Doktor räusperte sich. »Sie sind knapp in der zwanzigsten Woche. Wenn das kleine Wesen kooperiert, kennen wir in ein paar Minuten sein Geschlecht.«

Gavin streichelte Emilys Haar, und die Anspannung wich aus dem Raum. Emily konzentrierte sich ganz auf den Bildschirm. Sie hoffte so sehr, dass der leise summende Herzschlag, der wie eine süße Melodie durch die Luft schwirrte, Teil des Mannes war, der neben ihr saß. Als der Arzt den Schallkopf auf ihren Unterleib presste, holte Emily tief Luft.

Kurz darauf lachte der Doktor leise auf. »Schauen Sie mal!« Er deutete auf den Bildschirm und drückte das Gerät ein wenig fester an die rechte Seite von Emilys Bauch. »Ich bin mir noch nicht sicher, welches Geschlecht das Kind hat, aber hier sehen wir jedenfalls, dass es seine Finger im Mund hat.«

Emily rutschte ein wenig hin und her und versuchte, auf dem Bildschirm etwas auszumachen. Plötzlich traf es sie wie ein Schlag. Sie erkannte, was er meinte! Winzige, zarte Fingerchen bewegten sich hin und her, ganz im Rhythmus des Fruchtwassers, in dem das Kind trieb. Mit feuchten Augen drehte sie sich zu Gavin, der genauso ehrfürchtig aussah, wie sie sich fühlte.

Der Doktor ließ das Gerät weiter über Emilys Bauch gleiten. »So. Wenn es jetzt seine Beine noch ein Stück weiter öffnet, wissen wir auch, ob Sie rosafarbene oder blaue Kleidung kaufen sollten.« Eine weitere Serie von *Wuschs* ertönte, und der Doktor drückte das Instrument wieder fester auf ihren Bauch. Dann lächelte er. »Herzlichen Glückwunsch, Miss Cooper. Sie bekommen einen kleinen Jungen.«

Emily keuchte erstickt auf und lächelte Gavin an, während ihr Tränen über die Wangen liefen. Er schluckte, und seine Augen schimmerten verdächtig, als er auf den Monitor sah. Auch wenn er geschworen hatte, dass es ihm nur darauf ankam, dass das Kind gesund sei, und das auch ernst meinte, war ihr klar, dass er sich über einen Sohn ganz besonders freute. Schließlich hatte sie im noch unbewohnten Kinderzimmer bereits einen unterschriebenen Yankees-Baseball-Handschuh und einen Ball auf der Kommode entdeckt.

Gavin zog seinen Stuhl näher heran, sah Emily liebevoll an und strich ihr übers Haar. »Ein Junge? Sind Sie sicher?«

»Dieses kleine Körperteil da sagt mir, dass dem so ist, ja.« Doktor Richards schob seine Brille auf dem Nasenrücken nach oben und deutete breit lächelnd auf den Bildschirm.

»Es wird davon abgeraten, definitive Aussagen zu machen. Aber ich dürfte im Laufe der letzten dreißig Jahre Tausende solcher kleinen Dinger gesehen haben, also würde ich sagen: Gehen Sie los, und genehmigen Sie sich zur Feier des Tages ein paar blaue Zigarren.« Der Doktor räusperte sich und sah zu Dillon. Sein Lächeln war gefasst, aber angespannt. »Das gilt natürlich auch für Sie.«

Dillon rückte seine Krawatte zurecht und erhob sich mit einem künstlichen Lächeln. »Das werde ich tun. Meine Familie wird über diese Nachricht ganz aus dem Häuschen sein.«

Gavin spürte, wie sich jedes einzelne Haar in seinem Nacken aufstellte. Er sprang auf und war bereit, Dillon sämtliche Knochen zu brechen, aber Emily packte ihn am Arm und zog ihn zu sich.

Nachdem sie sich das Gel vom Bauch gewischt hatte, setzte sie sich auf.

»Wir sind fertig, oder?« Sie klang zittrig, obwohl sie sich so sehr um Gelassenheit bemühte. »Kann ich die Toilette noch mal benutzen?«

Der Arzt nickte, und Emily hüpfte mit Gavins Hilfe vom Untersuchungstisch. Sie sah ihm in die Augen, legte ihre Hand in seinen Nacken und küsste ihn.

»Ich liebe dich, Gavin Blake«, flüsterte sie. »Danke, dass du es *nicht* getan hast. Du erstaunst mich wirklich immer wieder! Und außerdem sorgst du dafür, dass ich mich immer mehr in dich verliebe. Mein Herz, meine Seele, mein Leben, mein Körper – das gehört alles nur dir.«

Oh Gott. Niemals hätte Gavin sich vorstellen können, dass simple Worte ein solcher Lohn dafür sein könnten, sich nicht in einen Wahnsinnigen zu verwandeln. Aber diese Worte kamen nicht von einer simplen Frau. Vielmehr handelte es sich um den Dank seines Engels. Ja, sie war der Mensch, für den sich jede Schwierigkeit lohnte. Bewundernd sah er ihr nach, als sie in Richtung Toilette entschwand.

Gavin fuhr sich mit der Hand durchs Haar. »Doc, dürfte ich Sie noch unter vier Augen sprechen? Ich hätte da noch ein paar Fragen.«

»Kein Problem.« Der Arzt schaltete das Ultraschallgerät aus und machte das Licht an. »Wir können uns im Flur unterhalten.«

»Vergiss es, Blake.« Die Arroganz troff Dillon aus allen Poren, als er mit zusammengekniffenen Augen auf die Männer zukam. »Das Baby ist genauso sehr meine Angelegenheit wie deine. Also lass den Unter-vier-Augen-Scheiß.«

Gavin legte eine Hand an sein Kinn, neigte den Kopf zur Seite und grinste.

»Du hast völlig recht, Dillon. Mein Fehler.« Also los. Damit konnte er Dillon noch mal eins reinwürgen. Gavin lümmelte sich auf einen Stuhl und grinste noch breiter.

»Also, Doktor, Sie sehen ja, dass meine Freundin ein wahrer Glücksgriff ist. Bei ihr bekommt das Wort *schön* doch eine ganz neue Bedeutung, oder?«

Doktor Richards wirkte sichtlich verwirrt und räusperte sich.

»Ja, Mr Blake, sie ist eine sehr gut aussehende Frau.«

Ein strahlendes Lächeln erschien auf Gavins Gesicht, als er zu Dillon sah, der einen ebenso verdutzten Eindruck machte.

»Ja, das ist sie. Nun, da sie und ich immer ein sehr wildes, aktives Liebesleben und mindestens viermal am Tag Sex hatten, wollte ich fragen, ob wir das jetzt, wo sie schwanger ist, ändern sollten. Ich habe Angst, sie oder das Baby zu verletzen.«

Dillon malmte mit den Zähnen, und Gavin fragte sich, wieso er nicht einfach ging. Wahrscheinlich war er zu neugierig.

»Ganz und gar nicht«, erwiderte der Doktor und ließ sich auf einem Drehstuhl nieder. »Sex ist sehr gesund und wird beiden Partnern empfohlen! Das Baby ist in der Gebärmutter bestens geschützt. Sie können ihm gar nicht wehtun.«

Dillon war blass geworden und stand wie zur Salzsäule erstarrt da. Gavin beschloss, die Gelegenheit zu nutzen.

Ha. Jetzt würde er ihn fertigmachen.

»Das sind ja wunderbare Neuigkeiten. Aber um ehrlich zu sein, bin ich einfach wahnsinnig gut bestückt. Emily hat mal gesagt, ich wäre der größte … Mann, der ihr je begegnet ist. Wir genießen den Sex sehr, aber normalerweise treiben wir es ziemlich wild miteinander. Wir mögen es beide gerne … hart. Lieben es, es in jeder Position zu tun, die es gibt. Wir haben sogar ein paar Stellungen erfunden, von denen wir sicher sind, dass niemand vor uns auf sie gekommen ist. Also, Doc, was sagen Sie dazu, nachdem ich Ihnen die näheren Umstände beschrieben habe? Was ich im Grunde fragen möchte, ist … Können wir es weiter so miteinander treiben wie bisher? Wenn dem so sein sollte, werde ich meine Süße nach dem Termin nämlich direkt mit nach Hause nehmen und es ihr ordentlich besorgen.«

Treffer. Versenkt.

Als der Arzt zu einer Antwort anhob, verließ Dillon fluchtartig das Zimmer. Gavin gluckste vor Vergnügen darüber, dass sein Plan so wunderbar aufgegangen war.

»Warte doch mal, Dillon! Willst du nicht hören, was der Doktor zu sagen hat? Das Baby ist doch genauso sehr deine Angelegenheit wie meine!«

Dillons einzige Antwort war ein donnerndes Türknallen.

Oh ja. Gavin war mit dem Verlauf des Arzttermins mehr als zufrieden!

Als Emily und er eine Weile später im Aufzug ihres Wohnblocks standen, war sie davon überzeugt, dass eine Art Sexdämon Gavin befallen hatte. Schon auf der Autofahrt hatte ihr immer wieder hungrige Blicke zugeworfen und ihr die größten Vergnügen in Aussicht gestellt. Emily hatte tatsächlich an seinem Verstand gezweifelt.

Nun gab sie sich ganz seinem leidenschaftlichen Kuss hin, während sie mit dem Aufzug hinauffuhren. Sie legte den Kopf zur Seite und ließ es zu, dass Gavin sich an ihrer samtweichen Haut ergötzte.

»Wem habe ich denn diesen plötzlichen Umschwung zu verdanken, was dein Begehren betrifft? Ich würde der Person gern ein Geschenk schicken. Hast du eine Adresse?«

Statt einer Antwort presste Gavin seinen Mund auf Emilys und stieß immer wieder gierig mit seiner Zunge in ihren Mund, während seine Hände unruhig über ihren Körper wanderten. Der Aufzug glitt auf, und er drängte sie schnell rückwärts Richtung Wohnungstür, die Arme immer noch um sie geschlungen. Als er sie mit dem Rücken an die Tür presste, atmete sie schwer aus, während er in seiner Hosentasche nach dem Schlüssel kramte. Er sperrte auf, und sie spürte, wie sie sein leichter Dreitagebart am Kinn kitzelte. Ohne von ihrem Mund abzulassen, schob er sie rückwärts durch die Wohnung. Emily warf ihre Handtasche aufs Sofa, schlang ihre Arme um seinen Nacken und kicherte, als er sie in die Luft hob. Ihre Beine hingen jetzt über seine Arme, und sie küsste ihn noch heftiger, während ihr ganzer Körper vor Vorfreude pulsierte.

»Kriege ich denn noch eine Antwort?«, flüsterte sie, als er sie auf dem großen Doppelbett ablegte und ihr die Schuhe auszog. »Wem habe ich zu danken?«

Grinsend zog Gavin ihren Rock hinunter und warf ihn auf den Boden. Die blauen Augen auf sie geheftet, biss er sich auf seine volle Unterlippe und strich mit seinem Finger unter ihrem Bauchnabel entlang.

»Das Einzige, was Sie wissen müssen, Miss Cooper, ist Folgendes: Dillon hat ein sehr klares Bild davon, was ich jetzt mit Ihrem wunderschönen Körper anstellen werde.«

Ohne eine weitere Frage genoss Emily den restlichen Nachmittag lang all die berauschenden Dinge, über die Dillon vermutlich bestens im Bilde war.

»Ist diese Augenbinde denn wirklich nötig?«, fragte Emily, als Gavin sie den Flur hinunterführte. »Mir ist schon klar, dass es eine Überraschung sein soll, aber deine Aufregung macht mir beinahe ein bisschen Angst. Hast du es schwarz gestrichen?«

»Hast du denn überhaupt kein Vertrauen in meine Dekorationskünste?«, fragte Gavin lachend. Er öffnete die Tür zum Kinderzimmer und lächelte, während er einen letzten prüfenden Blick darauf warf. Eigentlich konnte er gar nicht wirklich von *seinem* Dekorationstalent sprechen, weil ein Team von gut bezahlten Raumgestaltern die ganze Arbeit übernommen hatte. Trotzdem war er sehr zufrieden mit den Anweisungen, die er ihnen gegeben hatte, seit er wusste, dass es ein Junge werden würde. »Und ja, die Augenbinde ist nötig. Aber lass uns einen Deal machen: Im Gegenzug darfst du sie mir heute Nacht umbinden.«

Kichernd wollte Emily schon die Augenbinde herunterziehen, aber Gavin packte sie am Handgelenk. Den Mund zu einem Schmollmund verzogen, seufzte sie.

»Du bist und bleibst ein Schlitzohr. Manchmal glaube ich, dass es dich nur deswegen gibt, damit du mich quälst.«

»Hm, so habe ich das noch nie gesehen.« Gavin vergrub

seinen Kopf in ihrem Nacken. »Ich lebe, um deine Welt ein wenig schlitzohriger zu machen«, sagte er mit verführerisch leiser Stimme.

»Gavin Christopher Blake, wenn ich diese Binde nicht sofort abnehmen darf, werde ich Dinge mit dir anstellen, die kein Mann gutheißen würde. Verstanden?«

Gavin stieß ein tiefes, kehliges Lachen aus. »Wow, das macht mich ziemlich an, Emily.«

»Oh mein Gott. Du bist wirklich …«

»Ich weiß. Ich habe meinen Verstand verloren, oder bin wirklich verrückt.« Gavin knabberte an ihrem Nacken. »Was von beidem, Süße?«

»Beides.«

»Gute Antwort.« Er nahm ihr die Augenbinde ab. »So, sei ehrlich. Habe ich den Verstand verloren?«

Als Emily den Blick durchs Kinderzimmer schweifen ließ, stockte ihr der Atem. Ganz im Sinne seiner Verehrung des Baseballteams hatte Gavin den ehemals kargen Raum in ein wahres Yankees-Paradies verwandelt. Dabei hatte er es nicht übertrieben. Alles war geschmackvoll gestaltet und konnte ihrem Sohn sogar noch im Teenageralter gefallen. Emilys Blick fiel auf eine marineblaue Wand, vor der ein massives weißes Einbauregal stand. In jedem Fach stand eine Reihe von signierten Baseballs, Sammelkarten und Kappen hinter Glas. Von den signierten Trikots, die auf gusseisernen Bügeln mit Yankees-Logos hingen, über eine echte digitale Anzeigetafel bis hin zu einer Reihe von Yankees-Schließfächern nahm Emily alles staunend in sich auf. An einer Wand hing ein bodentiefes Schwarz-Weiß-Foto, das eine Spielszene aus den frühen Yankees-Tagen zeigte.

Das berühmte Yankees-Stadion, das 1923 gebaut worden war, verzierte den oberen Teil der Wand. Sie hätte schwören können, dass es ein echtes Foto war. Direkt vor einem der

Fenster – das von langen marineblauen Vorhängen umrahmt wurde – stand ein weicher brauner Lederstuhl mit flauschigen Baseballkissen. Ein runder Teppich, der mit der Skyline von New York City bedruckt war, nahm einen großen Teil des Raums ein. Das Sahnehäubchen bildeten Originalsitze aus dem Stadion. Emily war vollkommen sprachlos.

»Habe ich den Verstand verloren?«, wisperte Gavin, das Kinn auf Emilys Schulter gelegt. Er schlang die Arme um ihren wachsenden Bauch. »Oder bin ich vielleicht einfach verrückt?«

Einmal mehr wurde Emily überwältigt von all dem, was Gavin ausmachte. Und davon, wie sehr er sie liebte. Sie wirbelte herum, um ihn anzusehen. So viele besondere Momente und kleine Dinge, die er gesagt und getan hatte, schossen ihr durch den Kopf, als sie in seine strahlenden blauen Augen blickte. Die Augen, die ihr sofort den Atem, das Herz und ihre Seele geraubt hatten, sobald sie ihn zum ersten Mal gesehen hatte. So viele Worte, ausgesprochene und unausgesprochene, hallten in ihren Ohren wider. Dieser Mann, ihr bester Freund und ihr Liebhaber, der nicht sicher sein konnte, wessen Kind es war, hielt sein Versprechen, das er vor nicht allzu langer Zeit gegeben hatte. Er liebte das Baby jetzt schon, nur, weil es ein Teil von ihr war. Und hoffentlich auch einer von ihm. Sie legte ihre Hände auf seine grübchengeschmückten Wangen und betrachtete ihn einen Moment lang, ehe sie sich auf die Zehenspitzen stellte. Als ihre Lippen mit seinen verschmolzen, fragte sie sich wieder einmal, weshalb sie so ein Glück gehabt hatte. Warum hatte dieses Schlitzohr sich ausgerechnet für sie entschieden?

Langsam beendete sie den Kuss. Sie fühlte sich vollkommen benommen.

»Ich habe keine Ahnung, wie ich dir danken soll, Gavin. Du hast jede Schwäche an mir akzeptiert, hast mich immer geliebt, als wäre ich eine Frau ohne Fehler. Oder ohne Ängste. Jeder Blick, jede Berührung und jeder Kuss von dir ist frei von Urteilen. Du hast jede Wunde und Narbe geheilt, die ich in diese Beziehung mitgebracht habe, ohne irgendeine Gegenleistung zu erwarten. Hast mir gezeigt, wie Herzrasen sich anfühlt, und dass sich finstere Gedanken durch einen simplen Kuss in Luft auflösen können. Und wie es ist, wirklich und aus vollstem Herzen geliebt zu werden. Wie soll ich dir nur dafür danken?«

»Das tust du doch jeden Tag«, erwiderte er leise und streichelte ihr Haar.

Emily schloss die Augen. »Wie denn?« Sie lehnte sich seiner Hitze entgegen.

»Sieh mich an, Emily.« Sie öffnete die tränennassen Augen und begegnete seinem Blick. »Genau jetzt, Kleines. Du sagst, ich sehe dich an, ohne zu urteilen. Deine Blicke aber sind vollkommen rein. Du siehst mich an, als hättest du noch nie zuvor einen Mann so angesehen. Ich kann dir nicht beschreiben, wie sich das für mich anfühlt.« Er griff nach ihrer Hand und drückte sie auf seine Brust. »Du sagst, dass jede meiner Berührungen frei von Urteil ist. Jedes Mal, wenn du mich anfasst, zittern deine Hände. Und du hast keine Ahnung, wie sehr *mich* das wiederum zum Zittern bringt! Ich meine das nicht sexuell. Ich will damit sagen, dass du alles in mir zum Beben bringst.«

Er zog sie näher an sich und strich mit seinem Mund über ihren. »Und die Küsse? Himmel, davon fange ich lieber gar nicht erst an! Von unserem ersten Kuss an, den du abgebrochen hast« – er biss sanft in ihre Lippe und sog sie zwischen seine Zähne – »bis zu diesem Kuss hier schaffst du es immer wieder, mich schachmatt zu setzen. Du machst Liebe mit mir, wann immer du mich küsst, und bestätigst das, was ich altes Schlitzohr sofort geahnt habe, als ich zum ersten

Mal die Kellnerin in ihrer essensbespritzten Uniform gesehen habe: Es ist schrecklich, dass ich mich ständig wiederhole, aber deine Lippen sind wirklich wie gemacht für meine. Also auch deine Küsse. Jedes Mal, wenn du mich so ansiehst, deine zitternden Hände auf mich legst oder deine weichen Lippen meine berühren, danke ich Gott dafür, dass ich ein Mann bin. Auf diese Weise zeigst du mir jeden Tag deinen Dank, und ich hoffe so sehr, dass du das den Rest deines Lebens tun wirst.«

Wieder fehlten Emily die Worte. Sie schlang ihre Arme um seinen Nacken und zog ihn zu sich herunter, um ihn zu küssen. Irgendwie hatte sie es im Gefühl, dass Gavin sie noch oft sprachlos machen würde.

»Hm. Siehst du? Du hast es schon wieder getan.« Gavin grinste, griff nach Emilys Hand und zog sie aus dem Kinderzimmer.

»Ich mag den Ausdruck. Also, dass ich Liebe mit dir mache, wenn ich dich küsse.«

»Ja, Ma'am, das tun Sie.« Gavin zwinkerte und griff seine Schlüssel, die auf dem Küchentresen lagen. »Jetzt hast du mich so weit gebracht, dass ich am liebsten den ganzen Tag mit dir zu Hause bleiben würde, um ein bisschen guten alten Sex mit dir zu haben. Hätte wirklich Lust, das Treffen abzusagen.«

Emily kicherte und nahm eine weiche Strickjacke aus dem Schrank. Schließlich entschied sie sich für bequeme, flache Schuhe statt ihrer *Stuart-Weitzmann*-Heels. Mit jeder Sekunde wurde seine Idee, das Treffen einfach ausfallen zu lassen, verlockender. Gavin, der die Yankees-Kappe bis zu seinen Augenbrauen hinuntergezogen hatte, sah in seiner dunkelblauen Jeans, dem bedruckten T-Shirt und seinen Chucks einfach zum Anbeißen aus. Emily ging auf ihren Augenschmaus zu.

»Wir können nicht absagen«, meinte sie und schlüpfte in die Strickjacke. Die Feststellung kam eher wie ein Schmollen aus ihrem Mund, und sie nahm ihre Handtasche von Gavin entgegen. »Wir treffen Colton, Melanie und die Zwillinge um zwölf, und es ist schon fast Viertel nach elf.« Sie griff nach seiner Hand und zog sie hinter sich her zur Tür. Wenn sie jetzt nicht bald aufbrachen, würden sie hier nie wegkommen. »Den guten alten Sex haben wir dann später, Mr Blake.« Sie wartete lächelnd im Flur auf ihn, und Gavin tippte knurrend den Sicherheitscode ein.

Sie waren trotzdem guter Dinge. Sie hielt ihn bei Laune, indem sie im Aufzug mehrmals »Liebe« mit ihm machte.

Als Emily und Gavin aus dem Auto stiegen, sorgte die kühle Aprilluft sofort für eine Gänsehaut bei Emily. Dennoch war der Frühling in New York besonders schön. Natürlich war die Stadt das ganze Jahr über lebendig, aber über den Straßen lag nach einem langen harten Winter ein ganz besonderer Zauber. Von den Geschäftsbesitzern, die ihre Türen öffneten, um frische Luft in die Läden zu lassen, bis hin zu den Bäumen, die plötzlich in neuen Farben erblühten, erwachte das Zentrum der Welt wieder zu neuem Leben. Auch das war etwas, was Emily an der Stadt lieben gelernt hatte.

Sie verflocht ihre Finger mit Gavins und linste in die Schaufenster, während sie die Lexington Avenue hinunterschlenderten. Kurz vor der vierundsiebzigsten Straße blieb sie stehen und betrachtete ein eng anliegendes Sommerkleid an einer Schaufensterpuppe. Sie hatte die Hände auf die Hüften gestützt und trug das Kleid selbstbewusster zur Schau als jedes Model. Emily blickte auf ihren wachsenden Bauch und seufzte.

»Was ist los?«, fragte Gavin und sah zwischen ihr und der Puppe hin und her.

»Das Kleid ist so schön, und ich werde in so etwas nie wieder hineinpassen.« Sie lief weiter zu *Giggle,* einer schicken Babyboutique, die Colton und Melanie ihnen empfohlen hatten. »Ich kann ja schon von Glück sagen, wenn ich in einen Müllsack passe, nachdem ich das Kind auf die Welt gebracht habe.«

Gavin blieb abrupt stehen. Breit grinsend umschloss er Emilys Gesicht mit seinen Händen. »Egal ob Müllsack oder Bikini, du wirst immer schmexy aussehen.« Er küsste ihre Stirn. »Und ob hundert oder fünfhundert Pfund, ich werde dich immer lieben.«

»Das sagst du jetzt. Wollen wir doch mal sehen, wie du das siehst, wenn du Spezialkleidung ordern musst, damit mein Hintern hineinpasst.« Emily hob skeptisch die Augenbrauen. »Oder noch besser: Wie du es findest, wenn du mit aller Kraft den Müllsack von meinem nackten Extralargekörper zerren musst.«

Ein Lächeln stahl sich langsam auf Gavins Lippen. »Du weißt, dass du mich total anturnst, oder?«

Kichernd griff Emily nach seiner Hand. »Ich muss wirklich einen Termin beim Psychiater für dich ausmachen, wenn wir nach Hause kommen.« Ein paar Schritte weiter entdeckte Emily die Boutique. »Würde dir und deiner Obsession sicher guttun, wenn mal ein Fachmann mit dir reden würde.«

Gavin öffnete die Ladentür und gab Emily einen leichten Klaps auf den Hintern, als sie hineingingen. »Und ich glaube, dass ich eine eiskalte Dusche brauche, wenn du weiter von großen oder kleinen nackten Körpern sprichst!«

Sie schüttelte den Kopf, aber ehe sie etwas erwidern konnte, entdeckte sie Teresa. Strahlend flitzte die Kleine auf Emily zu, die die Arme weit aufhielt.

»Emmimy!« Emily kniete sich hin und schloss Teresa in ihre Arme.

»Mommy, schau mal! Emmy und Onkel Gaffin sind hier!

Gavin runzelte die Stirn, als seine Schwägerin auf ihn zukam.

»Habt ihr den kleinen Rackern etwa nicht gesagt, dass wir uns treffen?«

»Ganz genau.« Melanie verdrehte die Augen. »Ihr werdet das auch bald lernen. Man sollte einem Kind so was nie vorher sagen! Die zwei hätten uns sonst in den Wahnsinn getrieben, während wir auf euch gewartet haben.«

Gavin umarmte einen ebenso aufgeregten Timothy. »Haben eure Eltern etwa Geheimnisse vor euch?«

Timothy machte einen Schmollmund und drohte seinem Vater mit dem Zeigefinger.

»Ja! Daddy hat gesagt, dass er mit uns zu *Mickey D's* geht, und dann hat er uns hierhergebracht. Wir wussten gar nicht, dass du kommst! Bringst du uns zu *Mickey D's,* Onkel Gaffin?«

Gavin zerstrubbelte Timothys blondes Haar.

»Na klar mache ich das! Onkel Gaffin liebt fettige Pommes beinahe genauso sehr wie Mädchen, die Molly heißen. Und denk immer an eines, kleiner Mann: Ihr Kinder habt eure Eltern total im Griff. Sie mögen größer sein als ihr, aber ihr habt mehr Macht über sie, als ihr ahnt. Die zwei haben total Angst vor euch, das erzählt mir dein Dad jeden Tag.«

Timothy zog seine Lippen über seine Zähne, drehte sich zu Colton und brüllte wie ein Löwe.

Colton schüttelte den Kopf. »Nett von dir, Bro. Du bist der Held des Tages und hast den schlimmsten Albtraum aller Eltern aufgedeckt. Warte nur ab, die Rache wird schrecklich sein.«

Gavin hob eine Augenbraue und lächelte teuflisch. »Ah,

dann sieh das doch einfach als meine Rache für all die Jahre der Folter, die ich dank dir ertragen musste.«

Gavin reichte Timothy in Coltons Arme. »Keine Sorge. Ich kümmere mich um die Big Macs.«

Colton sah Emily grinsend an. »Bist du dir sicher, dass du es noch lange mit dieser Pappnase aushältst? Kann sein, dass er dir den Verstand raubt.«

»Wer, er?« Emily deutete mit dem Daumen auf Gavin. »Ach ja, er macht mich schon ein bisschen wahnsinnig, aber ob du es glaubst oder nicht: Ich habe ihn absolut im Griff. Auch wenn er größer und mächtiger sein mag als ich, hat er ziemlich große Angst vor mir. Ich habe ihn sicher bald super trainiert.«

Gavin lachte. »Wirklich?«

»Ja, wirklich«, antwortete Emily und legte ihren Arm um ihn. »Versuch ja nicht, den Coolen vor ihnen zu spielen, Blake. Du weißt, dass es stimmt.«

Melanie brach in wieherndes Gelächter aus. »Das gefällt mir! Das ist der Grund dafür, dass ich dich mag, Emily. Vollkommen richtig. Gib diesen Blake-Jungs nie das Gefühl, dass sie Oberwasser haben.« Sie stieß ihre Hüften an Gavins. »Du wirst so schnell domestiziert sein, dass du nicht mehr weißt, wo oben und wo unten ist.«

Gavin sah Colton an. »Erinnere mich daran, Emily von deiner Frau fernzuhalten«, sagte er seelenruhig.

Colton, der einen sich ungeduldig windenden Timothy im Arm hatte, zuckte mit den Schultern. »Du bist sowieso schon verdammt, Bro. Nächstes Wochenende essen sie mit Mom zu Mittag. Tu dir also selbst einen Gefallen, und trag schon mal eine Schürze, wenn sie nach Hause kommt. Ansonsten wird sie dir sehr wichtige … *Spielzeit* streichen.«

Gavin schlang seinen Arm um Emilys Hals, lächelte sie liebevoll an und begann ihren Bauch zu reiben. »Darling, Süße,

Frau meines Lebens, ich glaube, wir müssen noch ein paar Klamotten einkaufen gehen. Sollen wir?«

»Absolut«, erwiderte Emily ebenfalls lächelnd.

»Cool.« Gavin nickte und sah sich um. »Wo müssen wir hin?«

Colton wandte seinen Kopf zur Seite. »Gleich hinter der Kinderzimmerdeko. Rechts von den Kuscheltieren und nur wenige Meter vom Spieleparadies entfernt.«

Gavin starrte seinen Bruder wortlos an.

»Bro, komm schon, ich habe zwei Kinder und eine Frau. Da kommt man um so was nicht herum.«

Gavin grinste und nahm Emily an der Hand. Während sie durch den riesigen Laden schlenderten, musterte er die pastell- und primärfarbenen Farbexplosionen um sie herum. Ebenso wie die Kinderbadewannen, die Babywippen und die Windeltaschen. Lächelnd blieb er stehen.

»Was?«, fragte Emily.

Er streichelte sanft ihren Nacken. »Alles okay bei dir?«

Sie schüttelte den Kopf, und ihr stiegen Tränen in die Augen. »Nein, kein bisschen!« Während Gavin sich als Innenarchitekt verausgabt hatte, ihr Bauch immer größer wurde und ihre Angst vor der Mutterschaft gleichermaßen, hatte sie sich in ein waschechtes Nervenbündel verwandelt. Sie zog einen winzigen Säuglingsanzug aus dem Regal. »Siehst du, wie klein das ist, Gavin?«

Oh verdammt. Eine so heftige Reaktion hatte er nicht erwartet. Er nickte vorsichtig. »Ja.«

Emily schniefte. »Das heißt, dass der Kleine ebenso winzig sein wird. Ich habe noch nie ein Baby gehalten. Habe keine Ahnung, wie man es füttert. Vielleicht wird es verhungern. Ich werde auch keine Ahnung haben, warum es weint. Und was ist, wenn der Kleine mich hasst?« Gavin wollte etwas einwerfen, aber Emily fuhr fort. Die Worte purzelten nur so aus ihrem Mund. »Ich weiß nicht, wie ich es schaffe, dass es ein Bäuerchen macht. Was ist, wenn ich es beim Baden fallen lasse? Das Jugendamt wird es mir wegnehmen! Was ist, wenn ich es nachts nicht weinen höre?« Emily holte tief Luft und brach völlig in sich zusammen. »Und diese Wundsalbe. Was ist, wenn ich nicht genug davon verwende und er einen Ausschlag bekommt? Oder ich nehme zu viel, und alles entzündet sich? Wovon rede ich hier eigentlich? Ich weiß ja noch nicht mal, wie man eine Windel wechselt. Wird dieses arme Wesen also mit zu wenig oder auch zu viel Creme auf dem Wickeltisch liegen und schrecklich frieren, weil seine Mutter nicht weiß, wie man eine Windel anlegt?«

Um. Himmels. Willen.

Gavin blinzelte, schluckte und nahm langsam seine Hand von ihrem Nacken. Er hatte bisher immer gewusst, wie er mit Emily umgehen musste. Verdammt, er war dazu geboren. Aber die Frau vor ihm drehte völlig durch. Gavin überlegte blitzschnell, fuhr sich mit der Hand durchs Haar und beschloss, es mit einem Trick zu probieren.

»Setz dich mit mir auf den Boden.«

Emily runzelte die Stirn. »Was? Mitten im Laden?«

Gavin hatte sich bereits im Schneidersitz auf dem Marmorboden niedergelassen. »Emily, wir hatten beinahe Sex auf der Motorhaube meines Autos. Am Rande einer mexikanischen Straße. Also los, setz dich.«

Emily blickte nervös auf die anderen Kunden, die Gavin ansahen, als wäre er nicht ganz bei Trost. Sie hatte ja immer gewusst, dass er ein bisschen verrückt war! Ein paar Sekunden später setzte sie sich zu ihm und schlug ebenfalls die Beine übereinander.

Gavin sah sie liebevoll an und lächelte, ehe er sie küsste.

»Hey«, flüsterte er.

Emily verzog die Lippen zu einem schwachen Lächeln. »Hey.«

»Mein Name ist Gavin Blake, und ich werde dich in Sachen Babys unterrichten, okay?«

Emily nickte und sah auf ihre Hände. »Du versuchst mich zu beruhigen.« Sie sah ihn wieder an und spürte, wie sie dahinschmolz. »Oder?«

»Ja, tue ich. Und ich werde es auch schaffen. Gib mir fünf Minuten. Okay?«

»Okay.« Emily biss sich auf die Lippe und konzentrierte sich auf seine Augen.

Gavin zog ihre Hände auf seinen Schoß und seufzte erleichtert. Ein bisschen ruhiger wirkte sie bereits.

»Es ist ganz einfach, Babys zu halten. Sie vertrauen dir … sofort. Weil sie wissen, dass du dich um sie kümmerst. Und sobald du den Kleinen siehst, Emily, wirst du von selbst wissen, was zu tun ist. Deine Arme werden es wissen. Ich garantiere dir, dass du ihn gar nicht mehr ablegen willst. Du bist so fürsorglich und liebevoll. Das wird alles wie von selbst kommen.« Er lehnte sich zu ihr, um sie noch einmal zu küssen. »Okay?«

Emily vertraute ihm und nickte.

Lächelnd fuhr er fort. »Wenn er weint, kommen dafür nur ein paar Gründe infrage. Er ist entweder hungrig, müde, krank, hat Bauchweh, muss ein Bäuerchen machen, gewickelt werden, oder aber er will auf den Arm genommen werden. In deinem Fall kann es natürlich auch sein, dass er vor Schmerz schreit, weil du ihn fallen gelassen hast, oder dass er schon den ganzen Tag in einer vollen Windel daliegt, weil du nicht weißt, wie man ihn wickelt.«

Emily zog eine Augenbraue nach oben. »Ich dachte, du wolltest mich beruhigen?«

Gavin gluckste und strich ihr über die Wange. »Was ich sagen will: Du wirst wissen, warum. Weil du seine Mutter bist und für ihn atmen und leben wirst. Wie du ihn dazu kriegst,

Bäuerchen zu machen, oder wie du ihn badest, wirst du lernen. Oder wie viel Salbe du brauchst. Verhungern kann er gar nicht, weil du dann sein Weinen nicht mehr aushältst und du am Ende wahrscheinlich viel zu viele Fläschchen in seinen Mund stecken wirst.«

Kichernd schüttelte Emily den Kopf.

»Und hassen wird er dich niemals. Das kann er gar nicht. Du schließt die Menschen um dich herum so schnell ins Herz, dass es auch umgekehrt gar nicht anders möglich ist. Das wird er rasch merken. Glaub mir.«

Emily schluckte. »Meinst du wirklich?«

»Ich weiß es, Süße. Es ist völlig unmöglich, sich nicht in dich zu verlieben.«

Emily saß neben dem Mann ihres Lebens auf dem Boden im Babymarkt und hatte plötzlich keine Angst mehr davor, Mutter zu sein. Stattdessen genoss sie die Freude darüber, dass nicht nur Gavin an ihre Stärken glaubte und jede Schwäche an ihr liebte, sondern bald auch ein anderer kleiner Mann ebenso verliebt in sie sein würde.

16 VERTRAUEN

Emily öffnete die Tür eines *Starbucks* in Midtown und freute sich über die kühle Luft der Klimaanlage, die eine willkommene Abwechslung zur sommerlichen Mittagshitze darstellte. Olivia schoss von ihrem Stuhl hoch, als stünde er in Flammen. Emily drängte sich durch die Menschenmenge und freute sich sehr, ihre Freundin zu sehen. Die letzten Wochen waren so chaotisch gewesen, dass sie nicht viel Zeit für Olivia gehabt hatte. In einem knappen Monat hatte sie ihren Entbindungstermin, und Emilys Terminkalender war gefüllt mit wöchentlichen Arztbesuchen, Lamaze-Kursen, in denen Tipps für eine sanfte Geburt gegeben wurden, und Last-minute-Einkäufen, wenn ihr oder Gavin wieder einmal unverzichtbare Babyartikel eingefallen waren.

Emily ließ ihre Tasche auf den Tisch fallen. Als sie Olivia umarmte, merkte sie, dass ihre Freundin irgendwie verstimmt war.

»Was ist los?« Emily musterte Olivias besorgtes Gesicht.

Olivia zögerte einen Moment, und die Falten in ihrem Gesicht wurden tiefer. »Ich muss dir was sagen.«

»Okay«, sagte Emily gedehnt und wurde nervös. Nie zuvor hatte sie Olivia so ängstlich erlebt. Emily setzte sich. Durch ihren Kopf wirbelten alle möglichen schlechten Neuigkeiten, die ihre Freundin ihr mitteilen könnte.

Olivia ließ sich wieder auf ihrem Stuhl nieder und schob ein Glas über den Tisch.

»Ich habe dir einen Iced Chai Latte bestellt. Hab mir gedacht, dass dich das beruhigt, wenn ich dir gleich mitteile, was ich herausgefunden habe.«

Emily rutschte das Herz in die Hose. »Liv. Was, zum Teufel, ist los?«

Olivia kaute an ihrem Daumennagel. »Versprich mir, dass du nicht sauer wirst.«

»Wie bitte?« Emily schüttelte mit großen Augen den Kopf. »Nicht sauer auf dich werden? Was hast du denn angestellt?«

»Jetzt schwör mir endlich, dass du mir nicht böse sein wirst!«

Emily verschränkte die Arme und spürte, wie ihr Magen sich verknotete.

»Okay, Olivia, auch wenn ich nicht weiß, worum es geht, werde ich versuchen, nicht sauer zu sein. Reicht das fürs Erste?«

Olivia nickte langsam und atmete tief aus.

»Ich ...« Sie verstummte, sah sich um und fuhr sich mit der Hand durchs Haar. »Ich habe habe bei der Maury-Povich-Show angerufen, du weißt schon, die Sendung, in der sie immer Vaterschaftstests und solche Sachen machen. Und ...«

»Du hast was getan?!«, keuchte Emily, deren Augen so groß wie Untertassen waren. »Ich habe dir doch verboten, da anzurufen! Bist du verrückt geworden? Als wäre es nicht peinlich genug, nicht zu wissen, wer der Vater ist – jetzt soll auch noch die ganze Welt davon erfahren?« Emily stand auf und riss die Handtasche vom Tisch. »Das machen wir nicht.«

»Emily, warte!« Olivia sprang auf und folgte Emily zum Ausgang. Sie packte sie am Arm und wirbelte sie herum. »Du hast mir nicht zugehört! Da ist noch was!«

»Noch was?«, fragte Emily mit gerunzelter Stirn. »Was denn? Hast du ihnen noch verraten, welche Stellungen ich beim Sex am liebsten mag? Oder dass ich beim Abschlussball betrunken mit Candice Weathers herumgemacht habe?« Ohne eine Antwort abzuwarten, entwand Emily sich Olivias Griff, machte auf dem Absatz kehrt und drängte sich weiter durch die Menge.

»Emily!«, rief Olivia. »Es gibt einen neuen Vaterschaftstest. Und er ist nicht invasiv!« Emily blieb mitten im Schritt stehen. Vor Schreck blieb ihr der Mund offen, und sie drehte sich um.

»Es stimmt wirklich«, fuhr Olivia fort. »Es ist ein ganz simpler Bluttest. Ihr müsst nicht mal zur Show gehen und habt in weniger als zehn Tagen ein Ergebnis.«

Emilys Herz begann zu rasen und sie schluckte. Sie gingen zurück zum Tisch und setzten sich. Emily fühlte sich, als hätte sie einen Faustschlag in den Magen bekommen. »Sag mir, was du weißt.«

»Es tut mir leid, dass ich bei dieser Show angerufen habe«, flüsterte Olivia. »Eigentlich sollte es ein Witz sein. Ich hab denen noch nicht einmal eure richtigen Namen gegeben. Dich habe ich Olive Oil genannt, Gavin heißt Popeye Rodriguez und Dilldo Norman Bates. Ich habe gedacht, ich verpacke euch die Einladungen als Geschenk, weil du uns keine Party schmeißen lässt.«

»Liv, um die Show geht es mir gerade gar nicht.« Sie seufzte tief und fragte sich, wie verwirrt oder hysterisch ihre Freundin tatsächlich war. »Sag mir einfach, was du über diesen Test weißt.«

»Er heißt nicht invasiver pränataler Vaterschaftstest. Die Frau aus der Show meinte, dass ein Unternehmen, das *DNA Diagnostics Center*, ihn in Laboren überall in den Vereinigten Staaten durchführt. Sie brauchen eine Blutprobe von der

Mutter und eine von einem der potenziellen Väter.« Olivia zuckte mit den Schultern. »Das ist alles.«

Emily schüttelte ungläubig den Kopf. »Wie kann das sein? Als ich mich online über die Fruchtwasseruntersuchung informiert habe, stand da immer, dass man etwas von dem Fruchtwasser braucht, um noch vor der Geburt den Vater zu ermitteln.«

Olivia nahm einen Schluck von ihrem Frappuccino und lehnte sich zurück.

»Ich verstehe es ehrlich gesagt selbst nicht. Sie hat mir irgendwas von Fötuszellen im Blutkreislauf der Mutter erklärt. So einfach ist das, Emily. Zehn Tage nachdem das Labor die Blutproben bekommen hat, kannst du auf der Website des *DNA Diagnostics Centers* das Ergebnis abrufen.«

Zehn Tage. Zehn. Einfache. Schnelle. Tage.

Emily schlug sich die Hand vor den Mund.

»Mein Gott. Wieso hat mein Arzt mir das nicht schon vor Monaten gesagt?«, flüsterte sie. So lange hätte ihr Albtraum nicht dauern müssen. Wieso hatte sie sich auf die Aussage des Arztes verlassen, ohne selbst Nachforschungen anzustellen?

»Das Testverfahren ist relativ neu, und lass uns ehrlich sein: Dein Arzt ist ziemlich alt. In seiner Praxis fühlt man sich wie auf einer Zeitreise in die Siebzigerjahre. Scheiße, der Typ arbeitet immer noch mit einem Ultraschallgerät!« Olivia schob ihren Stuhl näher an Emilys und legte eine Hand auf ihre Schulter. »Vielleicht kennt er die Methode gar nicht. Jedenfalls weißt du jetzt Bescheid.«

Emily schluckte und versuchte, diese Information zu verdauen. Olivia hatte recht. Immerhin wusste sie jetzt von dem Test, und in kurzer Zeit würde es auch Gavin wissen. Die schlaflosen Nächte der vergangenen Monate konnten sie nicht rückgängig machen. Auch nicht die zermürbende Warterei. Nein, sechseinhalb Monate, während derer sie sich gesorgt hatten, ob sie womöglich den Rest ihres Lebens an Dillon gekettet sein würden, konnten nicht ungeschehen gemacht werden. Doch jetzt würde Emily keine Sekunde mehr warten. Sie stand auf, griff nach ihrer Handtasche, drückte einen Kuss auf Olivias Scheitel und machte sich auf den Weg, um Gavin die Neuigkeiten zu überbringen. Es blieb ihr nur noch zu hoffen, dass das Testergebnis so ausfiel, wie sie es sich ersehnten.

Als Emily im Gebäude von *Blake Industries* aus dem Aufzug trat, war sie das reinste Nervenbündel. Gavins Sekretärin Natalie erhob sich strahlend von ihrem Schreibtisch.

»Hey, Emily!«, zwitscherte sie und umarmte Emily. Als sie sie von Kopf bis Fuß musterte, wurde ihr Lächeln noch breiter. »Lang kann es ja nicht mehr dauern!«

»Jepp. Überhaupt nicht.« Emily schwankte auf ihren hohen Absätzen und fragte sich, weshalb sie sich für diese Schuhe entschieden hatte. Ihr großer Bauch machte das Gehen in solchen Schuhen nicht gerade leicht. »Ich habe nichts dagegen, wenn diese Schwangerschaft langsam mal zum Ende kommt.«

»Kann ich mir vorstellen! Die letzten Wochen können ziemlich heftig sein, aber die Sache ist es wert! Noch ehe man es sich versieht, hält man ein neues Leben in den Armen und hat alle Unannehmlichkeiten im Nu vergessen. Und Sie und Mr Blake werden sich vor Aufregung und Freude nicht mehr einkriegen.«

Emily warf ihr ein schwaches Lächeln zu. Natalie war wie so viele über die wahren Umstände nicht im Bilde.

»Darf ich mal …?« Natalie blickte sie aus ihren braunen Augen zögernd an und legte den Kopf schief.

»Natürlich.« Emily nahm Natalies Hand und legte sie auf ihren Bauch. »Er ist heute Nachmittag sehr aktiv.« Das war er in der Tat. Es fühlte sich an, als würde das Kind in ihrem Bauch Räder schlagen! Unter dem Seidenkleid schlug ihr Bauch regelrecht Wellen.

»Gott, daran kann ich mich auch erinneren«, seufzte Natalie. »Genießen Sie es! Irgendwann werden Sie diesen Abschnitt als die beste Zeit Ihres Lebens betrachten.«

Emily lächelte abermals gequält und linste dann zu Gavins Büro.

»Hat er denn gerade Zeit?«

Natalie nickte. »Jepp. Er kommt gerade aus einem Termin, Sie haben den perfekten Zeitpunkt erwischt.«

»Danke, Natalie! Wenn ich wieder rauskomme, plaudern wir ein wenig, ja?«

»Klingt gut«, erwiderte die Sekretärin, nahm wieder Platz und kümmerte sich um das läutende Telefon.

Emily ging auf Gavins Büro zu. Wieder wurde sie wahnsinnig nervös. Sie klopfte kurz an und öffnete dann die Tür. Als sie in Gavins strahlendes Gesicht blickte, zog sich ihr Herz zusammen. Noch hatte er keine Ahnung, was für eine Bombe sie gleich platzen lassen würde … Das Telefon in der einen Hand, bedeutete er ihr mit der anderen, noch einen Moment zu warten. Seufzend betrachtete sie ihn. Er trug keine Anzugjacke und hatte die Krawatte gelockert. Während seines Businessgesprächs schaukelte er träge in seinem Lederstuhl hin und her. Emily setzte sich vorsichtig auf seinen Schoß, wobei sie hoffte, ihn nicht zu zerquetschen. Er schlang einen Arm um ihre Taille und begann, ihren Bauch zu massieren. Um sich ein wenig zu beruhigen, spielte sie mit den Fingern in seinem weichen schwarzen Haar. Gott, sie liebte diesen Mann. Und fühlte sich gleichzeitig wie der Teufel, der schlechte Neuigkeiten zu überbringen hatte.

»Genau das wollte ich hören, Bruce. Halten Sie mich auf dem Laufenden.« Mit diesen Worten legte er auf und grinste Emily ansteckend an. »Eine Mittagsüberraschung!« Er küsste sie auf ihren Kiefer. »Bietest du dich selbst als Lunch an?«

Emily holte tief Luft und beschloss, direkt zum Punkt zu kommen, statt um den heißen Brei herumzureden. Sie schlang ihre Arme um seine Schultern und drückte ihre Stirn an seine. Dann sah sie tief in seine babyblauen Augen.

»Es gibt einen Vaterschaftstest, der mit einer Blutprobe durchgeführt werden kann. Bei dem Test gibt es keine Risiken, und man bekommt das Ergebnis nach zehn Tagen. Ich weiß, wir haben es schon fast geschafft, aber so wüssten wir ein paar Wochen eher Bescheid. Das Warten hätte endlich ein Ende.« Emily sah, wie Gavin erbleichte. Sah, wie seine wunderschönen Augen sich verdunkelten. Sein Blick war nicht mehr verspielt wie gerade eben noch, sondern vollkommen verzweifelt. Sein starker, harter Körper unter ihr sackte zusammen.

Gavin nahm die Hand von ihrem Bauch und wich ihrem Blick aus. Dann flüsterte er Worte, die Emily aus dem Gleichgewicht brachten.

»Ich weiß schon seit ein paar Monaten von diesem Test.« Gavin sah ihr wieder in die Augen. Sein Geständnis dröhnte in ihrem Kopf. In seinem Gesicht zeichnete sich Scham ab. Als Emily sich erhob, wurde ihr so schwindlig, dass sie sich auf seinem Schreibtisch abstützen musste.

»Du wusstest es?«, flüsterte sie und sah ihn verwirrt an, während ihr die Tränen in die Augen stiegen. »Du wusstest es und hast kein Wort zu mir gesagt?«

Gavin stand auf und wollte eine Hand auf ihre Wange legen, aber Emily wich zurück. Eine Sekunde lang brachte er kein Wort heraus. Natürlich hatte er geahnt, dass seine Lüge

Emily aufwühlen würde, aber ihre Reaktion zerriss ihm das Herz. Er nickte und trat zurück.

»Ja, habe ich.«

»Wie lange?«, fragte sie mit brüchiger Stimme.

»Seitdem wir erfahren haben, dass es ein Junge ist.« Gavin sah zu Boden und dachte an den Tag, an dem er aus Neugier seine Finger nicht mehr davon hatte abhalten können, im Internet zu recherchieren und den halben Tag damit zu verbringen. Sobald er wusste, dass man so leicht eine Antwort erhalten konnte, hatte er auch eine Heidenangst bekommen. Wie erstarrt hatte er vor dem Computer gesessen und sich nur noch eine Frage gestellt: Was, wenn ihm das Testergebnis nicht gefiel? Die Information stürzte ihn in einen Strudel an Emotionen, dem er nicht gewachsen war. Eigentlich hatte er immer gedacht, dass das Kind von ihm war. Als er in jenem Moment auf den Bildschirm starrte, schwand diese Sicherheit dahin.

»Das ist Monate her, Gavin.« Emily wischte sich die Tränen aus dem Gesicht und war entsetzt darüber, wie lange er schon Bescheid wusste. »Ich verstehe das nicht. Warum hast du mir das verheimlicht?«

Er trat näher und strich sich mit der Hand durchs Haar. Er wollte sie so gern berühren, sie trösten. Emily aber war auf Abwehr, und er musste vorsichtig mit ihr umgehen.

»Ich wollte Zeit schinden. Das ist alles. Die Antwort noch ein wenig hinauszögern.«

»Zeit schinden? Wozu? Das Unvermeidliche können wir nicht aufhalten. Aber wir hätten Dillon davon abhalten können, bei den Arztbesuchen dabei zu sein.«

Gavin schüttelte den Kopf, während die angsterfüllten Worte hervorsprudelten.

»Nein, hätten wir nicht. Er ist der Vater. Nicht ich.«

Als sie dieses Eingeständnis hörte, musste Emily schlucken, und ihr wurden die Knie weich. Der Mann, der hier vor ihr stand, hatte eben etwas zugegeben, das er monatelang ganz selbstverständlich und mühelos vor ihr verborgen hatte. Sollte sie ihn anschreien? Sollte sie weinen? Ihr zuliebe hatte er so gehandelt. Er hatte immer schon den instinktiven Hang dazu gehabt, ihre Gefühle zu schützen. Indem er seine Ängste für sich behalten hatte, hatte er Emily geschont. Als sie jetzt sah, wie er vor ihr in sich zusammenfiel, beschloss sie, ebenfalls etwas preiszugeben. Etwas, das sie schon seit ein paar Monaten spürte, aber erst in diesem Moment zu deuten wusste. Es war eine so überwältigende, wärmende Erkenntnis, dass sie glaubte, vor Liebe zu zergehen. »*Du* bist der Vater, Gavin Blake. Hast du das gehört?«

Gavin starrte sie lange an und spürte die finsteren Gedanken, die sich in seinem Kopf ausbreiteten. So gern er ihr auch glauben wollte – er konnte es nicht. »Nein, Emily. Dillon ist der Vater«, flüsterte er.

Emily trat näher und nahm seine Hände, um sie auf ihren Bauch zu legen. Das Baby versuchte anscheinend gerade, sich seinen Weg in die Freiheit zu treten. Sie sah Gavin in die Augen und schloss ihre Hände um seine Wangen.

»Du bist der Vater, und ich kann dir auch sagen, weshalb ich das weiß«, schluchzte Emily und presste ihre Lippen auf seine. »Ich weiß es, weil ich dich durch meine Adern fließen spüre. Dein Blut, dein Herz, deine Seele. Ich kann das spüren. Kann seine Liebe für dich spüren. Jedes Mal, wenn du etwas sagst, bewegt er sich. Und jedes Mal, wenn du lachst, zuckt er, als fände er denselben Witz lustig wie du.« Sie schlang ihre Arme um seinen Hals, vergrub ihre Finger in seinem Haar und drückte ihr Gesicht an seine Brust. »Ich weiß, dass du seine Bewegungen spüren kannst, Gavin. Und er weiß, dass die Hände seines Vaters auf meinem Bauch liegen. Er weiß es.«

Gavin hatte gesagt, dass Emilys Hände jedes Mal bebten, wenn sie ihn berührte. Dieses Mal hatte er seine Hände nicht im Griff. Er glitt mit zitternden Händen über die Wölbung ihres Bauchs und spürte, wie das Leben, das sie vielleicht gemeinsam erschaffen hatten, in ihrem Körper zappelte.

Emily sah Gavin in die Augen. »Du musst Vertrauen haben und an all das glauben, wozu du und ich bestimmt sind.« Sie holte bebend Luft und nahm sein Gesicht wieder in ihre Hände. »Du musst jetzt stärker sein als deine Zweifel und Ängste. Gib uns bloß nicht auf, Gavin. Gib den Kleinen nicht auf. Bitte.«

Gavin nickte und neigte den Kopf nach unten, um sie zu küssen.

»Das werde ich nicht«, flüsterte er und zog sie in seine Arme. »Das schwöre ich dir.«

Gavin stand mit der Frau seines Lebens in seinem Büro, mit der Frau, die durch eine kleine Berührung sein Vertrauen wiederherstellen konnte, und plötzlich hatte er keine Angst mehr davor, nicht der Vater des Babys zu sein. Stattdessen genoss er die Freude darüber, dass nicht nur Emily an ihn als Vater glaubte und ihn mit seinen Ängsten liebte, sondern dass auch ein neues Lebewesen bereits in ihn verliebt war.

17 DER KREIS SCHLIESST SICH

Emily schleppte sich die Stufen zum zweiten Stockwerk in Gavins Haus in den Hamptons hoch, was im Gegensatz zum Vorjahr eine Herausforderung für sie darstellte. Mit einer Flasche Wasser in der einen und einem Teller voll aufgewärmten chinesischen Essens in der anderen Hand kam Emily völlig aus der Puste oben an. Als sie den Flur hinunterlief, blieb sie unwillkürlich kurz vor dem Zimmer stehen, in dem sie letztes Jahr mit Dillon übernachtet hatte. Nein, die Erinnerungen, die sie damit verband, waren nicht besonders angenehm. Dennoch – als sie in den Raum hineinspähte, überdeckte eine Erinnerung alle anderen.

Ein kleines Lächeln huschte über ihre Lippen, und sie betrat das Zimmer. Sie stellte ihr Wasser und das Essen auf der großen Kommode ab, und ihr Blick fiel auf das Nachtschränkchen neben dem Bett. Neugierig zog sie eine Schublade auf und stellte kichernd fest, dass immer noch der Pullover darin lag, den Gavin ihr gegeben hatte, als sie zum ersten Mal Wirf-den-Kronkorken-in-die-Schale gespielt hatten. Sie versenkte ihre Nase in dem Stoff. Das Sweatshirt roch immer noch ganz leicht nach Gavin. Damals wollte sie sich den Geruch für immer einprägen. Nie hätte sie zu hoffen gewagt, dass sie diesen Duft einmal jeden Morgen würde riechen dürfen! Als sie den Pullover über ihr Tanktop zog, durchflutete sie eine angenehme Wärme. Sie schloss die Augen und schlang die Arme um ihre Brust, während Bilder aus jener Nacht an ihrem inneren Auge vorbeizogen. Dann nahm sie ihren Teller und die Flasche und verließ den Raum, der sowohl gute als auch schlechte Erinnerungen bedeutete.

Im Schlafzimmer fand sie den Mann, der ihr Leben bedeutete. Sie lehnte sich an den Türrahmen und beobachtete Gavin heimlich, der mit übergeschlagenen Beinen auf dem Bett saß, nichts als eine helle Pyjamahose aus Baumwolle trug und ganz auf seinen Laptop konzentriert war. Obwohl er geschworen hatte, am vierten Juli nicht zu arbeiten, tat er im Grunde nichts anderes. Emily wusste, dass er versuchte, sich abzulenken. Er tat alles Mögliche, um sich nicht mit ihrem neuen Spiel beschäftigen zu müssen: dem Warten auf das Ergebnis des Vaterschaftstests. Wie anders war ihr Leben noch vor einem Jahr gewesen! Und was musste Gavin jetzt durchmachen … Emily ging auf ihn zu und stellte Essen und Trinken ab. Nachdem sie aufs Bett gekrabbelt war, nahm sie Gavin den Laptop entschlossen ab, klappte ihn mit einem schelmischen Lächeln zu und setzte sich rittlings auf seinen Schoß.

Gavin hob eine Augenbraue und grinste ebenfalls. »Du kannst von Glück sagen, dass ich meine Arbeit gespeichert habe!«

»Klingt wie eine Drohung.« Emily legte ihre Hände auf seine nackten Schultern und ahmte seinen Gesichtsausdruck nach. »Werden Sie mir etwa wehtun, Mr Blake? Oder besser gesagt: Dürfte ich Sie darum bitten, meinem Körper auf angenehme Weise ein bisschen Schmerz zuzufügen?«

Gavin lachte, und in seinen Augen leuchtete endlich wieder die Verspieltheit auf, die Emily in den letzten Wochen so vermisst hatte. Er sog seine Unterlippe ein und legte seine Hände auf ihre Taille.

»Ich habe dich tatsächlich in eine schmutzige, perverse kleine Masochistin verwandelt. Hast du eigentlich eine Ahnung, was diese Vorstellung in mir auslöst?«

Emily giggelte. »Ja. Das kann ich sogar sehr deutlich fühlen.«

»Ist das so offensichtlich?«

»Sehr.« Emily schmiegte ihren Kopf in seinen Nacken und biss ihn leicht. Sie atmete seinen moschusartigen Duft ein und vergrub ihre Finger in seinem Haar. »Dein Kopf ist so eingenommen von meiner schmutzigen Perversion, dass dir gar nichts an mir aufgefallen ist.«

Gavin packte ihre Oberschenkel und knurrte leise.

»Und du glaubst, was du da tust, ist hilfreich?«

»Okay, ich höre auf«, erwiderte Emily und lehnte sich zurück.

Gavin machte ein finsteres Gesicht. »Ich ziehe hiermit den Neandertalerjoker und verlange, dass du deine schmutzigen Ablenkungshandlungen in meinem Nacken fortsetzt.«

»Nee!« Emily kicherte. »Nicht, bevor du herausgefunden hast, was anders an mir ist. Ehrlich, das ist eigentlich nicht besonders schwer.«

Gavin küsste sie. »Falsch«, flüsterte er. »Es ist quälend … schmerzhaft … zermürbend … zum Höschen-vom-Leib-Reißen … hart.«

Gerade als Emily darin schwelgte, wie köstlich berauschend und unfassbar wunderbar seine Küsse waren, klingelte sein Handy. Wie immer zeigte Gavin keinerlei Interesse abzuheben.

Emily lehnte sich zurück und sah ihn an. »Du solltest wirklich abheben!«

Er zog sie wieder an seinen Mund. »Auf keinen Fall«, stöhnte er und rutschte zusammen mit ihr zum Kopfende. »Wer auch immer das ist: Er kann warten.«

»Na, na, na«, neckte sie ihn auf ihre grausame Weise. »Es könnten immerhin deine Eltern sein, die uns sagen, wann sie hier morgen ankommen.«

Gavin blinzelte. »Das gibt dir irgendwie einen Kick, oder?«

Emily schlug die Augen nieder. »Auf so viele, viele Arten. Jetzt geh ran.« Sie lachte, kletterte aus dem Bett und genoss den Klaps, den er ihr auf den Po gab.

Während er zum Telefon griff, krampfte sich ihr Bauch zusammen. Auch wenn es nicht sehr schmerzhaft war, war diese Vorwehe definitiv nicht angenehm. Flach atmend sank sie in einen Polsterstuhl und versuchte sich zu entspannen. Da es nur drei Wochen bis zum Entbindungstermin waren, ging sie auf Nummer sicher und sah auf ihre Armbanduhr, um die Zeit zu stoppen. Als ihr Bauch sich langsam wieder entkrampfte, beschwerte sich das Baby über seine unbequeme Lage und traf sie irgendwo unter ihrem Rippenbogen.

»Ja, ja, ich weiß, Freundchen«, murmelte sie und rieb die Stelle, die er attackiert hatte. »Ist ja bald so weit.«

Gavin beendete schnell das Telefonat und fiel vor ihr auf die Knie.

»Was ist los?«, fragte er und legte seine Hände auf ihre. »Ist alles okay?«

Sie nickte und holte tief Luft. »Ja. Das sind nur Vorwehen.«

»Bist du dir sicher?«

»Ja. Ich gewöhne mich langsam dran.« Sie schluckte und stand mit Gavins Hilfe auf. Lächelnd schlang sie ihre Arme um seinen Hals. »So. Weißt du jetzt, was neu an mir ist?«

Verblüfft von ihrer Lässigkeit schüttelte Gavin den Kopf und strich mit seinen Händen über ihre Taille.

»Ich finde wirklich, du solltest dich hinlegen.«

»Warum?«, fragte sie und zog die Augenbrauen zusammen.

»Weil das Wehen sind.«

»Quatschkopf. Das waren nur Vorwehen.« Sie winkte ab und holte sich ihre Wasserflasche vom Nachttisch, um sie beinahe in einem Zug zu leeren. »Mir geht es bestens.«

Gavin fuhr sich nervös mit der Hand durchs Haar. Drehte seine Freundin jetzt völlig durch?

»Woher willst du das wissen?«, fragte er mit sich überschlagender Stimme.

»Nun, lass mal überlegen. Vielleicht weil es mein Körper ist und ich ihn nach fünfundzwanzig Jahren ziemlich gut kenne?« Sie tappte zu ihm und umarmte ihn. »Willst du zwei Dinge wissen, die dir sicher neu sind?«

Gavin seufzte und versuchte mitzuspielen. »Klar.«

Emily wackelte mit den Augenbrauen. »Also. Erstens bist du sehr schmexy, wenn du dir Sorgen machst.«

Gavin gluckste. »Ach ja?«

»Mhm!«

»Ich habe es ja schon mal gesagt«, Gavin grinste, weil er Emilys Neckereien liebte, »und ich werde es wieder und wieder sagen, bis ich sterbe: Du bist selbst total schmexy.«

»Herzlichen Dank, Sir.« Sie stellte sich auf die Zehenspitzen und küsste ihn. »Während du ganz mit meiner schmutzig-perversen, durch Vorwehen unterbrochenen Schmexyness beschäftigt warst, ist dir überhaupt nicht aufgefallen, dass ich den Pulli trage, den du mir genau vor einem Jahr geliehen hast.«

Tatsache. Emily trug sein *Zegna-Sport*-Sweatshirt, von dem er sicher gewesen war, dass es vom Erdboden verschluckt worden war.

»Gibt's ja nicht. Schau mal einer an!« Grinsend zog er die Kapuze über Emilys Kopf. »Passt dir jetzt definitiv besser als letztes Jahr!«

Emily klappte der Kiefer herunter, und Gavin lachte hell auf. Sie schlug auf seinen Arm. »Das nimmst du zurück!«

»Ein kleiner Spaß wird ja wohl noch erlaubt sein!« Gavin küsste ihren Schmollmund. »Soll ich es wiedergutmachen?«

»Ja, allerdings!«

»Und wie? Raus damit, Süße.«

»Kronkorken.«

Gavin zog eine Augenbraue nach oben. »Kronkorken?«

Emily nickte. »Jepp. Eine nette Runde Kronkorkenwerfen.«

»Spielen wir dann sozusagen um deine Vergebung?« Gavins Augen leuchteten verschmitzt auf. »Und wenn du verlierst, was dann? Werde ich dann heute Nacht in eines der Gästezimmer verbannt?«

Emily schnaubte und ging zur Balkontür. »Wieso sollte das passieren, Schlitzohr? Und ja: Wenn du mich nicht gewinnen lässt, schläfst du heute Nacht allein.«

In typischer Emily-Manier streckte sie ihm die Zunge heraus und verschwand auf den Balkon. Er lachte und beschloss in typischer *Gavin*-Manier Emilys Gedächtnis zu testen. Auf der Surround-Sound-Anlage stellte er einen bestimmten Song in Dauerschleife ein. Als er mit einer Gefriertüte voller Kronkorken in der Hand hinaus in die kühle Nachtluft trat, atmete er den salzigen Geruch des Ozeans ein. Emily lehnte lächelnd am Geländer. Sein Herz schlug bei diesem Anblick ebenso wilde Saltos wie vor einem Jahr … Verdammt. Wenn es ihr eines Tages nicht mehr gelingen sollte, ihm den Atem zu rauben, würde er wissen, dass die Welt verrückt spielte.

Gavin ließ die Tüte auf einen *Adirondack*-Stuhl fallen, griff nach ihrer Hand und zog sie sanft an sich. »Gestattest du mir einen Tanz, ehe wir mit dem Spiel beginnen?«

»Sieht so aus, als wäre das ohnehin schon beschlossene Sache«, zog sie ihn auf und legte ihre Hand auf seine Brust, während sie sich sanft hin- und herwiegten.

Gavin drückte einen Kuss auf ihren Scheitel. »Könntest du denn da Nein sagen?«

»Niemals«, flüsterte sie.

»Hab ich mir schon gedacht.«

»Du versuchst es immer wieder, oder?«

»Immer.« Mit der einen Hand hielt er sie am Rücken, mit der anderen verflocht er seine Finger mit ihren und drückte sie an seine Brust. Lächelnd sah er sie an. »Weißt du, was das für ein Lied ist?«

»Ja«, flüsterte sie, den Blick auf seine Lippen geheftet. Bei der Erinnerung an die Nacht, in der sie zum ersten Mal miteinander geschlafen hatten, wurde ihr warm ums Herz. »Das ist Louis Armstrongs *La Vie en Rose*. Ich kann mich auch daran erinnern, wie wir zum ersten Mal dazu getanzt haben.«

»Sehr gut, Miss Cooper. Sie beeindrucken mich immer wieder.«

Er hielt inne, neigte seinen Kopf nach unten und strich zärtlich mit seinen Lippen über ihre. Die Ahnung eines Kusses. Nie würde Emily genug von ihm bekommen. Nie. Das hatte sie von Anfang an gewusst.

»Zu diesem Lied will ich mit dir bei unserer Hochzeit tanzen. Wenn du mich denn willst.«

Emilys Atem beschleunigte sich, und sie schluckte heftig. Die leichte Sommerbrise ließ ihr Haar um ihren Kopf wehen, und eine einzelne Träne rann ihr über die Wange. Ein Jahr. Der Kreis hatte sich geschlossen, und obwohl das Schicksal sie immer wieder herausgefordert hatte, waren sie doch zusammen.

»Niemals könnte ich mir vorstellen, dich nicht zu wollen, Gavin. Nie«, flüsterte sie und verliebte sich noch mehr in ihn, als sie es je für möglich gehalten hätte.

Und während Louis von *magic spells* sang, stand Emily wie immer unter Gavins Bann. Er drückte seine Lippen auf ihre und küsste sie innig. Bei dem Gedanken an die Nacht vor einem Jahr auf diesem Balkon wurde Emily kribbelig zumute. Damals hatte sie keine Ahnung gehabt, was passieren würde. Durch einen besonderen Moment, ein geliehenes Sweatshirt, zahlreiche Kronkorkenwürfe und das Entfernen einiger Schichten hatte sich ihr Leben für immer verändert. Und dafür dankte sie Gott.

»Wie, zum Teufel, hast du ihn dazu überredet, das Boot zu betreten?« Olivia rieb sich eine ordentliche Portion Sonnencreme auf die Brust. »Den Typen hast du wirklich im Griff. Eigentlich drückt er sich jedes Jahr vor dem Angeltrip.«

Emily verteilte Sonnencreme auf ihren Beinen. »Hey, ich habe ihn nicht überredet! Das war Colton!«

Sie stellte die Flasche auf dem gusseisernen Tisch ab und rückte den Sonnenschirm in die richtige Position. Seufzend schüttelte sie den Kopf und legte sich zurück auf die Liege.

»Ich bin mal gespannt, wie schlecht ihm ist, wenn er wieder da ist. Er war ja überzeugt davon, dass die See ruhig genug ist. Und jetzt sieh dir das Meer mal an!«

Olivia nickte. »Oh, der hängt garantiert die ganze Zeit über der Kloschüssel. Wenn er denkt, dass ihm dieses komische Seekrankheitspflaster hinter dem Ohr hilft, keine Chance. Ich bin ja schon erstaunt, dass er nicht würgen muss, wenn er nur im Pool schwimmt.«

Beide Frauen lachten, als Fallon aus dem Haus zurück zu ihnen kam und Emily ein Glas Limonade reichte.

»Dankeschön!«

»Bitte. Was gibt's denn gerade zu lachen?«, fragte Fallon und machte es sich auf einem Stuhl bequem.

»Wir amüsieren uns über Gavin, der bestimmt nähere Bekanntschaft mit sämtlichen Toiletten dieses Hauses machen wird, sobald die Jungs zurückkommen.« Olivia nickte und grinste verschmitzt. »Emily wird heute Nacht definitiv die Krankenschwester spielen müssen.«

Emilys Blick schweifte auf den aufgewühlten Atlantik und die am Ufer tosenden Wellen. Ob es Gavin wohl gut ging? Und ob er diesem Trip wohl auch deshalb zugestimmt haben mochte, um sich weiter von dem Vaterschaftstest abzulenken? Das Ergebnis konnte jederzeit kommen, und er war mit den Nerven am Ende. Er und Emily waren nicht die Einzigen, die nervös waren. Als seine Eltern heute Morgen zur Party zum vierten Juli eingetroffen waren, hatte Emily die Sorge in ihren Augen sehen können. Ebenso wie in Fallons, Trevors, Olivias, Melanies und Coltons. Alle wirkten ein wenig angespannt.

»Olivia!«, rief Jude aus dem Pool. Er strich sich sein aschblondes Haar aus der Stirn. »Wenn du nicht freiwillig reinkommst, muss ich dich holen!«

Olivia warf ihm einen strengen Blick zu. »Wenn du das machst, wirst du nie wieder meine Pinselspitze spüren. Und eine ganz bestimmte Spitze deines Körpers wird meinen nie wieder berühren!«

Emily beobachtete, wie Jude die Ernsthaftigkeit von Olivias Drohung abzuschätzen schien. Die Überlegung dauerte nicht allzu lang. Er kletterte aus dem Pool, flitzte zu Olivia und warf sie innerhalb weniger Sekunden über seine Schulter. Olivia trat um sich und schrie, aber Jude beförderte sie unbarmherzig ins Wasser. Emily und Fallon kicherten. Offenbar passten die beiden wirklich wunderbar zusammen.

»Jude Hamilton!«, prustete Olivia, als er zu ihr ins Wasser sprang. Er nahm sie in die Arme und brach in wieherndes Gelächter aus. »Das wirst du mir büßen!«

Jude richtete seine Aufmerksamkeit auf Emily und Fallon. »Was sagen denn ihre besten Freundinnen dazu? Sollte sie für diesen Spruch nicht mal ordentlich Wasser schlucken?«

»Auf jeden Fall!«, flötete Fallon und hob die Weinschorle an ihren Mund.

»Du kannst mich mal, Fallon!«, quiekte Olivia und versuchte, sich aus Judes Griff zu winden.

Emily hob ergeben die Hände. »Ich halte mich da raus!«

»Danke, lieb . .«

Die Worte wurden ihr abgeschnitten, als Jude sie unters Wasser tauchte.

Emily riss ihre Augen von der Wasserschlacht los, als Gavin zusammen mit den anderen Teilnehmern des Angelausflugs zurück in den Garten kam. Nachdem sie den Sarong um ihren ausladenden Bauch geschlungen hatte, eilte Emily vorsichtig über die nassen Kacheln auf ihn zu. Sie runzelte die Stirn. Nein, ihrem Freund schien es gar nicht gut zu gehen. Sie küsste ihn und legte einen Arm um seine Taille. »Sehr schlimm?«

Gavin fuhr sich müde mit der Hand über die sonnenverbrannte Wange. »Hm, mir ging's schon mal besser. Warum habe ich noch mal nicht auf dich gehört, als du meintest, ich sollte es lieber sein lassen?«

Emily lächelte. »Na, weil du vor den Jungs den coolen Hecht geben wolltest.«

»Ach ja. Ich und meine Coolness. Kannst du mich nächstes Jahr einfach an den Zaun da ketten, wenn sie mich wieder piesacken?«

»Abgemacht.« Emily streichelte seinen Kopf. »Dusche?«

»Wäschst du mich denn?«

»Willst du?«

Gavin hob eine Augenbraue. »Ist die Frage ernst gemeint?«

»Wollte nur sichergehen.« Emily zog einen Schmollmund. »Du siehst ziemlich krank aus.«

»Ja«, stimmte er ihr zu. »Aber eine kleine Emily-Dosis hilft sicher gegen die Übelkeit.«

»Na, dann komm, mein Kranker.« Kichernd griff sie nach seiner Hand. »Schwester Emily wird sich um dich kümmern.«

Und das tat sie. Nach einer ausgiebigen und sehr gründlichen Dusche fühlte Gavin sich weniger … seekrank.

—

Der köstliche Duft von Burgern, Hotdogs und Chickenwings waberte durch die Luft. Gavin zog sich einen Stuhl heran und wartete darauf, dass Emily, die seiner Mutter in der Küche half, wieder nach draußen kam. Alle anderen hatten bereits Platz genommen, um das herzhafte Essen zu genießen, das Gavins Vater vorbereitet hatte.

»Geht es dir besser, Kumpel?«, fragte Trevor und biss genießerisch in seinen Maiskolben. »Oder müssen wir damit rechnen, dass du eventuell quer über den Tisch kotzt?«

Fallon verdrehte die Augen. »Igitt, Trevor. Das ist eklig!«

»Schon, oder?« Gavin schüttelte lachend den Kopf. »Deswegen werde ich auch in Trevors Richtung zielen, falls ich mich übergeben muss.«

»Was ist denn hier los?«, meldete Olivia sich zu Wort und zog die Stirn kraus. »Wir versuchen zu essen!«

»Warum regen sich Frauen über dieses Thema nur immer so auf?« Jude häufte einen riesige Berg Kartoffelsalat auf seinen Teller. »Es gibt wirklich schmutzigere Dinge, als sich zu übergeben.«

»Finde ich auch.« Gavin lehnte sich zurück und faltete die Hände hinter seinem Kopf. »Zum Beispiel meinen Neffen, der gerade in der Nase bohrt. Er scheint nach irgendetwas zu graben.«

Alle sahen zu dem Tisch herüber, an dem Melanie, Colton und die Kinder saßen. Offensichtlich wusste Timothy schon, was er als Nachtisch essen wollte. Olivia und Fallon stöhnten auf, schoben quietschend ihre Stühle zurück und gingen mit ihren Tellern in der Hand davon.

»Colton!«, rief Gavin lächelnd. »Bro, bring deinem Kind mal Manieren bei!«

Colton hob den Blick von seinem Teller und entdeckte den Schuldigen.

»Timmy, nimm deinen Finger aus der Nase!«

Seufzend griff Melanie nach seiner sauberen Hand und zog ihn von seinem Stuhl hoch. »Komm schon. Jetzt wäschst du dir erst mal mit Wasser und Seife die Hände.«

Die Männer lachten und witzelten über die Geschehnisse, als Lillian, Chad und Emily aus dem Haus kamen und an den zwei Tischen Platz nahmen.

Emily stellte ihren Teller ab und guckte neugierig. »Warum sind denn Fallon und Olivia gerade wie von der Tarantel gestochen ins Haus gerast? Habt ihr sie beleidigt?«

Jude lachte und stand auf, um nach Olivia zu sehen.

»Nee, nee, beleidigt haben wir sie nicht! Die beiden haben einfach ziemlich empfindliche Mägen«, erklärte Gavin.

Emily belud sich ihren Teller mit Gurkensalat. »Mhm. Ich frage lieber nicht genauer nach!«

»Gut. Ist auch besser so.« Trevor nahm einen Schluck Bier und schob seinen leeren Teller weg. »Also, wie sieht es aus? Habt ihr denn schon einen Namen für den Kleinen?«

Emily sah Gavin an. »Ja.«

»Noah«, sagte Gavin und versuchte den Gedanken zurückzudrängen, dass er möglicherweise nicht der Vater war. »Noah Alexander.«

Trevor nickte. »Super Name.«

»Ja, finde ich auch.« Emily lächelte Gavin sanft an, weil sie ahnte, welche Gedanken ihm gerade durch den Kopf schossen. Seufzend wandte sie sich an Trevor. »Fallon hat erzählt, dass ihr zusammenzieht!«

Trevor strahlte. »Jepp. Sie hat darauf bestanden.«

Emily sah ihn ungläubig an. »Sie hat erzählt, es wäre andersherum gewesen.«

Lachend schüttelte Gavin den Kopf. »Sie hat uns letztens alles erzählt! Von den Rosen. Und deiner nervösen Ansprache beim Dinner.«

»Okay, okay, ihr habt mich erwischt.« Trevor leerte sein Bier. »Als wärst du bei Emily besser gewesen, du Trottel. Deine Reden sind ja wohl auch berühmt-berüchtigt, oder nicht?«

»Du hast recht, ich bin viel schlimmer!« Gavin grinste. »Aber immerhin bestreite ich das nicht, und mein Talent fürs Drama bringt mir garantiert Niedlichkeitspunkte.«

Emily kicherte.

»Kumpel. Du spinnst. Du willst niedlich sein?«

»Absolut!« Gavin warf Emily einen Seitenblick zu und grinste. »Erzähl es ihm, Süße.«

Sie legte ihre Gabel auf ihrem Teller ab, schmiegte sich auf Gavins Schoß und schlang ihre Arme um seinen Hals. »Er ist der absolute Niedlichkeitsmeister, Trevor. Dagegen hast du keine Chance.«

Trevor erhob sich und streckte seine langen Arme. »Ich bin raus aus der Nummer. Ihr zwei macht mir Angst!« Er griff nach seinem Teller und ging ins Haus.

»Hm, den haben wir wohl vergrault«, flüsterte Gavin und fuhr mit seinem stoppligen Kinn zärtlich über Emilys Kiefer. »Wir sind böse, hm?«

Emily grinste anzüglich. »Sehr, Gavin. Sehr!«

Nachdem Gavin sich noch eine Weile der einzigen Frau gewidmet hatte, von der er sich gern trottelig nennen ließ, verschwand Emily ins Haus, um seiner Mutter beim Nachtisch zu helfen. Die letzten Wochen über waren die beiden sich nähergekommen, und das freute Gavin sehr. Seine Nichte jagte gerade kreischend hinter Timothy her. Er war froh, dass er die Party dieses Jahr im Kreise der engsten Freunde und Familie abhielt. Als die Sonne langsam versank, setzte er sich zu seinem Vater und Colton an die Feuerstelle.

»Danke, Pop«, sagte Gavin, als sein Vater ihm ein Bier reichte. »War ein schöner Tag heute.«

»Auf jeden Fall.« Chad fläzte sich in seinen Stuhl und sah Gavin an. »Je älter man wird, desto mehr verlieren diese riesigen Partys ihren Reiz. Eigentlich kommt es auf Abende wie heute an.«

Gavin musste seinem Vater zustimmen. In der Zeit, in der er sich nur um *Blake Industries* und seine vielen Frauengeschichten gekümmert hatte, hatte er aus dem Blick verloren, worum es wirklich ging. Natürlich war seine Familie ihm immer wichtig gewesen – so hatten seine Eltern ihn schließlich erzogen –, aber das, worauf es wirklich ankam, hatte er doch vernachlässigt.

»Wie geht es euch beiden denn?«, fragte Colton. »Mom hat erzählt, dass ihr vor ein paar Tagen einen Vaterschaftstest über Blutproben gemacht habt.«

Als Gavin Emily durchs Küchenfenster erspähte, spürte er auf einen Schlag, dass es ihm nicht gut ging. Auch wenn er Emily versichert hatte, dass er die Hoffnung nicht aufgeben würde, fiel es ihm doch immer schwerer, je näher der Termin des Testergebnisses rückte. Gavin zuckte mit den Schultern und nahm einen Schluck Bier. »Ich komme schon klar.«

»Es gibt für alles einen Grund, mein Sohn«, sagte Chad

seufzend und klopfte ihm auf die Schulter. »Denk immer daran.«

»Ja, Pop? Und was für einen Sinn hätte es, wenn es nicht mein Kind wäre?« Gavin stellte seinen Vater nicht gern infrage, aber in diesem Fall konnte er nichts damit anfangen. Die Verzagtheit in den Augen seines Vaters machte ihm augenblicklich ein schlechtes Gewissen.

»Es tut mir leid«, meinte Gavin zerknirscht. »Ich habe Emily von Anfang an gesagt, dass wir das zusammen durchziehen werden, egal, wie viel Angst wir haben. Eigentlich wollte ich sie damit nur beruhigen, aber jetzt macht es mich selbst völlig fertig. Die Vorstellung, dass dieses Arschloch eventuell für immer Teil ihres Lebens oder dem des Babys sein wird, macht mir schwer zu schaffen.«

Gavin legte sich die Hände in den angespannten Nacken, und das negative Flüstern, das in seinem Kopf ertönte, machte ihn immer nervöser. »Dillon hat sich während der vergangenen Monate zurückgehalten, aber das liegt wohl einfach daran, dass ich ihn zurechtgewiesen habe. Wenn er der Vater des Kindes ist, wird er total abdrehen, das weiß ich. Jetzt hat er uns mitgeteilt, dass er ein paar Monate nach der Geburt nach Florida ziehen will, und Emily ist deswegen verstört. Ich werde dieses Kind abgöttisch lieben und dann zusehen müssen, wie Dillon es den Sommer und die Ferien über zu sich nimmt. Das wird uns kaputtmachen.«

Eine Hand auf Gavins Schulter sah Chad zu Colton, der seinen Bruder wortlos anstarrte. Dann schüttelte Chad den Kopf.

»Gavin, du bist stark«, sagte er leise, aber resolut. »Das warst du immer. Schon als ich dich zum ersten Mal auf dem Arm hatte und in deine Augen gesehen habe, wusste ich, dass du dich auf dieser Welt behaupten wirst. Und das hast du getan, verdammt noch mal! Du hast mich und deine Mutter so stolz gemacht. Vielleicht kommt es dir so vor, als würdest du diese Stärke verlieren, aber dagegen kannst du ankämpfen! Oder sie wiederentdecken! Sie ist da. Als Vater dieses Kindes, ob leiblich oder nicht, wirst du es schaffen, dich und Emily vor einem Zusammenbruch zu bewahren. Du bist der Mann, der aus diesem Kind einen Erwachsenen machen wird. Emily und du braucht einander, vielleicht bald mehr denn je. Aber was auch immer du tust: Stell nie infrage, was das Schicksal bestimmt hat. Wie gesagt: Es gibt für alles einen Grund. Und es kommt nur darauf an, wie du mit diesen Dingen umgehst. Du kannst zulassen, dass sie dich zerstören – oder dass sie dich stärken und formen.«

Es tat gut, das zu hören. Gavin warf erneut einen Blick zum Haus und sah seine Mutter und Emily von der Veranda her auf sie zukommen. Gavin versuchte sich ganz auf die Worte seines Vaters zu konzentrieren. Als er aber hinauf in den Sternenhimmel sah, befürchtete er, dass er jene Stärke erst aufbringen könne, wenn er die Testergebnisse erfahren hatte. Voller Zweifel erhob Gavin sich und ging hinüber zu seiner Freundin. Mit einem angespannten Lächeln schloss er sie in seine Arme. Er fühlte sich wie ein Versager. Wie ein Mann, der immer weiter versagen würde, wenn Noah nicht sein Kind war.

»Hey«, sagte sie lächelnd. »Wir gehen jetzt alle zum Feuerwerk runter an den Strand. Ich habe gar nicht bemerkt, dass es hier draußen so frisch geworden ist! Ich flitze noch mal rein und hole meine Jacke. Brauchst du auch noch was?«

Gavin antwortete nicht. Stattdessen küsste er sie heftig, beschämt und voller schlechtem Gewissen, weil er seine Gefühle vor ihr verbarg, und vergrub seine Hand in ihrem weichen, welligen Haar. Ob Emily wohl die Angst auf seiner Zunge schmecken und die Unsicherheit in seiner Umarmung spüren konnte? Er hatte keine Ahnung, wie lang sie so umschlungen dastanden, aber in diesem Moment wünschte er sich so sehr, er könnte die Zeit anhalten. Dann würde der Augenblick, in dem er nicht mehr stark genug für sie wäre, vielleicht nie kommen.

Emily lehnte sich langsam zurück und sah Gavin in die Augen. »Alles okay bei dir?«

»Ja«, log Gavin. »Soll ich deine Jacke holen?«

»Schon okay, ich muss sowieso noch mal auf die Toilette.« Sie streichelte seine Wange und lächelte. »Wir sehen uns gleich unten am Strand.«

Gavin nickte, und sie ging in das leere Haus. Während sie sich die Hände wusch, begann Emily sich um Gavin zu sorgen. Er hatte so bedrückt gewirkt ... Gott, sie wünschte, das Warten wäre endlich vorbei. Zu gern wollte sie ihren sorglosen Yankees-Fan zurückhaben. Die Ungewissheit setzte ihm schwer zu. Seufzend schaltete sie das Licht an und betete, dass sie schnell erlöst werden würden. Im Schlafzimmer zog sie eine leichte Frühlingsjacke aus ihrem Koffer, die sie zum Glück noch mitgenommen hatte. Emily war schon an der Tür, als ihr Blick auf Gavins Laptop fiel. Sie blieb wie angewurzelt stehen.

Neugierig sank Emily auf die Matratze. Sie starrte auf den Laptop und tippte ganz automatisch Gavins Passwort ein. Das Ergebnis würde erst in ein paar Tagen feststehen, und sie schalt sich selbst dafür, dass sie es nicht abwarten konnte. Aber irgendetwas in ihr drängte sie dazu, nachzusehen. Rasch gab sie die Adresse der Website ein. Mit hämmerndem Herzen loggte sie sich mit der Bearbeitungsnummer ein, die sie bekommen hatte, um die Testergebnisse einsehen zu können. Die Ziffern und Buchstaben dieses Codes hatten sich längst in ihr Gehirn eingebrannt. Während die Informationen geladen wurden, stand ihr ganzer Körper unter Hochspannung. Dieses Mal sah es auf der Homepage anders aus sonst. Eine bedrohliche Sanduhr war zu sehen … Emily starrte sie nervös an.

Tief einatmen …

Die heimtückische kleine Sanduhr verschwand.

Einatmen …

Ein blaues Dreieck, das den Vater darstellte, erschien.

Einatmen …

Eine Grafik, die die Wahrscheinlichkeit der Vaterschaft bekanntgab, begrüßte Emily.

Einatmen …

Emily rutschte das Herz in die Kniekehlen. Sie konnte nicht atmen, nicht denken. Nur weinen. Emily brach zusammen und schnappte nach Luft, um sich irgendwie zu beruhigen.

Wie in Trance starrte sie auf das Ergebnis und machte sich dann langsam auf den Weg nach unten. Wie sollte sie es Gavin bloß sagen? Ihr Gehirn war wie leer gefegt, obwohl sie doch so dringend die richtigen Worte finden wollte. Zitternd trat Emily auf die hintere Veranda und sah, dass Gavin auf einer der Sonnenliegen saß. Als er sie entdeckte, legte er den Kopf schief, und Emily war froh, dass er nicht bereits mit den anderen hinunter ans Meer gegangen war. Was sie ihm zu sagen hatte, war zu privat, um es vor allen anderen zu verkünden. Wenn sie doch nur wüsste, wie …

Am Pool blieb sie stehen, und Gavin kam auf sie zu. Ihm musste aufgefallen sein, wie durcheinander sie war. Sein Blick rührte sie fast zu Tränen. Als er vor ihr stand, legte Gavin seine Hand an ihre Wange und die andere sanft auf ihren Bauch.

»Was ist los?«, fragte er spürbar nervös.

Emily schluckte und musste tief ein- und ausatmen, bevor sie ein Wort herausbrachte. »Weißt du, dass du mir das Leben gerettet hast, seit wir uns vor einem Jahr begegnet sind?«

Gavin wollte etwas sagen, aber Emily fuhr fort. »Denn das hast du, Gavin. Auch wenn mir das damals nicht klar war. Wir mussten in den letzten Monaten mehr durchmachen, als ein frisch verliebtes Pärchen das eigentlich sollte. Wir haben uns eine Pause wirklich mehr als verdient.« Kurz huschte ihr Blick zu ihrer Uhr. »Küss mich. Küss mich so, wie du mich vor einem Jahr in jener ganz bestimmten Nacht geküsst hast. Ich verspreche auch, dass ich den Kuss bis zum Schluss erwidern werde.«

Ohne nachzudenken, zog Gavin sie an seinen Mund und küsste sie leidenschaftlich. Egal, wie vertraut sie ihm war – ihre Küsse würden immer neu und aufregend für ihn sein. Während über ihnen das Feuerwerk in leuchtenden Farben explodierte, küsste Gavin sie genauso, wie er das im vergangenen Jahr getan hatte, als sich ihm zum ersten Mal die Gelegenheit bot. Dieses Mal aber schluchzte sie so heftig, dass Gavin von ihr ablassen musste. Bevor er etwas sagen konnte, kam Emily ihm zuvor.

»Du hast gesagt, dass du Noah lieben und großziehen würdest, ganz egal, wer der Vater ist.«

Gavin ließ die Arme sinken und spürte, wie das Blut aus seinem Gesicht wich. Sein Herz hämmerte wie ein Presslufthammer.

»Als ich das von dir gehört habe, wusste ich nicht, was ich denken soll«, schluchzte Emily und legte ihre Hände auf seine Wangen. »Weißt du, wie viele Männer in einer solchen Situation bei der Frau bleiben? Nicht viele. Trotz all dem Schmerz, den du wegen mir erlitten hast, hast du mich zurückgenommen. Und dann hast du auch noch akzeptiert, dass du vielleicht nicht der leibliche Vater unseres Kindes bist. Schon vorher hätte ich dich bis in alle Ewigkeit geliebt. Jetzt weiß ich, dass ich dich in meinem nächsten Leben wiederfinden werde.« Sie verstummte und küsste ihn sanft. »Gavin Blake, das Schicksal hat es uns am Anfang nicht leicht gemacht … aber der Wind hat sich gedreht. Wir können endlich aufatmen. Noah ist dein Sohn.«

»Was?«, flüsterte er, und ein tonnenschweres Gewicht fiel von seinen Schultern. »Wirklich?«

Emily nickte weinend. »Ja. Ich habe nachgesehen und …«

Gavin schlang seine Arme um ihre Taille und küsste sie wieder. »Bist du dir sicher? Sag, dass du dir sicher bist.«

»Es steht fest«, schluchzte sie und umklammerte sein Gesicht, während sie ihn genauso hektisch küsste. »Es ist dein Sohn, Gavin. Es ist dein Sohn!«

»Himmel«, witzelte Olivia, als sie zurückkam. »Es gibt doch eigentlich genug Schlafzimmer hier. Das hier ist eine Villa, Blake. Nimm sie doch bitte mit rein.« Kichernd wischte Emily sich die Tränen aus dem Gesicht. Olivia runzelte die Stirn und sah völlig verwirrt aus. »Okay. Warte mal. Du küsst ihn, aber weinst? Habe ich irgendwas verpasst?«

Gavin grinste und legte einen Arm um Emilys Schulter. »Aber hallo! Und zwar die Mitteilung, dass ich Noahs Vater bin!«

Olivia machte große Augen. »Das gibt es ja nicht!« Im Nu war sie in Gavins Arme gesprungen. Ihr Quietschen war lauter als das Feuerwerk. »Ist das euer Ernst? Er ist der Vater?!«

»Ja.« Emily lachte, während Olivia sie stürmisch an sich drückte. »Er ist der Vater des Babys.«

Gavin presste seine lächelnden Lippen aufeinander. »Der niedliche Vater des Kindes.«

Olivia klatschte in die Hände und rannte auf die Stufen zu, die hinunter zum Strand führten. »Ich hole alle her!«

»Nur zu!«, rief Gavin. Mit dem breitesten Lächeln, das Emily je an ihm gesehen hatte, legte er einen Arm um ihre Schulter. Er drückte seine Nase an ihre und sog ihre Unterlippe zwischen seine Zähne. »Weißt du eigentlich, wie glücklich ich dich machen werde?«

Emily lächelte, als ihr Körper sich endlich vollkommen entspannte. »Ich weiß nicht, wie du mich noch glücklicher machen solltest, als ich es ohnehin schon bin!«

»Zweifelst du etwa an meiner Fähigkeit, dir Freude zu bereiten?«

»Das habe ich wohl gerade getan«, kicherte Emily.

Nachdem sie mit ihren Freunden und der Familie die Neuigkeiten gebührend gefeiert hatten, folgte Gavin Emily nach oben. Sie hatte morgen um sechzehn Uhr einen Arzttermin in der Stadt, und sie hatten vor, relativ früh aufzubrechen, um den Feiertagsverkehr zu umgehen. Vor der Rückfahrt wollte Gavin Dillon anrufen, um ihm mitzuteilen, dass er nicht beim Arzttermin auftauchen sollte. Wie er sich auf diesen Anruf freute! Ob er ihn vielleicht aufzeichnen sollte? Endlich befand er sich nicht mehr im Fegefeuer sondern vielmehr im Paradies, als Emily zu ihm ins Bett krabbelte. Sie lehnte sich zurück in die Kissen, und Gavin konnte nicht anders, als langsam hinunterzurutschen und sich dabei von ihrem Hals über ihre wunderschönen Schultern bis hin zu ihrem Bauch zu küssen. Langsam schob Gavin ihr Seidenoberteil nach oben und grinste noch breiter, als er seine Lippen auf den nackten Bauch setzte, in dem sich sein Kind befand.

»Noah«, flüsterte Gavin und küsste die Stelle unter ihrem Bauchnabel. »Noah Alexander Blake.«

Emily seufzte zufrieden. »Das klingt schön.«

»Finde ich auch.« Gavin küsste abermals ihren Bauch und verflocht seine Finger mit ihren, um jeden einzelnen zu küssen. »Danke.«

Emily vergrub ihre freie Hand in seinem Haar und strich

es ihm aus der Stirn. Der Ausdruck in seinen Augen, der sanfte Klang seiner Stimme und das Lächeln auf seinen Lippen ließen ihr Herz vor Liebe fast zerspringen.

»Nein, ich danke dir«, flüsterte sie, während eine Träne sich aus ihrem Augenwinkel stahl. »Ich danke dir so sehr.«

Gavin drückte seine Wange auf ihren Bauch und gluckste, als er eine kleine Welle spürte. »War das sein Arm?«, fragte er und freute sich darüber, wie es sich anfühlte.

»Wahrscheinlich.« Emily sah lächelnd auf ihren Bauch. »Oder sein Po?«

Gavin zuckte mit den Schultern. »Ich frage mich, ob er wohl genauso auf Kronkorken abfährt wie seine Mom.«

»Und ob er ebenso ein Schlitzohr wird wie sein Vater!«

Gavin hob eine Augenbraue, während er Kreise um ihren Bauchnabel malte. »Ein blauäugiges, kronkorkensüchtiges Schlitzohr. Gefällt mir!«

Emily kicherte. »Mir auch! Und wie!«

Mit einem teuflischen Grinsen betrachtete Gavin weiter den Babybauch.

»Ob er die Birds wohl genauso verabscheuen wird wie ich?«

Emily knurrte und legte ihren Kopf zurück aufs Kissen. »Ich frage mich auch, ob er ein noch größeres Schlitzohr als sein Vater sein kann?«

»Lahme Retourkutsche, Emily. Das hast du schon mal benutzt.«

»Passt aber immer wieder.«

»Da hast du wohl recht.« Gavin bedeckte Emilys Bauch mit einer ganzen Reihe zarter Küsse und beobachtete fasziniert, wie sich Gänsehaut auf ihrer Haut ausbreitete. »Ob er wohl genauso schön wird wie seine Mutter? Von innen und von außen?«

Gerührt streichelte Emily Gavins Wange.

»Und ob aus ihm genauso ein phantastischer Mann wird wie sein Vater?«

Mit sanftem Blick küsste Gavin sich nach oben über die Schwellung ihrer Brüste und ihr Schlüsselbein. Als er, auf seine Ellbogen gestützt, über ihr schwebte, gab er sich ganz dem Anblick seiner Freundin hin. »Und ich hoffe, dass er sich in eine ebenso selbstlose Frau wie seine Mutter verlieben wird, die für ihn alles aufs Spiel setzt.«

Durchs Fenster erhellte immer wieder das bunte Licht des Feuerwerks den dunklen Raum. Emily sah Gavin in die Augen und hielt kurz den Atem an, als sie mit den Fingern über seine stählerne Brust und dann hinauf über seine Schultern fuhr. »Ich hoffe, dass er genauso versöhnlich, sanft und lieb ist wie sein Vater, falls diese Frau ihm jemals wehtut.«

Gavin drückte seine Lippen auf Emilys. »Ich frage mich, ob er weiß, wie sehr ich ihn und seine Mutter lieben werde, bis zu dem Tag, an dem ich meinen letzten Atemzug mache.«

Obwohl sie noch etwas sagen wollte, ließ Gavin Emily nicht mehr zu Wort kommen. Er flüsterte ihr nicht nur weiter süße Worte ins Ohr, sondern liebkoste sie auf eine Weise, wie er es nie zuvor getan hatte. Ihr Herz raste vor Erwartung, sie spürte, wie er mit ihr und dem Kind eins wurde und ihr seine Liebe mit jeder Berührung und jeder Umarmung zeigte. Die ganze Nacht lang.

18 PULS

Als Emily am nächsten Tag erwachte, stieg ihr der Duft von gebratenem Speck in die Nase. Sie kletterte aus dem leeren Bett und sah hinaus in den Himmel, der mit grauen bauschigen Wolken bedeckt war. Bestimmt würde es heute regnen. Emily streckte sich träge und gähnte, während sie den Blick durchs Zimmer schweifen ließ. Sie steckte den Kopf aus der Tür und hörte unten im Erdgeschoss die Stimmen von Gavin und Chad, die miteinander lachten und scherzten. Emily beschloss, rasch zu duschen, und zog ein Paar weicher Caprihosen und ein rotes Tanktop aus dem Koffer.

Als sie geduscht hatte, ging sie hinunter und fand Chad allein in der Küche vor.

»Guten Morgen«, sagte Emily und setzte sich auf einen Küchenstuhl. »Wo steckt denn Gavin?«

»Guten Morgen!«, erwiderte Chad lächelnd. In der Hand hielt er einen Pfannenheber. »Uns ist die Milch ausgegangen, deswegen ist er schnell zum Laden gefahren.« Er schenkte ihr ein großes Glas Orangensaft ein und schob es über den Granittresen zu ihr. »Trink. Das ist gut für dich und meinen Enkel.«

Emily lächelte und war gerührt von der Wärme in seiner Stimme. »Danke«, sagte sie und trank einen Schluck. »Schlafen die anderen noch?«

»Lillian macht sich gerade fertig.« Chad schlug ein Ei in die Pfanne, in der das Fett zischte. »Fallon und Trevor sind anscheinend auch wach. Er kam nur runter und hat sich zwei Tassen mit Kaffee geschnappt. Olivia und Jude habe ich noch nicht gesehen.« Er nahm einen Schluck Saft. »Eier mit Speck?«

»Gern«, sagte Emily, der schon der Magen knurrte.

Chad stellte einen gefüllten Teller vor sie auf den Tresen und lächelte sie an, sodass sich um seine Augen herum viele zarte Fältchen bildeten. »Guten Appetit!«

»Danke!«, sagte Emily und ließ es sich schmecken. Dabei hörte sie sich die Geschichten an, die Chad ihr über Gavin erzählte. Sie erfuhr, dass ihr Yankees-Fan auch Mets-Anhänger gewesen war, und hörte, wie er während eines Spiels in seinem letzten Collegejahr einen No-Hitter erzielt hatte. Danach hatte er seine Karriere abgebrochen und nur noch zum Spaß gespielt. Chad glaubte fest daran, dass die Entscheidung aus dem Druck resultierte, den die Scouts auf ihn ausgeübt hatten, die ihn mit seinem Talent bis in die Spitzenliga bringen wollten. Das überraschte Emily ein wenig, da Gavin Baseball doch so sehr liebte. Vielleicht lag es aber auch daran, dass er Architekt hatte werden wollen? So oder so war ihre Neugier geweckt. Auf dem Heimweg würde sie genug Zeit haben, ihn mit Fragen zu löchern. Nachdem sie aufgegessen hatten, sah Emily auf die Uhr auf dem Edelstahlherd. Gavin war schon seit mehr als einer halben Stunde verschwunden.

»Melkt er die Kuh erst, oder wieso dauert das so lang?«, fragte sie. »Er ist schon ganz schön lange weg.«

Chad blinzelte und hob langsam eine Augenbraue. »Hm. Stimmt.« Er sah aus dem Fenster hinaus auf den prasselnden Regen. »Er lässt sich wahrscheinlich einfach Zeit. Er wollte mit dem Motorrad hinfahren.«

»Oh«, sagte Emily leise und wurde plötzlich unruhig. Gavin hatte ihr einmal sehr detailliert erklärt, wie gern er mit dem Motorrad wie ein Verrückter durch die Straßen von East Hampton bretterte. »Ich rufe mal auf seinem Handy an.«

Chad nickte, und Emily eilte die Treppe nach oben, zwei Stufen auf einmal nehmend. Als sie um die Ecke bog, stieß sie mit Olivia zusammen.

»Na, jetzt bin ich wach«, flötete ihre beste Freundin und rubbelte sich das Haar mit einem Handtuch trocken. »Wieso siehst du so entgeistert aus?«

Emilys Blick wanderte zu dem bodentiefen Fenster am Ende des Flurs. Es goss immer noch wie aus Kübeln … Sie lief an Olivia vorbei und spürte, wie ihre Unruhe weiter wuchs. Rasch zog sie ihr Handy aus der Handtasche und drückte auf die Taste mit Gavins Nummer. Nach dem vierten Freizeichen wusste sie, dass er nicht mehr abheben würde.

»Em, was ist denn los?« Olivia stand in der Tür und starrte sie verwirrt an.

Emily schluckte und schob ihr Telefon zu. »Gavin wollte Milch kaufen und ist immer noch nicht zurück. Noch dazu ist er mit dem verdammten Motorrad unterwegs.«

Olivia zuckte mit den Achseln. »Okay. Es regnet. Wahrscheinlich wartet er einfach den Schauer ab, Süße. Beruhig dich!«

Emily nickte. Wahrscheinlich hatte Olivia recht, und sie reagierte aus irgendeinem Grund über. Natürlich war Gavin schlau genug, halbwegs vorsichtig zu fahren … Trotzdem stimmte irgendetwas nicht – auch wenn sie nicht genau sagen konnte, weshalb sie das dachte. Vielleicht weil sich in ihr eine seltsame Leere ausbreitete. Gerade als sie sich selbst einreden wollte, dass das ungute Gefühl nur von ihren schwachen Nerven herrührte, schrillte plötzlich die Türklingel. Emily flitzte zum Schlafzimmerfenster, und ihr blieb das Herz stehen. Vor dem Haus stand ein Streifenwagen der Polizei von East Hampton. So schnell sie konnte, rannte sie an Olivia vorbei die Stufen hinunter. Auf dem Treppenabsatz blieb sie stehen und legte die Hand auf ihren Bauch, als dieser sich verkrampfte und ein heftiger Schmerz durch ihren Rumpf fuhr. Sie umklammerte das Geländer und versuchte ihren rasenden Atem und ihre ebenfalls rasenden Gedanken zu beruhigen. Bestimmt war Gavin wegen Geschwindigkeitsüberschreitung festgenommen worden. Zumindest versuchte Emily das zu glauben, als Chad die Tür öffnete. Gavins vollständiger Name fiel ... Und dann jene Sätze, die wie Donnerschläge in Emilys Ohren dröhnten und sie völlig aus dem Gleichgewicht brachten.

Kontrolle verloren ...

Graben ...

Lufttransport ...

Kritischer Zustand ...

Als Emily auf den Stufen niedersank, rang sie nach Atem. Um sie herum brach das Chaos aus, aber Emily bekam davon nichts mehr mit. Sie konnte nicht. Konnte nichts mehr denken oder fühlen. Eine solche Taubheit hatte sie erfasst, dass sie nicht einmal Lillians Schreie hörte. Als Trevor sie sanft von den Stufen hochhob und sie mit nach draußen in die warme, feuchte Luft nahm, merkte sie das kaum. Ein schwerer Regentropfen fiel auf ihren Kopf. Ein weiterer auf ihre Wange. Ehe sie es sich versah, war sie auch schon klatschnass und saß in Trevors Auto.

Während sie hinaus auf die vorbeifliegende Straße blickte und der Regen aufs Autodach prasselte, war Emily starr vor Angst und zitterte gleichzeitig am ganzen Körper. Sie erinnerte sich an die wunderschönen Momente, die sie in den vergangenen Monaten zusammen erlebt hatten, und sank immer tiefer auf dem Sitz, als ihr klar wurde, was geschehen war. Gavin war schwer verletzt. Bei dem Gedanken an die Worte des Polizisten strömten die Tränen über ihre Wangen, und in ihrem Kopf nistete sich ein brutaler Kopfschmerz ein.

Als sie beim Krankenhaus ankamen, war der Regen noch heftiger geworden und trommelte in stetem Rhythmus aufs Autodach. Emily riss die Tür auf und sprang hinaus. Auf dem Weg in die Intensivstation sendete sie ein Stoßgebet zum Himmel. Sie selbst brachte immer noch kein Wort heraus, hörte nur, wie Fallon und Trevor nach Gavin fragten. Die Krankenschwester nahm ein paar Daten auf und wies dann auf das Ende eines Korridors. Mit tränenfeuchten Augen stützte Emily sich auf Trevors Arm und trat in den Aufzug.

»Emily, hör mir zu«, flüsterte er mit brüchiger Stimme. »Er wird durchkommen. Bestimmt.«

Fallon strich ihr über das durchnässte Haar. »Ja, Em. Du darfst jetzt die Hoffnung nicht aufgeben.«

Kontrolle verloren …

Graben …

Lufttransport …

Kritischer Zustand …

Emily schüttelte den Kopf. »Ihr ha-habt do-doch gehört, wa-was der Polizist ge-gesagt hat«, stotterte sie.

Fallon drückte sie fest an sich. Als die Aufzugtüren auf der Intensivstation auseinanderglitten, fixierte sich Emilys verschwommener Blick auf die Gruppe, die aus Gavins Eltern, Colton, Olivia, Jude und dem Arzt bestand. Emily wollte auf sie zustürzen, um zu erfahren, wie es Gavin ging, aber sie konnte nicht. Ihre Füße waren am Boden festgewachsen, und ihre Arme hingen nutzlos an ihr herunter. Mit Trevors Hilfe gelang es Emily, aus dem Aufzug herauszutreten. Als sie Gavins Familie und ihre Freunde anstarrte, fühlte sie nichts als eine gigantische Leere. Die kühle Krankenhausluft war von dem Geruch nach Ammoniak und Krankheit erfüllt. Emilys Blick fiel in ein paar der Krankenzimmer, und ihr lief ein kalter Schauer über den Rücken. Die Patienten lagen reglos in ihren Betten, die Decken bis ans Kinn hochgezogen. Die meisten von ihnen waren bewusstlos. Als Emily sich Gavins Vater näherte und die Angst in Chads Augen sah, begann sie noch stärker zu zittern. Oh Gott. Bitte nicht.

Lillian schloss Emily in ihre Arme und weinte so heftig, dass ihre Tränen Emilys Top durchnässten. »Oh Gott, mein Baby. Mein kleiner Junge. Sie wissen nicht, ob er es schaffen wird.«

»Was ist passiert?« Emily brachte die Worte kaum aus ihrem Mund. Unter Tränen wandte sie sich dem pausbäckigen Doktor zu. »Es muss doch etwas geben, was man tun kann! Er wird doch« – Emily schluckte einen Schluchzer hinunter – »Vater.«

Der Arzt seufzte leise und schob die Hände in seine Hosentaschen. »Ein Motorrad kam vom *Mill House Inn* auf dem Montauk Highway und hat ihn seitlich erwischt. Mr Blake wurde gegen das entgegenkommende Auto geschleudert.« Niedergeschlagen schüttelte der Arzt den Kopf. »Wir haben gerade eine Computertomografie gemacht. Obwohl er einen Helm getragen hat, hat sein Gehirn massiven Schaden erlitten, und er ist noch nicht ansprechbar. Wir versuchen die Gehirnschwellung im Griff zu behalten und tun alles für ihn, was in unserer Macht steht, aber es sieht nicht gut für ihn aus. Er hat eine durchstochene Lunge, drei gebrochene Rippen, einen gebrochenen Oberschenkel und innere Blutungen im Bauchraum. Wenn der Chirurg aus der OP kommt, kann er Ihnen mehr sagen.«

Emily spürte, wie ihr Körper erschlaffte und es ihr das Herz förmlich aus der Brust riss. Unkontrolliert schluchzend lag sie Trevor in den Armen. Auch seine Arme waren schwach, doch er versuchte, sie irgendwie zu stützen. Zitternd ging Emily in das kleine Wartezimmer. Sie sank auf einen Stuhl und vergrub das Gesicht in ihren Händen, während sie vor- und zurückschaukelte.

Das hier konnte nicht wirklich passieren. Konnte nicht real sein. Sie weigerte sich zu glauben, dass sie Gavin jetzt verlieren sollte. Noch vor wenigen Stunden war ihr Leben vollkommen gewesen! Dass ihr Sohn ihn verlieren sollte. Der Gedanke daran, dass Noah diesen wunderbaren Mann eventuell nie kennenlernen würde, nahm Emily jeden Glauben an irgendeinen Sinn im Leben. Mit tränennassen Wangen hob sie langsam den Kopf und betrachtete die Menschen um sich herum, die alle Teil von Gavins Leben waren. Sämtliche Gesichter waren kreidebleich, und Emily konnte nicht die kleinste Spur von Hoffnung in ihnen lesen. Sie sah, wie Chad Lillian an sich drückte, und ertrug es kaum, Zeugin dieses Kummers zu sein. Olivia, die neben der kleinen Kaffeemaschine saß, hatte ihren Kopf auf Judes Schulter gelegt und schluchzte hemmungslos. Colton stand allein in der Ecke des Raums, starrte zu Boden und weinte leise vor sich hin.

Emily brach der kalte Schweiß aus, als die Bilder ihrer gemeinsamen Zukunft langsam verblassten. Die Uhr an der Wand tickte überlaut vor sich hin und verbreitete eine düstere Atmosphäre. Stundenlang warteten sie alle auf neue Informationen. Das Licht draußen wurde schon schwächer, als der Chirurg schließlich ins Wartezimmer kam. Sofort sprangen alle auf.

Mit leerem Blick begann er zu sprechen. »Wir konnten die Blutung im Magenraum stoppen und werden sie im Auge behalten, um sicherzugehen, dass es so bleibt.« Der Chirurg verstummte kurz und holte tief Luft. »Wir mussten eine Notkraniotomie, das heißt eine neurochirurgische Öffnung des

Schädels durchführen, um den Druck aufs Gehirn zu reduzieren. Die nächsten achtundvierzig Stunden befindet er sich in kritischem Zustand.« Er sah jedem einzeln in die Augen. »In dieser Zeit halte ich es für das Beste, wenn Sie alle möglichst viel Zeit bei ihm verbringen.«

Ein tiefes Schweigen senkte sich über den Raum. Lillian war die Erste, die in Chads Arme sank und laut aufschluchzte. Emilys Herz begann so heftig zu hämmern, dass ihre Finger zitterten. Der Chirurg verließ den Warteraum, und in ihrem Kopf breitete sich ein dichter Nebel aus. Emily ließ sich auf einen Stuhl sinken und vergrub ihr Gesicht abermals in ihren Händen. Sie war noch nicht bereit, Gavin zu sehen. Sie konnte einfach nicht. Ihre Angst war übermächtig. Als sie eine Hand sanft auf ihrer Schulter spürte und nach oben blickte, sah sie in Chads Augen.

»Komm«, murmelte er und streckte ihr eine zittrige Hand entgegen. »Wir gehen da alle zusammen rein.«

»Ich kann nicht«, schluchzte Emily mit sich überschlagender Stimme. »Noch nicht. Geht schon mal vor. Ich brauche noch ein paar Minuten.«

Chad nickte nachdenklich. In seinen Augen glänzten Tränen, als er sich abwandte und schließlich Arm in Arm mit Lillian davonging. Colton folgte ihnen mit gesenktem Kopf und hängenden Schultern.

Sekunden später war Olivia an ihrer Seite und wischte Emily zärtlich die Tränen aus dem Gesicht.

»Gib ihn nicht auf, Emily«, flüsterte sie kraftlos und schüttelte den Kopf. Ihre Augen waren blutunterlaufen. »Er braucht dich jetzt.«

Emily wollte Gavin nicht im Stich lassen, und ihr wurde bewusst, dass sie ihm und ihrem Sohn zuliebe stark sein musste. Aber irgendwo in ihrem Hinterkopf flüsterten ihr heimtückische Stimmen etwas ganz anderes zu. Sie murmelten, dass Noah Gavins warme, liebevolle Augen nie sehen würde. Niemals Gavins Leuchten miterleben würde, mit dem er alle in seinen Bann zog. Was, wenn sie die nächsten Jahre nur noch um den Mann trauern konnte, den sie mehr liebte als sich selbst? Stumm bat sie die schrecklichen Stimmen, ihr eine Pause zu gönnen.

Trevor riss Emily aus ihrem Gedankenstrudel, als er sich räusperte und Arm in Arm mit Fallon auf sie zukam.

»Ich bringe Fallon zurück nach Hause, damit sie auf die Kleinen aufpassen und Melanie herkommen kann.« Er verstummte, sah sie traurig und besorgt an. »Du solltest was essen, Emily. Ich bringe dir auf dem Rückweg was mit.«

Emily schüttelte den Kopf. Sie würde keinen Bissen herunterbringen. »Danke, ich brauche nichts.«

»Jude und ich holen was aus dem Getränkeautomaten.« Olivia drückte einen Kuss auf Emilys Wange und erhob sich. »Wir sind gleich wieder da.«

Emily nickte. Anscheinend brauchten alle einen Moment, um sich zu sammeln. Kaum waren die anderen weg, legte sie ihren Kopf wieder in ihre Hände und atmete heftig gegen den unerträglichen Schmerz an. Während sie zu Gott betete, von dem sie im Moment nicht mehr sicher war, ob es ihn überhaupt gab, blitzte eine winzige Hoffnung in ihr auf. Die Erinnerung daran, dass Gavin und sie füreinander bestimmt waren, gab ihr ein wenig Kraft.

Emily erhob sich und holte tief Luft, ehe sie mit pochendem Herzen den Flur hinunterging. Ein paar Meter vor Gavins Zimmer blieb sie stehen. Von drinnen drang Lillians herzzerreißendes Schluchzen in den Korridor, und Emilys Knie wollten beinahe einknicken. Plötzlich verkrampfte sich ihr Bauch, und sie konnte eine schwache, aber doch deutliche Wehe spüren, die ihr kurz die Luft abschnürte. Sie versuchte den Schmerz zu ignorieren und betrat den Raum, in dem der Mann lag, für den sie lebte und für den sie sterben würde, wenn es nötig war.

An seinem Bett stand Lillian und erzählte ihm gerade davon, wie er sie zum ersten Mal Mommy genannt und wie sie sich dabei gefühlt hatte. Mit Tränen in den Augen sprach sie weiter von seinem ersten Schultag, wie er sich an ihren Beinen festgeklammert hatte, weil er nicht allein in den Bus steigen wollte. Auch wenn es ihr selbst das Herz brach, war sie furchtbar stolz gewesen, als er schließlich losgelassen hatte und eingestiegen war. Jetzt flehte Lillian ihren Sohn an, wieder aufzuwachen, damit er eines Tages mit seinem Sohn dasselbe erleben konnte, und sie brach beinahe zusammen.

Emily entwischte ein leises Schluchzen. Bei dem Gedanken daran, dass Gavin all diese Dinge vielleicht nie erleben würde, kam das Zittern wieder. Ihr Sohn brauchte ihn doch. Er sollte Sonnenaufgänge und Sonnenuntergänge mit ihm sehen dürfen und von ihm lernen, was es bedeutete, ein echter Mann zu sein. Die Little League, Pfadfinder, sein erstes Date, der Abschlussball, seine Prüfungen und seine erste große Liebe, seine Hochzeit … All das würde Gavin verpassen, wenn er das hier nicht überstand.

Eine Krankenschwester betrat den Raum und unterbrach Emilys finstere Gedanken. Sie sah der Frau in den mittleren Jahren zu, wie sie ruhig die piependen Monitore überprüfte, die Infusionsbeutel mit den klaren Flüssigkeiten austauschte und schließlich rasch etwas in ein Diagramm eintrug.

Colton trat zurück und kam auf Emily zu. Gott, er ähnelte Gavin so sehr! Die Hände in den Hosentaschen vergraben, sah er sie einen Moment lang an, ehe er sprach. Seine Stimme war nichts weiter als ein zittriges Flüstern.

»Er liebt dich, Emily. Und ich weiß, dass dieser Kerl sich den Weg aus seinem jetzigen Zustand herausboxen wird, um bei dir zu sein.« Mit bebenden Lippen holte Emily tief Luft, als Colton sie in seine Arme schloss. »Das wird er. Ich weiß, dass er kämpfen wird. Er ist viel zu stur, um das nicht zu tun.«

»Das hoffe ich«, würgte Emily hervor und klammerte sich an ihn. »Ich würde es nicht ertragen, ihn zu verlieren.«

Lillian schloss sich ihrer Umarmung an und schluchzte weiter laut vor sich hin. Chad stand still hinter seiner Frau und blickte kummervoll vor sich hin.

»Du brauchst jetzt Zeit mit ihm allein. Wir sind im Wartezimmer, falls du uns brauchst«, sagte Lillian und nahm ihr Gesicht in ihre Hände.

Emily nickte und merkte kaum, wie Gavins Mutter sie noch einmal sanft an der Schulter berührte. Sie holte zitternd Luft und trat zögernd auf das Bett zu. Sofort sank ihr das Herz in die Kniekehlen. Gavins starke Brust hob und senkte sich im Rhythmus des Atemgeräts, das Sauerstoff in seine Lungen pumpte. Als sie näher trat, sah sie, dass Blut durch den Verband sickerte, der um seinen Kopf gewickelt war. Sein verletztes Bein hing in einer Art Schlinge. Schwer atmend griff sie nach seiner Hand. Sie war warm, aber völlig schlaff.

Kein Zucken.

Kein Flattern.

Kein spürbarer Puls.

Nichts.

Gott. Emily wollte nichts anderes, als ihn zu küssen, aber sie konnte nicht. Der Schlauch in seinem Mund machte es unmöglich. Sie wusste nicht einmal, wo sie ihn berühren durfte. Sein Körper war mit Kabeln umwickelt, an denen Monitore angeschlossen waren, die sein Bett regelrecht umzingelten. Schließlich konnte sie nicht widerstehen, beugte sich über ihn und drückte einen Kuss auf seine verschrammte, blauschwarz verfärbte Wange. Während sie ihre Lippen kurz verweilen ließ, tropfte eine Träne auf sein Gesicht und lief an seiner Nase entlang. Fast schien es, als wäre es Gavin, der da weinte.

Das war der Moment, in dem Emily endgültig zusammenbrach.

»Bitte, Gavin, tu uns das nicht an! Du bist der Grund dafür, dass ich atme. Und in meinem Bauch trage ich das Kind, das unsere Liebe erschaffen hat. Erinnerst du dich? Die Art von Liebe, wie sie in Filmen vorkommt? Das sind wir, Gavin. Unsere Vergangenheit mag schwierig gewesen sein, aber vor uns liegt eine leuchtende Zukunft! Du kannst mich nicht verlassen. Das darfst du nicht. Ich brauche dich! Deine Kronkorken und deine zwanzig Fragen … Deine schlitzohrigen Kommentare und dieser skeptische Blick, den du mir zuwirfst, wenn ich versuche für uns zu kochen. Bitte, Gavin, bitte, kämpf! Für uns. Für Noah. Es gibt so vieles, was ich ihm nicht beibringen kann.« Während sie auf irgendeine Regung wartete, hörte sie das Wasser in der Regenrinne draußen gurgeln. Sie brauchte ein Lebenszeichen. Irgendetwas, das ihr sagte, dass er sie hören oder spüren konnte.

Wieder … nichts.

»Gott, bitte. Bitte …« Emily vergrub ihren Kopf an seiner Schulter, sodass ihre Schluchzer erstickt nach außen drangen. Wie oft hatte Gavin sie einfach über seine starke Schulter geworfen … Sie atmete seinen moschusartigen Duft tief ein, der schon Schwindelgefühle in ihr ausgelöst hatte, als sie ihn zum ersten Mal gerochen hatte. Plötzlich ging ein lauter Alarm los, und sie fuhr zusammen. Einer der Monitore leuchtete grellrot auf. Emily taumelte zurück, als eine Krankenschwester in den Raum schoss.

»Code Blue! Der Patient braucht eine Reanimation!«, schrie sie, während sie in Windeseile den Schlauch aus Gavins Mund riss. Sie schob einen neuen hinein und drückte eine Tüte über seinem Mund zusammen, um manuell Luft in seine Lungen zu pumpen. »Ich brauche sofort jemanden mit einem Reanimationswagen!«

Mit schreckgeweiteten Augen hörte Emily, wie der Code Blue über die Lautsprecher verkündet wurde. Eine weitere Krankenschwester schoss in den Raum. Hektisch öffnete sie Gavins Nachthemd, zog es herunter und begann, fest und schnell auf seine Brust zu drücken. Emily versuchte irgendwie weiterzuatmen, als endlich eine Schwester herbeigeeilt kam, die einen Wagen mit einem Gerät hinter sich herzog. Das Zimmer um sie herum verschwamm. Die Geräusche wurden leiser, und alles lief wie in Zeitlupe ab.

Eine Männerstimme ertönte. »Wie ist sein Zustand?«

»Kammerflimmern«, erwiderte eine Krankenschwester und bearbeitete weiter Gavins Brust.

»Bereiten sie einen Schock von zweihundert Joules vor.«

Zwei große Aufkleber wurden auf seiner Brust befestigt, und eine andere Stimme befahl: »Vorbereiten zum Schock. Alles klar?«

Unkontrolliert zitternd sah Emily, wie das Personal vom Bett zurückwich.

»Alles klar.«

Rumms … Gavins Körper zuckte …

Eine Sekunde, eine Minute, eine Stunde … Emily wusste nicht, wie viel Zeit vergangen war. Sie konnte nicht mehr denken, sich nicht mehr bewegen. Ihr Blick war auf Gavin gerichtet, und sie betete mit rasendem Herzen, dass seines weiterschlagen würde.

Rumms … Gavin zuckte erneut zusammen.

Immer weiter pumpten sie Luft in seine Lungen und drückten auf seine Brust. Emily spürte die Wand in ihrem Rücken und weinte so hysterisch, dass sie kaum bemerkte, wie Colton versuchte, sie hinaus in den Flur zu bringen.

»Er hat einen Herzstillstand!«, rief die Krankenschwester. Der Arzt sah auf den Bildschirm. »Geben Sie ihm ein Milligramm Adrenalin.«

In Emilys Kopf herrschte vollkommene Leere. Sie sah von Gavins bewegungslosem Körper zum Monitor, auf dem die ausschlagenden Linien in einen flachen Strich übergingen. Es gab keinen langen Piepton – zumindest nahm sie keinen wahr. Das Einzige, was sie hören konnte, waren die süßen Worte, die Gavin ihr in der Nacht zuvor zugeflüstert hatte.

»Ich frage mich, ob er weiß, wie sehr ich ihn und seine Mutter lieben werde, bis zu dem Tag, an dem ich meinen letzten Atemzug mache.«

»Meinen letzten Atemzug …«

»Letzten … Atemzug …«

»Todeszeitpunkt: 22.28 Uhr«, sagte der Arzt düster.

Emilys Welt wurde schlagartig dunkel. Stockdunkel. Sie spürte, wie sich ihre Kehle zusammenzog und ihre Augen brannten. Sosehr sie es auch versuchte, sie konnte sich nicht auf den Beinen halten.

Emily begann zu hyperventilieren und landete schmerzhaft auf allen vieren im Flur. Die Stimmen um sie herum verschmolzen zu einer undeutlichen Klangkulisse. Selbst Lillians Schreie klangen fern. Die Schreie einer Mutter, die gerade ihren jüngsten Sohn verloren hatte.

Eine Hand half ihr nach oben. Emily versuchte zu atmen. Ohne dass sie genau wusste, wie, lag sie plötzlich Trevor in den Armen, der sein Gesicht an ihrer Schulter vergrub, während er mit ihr weinte.

Das Schicksal hatte sein Versprechen gebrochen.

Durch ihren dichten Nebel sah Emily, wie Colton um seinen Bruder trauerte, der Vater um seinen Sohn und die anderen um den engen Freund, mit dem sie aufgewachsen waren. Aber so groß der Schmerz der anderen auch sein mochte, hatte ihr ungeborenes Kind doch den größten Verlust erlitten. Sein Vater war fort. Er würde diese Welt nie wiedersehen. Nie nächtliche Gespräche mit seinem Kind führen. Und nie seinen Sohn im Arm halten.

Er war tot …

Würde ihr nie wieder vor einem Kuss den Atem rauben …

Würde nie wieder durch einen einzigen Blick ihr Herz zum Rasen bringen …

Ihre Haut nie wieder kribbeln lassen …

Er war weg.

Tief einatmen …

19 ATMEN

Tief einatmen …

»Emily.«

Einatmen …

Er ist fort …

»Emily!« Die Stimme wurde lauter.

Mit einem Keuchen riss Emily die Augen auf und versuchte sich an das grelle Licht der Deckenleuchten über sich zu gewöhnen. Schweißbedeckt und hustend setzte sie sich auf und strampelte die Laken von sich. Hörte dumpfe Schritte sich schnell nähern.

»Himmel, Baby! Ist alles okay?«

Emily sah in die Richtung, aus der die Stimme kam. Als ihr Blick auf Gavin fiel, blieb ihr beinahe das Herz stehen. Sie presste eine Hand auf ihren Mund, zitterte am ganzen Körper und begann zu weinen. Sofort stürzte sie sich in Gavins warme Umarmung.

»Du warst tot!«, rief sie und fuhr mit den Händen über sein verwirrtes Gesicht. Sie musste unbedingt sichergehen, dass er echt war, dass er wirklich atmete und lebte. Als ihre Fingerspitzen über seine Bartstoppeln glitten, erfasste sie eine starke Vorwehe, die ihr beinahe die Luft zum Atmen nahm. Dennoch strich sie einfach weiter über seine Brust und küsste ihn fieberhaft. Die Worte sprudelten nur so aus ihr hervor. »Oh Gott, Gavin. Du bist gestorben. Du wolltest Milch kaufen. Das Motorrad.«

Gavin legte die Hände auf Emilys gerötete Wangen und strich mit seinen Daumen die Tränen aus ihrem Gesicht, während ein leises Lächeln auf seinen Lippen erschien.

»Ich bin da, Liebes. Es ist nichts passiert. Das war nur ein Traum.«

»War es nicht!«, schluchzte Emily und krümmte sich, als ihr Unterleib sich ein weiteres Mal zusammenzog.

»Oh Gott.« Sie richtete sich auf, drückte Gavin an sich und küsste ihn. Nein, sie wollte die Augen nicht wieder schließen. Stattdessen sah sie ihn an, als sie seine weichen Lippen auf ihren spürte. »Es war ein schlimmer Albtraum. Du warst tot.« Wieder fühlte sie eine Wehe, doch sie küsste ihn weiter. »Sie haben Elektroschocks bei dir eingesetzt, und du hast nicht mehr geatmet. Ich habe dich angefleht zu kämpfen, aber du konntest nicht mehr. Dein Körper hat einfach aufgegeben. Du hättest das Gesicht deiner Mutter sehen sollen. Dein Vater und dein Bruder, alle waren vollkommen zerstört.«

Gavin drückte sie fest an sich, streichelte ihren Kopf und fuhr mit der Hand durch ihr verschwitztes Haar.

»Emily, beruhig dich. Ich bin hier. Ich bin hier.«

Es ging nicht. Sie war noch immer völlig außer sich. Was erwartete er denn? Sie hatte seinen leblosen Körper immer noch deutlich vor Augen. Das war doch unmöglich! Emily schluchzte immer weiter und zog Gavin ganz nah an ihre Lippen.

»Ich liebe dich. Gott, ich liebe dich so sehr. Ich hätte es dir viel öfter sagen sollen.« Ein weiterer Kuss, eine weitere Kontraktion. Autsch. Ein tiefer, stechender Schmerz durchschoss ihren Bauch. Nein, das hier waren keine Vorwehen. Auf keinen Fall. Emily wich langsam zurück und sah Gavin tief in die Augen.

»Ich liebe dich, Gavin Blake«, wisperte sie und strich sich das Haar aus der Stirn. »Und wir bekommen jetzt unser Kind.«

Gavin schluckte und sah sie aus großen Augen an.

»Hast du Wehen?«, fragte er mit einer wackligen Stimme wie ein Teenager im Stimmbruch. »Der Termin ist doch erst in drei Wochen.«

Auch wenn sie diejenige war, die sich vor Schmerzen wand, sah Gavin so aus, als würde er jeden Moment durchdrehen.

Emily holte tief Luft und nickte. »Ja. Aber du musst dich bitte beruhigen. Okay?«

Gavin war überzeugt, dass Emily endgültig den Verstand verloren hatte. Vor zwei Sekunden hatte sie noch um ihn getrauert, und jetzt wollte sie ihr Kind auf die Welt bringen – und wirkte dabei vollkommen entspannt.

»Die Tasche!«, stieß er hervor und rannte zum Schrank. Er riss die Tür auf und hielt inne. Mit schreckgeweiteten Augen wirbelte er herum. »Verdammt, wir haben die Tasche nicht mitgenommen. Wie soll es ohne die Tasche gehen?«

Obwohl es ihr körperlich nicht gut ging, fühlte Emily sich ansonsten blendend. Sie sah Gavin in die Augen und wollte am liebsten in ihnen ertrinken. Es wirkte noch surreal, dass er hier in diesem Zimmer mit ihr stand. Sie ging auf ihn zu und streichelte seine Wange. »Das Baby kommt auf die Welt. Ob mit oder ohne Krankenhaustasche.«

»Richtig«, krächzte Gavin und schnappte sich eine Jogginghose und ein T-Shirt. Rasch schlüpfte er hinein und versuchte, ein wenig runterzukommen. Aber ihre Ruhe machte ihn irgendwie nervös.

An der Tür klopfte es leise, und Olivia trat ein. Sie trug einen Seidenpyjama und flauschige Hasenhausschuhe. Im grellen Licht kniff sie die Augen zusammen.

»Ihr Irren wisst schon, dass es drei Uhr morgens ist, oder?«

Sie gähnte und rieb sich das Gesicht. »Da Jude und ich versuchen nebenan zu schlafen: Wäre es möglich, dass ihr ein bisschen leiser macht? Ich habe nun mal einen leichten Schlaf.«

»Emily hat ihre Wehen bekommen«, stieß Gavin hervor und suchte nach seinen Schlüsseln. Olivia riss die Augen auf. Emily krümmte sich unter einer weiteren Wehe und versuchte über den Schmerz hinwegzuatmen. Sofort stürzten Olivia und Gavin zu ihr.

»Verdammter Mist, Emily. Wir sind mitten in den Hamptons. Was hast du vor? Zurück in die Stadt fahren? Dein Arzt ist in New York und nicht hier.«

Emily schüttelte den Kopf und ließ den Blick zwischen ihr und Gavin hin- und herwandern.

»Was ist denn nur mit euch los?«, fragte sie giftig. »Liege ich falsch oder bringen ständig Frauen Kinder auf die Welt, ohne ihre Kliniktaschen bei sich zu haben oder mit dem Arzt Händchen zu halten, der sie durch die Schwangerschaft begleitet hat?«

»Stimmt«, antworteten Gavin und Olivia wie aus einem Munde.

»Besten Dank«, erwiderte Emily, ließ sich aufs Bett sinken und begann abermals zu weinen. Die Eindrücke des Albtraums und die starken Schmerzen machten sie zu einem nervlichen Wrack.

»Kannst du Klamotten für sie raussuchen?«, bat Gavin Olivia bemüht ruhig.

Sie nickte, und er setzte sich vor Emily auf den Boden und legte die Hände auf ihre Knie. Er war ihr so dankbar für alles …

»Ich liebe dich«, flüsterte er. Mit einem schwachen Lächeln auf den Lippen strich sie ihm übers Haar. »Wir teilen diese Angst, Liebes. Denk dran. Ich bin da.«

»Wir teilen die Angst«, wiederholte Emily leise und ließ sich von Olivia ein T-Shirt und Schwangerschaftsleggings reichen.

»Ich wecke die anderen.« Olivia drückte einen Kuss auf Emilys Wange und auf Gavins Kopf. »Sie sollten wissen, dass der kleine Noah Olivia Alexander Blake bald ankommt. Ui!«

Mit diesen Worten verschwand sie im dunklen Flur.

Weiterhin bemüht gelassen half Gavin Emily in die Klamotten. Als sie hinunter ins Erdgeschoss kamen, standen in der Küche schon all ihre aufgeregten Freunde und Familienmitglieder. Beim Anblick der Gesichter kehrte die Erinnerung an ihren Albtraum mit voller Wucht zurück, und Emily kam nicht gegen einen neuerlichen Weinkrampf an.

Gavin legte den Arm um ihre Schulter. Zumindest er wusste, weshalb sie weinte.

Stirnrunzelnd sah Lillian sie an und drückte sie an ihren weichen schwarzen Morgenmantel. »Im Krankenhaus kannst du Medikamente gegen die Schmerzen nehmen, Süße. Wie weit sind die Wehen? Du hast doch die Zeit gestoppt, oder?«

Gavin schüttelte den Kopf und bekam plötzlich einen trockenen Hals. Verdammt. Er hatte alles vermasselt. Wozu hatte er eigentlich mit Emily den Lamaze-Kurs besucht?

»Dann fang jetzt damit an«, schlug Fallon vor, band sich ihr silber-grün gesträhntes Haar zu einem Pferdeschwanz zusammen und trank einen Schluck Kaffee. »Ich habe gelesen, wenn die Abstände kürzer als fünf Minuten sind, dauert es nicht mehr lang, bis das Kind kommt.«

Olivia warf ihr und Trevor einen belustigten Blick zu. »Ihr zwei versucht ja doch, ein Kind zu bekommen!«

Trevor grinste schief. »Du bist und bleibst völlig irre, Schwesterchen.«

Olivia verdrehte die Augen, und Trevor nahm Gavins Hand, um sie zu schütteln. »Gib uns noch ein bisschen Zeit zum Wachwerden, dann kommen wir ins Krankenhaus. Geboren am fünften Juli. Was für ein cooler Geburtstag. Glückwunsch, Bro!«

»Danke.« Gavin lächelte und brachte Emily zur Tür, wo alle sie umarmten. Dann trat Emily hinaus in die frische Nachtluft und ging zu Gavins Wagen. Bevor Gavin ihr nacheilen konnte, packte Colton ihn am Arm.

»Denk dran, Kleiner: Tu immer, was sie sagt! Nimm ihre Drohungen und Flüche nicht ernst. Sie liebt dich trotzdem. Aber während der nächsten Stunden wird sie dich nicht leiden können. *Kein bisschen.*«

Glucksend gab Chad ihm einen Klaps auf den Rücken. »Da muss ich deinem Bruder leider zustimmen. Mich hat deine Mutter damals an Linda Blair aus *Der Exorzist* erinnert, aber das vergeht wieder.«

Lillian tätschelte Chads Arm und umarmte dann Gavin.

»Hör nicht auf die zwei. Es wird alles gut gehen. Hab dich lieb, mein Kleiner. Wir kommen gleich nach!«

Gavin gab seiner Mutter einen Kuss und trat aus der Tür. In Erwartung eines tobenden Dämons war er überrascht, wie ruhig Emily am Auto lehnte. Sie sah zwar angespannt aus, aber er hatte Schlimmeres erwartet. Als hätte er damit die Verwandlung heraufbeschworen, verwandelte sich ihr liebevoller Gesichtsausdruck in eine wütende Fratze. Emily beugte sich vor und hielt ihren Bauch.

»Himmel, kannst du endlich das Auto aufschließen?«, fauchte sie und klammerte sich an den Seitenspiegel des BMWs. Nervös kramte Gavin nach dem Schlüssel. Er half Emily ins Auto, knallte die Tür zu und flitzte auf die Fahrerseite.

»Atmen, Baby. Denk an die Atemtechniken, die du gelernt

hast.« Er sah, wie sie den Kopf zurückwarf, und hörte ein leises Knurren. Dann funkelte sie ihn an.

»Ich *weiß,* wie man atmet, Gavin. Sorg du mal lieber dafür, dass wir schnell ins Krankenhaus kommen, damit ich unseren Sohn nicht hier auf diesen Ledersitzen auf die Welt bringen muss. Kapiert?«

Oh ja, sie machte Gavin Angst. Er legte den Rückwärtsgang ein und beschloss, für den Rest der Fahrt nur noch zu reden, wenn er angesprochen wurde.

So wie draußen im Dunklen immer wieder Lichter aufleuchteten, kamen und gingen Emilys Wehen. Sie hatte dennoch ein schlechtes Gewissen. Also kniete sie sich auf ihren Sitz und lehnte sich über die Gangschaltung hinweg zu Gavin. Während er weiter auf die Straße starrte, begann sie seine Schläfe, sein Haar und seine Wange mit Küssen zu bedecken. Sie küsste jede Stelle, die sie erreichen konnte.

»Es tut mir so leid!« Sie küsste seine Nase, seinen Hals und seine Lippen, ehe sie wieder weinte. »Du warst tot. Du warst weg. Ich liebe dich, Gavin. Du bist mein Yankees besessenes, Kronkorken verschenkendes Schlitzohr. Es tut mir so leid. Ich liebe dich so sehr.«

Gavin lächelte nervös. »Das Kronkorken verschenkende Schlitzohr liebt dich auch.« Er verstummte und wischte eine Träne aus ihrem Gesicht, unsicher, ob er noch etwas sagen sollte. Ihre Hände waren zwar klein, aber wie Gavin aus eigener leidvoller Erfahrung wusste, konnten sie dennoch ziemlich kräftige Ohrfeigen veteilen. »Ähm, Süße, setz dich doch bitte wieder richtig hin, ja? Und schnall dich an.«

Emily griff nach dem Gurt. Ihr Bauch ballte sich erneut zusammen, und während der Schmerz sich in ihr ausbreitete, spürte sie plötzlich ein leichtes *Plopp*. Immer noch kniend, bemerkte sie die warme Flüssigkeit, die an ihren Beinen hinunterrann. Emily sog scharf die Luft ein.

»Oh … mein … Gott«, rief sie mit panikgeweiteten Augen. »Meine Fruchtblase ist gerade geplatzt. Du musst Tempo machen, Gavin. Sofort.« Mit schmerzverzerrtem Gesicht hielt sie sich den Bauch. »Ich meine es ernst! Du kannst doch sonst schneller als dein Großvater fahren! Also drück mit deinem riesigen Fuß jetzt bitte aufs Gas. Ich. Meine. Es. Ernst.«

Gavin blinzelte, schluckte und richtete den Blick wieder auf die Straße. Mit Linda Blair auf dem Beifahrersitz schwieg er vorsichtshalber. Auch wenn die Frau seines Lebens ihm gerade sehr unheimlich war, gefiel ihm ihr Befehl, ordentlich aufs Gas zu drücken, insgeheim sehr. Das würde er auch nicht abstreiten, wenn er seinen Enkeln die Geschichte einmal erzählen würde.

Wenige Minuten später hielt er mit quietschenden Reifen vor dem Krankenhaus. Er sprang aus dem Auto und suchte nach … Er wusste selbst nicht genau, was er suchte. Während er sich nervös mit der Hand durchs Haar fuhr, öffnete er die Beifahrertür und half Emily beim Aussteigen. Sie war wieder etwas ruhiger und überzeugte ihn restlos von ihrer geistigen Umnachtung, als sie ihn erneut zu küssen begann. Schwer atmend schluchzte Emily weiter Entschuldidungen vor sich hin, als sie zusammen in die Notaufnahme gingen. In diesem Augenblick fragte Gavin sich, warum sie sich erst so spät kennengelernt hatten. Gott. Diese Frau, bipolare Störung hin oder her, würde ihm das größte Geschenk machen, das es gab auf der Welt.

Nach einem kurzen Gespräch mit einer Krankenschwester wurde Emily in einen Rollstuhl gesetzt und in den Lift geschoben. Das Ziel war die Entbindungsstation. Als Emily sich im Krankenhaus umsah, fühlte sie sich in ihren Albtraum zurückversetzt und zitterte.

Sie umklammerte Gavins Hand und sah ihn mit Tränen in den Augen an. »Ich will dich gar nicht an diesem Ort haben«, flüsterte sie bebend. »Also, eigentlich schon. Natürlich. Aber ich habe solche Angst, dass dir was passieren könnte.«

Gavin hob eine Augenbraue und grinste.

»Du weißt, dass du gleich unser Kind auf die Welt bringst, ja?« Emily nickte, und Gavin küsste sie auf die Stirn. »Emily Cooper. Darf *ich* mir jetzt bitte Sorgen um *dich* machen? Mir wird nichts passieren. Okay?«

Emily nickte erneut und umkrampfte seine Hand fester, als sich eine neue Wehe ankündigte. Ihre Vorgängerinnen waren nichts dagegen gewesen … Emily atmete schneller und krallte sich an die Armlehne des Rollstuhls. Bestimmt würden ihre Nägel jeden Moment das Leder aufreißen.

»Wie viele Stockwerke?«, presste sie hervor und durchbohrte die Krankenschwester mit Blicken. So wie Gavin aussah, befürchtete sie fast, dass sie ihm die Blutzufuhr seiner Hand abgedrückt hatte. »Ich überlebe das hier nicht. Das weiß ich.«

Die Krankenschwester tätschelte ihren Rücken. »Das habe ich auch gesagt. Bei meiner ersten, zweiten und dritten Geburt. Sie werden das schaffen.«

Niemals! Emily atmete tief aus und war zu hundert Prozent überzeugt, dass sie Gavin nie wieder erlauben würde, sie anzufassen. Die Aufzugtüren glitten auf, und sie wurde in ein Einzelzimmer geschoben. Sobald sie aufstand, wurden die Wehen ein wenig schwächer. Die Schwester reichte ihr ein Krankenhaushemd, und Emily ging ins Bad, um sich umzuziehen und frisch zu machen. Als sie sich und ihren Bauch im Spiegelbild betrachtete, entspannte sie sich ein wenig. Es ging Gavin gut. Es war nur ein Albtraum gewesen. Was auf sie zukam, würde zwar eine ziemliche Folter sein, doch am Ende würde sie mit Noah belohnt werden. Und Noah würde einen Vater haben.

Als sie das Bad verließ und die Schreie der Frau im Nebenzimmer hörte, wurde ihr doch ein wenig anders zumute. Hoffentlich würde sie das alles schaffen.

»Hey«, sagte Gavin und half ihr hinüber zum Bett. »Alles in Ordnung?«

Sie sah in seine liebevollen babyblauen Augen. »Gerade schon, ja.« Sie stellte sich auf die Zehenspitzen und küsste ihn, während er sie fest im Arm hielt. »Ich entschuldige mich jetzt schon einmal dafür, wie ich mich während der Geburt …«

Als eine neue Wehe einsetzte, verstummte Emily. Sie umschlang ihren Bauch und ließ sich heftig atmend auf dem Bett nieder.

»Oh Gott. Schnell, sag irgendwas, was mich von dem Schmerz ablenkt!«

Beinahe hatte Gavin Angst, Emily zu berühren. Er streichelte sanft über ihren Bauch und hoffte, dass Emily ihm dafür keinen Fausthieb verpassen würde. »Ich hoffe, er ähnelt seiner Mutter.« Er küsste ihre Stirn und strich ihr das Haar über die Schulter. »Und ich wünsche mir, dass er deine wunderschönen grünen Augen hat. Wenn er die bekommt, werden ihm die Frauen scharenweise nachlaufen.«

Während die Hebamme einen Gurt für die Herztonmessung an ihrem Bauch befestigte, machte Emily ihre Atemübungen. Sie war überzeugt, dass ihr Rücken jeden Moment auseinanderbrechen würde.

»Meine Augen? Ich habe eigentlich gehofft, dass er deine bekommt!« Sie warf den Kopf zurück aufs Kissen und rollte sich auf die Seite. »Red weiter. Gott, bitte red weiter, Gavin!«, schrie sie. »Zwanzig Fragen – und wag es ja nicht, auf die sexuelle Schiene zu geraten!«

Gavin räusperte sich und griff nach ihrer Hand. »Schmerzmittel oder keine Schmerzmittel?«

»Auf jeden Fall Schmerzmittel!«, presste Emily hervor und heftete ihren Blick auf die Krankenschwester. Die nickte mit einem mitfühlenden Lächeln. »Ich hole Ihnen was, sobald ich die Tropfinfusion in Gang gebracht habe.«

Die Wehe war mittlerweile so intensiv, dass Emily den kleinen Piks der Nadel gar nicht bemerkte. Sie fuhr mit ihren Atemübungen fort und war überzeugt davon, dass sie rein gar nichts brachten. Stattdessen konzentrierte sie sich auf die Herzschläge des Kindes, die durch den Raum hallten.

»Stell mir noch eine Frage, Gavin. Bitte. Irgendwas.«

Gavin drückte ihre Hand fester und wünschte sich so sehr, dass er ihren Schmerz irgendwie lindern könnte. »Deckenleisten oder keine Deckenleisten?«

»Deckenleisten«, stöhnte Emily und stützte sich auf die Bettkante.

»Kuchen oder Eis?«

»Beides! Oh Gott, beides!« Sie rollte sich auf den Rücken und ließ eine Wehe über sich ergehen, die so heftig war, dass sie beinahe wahnsinnig wurde.

»Sie haben den Gipfel erreicht, meine Liebe«, sagte die Hebamme und deutete auf eine monströse, wütende grüne Linie auf dem Bildschirm. »Schauen Sie hin. Die Linie wird gleich abfallen.«

Tatsächlich wurde die Wehe ein wenig schwächer, und Emily atmete erleichtert auf. Sie entspannte ihre Schultern und sank zurück aufs Bett, während sie ihren Klammergriff um Gavins Hand ein wenig lockerte.

»Ich bin sofort zurück«, sagte die Schwester und ging zur Tür. »Dr. Beck hat heute Abend Bereitschaftsdienst. Er wird sich gleich mit Ihnen unterhalten und überprüfen, wie weit Sie schon gedehnt sind.«

Emily nickte schwach und sah Gavin an, der sich offensichtlich sehr hilflos fühlte. Schließlich brachte sie ein kleines Lächeln zustande.

»Komm, leg dich neben mich. Ich warne dich auch vor, wenn die nächste Wehe kommt.«

»Denkst du etwa, ich habe Angst vor dir?«, versuchte er die Sache herunterzuspielen. In Wahrheit hatte er einen riesigen Bammel. Sie verhielt sich absolut Furcht einflößend, und das hier war erst der Anfang. Aber natürlich ließ er sie das nicht wissen! Also kroch er aufs Bett, nahm sie in den Arm und sah ihr in die Augen.

»Ich weiß doch, dass ich dir Angst mache.« Emily holte tief Luft und genoss die Umarmung.

»Niemals«, flüsterte Gavin. »Das würdest du nicht mal schaffen, wenn du es versuchen würdest.«

Emily lehnte ihre Stirn an sein Kinn und versuchte sich zu entspannen. Ein paar erholsame Sekunden waren ihr vergönnt, während Gavin zärtlich über ihre Wirbelsäule streichelte. Dann ballte ihr Bauch sich wieder auf heimtückische Art zusammen. Verzweifelt versuchte Emily, sich irgendwie auf das fremde Gefühl vorzubereiten. Es gelang ihr nicht.

»Atme, Baby«, flüsterte Gavin. »Sieh mich an, und atme dich durch die Schmerzen durch.«

Tränen schossen Emily in die Augen, als sich langsam ein neuer knotenartiger Schmerz in ihrem Bauch ausbreitete. Gleichzeitig fühlte ihr Rücken sich an, als rollte ein Bus darüber. Sie packte Gavin an der Schulter und bohrte ihre Fingernägel in seine Haut

»Oh scheiße, es tut so weh! Sag was, Gavin. Los. Spielen wir noch mal zwanzig Fragen.«

»Stadt oder Hinterland?«

»Hinterland«, erwiderte sie und spähte auf den Monitor. Diese verfluchte Linie hatte den Höhepunkt leider noch nicht erreicht. Noch längst nicht.

»Holzboden oder Fliesen?«

Emily umkrampfte seine Schultern fester und sah ihn wütend und schwer atmend an.

»Holz. Herr im Himmel, Holz natürlich.«

»Pizza oder Pasta?«

»Nichts davon«, fauchte Emily und warf ihren Kopf zurück. »Hol die verfluchte Schwester, Gavin! Schluss mit dem Zwanzig-Fragen-Quatsch! Ich brauche jetzt sofort was gegen den Schmerz!«

Gavin sprang so hektisch auf, dass er beinahe über den Beistelltisch fiel. Ehe er bei der Tür war, öffnete sie sich auch schon. Mit einem entspannten Lächeln im Gesicht schlenderte ein Mann in weißem Arztkittel ins Zimmer, der so jung wirkte, dass er vielleicht noch nicht einmal Auto fahren durfte. Hinter ihm stand die Schwester von eben mit einem Glasfläschchen voller Flüssigkeit, die Gavin für ein Narkotikum hielt. Während Emily weiter schrie, schossen Gavin mehrere Gedanken durch den Kopf. Der erste: Er wollte nicht, dass der Kerl Emily anfasste. Der zweite: Nein, er wollte es wirklich nicht!

»Sind Sie ein Student?«, erkundigte Gavin sich harsch.

Der junge Mann grinste breit und sah auf sein Klemmbrett. Er schrieb etwas und sah dann Gavin an. »Nein, ich bin kein Student. Ich bin Doktor Martin Beck.«

Gavin ergriff seine Hand, die er ihm entgegenstreckte, nicht.

»Sie bringen also meinen Sohn zur Welt?«

»Wenn Ihre Frau …«

»Freundin«, korrigierte Gavin und sah dem Arzt unbehaglich ins Gesicht, auf dem kein einziges Härchen wuchs. Der war doch garantiert noch Jungfrau!

»Entschuldigen Sie bitte. Wenn Ihre Freundin innerhalb der nächsten zwölf Stunden niederkommen sollte, werde ich ihr dabei helfen, ja.«

Sprachlos sah Gavin zu, wie dieser Jungspund sich Emily näherte. Aus ihrem schmerzverzerrten Gesicht schloss er, dass es ihr sogar egal war, ob ein Außerirdischer ihr bei der Geburt behilflich wäre. Der Arzt rollte einen Stuhl vor die Liege und bat Emily, an die Bettkante zu rutschen und ihre Beine für ihn zu öffnen. Oh Gott. Gavin wurde übel. Selbst wenn der Arzt so alt wie sein Großvater wäre, hätte er etwas dagegen, dass dieser zwischen Emilys Beine starrte. Aber so? Das war doch krank! Panik erfasste Gavin, aber noch ehe er etwas sagen konnte, ließ Emily, die sich offenbar in einer schmerzmittelbedingten Seligkeit befand, schon ihre Knie zur Seite fallen. Gavin schluckte nervös und sprintete zu ihr. Dann ließ er sich auf dem Bett neben Emily nieder, sah ihr in die glasigen Augen und konzentrierte sich ganz auf die Tatsache, dass sie im Moment keine Schmerzen hatte.

»Ihr Muttermund hat sich bereits vier Zentimeter geweitet«, verkündete der Arzt und rollte von Emily weg. Er zog die Handschuhe von seinen Händen und lächelte sie an. »Beim ersten Kind sind es üblicherweise ein oder zwei Zentimeter pro Stunde.«

Gavin warf einen Blick auf die Wanduhr. Es war Viertel nach vier am Morgen.

»Geben Sie mir bitte einfach weiter dasselbe Zeug, das ich eben bekommen habe?« Emilys träges Lächeln zeigte deutlich, dass sie nicht allzu sehr litt. »Ich fühle mich gerade gut!«

»Ja, das Mittel lindert den Schmerz, aber die Wehen werden Sie trotzdem noch spüren.« Er sah auf den Monitor und notierte etwas. »Wenn Sie noch stärkere Linderung brauchen, können wir Ihnen eine Epiduralanästhesie geben.«

Emily schloss die Augen, schüttelte den Kopf und gähnte. »Nein. Keine Epiduralanästhesie. Ich habe ein bisschen Angst davor. Irgendwo habe ich gelesen ...« Emily schlief einfach ein. Sie rollte sich auf die Seite und vergrub ihren Kopf im Kissen.

Grinsend wandte sich der Arzt an Gavin. »Wie schon gesagt: Das Demerol macht die Schmerzen erträglicher. Sie wacht vielleicht bei jeder Wehe auf, aber es wird jetzt nicht mehr so schlimm für sie sein. In der Zwischenzeit sollten auch Sie versuchen, ein wenig zu schlafen. Sie haben beide noch ein paar lange Stunden vor sich.« Mit diesen Worten verließ der Arzt das Zimmer.

Auf dem Weg zur Tür lächelte die Schwester Gavin zu. »Sie ist in guten Händen. Machen Sie sich keine Sorgen!«

Gavin nickte nachdenklich und hätte Emily doch am liebsten einfach gepackt in ein anderes Krankenhaus verfrachtet. Seufzend legte er sich zurück in die Kissen und beobachtete Emilys ruhige und friedliche Atemzüge. Obwohl er sehr müde war, war an Schlaf nicht zu denken. Stattdessen zog er vorsichtig Emilys Kopf an seine Brust. In ein paar Stunden würden sie Eltern sein. Noch vor einem Jahr war diese Frau unerreichbar für ihn gewesen, obwohl sie in seinen Armen lag. Und jetzt schenkte sie ihm ein Kind. Machte ihn zum Vater. Diese Tatsache machte Gavin so selig, dass er jede schmerzvolle Sekunde noch einmal durchleben würde, wenn es nötig war. Ohne zu zögern.

Emily regte sich und wimmerte leise. Gavin sah bekümmert auf den Bildschirm, auf dem die Linie langsam wieder nach oben kletterte. Mit müdem Blick strich er Emily übers Haar und hoffte, dass die Schmerzmittel helfen würden. Anscheinend taten sie es, denn Emily wachte nicht ganz auf. Die nächsten Stunden über warf Emily sich während der Wehen zwar hin und her, schaffte es aber, immer wieder einzuschlafen. Gavin hätte es nicht ertragen können, sie noch mehr leiden zu sehen. Als draußen am Horizont die Sonne den Himmel orange färbte, begann plötzlich der Bildschirm zu schrillen. Gavin sprang auf, und wenige Sekunden später eilte die Krankenschwester ins Zimmer.

Besorgt zog sie einen langen Papierstreifen aus dem Gerät und studierte ihn gründlich. Dann wandte sie sich an Gavin.

»Sie muss die Position wechseln. Die Herzfrequenz des Kindes ist gesunken.«

Gavin sah zum Monitor und dann wieder zu der Schwester, während das Adrenalin durch seine Adern schoss. »Ist bei dem Kleinen alles in Ordnung?«

»Ich denke doch«, erwiderte die Krankenschwester ruhig, klang aber dennoch besorgt. Dann ging sie auf die andere Seite des Bettes. »Normalerweise hilft es, wenn die Mutter sich ein bisschen bewegt.«

Gavin zog seinen Arm unter Emily hervor. Sie stöhnte auf, ganz offensichtlich hatte sie Schmerzen. Gavin strich ihr erneut übers Haar und sah in ihre verschlafenen Augen.

»Emily«, flüsterte er und streichelte ihre Wange. »Die Schwester möchte, dass du dich auf die andere Seite legst.«

Emily nickte und setzte sich auf. Als die Wehen erneut durch ihren Bauch schossen, ließ die Wirkung des Schmerzmittels nach. Ihre Muskeln zogen sich schmerzhaft zusammen, und sie blinzelte mit tränenden Augen.

»Ich glaube, ich brauche noch was gegen die Schmerzen« Sie rutschte auf ihre rechte Seite und drückte die Hand gegen ihr Kreuz. »Bitte. Geben Sie mir irgendetwas. Es wird wieder schlimmer.«

Die Krankenschwester sah unruhig auf den Monitor. »Liebes, Sie müssten jetzt bitte für mich auf alle viere gehen.«

Als er ihren Gesichtsausdruck sah, schlug Gavin das Herz bis zum Hals. Er half Emily in die verlangte Position, und sie wimmerte auf. Beruhigend strich er über ihren Rücken und beobachtete die Schwester, die abermals auf den Bildschirm schaute.

»Okay, Emily. Legen Sie sich bitte auf den Rücken, während ich den Arzt hole, ja?« Die Krankenschwester stürzte Richtung Tür.

»Was soll das?«, fragte Gavin und half Emily, sich wieder hinzulegen. »Sie können doch nicht einfach verschwinden, ohne uns zu sagen, ob es unserem Sohn gut geht!«

Die Schwester wirbelte herum. »Der Arzt wird Ihnen alles erklären.« Sie war aus dem Raum verschwunden, ehe Gavin etwas erwidern konnte.

»Warum sagt sie uns nichts?«, fragte Emily. Als das Zittern der Wehe nachließ, beschleunigte sich ihr Puls vor Sorge.

Gavin schüttelte den Kopf und versuchte sich ihr zuliebe zu beruhigen. Sanft nahm er ihr Gesicht in beide Hände und küsste sie auf die Stirn.

»Ich bin sicher, dass alles gut ist«, flüsterte er und merkte, dass sie ihm kein Wort glaubte. »Hör mir zu, okay?«

Sie nickte erschöpft. »Okay.«

»Emily Cooper. Du wirst den gesündesten, phantastischsten, quicklebendigsten kleinen Jungen der Welt gebären. Einen, der richtig mies im Kronkorkenwerfen ist.« Er streichelte ihre Wange und küsste sie auf die bebenden Lippen. »Und er wird seine Mutter so sehr lieben, dass ich ganz eifersüchtig werde. Mach dir bitte keine Sorgen. Ja?«

»Ja«, flüsterte Emily, die ihm so gern glauben wollte. Sie legte ihre Hand auf seine und holte tief Luft. »Ein gesunder kleiner Junge.«

Ein breites Lächeln erschien auf Gavins Gesicht. »Vergiss nicht, dass er ein ziemlicher Loser im Kronkorkenwerfen ist!«

Emily lächelte schwach. Als sie das Kissen hinter ihrem Rücken zurechtrückte, trat Doktor Beck gefolgt von zwei Krankenschwestern ins Zimmer. Der Arzt sah einen Moment lang auf den Monitor und wandte sich dann an Emily.

»Das Baby befindet sich in einer fetalen Notlage. Wir müssen einen Notkaiserschnitt durchführen.«

Gavin wich zurück, als die Schwestern sich an die Seite des Betts stellten und die seitlichen Gitter hochzogen.

»Bis gleich im OP-Saal«, fügte der Doktor im Hinausgehen hinzu.

Emily schluckte. Ihre Kehle fühlte sich an wie Sandpapier. »Wird denn alles gut gehen?«, schluchzte sie und blickte zwischen den zwei Schwestern hin und her. Die beiden schoben das Bett wortlos zur Tür. Emilys Herz raste.

»Warten Sie, was ist mit meinem Freund? Er darf doch mit in den OP?«

»Sie müssten mich schon töten, um mich davon abzuhalten«, fügte Gavin ängstlich hinzu und lief ihnen nach.

Eine der Krankenschwestern drehte sich um und legte ihre Hand auf Gavins Schulter. »Sie können nicht sofort mit. Erst müssen Sie sich umziehen! Geben Sie mir ein paar Minuten, dann bekommen Sie von mir alles, was Sie dafür brauchen.«

Die Worte drangen nur verschwommen an Gavins Ohr. Er konnte kaum einen klaren Gedanken fassen ... Mit rasendem Herzen neigte er sich über das Bett und sah in Emilys versteinertes Gesicht, ehe er sie sanft auf den Mund küsste. Weinend klammerte sie sich an seine Schultern und erwiderte seinen Kuss. Gavin wich langsam zurück und befahl sich selbst, jetzt stark zu sein.

»Denk daran, was ich dir gesagt habe«, flüsterte er. »Ein phantastischer, gesunder kleiner Junge.«

Emily nickte schniefend, und die Krankenschwestern schoben das Bett aus dem Raum.

Wie erstarrt stand Gavin da und sah zu, wie sie Emily in den Lift verfrachteten. Als die Türen sich schlossen, schluckte er. Es war, als wäre seine Welt mit einem lauten Quietschen stehen geblieben. Er wollte zurück in das Zimmer gehen, um auf die Krankenschwester zu warten, als er seine Eltern entdeckte, die auf ihn zukamen. Ihre Gesichter leuchteten vor Aufregung.

»Was ist los?«, fragte Lillian, und ihr Lächeln verblasste.

Gavin versuchte, den Kloß in seiner Kehle hinunterzuschlucken.

»Das Baby befindet sich in einer sogenannten fetalen Notsituation. Sie haben Emily in den OP-Raum gebracht.«

Lillian schlug die Hand vor den Mund und sah ebenso besorgt aus wie Chad. Dann umarmte sie Gavin. »Die zwei schaffen das. Was anderes darfst du gar nicht denken.«

Gavin nickte und versuchte sich auf die Worte seiner Mutter zu konzentrieren. Er konnte immer noch nicht glauben, was geschah. Am anderen Ende des Flurs hörte er die Stimmen von Olivia, Fallon, Trevor und Colton. Auch sie wirkten aufgeregt und glücklich, bis sie Gavin und seine Eltern sahen. Nachdem er ihnen die Situation rasch erklärt hatte, versammelten sie sich alle in dem Raum und warteten auf die Krankenschwester. Ihre Gespräche waren versiegt. Die Atmosphäre war angespannt.

Nach einer Zeit, die Gavin wie eine Ewigkeit vorkam, trat die Schwester ins Zimmer und reichte ihm die die medizinische Bekleidung. Gavin schlüpfte an Ort und Stelle hinein, verabschiedete sich von den anderen und folgte der Schwester in den Lift. Sosehr er auch versuchte, die Hoffnung nicht aufzugeben, fühlte er sich doch wie in einem Albtraum, als die Aufzugtüren aufglitten. Nein. Er wollte sich den Tod seines Sohnes nicht einmal vorstellen.

Als er den OP-Saal betrat, in dem die Luft so kühl war, dass er seinen eigenen Atem sehen konnte, beschleunigte sich sein Puls. Mitten in all dem Chaos entdeckte er Emily. Die Schwester führte ihn zu ihr, und Gavins Herz sank. Sie hatten ihre zarten Arme zur Seite gelegt und an den Handgelenken fixiert. Emily sah ihn unsicher und ängstlich an und wirkte so hilflos … Dieser Anblick brachte Gavin beinahe um.

»Ich bin bei dir Baby. Ich bin da«, flüsterte er durch seine chirurgische Maske. Als er sich über sie neigte und nur wenige Zentimeter von ihrem Gesicht entfernt verweilte, kribbelten seine Lippen in dem Drang, sie zu küssen. »Ich lasse dich nicht aus den Augen, bis ich Noah schreien höre.«

Emily sah in seine Augen und spürte, wie das leichte Frösteln verschwand. Sie nickte und wünschte sich nichts sehnlicher, als ihn zu berühren. Wollte ihre beiden Jungs wohlbehalten in den Armen halten. Als der Doktor verkündete, dass die Operation jetzt begann, kniff Emily die Augen zu, und eine Träne rollte über ihre Wange. Gavin hielt ihre Finger fest und sah ihr wie versprochen die ganze Zeit über in die Augen. Sein Gesicht war so nah an ihrem, dass Emily seine Wärme und Liebe deutlich spüren konnte.

»Ich danke Gott für jeden Tag, Emily Cooper«, wisperte Gavin. »Weißt du das?«

Emily schüttelte den Kopf. Ihr Herz raste wie verrückt – wegen seiner Worte und wegen des stechenden und drückenden Schmerzes in ihrem Bauch.

»Aber das tue ich«, fuhr Gavin leise fort. »Ich danke Gott außerdem dafür, dass der Lieferjunge, den du damals vertreten hast, als wir uns kennenlernen durften, gekündigt hat. Und ich danke Gott jedes Mal, wenn du einen Auflauf anbrennen lässt und die ganze Wohnung mit Qualm verpestest.«

Emily lächelte ihn schwach an und packte seine Hand noch fester. Auch wenn sie Gavins Mund nicht sehen konnte, verrieten ihr seine glänzenden Augen, dass er grinste.

»Ich danke ihm für jede Minute, die ich mit dir verbringen darf. Selbst für die schlechten.« Er hielt inne und kam mit seinem Gesicht näher an ihres. »Du hast mal gesagt, dass du uns zerstört hast. Hast du nicht, Kleines. Du hast uns zusammengeschweißt. Diese schweren Zeiten haben uns zu dem gemacht, was wir sind und was wir sein werden. Irgendjemand hat uns mit seiner Feder füreinander erschaffen, und ich würde in dem Roman unseres gemeinsamen Lebens nicht eine Zeile ändern. Weder das Gute noch das Schlechte und auch nicht das Dazwischen. All das gehört uns.«

Obwohl der Raum von lauten Anweisungen und hektischen Bewegungen erfüllt war, konnte Emily nur Gavins Augen sehen und seine Stimme hören. Atemlos schluckte sie. Wie gern sie ihn jetzt umarmt hätte …

»Ich liebe dich«, presste sie leise hervor und spürte einen Ruck in ihrem Bauch. »Und auch ich werde dich bis zu meinem letzten Atemzug lieben.« Das würde sie. Dieser Mann hatte sie auf so viele verschiedene Arten gerettet. Sie war sicher, dass er nie ganz begreifen würde, wie viel er ihr bedeutete. Das war ganz unmöglich.

Als sie in Gavins Augen sah, gab es plötzlich einen schrecklichen Moment der Stille, ehe Noah sich mit dem schönsten Ton seinen Weg in die Welt schrie. Der Druck in Emilys Bauch löste sich auf, und sie spürte eine heiße Träne aus Gavins Auge auf ihre Wange fallen. Während sie Noahs wildem Gequengel lauschte und den Mann, den sie liebte, zum ersten Mal weinen sah, fühlte Emily sich ganz. Gavin riss seinen nervösen Blick von ihr los, und kurz darauf hörte sie ihn stolz und leise aufglucksen. Ihr Mann war jetzt Vater. Ihr Yankees verehrender und Kronkorken verschenkender Lebensretter war Vater. Und sie war Mutter. In diesem Moment wurde Emily klar, dass jeder Fehler ihrer Mutter nur menschlich gewesen war, und sie weinte heftig um sie. Obwohl sie Noah noch nicht gesehen hatte, liebte sie ihn jetzt schon ebenso sehr, wie ihre Mutter sie geliebt haben musste.

Ob es erlaubt war oder nicht, Gavin riss sich einfach die Atemmaske vom Gesicht. Lachend und gleichzeitig nach Luft schnappend, küsste er Emily, während sein Herz Saltos schlug.

»Du bist unglaublich. Ich danke dir so sehr. Gott, er ist wunderschön. Er hat genauso einen braunen Wuschelkopf wie du.« Gavin linste über das Tuch, das vor Emily hing, und grinste breit.

»Hey, Doogie Howser!«, rief Gavin, den Doktor Beck an den sechzehnjährigen Arzt in einer Fernsehserie erinnerte. Der Arzt sah auf und zog die Augenbraue hoch.

»Zehn Finger? Zehn Zehen? Gesund?«, erkundigte sich Gavin.

»Ja! Dreimal Ja. Herzlichen Glückwunsch an Sie beide!« Er lächelte neugierig und legte den Kopf schief. »Obwohl ich zugeben muss, dass ich nicht weiß, wer Doogie Howser ist.«

Gavin gluckste. »Natürlich nicht. Sie sind ja auch viel zu jung. Vielen Dank, dass Sie meinen Sohn auf die Welt gebracht haben! Kann ich ihn jetzt halten?« Er blickte Doktor Beck fragend an.

Immer noch ganz offensichtlich verwirrt, nickte der Arzt.

Als eine der Schwestern den eng mit Tüchern umwickelten Noah herüberbrachte, wurde Gavin plötzlich rasend nervös. Warum nur? Er hatte doch Teresa und Timothy oft genug gehalten, als sie noch Babys waren. Er leckte sich über die trockenen Lippen und versuchte sich zusammenzunehmen, als die Frau Noah in seine Arme legte. Sobald Gavin in seine tiefblauen Augen und auf sein kleines Gesichtchen sah, das Emilys so sehr ähnelte, wurde er sofort ganz ruhig. Ehrfürchtig musterte Gavin seinen Sohn und wünschte sich, jede Sekunde in seinem Gedächtnis abzuspeichern. Er schluckte und stupste vorsichtig mit seinem Finger auf Noahs kleine knopfartige Nase, woraufhin sein Sohn herzhaft gähnte.

»Du denkst, *du* wärst müde, kleiner Mann?«, fragte Gavin und küsste seine weiche Wange. »Erzähl das mal deiner Mutter. Du hast sie für eine kleine Weile in einen echten Psycho verwandelt. Sie hat mir wirklich Angst gemacht – und normalerweise bin ich hart im Nehmen!«

Als Emily sah, wie schnell Gavin sich in Noah verliebt hatte, ging ihr das Herz auf. Obwohl sie es sich nicht anders hätte vorstellen können. Lächelnd beobachtete sie, wie stolz Gavin war und wie vernarrt in Noah … Das Baby schmiegte sich in seine Arme, und endlich kam er zu ihr. Er hielt ihn vor ihre Lippen, sodass sie den Kopf ein wenig heben und ihn auf die Stirn küssen konnte. Seine seidige Haut fühlte sich himmlisch an. Nein, das hier war kein Albtraum mehr. Das hier war die wunderschöne Realität. Emily seufzte zufrieden.

»Er ist so schön«, flüsterte sie weinend. Wie gern hätte sie ihn jetzt berührt oder im Arm gehalten. »Mein Gott. So unglaublich schön.«

Gavin küsste sie sanft und lang auf den Mund. »Genau wie seine Mutter.« Die Glückseligkeit auf ihrem Gesicht raubte ihm den Atem. »Ich danke dir. Das ist das schönste Geschenk, das eine Frau einem Mann machen kann. Nichts könnte das hier übertreffen.« Gavin küsste sie wieder. »Ich hätte es ja nicht für möglich gehalten, aber ich bin jetzt noch verliebter in dich als je zuvor. Du hast wirklich meine ganze Welt auf den Kopf gestellt, Emily Cooper.«

Vor Freude immer noch weinend, sah Emily die beiden Männer an, in die sie sich jeweils auf den ersten Blick verliebt hatte. Auch wenn ihr Weg zwischendurch steinig gewesen sein mochte, war doch jeder Schritt richtig gewesen. Schließlich hatte all das sie dahin gebracht, wo sie jetzt waren, und sie unzertrennlich gemacht. In diesen Minuten, in denen sich ihr Leben für immer änderte und ihre Zukunft begann, wusste Emily, dass auch sie das größte Geschenk ihres Lebens erhalten hatte.

Endlich konnte sie wieder … atmen.

20 WILLKOMMENE ABSCHIEDE UND NEUANFÄNGE

Das Licht der Morgensonne tanzte auf Noahs Gesicht, als er Emily aus verschlafenen Augen ansah. Jetzt, nach dem Stillen und einem kräftigen Bäuerchen, wirkte er rundum zufrieden. Emily lag auf der Seite, Noah neben ihr im Bett zusammengerollt, und sie fuhr ihm sanft über sein flaumig weiches Haar. Als er kurz zuckte, musste sie kichern. Wärme kroch ihren Bauch hinauf und breitete sich schließlich in ihrem Herzen aus, während sie sich an dem Anblick ihres kleinen Engels labte.

Sie neigte sich hinunter an seine speckige Wange und atmete seinen herrlichen Duft ein, den sie niemals vergessen wollte. Zum einen roch er nach Blumen – aber da war noch ein anderer, einzigartiger Geruch, der nur ihm gehörte. Emily lächelte und drückte ihn fester an sich. Verzaubert sah sie zu, wie er nach dem kleinen Finger griff, den sie ihm hinhielt.

Die ersten Tage zu Hause waren definitiv die anstrengendsten und zugleich schönsten ihres Lebens. Sie hatte sich nicht nur sofort Hals über Kopf in ihren Sohn verliebt, sondern sich auch schneller als erwartet in die Rolle einer Mutter einfunden. Kein einziges Mal hatte sie ihn fallen gelassen und war sich sicher, dass das auch nicht mehr passieren würde. Auch mit der Wundsalbe kam sie bestens zurecht.

Während Emily diesem Geschenk des Himmels zusah, wie es langsam in einem tiefen Schlummer versank, schlenderte das zweite strahlend ins Zimmer.

»Der Kleine ist ja völlig weggetreten!«, flüsterte Gavin und grinste. Er schlüpfte zu ihr unter die Decke, sodass Noah zwischen ihnen lag wie in einem Sandwich. »Der Junge sollte sich bald mal einen anständigen Job besorgen. Seine Faulheit geht mir auf die Nerven.«

Emily strahlte und malte zärtlich kleine Kreise mit ihrem Finger um Noahs winzigen Mund.

»Finde ich auch! Ich dachte, er hätte eine ordentliche Arbeitsmoral. Aber das hier ist doch einfach lächerlich!«

Glucksend strich Gavin über Emilys Wange.

»Wie geht es dir denn?«

Emily lehnte sich gegen seine Handfläche und genoss seine Wärme.

»Wunderbar.« Das stimmte. Obwohl die Klammern, die die Naht auf ihrem Bauch säumten, noch wehtaten, hatte sie sich seit Ewigkeiten nicht so gut gefühlt – körperlich und psychisch. »Und dir?«

»Ich fühle mich wie ein König«, wisperte Gavin und lehnte sich vorsichtig über Noah. Er drückte einen sanften Kuss auf Emilys Lippen und war unfassbar glücklich. »Ich bin mit meiner Königin und meinem Prinzen in meinem Schloss. Ehrlich: Mir fehlt es an nichts.« Gavin sah ihr in die Augen. »Danke, Emily.«

Sie konnte kaum glauben, dass sie und Gavin tatsächlich an diesen Punkt gekommen waren. Alles hatte so verwirrend, quälend und vertrackt begonnen … Ihr wurde ganz warm vor Liebe zu diesen zwei Männern. Ihren zwei Rettern.

»Ich danke *dir*.« Sie küsste ihn wieder und genoss das Gefühl seiner Lippen auf ihren. »Und danke für das Frühstück. Vielleicht schaffe ich es ja doch irgendwann, etwas anderes als verbrannte Aufläufe und aufgewärmte Tiefkühlgerichte zu produzieren.«

Ein breites Grinsen erschien auf Gavins Gesicht, und Emily stellte sich innerlich auf einen typischen Schlitzohrkommentar ein.

»Nicht nötig. Wir werden überleben, auch wenn wir uns nur noch von verkohltem Fleisch ernähren.« Emily verdrehte die Augen, und Gavin gluckste. »Und wie konnte ich nur deine Spezialität vergessen: Makkaroni aus der Dose!«

»Du wirst schon sehen!«, erwiderte sie und gab ihm einen Klaps auf den Arm. »Ich werde Kochunterricht nehmen und die höchst mittelmäßige Lasagne deiner Mutter für immer aus deinem Gedächtnis verbannen!«

Gavin zog ungläubig die Augenbraue nach oben und grinste über beide Backen. »Mittelmäßig?! Na, ich freue mich jedenfalls schon auf deine Versuche, die Lasagne zu toppen!«

Emily erhob sich vorsichtig und stemmte die Hände auf die Hüften. »Forderst du mich etwa heraus, Blake?«

»Absolut, Süße.« Gavin nahm den sich windenden Noah und drückte ihn an seine Brust. Dann sah er herunter auf das kleine Bündel in seinem Arm. »Deine Mutter hat vollkommen den Verstand verloren, Kleiner. Sie denkt ernsthaft, sie könnte lernen, dich und mich besser zu füttern als deine Großmutter.«

Emily schnaubte. »Oh mein Gott. Allein dafür hast du für den Rest deines Lebens nur Makkaroni mit Käse verdient!« Sie drohte Gavin mit dem Finger. »Noah wird prima Essen bekommen, aber du? Nix da. Für immer verkohlte Fleischklopse!«

Gavin brach in schallendes Gelächter aus, und Emily warf mit einem Schmollmund ihr Haar über die Schulter, ehe sie ihm einen höchst lieblosen Luftkuss zuwarf. Gavin war erleichtert, dass sie ihm nicht noch den Mittelfinger zeigte.

»Ich muss mich mal fertig machen, ehe all die anderen kommen. Es liegt noch ein kalter verbrannter Fleischklops im Kühlschrank, falls du Hunger bekommst.« Mit diesen Worten entschwand Emily ins Bad.

»Du weißt, was für eine Wirkung eine wütende Emily auf mich hat!«, rief Gavin lachend und tätschelte Noahs Rücken.

Hinter der geschlossenen Tür konnte Gavin deutlich hören, was sie sagte.

»Gut! Soll doch dein *Stein* blau anlaufen!«

»Aua.« Es klingelte an der Wohnungstür, und Gavin eilte mit einem halb wachen Noah im Arm zum Eingang.

»Sie ist einfach unberechenbar, Kumpel.« Ehe er die Tür öffnete, küsste Gavin seinen Sohn. »Aber sie hat magische Kräfte. Irgendwie schafft sie es, dass du dich in ihrer Gegenwart wie ein Volltrottel benimmst.«

»Gib ihn mir!«, quiekte Olivia, sobald sie die Wohnung betrat. Sie hielt die Arme weit auf und war furchtbar aufgeregt.

»Was?«, fragte Gavin. »Für mich interessierst du dich wohl gar nicht mehr?«

Trevor klopfte Gavin auf die Schulter. »Du bist ab jetzt nicht besser dran als Al Bundy. Gewöhn dich dran.«

Colton lachte hell auf und schlurfte ins Penthouse.

»Da muss ich ihm leider zustimmen.«

Lillian, deren Gesicht ebenfalls vor Aufregung strahlte, drückte Gavin einen Kuss auf die Wange und nahm ihm dann Noah ab.

»Natürlich interessieren wir uns noch für dich, Süßer.« Sie knuddelte ihren Enkel und übersäte ihn mit Küssen. Voller Freude sah sie Olivia an. »Als Grandma habe ich gewisse Vorrechte. Tut mir leid!«

Gavin lachte über Olivias finstere Miene, während seine

Mutter hinüber zum Sofa tanzte und dem Familienzuwachs gar nicht genug Küsse aufs Gesicht drücken konnte.

Seufzend griff Olivia nach den Händen von Timothy und Teresa und ließ sich dicht neben Lillian aufs Sofa plunpsen. Unter anderen Umständen hätte Lillian es wahrscheinlich als Eindringen in ihre persönliche Wohlfühlzone empfunden, aber beide Frauen waren viel zu sehr mit Noah beschäftigt, um sich dessen bewusst zu sein.

Melanie stellte eine große Auflaufform auf dem Tresen ab und schloss Gavin in ihre Arme. »Aaah. Ich liebe dich immer noch.«

»Danke, Mel«, erwiderte Gavin, und sie gesellte sich zu den *Ahs* und *Ohs* ausstoßenden Familienmitgliedern auf dem Sofa. Neugierig zog er die Folie von der Auflaufform und entdeckte darunter die Lasagne seiner Mutter. Die würde Emily zweifellos schachmatt setzen!

»Moms Lasagne.« Chad schnupperte und beugte sich ebenfalls darüber. »Sie hat sie bei unserem dritten Date für mich gemacht, und danach war ich hin und weg.«

Gavin gluckste. »Im Ernst?«

»Na ja, sagen wir so: Die Lasagne hat mich noch eine Spur verliebter gemacht.« Chad lächelte stolz. »Dann will ich mich mal in die Schlange der Bewunderer einreihen.«

Gavin lehnte sich grinsend an den Küchentresen und beobachtete mit verschränkten Armen, wie alle Noah anschmachteten.

»Wo ist denn deine bessere Hälfte?«, erkundigte sich Colton und setzte sich auf einen Stuhl, Trevor neben ihm. »Wie geht es ihr?«

»Sie steht unter der Dusche. Und ich würde sagen, sie ist wohlauf.«

»Und wie geht es dir damit, dass sie mich überredet hat, dich heute zu begleiten?« Trevor grinste schief, nahm seine

Brille ab und rieb sie mit einem Zipfel seines Hemdes sauber. »Falls alles schiefgeht, spiele ich einfach ein bisschen Bodyguard.«

»Werd mal nicht größenwahnsinnig, Kumpel! Ich nehme dich nur mit, weil Emily darauf bestanden hat. Eigentlich brauch ich dich da gar nicht. Wenn, dann hat Dillon eher Glück, dass du dabei bist.« Gavin ging zum Kühlschrank, holte eine Flasche Wasser heraus, nahm einen Schluck und schüttelte den Kopf. »Aber wenn er sich danebenbenimmt, kannst weder du noch sonst jemand mich davon abhalten, das zu Ende zu bringen, was ich vor ein paar Monaten begonnen habe.«

»Vorsicht, Kleiner«, warnte Colton ihn. »Denk an deinen Sohn, wenn das Arschloch dich provoziert. Dillon wäre es niemals wert, in den Knast zu gehen, oder?«

Gavins Blick fiel auf Noah. Ja, Colton hatte zweifellos recht. Möglicherweise wäre Emilys Idee, Dillon über einen Brief von ihren Anwälten über Gavins Vaterschaft zu informieren, gar nicht so schlecht gewesen. Ursprünglich hatte er einfach anrufen wollen. Dann hatte er Dillon am Telefon aber doch nur eine simple Lüge über den nächsten Arzttermin aufgetischt. Irgendwetwas in Gavin wollte, nein, *musste* Dillons Gesicht sehen, wenn er die Neuigkeit erfuhr. In ihm schrie es nach Rache für all das, was er ihnen angetan hatte. Ja, es war Zeit für eine Abrechnung.

Mit diesem Gedanken im Kopf ging er ins Schlafzimmer, um zu sehen, ob Emily fertig war. Er fand sie im Bad vor, wo sie sich das Haar föhnte. Ein paar Momente starrte er sie an und bereute es fast, dass er sich gegen ihren Willen entschieden hatte. Dann aber erinnerte er sich an die Hölle, die sie wegen Dillon durchlebt hatte, und sein schlechtes Gewissen war sofort wie weggeblasen.

Gavin holte tief Luft und trat hinter Emily. Er betrachtete ihr wunderschönes Spiegelbild, fuhr mit seinen Händen über ihre Taille und legte sein Kinn auf ihre Schulter.

»Ich mache mich langsam bereit für den Aufbruch«, flüsterte Gavin und hasste den Ausdruck, den ihre Augen annahmen. Emily erwiderte seinen Blick im Spiegel, und es zerriss Gavin das Herz, weil er genau wusste, welche Kommentare sie sich verkniff. Aber er konnte nicht zurück. Selbst wenn er gewollt hätte. »Es wird alles gut, Emily. Aber ich muss das tun. Für mich. Als Mann. Ich muss.«

Emily wollte wegen dieses Themas nicht länger streiten. In den vergangenen Tagen hatte sie immer wieder versucht ihn davon zu überzeugen, dass ein Treffen mit Dillon die Situation nur verschlimmern würde. Auch wenn sie seine Beweggründe nie ganz verstanden würde, wusste sie dennoch, dass sie hinter seiner Entscheidung stehen musste. Also nickte sie und schloss die Augen, als Gavin sein Gesicht in ihrem Nacken vergrub und dann ohne ein weiteres Wort das Bad verließ. Jetzt musste Emily sich nur noch selbst davon überzeugen, dass ihr Nachgeben richtig war.

»Wieso nur kommt mir das hier vor wie die Ruhe vor dem Sturm?«

Gavin wandte seinen Blick von den rot leuchtenden Ziffern im Aufzug ab und sah seinen Freund an. »Wie kommst du darauf?«

Trevor zuckte mit den Achseln. »Du bist so ruhig, das macht mir total Angst. Ich habe dich noch nie so erlebt.«

»Darf ich etwa nicht entspannt sein?«, fragte Gavin und hob eine Augenbraue. »Ist das jetzt eine neue Regel?«

»Nicht *so* entspannt, Kumpel.« Trevor fuhr sich mit einer Hand durchs Haar. »Schau dich doch mal an.«

Die Hände in den Hosentaschen vergraben, lehnte Gavin lässig grinsend an der Wand. Er fand Trevors Nervosität ziemlich interessant. »Denkst du, dass ich ihn verletzen werde?«

»Du wirst eine ziemlich harte Nummer abziehen, ja.«

»Ganz genau.« Gavin lachte. »Sie heißt *Dillon-fick-dich-ins-Knie-ich-bin-der-Vater-Nummer*.«

Die Aufzugtüren glitten auf. Immer noch grinsend, schlenderte Gavin hinaus und sah ein wenig dem chaotischen Treiben der Börsenmakler zu. Dabei ignorierte er nicht nur die neugierigen Blicke der Männer, sondern auch die von Dillons Sekretärin, der sofort der Kiefer herunterklappte.

Gavin amüsierte sich prächtig.

»Gavin!«, keuchte sie und schoss von ihrem Stuhl hoch. Auf ihren turmhohen Stilettos kam sie ein wenig ins Schlingern, als sie ihn atemlos einholte. »Sie können da nicht rein!«

Gavin legte ihr eine Hand auf die Schulter und lächelte sanft.

»Hey, Kimberly! Wie geht es Ihnen denn so?«

»Gut, Gavin«, seufzte sie. Beinah klang es, als würde sie betteln. »Bitte tun Sie mir das nicht an. Mir wurde gesagt, dass ich die Cops rufen soll, wenn Sie hier jemals wieder auftauchen.«

Jetzt war es Trevor, der seine Hand auf ihre Schulter legte. »Hi, Kimberly! Alles klar bei Ihnen?«

Sie verdrehte die Augen. »Ja, Trevor, mir geht es gut.«

»Sie werden doch nicht wirklich die Polizei rufen, oder?« Trevor lächelte sie gewinnend an. »Das wissen wir doch beide.«

Kimberly stemmte ihre Hände auf die Hüften. »Und woher wollen Sie das wissen?«

»Weil die Spatzen aus diesem Büro hier mich letztens angerufen haben, um mich wissen zu lassen, dass Dillon nicht nur Sie ab und zu … vernascht, sondern auch Priscilla Harry von *Shelter Investments* aus dem siebzehnten Stock. Dann haben sie noch erwähnt, dass er nicht ganz so sehr auf das Seejungfrauenkostüm abfährt, wie Sie vielleicht denken.« Kimberly kniff die Augen zusammen und funkelte ihn wütend an. Trevor zuckte nur leicht mit den Achseln. »Liege ich falsch, oder wünschen Sie sich jetzt vielleicht sogar, dass Gavin ihm einen kleinen Besuch abstattet?«

Kimberly sah Gavin an. »Fünf Minuten«, fauchte sie.

»Keine Sekunde länger«, erwiderte Gavin und fühlte sich Kimberly gegenüber ein wenig schlecht. »Warum kümmerst du dich nicht um Kimberly, während ich drinnen bin, Trevor? Sieht aus, als könnte sie ein wenig Trost gebrauchen.«

Trevor nickte, und Gavin machte sich auf den Weg in Dillons Büro. Ohne nachzusehen, wo genau Dillon sich gerade aufhielt, langte Gavin nach dem Griff und riss die Tür auf. Eine Sache hatte er beim letzten Mal gelernt. Jepp. Er sperrte die Tür auch dieses Mal ab.

Jetzt konnte es losgehen.

Mit großen Augen sprang Dillon so erschrocken auf, dass Gavin in bellendes Gelächter ausbrach.

»Woah.« Gavin hob gespielt ergeben die Hände. »Sieht so aus, als hätte ich dich auf dem falschen Fuß erwischt.«

»Fick dich ins Knie, Blake. Du kannst hier nicht einfach so hereinplatzen«, sagte Dillon. Seine Körpersprache zeigte deutlich seine Kampfbereitschaft. »Du solltest erst wegen Emilys nächstem Arzttermin wieder anrufen, so war die Abmachung, nachdem der letzte geplatzt war!«

Gavin spürte, wie sich sein Körper anspannte, und ging auf Dillon zu. »Beruhig dich.« Er hielt einen kleinen blauen Umschlag in die Höhe und warf ihn auf Dillons Schreibtisch. Der ließ vorsichtshalber eine Hand auf dem Telefon liegen. »Ich bin nicht hier, um dir physische Schmerzen zuzufügen«, fuhr Gavin fort und konnte nur mit Mühe sein Lachen unterdrücken. »Sondern um dir die frohe Botschaft zu überbringen. Emily hat gar keine Arzttermine mehr.« Gavin verstummte und grinste noch breiter. »Nun, zumindest keine pränatalen.«

Dillon wirkte zwar immer noch so, als wolle er jeden Moment um Hilfe rufen, griff aber nach dem Umschlag und riss die Geburtsanzeige heraus. Seltsam: Als Gavin zusah, wie Dillon die mit Bärchen geschmückte Karte musterte, auf der Noahs Name und sein Geburtsdatum prangten, empfand er nicht die Genugtuung, mit der er eigentlich gerechnet hatte.

»Emily hat das Baby bekommen?«, fragte Dillon verwirrt. »Das ist schon über eine Woche her! Wie kann es sein, dass ich erst jetzt davon erfahre?« Er zerknüllte die Karte und warf sie in den Papierkorb. Grinsend ging er um den Schreibtisch herum auf Gavin zu. Ihre Körper waren nurmehr ein paar Handbreit voneinander entfernt, als Dillon mit eiskalter Stimme weitersprach. »Na, wunderbar. Sag mir einfach, wohin ich gehen muss, um zu beweisen, dass ich der Vater bin.«

Stumm blickte Gavin eine ganze Weile in Dillons leblose dunkle Augen. Das waren die Augen eines Mannes, den er mal für einen Kumpel gehalten hatte, für einen Freund. Die Augen des Mannes, der die Frau geschlagen hatte, die Gavin liebte und anbetete und ohne die er nicht leben konnte. Seine andere Hälfte. Erst jetzt wurde Gavin klar, dass er nicht nur Energie verschwendete, sondern auch kostbare Zeit, die er eigentlich mit den zwei Menschen verbringen konnte, die ihm so teuer waren wie niemand anderes auf der Welt. Und die niemals an zweiter Stelle kommen sollten.

Der Kampf war vorbei, und Gavin wusste, dass er in vielerlei Hinsicht gewonnen hatte. Also legte er das Schwert nieder. Er wollte Dillons Reaktion nicht mehr miterleben oder sich wie ein Arschloch fühlen, weil er Emily und Noah sitzen gelassen hatte. Also reichte er Dillon den Umschlag mit den Ergebnissen des Vaterschaftstests. Der verwirrte Gesichtsausdruck seines ehemaligen Widersachers war das Letzte, was er sah. Dann drehte er sich um, verließ das Büro und trat für immer aus Dillons Leben.

21 VERGANGENHEIT, GEGENWART UND DIE ATEMLOSE ZUKUNFT

Zeit. Emily hatte ein völlig neues Verhältnis dazu, seit ihre Mutter gestorben war. Auch ihr Verhältnis zum Leben, das einem jede Sekunde einfach genommen werden konnte, hatte sich in dem Moment verändert, als sie zusehen musste, wie der Kirschholzsarg ihrer Mutter langsam in die regennasse Erde hinabgelassen wurde. Ohne ihre Mutter hatte Zeit eine völlig neue Bedeutung für Emily.

Als sie die Penthousetür hinter sich ins Schloss zog, fragte sie sich, wo die letzten sieben Monate geblieben waren. Wie Sand war die Zeit zwischen ihren Fingern zerronnen und ließ doch überall Noahs wunderschöne Abdrücke zurück. Wie Sternschnuppen am Himmel hinterließ ihr Sohn auf magische Weise immer wieder Spuren in ihrem Leben. Ihr Blick fiel auf ihr Kind, das aufrecht dasaß und Gavin seine winzige Hand entgegenstreckte. Nachdem er einen Würfel mit Speichel beschmiert hatte, schleuderte er ihn seinem Vater an den Kopf, der neben ihm auf dem Boden saß. Glucksend rieb Gavin sich die Schläfe und tat, als wäre er todtraurig. Während Emily kichernd dastand, schossen ihr mehrere Gedanken durch den Kopf.

Erstens: Was für ein Glück für Gavin, dass er seine Yankees-Kappe trug. Zweitens: noch größeres Glück, dass der mit Buchstaben bedruckte Würfel aus Stoff war. Drittens: Von einem Meer aus Spielzeug umgeben, das sich von einem Ende des Wohnzimmers bis zum anderen erstreckte, und mit nichts als der Yankees-Kappe und der Pyjamahose am Leib sah Gavin zum Anbeißen aus. Jepp. Auch wenn die Zeit schneller verstrich, als Emily blinzeln konnte, war doch jede Sekunde wunderbar. Besonders an diesem Sonntagnachmittag.

»Schau mal, wer nach Hause gekommen ist, Noah«, verkündete Gavin und rutschte vom Fußboden auf die Couch. Er grinste Emily an und rückte seine Kappe zurecht. »Und sie bringt uns Geschenke! Werden wir jetzt gefüttert, Mommy?«

Emily lächelte ihre Jungs an und stellte die großen Einkaufstüten auf dem Tresen ab.

»Kommt ganz darauf an.« Sie zog einen großen Leib Roggenbrot aus einer der Tüten. »Ist denn die Wäsche gefaltet?«

Gavin zog amüsiert eine Augenbraue hoch. »Mein Bruder hatte recht. Du hast mich wirklich schon perfekt domestiziert.«

Lachend streckte Gavin sich nach der Zeitung am anderen Ende des Tischs aus. »Ja, Boss. Aber wenn ich ehrlich bin, hat Noah den ganzen Stapel gefaltet.« Er schlug die Zeitung auf und sah sie über den Sportteil hinweg neckend an. »Aber wir haben eine Abstimmung unter Männern gemacht und sind uns beide einig, dass wir das Wäschemachen satthaben. Wir wollen die Haushälterin zurück.« Strahlend und mit den schönsten Grübchen auf der Wange sah Gavin Noah an. »Stimmt's, Kumpel?«

Eine Hand im Mund und in der anderen eine Clownrassel, nickte Noah bekräftigend.

»Das ist mein Junge«, sagte Gavin lachend und sah zu Emily.

»Du bist überstimmt! Wir haben gewonnen. Ich rufe jetzt Leslie an und stelle sie wieder Vollzeit ein. Beschlossene Sache.«

Emily kicherte. »Scheint eine richtige Verschwörung zu sein! Schlimm genug, dass du unseren Sohn in einen Yankees-Strampler gesteckt hast! Jetzt hetzt du ihn auch noch gegen mich auf! Du bist böse. Nichts als böse.«

Gavin lachte dämonenhaft auf und blätterte dann weiter zum Wirtschaftsteil. Dann lächelte er ebenso gewinnend wie damals, als sie ihn zum ersten Mal gesehen hatte und ihm sofort verfallen war.

»Hey. Das weißt du doch schon lange!« Er zuckte mit den Achseln und zwinkerte ihr zu. »Und du liebst jeden bösen Zentimeter an mir, das weiß ich!«

Emily schüttelte den Kopf und packte weiter die Einkäufe aus. Er hatte mit seiner Annahme völlig recht.

»Emily!«, rief Gavin, und sie riss ihre Aufmerksamkeit von einem Kochmagazin los, das ihr in der Schlange an der Supermarktkasse aufgefallen war. Im Gegensatz zu den letzten zwei Versuchen wollte sie es heute schaffen, ein Abendessen für sich und Gavin zuzubereiten, das keinem von ihnen eine Lebensmittelvergiftung verschaffte. »Was hat Noah denn da in der Hand?«

Emily zuckte zusammen und versuchte es zu erkennen. »Ich weiß nicht. Ein Klötzchen?«

»Kannst du es ihm abnehmen?« Gavin spähte über die Zeitung. »Ich will nicht, dass er darauf herumkaut.«

Emily zog die Augenbrauen zusammen. »Gavin, er bekommt gerade seine Zähne! Er würde sogar an meinem Schuh herumkauen, wenn ich ihm ihn geben würde.«

»Ich weiß«, erwiderte Gavin und räusperte sich. »Aber ich will nicht, dass er gerade auf diesem Teil herumkaut!« Er grinste amüsiert. »An deinem Schuh übrigens auch nicht. Kannst du es ihm bitte abnehmen? Es könnte … schmutzig sein.«

Emily legte den Kopf schief und verdrehte die Augen.

»Erstens hast du einen Putztick. Zweitens ist es besser, wenn er an meinen Schuhen herumkaut als an deinen. Und drittens: Du sitzt direkt neben ihm! Also nimm es ihm selbst weg, du Irrer.«

»Irrer?«, lachte Gavin. Einen Moment lang amüsierte er sich über seinen neuen Namen. »Mein Rücken tut weh. Du musst es holen.«

»Ja, Irrer.« Emily seufzte und legte das Magazin auf dem Tisch ab. »Du willst doch nur eine Massage herausschlagen.« Sie umrundete die Kücheninsel und war absolut überzeugt davon, dass ihr Freund den Verstand verloren hatte. Barfuß trat sie auf die Decke, auf der Noah spielte.

Auch wenn es würfelförmig war, war das Ding, auf dem er kaute, kein Klötzchen. Nicht einmal ansatzweise. Emily sah hinüber zu Gavin, der wie ein Honigkuchenpferd strahlte, und dann wieder zurück auf das schwarze Samtkästchen, das Noah gerade ganz konzentriert in seinem Mund versenkte. Noch ehe Emily blinzeln oder einmal tief durchatmen konnte, saß Gavin auch schon im Schneidersitz auf dem Boden. Er hob Noah auf seinen Schoß, drehte seine Yankees-Kappe um und nahm Noah die Schachtel ab. Er sah Emily in die Augen.

»Komm, setz dich zu uns«, sagte Gavin mit sanfter Stimme. »Wir haben was für dich.«

Emily schluckte und hatte plötzlich einen dicken Kloß im Hals. Zitternd ließ sie sich nieder und ging ebenfalls in den Schneidersitz, sodass ihre Knie seine berührten. Sie starrte in sein lächelndes Gesicht und spürte, wie ihr Herz zu rasen begann, als er sich nach vorn lehnte, um sie zu küssen. Der Kuss dauerte so lange, bis Noah sich beschwerte, dass er zwischen ihnen eingeklemmt war. Nervös kichernd lehnte Emily sich zurück und strich Noah über das wellige Haar.

»Er ist bloß eifersüchtig«, flüsterte Gavin und drückte einen Kuss auf Noahs Kopf. Als er Emily wieder ansah, musste auch er schlucken. Er hielt zum zweiten Mal in seinem Leben um die Hand einer Frau an. Im Gegensatz zum ersten Mal hatte er allerdings dieses Mal keinerlei Bedenken. Zitternd legte er eine Hand um Emilys Gesicht und spürte, wie sein Herz hämmerte.

»Ich liebe dich, Emily. Du wirst immer meine beste Freundin sein. Und meine … Molly.« Er sah sie mit großen Augen an und küsste sie zärtlich auf die bebenden Lippen. »Du bist die Mutter meines Kindes. Ihr habt Farbe auf meine leere Leinwand gebracht. Und Licht in mein dunkles Leben.« Mit seiner Daumenkuppe wischte er eine Träne von Emilys Wange und holte tief Luft. »Lass uns das Bild zusammen weitermalen und den Himmel erleuchten, Liebes. Ich liebe euch beide mehr als irgendetwas anderes auf der Welt.« Er hob eine Augenbraue, und ein sexy Lächeln erschien auf seinem fein gemeißelten Gesicht.

»Erinnerst du dich? Ich mag dich sogar lieber als Valentintagsschokolade!« Schniefend kicherte Emily.

Gavin wurde ernst. »Ich glaube an die Ewigkeit. Du und ich sind für die Ewigkeit gemacht. Das mag ein wenig kitschig klingen, aber du löst diese Gedanken in mir aus. Wegen dir habe ich Schmetterlinge im Bauch, Emily. Dieses Gefühl kannte ich vorher nicht, und ich will nie wieder darauf verzichten! Niemals. Ich habe dich einmal gefragt, ob du dich mit mir ins Leben stürzen willst, und du hast mitgemacht. Jetzt frage ich dich … ob du bereit für die richtig große Nummer bist. Ob du mit mir den Rest des Weges gehen willst. Bis wir alt sind, auf unseren Schaukelstühlen auf der Veranda sitzen und unseren zuckerberauschten Enkeln beim Spielen im Garten zusehen. In Zukunft will ich die Welt nur noch mit dir an meiner Seite sehen. Ich will, dass du meine Frau wirst. Nein, ich brauche es. Ich will jeden Morgen aufwachen mit der Gewissheit, dass du Mrs Emily Michelle *Blake* bist.«

Er verstummte, und Emily konnte sehen, dass ihm Tränen in die Augen stiegen.

»Bitte. Geh diesen letzten Schritt mit mir.« Er öffnete die kleine Box. Einbettet in das Logo des Juweliers *Harry Winston* lag ein Platinring, auf dem ein runder funkelnder Diamant prangte, der wiederum von vielen winzigen Diamanten umringt war.

Emily stockte der Atem. Sie musste Gavins Worte erst einmal verarbeiten, und ihr klopfte das Herz doch schon bis zum Halse. Was Gavin gesagt hatte, hallte wie ein Liebeslied in ihr nach.

»Ich liebe dich«, flüsterte sie und begann vor Freude zu weinen, ehe sie die Arme um Gavins Hals schlang. »Und ja, ich werde jeden letzten Schritt mit dir gehen, den es gibt.«

»Ja?«, fragte Gavin zwischen den Küssen. Wieder quakte Noah missmutig und versuchte sich aus Gavins Griff zu befreien, indem er mit seinen stämmigen Beinchen um sich trat. »Du willst mich wirklich heiraten?«

»Ja. Das will ich«, schluchzte Emily und hob Noah auf ihren Schoß. Als sie ihm das Fläschchen gab, entspannte er sich sofort und wirkte höchst zufrieden. Gavin nahm Emilys Hand und schob den Verlobungsring auf ihren Ringfinger.

»Danke«, flüsterte sie. »Ich kann gar nicht in Worte fassen, wie viel du mir jeden Tag gibst.«

Das konnte sie wirklich nicht. Als sie sich kennengelernt hatten, war sie schwach gewesen, wäre beinahe eingegangen wie eine Primel. Er hatte ihr Herz und ihre Seele durch seine reine Anwesenheit geheilt. Ihr immer wieder gezeigt, was wahre Liebe ist. Er war ein Traum, und sie betete, dass sie nie daraus erwachte. Emily strich ihm über die nackte

Brust, und Gavin schenkte ihr noch mehr seiner berauschenden Küsse. Von nun an würde die Zeit, egal wie schnell oder langsam sie verrann, erfüllt sein mit all dem, was Emily sich immer erhofft hatte.

»Du hast mir das einzige Wort, das ich unbedingt hören wollte, schon gegeben.« Gavin küsste sie wieder und vergrub seine Finger in ihrem Haar. »Jetzt solltest du aber aufstehen und dich fertig machen. Auf unserem Bett liegt ein Geschenk für dich.«

»Mich fertig machen?«, fragte sie. Sie legte Noah auf die Decke und sah seinen winzigen, müden Körper einen Moment lang lächelnd an. »Wo gehen wir denn hin?«

Gavin stand auf und zog Emily mit sich nach oben. Er streckte sich, und Emily genoss den Anblick seiner goldenen Haut und des Drachens, der sich bis unter die Pyjamahose schlängelte. Wie gut, dass sie den Rest ihres Lebens Gelegenheit dazu haben würde, sich an ihrem wunderschönen Verlobten zu erfreuen.

»Ich führe dich zur Feier des Tages aus!« Zärtlich leckte er an ihrem Ohrläppchen und küsste sie ein letztes Mal auf den Mund. Das jagte ein süßes Prickeln durch Emilys Körper.

»Olivia ist heute Noahs Babysitterin, sie müsste in einer Viertelstunde da sein. Und ich werde meine Lady heute so richtig verwöhnen!« Er sah ihr tief in die Augen und deutete mit seinem Kopf Richtung Schlafzimmer. »Los jetzt! Und bis gleich, Mrs Blake!«

Gavin sagte immer die süßesten Dinge, aber diese ganz speziellen Worte übertrafen alles. Atemlos und glücklich lief Emily den Flur hinunter.

Als sie das Schlafzimmer betrat, fiel ihr Blick auf eine rechteckige, mit einer großen roten Schleife verzierte Schachtel, die auf dem Bett lag. Was ihr geliebtes Schlitzohr sich da wohl für sie ausgedacht hatte? Vielleicht mal einen scheußlichen rosafarbenen Yankees-Anzug? Wenn er heute mit ihr feiern wollte, war das wohl eher unwahrscheinlich. Andererseits traute sie es ihm durchaus zu ... Er liebte es nun mal, seinen Stempel auf alles zu drücken. Emily ließ sich aufs Bett sinken und griff neugierig nach der Schachtel, löste die Schleife und hob den Deckel hoch.

Als sie das silber-blau-weiße Einwickelpapier der Yankees sah, musste sie hell auflachen. Er würde sie doch hoffentlich nicht zwingen, heute Abend in aller Öffetnlichkeit ein Yankees-Trikot zu tragen? Gespannt riss sie das Papier ab. Nein. Stattdessen hatte er ihr ein einschultriges schwarzes Seidenkleid mit eleganten Rüschen über und unter der Brust gekauft. Emily hielt sich das Kleid vor die Brust und betrachtete sich in dem bodentiefen Spiegel. Es endete knapp über ihren Knien und würde dank seiner atemberaubenden Juwelenapplikation an der Taille ihren neuen fraulichen Kurven zweifellos schmeicheln. Um die Überraschung perfekt zu machen, hatte Gavin ihr dazu ein paar schwarze Riemchensandalen aus der neuen Kollektion von Manolo Blanik geschenkt. Ein wenig schwindlig drehte Emily sich um. Gavin lehnte im Türrahmen.

»Hast du mich etwa die ganze Zeit beobachtet?«, fragte Emily und spürte, wie sie rot wurde.

»Ja, und ich habe jede Minute davon genossen.« Mit verschränkten Armen lächelte er sie an. »Hab ich deinen Geschmack getroffen?«

Emily schlenderte durchs Zimmer und heftete ihren Blick auf sein kantiges Gesicht. Dann fuhr sie mit den Fingern durch sein weiches dunkles Haar und zog ihn zu sich herunter. »Tust du das nicht immer?«

»Hmm«, grinste er und strich mit seinen Lippen über ihren Kiefer. »Jetzt wo du es sagst, finde ich auch, dass ich ziemlich treffsicher bin.«

Emily kicherte und schmiegte sich an seine nackte Brust. »Ganz schön selbstbewusst.«

»Allerdings.«

»Nun, Mr Selbstbewusst, und wo ist unser Kind?«

»Schläft in seiner Wiege. Los, gib mir einen Kuss für die Guter-Vater-Tat.« Ohne zu zögern, tat Emily, was er gesagt hatte. Aber noch ehe sie in einem innigen Kuss versinken konnten, klingelte es an der Tür.

»Olivia«, keuchte Emily und versuchte wieder zu Atem zu kommen.

»Perfektes unperfektes Timing«, seufzte Gavin und wandte sich zum Flur. »Du machst dich fertig, und ich lasse sie rein. Sobald ich mich … beruhigt habe.« Mit einer halben Erektion bemühte Gavin sich, an etwas anders zu denken, irgendetwas, das ihn von Emilys üppigen Lippen ablenkte. Nichts davon funktionierte. Als er die Tür öffnete, hoffte er nur, dass Olivia nichts bemerken würde.

»Naaa«, quietschte Olivia und schoss ins Penthouse. »Wo steckt mein Patensohn?«

Lächelnd schloss Gavin die Tür. »Er schläft.«

»Was, jetzt schon?« Olivia runzelte die Stirn und warf ihre Handtasche auf den Tisch im Eingangsbereich. Schmollend marschierte sie ins Wohnzimmer und ließ sich mit einem lauten Ächzen aufs Sofa fallen. »Immer, wenn ich hier bin, schläft er!«

Amüsiert schüttelte Gavin den Kopf. »Liv, das ist nun mal das, was Babys am allerbesten können. Sie schlafen.«

Sie verdrehte dramatisch wie eine Opernsängerin die Augen, und Gavin fläzte sich in einen weichen Lederohrensessel.

»Bist du denn gar nicht neugierig, ob Emily meinen Antrag angenommen hat? Wundert mich, dass das nicht deine erste Frage war!«

Olivia verdrehte wieder die Augen. »Pfff. Ich stelle doch keine Fragen, auf die ich die Antwort schon kenne. Wie hätte sie ihn denn nicht annehmen können? Und wenn sie ihn abgelehnt hätte, hätte ich ihr ordentlich den Hintern versohlt, wäre mit dir durchgebrannt und hätte es irgendwie geschafft, dieses ewig schlafende Baby zu adoptieren. Gebt ihr dem Kleinen etwa Drogen?«

Gavin klappte der Kiefer herunter: Olivias spitze Zunge hätte selbst noch einen Serienmörder schockiert, der nur auf seine Todesstrafe wartete. Sie sprang auf und tippte nachdenklich mit einem Finger auf ihre Wange.

»Apropos schlafende Babys auf Drogen: Ich wecke den kleinen Racker jetzt auf. Tante Liv braucht dringend ein bisschen Liebe von Noah!«

»Wie du meinst. Ich muss dich aber warnen: Egal, wie gern er dich hat, wird jeder, der ihn aus dem Schlaf reißt, zum schlimmsten Feind!«

»Ach, das Risiko gehe ich ein«, scherzte Olivia und machte sich auf den Weg ins Kinderzimmer.

Kurze Zeit später konnte er Noahs Heulen und Olivias Beruhigungsversuche hören. Guter Moment, um sich ebenfalls schick zu machen. Olivia hatte es nicht anders verdient. Gavin war sich sicher, dass Noah es ihr ordentlich heimzahlen würde.

—

»Wohin geht es denn eigentlich?« Emily sah hinaus auf die Landschaft, als Gavin auf den Taconic Parkway auffuhr. Obwohl es im März noch frisch war und die Bäume noch nicht blühten, war Emily von der Natur beeindruckt. Als die Skyline Manhattans langsam aus ihrem Blickfeld verschwand, wirkte die Kulisse um sie herum wie … der reinste Frieden.

Die riesigen Felsbrocken am Straßenrand boten eine willkommene Abwechslung zu dem Chaos, in dem sie lebten. In gewisser Weise erinnerte sie dieser Teil New Yorks an Colorado. Auch wenn es hier natürlich ganz anders aussah, vermittelte die Gegend ihr dennoch ein Gefühl von Heimat.

»Es ist eine Überraschung«, antwortete Gavin und setzte den rechten Blinker, ehe er an den Straßenrand fuhr und dort parkte. »Und zwar eine, bei der du eine Augenbinde tragen musst.« Gavin küsste sie und stieg aus dem Auto.

Neugierig sah Emily zu, wie er um das Auto herum auf ihre Seite kam. In seinem maßgeschneiderten schwarzen Armani-Anzug und dem gestärkten weißen Hemd darunter sah er unglaublich gut aus. Dazu noch der sexy Strubbellook seines Haars ... Er öffnete die Wagentür und zog besagte Augenbinde aus seiner Gesäßtasche. Dann nahm er Emilys Hand, half ihr aus dem Wagen und grinste sie verschmitzt an. Aus den Lautsprechern tönte Boyce Avenues Akustikversion von *Find me*, und Gavin schloss sie in seine Arme, um sie vor der Kälte zu schützen. Einen Moment lang sah er sie einfach nur an und wiegte sich mit ihr im Takt der Musik.

»Déjà-vu«, sagte Emily verträumt, weil es sie an das letzte Mal erinnerte, als sie am Straßenrand miteinander getanzt hatten. »Sie sind sehr galant, Mr Blake.« Langsam wurde sie doch neugierig. »Was hast du denn nun vor?«

Ehe sie es sich versah, hatte Gavin auch schon die seidene Augenbinde über ihre Augen geschoben und presste seine Lippen an ihr Ohr. Als er mit seinem Finger sanft über ihren Kiefer fuhr, wurde es Emily ganz heiß.

»Wir spielen ein kleines Spiel. Und ich meine nicht Zwanzig Fragen, Kleines.«

»Nein?«, flüsterte Emily. Der Motorlärm der vorbeifahrenden Autos und die Musik rückten immer weiter in die Ferne, als Gavin mit dem Finger über ihren Hals strich.

»Nein«, erwiderte er. »Dieses Spiel wird jeden deiner Sinne auf eine Weise stimulieren, wie du es noch nie erlebt hast. Den Sehsinn …« Er zog sie näher an sich, und Emily spürte seine Erektion an ihrem Bauch. »Ich werde dir Dinge zeigen, die du noch nie gesehen hast.« Er streifte ihre graue Wolljacke über ihre Schulter und drückte einen Kuss auf ihr Schlüsselbein. Sofort bekam Emily Gänsehaut. Jedes Haar stand senkrecht in die Höhe. Einen Moment später knabberte er sanft an ihrem Ohrläppchen. Als er seine Zunge um die Diamantohrringe kreisen ließ, die er ihr zum Valentinstag geschenkt hatte, war Emily kurz davor dahinzuschmelzen.

»Dann den Hörsinn …« Er fuhr mit den Fingern durch ihr Haar, und Emily begann, sich nach Erlösung zu sehnen. »Gefällt es dir, meinen Atem an deinem Ohr zu spüren?« Emily schluckte und nickte. Es hatte ihr die Sprache verschlagen.

»Geschmackssinn …« Langsam, aber sicher steigerte sich ihre Erregung ins Unerträgliche, als er über ihre Unterlippe leckte. »Ich bin verrückt nach deinem Geschmack, Emily. War ich immer und werde ich immer sein. Und ich will, dass du genauso abhängig von mir bist.« War er jetzt völlig durchgedreht? Sie war doch ohnehin schon süchtig nach all seinen Geschmacksnoten. Wollte er sie jetzt endgültig in die Abhängigkeit stürzen? Und konnte er bitte, bitte weitermachen?

»Geruchssinn …« Er berührte mit seiner Nase erst ihr Haar, dann ihren Hals und schließlich ihre gerötete Wange. Der Klang seiner Atemzüge löste zwischen ihren Beinen ein schmerzhaftes Ziehen aus. Ihr Höschen war längst feucht …

»Hm. Dein Geruch würde mich wirklich zum Morden bringen, falls du mir je genommen werden würdest. Er gehört … mir.«

Emily atmete heftig aus. Die Bestimmtheit in seinem Ton erregte Nerven, von denen sie nicht einmal gewusst hatte, dass sie sie besaß.

»Und last, but not least der Tastsinn ...« Emily hörte, wie er zurücktrat. Ihr Körper brauchte mehr. Sehnte sich nach mehr. Was machte er da? Er sollte sie doch anfassen, sofort.

»Nun, Miss Cooper«, fuhr er fort. »Wir werden einander auf eine Art und Weise berühren, schmecken, riechen, hören und sehen, wie wir das nie zuvor getan haben.«

Gavin griff nach ihrer Hand, führte sie vorsichtig zurück zum Auto und half ihr beim Einsteigen. Die Tür fiel zu, und in Emily breitete sich eine riesige Vorfreude aus. Seine Schritte, die im Kies knirschten, versetzten all ihre Sinne in Alarmbereitschaft. Und als er schließlich neben ihr saß, beschleunigte der bloße Klang seines Atems ihren Puls.

Er startete den Motor und schnallte sie an. Beinahe ohne sie zu berühren, umkreiste er ihren mit dem Ring bestückten Finger. Oh, er neckte sie, und er machte seine Sache gut. Eine kurze Berührung am Hals, an ihrem Schenkel und ein leichter Strich durchs Haar sorgten dafür, dass der Rest der Fahrt ziemlich quälend für sie verlief. Irgendwann hielt das Auto an, und Emily war so erregt, dass sie das Gefühl hatte, jeden Moment durchzudrehen.

Gavin musste vor Glück grinsen, als sie schließlich auf der kreisförmigen Einfahrt vor dem zweistöckigen Haus im mediterranen Stil standen, das er für sie gebaut hatte und das jedes Detail enthielt, das Emily sich in den letzten Monaten, ohne es zu wissen, von ihm gewünscht hatte. Emilys Brust hob und senkte sich, und Gavin wurde von dem Anblick der Frau, die noch keine Ahnung hatte, was sie erwartete, regelrecht high. Sein kleines Spiel war noch nicht ganz zu Ende. Nein. Er würde diesen Moment so lange auskosten, wie er nur konnte. Auf einen Knopfdruck hin schwangen die verzierten gusseisernen Flügel des Tores wieder zu. Gavin stieg aus dem Wagen und öffnete die Beifahrertür, um seiner blinden künftigen Braut hinauszuhelfen.

»Wo sind wir?« Gavin schlang den Arm um ihre Taille, und ein leises Lächeln erschien auf ihren Lippen. »Jetzt habe ich doch ein bisschen Angst.«

Gavin zog sie dicht an sich und dirigierte sie die mehrfarbige Sandsteinauffahrt hinauf. »Achtung, Stufe«, flüsterte er. »Und noch eine. Und, was meinst du, was jetzt kommt?«

»Noch eine?«, fragte sie kichernd.

»Ganz genau«, erwiderte er.

Sobald sie auf der Veranda standen, begrüßte ihn Leslie, die er längst wieder als Haushälterin angestellt hatte, lautlos. Gavin nickte ihr zu, formte mit seinen Lippen ein *Danke* und sah zu, wie sie zu ihrem Auto eilte.

Als sie in den Eingang aus Marmor traten, schloss Gavin hinter ihnen die Tür und sperrte ab. Dann zog er Emily die Jacke aus und küsste sie sanft auf den Mund.

»Bleib hier stehen. Ich will ja nicht, dass dir irgendwas passiert.«

Emily veschränkte die Arme und legte den Kopf schief. »Da du meine Augen gerade nicht sehen kannst: Ich verdrehe sie, du Schlitzohr.«

»Kann ich mir vorstellen.« Gavin lachte und ging hinüber zur Treppe, um ihre Jacken über das raffinierte, handgedrechselte Geländer zu hängen. »Komm her!«, rief er. »Meine Stimme wird dich lenken.«

»Soll das ein Witz sein?« Emily hörte, wie ihre Stimme in dem Raum hallte. »Ich nehme gleich die Binde ab!«

Schon hörte sie Gavins schnelle entschiedene Schritte und spürte seine Hand auf ihrem Kreuz.

»Nein«, sagte er und führte sie in das großzügige, offene Wohnzimmer. Wunderbar. Leslie hatte alles genau so vorbereitet, wie er es sich gewünscht hatte. »Die Augenbinde bleibt dran. Es gibt da noch ein anderes Spiel, das ich gerne spielen würde. Falls ich es danach für angemessen halte, nehme ich sie dir ab.«

Gavin gefiel der sexy Flunsch, den Emily jetzt zog. Er kniete sich vor sie und streichelte ihre Waden.

»Halt dich an meinen Schultern fest.«

Blind und überempfindlich wie sie war, war Emily sehr glücklich, als sie sein Haar ertastete. Sie vergrub die Finger in seinen seidigen Strähnen und lächelte. »Keine Schultern, aber so wird es auch gehen. Soll ich dran ziehen?«

»So wie ich immer an deinen ziehen soll, wenn ich dich von hinten nehme?«

»Mhm«, gurrte Emily und begann an seinem Haar zu ziehen, während er ihren Bauch küsste. Sofort lief ihr ein warmer Schauer über den Rücken.

Gavin streifte die Schuhe von ihren Füßen und fuhr mit den Händen über ihre Oberschenkel. Emily begann so sehr zu zittern, dass er am liebsten direkt zur Sache gekommen wäre, aber er ließ sich Zeit. Erst sollte der größte Teil der Überraschung folgen. Er erhob sich, griff nach Emilys Händen und führte sie zu dem großen, cremefarbenen Alpakateppich, der auf dem Wohnzimmerboden ausgebreitet war.

»Wo sind wir?«, flüsterte Emily und spürte den weichen Stoff unter ihren Füßen. »Und was machst du mit mir?«

Ohne ihre Hände loszulassen, setzte sich Gavin auf den Teppich und zog Emily auf seinen Schoß. Dann legte er ihre Beine um seine Taille und musste sich sehr zusammenreißen, als er ihren Strumpfbandgürtel unter ihrem Kleid hervorlinsen sah. Emily keuchte leise auf.

»Wir werden eine kleine Reise ins Reich der Erinnerung unternehmen.« Gavin küsste sie sanft und zog ihre Unterlippe zwischen seine Zähne. »Und am Ende werden wir in der

Zukunft angekommen sein.« Er griff nach einem Leinenbeutel, in dem sich ein Sammelsurium an Erinnerungsstücken befand. Das erste war ein Muschelhorn, das er aus Mexiko mitgebracht hatte. Er hielt es an ihr Ohr, um ihren Hörsinn zu stimulieren.

»Hörst du das?«

»Ja. Ist es eine Muschel?«

»Exakt. Woran erinnert dich das?«

Gavin streichelte über ihren Rücken, und Emilys Atem wurde unregelmäßig.

»An die Hamptons.«

»Fast«, flüsterte Gavin und nahm die Muschel von ihrem Ohr. »Die ist aus Mexiko. Unsere Zeit dort mag einen schlechten Start gehabt haben, aber das Ende war phantastisch. Findest du nicht?«

Als Emily sich an diese bittersüße Zeit erinnerte, musste sie lächeln. Sie versuchte, mit ihren Lippen seine zu treffen, landete aber schließlich auf seiner Nase.

»Ja. Danke für diese Erinnerung!«

»Danke, dass du mir nachgereist bist«, erwiderte er leise und griff erneut in die Tasche. Dieses Mal zog er eine Erdnussschale heraus, die für sie sicher schwerer zu identifizieren sein würde. »Riech mal.«

»Erdnussbutter?«, fragte Emily und runzelte die Stirn. »Hm, ich weiß ja, dass wir gern Schlagsahne benutzen, aber an Erdnussbutter kann ich mich nicht erinnern. Verwechselst du mich mit einer anderen Frau?«

Gavin grinste, legte eine Hand auf ihren Hals und zog ihr Gesicht an seines. »Niemals. Aber Sie sind nah dran, Miss Cooper, baldige Mrs Blake. Von deinem Körper würde ich absolut alles abschlecken, weißt du? Du kannst dich als mein persönliches Erdnussbutter-Marmelade-Sandwich betrachten.«

Emily lächelte. »Worauf willst du damit hinaus?«

»Diese Frau, ehrlich.« Gavin lachte. »Vielleicht hilft dir das weiter.«

Mit diesen Worten warf er die Erdnussschale in ihr Haar.

»He! Hast du gerade was an meinen Kopf geschmissen?«

»Ja. Was willst du dagegen tun?« Wenn Emily doch nur sein breites Grinsen sehen könnte! Gemächlich stützte Gavin sich mit den Händen ab. »Mein Spiel. Meine Regeln. Komm damit klar!«

»Du bist doch verrückt geworden«, kicherte Emily. Sie klaubte die Schale aus ihrem Haar und schleuderte sie auf gut Glück in seine Richtung, die in hohem Bogen über seinen Kopf flog und auf dem steinernen Boden des Kamins landete.

»Das Baseballspiel!« Emily strahlte. Sie tastete nach seinen Schultern und zog ihn wieder an ihre Brust. »Obwohl das Spiel blöd war, weil deine Yankees meine Birds geschlagen haben, werde ich diesen Ausflug nie vergessen.«

»Die haben sie absolut fertiggemacht«, erinnerte Gavin sie und zog das nächste Souvenir hervor, während Emily seufzend den Kopf schüttelte. Gavin griff nach ihrer Hand und legte einen Kronkorken hinein. Diesen Gegenstand würde Emily bestimmt sofort erkennen.

»Oh, das ist meine liebste Erinnerung«, flüsterte sie und drückte einen Kuss auf den Kronkorken. Seine Lippen verfehlte sie erneut und küsste ihn stattdessen oberhalb seines Kiefers. »Kronkorken für immer?«

»Für immer.«

»Kann ich die Binde jetzt abnehmen?« Emily flehte ihn nahezu an.

»Sei geduldig, Kleine«, antwortete Gavin. Jetzt war der Geschmackssinn an der Reihe! Ob sich Emily wohl an das Gespräch erinnerte, das mit den letzten zwei Stücken zusammenhing?

»Mund auf«, flüsterte er und beobachtete fasziniert, wie sich ihre vollen Lippen öffneten. Nachdem er eine kleine Packung Sahne geöffnet und ein Zuckerpäckchen aufgerissen hatte, gab Gavin beide Zutaten auf ihre rosafarbene Zunge. Noch ehe er Luft holen konnte, hatte Emily seinen Mund gefunden und beide versanken in einen innigen Kuss, der nach Sahne und Zucker schmeckte.

»Ich weiß, was das ist«, gurrte Emily.

»Ach ja?« Während er sie vom Boden hochzog, küsste er sie noch heftiger. Schließlich nahm er sie auf den Arm wie ein Bräutigam seine Braut, ohne seine Lippen von ihren zu lösen.

»Oh ja, Mr Sahne und Zucker. Und hiermit befehle ich dir, mir die Binde abzunehmen.« Ihre Stimme klang rau vor Erregung.

Wie befohlen schob Gavin das Stück Seide von ihren Augen. Als Emily sich zum ersten Mal umsah, blinzelte sie verdutzt. Ihr überraschter Gesichtsausdruck ließ seine Haut vor Zufriedenheit kribbeln. »Willkommen in unserer Zukunft.«

Emilys Füße baumelten über Gavins Oberarm, und sie konnte sich kaum entscheiden, in welche Richtung sie zuerst sehen sollte. Glänzendes Holz bedeckte den Boden des geräumigen Wohnzimmers. Gavins Penthouse wirkte im Vergleich dazu wie eine Studentenwohnung! Ihr Blick fiel auf die Marmortreppe in der Mitte des Eingangsbereichs, die sich auf dem ersten Absatz teilte. An den Decken waren wunderschöne Verzierungen angebracht und erstreckten sich über ein riesiges Panoramafenster, das den Blick auf den Pool im Garten freigab. In alle Richtungen gingen bogenförmige Durchgänge ab.

Gavin trug sie in die Küche, in der größtenteils cremefarbener Granit verwendet worden war. In schlanken Schränkchen aus Kirschholz konnte sie alle erdenklichen Haushaltsgeräte aus Edelstahl erkennen, die nur auf einen Chefkoch zu warten schienen. Auch wenn das Haus noch nicht eingerichtet war, war seine Pracht doch in jedem Raum – der Bibliothek, dem Billardzimmer und dem Büro – spürbar. Plötzlich fiel es Emily wie Schuppen von den Augen. Das Zwanzig-Fragen-Spiel! Natürlich! All seine seltsamen Fragen zu Farben, Material oder Design … Die Antworten, die sie ihm gegeben hatte, fanden sich jetzt in allen Räumen wieder.

»Ich liebe dich«, wisperte sie gegen seine Lippen. »Jeden einzelnen listigen und raffinierten Zentimeter an dir.«

Sie küsste ihn fester und versuchte ihm irgendwie zu zeigen, wie dankbar sie ihm war. Für alles, was er ihr geschenkt hatte. »Los, bring mich ins Wohnzimmer, damit ich mit meinem schmexy Verlobten schlafen kann!«

Gavin ignorierte sie mit einem dekadenten Grinsen. »Denkst du etwa, ich schlafe auf dem nackten Fußboden mit dir?«

Emily küsste ihn in den Nacken und sog seinen verführerischen Duft ein. Wenn nötig, hätte sie sogar auf dem Küchentisch mit ihm geschlafen. Sie brauchte ihn. Jetzt.

»Wir hatten sogar Sex in einer Umkleide bei *Neiman Marcus*.« Sie drückte ihren Mund auf seinen und knabberte an seiner Unterlippe. »Und am Strand in den Hamptons.«

Sie fuhr mit der Hand über seine breiten Schultern und begann, sein Hemd aufzuknöpfen. »Sogar in der Materialkammer in meiner Schule! Und plötzlich machst dir Sorgen wegen des Fußbodens? Seit wann bist du denn so wählerisch, wenn es darum geht, mich zu vernaschen?«

Als Gavin sich an all die kleinen Schäferstündchen erinnerte, die er und Emily an den verschiedensten Orten zelebriert hatten, leuchteten seine Augen verschmitzt auf. Sie hatte recht, aber heute lagen die Dinge anders. Heute hatte er andere Pläne. Deswegen ging er über ihre Einwände einfach hinweg und trug sie in ihr künftiges königliches Schlafzimmer.

Als Emily das elegante vierpfostige Himmelbett erblickte, stockte ihr der Atem. Das einzige Möbelstück im Raum war extrem breit, mahagonifarben und mit hauchzartem weißem Stoff überspannt. Es verlieh dem ganzen Raum eine ätherische, romantische Aura. Gavin setzte sie sanft ab und drückte ihren Rücken an seine Brust, ehe er ihr welliges Haar aus dem Nacken strich und ihr Kleid langsam öffnete.

»Ich werde dich jetzt genau hier auf diesem Bett vernaschen«, flüsterte er und schob den einzelnen Träger über ihre Schulter. »Sind Sie damit einverstanden, Miss Cooper?«

Emily konnte weder denken noch sich bewegen noch atmen, als ihr Kleid leise auf den kalten Holzboden sank und sie in einem schwarzen trägerlosen Korsett und Strapsen zurückließ.

»Ja«, flüsterte sie und spürte, wie Gavins Hand über ihre Brust strich und sie innerhalb weniger Sekunden aus dem Korsett befreit hatte. Die Seidenunterwäsche fiel neben dem Kleid zu Boden. Gavin begann zärtlich ihre Brüste zu kneten und gierig ihren Hals zu küssen. Emily ließ den Kopf gegen seine starke Schulter fallen und stöhnte leise auf, ehe sie sich hektisch an seinem Gürtel zu schaffen machte. Oh Gott, konnte das Ding nicht endlich aufgehen? Während Gavin ihre Brüste weiter knetete, schob er eine andere Hand in ihr Höschen und liebkoste ihren Kitzler mit seinem sanft kreisenden Finger. Emily musste ihn berühren. Sofort. Also ließ sie von dem Gürtel ab und vergrub stattdessen ihre Hand in seinem Haar. Ihr Stöhnen hallte an den leeren Wänden wider, während Gavins Finger sie langsam, aber sicher um den Verstand brachten.

»Gott, du bist so feucht«, sagte Gavin, saugte an ihrem Nacken und biss sie zärtlich, während seine Finger immer weiter in sie hinein- und hinausglitten. »Du gehörst mir, Emily.«

Sie stöhnte und merkte, dass ihre Pussy mittlerweile förmlich glühte.

»Für immer«, keuchte sie, als die Lust sie wie heiße Lava durchströmte. Sie wünschte sich nichts mehr, als Gavins Schwanz endlich in sich zu spüren. Nein, sie konnte nicht länger warten.

Emily drehte sich um und sah ihm in seine strahlenden blauen Augen. Mit fliegenden Fingern knöpfte sie sein Hemd ganz auf und entledigte ihn seiner Kleidung. Gavins warme, weiche Lippen trafen auf ihre, und ihre Münder verschmolzen miteinander. Ineinander verknotet schob er sie rückwärts Richtung Bett, um sich dann vor ihr niederzuknien und quälend langsam ihr Höschen, die Strümpfe und den Strapsbandgürtel bis auf ihre Knöchel hinunterzuschieben.

»Leg dich hin.«

Emily sah ihn an und ließ sich auf das massive Bett sinken. Die kühlen ägyptischen Baumwolllaken stimulierten ihre Sinne noch mehr. Sie legte ihren Kopf auf einem Daunenkissen ab und zitterte vor Erwartung, als Gavin zwischen ihre bebenden Beine krabbelte. Schließlich hing er über ihr wie ein Adler, der seine Beute fixiert, und durchbohrte sie einen Moment lang mit Blicken, ehe er sie wieder zu küssen begann, gierig und unnachgiebig.

Während der Kuss immer heftiger wurde, packte Emily ihn am Haar und stöhnte laut auf, als sein harter Penis mühelos in sie eindrang. Wenige Momente später zog Gavin ihn wieder heraus, was Emily von Kopf bis Fuß erbeben ließ. Ohne den Blick von ihr zu lösen, nahm er einen ihrer harten Nippel in den Mund und ließ stöhnend seine Zunge um ihn kreisen. Emily hatte plötzlich das Gefühl, dass der Sauerstoff im Raum sehr knapp geworden war. Während Gavin langsame Kreise um eine ihrer geschwollenen Brustwarzen leckte, spielten seine Finger ruhelos an der anderen herum.

»Weißt du eigentlich, wie wunderschön du bist?«, fragte Gavin andächtig und lüstern zugleich, als er seinen Arm unter Emilys Rücken schob. »Ich werde deinen Körper immer anbeten. Ihn als Geschenk begreifen, das du mir gegeben hast.«

Atemlos leckte Emily sich über die Lippen und sah zu, wie Gavin ihren Oberkörper mit Küssen übersäte und sich sein prächtiger Bizeps bei jeder seiner Bewegungen zusammenzog. Schließlich fuhr er mit seiner Zunge über ihren Bauch und ließ sie dort kurz verweilen, ehe er über die starre Narbe leckte, die der Kaiserschnitt hinterlassen hatte. Gavin sah hoch, und Emily konnte in seinem Blick eine gewisse Unsicherheit erkennen, ehe er schließlich mit dem Finger über die leichte rosafarbene Erhebung fuhr.

»Und danke für diese ewige Narbe«, flüsterte er und umschloss ihren Po mit seinen Händen, um sie hochzuheben und ihren ganzen Bauch mit Küssen zu bedecken. »Danke.«

Emily war vollkommen überwältigt. Als Gavin mit seinem Mund schließlich zwischen ihren Beinen angekommen war, verging sie beinahe vor Lust. Immer wieder schnellte seine Zunge gegen ihre geschwollene Klitoris, und Emily hatte sofort Gänsehaut. Sie hob das Becken und stemmte sich ihm gierig entgegen, während Gavin ihren Po immer heftiger knetete, mit der Zunge ihre Spalte entlangfuhr und sich an ihrem Geschmack ergötzte. Emilys Stöhnen trieb ihn immer weiter an, und ihre Beine, die sie um seinen Kopf geschlungen hatte, lösten einen köstlichen Schwindel in ihm aus. Als ihr Stöhnen schließlich in ein lang gezogenes Wimmern überging, hielt Gavin es kaum noch aus. Emily hatte ihn mittlerweile am Haar gepackt und presste sein Gesicht immer fester zwischen ihre Beine. Gott, das machte ihn vollkommen irre. Sie war nah dran. So verdammt nah dran. Er konnte es spüren, konnte es schmecken. Gavin schob zwei Finger in ihr nasses Loch und wollte doch nichts anderes, als seinen Schwanz endlich so tief wie möglich in ihr zu versenken. Er saugte wie besinnungslos an Emilys geschwollener Knospe und fuhr mit seinen Fingern erbarmungslos in sie hinein und wieder hinaus, während ihre Waden und Schenkel auf seinem Rücken immer heftiger bebten.

»Komm für mich, Baby«, stieß Gavin hervor und wirbelte mit seinem Daumen über ihre Klitoris. »Ich muss alles von dir schmecken. Los, gib es mir.«

Emily gehorchte seinen Worten nur zu gern. Als sie einfach losließ, schoss die Hitze durch ihren ganzen Körper und sie hatte das Gefühl, rasend schnell zu fallen. Ihre Haut glänzte vor Schweiß. Ihre Nippel waren hart wie Edelsteine. Und ihre Pussy brannte und zog schmerzhaft, als der Orgasmus schließlich wie eine Welle über ihr zusammenbrach.

Noch ehe die Welt um sie herum sich wieder geordnet hatte, schob Gavin auch schon die Spitze seines Schwanzes in sie hinein. Keuchend spreizte Emily ihre Beine so weit wie möglich für ihn. Gavin küsste sie stürmisch und leckte immer wieder mit seiner Zunge durch ihren Mund. Als Emily ihn schmeckte und er sie gleichzeitig immer weiter auseinanderspreizte, hätte sie um ein Haar gleich den nächsten Orgasmus gehabt. Viel lieber aber wollte sie die schmerzhafte Erregung genießen und gab sich ganz ihren Empfindungen hin. Nein, ohne Gavin würde sie nie wieder ganz sein. Er war lebensnotwendig für sie. War ihr Unterschlupf im Sturm.

Gavin hörte kurz auf, sie zu küssen, und sah Emily tief in die Augen. Nie zuvor hatte er sie so angesehen. So voller Liebe. Voller Hingabe. Vollkommen gebannt drückte Emily ihre Lippen auf seine. Ihr Kuss schmeckte nach dem Salz ihres Schweißes. Oder seines Schweißes. Ein Unterschied ließ sich längst nicht mehr feststellen. Zitternd packte Emily ihn an den Schultern und hinterließ mit ihren Nägeln leuchtend rote Striemen auf seinen Oberarmen. Sie waren straff und muskulös und wirklich ganz und gar perfekt. Gavin war tatsächlich der perfekte Liebhaber. Als er sich langsam über sie schob, konnte Emily fühlen, wie ihre Körper immer tiefer ineinandersanken.

Zitternd strich Gavin ihr eine feuchte Haarsträhne aus der Stirn.

»Ich liebe dich, Emily«, stöhnte er, während er seinen Daumen auf ihrer Schläfe kreisen ließ. »Du bist meine Welt. Mein Leben. Meine Luft zum Atmen. Ich kann wirklich nicht glauben, dass du für immer mir gehören sollst.«

Gavin nahm die Hand von ihrem Gesicht und machte sich wieder über ihre Brüste her, leckte genüsslich über ihre harten Brustwarzen. Als ihr Herzschlag sich beschleunigte, war Emily so berauscht, so überwältigt, dass ihr die Tränen kamen. Mit jedem Lecken, jeder Berührung und jedem Kuss gab sie sich ihm mehr hin. Gavin stieß immer fester in sie hinein, bis es Emily so vorkam, als loderten Flammen in ihr auf. Sie war so unglaublich erregt … Emily leckte stürmisch durch seinen Mund und stemmte ihm rhythmisch ihre Hüften entgegen, bis sie merkte, wie sein Körper sich anspannte und er zu zittern begann. Seine Muskeln zogen sich zusammen, und er begann laut aufzustöhnen.

Emily krallte sich an seinen Rücken, schnappte nach Luft und gab sich ganz dem herannahenden Orgasmus hin.

»Hör nicht auf!«, bettelte sie und sah ihm in die Augen. Ihre Pussy zog sich eng um seinen Schwanz zusammen, während er immer schneller und fester in sie hineinstieß. »Oh Gott, Gavin, mach weiter! Bitte!«

So gern Gavin auch ihren Genuss verlängert hätte, so schwer fiel es ihm, während er auf ihre wunderschönen

Kurven sah. Wild entschlossen beobachtete er Emily, als sie schließlich kam, und pumpte immer weiter in sie hinein, bis kurz darauf der nächste Höhepunkt nahte und schließlich noch ein dritter . . Bis sie endlich erlöst aufschrie.

Vollkommen außer sich packte Emily Gavins feuchtes Haar und zog seinen wunderschönen Mund an ihren. Während er sie fest und langsam küsste, begann Gavin zu stöhnen. Emily spürte, wie sein seidiges Sperma wieder und wieder in sie hineinschoss. Auch seine Finger waren jetzt mit ihrem Haar verknotet, und er hing wie erstarrt über ihr. Mit hämmernden Herzen und schweren Atemzügen schienen ihre Körper genauso im Einklang zu sein wie ihre Seelen.

Vollkommen erschöpft vergrub Gavin sein Gesicht in Emilys Halsbeuge und genoss ihren gemeinsamen Duft. Dann küsste er sie auf die Wange und kraulte ihr Haar.

»Ich muss dich die ganze Nacht festhalten und mit dir schlafen. Unbedingt.«

Und das tat er. Und wie. Zeigte Emily immer wieder, wie sehr er sie liebte, und schloss so die Tür zu allen unangenehmen Erinnerungen. Und während er sie durch die Nacht trug, wusste Emily, dass sie diesen wunderbaren Start in eine atemlose Zukunft niemals vergessen würde.

EPILOG VON MOLLY UND MR ATEMBERAUBEND

Ein. Phantastisches. Jahr. Später.

Gavin steckte den Schlüssel ins Schloss und schnupperte. Das selbst gekochte Abendessen roch verführerisch. Er war wirklich beeindruckt davon, wie sehr Emily im vergangenen Jahr ihre Kochkünste verfeinert hatte. Wenn sie jetzt von sich sagte, dass sie kochen konnte, stimmte das tatsächlich. Obwohl er es vor seiner Mutter nie zugegeben hätte, schmeckte ihre Lasagne neben Emilys wirklich wie eine billige Tiefkühlvariante. Ohne dass Emily es merkte, trat er leise in die Küche und sah voller Bewunderung zu, wie sie den Braten aus dem Ofen zog.

Gavin legte seine Aktentasche auf den Tisch und ließ den Blick von ihren schwarzen Absatzschuhen über ihre wohlgeformten Beine gleiten und weiter hinauf zum Rocksaum, der ein paar Zentimeter über ihrem Knie begann. Sie war Gavins Engel. Seine Luft zum Atmen. Gerade stach dieser Engel mit einem Fleischthermometer in den brutzelnden Braten. Anscheinend hatte sie sich verbrannt, denn Gavin hörte sie leise fluchen. Möglicherweise war es mit ihren Kochkünsten doch nicht so weit her, wie er gedacht hatte, aber das spielte keine Rolle. Sie war immer noch umwerfend.

Gavin stellte sich hinter sie, schlang seine Arme um ihre

Taille und vergrub sein Gesicht in ihrem Nacken. Emily sprang hoch, und Gavin gluckste.

»Habe ich dich erschreckt?«, flüsterte er und strich mit seinen Lippen über ihren Hals. »Und hat der Braten dich angegriffen? Falls ja, bringe ich ihn um!«

»Ja, du hast mir Angst eingejagt!«, erwiderte Emily und drehte sich zu ihm um. Lächelnd schob sie ihm ihren Zeigefinger in den Mund. Gavin lutschte ein wenig daran und verschaffte ihr sofort Linderung. »Und ja, er hat mich tatsächlich attackiert. Aber es wäre mir lieber, wenn du heute niemanden umbringen würdest.« Sie zog den Finger aus seinem Mund und hob verführerisch eine Augenbraue.

Gavin drückte sie an den Tresen und starrte verlangend auf ihre vollen Lippen. Dann öffnete er ihre rote Schürze und ließ sie auf den Boden fallen.

»Wo steckt Noah?«

Emily schlang ihre Arme um seinen Hals.

»Ich habe deine Eltern gebeten, sich heute Nacht um ihn zu kümmern, damit wir deinen Geburtstag gebührend feiern können, alter Mann.«

Mit einem trägen Grinsen neigte Gavin sich nach unten, um sie zu küssen. Als Emily aufstöhnte, packte er ihren Oberschenkel und legte ihr Bein um seine Taille.

»Alter Mann?«, fragte er zwischen den Küssen. »Ich bin dreißig. Und vergiss nicht all die intensiven« – er küsste sie heftiger – »… befriedigenden« – er saugte an ihrem Hals – »atemberaubenden … heißen …« – er leckte an ihrem Ohrläppchen – »*Gavin-besorg-es-mir-so-richtig-bitte-hör-nicht-auf-oh-Gott-mach-weiter*-Momente, die ich dir geschenkt habe.«

»Mhm. Es waren nicht gerade wenige, stimmt«, gurrte Emily, die vor Erregung beinahe platzte. Gavin versenkte seine Zunge noch tiefer in ihrem Mund und begann, ihre

Bluse aufzuknöpfen. Genießerisch schloss sie die Augen, als er mit seinen Lippen erst über ihren Kiefer, dann über ihren Hals und schließlich bis hinunter auf die Schwellung ihrer Brüste fuhr.

»Gavin, du musst doch noch dein Geschenk aufmachen!«

Er hörte aber nicht auf. Gott. Auf keinen Fall! Langsam schob er den Rand ihres Spitzen-BHs bis unter ihren Nippel. Teuflisch grinsend leckte er über ihre harte Brustwarze, ohne den Blick von ihrem Gesicht abzuwenden. Emily keuchte auf und biss sich auf die Lippe.

»Ich dachte, das hier wäre schon mein Geschenk, Mrs Blake!«

Gavin hob sie auf die Granitfläche des Küchentresens, zog ihren süßen Apfelpo bis an die Kante, um sich zwischen ihre Beine zu stellen. Er leckte an ihrem Mund und stöhnte berauscht von ihrem Geschmack auf.

»Ich bin das Geburtstagskind, also darf ich heute bestimmen! Und ich will Sex. Massenhaft Sex. Jetzt. Auf diesem Küchentresen mit meiner heißen Frau.« Stöhnend legte Emily den Kopf schief, damit Gavin sich ungehindert an ihrem Hals ergötzen konnte, und schlang ihre Beine um seine Hüfte. Außer ihrem schnellen Atem hörte sie nur, wie zwischendurch ihre Schuhe auf den Boden fielen. Je heftiger Gavin sie küsste, desto schwerer fiel es ihr aufzuhören. Aber sie hatte eine Idee, wie sie ihn überzeugen konnte.

»Wie wäre es, wenn deine heiße Frau den wilden Sex quasi in dein Geschenk integriert? Klingt das gut?«

Gavin sog ihre Unterlippe zwischen seine Zähne und sah ihr eine Weile in die Augen. Schließlich gab er sie frei und wich breit grinsend zurück.

»Den Sex in ein Geschenk integrieren, das du schon hast? Hm, du machst mich neugierig! Hat das Geschenk Batterien?«

Emily nickte und schenkte ihm ihr schlüpfrigstes Lächeln. »Oh ja. Eine sehr große sogar.«

Gavin sah sie neugierig an und grinste noch breiter. Emily hüpfte vom Tresen, nahm Gavins Hand und zog ihn hinter sich her zur Garage.

»Mach die Augen zu«, flüsterte sie.

»Was hast du vor?«

Rasch packte Emily ihn an der Krawatte und zog ihn hinunter an ihren Mund. Während sie mit der Zunge über seine unwiderstehlichen Lippen fuhr, legte sie einen Arm um seine Taille und kniff ihn in den Hintern.

»Es mag vielleicht dein Geburtstag sein, aber jetzt habe ich das Sagen. Keine Fragen. Verstanden?«

Oh ja, sein Engel wusste, wie er ihn noch härter machte.

»Zu Befehl, Süße.« Emily war stolz, als er die Augen schloss. Sie hatte ihn gut im Griff! »Aber wenn wir gleich Sex haben, übernehme ich wieder das Kommando.«

Dagegen hatte Emily nicht das Geringste einzuwenden. Sie eilte zu ihrer Schürze, die immer noch auf dem Boden lag, und zog die berühmte Augenbinde aus der Tasche. Rache war ja so süß! Sie schob die Augenbinde über sein Gesicht und stellte sicher, dass sie seine babyblauen Augen ganz bedeckte.

Lachend warf Gavin den Kopf zurück. »Raffiniert, raffiniert! Das gefällt mir!«

Emily verflocht ihre Finger mit seinen und zog ihn hinter sich her durch den Wirtschaftsraum in die Garage. »Ich habe einen guten Lehrer.«

»Da muss ich dir zustimmen.« Grinsend verschränkte Gavin die Arme. »Ich habe dir jede versaute Kleinigkeit beigebracht, die du jetzt beherrschst.«

Kopfschüttelnd drückte Emily auf den Garagenöffner und freute sich über ihr Geburtstagsgeschenk: Ein silberglänzender, mit einer gigantischen Yankees-Schleife umwickelter … Minivan. Sie hatte es doch nicht über sich gebracht, einen dunkelgrünen zu kaufen. Wenn man bedachte, dass dieser Wagen sich ganz und gar nicht in derselben Preisliga befand wie die völlig überteuerten Autos, die Gavin normalerweise fuhr, würde er sich an den *Chrysler Town And Country* ohnehin erst einmal gewöhnen müssen. Aber schließich ging es um das, wofür dieser Minivan stand – da würden ihm die Farbe und das Modell bestimmt trotzdem gefallen.

»Okay. Bist du bereit?« Emily schlang ihre Arme um Gavins Hals und atmete den Duft seines Rasierwassers ein. »Es sind … mehrere Geschenke in einem. Ich will nur, dass du darauf vorbereitet bist! Du alter Mann sollst ja schließlich keinen Herzinfarkt bekommen.«

Gavin schüttelte den Kopf. »Aus dir wird ja langsam ein waschechtes …«

»Schlitzohr. So wie du.« Emily fuhr mit der Hand über seine Brust und stellte sich auf die Zehenspitzen. »Es gibt eine ganze Menge kleiner Schweinereien, die ich Ihnen beibringen will, Mr Blake«, flüsterte sie heiser. Langsam zog sie die Augenbinde von seinem Gesicht. »Der Unterricht beginnt in fünf Minuten.«

Blinzelnd sah Gavin auf sein Geschenk und öffnete vor Staunen den Mund. Fröhlich klatschte Emily in die Hände.

»Nee, oder?!«

»Oh doch!« Ohne zu zögern, ging Emily auf die Beifahrerseite und holte die Schlüssel aus einem kleinen Schrank. Sie ließ sie über das Autodach zu ihm hinüberschlittern und kicherte, als Gavin sie fing. »Los, steig ein! Wir machen eine kleine Spritztour! Oh, und wirf mal einen Blick auf dein Kennzeichen. Passt doch super zu dir, oder?«

Gespannt, welchen Scherz Emily sich nun schon wieder erlaubt hatte, lief Gavin um das Auto herum. Oh nein. Das

Symbol der *Baltimore Orioles* strahlte ihm entgegen, und daneben konnte er die Buchstaben BRDLVR entdecken. Birdslover. Gavin brach in schallendes Gelächter aus, warf die Schlüssel in die Luft und fing sie geschickt auf. Dann sprang er in den Wagen.

»Na, was sagst du? Nicht schlecht, oder?«, fragte Emily stolz grinsend. »Das hast du sicher geahnt?«

Gavin steckte den Schlüssel ins Zündschloss.

»Ja, das habe ich.« Er startete den Motor, lehnte sich über die Gangschaltung und schnallte Emily an. »Wann beginnt der Unterricht?«, flüsterte er ihr zu. »Ich bin ein sehr eifriger Schüler, weißt du?«

Emily sah ihn an. Auf ihrem gesamten Körper hatte sich Gänsehaut ausgebreitet.

»Das freut mich.« Verdammt. Bestimmt würde er selbst als Greis noch diese Wirkung auf sie haben. Wenn sein Gesicht voller Falten war, er kaum noch gehen konnte und ein Atemgerät benutzen musste, würde er kein Viagra brauchen, da war sie sicher. »Aber die Bescherung ist noch nicht zu Ende.«

»Ich weiß. Ich versuche ja auch nur, die anderen Geschenke so schnell wie möglich zu bekommen.« Gavin legte die Hand in ihren Nacken, und Emily hatte das Gefühl, jeden Moment dahinzuschmelzen. »Na? Mache ich das gut, Frau Lehrerin?« Noch ehe sie antworten konnte, küsste er sie leidenschaftlich und genoss einmal mehr den Geschmack der Frau, ohne die er nie wieder sein wollte.

Emilys Glieder erschlafften, und ihr Puls raste, während sie alles, was Gavin ausmachte, förmlich inhalierte. Wie er sich anfühlte, schmeckte, wie er strahlte … Wie er es immer wieder schaffte, ihre Welt heller zu machen. Seine Anwesenheit beruhigte sie. Seine Arme beschützten sie. Und, am allerwichtigsten: Er liebte sie. Hatte ihr den Neustart ermöglicht, an den sie nie geglaubt hatte, und immer gewusst, wie er ihr Herz gewinnen, ihr den Atem rauben und ihr alle Sorgen nehmen konnte. Urplötzlich war er in ihr Leben getreten. Und beinahe hatte sie ihn verloren. Aber jetzt gehörte er ihr. Mit der stürmischen Vergangenheit, die ihre Liebe beinahe zerstört hätte, hatte Emily abgeschlossen. Langsam löste sie ihre Lippen von seinen und wünschte sich nichts mehr, als ihr Zusammensein mit Glück und Freude zu erfüllen.

»Ich liebe dich, Gavin«, flüsterte sie und dachte an all die schönen Momente, die sie miteinander geteilt hatten. »Du hast mir alles gegeben, was ich mir je erträumt habe – und mehr. Ich hoffe, ich habe umgekehrt dasselbe für dich getan.« Sie verstummte und umschloss sein Gesicht mit beiden Händen, während ihr Puls raste. »Dein anderes Geschenk ist auf dem Rücksitz.«

Gavin wandte den Blick von Emilys Augen ab, die plötzlich ganz feucht geworden waren. Dann entdeckte er neben Noahs Kindersitz einen weiteren, kleineren … Einen Sitz für ein kleines Geschwisterchen. Gavin schluckte, und sein Herz hämmerte wie ein Presslufthammer. Er war aufgeregt, hatte Angst, war glücklich und voller Liebe. Alles auf einmal. So fühlte es sich an, Vater zu sein. Erst von einem und bald von zwei Kindern.

Gavin legte seine zitternde Hand auf Emilys Bauch. »Du bist schwanger?«

Emily kicherte und weinte zugleich. »Nein. Ich wollte einfach mal einen Sitz auf Vorrat kaufen, weißt du.« Sie öffnete ihren Gurt, kletterte über die Gangschaltung und setzte sich auf Gavins Schoß. Lachend umarmte sie ihn und bedeckte sein Gesicht mit kleinen Küssen. »Ja, ich bin schwanger, Blake. Es mag kein hipper dunkelgrüner Minivan sein, aber den hier füllen wir definitiv mit massenweise Kindern.«

»Unglaublich.« Gavin kraulte ihren Hinterkopf. »Diese

Molly – vielleicht kennst du sie ja – bringt doch immer wieder frischen Wind in mein Leben. Und das seit dem Tag, an dem ich sie kennengelernt habe.«

Ja, das Schicksal meinte es wohl gut mit ihnen … und hatte seine gemeinen Spielchen beendet.

Von einer wunderschönen Wiedergutmachung auf dem Highway in Mexiko über zahlreiche Kronkorkenwürfe bis hin zu einem weiteren Kindersitz auf der Rückbank hatte die Zeit sie bis zu diesem perfekten Moment geführt.

Wie seltsam das Schicksal doch manchmal war. Und wie wunderbar.

DANKSAGUNG

Joe, Joseph, Matthew und Ava. Ich liebe euch. Mom ist zurück. Versprochen! Ihr könnt euch nicht vorstellen, wie sehr ich euch vermisst habe. Danke, dass ihr eine Weile auf mich verzichtet habt. Die gemeinsame Zeit, die wir verloren haben, lässt sich zwar nicht zurückholen, das ist klar. Aber ich schwöre, dass ich all die schönen Erinnerungen an alles, was wir gemeinsam erleben, immer bei mir habe, wenn ich mal wieder in eine andere Welt abtauche.

Wow. Wo soll ich anfangen? *Pulse – UNZERTRENNLICH* zu schreiben war ganz anders als die Arbeit an *Collide – UNWIDERSTEHLICH*. Beides war großartig und schrecklich zugleich. Und sehr verschieden. Als ich *Collide – UNWIDERSTEHLICH* veröffentlicht habe, dachte ich, dass ich vielleicht ein paar Exemplare verkaufen und ein paar Leser gewinnen würde. Dass ich mit einer Geschichte an die Öffentlichkeit treten würde, die ein paar Leuten ganz gut gefällt. Da habe ich mich gründlich geirrt! Über Nacht stand ich im Rampenlicht und war darauf doch überhaupt nicht vorbereitet! Egal, wie oft ich vorher von dem, was schließlich eingetreten ist, geträumt habe – ich hatte keine Ahnung, was für einen Weg ich da gehen würde. Überhaupt keine. Moment, das nehme ich zurück. Ich bin diesen Weg nicht gegangen, ich bin ihn entlanggetaumelt und gestolpert und darauf herumgerutscht und auch mal ordentlich auf die Schnauze gefallen. Ich habe einiges gelernt. Habe viele bittere Pillen geschluckt. Trotzdem bin ich einfach ein riesiger Glückspilz, dessen bin ich mir bewusst!

Jetzt geht der Vorhang wieder auf. Bitte verbeugt euch, wenn ich euch aufrufe, ja? Und schon mal vielen Dank dafür, dass ihr mich während des Herumstolperns nie verurteilt oder ausgelacht habt.

Cary Bruce, Brooke Hunter, Angie McKeon, Lisa Maurer, Stephanie Johnson und Teri Bland. Eigentlich die alte Besetzung meiner Mädelsrunde mit Angie als großartige Ergänzung. Danke, dass ihr euch und mir immer treu geblieben seid! Eure brutale Ehrlichkeit hat mir geholfen, mit beiden Füßen fest auf dem Boden zu bleiben. Ich muss keine großen Worte machen, weil wir sowieso viel Kontakt haben und ihr wisst, wie vernarrt ich in euch bin! Deswegen will ich hier jede von euch mit ein paar Worten bedenken, mit denen ihr bestimmt etwas anzufangen wisst.

Cary: Du hast deinen Affen bekommen. Na, zufrieden? Brooke: Alle Leser sollen wissen, dass es deine Idee war, Gavin umzubringen! Ich habe die schrecklichen Zeilen geschrieben, aber du hast dir die Sache ausgedacht. Super! Lisa: Die Welt gehört uns! Ich werde diese Fahrt nie vergessen! Angie: Meine gerissene Teaser-Queen! Stephanie: Windeln! Ha! Großartiger Fang und total ekelhaft auf einmal! Teri: Herzstillstand und Notkraniotomie!!!! Ich bin dir so unendlich dankbar.

Melinda Atkinson: Danke, dass du mich immer wieder aufgefangen hast. Ich weiß, dass ich mich immer auf dich verlassen kann.

Lisa Kates – Die Sache mag uns ein wenig zugesetzt haben, aber wir kriegen das wieder hin!

Ashley Hartigan Tkachyk, Joanne Arcarese Schwehm, Becca Manuel, Laura Babcock Dunaway, Kim Rinaldi und Jennifer Pikul Gass. Meine zweite Dankesrunde. Danke, dass ihr meine Änderungen in letzter Minute kurz vor der Redaktion noch akzeptiert habt! Ich bin begeistert, dass ihr direkt darauf eingestiegen seid!

Tina Reber: Ich danke dir für die bitternötigen Chatrunden. Du hast mich in vielerlei Hinsicht unterstützt, und ich werde mich immer an jeden einzelnen Rat erinnern, den du mir gegeben hast.

Und jetzt zu meiner Covergestalterin Regina Wamba von *Mai I Design and Photography:* Du bist absolut unglaublich. Mir haben so viele Independent-Autoren gesagt, dass die Zusammenarbeit mit dir großartig ist, und sie haben nicht übertrieben! Jedes Buch, das ich schreibe, wird deinen Stempel tragen.

An meine Gestalterin Angela McLaurin von *Fictional Formats*: Vielen Dank noch mal! Dein wundervolles Design und die kleinen Überraschungen für mich in UNZERTRENNLICH waren wirklich verblüffend. Ich freue mich schon auf viele weitere Jahre der Zusammenarbeit.

An meine Lektorin Cassie Cox: Danke, dass du mir ordentlich in den Arsch getreten hast! Nein, ehrlich. Ich meine es ernst. Danke. Erst hatte ich ziemlich Angst vor dir, aber du hast meinen Text überall da ordentlich zurechtgestutzt, wo es nötig war.

An die völlig verrückten und phantastischen Damen in TFC: Madeline Sheehan, Emmy Montes, Claribel Contreras, Syreeta Jennings, Trevlyn Tuitt, Karina Halle und Cindy Brown. Ihr Ladys habt mich an meinen besten und meinen schlimmsten Tagen erlebt. Habt oft genug mitbekommen, wie ich am liebsten das Handtuch geworfen hätte, aber ihr habt mich immer wieder zum Weitermachen motiviert. Und habt mir immer zugehört, mir eine Schulter geboten, an der ich mich ausheulen konnte. Habt meine Ängste ernst genommen. Unsere Ängste. Ich empfinde nichts als Liebe für euch.

Und jetzt zu meiner Blog-Truppe:

True Story Book Blog, Angie's Dreamy Reads, Shh Mom's Reading, Fiction and Fashion, Vilma's Book Blog, Book Boyfriend Reviews, Flirty and Dirty, Books Babes and Cheap Cabernet, Sinfully Sexy, The Little Black Book Blog, Whirlwind Books, Swoon Worthy Books, Three Chicks and Their Books, Bridger Book Bitches, Romantic Book Affairs, Becca the Bibliophile, The Rock Stars of Romance, Mommy's Reads and Treats, The Boyfriend Bookmark, First Class Books, Book Crush, I Love Indie Books, Sugar and Spice, Ménage a Book Blog, Up all Night Book Blog, Morning After a Good Book, Kindlehooked, TheSubClubBooks, Smitten, A Book Whore's Obsessions, The Book List Reviews und *Smut Book Club*. Vielen Dank, dass ihr alle mitgemacht habt! Eure Blogs sind neben all den anderen die Lebensader unserer Lesergemeinschaft. Ob die Leute das begreifen oder nicht. Blogs sind das Blut, das die Bücher hinaus zu den Lesern pumpt. Ich habe es schon in meiner Danksagung in *Collide – UNWIDERSTEHLICH* gesagt und tue es wieder: Jeder einzelne Blog begeistert mich. Absolut. Ganz egal, wie chaotisch die Leben der Blogger zwischendurch aussehen mögen, sie finden doch immer wieder Zeit für ihre Leser und verschaffen den AutorInnen, die sie lieben, Aufmerksamkeit. AutorInnen, an die sie glauben. Und solche, von denen sie noch nie gehört haben. Dass Blogger sich an völlig unbekannte AutorInnen heranwagen, sagt schon eine Menge über sie aus. Eure Besprechungen, ganz egal ob es Verrisse oder Lobeshymnen sind, sind immer voller Leidenschaft. Es braucht eine Menge, um diese Rezensionen hinaus in die Welt zu tragen. Ich bewundere euch Ladys sehr dafür, dass ihr das jeden Tag tut. Blogs werden häufig übergangen. Bitte wisst, dass den meisten SchriftstellerInnen klar ist, wie viel Mühe ihr euch gebt. Ich danke allen, die hier aufgelistet sind, und auch denen, die nicht dabei stehen, sehr dafür, dass sie über *Collide* und *Pulse* geschrieben haben.

Last, but not least – ganz und gar nicht! – komme ich jetzt zu euch, liebe Leser. Verdammter Mist, ihr liebt meine Figuren! Was??? Lasst es mich noch mal sagen … WAS?!

Zu sagen, dass mich das anfangs total geschockt hat, wäre noch untertrieben! Oben habe ich bereits all die tollen Frauen erwähnt, aber glaubt mir, wenn ihr nicht gewesen wärt, hätte ich vielleicht schon längst die Flinte ins Korn geworfen. Eure zahllosen E-Mails haben mich zum Weiterschreiben motiviert. Eure Kommentare und Posts auf meiner Autorinnenpinnwand haben mir das gegeben, was ich am meisten gebraucht habe: Antrieb und den Mut, weiterzumachen. Danke, dass ihr die Figuren genauso sehr mögt wie ich. Danke, dass ihr an mich als Autorin glaubt. Und dafür, dass ihr euren Müttern, Schwestern, Tanten, Cousinen, Nichten und Freundinnen von *Collide – UNWIDERSTEHLICH* erzählt habt. Auch wenn ich euch mit dem Ende des ersten Teils ziemlich in der Luft hängen lassen habe, habt ihr mich in Bezug auf *Pulse – UNZERTRENNLICH* immer weiter motiviert. So wie ihr mir gesagt habt, wie vernarrt ihr in meine Figuren seid, so vernarrt war ich jede Sekunde in euch. Kein Scherz. Ich hoffe, ich habe eure Erwartungen erfüllt. Und will es auch weiterhin schaffen. Ich werde es auf jeden Fall versuchen, Ehrenwort!